SIDNEY SHELDON

Kalte Glut

Autor

Sidney Sheldon begeisterte bis heute über 300 Millionen Leser weltweit. Vielfach preisgekrönt – u.a. erhielt er 1947 einen Oscar für das Drehbuch zu »So einfach ist die Liebe nicht« –, stürmte er mit all seinen Romanen immer wieder die Spitzenplätze der internationalen Bestsellerlisten. Er zählt zu den am häufigsten übersetzten Autoren und wurde dafür sogar mit einem Eintrag ins »Guinnessbuch der Rekorde« geehrt. Im Jahr 2007, kurz vor seinem neunzigsten Geburtstag, verstarb Sidney Sheldon.

Von Sidney Sheldon bereits erschienen

Die Diamanten-Dynastie · Im Schatten der Götter · Kalte Glut · Zorn der Engel · Schatten der Macht

SIDNEY SHELDON

Kalte Glut

ROMAN

Deutsch von Götz Pommer

blanvalet

Die Originalausgabe erschien 1985 unter dem Titel »If Tomorrow Comes« bei William Morrow and Company, New York.

MIX
Papier aus verantwortungsvollen Quellen
FSC® C014496

Verlagsgruppe Random House FSC® N001967

2. Auflage

Neumarkter Str. 28, 81673 München
Umschlaggestaltung: © Johannes Wiebel | punchdesign,
unter Verwendung von Motiven von Shutterstock.com
(indira's work; LifetimeStock; Rudy Mareel; SasinTipchai;
martin_stuard; Dn Br; Markus Gann)
JaB · Herstellung: sam
Satz: Uhl + Massopust, Aalen
Druck und Bindung: GGP Media GmbH, Pößneck
Printed in Germany
ISBN 978-3-7341-0770-2

www.blanvalet.de

Für Barry

Erstes Buch

1

NEW ORLEANS

Donnerstag, 20. Februar, 23 Uhr

Sie zog sich langsam aus, und als sie nackt war, hüllte sie sich in ein leuchtend rotes Morgenkleid, damit man das Blut nachher nicht so deutlich sah. Doris Whitney blickte sich zum letzten Mal im Schlafzimmer um. Sie wollte sicher sein, dass dieser freundliche Raum, den sie in den vergangenen dreißig Jahren so liebgewonnen hatte, sauber und ordentlich war. Sie öffnete die Nachttischschublade und nahm behutsam die Pistole heraus. Die Waffe glänzte schwarz und war erschreckend kalt. Sie legte sie neben das Telefon und wählte die Nummer ihrer Tochter in Philadelphia.

»Tracy ... ich wollte nur mal eben deine Stimme hören.«

»Mutter! Das ist aber eine Überraschung!«

»Hoffentlich habe ich dich nicht geweckt.«

»Nein, ich habe noch gelesen. Charles und ich wollten zum Essen gehen, aber das Wetter ist einfach zu scheußlich. Hier schneit es wie verrückt. Und bei euch?«

Lieber Gott, wir reden über das Wetter, dachte Doris Whitney. *Dabei hätte ich ihr so viel zu sagen. Und kann es nicht.*

»Mutter? Bist du noch dran?«

Doris Whitney schaute aus dem Fenster. »Hier regnet es.« *Wie melodramatisch,* dachte sie. *Und passend. Wie in einem Hitchcock-Film.*

»Was ist das für ein Krach im Hintergrund?«

Donner. Doris Whitney war so in Gedanken versunken, dass sie es nicht wahrgenommen hatte. Über New Orleans tobte ein Gewitter. *Anhaltende Regenfälle,* hatte es im Wetterbericht geheißen. *Temperaturen um neunzehn Grad. Gegen Abend gewittrige Schauer. Vergessen Sie Ihren Regenschirm nicht.* Sie würde keinen Regenschirm brauchen.

»Es donnert, Tracy.« Doris Whitney bemühte sich, einen heiteren Tonfall anzuschlagen. »Nun erzähl mir mal, was sich so tut in Philadelphia.«

»Ich komme mir vor wie eine Märchenprinzessin, Mutter«, sagte Tracy. »Ich habe nie geglaubt, dass man so glücklich sein kann. Morgen Abend lerne ich Charles' Eltern kennen.« Sie senkte ihre Stimme, als hätte sie eine große Ankündigung zu machen. »Die Stanhopes von Chestnut Hill.« Tracy lachte. »Sie sind eine Institution. Ich habe eine Heidenangst.«

»Musst du nicht, Liebling. Sie werden dich sicher mögen.«

»Charles sagt, das sei egal. *Er* liebt mich. Und ich bete ihn an. Ich kann es gar nicht erwarten, dass du ihn kennenlernst. Er ist phantastisch.«

»Das glaube ich dir gern.« Sie würde Charles nie kennenlernen. Und nie ein Enkelkind auf dem Schoß wiegen. *Nein. Daran darf ich nicht denken.* »Weiß er, wie froh er sein kann, dass er dich hat?«

»Ich sage es ihm immer wieder«, lachte Tracy. »Jetzt

haben wir aber genug von mir geredet. Erzähl mir von dir. Wie fühlst du dich?«

Sie sind kerngesund, Doris, hatte Dr. Rush gesagt. *Sie werden hundert Jahre alt.* Eine der kleinen Ironien des Schicksals. »Ich fühle mich prächtig.«

»Hast du inzwischen einen Freund?«, fragte Tracy.

Seit Tracys Vater vor fünf Jahren gestorben war, hatte Doris Whitney nicht einmal daran gedacht, mit einem anderen Mann auszugehen, obwohl Tracy ihr gut zugeredet hatte.

»Nein.« Doris Whitney wechselte das Thema. »Wie läuft es mit deinem Job? Macht er dir immer noch Spaß?«

»Ja, ich finde ihn einfach toll. Und Charles hat nichts dagegen, wenn ich nach der Hochzeit weiterarbeite.«

»Das ist schön, mein Kind. Hört sich so an, als wäre er ein sehr verständnisvoller Mann.«

»Ist er auch. Du wirst ja sehen.«

Ein gewaltiger Donnerschlag krachte – das Stichwort gewissermaßen. Es war Zeit. Es gab nichts mehr zu sagen, nur ein letztes Lebewohl. »Auf Wiedersehen, Liebling.« Doris Whitney achtete sehr darauf, dass ihre Stimme nicht zitterte.

»Wir sehen uns bei der Hochzeit, Mutter. Ich rufe dich an, sobald ich den Termin weiß.«

»Ja.« Es gab doch noch etwas zu sagen. »Ich habe dich sehr, sehr lieb, Tracy.« Doris Whitney legte behutsam den Hörer auf.

Sie griff nach der Pistole. Es gab nur einen Weg, das Ganze schnell hinter sich zu bringen. Sie hob die Pistole an ihre Schläfe und drückte ab.

2

PHILADELPHIA

Freitag, 21. Februar, 8 Uhr

Tracy Whitney trat aus der Eingangshalle ihres Apartmenthauses in einen grauen, mit Graupeln vermischten Regen hinaus. Er fiel unparteiisch auf die eleganten Limousinen, die von uniformierten Chauffeuren die Market Street entlanggesteuert wurden, und auf die leerstehenden Behausungen, die sich in den Slums von North Philadelphia aneinanderdrängten. Er wusch die Limousinen sauber und machte ein schmieriges Chaos aus den Müllhaufen vor den heruntergekommenen Reihenhäusern. Tracy Whitney war auf dem Weg zu ihrer Arbeit in der Bank. Sie lief auf der Chestnut Street nach Osten, und wenn sie nicht so schnell gegangen wäre, hätte sie laut gesungen. Sie trug einen gelben Regenmantel, Stiefel und einen gelben Hut, der ihr üppiges, seidig glänzendes kastanienbraunes Haar kaum fassen konnte. Sie war fünfundzwanzig, hatte ein lebhaftes, kluges Gesicht, einen vollen, sinnlichen Mund, strahlende Augen, deren Farbe sich binnen Sekunden von sanftem Moosgrün zu einem tiefen Jadeton wandeln konnte, und eine hübsche, sportliche Figur.

Und als sie nun die Straße entlangging, drehten sich die

Leute nach ihr um, lächelten sie an und beneideten sie um das Glück, das sie ausstrahlte. Tracy lächelte zurück.

Es ist unanständig, so glücklich zu sein, dachte sie. *Ich heirate den Mann, den ich liebe, und ich werde ein Kind von ihm haben. Was will man mehr?*

Als sich Tracy dem Bankgebäude näherte, warf sie einen Blick auf ihre Uhr: 8 Uhr 20. Die Pforten der Philadelphia Trust and Fidelity Bank würden sich erst in zehn Minuten für die Angestellten öffnen, aber Clarence Desmond, stellvertretender Direktor der Bank und Leiter der Auslandsabteilung, stellte bereits den Außenalarm ab und schloss die Tür auf. Es machte Tracy Spaß, das Morgenritual zu beobachten. Sie stand im Regen und wartete, während Desmond das Gebäude betrat und die Tür hinter sich abschloss.

Überall auf der Welt haben Banken ihre geheimen Sicherheitsvorkehrungen, und die Philadelphia Trust and Fidelity Bank machte da keine Ausnahme. Die Routine blieb immer die gleiche. Bis auf das »Sicherheitssignal«, das jede Woche geändert wurde. Diese Woche handelte es sich um einen halb heruntergelassenen Rollladen, der den draußen wartenden Angestellten bedeutete, dass gerade eine Überprüfung im Gange war. Clarence Desmond vergewisserte sich, dass keine Eindringlinge in der Bank versteckt waren und darauf lauerten, die Angestellten als Geiseln zu nehmen. Er schaute überall nach: auf den Toiletten, in den Nebenräumen, im Tresorraum und im Raum mit den Schließfächern. Erst wenn er sich davon überzeugt hatte, dass er allein im Gebäude war, ging der Rollladen hoch: alles in Ordnung.

Um 8 Uhr 30 betrat Tracy Whitney mit den anderen

Angestellten die etwas protzige Eingangshalle, nahm ihren Hut ab, zog ihren Regenmantel und ihre Stiefel aus und hörte mit heimlicher Belustigung zu, wie die anderen über das Wetter jammerten.

Dann machte sie sich an ihre Arbeit.

Tracy leitete die Abteilung für telegrafische Überweisungen. Bis vor kurzem waren die Überweisungen von Bank zu Bank und von Land zu Land eine langweilige, umständliche Sache gewesen. Aber mit der Einführung der Computer hatte sich das durchgreifend geändert. Nun konnten ungeheure Beträge blitzschnell überwiesen werden. Alle Transaktionen waren kodiert, und der Code wechselte regelmäßig, damit kein unbefugtes Eindringen in den Zahlungsverkehr möglich war. Tagtäglich gingen Millionen elektronischer Dollar durch Tracys Hände. Diese Arbeit faszinierte sie, und bis sie Charles kennengelernt hatte, war das Bankwesen für sie das Aufregendste auf der Welt gewesen.

Tracy hatte Charles Stanhope Junior während einer Finanztagung kennengelernt, auf der er den Gastvortrag hielt. Charles leitete die Investmentgesellschaft, die sein Urgroßvater gegründet hatte, und seine Firma stand in regem Geschäftsverkehr mit der Bank, für die Tracy arbeitete. Nach Charles' Vortrag war Tracy zum Rednerpult gegangen, um seiner Auffassung zu widersprechen, dass die Länder der Dritten Welt in der Lage seien, die schwindelerregenden Beträge zurückzuzahlen, die sie von Großbanken und westlichen Regierungen geborgt hatten. Charles war anfangs belustigt, dann beeindruckt und schließlich fasziniert von den leidenschaftlichen Argumenten der schönen jungen Frau. Sie hatten das Gespräch beim Essen in einem Restaurant fortgesetzt.

Charles Stanhope junior ließ Tracy zunächst völlig kalt, obwohl sie natürlich wusste, dass man ihn für die beste Partie von Philadelphia hielt.

Charles war fünfunddreißig, maß einen Meter achtundsiebzig, hatte schütteres strohblondes Haar und braune Augen, trat ernst, ja pedantisch auf und war, so dachte Tracy, einer von jenen sterbenslangweiligen Reichen.

Als hätte er ihre Gedanken erraten, beugte sich Charles etwas vor und sagte:

»Mein Vater ist überzeugt, dass sie ihm im Krankenhaus das falsche Baby gegeben haben.«

»Wie bitte?«

»Ich bin aus der Art geschlagen. Ich finde nämlich nicht, dass Geld der Hauptzweck des Lebens ist. Aber das dürfen Sie meinem Vater bitte nie verraten.«

Er hatte etwas so bezaubernd Bescheidenes, dass sich Tracy allmählich für ihn erwärmte. *Wie das wohl wäre, mit jemandem wie ihm verheiratet zu sein?*

Es hatte Tracys Vater die meiste Zeit seines Lebens gekostet, ein Geschäft aufzubauen, über das die Stanhopes bloß spöttisch gelächelt hätten: unbedeutend. *Zwischen den Stanhopes und den Whitneys liegen Welten*, dachte Tracy. *Aber was spinne ich da eigentlich vor mich hin? Ein Mann lädt mich zum Essen ein, und ich überlege mir, ob ich ihn heiraten will. Wahrscheinlich werden wir uns nie wiedersehen.*

Dann sagte Charles: »Ich hoffe, Sie haben morgen Abend noch nichts vor?«

In Philadelphia gab es viel zu sehen, und man konnte eine Menge unternehmen. An den Samstagabenden gingen Tracy und Charles ins Theater oder ins Konzert, und unter der Woche bummelten sie durch New Market oder besuchten das Philadelphia Museum of Art und das Rodin-Museum.

Da Charles sich nichts aus Sport machte, Tracy dagegen Spaß an körperlicher Bewegung hatte, joggte sie jeden Samstagmorgen allein durch die Anlagen am Schuylkill River, und Samstag nachmittags besuchte sie einen Tai-Chi-Chuan-Kurs. Das Training dauerte eine Stunde, und danach traf sie sich, erschöpft, aber bester Laune, mit Charles in seiner Wohnung. Er war ein Feinschmecker, kochte vorzüglich und bereitete gern für Tracy und sich Gerichte fremder Länder zu.

Charles war der förmlichste Mensch, den Tracy kannte. Sie war einmal zu einer Verabredung mit ihm eine Viertelstunde zu spät gekommen, und er ärgerte sich so darüber, dass es ihr den ganzen Abend verdarb. Danach hatte sie sich geschworen, nie wieder unpünktlich zu sein.

Tracy hatte nicht viel sexuelle Erfahrung, aber sie hatte den Eindruck, dass Charles im Bett genauso war wie im sonstigen Leben: gewissenhaft und überaus korrekt. Einmal hatte Tracy beschlossen, frech und unkonventionell zu sein. Sie hatte Charles damit so schockiert, dass sie sich fragte, ob sie vielleicht ein bisschen pervers sei.

Die Schwangerschaft kam völlig unerwartet. Und als es passierte, war Tracy entsetzlich unsicher. Charles hatte nie über eine mögliche Ehe geredet, und sie wollte nicht, dass er das Gefühl hatte, er müsse sie nun heiraten. Ganz kurz dachte sie an eine Abtreibung, aber sie merkte bald, dass sie dies nicht wirklich wollte.

Eines Abends beschloss sie, Charles nach dem Essen zu sagen, dass sie schwanger war. Sie kochte in ihrer Wohnung ein *Cassoulet* für ihn und ließ es anbrennen vor lauter Nervosität. Als sie ihm das angesengte Fleisch und die bräunlich verfärbten Bohnen vorsetzte, vergaß sie ihre sorgfältig einstudierte kleine Rede und platzte einfach damit heraus: »Es tut mir schrecklich leid, Charles. Ich – ich bin schwanger.«

Dem folgte ein unerträglich langes Schweigen, und als Tracy es gerade brechen wollte, sagte Charles: »Wir heiraten selbstverständlich.«

Tracy fiel ein Stein vom Herzen. »Ich will aber nicht, dass du denkst … Ich meine, du *musst* mich nicht heiraten.«

Er hob die Hand, winkte ab. »Ich *will* dich aber heiraten, Tracy. Du bist sicher eine wunderbare Ehefrau.« Langsam fügte er hinzu: »Meine Eltern werden natürlich ein bisschen überrascht sein.«

Und er lächelte Tracy an und küsste sie.

Tracy fragte ruhig: »Warum werden sie überrascht sein?«

Charles seufzte. »Ach, Liebling … ich fürchte, du bist dir nicht ganz im Klaren, worauf du dich da einlässt. Die Stanhopes heiraten immer – in Anführungszeichen, wohlgemerkt – ›ihresgleichen‹. Also erstens reich und zweitens alteingesessene Prominenz von Philadelphia.«

»Und deine Eltern haben bereits eine Frau für dich ausgesucht«, vermutete Tracy.

Charles nahm sie in die Arme. »Das ist völlig egal. Wen *ich* ausgesucht habe – das zählt und sonst nichts. Nächsten Freitag essen wir bei meinen Eltern zu Abend. Es wird Zeit, dass du sie kennenlernst.«

Fünf Minuten vor neun nahm Tracy eine Veränderung im Geräuschpegel der Bank wahr. Die Angestellten sprachen ein wenig schneller und bewegten sich ein bisschen rascher. In fünf Minuten würden sich die Pforten der Bank öffnen, und dann musste alles bereit sein. Durch das Fenster zur Straße sah Tracy die Kunden, die im kalten Regen auf dem Bürgersteig anstanden und warteten.

Tracy beobachtete, wie der Wachmann der Bank neue Blankoformulare zur Ein- und Auszahlung in die Metallständer auf den sechs Tischen steckte, die am Mittelgang der Schalterhalle aufgereiht waren. Die Stammkundschaft der Bank erhielt Einzahlungsbelege mit einem persönlichen Code auf Magnetstreifen im unteren Feld des Formulars. Wenn eine Einzahlung vorgenommen wurde, buchte der Computer den Betrag automatisch auf das richtige Konto. Doch es geschah oft, dass Kunden ohne ihre Einzahlungsbelege in die Bank kamen. Dann benutzten sie Blankoformulare.

Der Wachmann blickte auf die Wanduhr. Die Zeiger rückten auf 9 Uhr, und er ging zur Tür und schloss sie fast feierlich auf.

Der Bankalltag hatte begonnen.

In den nächsten Stunden war Tracy so sehr am Computer beschäftigt, dass sie an nichts anderes denken konnte. Bei jeder telegrafischen Überweisung musste nachgeprüft werden, ob sie fehlerfrei war. Wenn ein Konto belastet wurde, tippte Tracy die Kontonummer, den Betrag und die

Bank ein, auf die das Geld überwiesen werden sollte. Jede Bank hatte ihre eigene Leitzahl, und die Bankleitzahlen aller größeren Banken der Welt waren in einem Verzeichnis zum Dienstgebrauch aufgeführt.

Der Vormittag verging wie im Flug, und Tracy wollte in der Mittagspause zum Friseur. Zu einem teuren, aber das würde sich hoffentlich lohnen. Charles' Eltern sollten sie von ihrer besten Seite sehen. *Ich muss sie dazu bringen, dass sie mich mögen,* dachte Tracy. *Es ist mir egal, wen sie für ihn ausgesucht haben. Niemand kann Charles so glücklich machen wie ich.*

Es war 13 Uhr. Tracy schlüpfte gerade in ihren Regenmantel, als Clarence Desmond sie in sein Büro rief. Desmond war die Idealverkörperung eines Bankmannes; hätte die Philadelphia Trust and Fidelity Bank im Fernsehen Werbung gemacht, so wäre er der perfekte Sprecher gewesen. Er war immer konservativ gekleidet, hatte etwas von einer soliden, altmodischen Autorität und wirkte absolut vertrauenswürdig.

»Nehmen Sie Platz, Tracy«, bat er. Er rühmte sich, alle Angestellten beim Vornamen zu kennen. »Scheußlich draußen, nicht?«

»Ja.«

»Aber die Leute müssen nun mal zur Bank. Tja.« Mehr unverbindliche Floskeln fielen ihm nicht ein. Er beugte sich ein wenig vor. »Wie man hört, wollen Charles Stanhope und Sie heiraten.«

Tracy war verblüfft. »Wir haben es noch nicht bekanntgegeben. Woher ...«

Desmond lächelte. »Was die Stanhopes tun, macht immer von sich reden. Das freut mich sehr für Sie. Ich darf doch davon ausgehen, dass Sie auch weiterhin für uns arbeiten? Nach der Hochzeitsreise natürlich. Wir möchten Sie nicht verlieren, denn Sie sind eine von unseren wertvollsten Mitarbeiterinnen.«

»Charles und ich haben schon darüber gesprochen, und wir fanden beide, dass ich sicher glücklicher bin, wenn ich weiterarbeite.«

Desmond lächelte zufrieden. Stanhope & Sons gehörte zu den wichtigsten Investitionsgesellschaften der Finanzwelt, und wenn er das Geschäftskonto dieser Firma exklusiv für sein Haus ergattern konnte, war das ein guter Fang. Er lehnte sich in seinem Sessel zurück. »Wenn Sie von der Hochzeitsreise zurückkommen, Tracy, wartet eine Beförderung auf Sie – inklusive Gehaltserhöhung.«

»Oh, vielen Dank! Das ist ja wunderbar!« Tracy wusste, dass sie es sich redlich verdient hatte. Aber sie war trotzdem aufgeregt und stolz. Sie konnte es kaum erwarten, Charles davon zu berichten. Tracy schien, als hätten sich die Götter abgesprochen, alles zu tun, was in ihrer Macht stand, um sie mit Glück zu überhäufen.

Charles' Eltern wohnten am Rittenhouse Square in einer imposanten alten Villa, die zu den Wahrzeichen der Stadt zählte. Tracy war schon oft an ihr vorbeigekommen. *Und jetzt,* dachte sie, *wird die Villa ein Teil meines Lebens sein.*

Tracy war nervös. Die feuchte Luft hatte ihrer schönen Frisur böse zugesetzt, und sie hatte sich viermal umgezogen. Sollte sie sich einfach kleiden? Oder festlich? Sie besaß ein Yves-Saint-Laurent-Kleid, das sie sich mühsam zusammengespart hatte. *Wenn ich das trage, werden sie mich für überspannt halten. Und wenn ich eines von meinen billigen Fähnchen anziehe, werden sie glauben, ihr Sohn heiratet unter seinem Niveau. Ach, was soll's – das glauben sie sowieso,* dachte Tracy. So entschied sie sich schließlich für einen schlichten grauen Wollrock und eine weiße Seidenbluse. Als einzigen Schmuck wählte sie die dünne goldene Halskette, die sie von ihrer Mutter zu Weihnachten geschenkt bekommen hatte.

Ein Butler in Livree öffnete ihr die Tür. »Guten Abend, Miss Whitney.« *Der Butler weiß, wie ich heiße. Ist das ein gutes Zeichen oder ein schlechtes?* »Darf ich Ihnen den Mantel abnehmen?«

Der Butler führte Tracy durch eine marmorne Eingangshalle, die ihr zweimal so groß vorkam wie die ganze Bank. *O Gott,* dachte sie in plötzlicher Panik. *Ich bin falsch angezogen! Ich hätte doch das Yves-Saint-Laurent-Kleid nehmen sollen.* Als sie in die Bibliothek trat, spürte sie, wie sich eine Laufmasche an der Ferse ihrer Strumpfhose löste. Und dann stand sie Charles' Eltern gegenüber.

Charles Stanhope Senior war fünfundsechzig oder sechsundsechzig. Er sah streng aus. Und wie *der* Erfolgsmensch überhaupt. Wenn man ihn betrachtete, wusste man, wie sein Sohn in dreißig Jahren aussehen würde. Er hatte braune Augen wie Charles, ein energisches Kinn und schüttere weiße Haare. Tracy mochte ihn sofort. Das war der ideale Großvater für ihr Kind.

Charles' Mutter wirkte beeindruckend. Sie war ziemlich klein und mollig, aber sie hatte etwas Königliches an sich. *Sie sieht solid und zuverlässig aus,* dachte Tracy. *Sicher eine wunderbare Großmutter!*

Mrs. Stanhope streckte Tracy die Hand entgegen. »Wie

nett von Ihnen, meine Liebe, dass Sie zu uns gekommen sind. Wir haben Charles gebeten, ein paar Minuten mit Ihnen alleine sprechen zu dürfen. Sie haben doch nichts dagegen?«

»Natürlich hat sie nichts dagegen«, sagte Charles' Vater. »Nehmen Sie Platz … Tracy, ja?«

»Ja, Sir.«

Charles' Eltern setzten sich auf eine Couch ihr gegenüber. *Warum habe ich das Gefühl, ich müsste gleich ein Verhör über mich ergehen lassen?* Tracy hatte die Stimme ihrer Mutter im Ohr: *Gott lädt dir nie mehr auf, als du tragen kannst, Kind. Du musst es schrittweise angehen, eins nach dem andern.*

Tracys erster Schritt war ein dünnes Lächeln, das ihr völlig schief geriet, weil sie im selben Moment spürte, wie die Laufmasche in ihrer Strumpfhose zum Knie hinaufwanderte.

»Also!« Mr. Stanhopes Stimme klang jovial. »Sie und Charles wollen heiraten.«

Das Wort *wollen* beunruhigte Tracy. Charles hatte seinen Eltern doch sicher gesagt, dass sie auf jeden Fall heiraten *würden.* »Ja«, sagte Tracy.

Mrs. Stanhope räusperte sich. »Besonders lange kennen Sie und Charles sich eigentlich nicht, oder?«

Tracy empfand einen leisen Groll und kämpfte dagegen an. *Ich hatte recht. Es wird tatsächlich ein Verhör.*

»Lange genug, um zu wissen, dass wir uns lieben, Mrs. Stanhope.«

»Lieben?«, murmelte Mr. Stanhope.

Mrs. Stanhope hob ihre Augenbrauen. »Um ganz ehrlich zu sein, Miss Whitney – Charles' Ankündigung hat uns doch etwas schockiert.« Sie lächelte milde. »Charles hat Ihnen gewiss von Charlotte erzählt?« Sie sah Tracys fragenden Gesichtsausdruck. »Also nicht. Charlotte und er sind gemeinsam aufgewachsen. Sie waren immer sehr vertraut miteinander, und – nun ja, eigentlich haben alle erwartet, dass sie sich dieses Jahr verloben würden.«

Es war nicht nötig, Charlotte zu beschreiben. Tracy hätte ein Bild von ihr malen können. Wohnte in der Nachbarvilla. Reich. Derselbe soziale Hintergrund wie Charles. Eliteschulen. Eliteuniversitäten. Liebte Pferde und gewann Pokale.

»Erzählen Sie uns von Ihrer Familie«, schlug Mr. Stanhope vor.

Mein Gott, das ist wie eine Szene aus einem alten Film, dachte Tracy wütend. *Ich bin Rita Hayworth und begegne Cary Grants Eltern zum ersten Mal. Ich brauche einen Drink. In den alten Filmen kam immer als letzte Rettung der Butler mit Drinks.*

»Wo sind Sie her, meine Liebe?«, erkundigte sich Mrs. Stanhope.

»Aus Louisiana. Mein Vater war Automechaniker.« Dieser Zusatz wäre nicht nötig gewesen, aber Tracy konnte der Versuchung nicht widerstehen. Zum Teufel mit diesem aufgeblasenen Paar. Sie war stolz auf ihren Vater.

»Automechaniker?« Charles' Eltern starrten sie an.

»Ja. Er hat eine kleine Fabrik in New Orleans aufgemacht und sie mit der Zeit zu einem recht stattlichen Betrieb ausgebaut. Als er vor fünf Jahren starb, hat meine Mutter die Firma übernommen.«

»Und was stellt diese … äh … Firma her?«

»Auspufftöpfe und anderes Autozubehör.«

Mr. und Mrs. Stanhope tauschten einen bedeutungsvollen Blick und sagten wie aus einem Munde: »Aha!«

Ihr Ton ließ Tracy erstarren. *Wie lang es wohl dauern wird, bis ich die beiden mag?*, fragte sie sich. Sie blickte in die zwei teilnahmslosen Gesichter ihr gegenüber und begann zu ihrem eigenen Entsetzen aufs Geratewohl draufloszuplappern. »Meine Mutter wird Ihnen bestimmt gefallen. Sie ist schön und intelligent und sehr charmant. Sie kommt auch aus dem Süden. Sie ist sehr klein, ungefähr so groß wie Sie, Mrs. Stanhope …« Das Schweigen war derart drückend, dass Tracy verstummte. Dann gab sie ein kleines, albernes Gelächter von sich und verstummte abermals unter Mrs. Stanhopes starrem Blick.

Schließlich sagte Mr. Stanhope ausdruckslos: »Wie uns Charles mitteilt, sind Sie schwanger.«

Oh, wie sehnlich wünschte sich Tracy, er hätte es ihnen nicht mitgeteilt! Sie waren so ablehnend! Als hätte ihr Sohn überhaupt nichts damit zu tun, als wäre es ein Makel, schwanger zu sein. *Jetzt weiß ich, was ich hätte tragen sollen,* dachte Tracy. *Ein Büßerhemd.*

»Ich verstehe nicht, wie man heutzutage …«, begann Mrs. Stanhope. Aber sie brachte den Satz nicht zu Ende, weil in diesem Moment Charles in die Bibliothek trat. Tracy war in ihrem ganzen Leben noch nie so froh gewesen, jemanden zu sehen.

»Na?«, fragte Charles strahlend. »Wie kommt ihr miteinander aus?«

Tracy stand auf und eilte in seine Arme. »Gut, Liebling.« Sie drückte ihn an sich und dachte: *Gott sei Dank, dass Charles nicht so ist wie seine Eltern. So könnte er einfach nicht sein. Er ist nicht engstirnig und snobistisch und kalt.*

Hinter Tracy und Charles wurde ein diskretes Hüsteln vernehmbar, und da stand der Butler mit den Drinks. *Es wird alles gut ausgehen,* sagte sich Tracy. *Dieser Film hat ein Happy End.*

Das Essen schmeckte vorzüglich, aber Tracy war so nervös, dass sie keinen Bissen hinunterbrachte. Das Tischgespräch drehte sich um Bankgeschäfte und Politik und die betrübliche Verfassung der Welt. Alles war sehr unpersönlich und höflich. Niemand sagte laut: »Sie haben unseren Sohn zur Ehe gezwungen.« *Man muss fair sein,* dachte Tracy. *Sie haben natürlich das Recht, sich über die Frau Gedanken zu machen, die ihr Sohn heiratet. Eines Tages wird ihm die Firma gehören. Es ist wichtig, dass er die richtige Frau hat.* Und Tracy schwor sich: *Die wird er auch haben.*

Charles nahm sacht die Hand, mit der Tracy unter dem Tisch an ihrer Serviette herumnestelte, lächelte und zwinkerte ihr aufmunternd zu. Ihr Herz machte einen Sprung.

»Tracy und mir wäre eine kleine Hochzeit am liebsten«, sagte Charles. »Und danach …«

Mrs. Stanhope fiel ihm ins Wort. »Unsinn. Eine kleine Hochzeit … das gibt es nicht in unserer Familie, Charles. Dutzende von Freunden und Bekannten werden erleben wollen, wie du heiratest.« Sie blickte Tracy an, betrachtete prüfend ihre Figur. »Vielleicht sollten wir die Einladungen zur Hochzeit schon in den nächsten Tagen losschicken.« Und dann fügte sie hinzu: »Das heißt, wenn es euch recht ist.«

»Ja. Natürlich ist uns das recht.« Also würde es doch eine Hochzeit geben. *Warum hatte ich auch nur den Schatten eines Zweifels daran?*

»Einige Gäste werden aus dem Ausland anreisen«, fuhr Mrs. Stanhope fort. »Ich sorge dafür, dass sie hier im Haus untergebracht werden können.«

»Wisst ihr schon, wo ihr eure Flitterwochen verbringen wollt?«, fragte Mr. Stanhope.

Charles lächelte und drückte Tracys Hand. »Das ist unser kleines Geheimnis, Vater.«

»Und wie lange sollen eure Flitterwochen dauern?«, wollte Mrs. Stanhope wissen.

»Etwa fünfzig Jahre«, antwortete Charles. Und Tracy liebte ihn dafür.

Nach dem Essen gingen sie in die Bibliothek, um einen Brandy zu trinken. Tracy sah sich in dem hübschen, alten, mit Eiche getäfelten Raum um: Regale mit ledergebundenen Büchern, zwei Corots, ein kleiner Copley und ein Reynolds. Es hätte ihr nichts ausgemacht, wenn Charles völlig unvermögend gewesen wäre, aber sie musste natürlich zugeben, dass ein Leben im Wohlstand sehr angenehm sein würde.

Kurz vor Mitternacht fuhr Charles sie zu ihrer kleinen Wohnung in der Nähe des Fairmount-Parks zurück.

»Hoffentlich war der Abend keine Strapaze für dich, Tracy. Meine Eltern können manchmal ein bisschen steif sein.«

»Ich fand sie reizend«, log Tracy.

Sie war erschöpft von der Anspannung der letzten Stunden, doch als sie mit Charles vor ihrer Wohnungstür stand, fragte sie: »Kommst du noch mit rein?« Er sollte sie jetzt in seinen Armen halten, sollte sagen: »Ich liebe dich. Kein Mensch auf der Welt wird uns je auseinanderbringen.«

Stattdessen sagte er: »Heute nicht mehr. Ich habe morgen viel zu tun.«

Tracy verbarg ihre Enttäuschung. »Natürlich, Liebling. Ich verstehe.«

»Ich rufe dich morgen an.« Er küsste sie flüchtig, wandte sich um und ging den Korridor entlang. Tracy sah ihm nach, bis er verschwunden war.

Die Wohnung stand in Flammen. Glocken klingelten hartnäckig und laut durch die Stille. Feueralarm. Tracy setzte sich schlaftrunken in ihrem Bett auf, schnupperte ins dunkle Zimmer. Roch es nach Rauch? Nein. Aber das Klingeln hörte nicht auf, und Tracy wurde klar, dass es das Telefon war. Ein Blick auf den Wecker: 2 Uhr 30. Charles ist etwas zugestoßen – das raste ihr als erster Gedanke durch den Kopf. In Panik griff sie nach dem Hörer.

Eine ferne Männerstimme fragte: »Tracy Whitney?«

Sie zögerte. Wenn es ein obszöner Anruf war … »Wer ist am Apparat?«

»Lieutenant Miller vom New Orleans Police Department. Spreche ich mit Tracy Whitney?«

»Ja.« Tracy bekam Herzklopfen.

»Ich habe leider schlechte Nachrichten für Sie.«

Tracy krampfte die Hand um den Hörer.

»Es geht um Ihre Mutter.«

»Hatte sie einen Unfall?«

»Sie ist tot, Miss Whitney.«

»Nein!«, schrie Tracy. Das *war* ein obszöner Anruf. Irgendein Irrer versuchte, ihr Angst zu machen. Es war alles in Ordnung mit ihrer Mutter. Ihre Mutter lebte. *Ich habe dich sehr, sehr lieb, Tracy.*

»Ich bedaure außerordentlich, Ihnen das auf diesem Wege mitteilen zu müssen.«

Es war Wirklichkeit. Ein Alptraum. Aber es geschah tatsächlich. Tracy konnte nicht sprechen, war wie gelähmt.

Und wieder die Männerstimme: »Hallo? Miss Whitney? Hallo?«

»Ich komme mit der ersten Maschine.«

Tracy saß in der winzigen Küche ihrer Wohnung und dachte an ihre Mutter. Es konnte nicht sein, dass sie tot war. Sie war immer so lebenssprühend gewesen, so vital. Sie hatten eine so enge und liebevolle Beziehung gehabt. Seit ihrer Kindheit hatte Tracy mit allen Problemen zu ihrer Mutter kommen, mit ihr über die Schule, die Jungen und später über die Männer reden können. Nach dem Tod von Tracys Vater waren viele Leute, die die Firma kaufen wollten, an Doris Whitney herangetreten. Sie hatten ihr so viel Geld geboten, dass sie den Rest ihres Lebens gut davon hätte leben können. Aber sie hatte sich beharrlich geweigert, das Geschäft zu verkaufen. »Dein Vater hat diese Firma aufgebaut. Ich kann seine Lebensarbeit nicht einfach verschleudern.« Und sie hatte dafür gesorgt, dass das Geschäft blühte.

Ach, Mutter, dachte Tracy. *Ich liebe dich so sehr. Du wirst Charles nie kennenlernen. Du wirst dein Enkelkind nie sehen.* Und Tracy begann zu weinen.

Sie machte sich Kaffee und ließ ihn kalt werden, während sie im Dunkeln saß. Sie sehnte sich so sehr danach, Charles anzurufen, ihm zu sagen, was geschehen war, ihn an ihrer Seite zu haben. Aber ein Blick auf die Küchenuhr zeigte ihr, dass sie ihn jetzt nicht anrufen konnte, ohne ihn zu wecken. Und das wollte sie nicht; deshalb würde sie ihn aus New Orleans anrufen. Sie fragte sich, ob der Tod ihrer Mutter einen negativen Einfluss auf die Heiratspläne haben würde, und sofort hatte sie Schuldgefühle. Wie konnte sie jetzt nur an sich denken? Lieutenant Miller hatte gesagt: »Wenn Sie hier sind, kommen Sie bitte zur Polizeidirektion.« *Warum zur Polizeidirektion? Was war passiert?*

Tracy stand im überfüllten Empfangsgebäude des Flughafens von New Orleans und wartete inmitten ungeduldiger Passagiere, die stießen und drängelten, auf ihren Koffer. Sie hatte das Gefühl zu ersticken und bemühte sich, näher an das Band mit dem Gepäck heranzukommen, aber niemand ließ sie durch. Nervosität stieg in ihr auf, und sie fürchtete sich vor dem, was ihr bevorstand. Sie versuchte sich einzureden, das sei alles nur ein Missverständnis, doch die Worte von Lieutenant Miller hallten wieder und wieder in ihr nach: *Ich habe leider schlechte Nachrichten für Sie… Sie ist tot, Miss Whitney… Ich bedaure außerordentlich, Ihnen das auf diesem Wege mitteilen zu müssen…*

Als Tracy endlich ihren Koffer in der Hand hielt, stieg sie in ein Taxi und nannte die Adresse, die Lieutenant Miller ihr genannt hatte: »South Broad Street 715, bitte.«

Der Fahrer grinste sie im Rückspiegel an. »Zu den Bullen, wie?«

Kein Gespräch. Nicht jetzt. In Tracys Kopf war alles in Aufruhr, aber der Fahrer plauderte während der Fahrt munter weiter: »Hat Sie die große Show hierhergeführt, Miss?«

Tracy hatte keine Ahnung, wovon er redete, aber sie dachte: *Nein. Mich hat der Tod hierhergeführt.* Sie hörte die Stimme des Fahrers, doch sie nahm seine Worte nicht wahr. Sie saß starr im Fond und war blind für die vertraute Umgebung, die an ihr vorbeizog. Erst als sie sich dem French Quarter näherten, bemerkte Tracy den wachsenden Lärm. Es war das Getöse eines verrückt gewordenen Pöbelhaufens; Randalierer brüllten eine alte, wilde Litanei.

»Weiter kann ich Sie nicht bringen«, meinte der Fahrer.

Und dann blickte Tracy auf und sah es. Es war ein unglaubliches Bild. Hunderttausende von schreienden Menschen, die Masken trugen, als Drachen und Alligatoren und heidnische Götter verkleidet waren, füllten die Straßen und Bürgersteige. Der Lärm war ohrenbetäubend.

»Steigen Sie aus, bevor die mir mein Taxi umkippen«, befahl der Fahrer. »Dieser gottverdammte Karneval.«

Natürlich, wie hatte sie es vergessen können. Es war Februar, und die ganze Stadt stürzte sich in den Faschingstrubel. Tracy stieg aus, stand mit dem Koffer in der Hand am Bordstein und wurde im nächsten Moment hineingerissen in die lärmende, tanzende Menge. Es war obszön, ein Hexensabbat! Eine Million Furien feierte den Tod ihrer Mutter! Der Koffer wurde Tracy aus der Hand gerissen und verschwand. Ein dicker Mann mit Teufelsmaske hielt sie fest und küsste sie, ein Hirsch drückte ihr die Brüste, ein Riesenpanda packte sie von hinten und hob sie hoch. Sie kämpfte sich frei, wollte davonrennen, aber es war unmöglich. Sie war eingekeilt, saß in der Falle, ein winziger Teil der ausufernden Festivitäten, schwamm mit in der johlenden Menge. Tränen strömten ihr übers Gesicht. Schließlich konnte sie sich doch losreißen und in eine ruhige Straße fliehen. Sie war dem Zusammenbruch nahe. Lange Zeit stand sie reglos da, gegen einen Laternenpfahl gelehnt, atmete tief und bekam sich allmählich wieder in die Gewalt. Dann machte sie sich auf den Weg zur Polizeidirektion.

Lieutenant Miller war ein Mann in mittleren Jahren. Er sah bekümmert aus, hatte ein von Wind und Wetter gegerbtes Gesicht und schien sich in seiner Rolle äußerst unwohl zu fühlen. »Tut mir leid, dass ich Sie nicht vom Flughafen abholen konnte«, sagte er zu Tracy, »aber die ganze Stadt ist zur Zeit übergeschnappt. Wir haben die Sachen Ihrer Mutter durchgesehen, und Sie waren die Einzige, die wir anrufen konnten.«

»Bitte, Lieutenant, bitten sagen Sie mir, was … was meiner Mutter passiert ist.«

»Sie hat Selbstmord begangen.«

Ein kalter Schauer überlief Tracy. »Aber das ist doch unmöglich! Warum sollte sie sich umbringen? Sie hatte doch allen Grund zu leben!« Tracys Stimme klang verzweifelt.

»Sie hat einen Abschiedsbrief hinterlassen. Er ist an Sie gerichtet.«

Das Leichenschauhaus war kalt und neutral und erschreckend. Tracy wurde durch einen langen weißen Korridor in einen großen, sterilen Raum geführt.

Ein Mann im weißen Kittel schlenderte zur nächsten Wand, streckte die Hand nach einem Griff aus und zog eine überdimensionale Schublade auf. »Wollen Sie mal schauen?«

Nein! Ich mag den leeren, leblosen Körper nicht in diesem Kasten liegen sehen. Tracy wollte nur eines: fort. Ein paar Stunden zurück in die Vergangenheit, zurück zum Klingeln der Glocken. *Und es soll ein richtiger Feueralarm sein, nicht das Telefon, nicht die Nachricht vom Tod meiner Mutter.* Tracy bewegte sich langsam vorwärts. Jeder Schritt war ein stummer Schrei. Dann blickte sie auf die leblose Hülle nieder, die sie ausgetragen, gestillt und genährt, mit ihr gelacht und sie geliebt hatte. Sie beugte sich herab und küsste ihre Mutter auf die Wange, die kalt war und sich gummiartig anfühlte. »Oh, Mutter«, flüsterte Tracy. »Warum? Warum hast du das getan?«

Der kurze Abschiedsbrief, den Doris Whitney hinterlassen hatte, gab keine Antwort auf diese Frage..

Liebe Tracy,
bitte verzeih mir. Ich bin gescheitert, und ich hätte es nicht ertragen, Dir zur Last zu fallen. Es ist besser so. Ich liebe Dich.

Deine Mutter

Die Zeilen waren so leblos und leer wie der Körper in der Schublade.

Am Nachmittag traf Tracy alle Vorbereitungen für die Beerdigung und fuhr dann mit dem Taxi zum Haus der Familie Whitney. In der Ferne hörte sie den Lärm der ausgelassenen, ihren Karneval feiernden Menge.

Das Haus der Whitneys stammte aus dem 19. Jahrhundert und war, wie die meisten Wohnhäuser in New Orleans, in Holzbauweise errichtet und nicht unterkellert. Hier in diesem Haus war Tracy aufgewachsen, und es barg behagliche Erinnerungen.

Sie war seit einem Jahr nicht mehr hier gewesen, und als das Taxi vor dem Haus hielt, sah sie schockiert das große Schild auf dem Rasen: ZU VERKAUFEN. Darunter der Name einer Immobilienfirma. Nein, das war unmöglich. *Dieses Haus werde ich nie verkaufen,* hatte Tracys Mutter oft gesagt. *Wir waren hier alle so glücklich.*

Von seltsamer Furcht erfüllt, ging Tracy an der großen Magnolie vorbei zur Vordertür. In der siebten Klasse hatte sie ihren eigenen Hausschlüssel bekommen, den sie seitdem stets bei sich trug – als Talisman, als Erinnerung an jenen Ort der Geborgenheit, an den sie jederzeit zurückkehren konnte.

Sie sperrte die Tür auf, trat ein und blieb wie betäubt stehen. Die Zimmer waren völlig kahl, die schönen alten Möbel fort. Tracy lief von Raum zu Raum. Sie konnte es nicht fassen. Es war, als sei eine Katastrophe über das Haus hereingebrochen. Tracy eilte in den ersten Stock und stand in der Tür zu dem Zimmer, in dem sie die meiste Zeit ihres Lebens gewohnt hatte. Kalt und leer starrte es sie an. *O Gott, was ist geschehen?* Tracy hörte die Türglocke und stieg wie in Trance die Treppe hinunter, um zu öffnen.

Otto Schmidt stand vor ihr, der Werkmeister der Whitney Automotive Parts Company. Er war weit über sechzig, hatte ein runzliges Gesicht und einen, abgesehen vom Bierbauch, zaundürren Körper. Ein Kranz von widerspenstigen grauen Haaren säumte seinen nackten Schädel.

»Tracy«, sagte er. »Ich habe es eben erfahren. Ich … ich kann Ihnen gar nicht sagen, wie leid mir das tut.«

Tracy drückte ihm beide Hände. »Ach, Otto. Ich bin so froh, Sie zu sehen. Kommen Sie herein.« Sie führte ihn in das leere Wohnzimmer. »Tut mir leid, dass man hier nirgendwo sitzen kann«, entschuldigte sie sich. »Wir müssen uns auf den Boden setzen. Macht es Ihnen was aus?«

»Nein, nein.«

Sie nahmen einander gegenüber Platz, die Augen verschleiert vor Kummer. Otto war schon jahrelang bei der Firma, und Tracy wusste, wie sehr sich ihr Vater auf ihn verlassen hatte. Als ihre Mutter die Firma übernommen hatte, war Schmidt geblieben und ihr bei der Leitung des Geschäfts zur Hand gegangen.

»Otto, ich verstehe das alles nicht. Die Polizei sagt, meine Mutter hat Selbstmord begangen. Aber Sie wissen ja, dass sie keinen Grund hatte, sich umzubringen.« Plötzlich durchzuckte sie ein entsetzlicher Gedanke. »Sie war doch nicht krank, oder? Sie hatte keine furchtbare ...«

»Nein, das nicht.« Otto Schmidt schaute betreten weg. In seinen Worten schwang irgendetwas Unausgesprochenes mit.

Langsam sagte Tracy: »Sie wissen, woran es lag.«

Er blickte sie aus feuchten blauen Augen an. »Ihre Mutter hat Ihnen nicht erzählt, was hier in letzter Zeit passiert ist. Sie wollte nicht, dass Sie sich Sorgen machen.«

Tracy runzelte die Stirn. »Sorgen? Warum? Sprechen Sie weiter ... bitte.«

Er öffnete die schwieligen Hände und schloss sie wieder. »Ist Ihnen der Name Joe Romano ein Begriff?«

»Joe Romano? Nein. Warum?«

Otto Schmidt kniff die Augen zusammen. »Vor sechs Monaten ist Romano an Ihre Mutter herangetreten. Er wollte die Firma kaufen. Sie hat abgewinkt, aber er hat ihr das Zehnfache von dem geboten, was das Geschäft wirklich wert ist, und da konnte sie nicht widerstehen. Sie war so aufgeregt. Sie wollte das ganze Geld in Wertpapieren anlegen. Die hätten so viel Zinsen gebracht, dass Sie beide den Rest Ihres Lebens gut davon hätten leben können. Sie wollte Sie überraschen. Ich habe mich so sehr für Sie gefreut. Ich wollte mich eigentlich schon vor drei Jahren zur Ruhe setzen, aber ich konnte Mrs. Doris ja nicht einfach allein lassen, nicht wahr? Dieser Romano …«, Otto spie das Wort fast aus, »… dieser Romano hat eine kleine Anzahlung geleistet. Das große Geld sollte vorigen Monat kommen.«

»Ja, und weiter?«, fragte Tracy ungeduldig. »Was ist passiert?«

»Als Romano die Firma übernommen hat, hat er allen gekündigt und seine Leute in den Betrieb gesetzt. Dann hat er die Firma systematisch ausgeplündert. Er hat das gesamte Inventar verkauft, eine Menge neue Maschinen bestellt und weiterverkauft, aber nicht dafür bezahlt. Die Lieferfirmen waren zunächst nicht beunruhigt. Sie haben gedacht, sie hätten es noch mit Ihrer Mutter zu tun. Als sie Ihre Mutter schließlich angemahnt haben, ist sie zu Romano gegangen und wollte wissen, was eigentlich los ist. Romano hat gesagt, er wäre nun doch nicht interessiert, und sie könnte die Firma wiederhaben. Aber inzwischen war die Firma nichts mehr wert. Und Ihre Mutter hatte außerdem eine halbe Million Dollar Schulden, die sie nicht bezahlen konnte. Tracy – meine Frau und ich haben mitverfolgt, wie Ihre Mutter gekämpft hat, und es hat uns fast umgebracht. Sie hat mit allen Mitteln versucht, die Firma zu retten. Es ging nicht. Sie musste Konkurs anmelden. Und sie haben ihr alles genommen: das Geschäft, dieses Haus, sogar ihr Auto.«

»O Gott!«

»Es geht noch weiter. Der Staatsanwalt hat Ihrer Mutter mitgeteilt, dass er gegen sie Anklage erheben will wegen Betrugs und dass sie mit einer Gefängnisstrafe zu rechnen hat.«

Tracy kochte vor hilfloser Wut. »Aber sie hätte den Leuten doch bloß die Wahrheit sagen müssen! Sie hätte ihnen nur erklären müssen, was dieser Romano mit ihr gemacht hat!«

Der alte Werkmeister schüttelte den Kopf. »Joe Romano arbeitet für einen Mann namens Anthony Orsatti. Und Orsatti hat das Sagen in New Orleans. Ich habe zu spät herausgefunden, dass Romano dasselbe auch schon mit anderen Firmen gemacht hat. Wenn Ihre Mutter ihn verklagt hätte, hätte es Jahre gedauert, bis alles geklärt gewesen wäre. Und dafür hatte sie nicht das nötige Geld.«

»Warum hat sie mir nichts gesagt?« Es war ein Aufschrei des Schmerzes, ein Aufschrei um den Schmerz ihrer Mutter.

»Mrs. Doris war eine stolze Frau. Und was will man machen? Man kann nichts machen.«

Da irrst du dich, dachte Tracy erbost. »Ich will mit Joe Romano reden. Wo wohnt er?«

»Das können Sie vergessen«, erwiderte Schmidt. »Sie haben keine Ahnung, wie viel Macht der Mann hat.«

»Wo wohnt er, Otto?«

»In einem Haus am Jackson Square. Aber es ist sinnlos, ihn aufzusuchen, Tracy, glauben Sie mir.«

Tracy gab keine Antwort. Sie empfand eine Regung, die ihr völlig fremd war: Hass. *Joe Romano wird dafür bezahlen, dass er meine Mutter in den Tod getrieben hat.* Das schwor sich Tracy.

3

Sie brauchte Zeit. Zeit zum Nachdenken, Zeit zum Planen. Sie konnte das leergeräumte Haus nicht ertragen. Also zog sie in ein kleines Hotel in der Magazine Street, weit entfernt vom French Quarter, wo immer noch wild gefeiert wurde. Sie hatte kein Gepäck, und der misstrauische Mann am Empfang sagte: »Sie müssen im Voraus zahlen. Vierzig Dollar pro Nacht.«

Tracy rief von ihrem Zimmer aus Clarence Desmond an und teilte ihm mit, sie werde einige Tage nicht zur Arbeit kommen können.

Er kaschierte seinen Ärger über die Störung. »Da machen Sie sich nur keine Gedanken«, sagte er. »Wir finden schon jemand, der für Sie einspringt.« Er hoffte, dass sie nicht vergessen würde, Charles Stanhope zu erzählen, wie verständnisvoll er gewesen war.

Dann führte Tracy ein Telefonat mit Charles. »Charles, Liebling …«

»Wo steckst du bloß, Tracy? Meine Mutter hat den ganzen Vormittag versucht, dich zu erreichen. Sie wollte heute mit dir zu Mittag essen. Ihr müsst etliche Dinge besprechen.«

»Tut mir leid, Liebling. Ich bin in New Orleans.«

»Wo bist du? In New Orleans? Was machst du denn da?«

»Meine Mutter ist… gestorben.« Die Worte blieben Tracy fast im Hals stecken.

»Oh, das tut mir leid, Tracy. Es ist ganz plötzlich gekommen, nicht? Sie war doch noch ziemlich jung?«

Sie war noch sehr jung, dachte Tracy trübsinnig. »Ja«, antwortete sie. »Sie war noch ziemlich jung.«

»Was ist passiert? Und wie geht es dir?«

Tracy konnte sich nicht dazu überwinden, Charles zu erzählen, dass ihre Mutter Selbstmord begangen hatte. Am liebsten hätte sie die ganze entsetzliche Geschichte herausgeschrien. Was man ihrer Mutter angetan, wie man sie in den Tod getrieben hatte. Aber sie hielt sich zurück. *Das ist mein Problem,* dachte sie. *Ich darf Charles nicht damit belasten.* »Keine Bange«, sagte sie, »mir geht es gut, Liebling.«

»Soll ich kommen, Tracy?«

»Nein, danke. Ich schaffe das schon. Morgen ist die Beerdigung, und am Montag bin ich wieder in Philadelphia.«

Am späten Nachmittag verließ Tracy das Hotel. Sie ging die Canal Street entlang, bis sie zu einem Pfandhaus kam. Ein müder Mann mit altmodischem grünem Augenschirm saß hinter dem vergitterten Tresen.

»Kann ich was für Sie tun?«

»Ich … ich möchte eine Waffe kaufen.«

»Was für eine?«

»Äh … einen Revolver.«

»Wollen Sie einen 32er, einen 45er, einen …«

Tracy hatte noch nie in ihrem Leben eine Waffe in der Hand gehabt. »Einen … einen 32er. Der tut's wohl.«

»Ich habe einen schönen Smith & Wesson für 229 Dollar oder einen Charter Arms für 159 Dollar …«

Tracy hatte nicht so viel Geld bei sich. »Etwas Billigeres haben Sie nicht?«

Der Mann zuckte die Achseln. »Billiger ist nur noch 'ne Schleuder, Lady. Aber weil Sie's sind, kriegen Sie von mir einen 32er für 150 Dollar. Und eine Schachtel Munition gratis dazu.«

»Gut.« Tracy beobachtete, wie der Mann zu einem Tisch voll Waffen ging und einen Revolver aussuchte. Er trug ihn zum Tresen. »Wissen Sie, wie man so ein Ding bedient?«

»Man … man drückt einfach ab.«

Der Mann gab einen Grunzlaut von sich. »Soll ich Ihnen zeigen, wie man ihn lädt?«

Tracy wollte sagen, das sei nicht nötig, sie habe nicht vor, Gebrauch von der Waffe zu machen, sie wolle nur jemanden erschrecken. Aber dann wurde ihr klar, wie läppisch das klingen würde. Und so bat sie den Mann, es ihr zu zeigen. Sie sah zu, wie er die Patronen in die Trommel steckte, öffnete dann ihre Handtasche und legte die 150 Dollar auf den Tresen.

»Ich brauche noch Ihren Namen und Ihre Adresse für das Polizeiregister.«

Daran hatte Tracy nicht gedacht. Es war eine strafbare Handlung, Joe Romano mit der Waffe zu bedrohen. *Aber er ist der Kriminelle, nicht ich.*

Der Mann blickte Tracy fragend an. Der grüne Schirm ließ seine Augen gelb erscheinen. »Name?«

»Smith. Joan Smith.«

Er notierte es auf einer Empfangsbescheinigung. »Adresse?«

»Dowman Road. Dowman Road 3020.«

Ohne aufzublicken, sagte der Mann: »Die Hausnummer gibt's nicht. Das wäre mitten im Mississippi. Machen wir 1520 daraus.« Er schob ihr die Empfangsbescheinigung zu.

Sie unterschrieb und fragte: »Das war's?«

»Ja, das war's.« Der Mann reichte Tracy behutsam den Revolver durch das Gitter. Sie starrte wie gebannt auf die Waffe, nahm sie dann entgegen, verstaute sie in ihrer Handtasche, drehte sich um und eilte aus dem Pfandhaus.

»He, Lady!«, rief ihr der Mann nach. »Vergessen Sie nicht, dass das Ding geladen ist!«

Am Jackson Square, der im Herzen des French Quarter lag, schirmten Hecken und schöne Magnolien die gepflegten alten Häuser vor dem brausenden Verkehr ab. In einem dieser Häuser wohnte Joe Romano.

Tracy wartete, bis es dunkel war, und machte sich dann auf den Weg. Der Karnevalszug hatte sich zur Chartres Street weitergewälzt, und Tracy hörte von fern den Widerhall des Tumults, in den sie am Vormittag geraten war.

Sie stand im Schatten, betrachtete Joe Romanos Haus, spürte das Gewicht der Waffe in ihrer Handtasche. Ihr Plan war einfach. Sie würde ruhig und vernünftig mit Joe Romano reden. Sie würde ihn bitten, die Schande vom Namen ihrer Mutter zu tilgen. Wenn er sich weigerte, würde sie ihn mit dem Revolver bedrohen und ihn zwingen, ein schriftliches Geständnis niederzulegen. Dieses Geständnis würde sie Lieutenant Miller bringen; er konnte dann Romano verhaften. Womit die Ehre ihrer Mutter wiederhergestellt war. Tracy wünschte sich sehnlich, dass Charles bei ihr wäre. Doch es war wohl besser, das allein zu tun. Charles durfte nicht in die Sache hineingezogen werden.

Sie würde ihm davon berichten, wenn alles vorbei war und Joe Romano hinter Schloss und Riegel saß.

Ein Fußgänger näherte sich. Tracy wartete, bis er verschwunden war und die Straße verlassen dalag. Dann lief sie zur Haustür und drückte die Klingel. Keine Reaktion. *Wahrscheinlich ist er auf einer Faschingsparty,* dachte Tracy. *Aber ich kann warten. Ich kann warten, bis er nach Hause kommt.* Plötzlich ging das Licht auf der Veranda an. Die Tür öffnete sich, und ein Mann stand vor Tracy. Sein Aussehen verblüffte sie. Sie hatte sich eine üble Gestalt vorgestellt, eine Gangstervisage. Stattdessen hatte sie einen attraktiven, kultiviert wirkenden Mann vor sich, den man ohne weiteres für einen Professor hätte halten können. Seine Stimme war leise und freundlich. »Guten Abend. Kann ich Ihnen behilflich sein?«

»Sind Sie Joseph Romano?«, fragte Tracy unsicher.

»Ja. Was kann ich für Sie tun?« Er hatte eine angenehme, verbindliche Art. *Kein Wunder, dass sich meine Mutter von ihm hat blenden lassen,* dachte Tracy.

»Ich … ich würde gern mit Ihnen reden, Mr. Romano.«

Er warf einen prüfenden Blick auf ihre Figur. »Bitte, kommen Sie herein.«

Tracy trat in ein Wohnzimmer voll schöner antiker Möbel. Joseph Romano führte ein gutes Leben. *Mit dem Geld meiner Mutter,* dachte Tracy erbittert.

»Ich wollte mir gerade einen Drink machen. Mögen Sie auch einen?«

»Nein, danke.«

Er betrachtete sie neugierig. »Weshalb wollten Sie mich sprechen, Miss …«

»Tracy Whitney. Ich bin Doris Whitneys Tochter.«

Er schaute sie einen Moment völlig verständnislos an. Dann begriff er. »Ach ja. Ich hab's gehört. Das mit Ihrer Mutter, meine ich. Zu dumm.«

Zu dumm! Er trug die Schuld am Tod ihrer Mutter, und sein einziger Kommentar war: »Zu dumm.«

»Mr. Romano, der Staatsanwalt glaubt, dass meine Mutter eine Betrügerin war. Sie wissen, das stimmt nicht. Ich möchte, dass Sie mir helfen, meine Mutter von diesem Verdacht zu entlasten.«

Er lachte. »Im Karneval rede ich nie übers Geschäft. Das verbietet mir meine Religion.« Romano ging zur Bar und mixte zwei Drinks. »Ich glaube, Sie fühlen sich besser, wenn Sie einen Schluck getrunken haben.«

Er ließ ihr keine andere Wahl. Tracy öffnete ihre Handtasche, zog den Revolver heraus und zielte auf Romano. »Ich werde Ihnen sagen, wann ich mich besser fühle, Mr. Romano. Wenn Sie gestehen, was Sie meiner Mutter angetan haben.«

Joseph Romano drehte sich um und sah die Waffe. »Stecken Sie das Schießeisen lieber weg, Miss Whitney. Es könnte losgehen.«

»Es *wird* losgehen, wenn Sie nicht genau das tun, was ich Ihnen sage. Sie schreiben jetzt auf ein Blatt Papier, wie Sie die Firma ausgeplündert und Bankrott gemacht haben. Und wie Sie meine Mutter zum Selbstmord getrieben haben.«

Romano beobachtete Tracy nun genau, einen wachsamen Ausdruck in den dunklen Augen. »Ich verstehe. Und was ist, wenn ich mich weigere?«

»Dann töte ich Sie.« Tracy spürte, wie der Revolver in ihrer Hand zitterte.

»Sie sehen nicht so aus, als könnten Sie jemand kaltblütig töten, Miss Whitney.« Er ging langsam auf sie zu, einen Drink in der Hand. Seine Stimme klang sanft und einschmeichelnd. »Ich habe nichts mit dem Tod Ihrer Mutter zu tun. Glauben Sie mir, ich …« Er schüttete Tracy den Drink ins Gesicht.

Der Alkohol brannte Tracy in den Augen, und im nächsten Moment wurde ihr der Revolver aus der Hand geschlagen.

»Ihre Frau Mama hat mir was vorenthalten«, lächelte Joe Romano. »Sie hat mir nicht verraten, dass sie eine geile Tochter hat.«

Er packte Tracy bei den Armen. Sie konnte nichts sehen und hatte Angst. Verzweifelt versuchte sie, sich loszureißen, aber er stieß sie gegen die Wand, drückte sich an sie.

»Du hast Courage, Baby. Das gefällt mir. Es macht mich scharf.« Seine Stimme war heiser. Tracy spürte seinen Körper an ihrem. Sie wollte sich wegdrehen, aber er hatte sie so fest im Griff, dass sie hilflos war.

»Du hast ein kleines Abenteuer gesucht, wie? Bei Joe bist du da an der richtigen Adresse.«

Sie wollte schreien, aber es ging nicht. Sie konnte nur keuchen. »Lassen Sie mich los!«

Er riss ihr die Bluse auf. »He! Was für tolle Titten«, flüsterte er und kniff sie in die Brustwarzen. »Wehr dich, Baby«, sagte er leise. »Ich mag das.«

»Lassen Sie mich los!«

Er drückte fester zu, er zwang Tracy zu Boden.

»Du bist bestimmt noch nie von einem richtigen Mann gefickt worden«, grinste er. Jetzt war er über ihr. Sein Körper war schwer, und seine Hände wanderten an ihren Oberschenkeln empor. Tracy schlug blindlings um sich. Da berührten ihre Finger den Revolver, und sie griff danach.

Plötzlich gab es einen ohrenbetäubenden Knall.

Sie hörte Romanos Schrei und spürte, wie sich sein Griff lockerte. Durch rote Schleier vor den Augen sah sie mit kaltem Entsetzen, wie er von ihr abglitt und zu Boden sackte. »Du hast auf mich geschossen, du Miststück. Du hast auf mich geschossen …«

Tracy war wie gelähmt. Ihr wurde schlecht, und die Augen taten ihr höllisch weh. Sie rappelte sich mühsam hoch, wandte sich um, stolperte zu der Tür am anderen Ende des Raumes und stieß sie auf. Ein Badezimmer. Sie taumelte ans Waschbecken, ließ kaltes Wasser einlaufen und nahm ein Augenbad, bis der Schmerz halbwegs erträglich war und sie wieder klar sehen konnte. Dann schaute sie in den Spiegel. Ihre Augen waren blutunterlaufen, ihr Blick flackerte unruhig. *Mein Gott, ich habe eben einen Mann getötet.* Sie rannte ins Wohnzimmer zurück.

Joe Romano lag auf dem Boden, und sein Blut färbte den weißen Teppich rot. Tracy stand mit leichenblassem Gesicht neben Romano. »Es tut mir leid«, stammelte sie verwirrt. »Ich wollte Sie nicht …«

»Einen Krankenwagen …« Romanos Atem ging stoßweise.

Tracy eilte zum Telefon, wählte und sprach mit erstickter Stimme in die Muschel. »Bitte schicken Sie sofort einen Krankenwagen.« Sie nannte Romanos Adresse. »Hier liegt ein Mann mit einer Schusswunde.«

Sie hängte ein und blickte auf Joe Romano nieder. *Lieber Gott,* betete sie, *lass ihn nicht sterben. Du weißt, dass ich ihn nicht töten wollte.* Sie kniete sich neben Romano, um festzustellen, ob er noch lebte. Er hatte die Augen geschlossen, aber er atmete noch. »Der Krankenwagen ist schon unterwegs«, sagte Tracy.

Dann floh sie.

Sie bemühte sich, nicht zu rennen, denn sie wollte kein Aufsehen erregen, zog deshalb auch ihre Jacke um sich, damit man die zerrissene Bluse nicht sah. Vier Straßen von Romanos Haus entfernt versuchte sie, ein Taxi zu kriegen. Sechs fuhren an ihr vorbei. Alle besetzt. Lauter glückliche, lachende Fahrgäste. Von fern hörte Tracy eine Sirene, und Sekunden später raste ein Krankenwagen an ihr vorbei, in die Richtung von Joe Romanos Haus. *Ich muss schnell weg von hier,* dachte Tracy. Zehn Meter vor ihr hielt ein Taxi am Bordstein. Die Fahrgäste stiegen aus. Tracy rannte auf das Taxi zu. »Sind Sie frei?«

»Kommt ganz drauf an. Wo wollen Sie hin?«

»Zum Flughafen.« Tracy hielt den Atem an.

»Steigen Sie ein.«

Auf dem Weg zum Flughafen dachte Tracy nach. Wenn der Krankenwagen zu spät gekommen war … wenn Joe Romano tot war … dann war sie eine Mörderin. Sie hatte den Revolver, der ihre Fingerabdrücke trug, nicht eingesteckt. Aber sie konnte der Polizei sagen, dass Romano versucht hatte, sie zu vergewaltigen, und dass die Waffe aus Versehen losgegangen war – nur würde ihr das niemand glauben. Sie hatte den Revolver gekauft, der neben Joe Romano auf dem Boden lag. Sie musste so rasch wie möglich fort aus New Orleans.

»Na, hat Ihnen der Karneval Spaß gemacht?«, fragte der Fahrer.

Tracy schluckte. »Ich… ja.« Sie holte einen kleinen Spiegel aus ihrer Handtasche und richtete sich notdürftig her. Was für eine Dummheit von ihr, Romano zu einem Geständnis zwingen zu wollen. Alles war verkehrt gelaufen. *Wie sage ich's Charles?* Sie wusste, er würde schockiert sein. Aber wenn sie ihm alles erklärt hatte, würde er sie verstehen. Und wissen, was zu tun war.

Als Tracy das Empfangsgebäude des New Orleans International Airport betrat, schien ihr, dass alle Leute sie vorwurfsvoll anstarrten. *Das macht mein schlechtes Gewissen,* dachte sie. Wenn sie nur in Erfahrung hätte bringen können, wie es Joe Romano ging! Aber sie hatte keine Ahnung, in welches Krankenhaus er eingeliefert worden war und an wen sie sich wenden konnte. *Er wird es überleben. Charles und ich werden zu Mutters Beerdigung nach New Orleans zurückfliegen, und Joe Romano wird wieder gesund.* Sie versuchte, das Bild des Mannes auf dem Boden aus ihren Gedanken zu verbannen, dessen Blut den weißen Teppich rot färbte. Sie musste nach Hause, sie musste zu Charles.

Tracy ging zum Schalter der Delta Airlines. »Ein Ticket für den nächsten Flug nach Philadelphia, bitte. Touristenklasse.«

Der Mann hinter dem Schalter zog seinen Computer zu Rat. »Flugnummer 304 … Sie haben Glück. Da ist noch ein Platz frei.«

»Wann startet die Maschine?«

»In zwanzig Minuten. Das schaffen Sie noch.«

Tracy langte in ihre Handtasche und fühlte eher, als dass sie es sah, wie zwei Polizisten neben sie traten. Der eine fragte: »Sind Sie Tracy Whitney?«

Ihr Herz hörte einen Moment auf zu schlagen. *Es wäre albern zu leugnen, dass ich Tracy Whitney bin.* »Ja …«

»Sie sind verhaftet.«

Und Tracy spürte, wie sich der kalte Stahl von Handschellen um ihre Gelenke schloss.

Alles geschah in Zeitlupe. Alles geschah einer anderen Person. Tracy beobachtete, wie sie aus dem Empfangsgebäude geführt wurde. Passanten drehten sich um und gafften. Sie wurde in den Fond eines Streifenwagens gestoßen. Stahldraht trennte Vorder- und Rücksitz. Der Streifenwagen fuhr los. Blaulicht an, mit jaulenden Sirenen. Tracy machte sich klein, versuchte unsichtbar zu werden. Sie war eine Mörderin. Joe Romano war gestorben. Aber es war ein Versehen gewesen. Sie würde erklären, wie es passiert war. Sie mussten ihr glauben. Sie *mussten*.

Das Polizeirevier, auf das Tracy gebracht wurde, befand sich im Stadtteil Algiers, am Westufer des Mississippi. Es war ein düsterer, ja drohender Bau, der Hoffnungslosigkeit ausstrahlte. Die Wachstube war voll von schäbig aussehenden Typen: Prostituierte, Zuhälter, Diebe und ihre Opfer. Tracy wurde zum Schreibtisch des diensthabenden Sergeants geführt.

»Das ist die Whitney, Sergeant«, sagte einer der Polizisten, die sie verhaftet hatten. »Wir haben sie auf dem Flughafen erwischt. Sie wollte gerade abhauen.«

»Ich wollte nicht …«

»Nehmen Sie ihr die Handschellen ab.«

Die Fesseln verschwanden, und Tracy sagte: »Es war ein Versehen. Ich wollte ihn nicht töten. Er hat versucht, mich zu vergewaltigen, und …« Sie wurde der Hysterie in ihrer Stimme nicht Herr.

Der Sergeant fragte barsch: »Sind Sie Tracy Whitney?«

»Ja. Ich …«

»Abführen.«

»Nein! Einen Moment noch«, bat Tracy. »Ich muss jemand anrufen. Ich … ich habe das Recht, ein Telefongespräch zu führen.«

Der Sergeant brummte: »Sie kennen sich aus, oder? Wie oft waren Sie denn schon im Knast, Schätzchen?«

»Noch nie. Das ist …«

»Okay, Sie können ein Telefongespräch führen. Drei Minuten. Welche Nummer?«

Tracy war so nervös, dass ihr Charles' Telefonnummer nicht einfiel. Sie konnte sich nicht einmal an die Vorwahl von Philadelphia erinnern. *Zwei-fünf-eins? Nein.*

Sie zitterte.

»Na, nun machen Sie schon. Ich hab nicht die ganze Nacht lang Zeit.«

Zwei-eins-fünf … Ja! »Zwei-eins-fünf-fünf-fünf-fünf-neun-drei-null-eins.«

Der Sergeant wählte die Nummer und gab Tracy den Hörer. Es klingelte einmal, zweimal, endlos. Niemand hob ab. *Aber Charles muss doch zu Hause sein!*

»Ihre Zeit ist um«, sagte der Sergeant, streckte die Hand aus und wollte Tracy den Hörer abnehmen.

»Bitte, warten Sie!«, rief Tracy verzweifelt. Und nun fiel ihr plötzlich wieder ein, dass Charles sein Telefon nachts abstellte, um nicht gestört zu werden. Sie hörte es unablässig klingeln und erkannte mit entsetzlicher Klarheit, dass sie ihn nicht erreichen konnte.

Der Sergeant fragte: »Sind Sie fertig?«

Tracy blickte ihn an und sagte dumpf: »Ja, ich bin fertig.«

Ein hemdsärmeliger Polizist führte sie in einen Raum, wo ihre Personalien aufgeschrieben und Fingerabdrücke gemacht wurden. Dann wurde sie einen Flur entlanggeführt und in eine Einzelzelle gesperrt.

»Das Hearing ist morgen früh«, brummte der Polizist. Dann ging er. Tracy war allein.

Das ist nicht wahr, dachte sie. *Das ist nur ein furchtbarer Traum. O Gott, lass es bitte nicht Wirklichkeit sein.*

Aber die stinkende Pritsche war Wirklichkeit, und die Toilette ohne Brille war Wirklichkeit, und die Gitterstäbe auch.

Die Nachtstunden zogen sich endlos hin. *Wenn ich Charles nur erreicht hätte.* Sie brauchte ihn jetzt, wie sie noch nie jemanden gebraucht hatte. *Ich hätte ihm alles anvertrauen sollen. Wenn ich ihm alles anvertraut hätte, wäre das nicht passiert.*

Um 6 Uhr brachte ein gelangweilter Wärter das Frühstück: lauwarmen Kaffee und kalte Hafergrütze. Tracy kriegte nichts hinunter. Ihr Magen revoltierte. Um 9 Uhr wurde sie von einer Aufseherin geholt.

»Es geht los, Süße.« Die Aufseherin schloss die Zellentür auf.

»Ich muss ein Telefongespräch führen«, sagte Tracy. »Es ist sehr …«

»Später«, erwiderte die Aufseherin. »Sie wollen den Richter doch sicher nicht warten lassen. Der kann nämlich ganz schön fies werden.«

Sie marschierte mit Tracy einen Flur entlang und dann durch eine Tür, die in einen Gerichtssaal führte. Auf der Richterbank saß ein ziemlich alter Mann, dessen Kopf und Hände unablässig zuckten. Vor ihm stand der Staatsanwalt, Ed Topper, ein Mittvierziger mit welligem, graumeliertem Haar und kalten schwarzen Augen.

Tracy wurde zu einem Stuhl geführt, und dann rief der Gerichtsdiener: »Im Namen des Volkes.« Tracy merkte plötzlich, dass sie auf die Richterbank zusteuerte. Der Richter überflog ein Blatt Papier, das vor ihm lag. Sein Kopf ging ruckartig auf und nieder.

Jetzt. Jetzt konnte Tracy endlich erklären, was geschehen war. Sie presste ihre Hände aneinander, damit sie nicht zitterten.

»Euer Ehren, es war kein Mord. Ich habe auf ihn geschossen, ja, aber nur aus Versehen. Ich wollte ihn lediglich erschrecken. Er hat versucht, mich zu vergewaltigen, und ich …«

Der Staatsanwalt fiel ihr ins Wort. »Euer Ehren, wir wollen hier nicht unsere Zeit vergeuden. Diese Frau ist, bewaffnet mit einem Revolver vom Kaliber 32 mm, in Mr. Romanos Haus eingebrochen und hat einen Renoir im Wert von einer halben Million Dollar gestohlen. Als Mr. Romano sie auf frischer Tat ertappte, hat sie ihn kaltblütig niedergeschossen und die Flucht ergriffen.«

Tracy spürte, wie ihr das Blut aus dem Gesicht wich. »Wovon … wovon reden Sie eigentlich?«

All das gab keinen Sinn.

Der Staatsanwalt polterte: »Wir haben die Waffe sichergestellt, mit der Mr. Romano verwundet wurde. Tracy Whitneys Fingerabdrücke befinden sich darauf.«

Verwundet! Also lebte Joe Romano, und sie war keine Mörderin.

»Sie konnte mit dem Gemälde entkommen, Euer Ehren. Mittlerweile befindet es sich vermutlich in den Händen eines Hehlers. Die Staatsanwaltschaft beantragt daher, dass Tracy Whitney wegen Mordversuchs und bewaffneten Raubes in Haft gehalten und die Kaution auf eine halbe Million Dollar festgesetzt wird.«

Der Richter wandte sich Tracy zu, die völlig schockiert dastand. »Haben Sie einen Anwalt?«

Tracy hörte ihn nicht einmal.

Der Richter erhob seine Stimme. »Ich habe Sie gefragt, ob Sie einen Anwalt haben?!«

Tracy schüttelte den Kopf. »Nein. Ich … was dieser Mann gesagt hat, ist nicht wahr. Ich habe nie …«

»Haben Sie Geld für einen Verteidiger?«

Sie hatte ein paar hundert Dollar im Angestelltenfonds der Bank. Und sie hatte Charles. »Ich … nein, Euer Ehren, aber ich verstehe nicht …«

»Dann wird das Gericht einen Verteidiger für Sie bestellen. Die Kaution wird auf eine halbe Million Dollar festgesetzt. Da Sie diese nicht hinterlegen können, werden Sie ersatzweise in Haft gehalten.«

»Nein! Warten Sie! Das ist alles ein Irrtum! Ich …«

An ihre Abführung aus dem Gerichtssaal konnte sich Tracy später nicht mehr erinnern.

Der Verteidiger, den das Gericht für sie bestellt hatte, hieß Perry Pope. Er war Ende dreißig, hatte ein kantiges, intelligentes Gesicht und freundliche blaue Augen. Tracy mochte ihn sofort.

Er kam in ihre Zelle, setzte sich auf die Pritsche und sagte: »Für eine junge Dame, die erst seit vierundzwanzig Stunden in New Orleans ist, haben Sie ja tüchtig Furore gemacht!« Er grinste. »Aber Sie haben Glück. Ihre Schießkünste sind miserabel. Es ist nur eine Fleischwunde. Romano wird's jedenfalls überleben.« Er zog eine Pfeife aus der Tasche. »Stört es Sie, wenn ich rauche?«

»Nein, überhaupt nicht.«

Er stopfte seine Pfeife, zündete sie an und musterte Tracy. »Sie sehen eigentlich nicht wie eine Schwerverbrecherin aus, Miss Whitney.«

»Ich bin auch keine. Ich schwöre es bei allem, was mir heilig ist.«

»Überzeugen Sie mich«, sagte Perry Pope. »Erzählen Sie mir, was vorgefallen ist. Von Anfang an. Und lassen Sie sich ruhig Zeit.«

Tracy erstattete ihm von allem Bericht. Perry Pope hörte ihr schweigend zu. Als sie ausgeredet hatte, lehnte er sich gegen die Zellenwand, einen erbosten Ausdruck im Gesicht. »Dieses Schwein«, murmelte er.

»Ich verstehe nicht, wovon der Staatsanwalt gesprochen hat.« Sie blickte Perry Pope verwirrt an. »Ich weiß nichts von diesem Bild.«

»Das ist alles ganz einfach. Joe Romano hat Sie als Täterin vorgeschoben. Genauso wie Ihre Mutter. Sie sind in eine abgekartete Sache hineingeraten.«

»Ich verstehe immer noch nicht.«

»Dann will ich es Ihnen erklären. Romano wird Anspruch auf die Versicherungssumme für den Renoir erheben, den er irgendwo versteckt hat, und eine halbe Million kassieren. Die Versicherung wird hinter *Ihnen* her sein, nicht hinter ihm. Wenn ein bisschen Gras über die Sache gewachsen ist, wird er das Bild an einen Privatsammler verkaufen und dank Ihres Versuchs in Selbstjustiz noch einmal eine halbe Million kassieren. War Ihnen denn nicht klar, dass ein erzwungenes Geständnis wertlos ist?«

»Nein, nicht richtig. Ich dachte mir bloß, wenn ich ihm die Wahrheit entlocken kann, wird vielleicht jemand gegen ihn ermitteln.«

Die Pfeife war Perry Pope ausgegangen. Er zündete sie wieder an. »Wie sind Sie in Romanos Haus gekommen?«

»Ich habe geläutet, und er hat mich reingelassen.«

»Er erzählt das anders. Auf der Gartenseite des Hauses ist ein Fenster eingeschlagen. Und da seien Sie eingestiegen, behauptet er. Er hat der Polizei gesagt, er hätte Sie genau in dem Moment erwischt, als Sie sich mit dem Renoir aus dem Staub machen wollten. Und als er versucht hätte, Sie aufzuhalten, hätten Sie ihn niedergeschossen und wären geflohen.«

»Das ist eine Lüge! Ich ...«

»Aber es ist *seine* Lüge und sein Haus und Ihr Revolver. Haben Sie auch nur eine leise Ahnung, mit wem Sie sich da angelegt haben?«

Tracy schüttelte stumm den Kopf.

»Dann will ich Sie mal aufklären, Miss Whitney. Diese Stadt ist fest in der Hand einer Cosa-Nostra-Familie. Ihr Boss ist Anthony Orsatti. Ohne seinen Segen läuft hier gar nichts. Wenn Sie eine Baugenehmigung haben oder eine Straße asphaltieren wollen, wenn Sie Miezen und Strichjungen anschaffen lassen oder mit Rauschgift dealen wollen, müssen Sie mit Orsatti reden. Joe Romano hat als Killer bei ihm angefangen. Inzwischen ist er seine rechte

Hand.« Perry Pope blickte Tracy verwundert an. »Und Sie sind mir nichts, dir nichts zu Romano gegangen und haben ihn mit einer Schusswaffe bedroht.«

Tracy saß starr und erschöpft da. Schließlich fragte sie: »Glauben Sie mir meine Geschichte?«

Perry Pope lächelte. »Ja, sie ist so haarsträubend naiv, dass sie einfach wahr sein muss.«

»Können Sie mir helfen?«

»Ich will es versuchen«, antwortete er langsam. »Ich gäbe viel darum, die ganze Bagage hinter Schloss und Riegel zu bringen. Sie haben diese Stadt gekauft und die meisten Richter dazu. Falls es zum Prozess vor dem Schwurgericht kommt, können Sie sich begraben lassen.«

Tracy blickte ihn verdutzt an. »Falls?«

Perry Pope stand auf und ging in der kleinen Zelle hin und her. »Ich will nicht, dass Sie vor ein Schwurgericht müssen. Denn glauben Sie mir, die Geschworenen sind *seine* Geschworenen. Es gibt hier nur einen Richter, den Orsatti nie hat kaufen können. Sein Name ist Henry Lawrence. Wenn ich es einrichten kann, dass Ihr Fall von ihm verhandelt wird, lässt sich wohl ein Kompromiss für Sie herausholen. Es ist nicht ganz korrekt, aber ich werde unter vier Augen mit ihm sprechen. Er hasst Orsatti und Romano genauso wie ich. Wir müssen jetzt nur noch an ihn herankommen.«

Perry Pope sorgte dafür, dass Tracy bei Charles im Geschäft anrufen konnte, und sie hörte die vertraute Stimme von Charles' Sekretärin: »Hier Vorzimmer Mr. Stanhope.«

»Harriet. Hier Tracy Whitney. Ist …«

»Oh! Er wollte Sie anrufen, Miss Whitney, aber wir

haben Ihre Nummer nicht. Mrs. Stanhope möchte unbedingt mit Ihnen über die Hochzeit reden. Wenn Sie sich bitte so bald wie möglich bei ihr melden würden …«

»Harriet, kann ich Mr. Stanhope sprechen?«

»Tut mir leid, Miss Whitney, er ist auf dem Weg nach Houston, zu einer Konferenz. Aber wenn Sie mir Ihre Nummer hinterlassen, wird er sich bestimmt bei Ihnen melden, sobald er kann.«

»Ich …« Es ging nicht, dass er sie im Gefängnis anrief. Erst musste sie ihm alles erklären.

»Ich … ich rufe zurück.« Sie legte auf.

Morgen, dachte Tracy, *morgen werde ich Charles alles erklären.*

Am Nachmittag wurde Tracy in eine größere Zelle verlegt. Wie durch ein Wunder tauchte ein köstliches Essen aus einem Restaurant auf, und wenig später traf ein Blumenstrauß ein. Dazu ein Briefchen. Tracy öffnete das Kuvert und zog eine Karte heraus.

KOPF HOCH, WIR WERDEN DIE DRECKSKERLE SCHLAGEN. PERRY POPE.

Er besuchte Tracy am nächsten Morgen. Sie sah sein vergnügtes Gesicht und wusste sofort, dass er gute Nachrichten hatte.

»Wir haben Glück!«, rief er. »Ich habe eben mit Richter Lawrence geredet und mit Topper, dem Staatsanwalt. Topper hat Zeter und Mordio geschrien, aber wir haben jetzt eine Absprache.«

»Eine Absprache?«

»Ja, ich habe Richter Lawrence Ihre Geschichte erzählt.

Er ist bereit, ein Schuldgeständnis von Ihnen zu akzeptieren.«

Tracy starrte ihren Anwalt entgeistert an. »Ein *Schuld*geständnis? Aber ich bin doch nicht …«

»Hören Sie mich erst mal zu Ende an. Wenn Sie sich schuldig bekennen, ersparen Sie dem Staat die Prozesskosten. Ich habe den Richter davon überzeugen können, dass Sie das Bild nicht gestohlen haben. Er kennt Joe Romano, und er glaubt mir.«

»Und wenn ich mich schuldig bekenne«, sagte Tracy langsam, »was passiert dann?«

»Dann verurteilt Richter Lawrence Sie zu drei Monaten Gefängnis, natürlich auf …«

»Gefängnis!«, schrie Tracy entsetzt.

»Moment. Natürlich auf Bewährung. Und Sie müssen die Bewährungsfrist nicht in Louisiana verbringen.«

»Aber dann … dann bin ich ja vorbestraft.«

Perry Pope seufzte. »Wenn Ihnen wegen Mordversuchs in Tateinheit mit bewaffnetem Raub der Prozess gemacht wird, können Sie gut und gerne zehn Jahre kriegen.«

Zehn Jahre Gefängnis!

Perry Pope beobachtete sie geduldig. »Die Entscheidung liegt bei Ihnen. Ich kann Ihnen nur dazu raten. Es grenzt an ein Wunder, dass ich damit durchgekommen bin. Und jetzt wird natürlich eine Antwort von Ihnen erwartet. Sie brauchen sich nicht darauf einzulassen. Sie können sich auch einen anderen Anwalt nehmen und …«

»Nein.« Tracy wusste, dass dieser Mann redlich war. Unter den gegebenen Umständen und in Anbetracht ihres wahnwitzigen Verhaltens hatte er alles Menschenmögliche für sie getan. Wenn sie nur mit Charles hätte reden können. Aber Perry Pope wollte jetzt eine Antwort von ihr. Wahrscheinlich hatte sie Glück, wenn sie mit drei Monaten auf Bewährung davonkam.

»Ich … ich akzeptiere die Absprache.« Tracy brachte die Worte nur mühsam heraus.

Perry Pope nickte anerkennend. »Kluges Mädchen.«

Vor der Verhandlung durfte Tracy keine Telefongespräche mehr führen. Im Gerichtssaal standen Ed Topper und Perry Pope rechts und links von ihr. Auf der Richterbank saß ein distinguiert aussehender Herr, über fünfzig, mit glattem, faltenlosem Gesicht und dichtem, wohlfrisiertem Haar.

Richter Lawrence sagte zu Tracy: »Dem Gericht ist mitgeteilt worden, dass die Angeklagte sich schuldig bekennen will. Ist das richtig?«

»Ja, Euer Ehren.«

»Sind sich alle Parteien einig?«

Perry Pope nickte. »Ja, Euer Ehren.«

»Die Staatsanwaltschaft ist einverstanden, Euer Ehren«, sagte Ed Topper.

Richter Lawrence saß einen Moment lang schweigend da. Dann beugte er sich vor und blickte Tracy in die Augen. »Einer der Gründe für den traurigen Zustand, in dem sich unser herrliches Land befindet, ist der, dass es auf seinen Straßen von Ungeziefer wimmelt, das da glaubt, es könne sich alles erlauben. Leute, die Recht und Ordnung verhöhnen. Einige Bundesstaaten in diesem Lande hätscheln die Kriminellen. Wir in Louisiana tun das nicht. Wenn jemand bei der Verübung eines schweren Verbrechens auch noch kaltblütig zu morden versucht, sind wir der Meinung, dass eine gehörige Strafe angebracht ist.«

In Tracy regte sich Panik. Sie drehte sich zur Seite, um Perry Pope anzublicken, doch der hatte die Augen auf den Richter geheftet.

»Die Angeklagte hat gestanden, dass sie versucht hat, einen prominenten Bürger dieser Stadt zu ermorden. Einen Mann, der bekannt ist für seine Menschenliebe und Mildtätigkeit. Die Angeklagte hat auf ihn geschossen, während sie einen Kunstgegenstand im Wert von einer halben Million Dollar stahl.« Die Stimme des Richters wurde härter. »Dieses Gericht wird Sorge dafür tragen, dass Sie nicht in den Genuss des Geldes kommen, jedenfalls nicht im Laufe der nächsten fünfzehn Jahre, denn die nächsten fünfzehn Jahre werden Sie im Gefängnis verbringen, im Southern Louisiana Penitentiary for Women.«

Der Gerichtssaal begann sich um Tracy zu drehen. Ein entsetzlicher Streich wurde ihr gespielt. Der Richter war ein Mann von der Bühne, der den falschen Text sprach. Was er sagte, verstieß gegen die Abmachung. Tracy wandte sich zur Seite, um das Perry Pope zu erklären, aber der schaute weg. Er raschelte mit Papieren in seiner Aktentasche, und Tracy bemerkte zum ersten Mal, dass er völlig abgekaute Fingernägel hatte. Richter Lawrence hatte sich erhoben und sammelte seine Unterlagen ein. Tracy stand da wie vom Donner gerührt. Sie konnte nicht fassen, was ihr geschah.

Ein Gerichtsdiener nahm sie beim Arm. »Kommen Sie«, sagte er.

»Nein!«, schrie Tracy. »Nein, bitte nicht!« Sie blickte zum Richter auf. »Das ist ein Irrtum, Euer Ehren, ein furchtbarer Irrtum! Ich …«

Der Gerichtsdiener schloss seine Hand fester um ihren

Arm, und es fiel Tracy wie Schuppen von den Augen: Es war kein Irrtum. Sie war hinters Licht geführt worden. Sie sollte zugrunde gerichtet werden.

Wie ihre Mutter.

4

Die Geschichte von Tracy Whitneys Verbrechen und Verurteilung erschien auf der Titelseite des *New Orleans Courier.* Dazu ein Polizeifoto der Delinquentin. Die großen Depeschendienste griffen die Story auf und übermittelten sie telegrafisch an Zeitungen im ganzen Land. Als Tracy aus dem Gerichtssaal geführt wurde, sah sie sich einer Schar von Fernsehreportern gegenüber. Sie fühlte sich gedemütigt und verbarg ihr Gesicht. Doch sie konnte den Kameras nicht entkommen. Joe Romano war ein gefundenes Fressen für die Medien, und der Anschlag auf sein Leben von Seiten einer schönen, jungen Einbrecherin erst recht. Tracy hatte den Eindruck, von Feinden umzingelt zu sein. *Charles holt mich da raus,* sagte sie sich immer wieder. *O Gott, Charles soll mich bitte da rausholen. Ich kann unser Kind nicht im Gefängnis kriegen.*

Erst am darauffolgenden Nachmittag gestattete ihr der diensthabende Sergeant, dass sie Charles anrief. Harriet war am Apparat.

»Harriet, hier Tracy Whitney. Kann ich Mr. Stanhope sprechen?«

»Einen Moment, Miss Whitney.« Tracy hörte das Zögern in der Stimme der Sekretärin. »Ich … ich schaue mal nach, ob Mr. Stanhope da ist.«

Nach langem, qualvollem Warten hörte Tracy endlich

Charles' Stimme. Sie hätte weinen können vor Erleichterung. »Charles …«

»Tracy? Bist du's, Tracy?«

»Ja, Liebling. Oh, Charles, ich habe versucht, dich zu erreichen …«

»Ich bin hier fast verrückt geworden, Tracy! Die Zeitungen sind voll von Gräuelgeschichten über dich. Ich kann es einfach nicht glauben.«

»Es ist auch nicht wahr, Liebling. Ich …«

»Warum hast du mich nicht angerufen?«

»Ich habe es versucht. Aber ich konnte dich nicht erreichen. Ich …«

»Wo bist du?«

»Im … im Gefängnis. In New Orleans. Charles, die wollen mich ins Zuchthaus schicken für etwas, das ich nicht getan habe.« Sie musste weinen.

»Bleib dran. Hör zu. In der Zeitung heißt es, dass du auf einen Mann geschossen hast. Das ist nicht wahr, oder?«

»Ich *habe* auf ihn geschossen, aber …«

»Dann *ist* es also wahr.«

»Aber nicht so, wie's dasteht, Liebling. Ich kann dir alles erklären. Ich …«

»Tracy, hast du dich des Mordversuchs und des Diebstahls eines Gemäldes schuldig bekannt?«

»Ja, Charles. Aber nur, weil …«

»Herrgott, wenn du so dringend Geld gebraucht hast, hättest du es mir doch sagen können … Und dass du dann gleich versuchst, jemand umzubringen … Ich begreife es nicht. Meine Eltern auch nicht. Du bist die Schlagzeile in der *Philadelphia Daily News.* Das ist das erste Mal, dass meine Familie in einen Skandal verwickelt wird.«

Wie erbittert Charles war, merkte Tracy an der mühsamen Selbstbeherrschung, mit der er sprach. Sie hatte verzweifelt auf ihn gebaut. Aber er war auf der Seite der anderen. Sie musste sich zwingen, nicht zu schreien. »Liebling, ich brauche dich. Bitte komm. Du kannst das alles in Ordnung bringen.«

Ein langes Schweigen am anderen Ende der Leitung. »Es sieht nicht so aus, als wäre da viel in Ordnung zu bringen. Jedenfalls nicht, nachdem du ein Schuldgeständnis abgelegt hast. Meine Familie kann es sich nicht leisten, in so etwas hineingezogen zu werden. Das siehst du sicher ein. Es war ein furchtbarer Schock für uns. Offenbar habe ich dich nie richtig gekannt.«

Jedes Wort war wie ein Hammerschlag. Die Welt stürzte ein. Tracy fühlte sich so einsam wie noch nie in ihrem Leben. Jetzt hatte sie niemand mehr. Niemand. »Und … und was wird aus unserem Kind?«

»Mach mit deinem Kind, was du für richtig hältst«, antwortete Charles. »Es tut mir leid, Tracy.« Die Verbindung wurde unterbrochen.

Tracy stand fassungslos da, den Hörer in der Hand.

Hinter ihr sagte eine Gefangene: »Wenn du jetzt fertig bist, Schätzchen … ich würde gern mit meinem Anwalt telefonieren.«

Tracy wurde in ihre Zelle zurückgeführt. Die Aufseherin hatte Weisungen für sie: »Stellen Sie sich darauf ein, dass Sie morgen früh um sechs ins Staatsgefängnis verlegt werden.«

Tracy bekam Besuch von Otto Schmidt. Er schien in den Stunden, seit sie ihn zum letzten Mal gesehen hatte, um Jahre gealtert zu sein.

»Ich wollte Ihnen nur sagen, wie schrecklich leid es uns tut, meiner Frau und mir. Wir wissen genau, es war nicht Ihre Schuld.«

Wenn Charles das nur gesagt hätte!

»Wir werden morgen früh bei der Beerdigung von Mrs. Doris sein.«

»Vielen Dank, Otto.«

Morgen früh werden wir beide begraben, dachte Tracy. *Sie tot, ich lebendig.*

Tracy verbrachte die Nacht hellwach. Sie lag auf ihrer schmalen Pritsche und starrte gegen die Decke. Immer und immer wieder rief sie sich das Gespräch mit Charles in Erinnerung. Er hatte ihr nicht einmal die Chance gegeben zu erklären, was passiert war.

Tracy dachte über das Kind nach. Sie hatte von Frauen gelesen, die im Gefängnis ein Kind bekamen. Aber diese Geschichten hatten mit ihrem Leben so wenig zu tun gehabt, dass es war, als seien es Berichte über Wesen von einem fremden Stern. Und nun geschah es ihr selbst. *Mach mit deinem Kind, was du für richtig hältst,* hatte Charles gesagt. Sie wollte das Kind haben. *Aber sie werden es mir nicht lassen,* dachte Tracy. *Sie werden es mir wegnehmen, weil ich die nächsten fünfzehn Jahre im Gefängnis bin. Es ist besser, wenn das Kind nie erfährt, wer seine Mutter ist.*

Und dann weinte sie.

Um sechs Uhr morgens traten ein Wärter und eine Aufseherin in Tracys Zelle. »Tracy Whitney?«

»Ja.« Es erstaunte sie, wie seltsam ihre Stimme klang.

»Auf Anordnung des Kriminalgerichts des Staates Louisiana in New Orleans werden Sie nunmehr in das Southern Louisiana Penitentiary for Women überführt. Dann wollen wir mal, Baby.«

Tracy wurde einen endlosen Korridor entlanggeführt, an überbelegten Zellen vorbei. Pfiffe gellten.

»Gute Reise, Süße…«

»He, Tracy, sagst du mir, wo du das Bild versteckt hast? Ich teil mir dann die Kohle mit dir…«

»Frag nach Ernestine Littlechap, wenn du in den Bau kommst. Bei der bist du echt gut aufgehoben…«

Tracy ging an dem Telefon vorbei, von dem aus sie Charles angerufen hatte. *Leb wohl, Charles.*

Sie trat in einen Hof. Ein gelber Bus mit vergitterten Fenstern stand wartend da. Ein halbes Dutzend Frauen saß, von zwei bewaffneten Wärtern bewacht, bereits im Bus. Tracy schaute sich die Gesichter der Frauen an. Die einen hatten etwas Trotziges, die anderen trugen einen gelangweilten Ausdruck zur Schau, wieder andere sahen verzweifelt aus. Ihr bisheriges Leben würde bald zu Ende sein. Sie waren Ausgestoßene, sollten in Käfige gesperrt werden wie wilde Tiere. Tracy fragte sich, welche Verbrechen sie begangen hatten, und ob eine unter ihnen war, die so unschuldig war wie sie. Und sie überlegte sich, was diese Frauen in *ihrem* Gesicht sahen.

Die Fahrt zog sich endlos hin. Es war heiß und stickig im Bus, aber Tracy merkte nichts davon. Sie hatte sich in sich selbst zurückgezogen und war in einer anderen Zeit, an einem anderen Ort.

Sie war ein kleines Mädchen, am Strand mit ihren Eltern, und ihr Vater trug sie auf seinen Schultern ins Meer. Sie schrie, aber ihr Vater sagte: *Du bist doch kein Baby mehr, Tracy.* Er ließ sie ins kalte Wasser fallen. Sie ging unter, geriet in Panik und erstickte fast. Ihr Vater hob sie aus den Wellen und ließ sie wieder hineinfallen. Seit damals hatte sie schreckliche Angst vor Wasser …

Die Aula des Colleges war dicht besetzt: Studenten, Eltern, Verwandte. Tracy hielt die Abschiedsrede. Sie sprach fünfzehn Minuten, und ihre Rede war voll von hochfliegendem Idealismus, klugen Verweisen auf die Vergangenheit und strahlenden Zukunftsträumen …

Ich gehe nach Philadelphia, Mutter. Meine Freundin Annie kann mir da einen Bankjob vermitteln …

Charles schlief mit ihr. Sie beobachtete die bewegten Schatten an der Zimmerdecke und dachte: *Wie viel Frauen würden sich danach sehnen, an meiner Stelle zu sein?* Charles war eine erstklassige Partie. Und sie hatte sofort Schuldgefühle für diesen Gedanken. Sie liebte Charles. Sie spürte ihn in sich, er bewegte sich schneller, schneller und drängender, kurz vor dem Höhepunkt, und er keuchte: *Bist du so weit?* Und sie log und sagte ja. *War es schön für dich? Ja, Charles.* Und sie dachte: *Ist das alles?* Und wieder Schuldgefühle …

»He, du! Ich rede mit dir! Bist du taub? Es geht los.«

Tracy blickte auf und fand sich in dem gelben Bus wieder, der auf einem Hof stand. Ringsum düsteres Gemäuer. Neun hintereinander gestaffelte, oben mit Stacheldraht versehene Zäune umgaben die fünfhundert Morgen Farmland und Wald, die zum Gelände des Southern Louisiana Penitentiary for Women gehörten.

»Steig aus«, befahl der Wärter. »Wir sind da.«

5

Eine stämmige Aufseherin mit hartem Gesicht und rötlich gefärbten Haaren hielt eine kurze Ansprache an die neuen Häftlinge: »Einige von euch werden viele Jahre bei uns bleiben. Zu schaffen ist das nur, wenn ihr die Außenwelt total vergesst. Ihr könnt's euch leichtmachen, und ihr könnt's euch schwermachen. Wir haben hier Vorschriften, und an die habt ihr euch zu halten. Wir sagen euch, wann ihr aufstehen, arbeiten, essen und auf die Toilette gehen sollt. Wenn ihr euch nicht an die Vorschriften haltet, werdet ihr es bitter bereuen. Wir haben hier gern unsere Ruhe, und wir wissen genau, wie man mit Leuten umgeht, die Ärger machen.« Ihre Augen wanderten mit einer ruckartigen Bewegung zu Tracy. »Ihr werdet jetzt gleich vom Gefängnisarzt untersucht. Danach geht ihr unter die Dusche. Und dann werdet ihr in eure Zellen eingewiesen. Morgen früh teilen wir euch zur Arbeit ein. Das war's.« Sie drehte sich um.

Ein blasses, junges Mädchen, das neben Tracy stand, sagte: »Entschuldigung, könnte ich bitte ...«

Die Aufseherin wirbelte herum. Ihr Gesicht war verzerrt vor Wut. »Halt dein dreckiges Maul. Du redest nur, wenn du gefragt wirst, ist das klar? Das gilt für euch alle, ihr Arschlöcher.«

Tracy war entsetzt über diesen Ton. Die Aufseherin

winkte zwei Wärterinnen am anderen Ende des Raumes. »Bringt diese Nutten mal raus hier.«

Tracy wurde mit den anderen aus der Tür geführt. Dann ging es durch einen langen Korridor, und schließlich wurden die Frauen in einen großen, weiß gekachelten Raum geleitet, in dem ein Untersuchungstisch stand. Daneben ein dicker Mann in mittleren Jahren, der einen dreckigen Arztkittel trug.

Eine Aufseherin rief: »Antreten!« Die Frauen stellten sich in einer Reihe auf.

Der Mann im Arztkittel sagte: »Ich bin Dr. Glasco, meine Damen. Ausziehen.«

Die Frauen blickten einander unsicher an. Dann fragte eine: »Wie weit sollen wir uns denn …«

»Wisst ihr nicht, was ausziehen heißt, verdammt noch mal? Kleider runter! Und zwar alle!«

Die Frauen begannen langsam, sich auszuziehen. Einige waren geniert, einige empört, andere gleichgültig. Links von Tracy stand eine Frau Ende vierzig, die am ganzen Leib zitterte, rechts von Tracy ein erbarmenswert mageres Mädchen, das so aussah, als sei es nicht älter als siebzehn Jahre. Ihre Haut war mit Pickeln übersät.

Der Arzt winkte der ersten Frau in der Reihe. »Legen Sie sich auf den Tisch und stecken Sie die Füße in die beiden Schlaufen.«

Die Frau zögerte.

»Na, nun machen Sie schon. Sie halten den ganzen Betrieb auf.«

Die Frau legte sich auf den Tisch, und der Arzt führte ihr ein Spekulum in die Vagina ein. »Sind Sie geschlechtskrank?«, fragte er.

»Nein.«

»Wir werden's bald wissen.«

Die nächste Frau legte sich auf den Tisch. Als ihr der Arzt das Spekulum einführen wollte, mit dem er die erste Frau untersucht hatte, rief Tracy: »Moment mal!«

Der Arzt blickte verdutzt auf. »Was?«

Alle starrten jetzt Tracy an, die sagte: »Ich … Sie haben das Instrument nicht sterilisiert.«

Dr. Glascos Mundwinkel hoben sich. Er lächelte Tracy eiskalt an. »Wer hätte das gedacht! Wir haben eine Gynäkologin in unserer Mitte. Sie sind besorgt wegen Krankheitserregern, ja? Stellen Sie sich ganz hinten an.«

»Wie?«

»Sind Sie schwerhörig? Sie sollen sich am Ende der Reihe anstellen.«

Tracy begriff nicht, aber sie ging ans Ende der Reihe.

»Wenn Sie gestatten«, sagte der Arzt, »werden wir jetzt weitermachen.« Er führte der Frau auf dem Tisch das Spekulum ein, und Tracy wurde plötzlich klar, warum er sie ans Ende der Reihe geschickt hatte. Er würde alle Frauen mit dem unsterilen Spekulum untersuchen, und sie würde die letzte sein. Zorn wallte in ihr auf. Er hätte die Frauen getrennt untersuchen können, statt sie vorsätzlich ihrer Würde zu berauben. Und sie ließen es geschehen. *Wenn alle protestieren würden …* Nun war Tracy an der Reihe.

»Auf den Tisch mit Ihnen, werte Kollegin.«

Tracy zögerte, doch ihr blieb keine Wahl. Sie legte sich auf den Tisch und schloss die Augen. Sie spürte, wie er ihre Beine auseinanderspreizte, und dann war das kalte Spekulum in ihr, bohrte und stieß. Der Mann tat ihr weh, und das mit voller Absicht. Tracy biss die Zähne zusammen.

»Haben Sie Syphilis oder Tripper?«, fragte der Arzt.

»Nein.« Sie würde ihm nichts von dem Kind sagen. Diesem Ekel nicht. Sie würde mit dem Gefängnisdirektor darüber reden.

Das Spekulum wurde grob aus ihr herausgezogen. Dr. Glasco streifte ein Paar Gummihandschuhe über. »So«, sagte er, »stellt euch noch mal in einer Reihe auf und bückt euch. Wir nehmen uns jetzt eure süßen kleinen Popos vor.«

Tracy wollte es eigentlich nicht sagen, aber da war es ihr schon herausgerutscht: »Warum machen Sie das?«

Dr. Glasco funkelte sie an. »Das will ich Ihnen gern verraten, werte Kollegin. Weil Arschlöcher ein großartiges Versteck sind. Ich habe hier eine ganze Sammlung von Marihuana und Kokain – alles von Damen wie Ihnen. Und jetzt bücken Sie sich gefälligst.« Er ging die Reihe entlang und bohrte seine Finger in einen Anus nach dem anderen. Tracy wurde übel. Sie spürte, wie es ihr hochkam, und begann zu würgen.

»Wenn Sie mir hier in die Bude kotzen, tunke ich Sie mit der Nase rein.« Der Arzt wandte sich den Wärterinnen zu. »Bringt die Damen zum Duschen. Sie stinken.«

Die nackten Gefangenen wurden, ihre Kleider auf dem Arm, einen anderen Flur entlanggeführt. Sie traten in einen großen Raum mit Betonwänden und Zementfußboden und einem Dutzend offener Duschkabinen.

»Legt die Kleider da in die Ecke«, befahl eine Aufseherin. »Und dann steigt ihr unter die Dusche. Seift euch von oben bis unten ab und wascht euch die Haare.«

Tracy stellte sich unter die Dusche. Das Wasser war eiskalt. Sie schäumte sich ein, rieb sich ab und dachte: *Ich werde nie mehr sauber. Was sind das für Menschen? Wie können sie ihre Mitmenschen nur so behandeln? Das halte ich keine fünfzehn Jahre aus!*

Eine Wärterin herrschte sie an: »He, du! Schluss jetzt. Komm raus.«

Tracy trat aus der Kabine, bekam ein dünnes, verschlissenes Handtuch und trocknete sich notdürftig ab.

Als alle geduscht hatten, wurden sie in die Kleiderkammer geführt. Eine lateinamerikanische Mitgefangene wachte über die Bestände. Sie schätzte nach Augenmaß die Kleidergröße jeder Frau und gab graue Gefängniskluft aus. Die Aufseherinnen standen daneben und sahen zu, wie Tracy und die anderen Frauen sich anzogen. Als sie fertig waren, wurden sie in einen Raum geführt, wo Aufnahmen gemacht und ihre Fingerabdrücke registriert wurden.

Ein Wärter betrat den Raum und deutete auf Tracy. »Whitney? Der Direktor will mit dir reden. Komm mit.«

Tracys Herz machte einen Sprung. Charles hatte doch etwas unternommen! Natürlich hatte er sie nicht im Stich gelassen. Er hatte sich nur so verhalten, weil er schockiert gewesen war. Inzwischen hatte er nachgedacht und gemerkt, dass er sie noch liebte. Er hatte mit dem Gefängnisdirektor gesprochen und ihm erklärt, was für ein furchtbarer Irrtum das alles war. Sie würde bald auf freiem Fuß sein.

Wieder wurde Tracy einen Flur entlanggeführt, durch eine von Wärtern und Wärterinnen bewachte Sicherheitsschleuse mit zwei mehrfach verschlossenen Türen. Als sie durch die zweite Tür gelassen wurde, stieß eine andere Gefangene mit ihr zusammen und rannte sie fast um. Sie war ein Koloss, die gewaltigste Frau, die Tracy je gesehen hatte, über einsachtzig groß und über zwei Zentner schwer. Sie hatte ein ausdrucksloses, pockennarbiges Gesicht und gelbliche Augen. Sie hielt Tracy fest, damit sie nicht das Gleichgewicht verlor, und drückte ihren Arm gegen Tracys Brüste.

»He!«, sagte die Frau zu dem Wärter. »Wir haben 'ne Neue. Wie ist es – tut ihr die zu mir in die Zelle?« Sie sprach mit starkem schwedischem Akzent.

»Geht nicht, Bertha. Die ist schon in 'ner andern.«

Die Frau streichelte Tracys Gesicht. Als Tracy zurückfuhr, lachte die Frau. »Okay, Baby, okay. Big Bertha sieht dich wieder. Wir haben 'ne Menge Zeit.«

Sie näherten sich dem Vorzimmer des Direktors. Tracy fühlte sich schwach vor Hoffnung. Ob Charles da war? Oder ob er seinen Anwalt geschickt hatte?

Die Sekretärin des Direktors nickte dem Wärter zu. »Er erwartet die Whitney. Bleiben Sie so lange hier.«

George Brannigan, der Gefängnisdirektor, saß an einem ramponierten Schreibtisch und blätterte in Papieren, die vor ihm lagen. Er war Mitte vierzig, ein dünner, vergrämter Mann mit sensiblem Gesicht und tiefliegenden braunen Augen.

Brannigan leitete das Southern Louisiana Penitentiary for Women schon seit fünf Jahren. Angefangen hatte er als fortschrittlicher Strafrechtler und glühender Idealist. Er war fest entschlossen gewesen, in diesem Gefängnis umfassende Reformen durchzuführen. Doch das System hatte ihn besiegt, wie es auch andere besiegt hatte.

Bei der Erbauung des Gefängnisses hatte man geplant, die Zellen mit je zwei Insassinnen zu belegen. Inzwischen mussten sich vier Frauen eine Zelle teilen. Brannigan wusste, dass dieselben Zustände im ganzen Land herrschten. Die Gefängnisse waren alle überfüllt und hatten alle zu wenig Personal. Tausende von Kriminellen wurden Tag und Nacht bloß verwahrt und hatten nichts weiter zu tun, als ihren Hass zu nähren und auf Rache zu sinnen. Es war ein stumpfsinniges, brutales System, doch es gab kein anderes.

Brannigan drückte eine Sprechtaste und sagte seiner Sekretärin Bescheid. »Schicken Sie sie rein.«

Der Wärter öffnete die Tür zu Brannigans Büro, und Tracy trat ein.

Brannigan blickte zu der Frau auf, die vor ihm stand. Obwohl sie die schmutziggraue Gefängniskluft trug und obwohl ihre Züge von Erschöpfung gezeichnet waren, sah Tracy Whitney schön aus. Sie hatte ein reizendes, offenes Gesicht, und Brannigan fragte sich, wie lange es wohl so bleiben würde. Er war an dieser Gefangenen besonders interessiert, weil er in der Zeitung von ihrem Fall gelesen und ihre Akte studiert hatte. Sie war nicht vorbestraft, sie hatte niemanden getötet, und fünfzehn Jahre waren ein unmäßig hartes Urteil. Dass Joe Romano sie verklagt hatte, machte das Ganze nur noch fragwürdiger. Aber der Gefängnisdirektor war nichts weiter als ein Verwahrer von Körpern. Er konnte sich nicht gegen das System auflehnen. Er *war* das System.

»Bitte, nehmen Sie Platz«, sagte er.

Tracy war froh, dass sie sich setzen konnte. Sie hatte weiche Knie. Der Gefängnisdirektor würde ihr jetzt von Charles' Initiative berichten, und binnen kurzem würde sie frei sein.

»Ich habe mir Ihre Akte angeschaut«, begann Brannigan.

Darum hat ihn Charles auch sicher gebeten.

»Wie ich sehe, werden Sie lange Zeit bei uns bleiben. Sie sind zu fünfzehn Jahren verurteilt.«

Es dauerte einen Moment, bis Tracy die volle Tragweite seiner Worte begriff. Irgendetwas lief hier auf entsetzliche Weise verkehrt. »Haben … haben Sie nicht mit … mit Charles gesprochen?« Tracy stotterte vor Nervosität.

Brannigan blickte sie verständnislos an. »Mit Charles?«

Und nun wusste sie es. Ihr wurde flau im Magen. »Bitte«, sagte sie, »bitte, hören Sie mich an. Ich bin unschuldig. Ich bin hier fehl am Platz.«

Wie oft hatte er das schon gehört? Hundertmal? Tausendmal? *Ich bin unschuldig.*

Er sagte: »Das Gericht hat Sie aber für schuldig befunden. Ich kann Ihnen nur einen guten Rat geben: Machen Sie sich das Leben hier nicht unnötig schwer. Nehmen Sie es locker. Versuchen Sie es zumindest. Wenn Sie Ihre Lage akzeptieren, werden Sie sich sehr viel leichter tun. Uhren zählen nicht im Gefängnis. Nur Kalender.«

Ich kann keine fünfzehn Jahre hinter Gittern sitzen, dachte Tracy verzweifelt. Lieber wäre ich tot. O Gott, lass mich bitte sterben. Aber das darf ich ja nicht, oder? Denn das Kind würde mit mir sterben. Es ist auch dein Kind, Charles. Warum hilfst du mir nicht? Und das war der Moment, in dem sie ihn zu hassen begann.

»Wenn Sie Probleme haben«, sagte Direktor Brannigan, »ich meine, wenn ich Ihnen irgendwie helfen kann, dann kommen Sie bitte zu mir.« Er wusste genau, wie hohl seine Worte klangen. Sie war jung und schön und unverdorben. Die lesbischen Mannweiber im Gefängnis würden über sie herfallen wie die Tiere. Er konnte ihr nicht einmal eine

Zelle zuweisen, in der sie sicher war. In fast allen Zellen führte ein Mannweib das Kommando. Brannigan hatte von nächtlichen Vergewaltigungen in den Duschräumen, auf der Toilette und auf den Fluren gehört. Aber nur gerüchteweise. Denn die Opfer hielten danach den Mund. Oder sie waren tot.

Direktor Brannigan sagte freundlich: »Bei guter Führung können Sie in zwölf Jahren entlassen werden, vielleicht auch schon in …«

»Nein!« Es war ein Schrei der schwarzen Verzweiflung, der tiefen Hoffnungslosigkeit. Tracy hatte das Gefühl, dass die Wände des Büros sie erdrückten. Dann war sie auf den Beinen und schrie. Der Wärter stürzte ins Büro und packte Tracy bei den Armen.

»Sachte«, sagte Brannigan.

Er saß ratlos da und sah zu, wie Tracy abgeführt wurde.

Sie ging durch endlose Korridore, an Zellen mit Frauen jeder Art vorbei. Die Frauen waren schwarz und weiß und braun und gelb. Sie starrten Tracy an, sie sprachen sie an in Dutzenden von Akzenten, sie riefen es ihr nach, sie psalmodierten es fast, und es war immer dasselbe: »Eine neue Fotze, eine neue Fotze!«

6

In Block C saßen sechzig Frauen ein, in jeder Zelle vier. Gesichter lugten zwischen Gitterstäben hindurch, als Tracy den stinkenden Flur entlanggeführt wurde. Der Ausdruck in diesen Gesichtern war unterschiedlich: teils Gleichgültigkeit, teils Gier, teils Hass. Tracy schritt als Fremde durch ein seltsames, unbekanntes Land. Und es war alles ein Traum. Sie war stumm, aber in ihr gellten Schreie. Der Gang zum Direktor war ihre letzte Hoffnung gewesen. Jetzt gab es nichts mehr. Nichts als die niederschmetternde Aussicht, die nächsten fünfzehn Jahre hier eingesperrt zu sein.

Die Aufseherin schloss eine Zellentür auf. »Rein mit dir.«

Tracy schaute in die Zelle. Drei Frauen blickten ihr schweigend entgegen.

»Nun mach schon«, befahl die Aufseherin.

Tracy zögerte. Dann trat sie in die Zelle. Die Tür fiel krachend hinter ihr zu.

Sie war zu Hause.

Es war eng in der Zelle. Die vier Pritschen, der kleine Tisch mit dem Spiegel darüber, durch den ein Sprung lief, die vier schmalen Spinde und die Toilette ohne Brille in der Ecke hatten kaum darin Platz.

Die drei Frauen starrten Tracy an. Die Puertoricanerin

brach das Schweigen. »Sieht ganz so aus, als hätten wir 'ne Neue.« Sie hatte eine tiefe, gutturale Stimme. Und sie wäre schön gewesen ohne die violette Narbe, die ein Messer hinterlassen hatte und die von der Schläfe bis zum Hals lief. Sie schien nicht älter als vierzehn zu sein. Bis man ihr in die Augen sah. Eine dicke Mexikanerin in mittleren Jahren sagte: »Hallo. Wegen was haben sie dich denn eingeknastet, Querida?«

Tracy war so gelähmt, dass sie nicht antworten konnte.

Die dritte Frau war eine Schwarze. Fast einsachtzig groß, mit schmalen, lauernden Augen und einem maskenhaft starren und harten Gesicht. Sie hatte sich den Schädel kahlrasiert. Er glänzte bläulich im trüben Licht. »Das da in der Ecke – das ist deine Pritsche.«

Tracy ging zu der Pritsche. Die Matratze starrte vor Dreck. Sie war fleckig von den Ausscheidungen Gott weiß wie vieler Frauen. Tracy konnte sich nicht dazu überwinden, sie auch nur zu berühren. Unwillkürlich verlieh sie ihrem Ekel Worte. »Auf… auf dieser Matratze kann ich nicht schlafen.«

Die dicke Mexikanerin grinste. »Musst du auch nicht, Schätzchen. Du kannst gern auf meiner schlafen.«

Tracy wurde sich plötzlich einer Unterströmung in der Zelle bewusst, die sie wie eine Naturgewalt traf. Die drei Frauen ließen sie nicht aus den Augen, musterten sie, stierten sie an. Tracy fühlte sich nackt. *Eine neue Fotze.* Sie hatte auf einmal schreckliche Angst. *Das ist alles nur Einbildung,* dachte sie. *Oh, wenn es doch nur Einbildung wäre… Bitte.*

Jetzt konnte sie wieder sprechen. »An… an wen kann ich mich wenden, damit ich eine saubere Matratze kriege?«

»An Gott«, knurrte die Schwarze. »Bloß – der war in letzter Zeit nicht hier.«

Tracy drehte sich um und betrachtete die Matratze von neuem. Mehrere große schwarze Kakerlaken krabbelten darüber. *Ich kann hier nicht bleiben,* dachte Tracy. *Hier werde ich verrückt.*

Als hätte sie ihre Gedanken erraten, sagte die Schwarze: »Man gewöhnt sich an alles, Baby.«

Tracy hörte die Stimme des Gefängnisdirektors: *Ich kann Ihnen nur einen guten Rat geben: Machen Sie sich das Leben hier nicht unnötig schwer. Nehmen Sie es locker. Versuchen Sie es zumindest …*

Die Schwarze sprach weiter. »Ich bin Ernestine Littlechap.« Sie nickte in die Richtung der Frau mit der langen Narbe. »Das ist Lola. Sie ist aus Puerto Rico. Der Fettsack hier ist Paulita aus Mexiko. Und wer bist du?«

»Ich … ich bin Tracy Whitney.« Fast hätte sie gesagt: »Ich *war* Tracy Whitney.« Sie hatte das beklemmende Gefühl, dass sie ihre Identität verlor. Sie empfand einen entsetzlichen Brechreiz und hielt sich an der Kante der Pritsche fest.

»Wo bist du her, Schätzchen?«, fragte die dicke Mexikanerin.

»Es tut mir leid, aber … aber ich habe keine Lust zu reden.« Tracy fühlte sich plötzlich so schwach, dass sie nicht mehr stehen konnte. Sie ließ sich auf die Kante der dreckigen Pritsche sinken und wischte sich mit ihrem Rock den kalten Schweiß von der Stirn. *Mein Kind,* dachte sie, *ich hätte dem Direktor sagen sollen, dass ich ein Kind erwarte. Wenn ich's ihm sage, bekomme ich eine saubere Zelle. Vielleicht sogar eine für mich allein.*

Sie hörte Schritte auf dem Flur. Eine Aufseherin ging an der Zelle vorbei. Tracy eilte zur Tür. »Entschuldigung«, sagte sie, »ich muss mit dem Direktor sprechen. Ich…«

»Ich schick ihn dir gleich«, erwiderte die Aufseherin über ihre Schulter hinweg.

»Sie verstehen mich nicht. Ich…«

Die Aufseherin war fort.

Tracy biss sich auf die Knöchel, um nicht zu schreien.

»Bist du krank, oder was, Baby?«, fragte die Puertoricanerin.

Tracy schüttelte den Kopf. Sie konnte nicht sprechen. Sie ging zu ihrer Pritsche zurück, betrachtete sie einen Moment und legte sich langsam hin. Es war ein Akt der Hoffnungslosigkeit, eine Kapitulation. Tracy schloss die Augen.

Ihr zehnter Geburtstag war der aufregendste Tag ihres Lebens gewesen. *Wir gehen zu Antoine's zum Essen!*, hatte ihr Vater verkündet.

Zu Antoine's! Dieser Name beschwor eine andere Welt herauf, eine Welt der Schönheit und des Glanzes und des Reichtums. Tracy wusste, dass ihr Vater nicht viel Geld hatte. *Nächstes Jahr können wir uns einen Urlaub leisten.* Das war eine stehende Redensart bei ihr zu Hause. Und jetzt gingen sie zu Antoine's! Ihre Mutter zog ihr ein neues grünes Kleid an, ihr Vater platzte fast vor Stolz.

Antoine's übertraf Tracys kühnste Träume. Es war märchenhaft. Elegant und geschmackvoll eingerichtet, mit weißen Leinentischdecken und prächtigem Geschirr. *Es ist ein Palast*, dachte Tracy. *Bestimmt kommen Könige und Königinnen hierher.* Sie war zu aufgeregt, um zu essen, zu sehr damit beschäftigt, all die schön angezogenen Männer und Frauen zu betrachten. *Wenn ich groß bin,* schwor sich Tracy, *gehe ich jeden Abend zu Antoine's und nehme meine Eltern mit.*

Du isst ja gar nichts, Tracy, sagte ihre Mutter.

Ihr zuliebe zwang sich Tracy, ein paar Happen zu essen. Sie bekam einen Geburtstagskuchen mit zehn Kerzen, und die Kellner sangen *Happy Birthday,* und die anderen Gäste drehten sich um und klatschten Beifall, und Tracy fühlte sich wie eine Prinzessin. Von draußen hörte sie das Bimmeln einer Straßenbahn.

Das Bimmeln der Glocke war laut und penetrant.

»Abendessen«, verkündete Ernestine Littlechap.

Tracy öffnete die Augen. Im ganzen Block flogen krachend die Zellentüren auf. Tracy lag auf ihrer Pritsche und versuchte verzweifelt, sich an der Vergangenheit festzuklammern.

»He! Es gibt Futter!«, sagte die junge Puertoricanerin.

Tracy wurde übel bei dem bloßen Gedanken an Essen. »Ich habe keinen Hunger.«

Nun ließ sich Paulita vernehmen, die dicke Mexikanerin. »Das ist denen scheißegal. Alle müssen in die Kantine.«

Draußen auf dem Flur stellten sich Gefangene in Zweierreihen auf.

»Jetzt heb mal den Arsch von der Pritsche, sonst kriegen sie dich dran«, sagte Ernestine warnend.

Ich kann nicht, dachte Tracy. *Ich bleibe hier.*

Ihre Zellengenossinnen traten auf den Flur und stellten sich zu den anderen. Eine kleine, gedrungene Aufseherin mit wasserstoffblondem Haar sah Tracy auf der Pritsche liegen. »Was ist denn mit dir los?!«, rief sie. »Hast du die Klingel nicht gehört? Komm raus aus der Zelle.«

»Danke, ich habe keinen Hunger«, erwiderte Tracy. »Ich möchte vom Essen befreit werden.«

Die Augen der Aufseherin weiteten sich in ungläubigem Staunen. Sie stürmte in die Zelle und ging mit ausgreifenden Schritten zu Tracys Pritsche. »Was meinst du eigentlich, wer du bist? Wartest du vielleicht auf den Zimmerservice? Los, hoch mit dir. Ich könnte dich melden, weißt du das? Wenn das noch mal passiert, kommst du ins Loch. Verstehst du?«

Nein, sie verstand nicht. Nichts von dem, was ihr geschah. Sie erhob sich mühsam von der Pritsche und trat zu den anderen Frauen, stellte sich neben die Schwarze. »Warum …«

»Halt die Klappe!«, knurrte Ernestine Littlechap aus dem Mundwinkel. »Im Glied wird nicht gequatscht.«

Die Frauen marschierten durch einen schmalen, trostlosen Flur, passierten eine Sicherheitsschleuse und kamen in eine riesige Kantine mit großen, derb gezimmerten Holztischen und Stühlen. An einer langen Theke mussten sie nach ihrem Essen anstehen. Es gab wässrigen Thunfischauflauf, schlaffe grüne Bohnen, eine blasse Eiercreme und, je nach Wahl, dünnen Kaffee oder billigen Fruchtsaft. Das wenig appetitliche Essen wurde mit Schöpfkellen auf die Blechteller der Gefangenen geklatscht. Die lange Schlange schob sich an der Theke vorbei, und die Insassinnen, die dahinterstanden und den Fraß austeilten, riefen unablässig: »Weiter! Die Nächste … Weiter! Die Nächste …«

Als Tracy abgefertigt war, blickte sie sich unschlüssig um. Sie wusste nicht, wohin sie sich wenden sollte.

Sie hielt Ausschau nach Ernestine Littlechap, aber die Schwarze war verschwunden. Schließlich ging Tracy zu dem Tisch, an dem Paulita saß, die dicke Mexikanerin. Zwanzig Frauen schlangen hier gierig ihr Essen hinunter. Tracy blickte auf ihren Teller. Die grüne Galle kam ihr hoch. Sie schob den Teller von sich.

Paulita streckte die Hand danach aus. »Wenn du's nicht essen willst – ich nehm's gern.«

Lola sagte: »He, du musst was essen, sonst machst du's hier nicht lang.«

Ich will es hier auch nicht lang machen, dachte Tracy verzweifelt. *Ich will sterben. Wie halten diese Frauen das aus? Wie lange sind sie schon hier? Monate? Jahre?* Sie dachte an die stinkende Zelle und an ihre dreckige Matratze, und sie hätte am liebsten geschrien. Sie presste die Lippen aufeinander, um keinen Laut von sich zu geben.

Die Mexikanerin sagte: »Wenn die spitzkriegen, dass du nichts isst, kommst du ins Loch.« Sie sah Tracys verständnislosen Gesichtsausdruck. »In 'ne Einzelzelle, wo's dunkel ist. Das würde dir gar nicht gefallen.« Sie beugte sich vor. »Du bist zum ersten Mal im Knast, wie? Ich geb dir 'n guten Tip, Querida. Ernestine Littlechap hat hier das Sagen. Sei nett zu ihr, dann bist du fein heraus.«

Dreißig Minuten nachdem die Frauen die Kantine betreten hatten, schrillte eine Glocke. Die Frauen standen auf. Paulita fischte sich noch schnell eine liegengebliebene Bohne von einem der Teller. Tracy stellte sich neben sie. Die Frauen marschierten in ihre Zellen zurück. Das Abendessen war beendet. Es war 16 Uhr – noch fünf lange Stunden, bis das Licht ausging.

Als Tracy in die Zelle zurückkam, war Ernestine Littlechap schon da. Tracy fragte sich, wo sie während des Essens gewesen war. Tracy warf einen Blick auf die Kloschüssel in der Ecke. Sie hätte dringend auf die Toilette gemusst, aber sie konnte sich nicht dazu überwinden. Nicht vor diesen Frauen. Sie würde warten, bis das Licht ausging. Sie setzte sich auf die Kante ihrer Pritsche.

Ernestine Littlechap sagte: »Ich hab gehört, dass du nichts gegessen hast. Das ist doch beknackt.«

Woher wusste sie das? Und warum kümmerte es sie? »Was muss ich tun, wenn ich den Direktor sprechen will?«

»Da reichst du 'n schriftliches Gesuch ein. Mit dem wischen sich die Wärterinnen den Arsch. Die meinen, dass jede Frau, die mit dem Direktor sprechen will, bloß Ärger macht.« Sie ging zu Tracy, blieb vor ihrer Pritsche stehen. »Du kannst hier jede Menge Schwierigkeiten kriegen. Was du brauchst, ist 'ne Freundin, die dir hilft, dass du keine Schwierigkeiten kriegst.« Sie lächelte, und ein goldener Schneidezahn kam zum Vorschein. Ihre Stimme klang sanft. »Jemand, der sich auskennt in dem Zoo hier.«

Tracy blickte zu dem lächelnden Gesicht der Schwarzen auf. Es schien irgendwo in der Nähe der Decke zu schweben.

So etwas Großes hatte sie noch nie gesehen.

Das ist eine Giraffe, sagte ihr Vater.

Sie waren im Zoo im Audubon-Park. Tracy liebte den Park. Am Sonntag gingen sie hin, um das Sonntagskonzert zu hören, und danach führten ihre Eltern sie ins Aquarium oder in den Zoo. Sie wanderten langsam zwischen den Käfigen dahin und betrachteten die Tiere.

Finden die das nicht scheußlich, so eingesperrt zu sein, Papa?

Ihr Vater lachte. *Nein, Tracy, sie haben ein schönes Leben. Sie werden versorgt, sie werden gefüttert, und ihre Feinde können ihnen nichts tun.*

Tracy fand, dass die Tiere unglücklich aussahen. Sie hätte gern die Käfige aufgemacht und sie freigelassen. *Ich möchte nie so eingesperrt sein,* dachte Tracy.

Um 20 Uhr 45 gellte die Glocke durch das ganze Gefängnis. Tracys Zellengenossinnen begannen sich auszuziehen. Tracy rührte sich nicht.

Lola sagte: »Du hast 'ne Viertelstunde Zeit, dann musst du in der Falle sein.«

Die Frauen hatten inzwischen ihre Nachthemden angezogen. Die wasserstoffblonde Aufseherin kam an der Zelle vorbei. Als sie Tracy auf der Pritsche liegen sah, blieb sie stehen.

»Zieh dich aus«, befahl sie. Dann wandte sie sich an Ernestine. »Habt ihr der das nicht gesagt?«

»Doch, haben wir.«

Die Aufseherin wandte sich wieder an Tracy. »Mach ja keinen Stunk«, warnte sie. »Du tust hier, was man dir sagt, sonst knallt's.« Und damit ging sie.

»Das war Old Iron Pants, Baby«, erklärte Paulita. »Leg dich nicht mit ihr an. Die ist hundsgemein.«

Tracy stand langsam auf und fing an, sich auszuziehen. Den anderen kehrte sie dabei den Rücken. Sie legte alle ihre Kleider ab. Nur die Unterhose behielt sie an. Dann streifte sie das grobe Nachthemd über den Kopf. Sie spürte die Blicke der drei Frauen auf sich.

»Du hast wirklich ’n hübschen Körper«, sagte Paulita.

»Echt«, bestätigte Lola.

Ein kalter Schauer überlief Tracy.

Ernestine kam zu Tracy und blickte auf sie herunter. »Wir sind deine Freundinnen. Wir kümmern uns um dich und sind nett zu dir.« Ihre Stimme war heiser vor Erregung.

Tracy drehte sich wütend um. »Lasst mich in Ruhe! Ich … ich bin nicht …«

Die Schwarze gluckste. »Du bist bald so, wie wir dich haben wollen, Baby.«

»Wir haben Zeit. Viel Zeit«, sagte die Mexikanerin.

Das Licht ging aus.

Die Dunkelheit war Tracys Feindin. Starr vor Nervosität saß sie auf der Kante ihrer Pritsche. Die anderen warteten nur darauf, über sie herzufallen. Das spürte sie. Oder bildete sie es sich bloß ein? Sie war so überreizt, dass ihr alles als Bedrohung erschien. Hatten die Frauen sie bedroht? Nicht richtig. Vielleicht versuchten sie nur, nett zu sein, und sie sah Gespenster. Natürlich hatte sie schon von homosexuellen Aktivitäten im Gefängnis gehört, aber das war doch wohl die Ausnahme und nicht die Regel. Vom Wachpersonal wurde so etwas gewiss nicht geduldet.

Trotzdem verstummten ihre Zweifel nicht. Tracy beschloss, die ganze Nacht wach zu bleiben. Wenn eine der Frauen ihr zu nahe kam, würde sie um Hilfe rufen. Das Wachpersonal war dafür verantwortlich, dass den Gefangenen nichts passierte. *Kein Grund zur Aufregung, Tracy. Du musst nur auf der Hut sein.*

Tracy lauschte auf jedes Geräusch. Sie hörte, wie die drei Frauen nacheinander auf die Toilette gingen und anschließend zu ihren Pritschen zurücktappten. Als Tracy es nicht mehr aushielt, ging auch sie auf die Toilette. Die Spülung funktionierte nicht. Der Gestank war fast unerträglich. Sie eilte zu ihrer Pritsche zurück und setzte sich wieder auf die Kante. *Es wird bald hell,* dachte sie. *Morgen früh bitte ich um ein Gespräch mit dem Direktor. Ich werde ihm sagen, dass ich ein Kind erwarte. Er wird mich in eine andere Zelle verlegen.*

Tracy war am ganzen Leib verspannt. Sie legte sich auf die Pritsche. Sekunden später krabbelte etwas über ihren Hals. Sie unterdrückte einen Schrei. *Ich muss durchhalten bis morgen früh,* dachte Tracy. *Morgen früh ist alles in Ordnung.*

Um drei Uhr fielen ihr die Augen zu.

Sie wurde dadurch wach, dass sich eine Hand über ihren Mund legte und zwei andere Hände nach ihren Brüsten tasteten. Sie versuchte, sich aufzusetzen und zu schreien. Das Nachthemd wurde ihr vom Körper gerissen. Dann die Unterhose. Tracy wehrte sich verzweifelt, kämpfte, wollte hoch von der Pritsche.

»Immer mit der Ruhe«, flüsterte eine Stimme aus dem Dunkel. »Dann tut's nicht weh.«

Tracy drosch mit beiden Beinen in die Richtung, aus der die Stimme kam. Ihre Füße klatschten gegen pralles Fleisch.

»*Carajo!*«, keuchte die Stimme. »Du Sau! Dir werden wir's zeigen!«

Ein Faustschlag traf Tracys Gesicht, ein zweiter ihren

Magen. Jemand war über ihr, drückte sie nieder, würgte ihr die Luft ab, während Hände sie obszön befingerten.

Tracy konnte sich einen Moment lang losreißen, aber dann packte eine der Frauen sie und schlug ihren Kopf gegen die Gitterstäbe. Blut spritzte ihr aus der Nase. Sie wurde auf den Boden geworfen und an Armen und Beinen festgehalten. Tracy sträubte sich mit aller Kraft, doch sie war den dreien nicht gewachsen. Kalte Hände und heiße Zungen liebkosten ihren Körper. Ihre Beine wurden auseinandergestemmt. Etwas Kaltes und Hartes wurde in sie hineingestoßen. Sie wand sich hilflos, versuchte zu schreien. Ein Arm legte sich über ihren Mund, und Tracy grub die Zähne in das fremde Fleisch und biss zu, so fest sie konnte.

Ein dumpfer Schrei. »Du miese Fotze!«

Fäuste trommelten ihr ins Gesicht… Schmerz hüllte sie ein, und sie sank tiefer, immer tiefer, bis sie schließlich nichts mehr spürte.

Die schrille Glocke weckte sie. Sie lag nackt auf dem kalten Boden der Zelle. Die anderen Frauen lagen auf ihren Pritschen.

Auf dem Flur rief Old Iron Pants: »Aufstehen!« Als sie an der Zelle vorbeikam, sah sie Tracy. Sie lag in einer kleinen Blutlache, das Gesicht grün und blau geschlagen, ein Auge zugeschwollen.

»Was ist denn *hier* los?« Die Aufseherin sperrte die Tür auf und trat in die Zelle.

»Die muss von ihrer Pritsche gefallen sein«, sagte Ernestine Littlechap.

Die Aufseherin ging zu Tracy und stieß sie mit dem Fuß an. »He! Steh auf.«

Tracy hörte die Stimme wie aus weiter Ferne. *Ja,* dachte sie, *ich muss aufstehen. Ich muss hier weg.* Aber sie konnte sich nicht bewegen. Ihr ganzer Körper war wie eine offene Wunde.

Die Aufseherin packte Tracy bei den Ellenbogen und zerrte sie in eine halb sitzende Stellung. Es tat so weh, dass Tracy fast ohnmächtig wurde.

»Was ist passiert?«

Mit dem einen Auge sah Tracy verschwommen ihre Zellengenossinnen, die stumm auf ihre Antwort warteten.

»Ich … ich …« Tracy versuchte weiterzusprechen, doch sie brachte kein Wort über die Lippen. Sie versuchte es noch einmal. Und irgendein tief verwurzelter Instinkt ließ sie sagen: »Ich bin von meiner Pritsche gefallen …«

»Du lügst!«, fauchte die Aufseherin. »Ich hasse das. Wir werden dich ins Loch stecken, damit du ein bisschen Respekt lernst.«

Es war eine Art Vergessenheit, eine Rückkehr in den Mutterleib. Sie war allein im Dunkeln. Die enge Zelle im Keller war leer bis auf eine dünne, abgewetzte Matratze, die auf dem kalten Zementfußboden lag. Ein stinkiges Loch im Beton diente als Toilette. Tracy lag in undurchdringlicher Schwärze und summte Lieder vor sich hin, die ihr Vater ihr vor langer Zeit beigebracht hatte. Sie wusste nicht, wie nah sie dem Wahnsinn war.

Und sie wusste auch nicht genau, wo sie war. Aber das war egal. Es gab nur eins: die Leiden ihres misshandelten Körpers. *Ich muss hingefallen sein und mir wehgetan haben. Aber Mama kümmert sich schon darum.* Mit gebrochener

Stimme rief sie: »Mama, Mama ...«, und als keine Antwort kam, schlief sie wieder ein.

Sie schlief achtundvierzig Stunden, und an die Stelle der Qual trat Schmerz, und an die Stelle des Schmerzes trat Elend. Tracy öffnete die Augen. Das Nichts umgab sie. Es war so dunkel, dass sie nicht einmal die Umrisse der Zelle erkennen konnte. Erinnerungen kehrten wieder. Man hatte sie zum Arzt gebracht. Sie hörte seine Stimme: »... eine Rippe gebrochen, Fraktur an der Handwurzel ... Die Platzwunden und Prellungen sehen ziemlich böse aus, aber das heilt schon wieder ... Sie hat das Kind verloren ...«

»Mein Kind«, flüsterte Tracy. »Sie haben mein Kind ermordet.«

Und sie weinte. Sie beweinte ihr Kind. Sie beweinte sich selbst. Sie beweinte die ganze kranke Welt.

Dann lag sie auf der dünnen Matratze im Dunkel und war von solchem Hass erfüllt, dass es sie schüttelte. Ihre Gedanken loderten auf und brannten alles nieder, bis nur noch eine Empfindung in ihr war: der Wunsch nach Rache. Nicht Rache an ihren Zellengenossinnen. Die waren Opfer wie sie. Sondern Rache an den Männern, die ihr Leben zugrunde gerichtet hatten.

Joe Romano: »Ihre Frau Mama hat mir was vorenthalten. Sie hat mir nicht verraten, dass sie eine geile Tochter hat ...«

Otto Schmidt: »Joe Romano arbeitet für einen Mann namens Anthony Orsatti. Und Orsatti hat das Sagen in New Orleans ...«

Perry Pope: »Wenn Sie sich schuldig bekennen, ersparen Sie dem Staat die Prozesskosten ...«

Richter Henry Lawrence: »… denn die nächsten fünfzehn Jahre werden Sie im Gefängnis verbringen …«

Das waren ihre Feinde. Und dann war da noch Charles, der ihr nicht einmal zugehört hatte: »Herrgott, wenn du so dringend Geld gebraucht hast, hättest du es mir doch sagen können … Offenbar habe ich dich nie richtig gekannt … Mach mit deinem Kind, was du für richtig hältst …«

Sie würden es ihr büßen müssen. Tracy wusste noch nicht, wie, aber sie wusste, dass sie es schaffen würde.

Alles fiel von ihr ab, bis nur noch ein Glosen in ihr war. Kalte Glut.

7

Die Zeit verlor jede Bedeutung. Es drang nie Licht in die Zelle, und so gab es keinen Unterschied zwischen Tag und Nacht, und Tracy wusste nicht, wie lange sie in Dunkelhaft saß. Von Zeit zu Zeit wurde kaltes Essen durch eine Klappe am unteren Ende der Tür geschoben. Tracy hatte keinen Appetit. Aber sie zwang sich, ihren Teller leer zu essen. *Du musst was essen, sonst machst du's hier nicht lang.* Jetzt begriff sie es. Jetzt wusste sie, dass sie all ihre Kraft brauchen würde für das, was sie plante. Sie befand sich in einer Lage, die jeder andere für hoffnungslos gehalten hätte. Sie war zu fünfzehn Jahren Haft verurteilt. Sie hatte kein Geld und keine Freunde, hatte nichts. Aber tief in ihr war ein Quell der Stärke. *Ich werde überleben,* dachte Tracy. Ja, sie würde überleben, wie ihre Vorfahren überlebt hatten. Sie hatte englisches und irisches und schottisches Blut in ihren Adern, und sie hatte die besten Eigenschaften dieser Völker geerbt: Intelligenz und Mut und Willenskraft. *Meine Vorfahren haben Hungersnöte, Seuchen und Sturmfluten überlebt, und ich werde das hier überleben.* Sie waren jetzt bei ihr in ihrer höllischen Zelle: die Hirten und die Trapper, die Farmer und die Krämer, die Ärzte und die Lehrer – die Geister der Vergangenheit, und jeder war ein Teil von ihr. »Ich werde euch nicht enttäuschen«, flüsterte Tracy in die Dunkelheit.

Sie begann, ihre Flucht zu planen.

Zunächst musste sie körperlich wieder zu Kräften kommen. Die Zelle war zu eng für intensive Gymnastik, aber sie war groß genug für Tai-Chi-Chuan, fürs Schattenboxen, jene uralte Kunst, die die Krieger als Vorbereitung auf den Kampf erlernt hatten. Die Übungen erforderten nur wenig Raum, aber sie beanspruchten jeden Muskel des Leibes. Tracy stand auf und begann mit den einleitenden Bewegungen. Jede hatte einen Namen und eine Bedeutung. Sie fing an mit der kämpferischen Vertreibung der Dämonen. Dann kam das sanftere Sammeln des Lichts. Die Bewegungen waren anmutig und fließend und wurden sehr langsam ausgeführt. Jede rührte her aus der geistigen Mitte, und alle kehrten regelmäßig wieder. Tracy hatte die Stimme ihres Lehrers im Ohr: *Erwecke dein Chi, deine Lebensenergie. Am Anfang ist sie schwer wie ein Berg, doch dann wird sie leicht wie eine Vogelfeder.* Tracy spürte, wie die Energie ihre Finger durchströmte, und sie sammelte sich, bis ihr ganzes Sein auf ihren Körper konzentriert war, der die zeitlosen Bewegungen durchlief.

Der ganze Zyklus dauerte eine Stunde, und danach war Tracy erschöpft. Sie vollzog dieses Ritual jeden Morgen und jeden Nachmittag, bis sich ihr Leib zu kräftigen begann.

Wenn sie ihren Körper nicht übte, übte sie ihren Geist. Sie lag im Dunkeln und rechnete komplizierte Gleichungen aus, sie arbeitete in Gedanken an ihrem Computer in der Bank, sie löste Denksportaufgaben, sie sagte Gedichte auf, sie rekonstruierte so wörtlich wie möglich den Text der Stücke, bei denen sie am College mitgespielt hatte. Sie war eine Perfektionistin, und wenn sie damals eine Rolle bekommen hatte, die mit einem bestimmten Akzent gesprochen werden musste, hatte sie, bevor das Stück einstudiert wurde, wochenlang diesen Akzent geübt. Einmal war ein Talentsucher an sie herangetreten und hatte ihr eine Drehprobe in Hollywood angeboten. »Nein, danke«, hatte ihm Tracy gesagt, »ich will nicht im Licht der Öffentlichkeit stehen. Das ist nichts für mich.«

Sie hörte Charles' Stimme: *Du bist die Schlagzeile in der Philadelphia Daily News ...*

Tracy verbannte diese Erinnerung aus ihrem Gedächtnis. Es gab Pforten in ihr, die von nun an verschlossen bleiben mussten. Sie hatte sich darauf zu konzentrieren, wie sie ihre Feinde vernichten würde. Einen nach dem anderen. Sie besann sich auf ein Spiel, das sie als Kind gespielt hatte: Wenn man die Hand in den Himmel hob, konnte man die Sonne auslöschen. Und das hatten ihre Feinde mit ihr gemacht: Sie hatten die Hand gehoben und ihr Leben ausgelöscht.

Tracy wusste nicht, wie viele Gefangene durch die Dunkelhaft seelisch gebrochen worden waren. Es wäre ihr auch egal gewesen.

Als die Zellentür am siebten Tag geöffnet wurde, war Tracy geblendet vom Licht, das plötzlich hereinströmte. Ein Wärter stand draußen. »Auf geht's. Du kommst wieder nach oben.«

Er streckte die Hand aus, um Tracy auf die Beine zu helfen, doch zu seiner Verblüffung stand sie mühelos auf und ging ohne Hilfe aus der Zelle. Die anderen Gefangenen, die er aus dem Loch geholt hatte, waren erledigt oder trotzig gewesen, aber diese war weder das eine noch das andere. Eine Aura von Würde umgab sie, und sie strahlte ein Selbstbewusstsein aus, das sich seltsam abhob von diesem Ort. Tracy stand im Licht und wartete, bis sich ihre Augen allmählich wieder an die Helligkeit gewöhnten. *Die würde ich gern vögeln,* dachte der Wärter. *Wenn die gewaschen ist, kannst du dich mit der überall sehen lassen. Die tut sicher was für mich, wenn ich was für sie tue.*

Und er sagte: »So 'n hübsches Mädchen sollte man nicht ins Loch stecken. Wenn wir gute Freunde wären, würde ich dafür sorgen, dass das nicht noch mal passiert.«

Tracy drehte sich um und blickte ihn an, und als er den Ausdruck in ihren Augen sah, beschloss er unverzüglich, die Sache nicht weiterzuverfolgen.

Der Wärter führte Tracy nach oben und übergab sie einer Aufseherin.

Die Aufseherin rümpfte die Nase. »Heiliger Gott, du stinkst ja fürchterlich. Stell dich unter die Dusche. Deine Kleider verbrennen wir.«

Die kalte Dusche war ein Genuss. Tracy wusch sich die Haare und schrubbte sich von Kopf bis Fuß mit der harten Kernseife. Dann trocknete sie sich ab und zog frische Kleider an. Die Aufseherin wartete schon auf sie. »Der Direktor will mit dir reden.«

Als Tracy diese Worte zum letzten Mal gehört hatte, hatte sie geglaubt, die Freiheit winke. So naiv würde sie nie wieder sein.

Direktor Brannigan stand am Fenster, als Tracy in sein Büro kam. Er drehte sich um und sagte: »Bitte, nehmen Sie Platz.« Nachdem Tracy sich gesetzt hatte, fuhr er fort: »Ich war in Washington, bei einer Tagung, und bin erst heute Morgen zurückgekommen. Ich habe einen Bericht über den Vorfall gelesen. Man hätte Sie nicht in Einzelhaft stecken sollen.«

Tracy saß da und beobachtete ihn. Ihr Gesicht war ausdruckslos, gab nichts preis.

Der Direktor schaute auf ein Papier, das auf seinem Schreibtisch lag. »Dem Bericht zufolge sind Sie von Ihren Zellengenossinnen sexuell belästigt worden.«

»Nein, Sir.«

Brannigan nickte verständnisvoll. »Es ist mir klar, dass Sie Angst haben. Aber ich kann es nicht dulden, dass in diesem Gefängnis die Häftlinge das Regiment führen. Ich möchte die Frauen bestrafen, die Ihnen das angetan haben. Doch dazu brauche ich Ihre Aussage. Ich werde dafür sorgen, dass Ihnen nichts passieren kann. Und jetzt erzählen Sie mir bitte genau, was geschehen ist und wer dafür verantwortlich war.«

Tracy blickte ihm in die Augen. »Ich bin von meiner Pritsche gefallen.«

Der Direktor betrachtete sie lange. Tracy sah, dass Enttäuschung sein Gesicht verdüsterte. »Sind Sie sicher?«

»Ja, Sir.«

»Und Sie werden es sich nicht noch anders überlegen?«

»Nein, Sir.«

Brannigan seufzte. »Na schön. Wie Sie meinen. Ich werde Sie in eine andere Zelle verlegen, wo …«

»Das will ich nicht.«

Er blickte sie verdutzt an. »Sie … Sie wollen in Ihre alte Zelle zurück?«

»Ja, Sir.«

Brannigan begriff es nicht. Vielleicht hatte er sich in dieser Frau getäuscht. Vielleicht hatte sie das Ganze selbst provoziert. Was diese verdammten Insassinnen taten und dachten, das wusste nur Gott der Herr. Er wünschte sich bloß eins: versetzt zu werden in ein ruhiges, halbwegs normales Männergefängnis. Aber seiner Frau und seiner kleinen Tochter Amy gefiel es hier. Sie wohnten in einem bezaubernden Haus, und die Gefängnisfarm hatte eine ebenso bezaubernde Umgebung. Für die beiden war es, als lebten sie auf dem Land. Er dagegen musste sich vierundzwanzig Stunden am Tag mit diesen verrückten Weibsbildern herumschlagen.

Brannigan blickte die junge Frau an, die vor ihm saß, und sagte linkisch: »Also gut. Dann sehen Sie zu, dass Sie sich in Zukunft aus allen Konflikten heraushalten.«

»Ja, Sir.«

Die Rückkehr in ihre Zelle war das Schwierigste, was Tracy je erlebt hatte. In dem Moment, in dem sie eintrat, überfiel sie mit aller Gewalt das Schreckliche, das sich hier ereignet hatte. Ihre Zellengenossinnen waren bei der Arbeit. Tracy lag auf ihrer Pritsche, starrte gegen die Decke, schmiedete Pläne. Dann griff sie nach unten und brach von der Seitenverkleidung ihrer Pritsche ein loses Stück Metall ab, das sie unter der Matratze versteckte. Als es um 11 Uhr zum Mittagessen klingelte, war Tracy die Erste, die auf dem Flur stand.

In der Kantine saßen Paulita und Lola an einem Tisch nahe beim Eingang. Von Ernestine Littlechap keine Spur.

Tracy setzte sich zu Frauen, die sie nicht kannte. Das Essen schmeckte nach nichts, doch sie aß ihren Teller leer. Den Nachmittag verbrachte sie allein in der Zelle. Um 14 Uhr 45 kehrten Paulita, Lola und Ernestine zurück.

Paulita grinste überrascht, als sie Tracy sah. »Du bist also zu uns zurückgekommen, süße Muschi. Hat dir wohl gefallen, was wir mit dir gemacht haben, wie?«

»Das kannst du gern auch noch öfter kriegen«, sagte Lola.

Tracy tat so, als hörte sie den Spott nicht. Sie interessierte sich nur für die Schwarze. Ernestine Littlechap war der Grund dafür, dass Tracy in diese Zelle zurückgekommen war. Tracy vertraute ihr nicht. Nicht eine Sekunde. Aber sie brauchte sie.

Ich geb dir 'n guten Tip, Querida. Ernestine Littlechap hat hier das Sagen …

Als an diesem Abend fünfzehn Minuten vor dem Verlöschen des Lichts die Glocke schrillte, erhob sich Tracy von ihrer Pritsche und zog sich aus. Diesmal kehrte sie den anderen nicht den Rücken. Sie legte ihre Kleider mit der größten Selbstverständlichkeit ab, und die Mexikanerin pfiff leise durch die Zähne, als sie Tracys volle, feste Brüste sah, ihre langen, wohlgeformten Beine und ihre samtigen Oberschenkel. Tracy streifte ihr Nachthemd über und legte sich auf die Pritsche. Das Licht ging aus.

Eine halbe Stunde verstrich. Tracy lag im Dunkeln und lauschte auf die Atemzüge der anderen. Dann hörte sie Paulita flüstern: »Mama zeigt dir heute, wie schön die Liebe ist. Zieh dein Nachthemd aus, Baby.«

»Wir bringen dir bei, wie man 'ne Muschi leckt, und du übst es so lange, bis du's richtig machst«, kicherte Lola.

Die Schwarze sagte kein Wort. Tracy spürte den Luftzug, als Lola und Paulita auf sie zukamen. Doch sie war gerüstet. Sie hob das Stück Metall, das sie unter der Matratze hervorgeholt hatte, und schwang es mit aller Kraft. Es klatschte einer der Frauen mitten ins Gesicht. Ein

Schmerzensschrei, und Tracy trat mit beiden Beinen nach der anderen Gestalt.

»Wenn ihr's noch mal versucht, bring ich euch um«, keuchte Tracy.

»Du Drecksau!«

Tracy hörte, wie die beiden erneut auf sie losgingen, und hob das Stück Metall.

Plötzlich drang Ernestines Stimme aus dem Dunkel. »Jetzt reicht's. Lasst sie in Ruhe.«

»Ernie, mir läuft das Blut nur so runter. Der geb ich's dermaßen …«

»Mach, was ich dir sage, verdammt noch mal.«

Schweigen. Tracy hörte, wie die zwei Frauen schwer atmend zu ihren Pritschen zurückgingen. Sie lag reglos da, alle Muskeln angespannt, darauf vorbereitet, dass die beiden es noch einmal versuchen würden.

Ernestine Littlechap sagte: »Du traust dich was, Baby.«

Tracy gab keine Antwort.

»Du hast uns nicht beim Direktor verpfiffen.« Ernestine lachte leise. »Wenn du's getan hättest, wärst du jetzt tot.«

Tracy glaubte ihr aufs Wort.

»Warum hast du dich vom Direktor nicht in 'ne andere Zelle verlegen lassen?«

Selbst das wusste sie. »Weil ich wieder hierherkommen wollte.«

»Echt? Warum?« Ernestine Littlechaps Stimme klang etwas verblüfft.

Auf diesen Moment hatte Tracy gewartet. »Weil du mir helfen sollst. Ich will abhauen.«

8

Eine Aufseherin kam zu Tracy und sagte: »Du hast Besuch, Whitney.«

Tracy blickte sie verwundert an. »Besuch?« Wer konnte das sein? Und plötzlich wusste sie es. *Charles.* Er war doch gekommen. Aber zu spät. Als sie ihn so dringend gebraucht hatte, war er nicht da gewesen. *Und jetzt brauche ich ihn nicht mehr. Niemand mehr.*

Tracy folgte der Aufseherin den Flur entlang und betrat das Besuchszimmer.

Ein wildfremder Mensch saß an einem kleinen Holztisch. Er gehörte zu den unattraktivsten Männern, die Tracy je gesehen hatte. Er war kleinwüchsig, hatte einen aufgeschwemmten, eunuchenhaften Körper, eine rüsselartige Nase und einen kleinen, verbitterten Mund. Seine Stirn war hoch und bauchig gewölbt. Er hatte dunkelbraune Augen, die durch die dicken Gläser seiner Brille vergrößert wurden, und einen stechenden Blick.

Er stand nicht auf. »Mein Name ist Daniel Cooper. Der Gefängnisdirektor hat mir gestattet, mit Ihnen zu sprechen.«

»Worüber?«, fragte Tracy misstrauisch.

»Ich bin Versicherungsdetektiv bei der IIPA, der International Insurance Protection Association. Einer unserer Klienten hat den Renoir versichert, der Mr. Joseph Romano gestohlen wurde.«

Tracy holte tief Luft. »Da kann ich Ihnen nicht helfen. Ich habe ihn nicht gestohlen.«

Sie machte kehrt, ging auf die Tür zu.

Und blieb stehen, als sie Coopers nächste Worte hörte. »Ich weiß.«

Tracy drehte sich um und blickte Cooper an. Argwöhnisch und wachsam.

»Niemand hat ihn gestohlen. Sie sind reingelegt worden, Miss Whitney.«

Langsam ließ sich Tracy auf einen Stuhl sinken.

Daniel Cooper war seit drei Wochen mit dem Fall befasst. J. J. Reynolds, sein Vorgesetzter, hatte ihn damals in der Hauptgeschäftsstelle der IIPA in Manhattan in sein Büro gerufen.

»Ich habe einen Auftrag für Sie, Dan«, sagte Reynolds.

Daniel Cooper hasste es, wenn man ihn Dan nannte.

»Ich werde mich kurz fassen.« Reynolds wollte sich kurz fassen, weil Cooper ihn nervös machte. Cooper machte alle nervös. Er war ein komischer Kauz. Viele sagten sogar, er sei ihnen unheimlich. Daniel Cooper war geradezu krankhaft verschlossen. Niemand wusste, wo er wohnte, ob er verheiratet war, ob er Kinder hatte. Er war äußerst ungesellig. An Büropartys oder Treffen außerhalb des Büros nahm er grundsätzlich nicht teil. Er war ein absoluter Einzelgänger, und Reynolds duldete ihn nur in seiner Organisation, weil der Mann ein Genie war. Eine unfehlbare Spürnase mit Computergehirn. Daniel Cooper hatte mehr Diebesgut sichergestellt und mehr Fälle von Versicherungsbetrug aufgedeckt als alle anderen Detektive der IIPA zusammen. Reynolds hätte nur gern gewusst, wie der

Kerl funktionierte. Er fühlte sich schon beklommen, wenn er ihm gegenübersaß und Cooper ihn anglotzte mit seinen dunkelbraunen Augen.

Reynolds sagte: »Eine unserer Vertragsgesellschaften hat für eine halbe Million Dollar ein Gemälde versichert, und …«

»Den Renoir. New Orleans. Joe Romano. Eine Frau namens Tracy Whitney ist schuldig gesprochen und zu fünfzehn Jahren verurteilt worden. Das Gemälde ist nicht wiederaufgetaucht.«

Schau ihn dir an!, dachte Reynolds. *Bei jedem anderen würde ich sagen, es ist reine Angabe.* »Das ist richtig«, bestätigte Reynolds mit leisem Groll. »Die Whitney hat das Bild irgendwo versteckt, und wir wollen es wiederhaben. Übernehmen Sie den Fall.«

Cooper drehte sich um und verließ J. J. Reynolds' Zimmer. Grußlos.

Cooper lief durch das Großraumbüro, in dem fünfzig Angestellte arbeiteten, Computer programmierten, Berichte tippten, Telefongespräche führten. Es ging zu wie im Tollhaus.

Als Cooper an einem der Schreibtische vorbeikam, sagte ein Kollege: »Wie ich gehört habe, sollst du den Fall Romano bearbeiten. Viel Glück. New Orleans ist …«

Cooper ging weiter, ohne zu antworten. Warum ließen sie ihn nicht in Ruhe? Mehr wollte er gar nicht. Aber sie mussten ihn immer wieder belästigen.

Es war ein regelrechtes Spiel geworden in diesem Büro. Sie waren fest entschlossen, seine geheimnisvolle Zurückhaltung zu durchbrechen und herauszufinden, wer er wirklich war.

»Was machst du am Freitagabend, Dan …?«

»Wenn du nicht verheiratet bist, Dan … Sarah und ich kennen ein wirklich liebes Mädchen …«

Sahen sie denn nicht, dass er sie nicht brauchte und nichts von ihnen wissen wollte?

»Komm doch mit, nur auf einen Drink, Dan …«

Aber Daniel Cooper wusste, wohin das führen konnte. Aus einem harmlosen Drink wurde im Nu eine Einladung zum Essen. Und damit konnten Freundschaften beginnen, und Freundschaften konnten zu Vertraulichkeiten führen. Und das war zu gefährlich.

Daniel Cooper lebte in Todesangst, jemand werde eines Tages von seiner Vergangenheit erfahren. Dass man die Vergangenheit mitsamt ihren Toten begraben konnte, war eine Lüge. Die Toten blieben nicht begraben. Alle zwei, drei Jahre rührte eines der Skandalblätter die alte Geschichte wieder auf, und Daniel Cooper verschwand für mehrere Tage. Das waren die einzigen Gelegenheiten, bei denen er sich betrank.

Daniel Cooper hätte einen Psychiater jahrelang in Atem halten können, wenn er imstande gewesen wäre, sich zu offenbaren. Aber er konnte sich nicht dazu überwinden, mit irgendjemandem über seine Vergangenheit zu sprechen. Der einzige greifbare Beweis, den er noch hatte von jenem entsetzlichen Tag vor langen Jahren, war ein verblasster und vergilbter Zeitungsausschnitt, den er sicher in seinem Zimmer verwahrte. Dort könnte ihn niemand finden. Von Zeit zu Zeit schaute er ihn sich an: als Bestrafung. Doch auch so war jedes Wort des Artikels in sein Gedächtnis eingebrannt.

Er duschte oder badete mindestens dreimal am Tag und

fühlte sich trotzdem nie sauber. Er glaubte fest an die Hölle und an das Höllenfeuer, und er wusste, dass sein einziges Heil auf Erden in der Buße lag. Er hatte zur New Yorker Polizei gehen wollen, doch da er den Anforderungen nicht genügt hatte, weil er zehn Zentimeter zu klein war, war er im Versicherungswesen gelandet und Detektiv geworden. Er sah sich als Jäger, der die Gesetzesbrecher aufspürte. Er war die Rache Gottes, er war das Instrument, das Gottes Zorn über die Missetäter brachte. Nur so konnte er für die Vergangenheit Buße tun und sich rüsten für die Ewigkeit.

Er überlegte sich, ob ihm noch Zeit zum Duschen blieb, bevor er zum Flughafen musste.

Daniel Cooper hielt sich zunächst in New Orleans auf. Fünf Tage verbrachte er dort, und als er wieder abreiste, wusste er über Joe Romano, Anthony Orsatti, Perry Pope und Richter Henry Lawrence alles, was er wissen musste. Cooper las das Protokoll von Tracy Whitneys Einvernahme und Verurteilung. Er suchte Lieutenant Miller auf und erfuhr vom Selbstmord von Tracy Whitneys Mutter. Er unterhielt sich mit Otto Schmidt und fand heraus, wie die Firma ruiniert worden war. Bei all seinen Gesprächen machte sich Cooper keine einzige Notiz, aber er hätte jedes wortwörtlich wiedergeben können. Er war zu 99 Prozent von Tracy Whitneys Unschuld überzeugt. Doch das genügte ihm nicht. Der einzige Prozentpunkt Unsicherheit war für ihn nicht akzeptabel. Er flog nach Philadelphia und führte eine Unterredung mit Clarence Desmond, dem stellvertretenden Direktor der Bank, bei der Tracy Whitney gearbeitet hatte. Charles Stanhope Junior hatte sich geweigert, ihn zu empfangen.

Und als Cooper nun die junge Frau betrachtete, die ihm gegenübersaß, war er hundertprozentig davon überzeugt, dass sie nichts mit dem Diebstahl des Gemäldes zu tun hatte. Jetzt konnte er seinen Bericht schreiben.

»Romano hat Sie reingelegt, Miss Whitney. Früher oder später hätte er sowieso behauptet, das Bild sei gestohlen worden, und Anspruch auf die Versicherungssumme erhoben. Sie sind ihm gerade recht gekommen und haben ihm sein Vorhaben erleichtert.«

Tracys Herz schlug schneller. Dieser Mann *wusste,* dass sie unschuldig war. Wahrscheinlich hatte er so viele Beweise gegen Joe Romano gesammelt, dass er sie vollständig entlasten konnte. Er würde mit dem Gefängnisdirektor oder mit dem Gouverneur reden und sie von diesem Alptraum erlösen. Es fiel ihr plötzlich schwer zu atmen. »Dann helfen Sie mir?«

Daniel Cooper war perplex. »Ich soll Ihnen helfen?«

»Ja, damit ich begnadigt werde oder …«

»Nein.«

Das Wort war wie eine Ohrfeige. »Nein? Aber warum nicht? Sie wissen doch, dass ich unschuldig bin …«

Wie konnte man nur so dämlich sein? »Mein Auftrag ist erledigt«, sagte Daniel Cooper sachlich.

Als er wieder in seinem Hotelzimmer war, zog sich Cooper sofort aus und ging unter die Dusche. Er wusch sich gründlich von Kopf bis Fuß und ließ das dampfend heiße Wasser fast eine halbe Stunde über seinen Körper laufen. Dann trocknete er sich ab, zog sich an, nahm Platz und schrieb seinen Bericht.

AN: J. J. Reynolds Aktenzeichen: Y-72-830-412
VON: Daniel Cooper
BETRIFFT: *Renoir*, Deux Femmes dans le Café Rouge, *Öl auf Leinwand*

Ich bin zu dem Schluss gelangt, dass Tracy Whitney in keiner Weise in den Diebstahl des obigen Gemäldes verwickelt ist. Ich glaube vielmehr, dass Joe Romano die Versicherung mit der Absicht abgeschlossen hat, einen Einbruchdiebstahl zu fingieren, die Versicherungssumme einzustreichen und das Gemälde an einen Privatsammler weiterzuverkaufen. Wahrscheinlich ist es mittlerweile außer Landes. Da es sich um ein recht bekanntes Gemälde handelt, nehme ich an, dass es in der Schweiz auftauchen wird, wo ein im guten Glauben getätigter Kauf den Schutz des Gesetzes genießt. Will heißen: Wenn ein Käufer sagt, er habe ein Kunstwerk in gutem Glauben erworben, darf er es selbst dann behalten, wenn es gestohlen ist.

Empfehlung: Da es keinen konkreten Beweis für Romanos Versicherungsbetrug gibt, wird unser Klient ihn auszahlen müssen. Weiterhin wäre es sinnlos, von Tracy Whitney die Rückgabe des Gemäldes beziehungsweise Schadenersatz zu erwarten, da sie weder über den Verbleib des Bildes unterrichtet ist noch über Geldmittel verfügt, die ich hätte eruieren können. Außerdem wird sie die nächsten fünfzehn Jahre im Southern Louisiana Penitentiary for Women einsitzen.

Daniel Cooper hielt einen Augenblick inne, um über Tracy Whitney nachzudenken. Er vermutete, dass andere Männer sie schön gefunden hätten. Und er fragte sich, ohne eigentliches Interesse, was fünfzehn Jahre Haft aus ihr machen würden. Es war nicht von Belang.

Daniel Cooper unterzeichnete seinen Bericht und überlegte sich, ob er noch Zeit für eine weitere Dusche hatte.

9

Old Iron Pants hatte Tracy in die Wäscherei geschickt. Von den fünfunddreißig Arbeiten, die Gefangenen zugewiesen werden konnten, war dieser Job der schlimmste. Der Raum war riesig, feucht und heiß, voll von Waschmaschinen und Bügelbrettern. Ungeheure Ladungen Schmutzwäsche wurden Tag für Tag und Stunde für Stunde angeliefert. Die Waschmaschinen zu füllen und zu leeren und die schweren Körbe zu den Bügelbrettern zu schleppen war eine geisttötende und erschöpfende Arbeit.

Um 6 Uhr morgens ging es los. Alle zwei Stunden durften die Gefangenen zehn Minuten Pause machen. Am Ende des Neunstundentages waren die meisten Frauen zum Umfallen müde. Tracy tat ihre Arbeit völlig mechanisch. Sie sprach mit niemandem und spann sich ganz in ihre Gedanken ein.

Als Ernestine Littlechap erfuhr, wo Tracy arbeitete, bemerkte sie: »Old Iron Pants will dich fertigmachen.«

»Das ist mir egal«, erwiderte Tracy.

Ernestine Littlechap war verblüfft. Sie hatte hier nicht mehr das verschreckte junge Mädchen vor sich, das vor drei Wochen ins Gefängnis eingeliefert worden war, sondern eine durchgreifend gewandelte Frau. Irgendetwas hatte sie verändert, und Ernestine Littlechap hätte gern gewusst, was.

Tracy arbeitete schon über eine Woche in der Wäscherei, als eines Nachmittags eine Wärterin zu ihr kam. »Du wirst versetzt. Du sollst in die Küche.« *Der begehrteste Job im Gefängnis.*

Es gab zweierlei Kost im Southern Louisiana Penitentiary for Women: Die Häftlinge aßen Haschee, Hotdogs, Bohnen und ungenießbare Eintöpfe; das Wachpersonal und die Verwaltungsleute speisten Steaks, frische Fische, Geflügel, Frischgemüse, Obst und verführerische Desserts. Ihre Mahlzeiten wurden von ausgebildeten Köchen zubereitet. Die Gefangenen, die in der Küche arbeiteten, kamen an diese Verpflegung heran, und sie nutzten es weidlich.

Als sich Tracy in der Küche meldete, überraschte es sie nicht übermäßig, Ernestine Littlechap zu sehen.

Tracy ging zu ihr. »Danke.« Mit einiger Mühe verlieh sie ihrer Stimme einen freundlichen Ton.

Ernestine gab ein undefinierbares Knurren von sich.

»Wie hast du mich an Old Iron Pants vorbeigeschleust?«

»Die ist nicht mehr da.«

»Wie kommt's?«

»Wir haben hier unsere Grundsätze. Wenn 'ne Aufseherin zu verbiestert ist und uns das Leben schwermacht, sägen wir sie ab.«

»Du meinst, der Direktor hört auf …«

»Quatsch. Was hat der denn damit zu tun?«

»Wie könnt ihr dann …«

»Ganz einfach. Wenn die Aufseherin, die du absägen willst, Dienst hat, gibt's Knatsch. Man beschwert sich über sie. Zum Beispiel meldet 'ne Frau, dass Old Iron Pants ihr an die Muschi gefasst hat. Am nächsten Tag jammert

’ne andere, sie wär tierisch brutal. Und dann sagt eine, sie hätte ihr ’was aus der Zelle geklaut, ’n Radio oder so. Ja, und wo taucht das Radio auf? Natürlich im Zimmer von Old Iron Pants. Und schon ist sie weg. Die Aufseherinnen haben hier nichts zu melden. Die Bosse im Knast – das sind *wir.*«

»Warum bist du hier?«, fragte Tracy. Die Antwort interessierte sie nicht. Es ging nur darum, freundschaftliche Beziehungen zu dieser Frau aufzubauen.

»Reines Pech. Ich hatte da ’n paar Mädchen. Die haben für mich gearbeitet.«

Tracy blickte Ernestine Littlechap an. »Du meinst, als …?« Sie zögerte.

»Als Nutten?« Ernestine lachte. »Nein. Als Dienstmädchen bei reichen Knackern. Ich hab so ’n Stellenvermittlungsbüro aufgemacht. Und ich hab mindestens zwanzig Mädchen gehabt. Die reichen Knacker finden ja kaum Personal. Also hab ich stinkfeine Anzeigen in die Zeitung gesetzt, und wenn sie mich angerufen haben, hab ich ihnen meine Mädchen geschickt. Die haben sich im Haus umgeschaut, und wenn ihre Leute weg waren – beim Arbeiten oder verreist oder so –, haben sie das Silber und den Schmuck und die Pelze und alles eingesammelt und sind abgehauen.« Ernestine seufzte. »Wir haben Geld gemacht, kann ich dir sagen … also, du würdest mir’s echt nicht glauben.«

»Und wie haben sie dich erwischt?«

»War’n saudummer Zufall. Eins von meinen Mädchen hat im Haus vom Bürgermeister Essen serviert, und der hat Gäste gehabt, und da war auch ’ne alte Tante eingeladen, bei der das Mädchen mal gearbeitet hat – und tüchtig abgeräumt, ist ja klar. Die Bullen haben sie in die Mangel genommen, und sie hat mich verpfiffen, und deswegen bin ich hier.«

Sie standen allein an einem Herd.

»Ich kann hier nicht bleiben«, flüsterte Tracy. »Ich muss draußen was Dringendes erledigen. Hilfst du mir beim Abhauen? Ich …«

»Jetzt schneid mal schön Zwiebeln. Heut Abend gibt's Irish Stew.«

Und damit ging sie.

Das Informationssystem im Gefängnis war unglaublich. Die Häftlinge wussten alles, was geschehen würde, lange bevor es geschah. Gefangene fischten Merkblätter aus dem Müll, hörten Telefongespräche ab und lasen die Post des Direktors. Die Informationen wurden koordiniert und an die »wichtigen« Insassinnen weitergeleitet. Ernestine Littlechap war die Nummer Eins auf der Liste. Tracy merkte, wie das Wachpersonal und die Gefangenen vor Ernestine kuschten. Da die anderen Häftlinge zu dem Schluss gekommen waren, dass Ernestine Tracy unter ihre Fittiche genommen hatte, ließen sie Tracy in Ruhe. Und nun wartete Tracy voll Unbehagen auf die Annäherungsversuche der Schwarzen. Doch Ernestine hielt Distanz. *Warum?*, fragte sich Tracy.

In Paragraph 7 der zehnseitigen Gefängnisordnung, die jeder Frau bei Haftantritt überreicht wurde, hieß es: »Jede Form von geschlechtlicher Betätigung ist streng verboten. Zu keiner Zeit dürfen sich mehr als vier Insassinnen in einer Zelle aufhalten. Zu keiner Zeit darf auf den Pritschen mehr als eine Insassin liegen.«

Die Wirklichkeit war so lächerlich anders, dass die Frauen die Gefängnisordnung nur als »das Witzblatt« bezeichneten. Im Laufe der Wochen verfolgte Tracy mit, wie tagtäglich »Neue« eintrafen. Und es war immer das Gleiche. Heterosexuelle Frauen, die zum ersten Mal in Haft waren, hatten keine Chance. Sie kamen schüchtern und furchtsam an, und die Lesben warteten schon auf sie. Das Drama gliederte sich in mehrere, sorgfältig durchplante Akte. In einer kalten und feindseligen Welt war die Lesbe freundlich und mitfühlend. Sie lud ihr zukünftiges Opfer in den Aufenthaltsraum ein. Dort sahen die beiden fern. Und wenn die Lesbe die Hand der Neuen hielt, ließ es die Neue geschehen, weil sie Angst hatte, ihre einzige Freundin zu kränken. Die Neue merkte bald, dass die anderen Frauen sie in Ruhe ließen. Ihre Abhängigkeit von der Lesbe nahm zu, die Intimitäten ebenfalls, bis die Neue schließlich bereit war, alles zu tun, um ihre einzige Freundin nicht zu verlieren.

Wer sich nicht fügte, wurde vergewaltigt. 90 Prozent der Frauen, die neu ins Gefängnis kamen, wurden in den ersten Tagen mehr oder minder direkt zu homosexuellen Aktivitäten genötigt. Tracy war entsetzt.

»Warum wird das geduldet? Ich meine, von oben?«, fragte sie Ernestine.

»Das liegt am System«, erklärte Ernestine. »Und es ist in jedem Gefängnis so. Es geht nicht, dass du zwölfhundert Frauen von ihren Männern trennst und meinst, sie ficken mit niemand. Wir vergewaltigen, okay. Aber da geht's nicht bloß um Sex. Es geht auch um Power. Wir wollen zeigen, wer der Boss ist. Die Neuen, die hier reinkommen, sind Freiwild. Da hilft nur eins: dass sie die Frau von jemand werden. Dann haben sie ihre Ruhe.«

Tracy wusste, dass sie einer Expertin lauschte.

»Aber die Wärterinnen sind genauso übel«, fuhr Ernestine fort. »Sagen wir mal, 'ne Neue kommt hier an und hängt an der Nadel. Sie ist auf Turkey und braucht 'n Schuss. Sie schwitzt und zittert wie verrückt. Na, und die Aufseherin kann ihr Heroin besorgen. Aber die will natürlich was dafür, verstehst du? Also leckt die Neue der Aufseherin die Muschi, und sie kriegt ihren Schuss. Die Wärter sind noch übler. Die haben Schlüssel zu den Zellen, und da müssen sie bloß in der Nacht reinhuschen und sich bedienen. Kann natürlich sein, dass sie dich anknallen – aber sie können 'ne Menge für dich tun. Wenn du 'ne Nase Koks brauchst oder so, oder wenn du Besuch von deinem Freund haben willst, lässt du mal schnell den Wärter drüber. Wir nennen das Tauschhandel, gibt's in jedem Gefängnis hier.«

»Das ist ja furchtbar!«

»Kann schon sein, aber irgendwie muss man überleben.« Das Deckenlicht in der Zelle schien auf Ernestines kahlrasierten Schädel. »Weißt du, warum in diesem Knast Kaugummi streng verboten ist?«

»Nein.«

»Weil die Frauen den unauffällig in die Schlösser kleben. Dann sperren die Türen nicht richtig, und in der Nacht können sie raus aus den Zellen und sich besuchen. Die Frauen, die hier zurechtkommen, sind vielleicht keine Intelligenzbestien, aber schlau sind sie auf jeden Fall.«

Es gab zahlreiche Liebesaffären im Gefängnis. Und die Regeln waren noch strenger als draußen. Die Rollen von

Mann und Frau wurden starr festgelegt und durchgespielt bis ins letzte Detail. Der »Mann« war ein Macho in einer männerlosen Welt. Er änderte seinen Namen. Ernestine hieß Ernie, aus Tessie wurde Tex, aus Barbara wurde Bob, und Katherine war Kelly. Der »Mann« trug die Haare kurz oder rasierte sich den Schädel und verrichtete keine »weiblichen« Arbeiten. Die »Frau« hatte für ihn saubezumachen, Wäsche zu flicken und zu bügeln. Lola und Paulita buhlten verbissen um Ernestines Gunst und versuchten ständig, einander zu übertreffen.

Die Eifersucht war groß und führte oft zu gewalttätigen Szenen. Wenn die Frau einem anderen »Mann« schöne Augen machte oder gar auf dem Gefängnishof mit einem sprach und dabei erwischt wurde, erhitzten sich die Gemüter. Es herrschte ein reger postalischer Verkehr – vor allem Liebesbriefe.

Die Briefe wurden zu kleinen Dreiecken gefaltet, die sich leicht im BH oder im Schuh verstecken ließen. Tracy sah häufig den Austausch solcher Briefe zwischen Frauen, die beim Eintritt in die Kantine oder auf dem Weg zur Arbeit aneinander vorbeigingen.

Tracy konnte oft beobachten, wie sich Gefangene in das Wachpersonal verliebten. Diese Liebe war aus Verzweiflung, Hilflosigkeit und Unterwürfigkeit geboren. Die Gefangenen waren in allen Dingen vom Wachpersonal abhängig. Das betraf ihr Essen und ihr Wohlergehen, manchmal auch ihr nacktes Leben. Tracy bemühte sich, für niemanden etwas zu empfinden.

Sex beherrschte das Gefängnis bei Tag und bei Nacht, Sex unter der Dusche, auf den Toiletten, in den Zellen – und bei Dunkelheit oraler Sex zwischen den Gitterstäben hindurch. Die Frauen, die den Wärterinnen »gehörten«, wurden nachts aus der Zelle gelassen und schlüpften in die Zimmer des Wachpersonals.

Wenn das Licht ausgegangen war, lag Tracy auf ihrer Pritsche und hielt sich die Ohren zu, um die Geräusche nicht mitzukriegen.

Eines Nachts zog Ernestine eine Packung Rice Crispies unter ihrer Pritsche hervor und streute sie auf den Flur vor der Zelle.

Frauen in den Nachbarzellen taten es ihr nach.

»Was soll das?«, fragte Tracy.

Ernestine wandte sich ihr zu und sagte barsch: »Das geht dich 'n Dreck an. Bleib in der Falle und rühr dich nicht.«

Ein paar Minuten später gellte ein Entsetzensschrei aus einer der Nachbarzellen. »O Gott, nein! Nicht! Lasst mich in Ruhe! Bitte!«

Nun wusste Tracy, was geschah, und es widerte sie an. Die Schreie gellten weiter. Dann wurden sie leiser. Und schließlich war nur noch herzzerreißendes Schluchzen zu hören. Zorn loderte in Tracy. Wie konnten Frauen das nur einander antun? Sie hatte gedacht, das Gefängnis habe sie hart gemacht, doch als sie am Morgen aufwachte, merkte sie, dass sie geweint hatte: Auf ihren Wangen war das Salz getrockneter Tränen.

Tracy war entschlossen, Ernestine keinesfalls ihre Gefühle zu zeigen, und fragte so beiläufig wie möglich: »Wofür waren denn die Rice Crispies?«

»Das ist unser Frühwarnsystem. Wenn 'ne Aufseherin kommt, hören wir sie gleich.«

Tracy stellte bald fest, dass das Gefängnis auch eine Lehranstalt war. Freilich eine recht unorthodoxe.

Es wimmelte hier von Expertinnen für alle möglichen Straftaten, die einen lebhaften Erfahrungsaustausch über Methoden des Betrugs, des Laden- und Beischlafdiebstahls betrieben. Sie brachten sich auf den neuesten Stand über Erpressungsverfahren im horizontalen Gewerbe und informierten einander über Polizeispitzel und Agenten.

Auf dem Gefängnishof lauschte Tracy eines Tages einem Seminar, das eine gewiefte Taschendiebin für eine faszinierte Gruppe von Jüngeren hielt.

»Die wirklichen Profis kommen aus Kolumbien. In Bogotá gibt's 'ne Schule, da könnt ihr für 200 Dollar alle Tricks lernen. Die hängen 'ne Schaufensterpuppe an die Decke, und die hat 'n Anzug an, mit zehn Taschen. In denen ist Geld und Schmuck.«

»Und was ist der Witz dabei?«

»Dass an jeder Tasche 'ne Glocke hängt. Wirklich gut bist du erst, wenn du alle Taschen ausräumen kannst, ohne dass es klingelt.«

Der Lehrbetrieb ging im Aufenthaltsraum weiter.

»Kennt jemand von euch den Schließfachtrick?«, erkundigte sich eine alte Häsin. »Nein? Also: Du hängst auf 'nem Bahnhof rum, bis du 'ne olle Schrulle siehst, die ihren Koffer oder 'n schweres Paket in so 'n Gepäckfach wuchten will. Du machst das für sie und gibst ihr den Schlüssel. Bloß – das ist einer von 'nem andern Fach. Wenn sie weg ist, machst du ihr Schließfach leer und verpisst dich.«

Die Zeit verstrich weder langsam noch schnell. Sie rann dahin. Die Routine änderte sich nie. Vom Wecken um

4 Uhr 40 bis zum Verlöschen des Lichts um 21 Uhr war alles geregelt, blieb der äußere Ablauf immer gleich. Die Vorschriften waren unumstößlich. Die Gefangenen mussten sich zum Essen in der Kantine einfinden. Niemand durfte im Glied reden. Keine Frau durfte in ihrem Spind mehr als fünf Kosmetikartikel haben. Die Betten mussten vor dem Frühstück gemacht werden und waren den Tag über sauber und ordentlich zu halten.

Das Gefängnis hatte eine Art eigener Musik: die schrillen Klingeln, das Schlurfen von Füßen auf Beton, das Krachen von eisernen Türen, das Flüstern bei Tag und die Schreie bei Nacht, das Knistern und Knacken in den Walkie-Talkies des Wachpersonals, das Knallen der Tabletts bei den Mahlzeiten.

Und im Hintergrund immer der Stacheldraht und die hohen Mauern, die Einsamkeit und die Isolation und der Hass, der alles durchdrang.

Tracy wurde eine Mustergefangene. Ihr Körper reagierte automatisch auf die akustischen Reize des Gefängnisalltags: den Riegel an der Zellentür, der nach dem Anwesenheitsappell vorgeschoben und morgens wieder aufgezogen wurde, wenn es zum Antreten auf den Flur ging, die Glocke zu Arbeitsbeginn und bei Arbeitsende.

Tracys Körper war gefangen, aber ihre Gedanken waren frei, und sie fuhr fort, ihre Flucht zu planen.

Die Häftlinge durften nicht nach draußen telefonieren und konnten pro Monat nur zwei Anrufe von je fünf Minuten Dauer entgegennehmen. Eine Weile nach Tracys Einlieferung meldete sich Otto Schmidt.

»Ich dachte mir, Sie wollten es vielleicht wissen«, sagte

er. »Es war eine sehr schöne Beerdigung. Ich habe mich um die Kosten gekümmert, Tracy.«

»Danke, Otto. Ich … vielen Dank.« Mehr gab es nicht zu sagen.

Und weitere Anrufe erhielt sie nicht.

»Vergiss, was draußen ist«, meinte Ernestine. »Da wartet ja niemand auf dich.«

Oh doch, dachte Tracy. *Da warten einige: Joe Romano, Perry Pope, Richter Henry Lawrence, Anthony Orsatti und Charles Stanhope Junior.*

Auf dem Gefängnishof begegnete Tracy Big Bertha wieder.

Der Gefängnishof war ein großes, von Mauern eingegrenztes Rechteck. Eine seiner Seiten wurde von der Außenmauer des Gefängnisses gebildet. Die Häftlinge hatten jeden Vormittag eine halbe Stunde Hofgang. Hier war einer der wenigen Orte, wo sie sprechen durften, und hier sammelten sich Grüppchen und Gruppen von Frauen, um einander vor dem Mittagessen die neuesten Nachrichten und Klatschgeschichten mitzuteilen. Als Tracy zum ersten Mal auf den Hof trat, hatte sie plötzlich Freiheitsgefühle. Und dann wurde ihr klar, woran das lag: Sie war draußen, sie atmete frische Luft. Hoch oben sah sie die Sonne und Schönwetterwolken, und fern in der Tiefe des blauen Himmels hörte sie den Düsenlärm eines aufsteigenden Flugzeugs.

»He! Ich hab dich schon überall gesucht«, sagte eine Stimme.

Tracy drehte sich um. Vor ihr stand die gewaltige Schwedin, die sie an ihrem ersten Tag im Gefängnis fast über den Haufen gerannt hätte.

»Ich hab gehört, du gehst mit ’ner Niggerlesbe.«

Tracy wollte sich an der Frau vorbeistehlen. Aber Big Bertha packte sie mit eisernem Griff. »Mir gibt man keinen Korb«, zischte sie. »Sei nett zu mir, Baby.« Sie drängte Tracy an die Mauer und presste ihren massigen Körper gegen sie.

»Lass mich los.«

»Du musst mal tüchtig durchgewichst werden, Baby. Verstehst du, was ich meine? Von mir kannst du das kriegen. Bald gehörst du mir, Baby.« Hinter Big Bertha knurrte eine vertraute Stimme: »Nimm die Finger weg von ihr, du Arschloch.«

Und da stand Ernestine Littlechap mit flammendem Blick, die großen Hände zu Fäusten geballt. Die Sonne spiegelte sich auf ihrem kahlrasierten, glänzenden Schädel.

»Du besorgst ihr’s nicht richtig, Ernie.«

»Aber *dir* besorg ich’s gleich richtig«, fauchte die Schwarze. »Wenn du sie noch mal anmachst, kriegst du den Arsch voll. Aber so, dass du’s nie vergisst.«

Die Luft war plötzlich elektrisch geladen. Die beiden Amazonen starrten sich an. Nackter Hass stand in ihren Augen. *Die würden sich meinetwegen glatt umbringen,* dachte Tracy. Und dann erkannte sie, dass es mit ihr nur sehr wenig zu tun hatte. Sie erinnerte sich an einen Satz von Ernestine: »Hier musst du powern oder bescheißen oder die Hindernisse eben auf die elegante Tour nehmen. Jedenfalls musst du deine Stellung halten, sonst gehst du drauf.«

Big Bertha gab schließlich nach. Sie warf Ernestine einen verächtlichen Blick zu. »Ich hab’s nicht eilig.« Dann schielte sie lüstern nach Tracy. »Du bist noch ’ne ganze Weile hier, Baby. Ich auch. Wir sehen uns wieder.«

Sie drehte sich um und ging.

Ernestine sah ihr nach. »Das ist vielleicht 'ne Sau. Weißt du das zufällig noch – das mit der Schwester in Chicago, die die Kranken kaltgemacht hat? Sie hat die Leute mit Gift vollgepumpt und zugeschaut, wie sie verreckt sind. Tja. Das ist der Engel, der auf dich spitz ist, Whitney. Kacke! Du brauchst jemand, der auf dich aufpasst. Die macht dich nächstes Mal wieder an.«

»Hilfst du mir beim Abhauen?«

Die Glocke klingelte.

»Es gibt Futter«, sagte Ernestine Littlechap.

Als Tracy an diesem Abend auf ihrer Pritsche lag, dachte sie über Ernestine nach.

Obwohl die Schwarze sie nie wieder angerührt hatte, vertraute Tracy ihr immer noch nicht. Sie konnte nicht vergessen, was Ernestine und die beiden anderen Frauen in der Zelle ihr angetan hatten. Aber sie brauchte die Schwarze.

Jeden Tag durften die Gefangenen nach dem Abendessen eine Stunde im Aufenthaltsraum verbringen. Dort konnten sie fernsehen oder miteinander reden oder die neuesten Zeitungen und Illustrierten lesen. Tracy blätterte eine Illustrierte durch, als ihr plötzlich ein Foto ins Auge stach. Ein Hochzeitsbild von Charles Stanhope Junior und seiner frisch Angetrauten. Sie kamen lachend aus der Kirche, Arm in Arm. Es traf Tracy wie ein Schlag. Dieses Foto, Charles' glückliches Lachen, erfüllte sie mit Schmerz. Doch aus dem Schmerz wurde im Nu kalter Zorn. Sie hatte ihr Leben mit diesem Mann verbringen wollen, und er hatte ihr den Rücken gekehrt und es zugelassen, dass sie zugrunde gerichtet wurde, dass ihr gemeinsames Kind kläglich starb … Aber das war eine andere Zeit, ein anderer Ort, eine andere Welt.

Tracy schlug die Illustrierte zu.

An Besuchstagen merkte man gleich, welche Frauen Freunde oder Verwandte erwarteten. Sie duschten, zogen frische Kleider an und schminkten sich. Ernestine kehrte meistens strahlend vergnügt aus dem Besuchszimmer zurück.

»Mein Al, der kommt immer«, erzählte sie Tracy. »Wenn ich aus dem Knast entlassen werde, wartet er schon auf mich. Und weißt du, warum? Weil ich ihm das gebe, was er von keiner anderen kriegt.«

Tracy konnte ihre Verwirrung nicht verbergen. »Du meinst … sexuell?«

»Logo. Was hier drin passiert, hat nichts mit draußen zu tun. Hier brauchen wir manchmal was Warmes zum Umarmen, 'ne Frau, die uns streichelt und uns sagt, sie mag uns. Wir müssen das Gefühl haben, dass es jemand gibt, dem wir nicht egal sind. Ob's stimmt oder nicht, ob's bloß 'ne kurze Sache ist oder nicht, ist egal. Mehr haben wir nicht. Aber wenn ich wieder rauskomme …«, Ernestine grinste von einem Ohr zum anderen, »… wenn ich wieder rauskomme, bin ich sagenhaft spitz auf meinen Mann, verstehst du?«

Es gab etwas, das Tracy schon seit einiger Zeit Kopfzerbrechen machte. Sie beschloss, es jetzt zur Sprache zu bringen. »Ernie, du beschützt mich. Warum?«

Ernestine zuckte die Achseln. »Spielt doch echt keine Rolle.«

»Ich möchte es aber wissen.« Tracy wählte ihre Worte mit größter Sorgfalt. »All deine anderen … deine anderen Freundinnen gehören dir praktisch. Sie tun genau, was du ihnen sagst.«

»Wenn sie nicht unheimlich was auf den Arsch kriegen wollen, ja.«

»Aber bei mir ist das alles anders. Warum?«

»Passt's dir nicht?«

»Doch. Ich bin nur neugierig.«

Ernestine dachte einen Augenblick nach. »Okay. Du hast was, auf das ich scharf bin.« Sie sah den Ausdruck in Tracys Gesicht. »Nein, *so* war's nicht gemeint. Auf was ich *da* scharf bin, das krieg ich woanders. Du hast – ja –, du hast Format. Wie so 'ne coole Lady in der *Vogue.* Und da gehörst du auch hin. Hier hast du nichts verloren. Ich hab keine Ahnung, wie du draußen in die Scheiße gerasselt bist, aber wahrscheinlich hat dich jemand reingelegt.« Sie blickte Tracy an und sagte fast schüchtern: »Ich bin wenig anständigen Menschen begegnet in meinem Leben. Aber du *bist* 'n anständiger Mensch.« Ernestine wandte sich ab. Ihre nächsten Worte waren fast unhörbar: »Und es tut mir leid, das mit deinem Kind. Ehrlich …«

Als an diesem Abend das Licht ausgegangen war, flüsterte Tracy ins Dunkel: »Ernie, ich muss weg von hier. Bitte, hilf mir beim Abhauen.«

»Ich will jetzt schlafen, verdammt noch mal! Halt den Mund, ja?«

Zum großen Knall zwischen Ernestine Littlechap und Big Bertha kam es am folgenden Tag auf dem Gefängnishof. Die Frauen spielten Softball. Einige Wärter passten auf sie auf. Big Bertha, die am Schlagen war, drosch den Ball ins Außenfeld und spurtete zum ersten Mal, wo Tracy stand. Big Bertha rannte Tracy über den Haufen, riss sie zu Boden – und dann war sie über ihr. Ihre Hände schlängelten sich zwischen Tracys Beinen empor, und sie flüsterte: »Mir gibt keine 'n Korb. Heut Nacht komm ich zu dir, Baby, und ich fick dich, bis du nicht mehr kannst.«

Tracy wehrte sich verbissen. Plötzlich hatte jemand Big Bertha beim Kragen. Ernestine. Sie zerrte die kolossale Schwedin hoch und würgte sie.

»Du Fotze!«, schrie Ernestine. »Ich hab dich gewarnt!« Sie zog Big Bertha die Fingernägel durchs Gesicht, krallte nach ihren Augen.

»Ich kann nichts mehr sehen!«, brüllte Big Bertha. »Ich bin blind!« Sie packte Ernestines Brüste und kniff sie brutal. Die beiden Amazonen boxten und schlugen sich. Vier Wärter kamen gelaufen. Sie brauchten fünf Minuten, um die Frauen zu trennen. Beide wurden ins Gefängniskrankenhaus geschafft. Spät am Abend wurde Ernestine in ihre Zelle zurückgebracht. Lola und Paulita eilten an ihre Pritsche, um sie zu trösten.

»Alles okay?«, flüsterte Tracy.

»Super sogar«, antwortete Ernestine. Ihre Stimme klang dumpf, und Tracy fragte sich, wie schwer sie verletzt war. »Ich hab gestern meine Zeit so weit abgesessen, dass ich bedingt entlassen werden kann. Ich komm bald raus aus dem Knast. Aber du hast Probleme. Diese miese Alte lässt dich jetzt nicht mehr in Ruhe. Die will dich unbedingt ficken. Und wenn sie durch ist mit dir, dann bringt sie dich um.«

Sie lagen im Dunkeln und schwiegen. Schließlich sprach Ernestine wieder. »Ich glaub, es wird Zeit, dass wir darüber reden, wie wir dich hier rauskriegen.«

10

»Du wirst morgen dein Kindermädchen verlieren«, sagte Gefängnisdirektor Brannigan zu seiner Frau.

Sue Ellen Brannigan blickte überrascht auf. »Warum? Judy war doch immer sehr nett zu Amy.«

»Ich weiß, aber sie hat den größten Teil ihrer Strafe abgesessen. Sie wird morgen bedingt aus der Haft entlassen.«

Das Paar frühstückte in dem behaglichen kleinen Haus, das zu den Annehmlichkeiten von Brannigans Position gehörte. Weitere Vergünstigungen waren eine Köchin, ein Dienstmädchen und ein Kindermädchen für seine Tochter Amy, die demnächst fünf wurde. Als Sue Ellen Brannigan vor fünf Jahren hier angekommen war, hatte es sie etwas nervös gemacht, auf dem Gefängnisgelände leben zu müssen. Und es hatte sie zutiefst beunruhigt, dass ihre Hausangestellten ausnahmslos Kriminelle waren.

»Woher willst du wissen, dass sie uns nicht mitten in der Nacht ausrauben und uns den Hals abschneiden?«, hatte sie damals ihren Mann gefragt.

»Wenn sie das tun«, hatte Direktor Brannigan erwidert, »streiche ich ihnen die Hafterleichterungen.«

Er hatte auf seine Frau eingeredet, ohne sie überzeugen zu können. Doch Sue Ellens Befürchtungen hatten sich als grundlos erwiesen. Die Hausangestellten waren alle sehr beflissen. Sie wollten einen guten Eindruck machen und ihre Haftzeit verkürzen und arbeiteten daher sehr gewissenhaft.

»Und ich hatte mich gerade mit dem Gedanken befreundet, Amy auf Dauer in Judys Obhut zu lassen«, klagte Mrs. Brannigan. Sie wünschte Judy von Herzen alles Gute, aber dass sie ging – das wollte sie nicht. Wusste man denn, wer nachkam? Es gab so viele Gruselgeschichten über die schrecklichen Dinge, die Fremde mit Kindern anstellten.

»Schwebt dir schon eine Nachfolgerin vor, George?«

Der Gefängnisdirektor hatte gründlich über diese Frage nachgedacht. Für die Aufgabe, Amy zu betreuen, kam ein Dutzend Insassinnen in Frage. Aber Tracy Whitney war ihm nicht aus dem Sinn gegangen. Ihr Fall verstörte ihn. Er arbeitete seit fünfzehn Jahren als Kriminologe, und er rühmte sich, dass es zu seinen Stärken gehörte, Häftlinge richtig einzuschätzen. Einige der Frauen, für die er die Verantwortung trug, waren hartgesottene Verbrecherinnen, andere saßen im Gefängnis, weil sie im Affekt eine Straftat verübt hatten oder einer momentanen Versuchung erlegen waren; doch es schien Brannigan, dass Tracy Whitney weder in die eine noch in die andere Kategorie fiel. Ihre Behauptung, sie sei unschuldig, hatte ihn nicht beeindruckt: Das sagten Häftlinge immer. Was ihn verstörte, waren die Leute, die sich zusammengetan hatten, um Tracy Whitney hinter Gitter zu bringen. Brannigan war von einem Ausschuss der Stadt New Orleans unter dem Vorsitz des Gouverneurs von Louisiana zum Gefängnisdirektor ernannt worden, und obwohl er mit der Lokalpolitik nichts zu schaffen hatte und nichts zu schaffen haben wollte, wusste er genau, wer auf dieser Bühne mitspielte. Joe Romano gehörte zur Mafia und war Anthony Orsattis bestes Pferd im Stall. Perry Pope, der Anwalt, der Tracy Whitney verteidigt hatte, arbeitete für die Mafia. Und Richter Henry Lawrence wurde von der Mafia geschmiert. Tracy Whitneys Verurteilung war also suspekt. Man konnte auch sagen, dass sie zum Himmel stank.

Und nun traf Direktor Brannigan seine Entscheidung. »Ja«, sagte er zu seiner Frau, »mir schwebt schon eine Nachfolgerin vor.«

In der Gefängnisküche gab es eine Nische mit einem kleinen plastikbeschichteten Esstisch und vier Stühlen. Das war der einzige Ort, an dem man halbwegs ungestört sein konnte. Und hier saßen Ernestine Littlechap und Tracy während ihrer zehn Minuten Pause und tranken Kaffee.

»Vielleicht verrätst du mir mal, warum du abhauen willst und warum du's so eilig hast«, schlug Ernestine vor.

Tracy zögerte. Konnte sie Ernestine vertrauen? Sie hatte keine andere Wahl. »Es … es gibt da ein paar Leute, die meiner Familie und mir etwas Schlimmes angetan haben. Das will ich ihnen heimzahlen. Und darum muss ich raus.«

»Was haben die denn gemacht?«

Tracy sagte langsam: »Sie haben meine Mutter in den Tod getrieben!«

»Wer?«

»Ich glaube nicht, dass du mit den Namen viel anfangen kannst. Joe Romano, Perry Pope, Henry Lawrence, Anthony Orsatti …«

Ernestine starrte Tracy mit offenem Mund an. »Großer Gott! Willst du mich verarschen?«

Tracy war überrascht. »Du kennst sie also?«

»Mensch, wer kennt die denn nicht? In New Orleans läuft nichts ohne Orsatti und Romano. Bleib denen bloß vom Pelz, die pusten dich weg wie nichts.«

»Die haben mich schon weggepustet«, sagte Tracy tonlos.

Ernestine blickte in die Runde, um sich zu vergewissern, dass sie nicht belauscht wurden. »Also, entweder bist du übergeschnappt oder total behämmert. An die kommst du nicht ran!« Sie schüttelte den Kopf. »Vergiss es.«

»Nein. Ich muss hier weg. Lässt sich das irgendwie machen?«

Ernestine schwieg lange. Schließlich sagte sie: »Reden wir auf dem Hof.«

Sie standen allein in einer Ecke des Gefängnishofs.

»Aus diesem Knast sind bis jetzt zwölf Frauen ausgebrochen«, sagte Ernestine. »Zwei sind erschossen worden. Die andern zehn sind geschnappt worden und wieder hierhergekommen.« Tracy äußerte sich nicht. »Die Wachtürme sind rund um die Uhr besetzt. Die Wachmannschaften haben MGs, und das sind fiese Typen, glaub's mir. Wenn jemand abhaut, sind sie ihren Job los, also knallen sie dich lieber ab. Ums ganze Gefängnis läuft 'n Stacheldrahtzaun, und angenommen, du schaffst es da rüber und kommst an den MGs vorbei, dann haben die Spürhunde mit so 'ner feinen Nase, dass sie noch 'n Moskitofurz riechen. Ein paar Meilen weiter ist 'ne Station von der National Guard, und wenn hier jemand abgehauen ist, lassen sie Hubschrauber mit Bordkanonen und Suchscheinwerfern starten. Ob die dich tot oder lebendig kriegen, das ist denen scheißegal. Sie finden, tot ist besser. Weil die anderen dann nicht so leicht auf dumme Gedanken kommen.«

»Aber versucht haben es doch immer wieder welche«, sagte Tracy störrisch.

»Den Frauen, die hier ausgebrochen sind, haben Leute von draußen geholfen – Freunde, die Knarren und Kohle und Kleider in den Knast geschmuggelt haben. Fluchtautos hatten sie auch. Die haben schon auf sie gewartet.« Ernestine legte eine bedeutungsvolle Pause ein. »Und trotzdem sind sie geschnappt worden.«

»Mich schnappen sie nicht«, sagte Tracy.

Eine Aufseherin näherte sich den beiden. »Whitney!«, rief sie. »Der Direktor will mit dir reden. Beeilung!«

»Wir brauchen jemand, der sich um unsere kleine Tochter kümmert«, sagte Gefängnisdirektor Brannigan. »Der Job ist rein freiwillig. Sie müssen ihn nicht nehmen, wenn Sie nicht mögen.«

Jemand, der sich um unsere kleine Tochter kümmert. Tracys Gedanken überstürzten sich. Möglicherweise würde ihr das die Flucht erleichtern. Wenn sie im Haus des Direktors arbeitete, erfuhr sie wahrscheinlich sehr viel mehr über das Sicherheitssystem des Gefängnisses.

»Ich nehme ihn gern«, sagte Tracy.

George Brannigan war zufrieden. Er hatte das seltsame, widersinnige Gefühl, dass er dieser Frau etwas schuldig war. »Bestens. Sie bekommen 60 Cent Stundenlohn. Das Geld wird Ihnen am Ende jedes Monats gutgeschrieben.«

Die Gefangenen durften nicht über Bargeld verfügen, und was sie im Laufe der Haft verdient hatten, wurde ihnen bei der Entlassung ausgehändigt.

Am Ende des Monats bin ich nicht mehr hier, dachte Tracy, aber sie sagte: »Ja, sehr schön.«

»Sie können morgen früh anfangen. Die Oberaufseherin erklärt Ihnen alles Weitere.«

»Vielen Dank, Sir.«

Der Gefängnisdirektor blickte Tracy an und war in Versuchung, noch einige Worte hinzuzufügen. Er wusste nur nicht genau, welche. Und so sagte er lediglich: »Das war's.«

Als Tracy Ernestine die Neuigkeit mitteilte, meinte die Schwarze nachdenklich: »Das heißt, dass du dich im Knast frei bewegen darfst. Vielleicht kannst du dann eher abhauen.«

»Aber wie?«, fragte Tracy.

»Es gibt drei Möglichkeiten, und die sind alle gefährlich. Du kannst heimlich türmen. Da klebst du in der Nacht Kaugummi ins Schloss von der Zellentür und von den Türen auf dem Flur. Dann schleichst du dich auf den Hof, wirfst 'ne Decke übern Stacheldraht, kletterst drüber und rennst, was du kannst.«

Hunde und Hubschrauber dicht auf den Fersen. Tracy hatte das Gefühl, dass sie spüren konnte, wie die Patronen der MGs auf den Wachtürmen ihren Körper durchsiebten. Es schauderte sie. »Und die zweite Möglichkeit?«

»Du brichst ganz brutal aus. Dazu brauchst du 'ne Knarre, und 'ne Geisel musst du auch nehmen. Wenn sie dich lebend erwischen, kriegst du fünf Jahre zusätzlich aufgebrummt.«

»Und die dritte Möglichkeit?«

»Du spazierst einfach weg. Das geht aber nur, wenn sie dich zu 'nem Arbeitstrupp draußen einteilen. Und wenn du dann im Gelände bist, musst du eben tüchtig marschieren.«

Tracy dachte darüber nach. Ohne Geld, ohne Auto und ohne Versteck hatte sie keine Chance. »Aber beim nächsten Appell würden sie merken, dass ich fort bin, und mich verfolgen.«

Ernestine seufzte. »Es gibt nun mal keinen perfekten Fluchtplan. Deswegen hat's auch noch niemand geschafft, aus diesem Knast abzuhauen.«

Ich werde es schaffen, schwor sich Tracy. *Ich werde es schaffen.*

An dem Morgen, an dem Tracy zu Brannigans Haus geführt wurde, begann ihr fünfter Monat in Haft. Ihr war unbehaglich bei dem Gedanken, die Frau und das Kind des Direktors kennenzulernen und ihnen womöglich nicht zu gefallen, denn sie musste diesen Job unbedingt haben. Er sollte ihr Schlüssel zur Freiheit sein.

Tracy trat in die große, gemütliche Wohnküche und nahm Platz. Ihre Achselhöhlen wurden feucht vor Nervosität. In der Tür erschien eine Frau, die ein altrosa Hauskleid trug.

»Guten Morgen«, sagte sie.

»Guten Morgen.«

Die Frau wollte sich setzen, überlegte es sich anders und blieb stehen. Sue Ellen Brannigan hatte ein freundliches Gesicht, war blond, Mitte dreißig und stets ein wenig geistesabwesend und konfus. Sie war dünn, neigte zur Übereifrigkeit und wusste nie genau, wie sie mit ihren kriminellen Dienstboten umgehen sollte. Sollte sie sich bei ihnen dafür bedanken, dass sie ihre Arbeit taten, oder sollte sie die Frauen einfach herumkommandieren? Sollte sie liebenswürdig sein oder sie wie Gefangene behandeln? Sue Ellen hatte sich immer noch nicht daran gewöhnt, unter Drogenabhängigen, Kidnapperinnen und Mörderinnen zu leben.

»Ich bin Mrs. Brannigan«, sagte sie. »Amy wird bald fünf, und Sie wissen ja, wie lebhaft Kinder in diesem Alter sind. Man muss sie hüten wie einen Sack Flöhe.« Sie warf einen flüchtigen Blick auf Tracys Hände. Das Mädchen trug keinen Ehering, aber das wollte heutzutage natürlich nichts heißen. *Schon gar nicht bei der Unterschicht,* dachte Sue Ellen. Sie machte eine kleine Sprechpause und fragte dann taktvoll: »Haben Sie Kinder?«

Tracy musste an das Baby denken, das sie verloren hatte. »Nein«, sagte sie.

»Aha.« Diese junge Frau verwirrte Sue Ellen. Sie entsprach ihren Erwartungen in keiner Weise. Das Mädchen hatte fast etwas Elegantes. »Ich hole jetzt Amy.« Sue Ellen eilte aus der Küche.

Tracy schaute sich um. Das Haus war ziemlich groß und sehr hübsch eingerichtet. Es schien Tracy, als sei es Jahre her, seit sie in einer normalen Wohnung gewesen war. Das gehörte alles in eine andere Welt, in die Welt jenseits des Stacheldrahtzauns.

Sue Ellen kam mit einem kleinen Mädchen an der Hand zurück. »Amy, das ist …« Sprach man eine Gefangene mit Vor- oder mit Nachnamen an? Sue Ellen entschied sich für einen Kompromiss: »Das ist Tracy Whitney.«

»Hi«, sagte Amy. Sie war mager wie ihre Mutter und hatte die gleichen tiefliegenden, intelligenten braunen Augen. Kein hübsches Kind, aber Amy hatte etwas Offenes und Freundliches, das einen rühren konnte.

Es wird mich nicht rühren, schwor sich Tracy.

»Bist du mein neues Kindermädchen?«

»Ja.«

»Judy ist bedingt freigelassen, hast du das schon gewusst? Wirst du auch bedingt freigelassen?«

Nein, dachte Tracy. »Ich bin noch lange hier, Amy«, antwortete sie.

»Ach, das ist ja schön«, sagte Sue Ellen munter. Dann errötete sie verlegen. »Ich meine …« Sie führte nicht weiter aus, was sie meinte, sondern begann, Tracy ihre künftigen Pflichten zu erläutern. »Sie essen gemeinsam mit Amy. Sie können das Frühstück für sie zubereiten und am Vormittag mit ihr spielen. Das Mittagessen macht die Köchin. Danach schläft Amy ein Stündchen, und am Nachmittag ist sie gern draußen auf dem Farmgelände. Es ist gut für ein Kind, wenn es all das Wachsen und Blühen sieht – meinen Sie nicht auch?«

»Doch.«

Die Farm befand sich auf der anderen Seite des Gefängnisses. Ihre zwanzig Morgen Grund, bepflanzt mit Gemüse und Obstbäumen, wurden von Häftlingen bestellt. Inmitten des Geländes lag ein großer, künstlicher Bewässerungsteich, der von einer Betonmauer eingefasst war.

Die nächsten fünf Tage erschienen Tracy fast wie ein neues Leben. Unter anderen Bedingungen hätte es sie gefreut, den düsteren Gefängnismauern entrinnen, sich ungehindert bewegen und frische Landluft atmen zu können, aber sie musste ständig an ihre Flucht denken, und nichts hatte daneben Platz. Wenn ihr Dienst bei Amy beendet war, hatte sie sich im Gefängnis zurückzumelden. Jede Nacht wurde sie in ihrer Zelle eingeschlossen, doch bei Tag blieb ihr immerhin die Illusion der Freiheit. Nach dem Frühstück in der Gefängnisküche ging sie zum Haus des Direktors und machte Frühstück für Amy. Tracy hatte von Charles eine Menge übers Kochen gelernt, und die feinen Sachen in den Küchenregalen und im Kühlschrank der Brannigans führten sie in Versuchung, aber Amy aß am liebsten etwas Einfaches: Haferbrei mit Obst oder ein Müsli. Danach spielte Tracy mit ihr oder las ihr vor. Unwillkürlich begann sie, Amy die Spiele zu lehren, die ihre Mutter mit ihr gespielt hatte.

Amy liebte Puppen. Tracy wollte aus einer alten Socke des Direktors ein Lämmchen für sie machen, doch es wurde eine Kreuzung aus Fuchs und Ente daraus. »Es ist sehr schön«, sagte Amy ergeben.

Tracy ließ das missglückte Lamm mit verschiedenen Akzenten sprechen: mit französischem, italienischem und mexikanischem. Den mexikanischen hatte sie Paulita abgelauscht, und den bewunderte Amy am meisten. Tracy sah die Freude im Gesicht des kleinen Mädchens und dachte: *Ich werde mich nicht an sie binden. Sie ist mein Mittel zur Flucht, weiter nichts.*

Nach Amys Mittagsschlaf unternahmen sie lange Spaziergänge, und Tracy sorgte dafür, dass sie Teile des Gefängnisgeländes durchstreiften, die sie noch nicht kannte. Sie beobachtete jeden Ausgang und Eingang genau, achtete darauf, mit wie viel Mann die Wachtürme besetzt waren und wann die Wachablösung stattfand. Es wurde ihr bald klar, dass sich keiner der Fluchtpläne, die sie mit Ernestine besprochen hatte, verwirklichen ließ.

»Hat mal jemand zu türmen versucht, indem er sich in einem der Lieferwagen versteckt hat, die hier ankommen? Ich habe schon einen mit Milch gesehen und einen mit Nahrungsmitteln und …«

»Das kannst du vergessen«, erwiderte Ernestine. »Jeder Wagen, der durchs Tor fährt, wird durchsucht.«

Eines Morgens sagte Amy beim Frühstück: »Ich hab dich lieb, Tracy. Willst du meine Mutter sein?«

Diese Worte gaben Tracy einen Stich ins Herz. »*Eine* Mutter ist genug. Du brauchst nicht zwei.«

»Doch. Der Vater von meiner Freundin Sally Ann hat noch mal geheiratet, und Sally Ann hat zwei Mütter.«

»Du bist aber nicht Sally Ann«, entgegnete Tracy schroff. »Iss auf.«

Amy blickte sie tief verletzt an. »Ich hab keinen Hunger mehr.«

»Na schön, dann lese ich dir vor.«

Als Tracy vorzulesen begann, spürte sie Amys kleine Hand auf der ihren.

»Darf ich auf deinem Schoß sitzen?«

»Nein.« *Hol dir die Zuwendung bei deiner Familie,* dachte Tracy. *Du gehörst mir nicht an. Niemand gehört mir an.*

Der Umstand, dass sie tagsüber von der Gefängnisroutine erlöst war, machte die Nächte nur noch schlimmer. Tracy hasste es, in ihre Zelle zurückzukehren, verabscheute es, eingesperrt zu sein wie ein Tier. Sie konnte sich nicht an die Schreie gewöhnen, die in der Dunkelheit aus den Nachbarzellen drangen. Sie knirschte mit den Zähnen, bis ihr die Kiefer wehtaten. *Ich muss es durchstehen,* dachte sie. *Und ich werde es durchstehen.* Sie schlief wenig, weil es in ihrem Kopf unaufhörlich arbeitete. Die Flucht war der erste Schritt. Die Rache an Joe Romano, Perry Pope, Richter Henry Lawrence und Anthony Orsatti der zweite. Und die Rache an Charles war der dritte. Aber noch war auch nur der bloße Gedanke daran zu schmerzlich. Damit befasse ich mich, wenn die Zeit reif ist, sagte sich Tracy.

Es gelang ihr nicht mehr, Big Bertha aus dem Weg zu gehen. Tracy war sicher, dass die kolossale Schwedin ihr nachspionierte. Wenn sie in den Aufenthaltsraum trat, tauchte wenige Minuten später Big Bertha auf, und wenn sie auf dem Hof war, erschien Big Bertha kurz danach.

Eines Tages watschelte sie auf Tracy zu und sagte: »Du siehst heut besonders schön aus, Baby. Ich kann's kaum erwarten, dass wir endlich zusammen sind.«

»Komm mir nicht zu nahe«, warnte Tracy.

Die Amazone grinste. »Und wenn ich's doch tu? Deine Niggerin ist bald weg. Ich sorg dafür, dass du in meine Zelle kommst.«

Tracy starrte sie an.

Big Bertha nickte. »Ich kann das, Baby. Glaub's mir.«

Tracys Zeit wurde knapp. Sie musste fliehen, bevor Ernestine entlassen wurde.

Amys liebster Spazierweg führte durch eine große Wiese mit bunten Blumen. In der Nähe befand sich der Bewässerungsteich mit seiner Betonmauer, die steil zum tiefen Wasser abfiel.

»Lass uns schwimmen gehn«, flehte Amy. »Bitte, bitte, Tracy.«

»Der ist nicht zum Schwimmen da«, erwiderte Tracy. »Das ist ein Bewässerungsteich.«

Es fröstelte sie beim Anblick des kalten, bedrohlich aussehenden Wassers.

… Ihr Vater trug sie auf seinen Schultern ins Meer. Sie schrie, aber ihr Vater sagte: *Du bist doch kein Baby mehr, Tracy.* Er ließ sie ins kalte Wasser fallen. Sie ging unter, geriet in Panik und erstickte fast …

Als Tracy davon erfuhr, traf es sie wie ein Schlag, obwohl sie bereits damit gerechnet hatte.

»Nächste Woche komm ich hier raus«, sagte Ernestine. »Am Samstag.«

Ein eisiger Schauer überlief Tracy. Sie hatte Ernestine nicht von ihrer Unterhaltung mit Big Bertha berichtet. Ernestine würde ihr bald nicht mehr helfen können. Wahrscheinlich hatte Big Bertha genügend Einfluss, um Tracy in ihre Zelle verlegen zu lassen. Zu verhindern war das nur durch ein Gespräch mit dem Direktor, und Tracy wusste, dass sie so gut wie tot war, wenn sie das tat. Alle Frauen im Gefängnis würden sich gegen sie wenden. *Hier musst du powern oder bescheißen, oder die Hindernisse eben auf die elegante Tour nehmen.* Sie würde die Hindernisse auf die elegante Tour nehmen.

Wieder sprach sie mit Ernestine über Fluchtmöglichkeiten. Keine war zufriedenstellend.

»Du hast kein Auto, und du hast niemand draußen, der

dir hilft. Die kriegen dich hundertprozentig, und dann hängst du noch tiefer in der Scheiße. Bleib lieber cool und sitz deine Zeit hier ganz locker ab.«

Doch Tracy wusste, dass sie nicht so lässig würde bleiben können, nachdem Big Bertha es ernsthaft auf sie abgesehen hatte. Der Gedanke daran, was die Schwedin mit ihr machen wollte, verursachte Tracy Übelkeit.

Es war Samstag Morgen, sieben Tage vor Ernestines Entlassung. Sue Ellen Brannigan war übers Wochenende mit Amy nach New Orleans gefahren, und Tracy arbeitete in der Gefängnisküche.

»Wie läuft's mit deinem Kindermädchenjob?«, erkundigte sich Ernestine.

»Ganz gut.«

»Ich hab die Kleine mal gesehen. Die ist niedlich.«

»Ja, sie ist okay«, sagte Tracy. Es klang gleichgültig.

»Ich bin echt froh, wenn ich draußen bin. Und ich sag dir eins: Ich komm nie mehr in diesen Scheißknast hier. Wenn Al und ich was für dich tun können …«

»Achtung!«, rief eine Männerstimme.

Tracy drehte sich um. Ein Wäschereiangestellter schob einen Karren mit Körben voll von schmutzigen Uniformen und Weißzeug vor sich her. Tracy beobachtete verdutzt, wie er auf die Tür zusteuerte.

»Ich hab gesagt, wenn Al und ich was für dich tun können … du weißt schon … dir was schicken oder so …«

»Ernie, was macht denn der Mann hier? Das Gefängnis hat doch eine eigene Wäscherei?«

»Oh, der holt die Sachen vom Wachpersonal ab«, lachte Ernestine. »Früher haben die ihre Uniformen immer in die

Gefängniswäscherei gegeben, aber irgendwie waren dann alle Knöpfe abgerissen, die Ärmel kaputt und schweinische Briefe in den Taschen – oder die Hemden sind eingelaufen und der ganze Stoff war im Arsch. Ist das nicht 'ne Affenschande? Ja, und jetzt schicken sie ihre Sachen in 'ne Wäscherei draußen.« Ernestine lachte wieder.

Tracy hörte nicht mehr zu.

11

»George, ich bin mir nicht sicher, ob wir Tracy behalten sollen.«

Gefängnisdirektor Brannigan blickte von seiner Zeitung auf.

»Was hast du denn für Probleme mit ihr?«

»Ich weiß auch nicht genau. Ich habe das Gefühl, dass sie Amy nicht mag. Vielleicht kann sie Kinder einfach nicht leiden.«

»Sie war doch nicht hässlich zu Amy, oder? Hat sie Amy angeschrien oder geschlagen?«

»Nein …«

»Was dann?«

»Gestern kam Amy zu Tracy gelaufen und hat sie umarmt, und Tracy hat sie weggestoßen. Ich fand das schlimm. Amy ist doch so in sie vernarrt… Ehrlich gesagt, ich glaube sogar, dass ich ein bisschen eifersüchtig bin. Kann es das sein?«

Brannigan lachte. »Das kann es allerdings sein. Ich finde, dass Tracy Whitney die richtige Frau für diesen Job ist. Wenn sie dir wirklich Schwierigkeiten macht, sag mir Bescheid, dann werde ich etwas dagegen unternehmen.«

»Ja, Liebling.« Aber Sue Ellen war mit dieser Lösung keineswegs zufrieden. Sie griff nach ihrer Petit-point-Stickerei. Das Thema war noch nicht abgeschlossen.

»*Warum* funktioniert das nicht?«

»Hab ich dir doch gesagt, Baby. Weil die Wachen jeden Wagen durchsuchen, der durchs Tor fährt.«

»Aber bei einem Lieferwagen, der einen Korb Wäsche geladen hat, werden sie die Wäsche doch nicht auskippen, um auf den Boden des Korbs zu schauen!«

»Nein, das nicht. Aber der Korb wird in den Abstellraum gebracht, und da passt 'n Wärter auf, wie er vollgepackt wird.«

Tracy dachte nach.

»Ernie… könnte jemand den Wärter fünf Minuten ablenken?«

»Verdammt noch mal, wie stellst du dir das vor, dass…« Sie brach mitten im Satz ab, und ein breites Lächeln erhellte ihr Gesicht. »Während jemand mit ihm bumst, legst du dich in den Korb und wirst mit Wäsche zugedeckt!« Sie nickte. »Ja. Ich glaube, das könnte klappen.«

»Dann hilfst du mir also?«

Ernestine überlegte es sich einen Moment. Dann sagte sie sanft: »Ja, ich helf dir. Das ist meine letzte Chance, Big Bertha 'n Tritt in den Arsch zu geben.«

Im Informationssystem des Gefängnisses liefen sämtliche Drähte heiß, und das einzige Thema war Tracy Whitneys Flucht. Ein Ausbruchsversuch gehörte zu den Ereignissen, die alle Gefangenen bewegten. Sie durchlebten und durchlitten jeden stellvertretend mit und wünschten sich, sie hätten den Mut gehabt, es selbst zu riskieren. Aber da waren die Wachen und die Hunde und die Hubschrauber… und am Ende die Frauen, die zurückgebracht wurden – oder ihre Leichen.

Dank Ernestines Hilfe machte der Fluchtplan rasche

Fortschritte. Ernestine nahm bei Tracy für ein Kleid Maß, Lola klaute Stoff aus der Gefängnisschneiderei, und Paulita gab das Gewand bei einer Näherin in einem anderen Block in Auftrag. Aus dem Magazin wurde ein Paar Gefängnisschuhe gestohlen und passend zum Kleid umgefärbt. Wie durch Zauberkraft tauchten Hut, Handschuhe und eine Handtasche auf.

»Jetzt musst du noch Papiere haben«, sagte Ernestine zu Tracy. »Du brauchst Kreditkarten und 'n Führerschein.«

»Woher soll ich …«

Ernestine grinste. »Überlass das nur mir.«

Am Abend darauf überreichte sie Tracy drei Kreditkarten, die auf den Namen Jane Smith ausgestellt waren.

»Fehlt nur noch der Führerschein«, sagte Ernestine.

Nach Mitternacht hörte Tracy, wie die Zellentür geöffnet wurde. Jemand schlich leise auf ihre Pritsche zu. Tracy setzte sich auf. Sie war sofort hellwach.

»Whitney?«, flüsterte eine Frau. »Komm mit.«

Tracy erkannte die Stimme. Sie gehörte Lillian, einer Gefangenen aus einer Nachbarzelle. »Was willst du?«, fragte Tracy.

Und nun schoss Ernestines Stimme durch die Dunkelheit. »Hat dich deine Mutter zu heiß gebadet? Halt's Maul und stell keine so blöden Fragen.«

Lillian sagte leise: »Wir müssen uns beeilen. Wenn sie uns erwischen, bin ich dran. Komm.«

»Wohin gehen wir?«, erkundigte sich Tracy, als sie Lillian durch den dunklen Flur zu einer Treppe folgte. Sie stiegen einen Stock höher, und nachdem sie sich vergewissert hatten, dass keine Wärterinnen in der Nähe waren, eilten sie einen anderen Flur entlang, bis sie zu dem Raum kamen, in dem Tracy die Fingerabdrücke abgenommen und die Fotos von ihr geknipst worden waren. Lillian stieß die Tür auf. »Da rein«, flüsterte sie.

Tracy trat ein. Drinnen wartete schon eine andere Frau.

»Stell dich an die Wand«, sagte sie. Ihre Stimme klang etwas hektisch.

Tracy ging zur Wand. Sie hatte fast Magenkrämpfe vor Aufregung.

»Schau in die Kamera. Na, nun mach schon. Und 'n bisschen lächeln. Versuch's wenigstens.«

Sehr witzig, dachte Tracy. Noch nie in ihrem Leben war sie so nervös gewesen.

»Das Bild kriegst du morgen früh«, sagte die Frau. »Ist für deinen Führerschein. Und jetzt ab durch die Mitte.«

Tracy und Lillian liefen wieder zurück. Unterwegs bemerkte Lillian: »Ich hab gehört, du wirst in 'ne andere Zelle verlegt.«

Tracy blieb stehen. »Was?«

»Ach, hast du das noch nicht gewusst? Du kommst zu Big Bertha.«

Ernestine, Lola und Paulita waren noch wach, als Tracy in die Zelle zurückkehrte. »Wie ist's gelaufen?«

»Gut.«

Ach, hast du das noch nicht gewusst? Du kommst zu Big Bertha.

»Dein Kleid ist am Samstag fertig«, sagte Paulita.

Der Tag von Ernestines Entlassung. *Das ist mein letzter Termin,* dachte Tracy.

Ernestine flüsterte: »Alles klar. Der Lieferwagen von

der Wäscherei kommt am Samstag um zwei. Um halb zwei musst du im Abstellraum sein. Mach dir keine Gedanken wegen dem Wärter. Um den kümmert sich Lola dann schon nebenan. Lola und Paulita warten im Abstellraum auf dich. Paulita bringt deine Sachen mit. Der Führerschein und die Kreditkarten sind in der Handtasche. Und um Viertel nach zwei fährt der Wagen mit dir durchs Tor.«

Tracy konnte kaum atmen. Sie zitterte schon, wenn von ihrer Flucht auch nur die Rede war. *Ob die dich tot oder lebendig kriegen, das ist denen scheißegal. Sie finden, tot ist besser.*

In wenigen Tagen würde sie das Weite suchen. Sie machte sich keine Illusionen. Ihre Chancen waren gering. Man würde sie irgendwann aufspüren und wieder hierherbringen. Doch sie hatte sich geschworen, zuvor noch ein paar Dinge zu erledigen.

Im Gefängnis wussten viele von dem Kampf, den Ernestine Littlechap und Big Bertha um Tracy ausgetragen hatten. Nun kursierte die Meldung, dass Tracy in die Zelle der Schwedin verlegt würde, und da war es kein Zufall, dass niemand Big Bertha von Tracys Fluchtplan berichtet hatte: Big Bertha hasste schlechte Nachrichten. Auch neigte sie dazu, die Botschaft mit dem Boten zu verwechseln und diesen Menschen dementsprechend zu behandeln. Und so erfuhr Big Bertha von Tracys Vorhaben erst am Morgen des Samstags, an dem es in die Tat umgesetzt werden sollte. Die Frau, die Tracy fotografiert hatte, verriet es ihr.

Big Bertha nahm die Nachricht schweigend entgegen. Das Schweigen war unheildrohend, und ihr massiger Körper schien noch massiger zu werden.

Ihre einzige Frage lautete:

»Wann?«

»Heute Nachmittag um zwei, Bert. Sie verstecken die Whitney im Abstellraum in 'nem Wäschekorb.«

Big Bertha sann lange darüber nach. Dann watschelte sie zu einer Aufseherin und sagte: »Ich muss mit dem Direktor reden. Und zwar sofort.«

Tracy hatte die ganze Nacht nicht geschlafen. Ihr war schlecht vor Aufregung. Die Monate im Gefängnis kamen ihr vor wie eine Ewigkeit. Bilder aus der Vergangenheit blitzten in ihr auf, als sie auf ihrer Pritsche lag und ins Dunkel starrte.

Ich komme mir vor wie eine Märchenprinzessin, Mutter. Ich habe nie geglaubt, dass man so glücklich sein kann.

Also! Sie und Charles wollen heiraten.

Und wie lange sollen eure Flitterwochen dauern?

Du hast auf mich geschossen, du Miststück!

Ihre Mutter hat Selbstmord begangen.

Offenbar habe ich dich nie richtig gekannt.

Das Hochzeitsfoto von Charles, der seine Braut anlächelte …

Das Schrillen der Morgenglocke raste durch den Flur wie eine Stoßwelle. Tracy saß hellwach auf ihrer Pritsche. Ernestine beobachtete sie. »Wie fühlst du dich?«

»Prima«, log Tracy. Sie hatte einen trockenen Mund, und ihr Herz schlug unregelmäßig.

»Heute kommen wir beide hier raus.«

Tracy konnte kaum schlucken. »Mhm.«

»Bist du sicher, dass du bis halb zwei aus dem Haus vom Direktor wegkommst?«

»Kein Problem. Amy schläft immer nach dem Mittagessen.«

Paulita sagte: »Du darfst nicht zu spät kommen. Keine Minute. Sonst geht's schief.«

»Keine Bange. Ich bin schon pünktlich.«

Ernestine langte unter ihre Matratze und holte ein Bündel Banknoten hervor. »Du brauchst 'n bisschen Kohle. Sind bloß zweihundert Dollar, aber das müsste reichen fürs Erste.«

»Ernie, ich weiß nicht, wie ich dir ...«

»Ganz einfach. Halt die Klappe und nimm's.«

Tracy zwang sich, ein paar Bissen zum Frühstück zu essen. Ihr Kopf dröhnte, und jeder Muskel tat ihr weh. *Ich stehe diesen Tag nicht durch*, dachte sie. *Aber ich muss ihn durchstehen.*

In der Küche herrschte angespanntes, unnatürliches Schweigen, und Tracy merkte plötzlich, dass *sie* der Grund dafür war. Sie war das Ziel wissender Blicke und der Gegenstand nervösen Geflüsters. Ein Ausbruchsversuch stand bevor, und sie war die Heldin des Dramas. In wenigen Stunden würde sie frei sein. Oder tot.

Tracy konnte ihr Frühstück nicht aufessen. Sie erhob sich und machte sich auf den Weg zu Direktor Brannigans Haus. Als sie darauf wartete, dass eine Wärterin ihr die Flurtür aufschloss, sah sie sich plötzlich Big Bertha gegenüber. Die riesige Schwedin grinste.

Die wird sich noch wundern, dachte Tracy.

Jetzt gehört sie mir, dachte Big Bertha.

Der Morgen verging so langsam, dass Tracy das Gefühl hatte, wahnsinnig zu werden. Die Minuten schienen sich endlos zu dehnen. Sie las Amy vor und nahm nicht wahr, was sie las. Sie merkte, dass Mrs. Brannigan sie vom Fenster aus beobachtete.

»Tracy, spielen wir Verstecken.«

Tracy war eigentlich zu nervös für jede Art von Tätigkeit, aber sie wollte Mrs. Brannigan nicht misstrauisch machen. Sie nötigte sich zu einem Lächeln. »Gut, Amy. Versteck du dich zuerst, ja?«

Sie waren auf dem Hof vor dem Haus. In der Ferne konnte Tracy das Gebäude sehen, in dem sich der Abstellraum befand. Um Punkt 13 Uhr 30 musste sie da sein. Sie würde das Kleid anziehen, das für sie geschneidert worden war, und die dazu passenden Schuhe. Um 13 Uhr 45 würde sie auf dem Boden des großen Wäschekorbs liegen, mit Uniformen und Weißzeug zugedeckt. Um 14 Uhr würde der Wäschereiangestellte den Korb holen und ihn auf seinem Karren zum Lieferwagen rollen. Um 14 Uhr 15 würde der Wagen durchs Tor fahren, in Richtung Stadt.

Der Fahrer kann von seinem Sitz nicht in den Laderaum sehen. Wenn der Wagen in der Stadt ist und an 'ner Ampel hält, machst du einfach die Tür auf, steigst ganz cool aus und nimmst dir 'n Bus.

»Siehst du mich?!«, rief Amy. Sie hatte sich hinter einer Magnolie versteckt und hielt die Hand vor den Mund, um nicht zu kichern.

Sie wird mir fehlen, dachte Tracy. *Die einzigen Menschen, die mir fehlen werden, sind eine kahlköpfige Schwarze und ein kleines Mädchen.* Tracy fragte sich, was Charles Stanhope junior wohl dazu gesagt hätte. »Ich komme!«, rief sie.

Sue Ellen beobachtete die beiden vom Haus aus. Ihr schien, dass sich Tracy merkwürdig benahm. Den ganzen Vormittag hatte sie immer wieder auf ihre Uhr geschaut, als erwarte sie jemanden, und mit ihren Gedanken war sie weiß Gott wo gewesen, aber gewiss nicht bei Amy.

Ich muss mit George reden, dachte Sue Ellen. *Ich werde darauf bestehen, dass er ein anderes Kindermädchen ins Haus holt.*

Auf dem Hof spielten Tracy und Amy eine Weile Himmel und Hölle, anschließend Fangen. Dann las Tracy Amy vor, und dann war es endlich 12 Uhr 30, Zeit für Amys Mittagessen und Zeit für Tracy, sich zu empfehlen. Sie brachte Amy ins Haus.

»Ich gehe jetzt, Mrs. Brannigan.«

»Wie? Oh, hat Ihnen das niemand gesagt, Tracy? Wir haben heute hohen Besuch. Er wird hier zu Mittag essen. Amy kann also kein Schläfchen machen. Nehmen Sie sie bitte mit.«

Tracy musste sich zwingen, nicht laut zu schreien. »Das … das geht nicht, Mrs. Brannigan.«

Sue Ellen Brannigan erstarrte zur Salzsäule. »Und warum geht das nicht?«

Tracy merkte, wie ungehalten Mrs. Brannigan war, und dachte: *Ich darf sie nicht verärgern. Sonst sagt sie gleich dem Direktor Bescheid, und ich werde in meine Zelle zurückgeschickt.*

Tracy quälte sich ein Lächeln ab. »Amy hat doch noch nichts zu Mittag gegessen. Sie wird bestimmt Hunger haben.«

»Ich habe der Köchin gesagt, sie soll einen Picknickkorb packen. Sie können mit Amy einen kleinen Spaziergang machen und auf der Wiese picknicken. Amy mag das gern – nicht wahr, Liebling?«

»Ja, sehr, sehr gern.« Sie blickte Tracy flehend an. »Picknicken wir, Tracy? Ja?«

Nein! Doch. Nur keine Panik. Es kann immer noch klappen.

Du darfst nicht zu spät kommen. Keine Minute. Sonst geht's schief.

Tracy blickte Mrs. Brannigan an. »Wann … wann soll ich Amy zurückbringen?«

»So gegen drei. Dann sind die Leute fort.«

Und der Lieferwagen auch. Der Himmel schien einzustürzen. »Ich …«

»Fehlt Ihnen was? Sie sehen so blass aus.«

Das war die Idee. Tracy würde sagen, sie fühle sich sterbenselend. Sie würde ins Gefängniskrankenhaus gehen. Aber die würden sie dabehalten und untersuchen wollen. Nie im Leben würde sie rechtzeitig im Abstellraum sein. Sie musste sich etwas anderes einfallen lassen.

Mrs. Brannigan starrte sie an.

»Nein, mir fehlt nichts.«

Mit der stimmt irgendwas nicht. Das war der Schluss, zu dem Sue Ellen Brannigan kam. *Ich werde wirklich darauf bestehen, dass George ein anderes Kindermädchen ins Haus holt.*

Amys Augen strahlten vor Freude. »Die größten Sandwiches kriegst alle du, Tracy. Wir machen es uns schön, ja?«

Tracy wusste keine Antwort darauf.

Der »hohe Besuch« hatte sich überraschend angesagt. Gouverneur William Haber wollte in eigener Person die Mitglieder des Gefängnisreformausschusses durch das Southern Louisiana Penitentiary for Women führen. Damit musste Direktor Brannigan einmal im Jahr leben.

»Nur keine Aufregung, George«, hatte der Gouverneur gemeint. »Lass die Bude ein bisschen putzen, sag deinen Damen, dass sie nett lächeln sollen, und schon kriegen wir unser Budget wieder erhöht.«

Am Morgen hatte der Oberinspektor des Wachpersonals folgende Weisung ausgegeben: »Alle Drogen, Messer und Vibratoren müssen weg.«

Gouverneur Haber und seine Leute sollten um 10 Uhr eintreffen. Sie würden zunächst den Zellentrakt inspizieren, dann die Farm besichtigen und schließlich im Haus des Gefängnisdirektors zu Mittag essen.

Big Bertha war ungeduldig. Als sie darum ersucht hatte, den Direktor sprechen zu dürfen, hatte man ihr gesagt: »Der Direktor hat heute Vormittag sehr wenig Zeit. Morgen wäre es günstiger. Er …«

Big Bertha war explodiert: »Scheiß auf morgen! Ich will *jetzt* mit ihm reden! Das ist unheimlich wichtig!«

Es gab wenige Häftlinge, die sich so etwas herausnehmen durften. Big Bertha gehörte zu ihnen.

Die Gefängnisleitung wusste sehr wohl, wie mächtig sie war. Sie hatte erlebt, wie Big Bertha Meutereien angezettelt und abgewiegelt hatte. Keine Strafanstalt der Welt konnte reibungslos funktionieren, wenn sich die Führungspersönlichkeiten unter den Insassen nicht kooperativ verhielten, und Big Bertha war eine.

Fast eine Stunde saß sie nun schon im Vorzimmer des Direktors. Ihr massiger Körper quoll über die Kanten des Sessels, in den sie sich geflegelt hatte. *Die sieht wirklich fies aus,* dachte die Sekretärin des Direktors. *Wenn ich die anschaue, wird's mir ganz anders.*

»Wie lang dauert das denn noch?«, wollte Big Bertha wissen.

»Nicht mehr lang. Der Direktor hat Besuch. Er hat heute Morgen sehr viel um die Ohren.«

Big Bertha sagte: »Der wird gleich noch mehr um die Ohren haben.« Sie warf einen Blick auf ihre Uhr. 12 Uhr 45. *Noch 'ne Menge Zeit.*

Es war ein herrlicher Tag, warm und wolkenlos, und der leichte Sommerwind trug eine Fülle von Gerüchen über das grüne Land. Tracy hatte auf der Wiese beim Teich ein Tischtuch ausgebreitet, und Amy aß gerade begeistert ein Sandwich mit Eiersalat. Tracy schaute auf ihre Uhr. Es war schon eins. Sie konnte es nicht fassen. Der Vormittag hatte sich endlos gedehnt, und jetzt verging die Zeit wie im Flug. Sie musste sich rasch etwas einfallen lassen, sonst war ihre letzte Chance dahin, in die Freiheit zu gelangen.

13 Uhr 10. Im Vorzimmer von Direktor Brannigan legte die Sekretärin den Hörer auf die Gabel und sagte zu Big Bertha: »Tut mir leid. Der Direktor lässt ausrichten, dass er heute nicht mit Ihnen sprechen kann. Wir machen einen anderen Termin aus. Wie wäre es zum Beispiel mit…«

Big Bertha wuchtete sich aus ihrem Sessel empor. »Er *muss* aber mit mir reden! Es ist…«

»Sagen wir morgen, ja?«

Big Bertha wollte erwidern: »Morgen ist es zu spät.« Aber sie hielt ihre Zunge im Zaum. Nur der Direktor durfte Bescheid wissen. Wer hier petzte, hatte oft einen tödlichen Unfall. Aber sie würde nicht aufgeben. Sie würde sich Tracy Whitney nicht durch die Lappen gehen lassen. Big Bertha watschelte in die Gefängnisbibliothek und setzte sich an einen der langen Tische im rückwärtigen Teil des Raumes. Sie schrieb etwas auf einen Zettel, und als die Aufseherin an ihrem Tisch vorbei zu einem der Regale ging, um einer Gefangenen behilflich zu sein, stand Big Bertha auf und ließ den Zettel liegen.

Als die Aufseherin wieder an dem Tisch vorbeikam, sah sie den Zettel und faltete ihn auseinander. Sie las ihn zweimal:

GUT AUFPASSEN HEUTE
AUF DEN LIEFERWAGEN VON DER WÄSCHEREI!

Keine Unterschrift. Ein dummer Witz? Die Aufseherin wusste es nicht. Sie griff nach dem Telefon. »Den Oberinspektor des Wachpersonals, bitte.«

13 Uhr 12. »Du isst ja gar nichts«, sagte Amy. »Magst du was von meinem Sandwich?«

»Nein! Lass mich in Ruhe.« So barsch hatte Tracy eigentlich nicht sein wollen.

Amy hörte auf zu essen. »Bist du böse auf mich, Tracy? Bitte, sei nicht böse auf mich. Ich hab dich so lieb. Ich bin nie böse auf dich.«

»Ich bin nicht böse auf dich.« *Ich brate nur in der Hölle.*

»Wenn du keinen Hunger hast, hab ich auch keinen. Lass uns Ball spielen, Tracy.« Amy zog einen Hartgummiball aus der Tasche.

13 Uhr 16. Sie hätte schon unterwegs sein müssen. Zum Abstellraum brauchte sie mindestens fünfzehn Minuten. Sie würde es mit knapper Not schaffen, wenn sie sich jetzt beeilte. Aber sie konnte Amy nicht einfach allein lassen. Tracy blickte sich um und sah in einiger Entfernung eine Gruppe von Häftlingen, die Gemüse ernteten. Und nun wusste Tracy, was sie machen würde.

»Magst du nicht Ball spielen, Tracy?«

Tracy stand auf. »Doch. Spielen wir was Neues. Wir schauen mal, wer den Ball am weitesten werfen kann. Erst werfe ich, und dann kommst du.« Tracy nahm den Ball und warf ihn so weit sie konnte, in die Richtung der Arbeiterinnen.

»Toll«, sagte Amy bewundernd. »Das war wirklich weit.«

»Ich hole den Ball jetzt wieder«, sagte Tracy. »Du wartest hier.«

Und sie rannte, rannte um ihr Leben. Es war 13 Uhr 18. Wenn sie ein bisschen zu spät kam, würden sie ja wohl auf sie warten. *Oder nicht?* Sie legte noch etwas Tempo zu. Hinter sich hörte sie Amy rufen, aber sie achtete nicht darauf. Die Arbeiterinnen bewegten sich jetzt in die andere Richtung. Tracy schrie ihnen nach, und sie blieben stehen. Als sie bei ihnen ankam, war sie außer Atem.

»Ist was?«, fragte eine der Frauen.

»Nein, nichts.« Tracy keuchte, schnappte nach Luft. »Das kleine Mädchen da hinten. Jemand von euch kümmert sich um sie, ja? Ich muss was Wichtiges erledigen. Ich …«

Sie hörte von fern ihren Namen und drehte sich um. Amy stand auf der Betonmauer des Bewässerungsteichs und winkte.

»Tracy! Schau mal!«

»Nein! Geh da runter!«, schrie Tracy.

Und sie sah entsetzt, wie Amy das Gleichgewicht verlor und in den Teich fiel.

»O Gott!« Alles Blut wich aus Tracys Gesicht. Sie musste eine Wahl treffen. Aber sie hatte keine Wahl. *Ich kann ihr nicht helfen. Jetzt nicht. Irgendjemand wird sie schon retten. Ich muss mich selbst retten. Ich muss weg von hier, sonst krepiere ich.* Es war 13 Uhr 20.

Tracy drehte sich um und rannte so schnell wie noch nie in ihrem Leben. Die Frauen riefen ihr nach, aber sie hörte sie nicht. Sie flog dahin, sie merkte nicht, dass sie ihre Schuhe verloren hatte, sie achtete nicht darauf, dass sie sich die Füße an dem steinigen Boden aufschürfte. Ihr Herz raste, und ihre Lungen platzten, und sie zwang sich, schneller zu rennen, noch schneller. Dann war sie bei der Mauer und sprang hinauf. Weit unten sah sie Amy im tiefen Wasser, die verzweifelt paddelte, um nicht unterzugehen. Ohne auch nur eine Sekunde zu zögern, sprang Tracy in den Teich. Und erst als sie klatschend im Wasser landete, dachte sie: *Lieber Gott! Ich kann doch nicht schwimmen …*

Zweites Buch

12

NEW ORLEANS

Freitag, 25. August, 10 Uhr

Lester Torrance, Schalterbeamter bei der First Merchants Bank of New Orleans, brüstete sich mit zweierlei: mit seinem überragenden erotischen Können und mit seiner Fähigkeit, die Kunden richtig einzutaxieren. Er war Ende vierzig und hoch aufgeschossen, hatte ein fahles Gesicht, einen gepflegten Schnurrbart und lange Koteletten. Er war bei zwei Beförderungen übergangen worden, und aus Rache dafür benutzte er die Bank als privaten Aufreißplatz. Gunstgewerblerinnen erkannte er auf zwei Meilen gegen den Wind, und es machte ihm Freude, sie wenigstens versuchsweise dazu zu überreden, dass sie ihm ihre Dienstleistungen gratis gewährten. Einsame Witwen waren eine besonders leichte Beute. Sie kamen in allen Stadien der Verzweiflung, und früher oder später tauchten sie vor Lesters Schalter auf. Wenn sie ihr Konto vorübergehend überzogen hatten, lieh ihnen Lester ein mitfühlendes Ohr und ließ ihre Schecks nicht gleich platzen. Vielleicht konnten sie dafür ja irgendwo mit ihm zum Essen gehen? Viele Kundinnen suchten Rat und Hilfe bei ihm und weihten ihn in delikate Geheimnisse ein: Sie brauchten einen Kredit, ohne Wissen ihres Mannes… Sie wollten, dass gewisse Schecks, die sie ausgestellt hatten, vertraulich behandelt wurden … Sie erwogen die Scheidung, und ob Lester ihnen helfen könne, ihr gemeinsames Konto gleich aufzulösen? Lester war äußerst bemüht, die Damen nach Wunsch zu bedienen. Um seinerseits nach Wunsch bedient zu werden.

An diesem Freitagmorgen wusste Lester, dass er den Vogel abgeschossen hatte. Er sah die Frau in dem Moment, in dem sie die Bank betrat. Sie war einfach umwerfend. Sie hatte glattes schwarzes schulterlanges Haar, und sie trug einen engen Rock und einen ebenso engen Pullover und prunkte mit einer Figur, um die sie jedes Las-Vegas-Girl beneidet hätte.

In der Bank befanden sich noch vier weitere Schalter, und die Augen der jungen Frau wanderten von einem zum anderen, als suche sie Hilfe. Dann erblickte sie Lester, und er nickte eifrig und lächelte ihr aufmunternd zu. Sie ging zu seinem Schalter – Lester hatte es gleich gewusst.

»Einen wunderschönen guten Morgen«, sagte Lester mit Wärme. »Was darf ich für Sie tun?« Er sah, wie sich ihre Brustwarzen unter dem Kaschmirpullover abzeichneten, und dachte: *Mein Kleines, für dich tu ich alles*!

»Ich habe Probleme«, sagte die Frau mit leiser Stimme. Sie hatte den wundervollsten Südstaatenakzent, den Lester je vernommen hatte.

»Dafür bin ich ja da«, sagte er herzlich. »Um Probleme zu lösen.«

»Oh, ich hoffe, Sie können das wirklich! Ich habe nämlich leider etwas Furchtbares angestellt.«

Lester schenkte ihr sein schönstes, väterlichstes Lächeln, das in etwa ausdrückte: *Auf mich kannst du bauen wie auf einen Fels*. »Also, ich glaub's einfach nicht, dass eine so bezaubernde junge Dame wie Sie etwas Furchtbares anstellen kann.«

»Oh, aber ich *habe* etwas Furchtbares angestellt.« Ihre sanften braunen Augen waren vor Entsetzen geweitet. »Ich bin die Sekretärin von Joseph Romano, und er hat mir vor einer Woche gesagt, ich soll neue Schecks für ihn besorgen, und ich hab's völlig verschwitzt, und jetzt haben wir bald keine Schecks mehr, und wenn er das rauskriegt, weiß ich nicht, was er mit mir macht.« All das war in einem langen, leisen, samtigen Schwall aus ihr herausgepurzelt.

Lester wusste natürlich, wer Joe Romano war. Ein hochgeschätzter Kunde dieser Bank, obwohl er auf seinem Konto immer nur verhältnismäßig kleine Beträge hatte. Es war allgemein bekannt, dass er das dicke Geld woanders wusch.

In Bezug auf Sekretärinnen hat er einen sagenhaften Geschmack, dachte Lester. Er lächelte erneut. »Na, aber das ist doch gar nicht so schlimm, Mrs. ...?«

»Miss Hartford. Laureen Hartford.«

Miss. Was für ein Glückstag. Lester ahnte, nein, wusste, dass dies blendend laufen würde. »Ich fordere jetzt sofort die Schecks für Sie an. Die haben Sie in zwei bis drei Wochen, und ...«

Sie gab ein kleines Stöhnen von sich, das Lester unendlich verheißungsvoll klang. »Oh, das ist zu spät! Und Mr. Romano ist schon so sauer auf mich! Ich kann mich irgendwie nicht auf meine Arbeit konzentrieren, verstehen Sie?« Sie beugte sich vor. Ihre Brüste schwebten in verführerischer Nähe. Sie sagte atemlos: »Wenn Sie diese Schecks beschleunigt anfordern … also, ich würde Ihnen direkt was dafür geben …«

Lester sagte wehmütig: »Ach Gott, Laureen, das tut mir wirklich leid, aber es ist unmöglich, die Schecks …« Er sah, dass sie den Tränen nahe war.

»Das … das kann mich meinen Job kosten. Bitte … ich mache *alles* dafür.«

Ihre Worte klangen Lester wie Musik in den Ohren.

»Ich will Ihnen was sagen«, verkündete Lester. »Ich hänge mich gleich ans Telefon und bitte um beschleunigte Zustellung, und Sie haben die Schecks am Montag. Na, was sagen Sie dazu?«

»Oh, Sie sind einfach wunderbar!« Ihre Stimme bebte fast vor Dankbarkeit.

»Ich schicke sie Ihnen ins Büro, und …«

»Es ist besser, ich hole sie selbst. Ich will nicht, dass Mr. Romano erfährt, wie dumm ich war.«

Lester lächelte milde. »Dumm ist nicht das richtige Wort, Laureen. Wir vergessen alle hin und wieder was.«

Sie sagte sanft: »Aber *Sie* vergess ich nie. Bis Montag.«

»Ich bin da.« Nur eine mehrfach gebrochene Wirbelsäule hätte ihn daran gehindert, sich am Montag zur Arbeit einzufinden. Sie bedachte ihn mit einem strahlenden Lächeln und schritt langsam aus der Bank. Ihr Gang war eine Sehenswürdigkeit. Lester grinste, als er zu einem Stahlschrank lief, die Kontonummer von Joe Romano heraussuchte und telefonisch um beschleunigte Zustellung der Schecks bat.

Das Hotel in der Carmen Street war von hundert anderen Hotels in New Orleans nicht zu unterscheiden. Deshalb hatte Tracy es auch als Quartier gewählt. Seit einer Woche wohnte sie in dem kleinen, schäbigen Zimmer. Mit ihrer Zelle verglichen, kam es ihr wie ein Palast vor.

Als sie von der Begegnung mit Lester zurückkehrte, nahm sie die schwarze Perücke ab, fuhr sich mit den Fingern durch ihr eigenes üppiges Haar, entfernte die weichen Kontaktlinsen und cremte sich das dunkle Make-up vom Gesicht. Sie setzte sich und atmete tief durch. Es ließ sich gut an. Zu erfahren, wo Joe Romano sein Bankkonto hatte, war einfach genug gewesen. Tracy hatte einen Blick auf den gesperrten Scheck aus dem Nachlass ihrer Mutter geworfen, den Joe Romano ausgestellt hatte. *An die kommst du nicht ran!*, hatte Ernestine gesagt.

Ernestine irrte sich. Und Joe Romano war nur der Erste. Die anderen würden folgen. Mann für Mann.

Tracy schloss die Augen und dachte an das Wunder zurück, das sie hierhergebracht hatte …

Das kalte, dunkle Wasser schlug über ihr zusammen. Sie ging unter, und Entsetzen erfüllte sie. Sie sank tiefer, und nun hatte sie das Kind ertastet und fasste es und zog es an die Wasseroberfläche. Amy versuchte sich in blinder Panik loszureißen, schlug mit Armen und Beinen wild um sich und zog sie beide wieder nach unten. Tracys Lungen barsten. Sie kämpfte sich empor aus dem nassen Grab, hielt das kleine Mädchen verbissen fest und spürte, wie ihre Kräfte schwanden. *Wir schaffen es nicht,* dachte sie. *Wir sind erledigt.* Stimmen riefen, Amy wurde ihr entrissen, und sie schrie: »O Gott, nein!« Starke Hände legten sich um ihre Taille, und dann sagte jemand: »Es ist alles in Ordnung. Ganz ruhig. Es ist alles vorbei.«

Tracy blickte sich verzweifelt nach Amy um und sah, dass sie sicher und geborgen war in den Armen eines Mannes. Und kurz darauf wurden sie beide aus dem tiefen Wasser gezogen …

Das Ereignis hätte nicht mehr als ein paar Zeilen im Innenteil der Morgenblätter hergegeben, wäre da nicht der Umstand gewesen, dass eine Gefangene, die nicht schwimmen konnte, ihr Leben aufs Spiel gesetzt hatte, um die Tochter des Gefängnisdirektors zu retten. Über Nacht wurde Tracy von den Zeitungen und Fernsehkommentatoren zur Heldin gekürt. Gouverneur Haber kam mit Direktor Brannigan ins Gefängniskrankenhaus, um Tracy zu besuchen.

»Das war sehr mutig von Ihnen«, sagte der Direktor. »Sie sollen wissen, dass meine Frau und ich Ihnen sehr dankbar sind.« Er war so ergriffen, dass er mit erstickter Stimme sprach.

Tracy fühlte sich schwach und war noch ziemlich mitgenommen von dem Vorfall. »Wie geht es Amy?«

»Sie ist bald wieder auf dem Damm.«

Tracy schloss die Augen. *Ich hätte es nicht ertragen, wenn ihr etwas passiert wäre,* dachte sie. Sie erinnerte sich der Kühle, mit der sie die Zuneigung dieses Kindes erwidert hatte, und schämte sich. Die Rettung hatte sie ihre Fluchtgelegenheit gekostet, aber sie wusste, wenn sie noch einmal die Wahl hätte, würde sie nicht anders handeln.

Der Vorfall wurde kurz untersucht.

»Es war meine Schuld«, sagte Amy zu ihrem Vater. »Wir haben Ball gespielt, und Tracy ist dem Ball nachgerannt und hat mir gesagt, ich soll warten, aber ich bin auf die Mauer gestiegen, damit ich sie besser sehen kann. Und dann bin ich ins Wasser gefallen. Aber Tracy hat mich gerettet, Daddy.«

Tracy blieb über Nacht zur Beobachtung im Krankenhaus, und am nächsten Morgen wurde sie in Direktor Brannigans Büro geführt. Die Medien warteten schon auf sie. Sie hatten einen untrüglichen Instinkt für herzerwärmende Storys, und so waren denn Korrespondenten von UPI und AP zugegen; die lokale Fernsehstation hatte ein Kamerateam geschickt.

Am Abend wurde Tracys Heldentat publik, und die Geschichte von der mutigen Rettung wurde bundesweit vom Fernsehen übernommen und verbreitete sich wie ein Lauffeuer. *Time*, *Newsweek*, *People* und Hunderte von Zeitungen und Zeitschriften griffen die Story auf. Eine Flut von Briefen und Telegrammen brach über das Southern Louisiana Penitentiary for Women herein, und in allen wurde die Begnadigung von Tracy Whitney gefordert.

Gouverneur Haber erörterte das Thema mit Gefängnisdirektor Brannigan.

»Tracy Whitney sitzt hier wegen zweier Schwerverbrechen ein«, bemerkte Brannigan.

Der Gouverneur überlegte. »Aber sie hat keine Vorstrafen, nicht wahr, George?«

»Das ist richtig, Governor.«

»Also, ich kann es Ihnen ja ganz offen sagen – ich werde mächtig unter Druck gesetzt, da was zu unternehmen.«

»Ich auch, Governor.«

»Natürlich können wir uns nicht von der Öffentlichkeit vorschreiben lassen, wie wir mit unseren Häftlingen verfahren sollen, nicht wahr?«

»Nein, gewiss nicht.«

»Andererseits«, sagte der Gouverneur nachdenklich, »andererseits hat sich die Whitney als bemerkenswert mutig erwiesen. Sie ist eine regelrechte Volksheldin geworden.«

»Zweifellos«, bestätigte Brannigan.

Der Gouverneur zündete sich eine Zigarre an. »Was meinen Sie, George?«

George Brannigan wählte seine Worte mit Bedacht. »Es ist Ihnen natürlich klar, Governor, dass ich hier persönlich betroffen bin. Schließlich hat sie ja *mein* Kind gerettet. Aber abgesehen davon, glaube ich nicht, dass Tracy Whitney dem Bild entspricht, das man sich von einer Kriminellen macht. Und ich glaube ebenso wenig, dass sie in Freiheit eine Gefahr für die Gesellschaft wäre. Darum möchte ich ausdrücklich befürworten, dass Sie sie begnadigen.«

Der Gouverneur, der demnächst seine Kandidatur für eine weitere Amtsperiode bekanntgeben wollte, wusste gute Ideen durchaus zu schätzen. »Okay. Aber behalten wir es noch ein Weilchen für uns.« In der Politik hing alles vom richtigen Zeitpunkt ab.

Nachdem sie sich mit ihrem Mann beraten hatte, sagte Sue Ellen zu Tracy: »Der Direktor und ich würden uns sehr freuen, wenn Sie zu uns ins Haus ziehen wollten. Wir haben noch ein kleines Zimmer frei, und Sie könnten sich dann ständig um Amy kümmern.«

»Vielen Dank«, antwortete Tracy. »Das mache ich gern.«

Es lief wunderbar. Tracy brauchte die Nächte nicht mehr in ihrer Zelle zu verbringen, und ihre Beziehung zu Amy änderte sich vollständig. Amy liebte Tracy, und Tracy konnte ihre Zuneigung jetzt erwidern. Es war ihr eine Freude, mit diesem aufgeweckten, zärtlichen Kind zusammen zu sein. Sie spielten ihre alten Spiele, sahen Disney-Filme im Fernsehen und schauten sich Bilderbücher an. Es war fast so, als gehörte Tracy zur Familie.

Doch immer wenn sie etwas zu besorgen hatte, das sie in den Gefängnisbau führte, lief ihr Big Bertha über den Weg.

»Du hast Schwein gehabt, Baby«, knurrte Big Bertha. »Aber du bist bald wieder bei uns. Ich arbeite schon daran.«

Drei Wochen nach Amys Rettung spielten Tracy und Amy auf dem Hof Fangen, als Sue Ellen Brannigan aus dem Haus eilte. Sie blieb einen Moment stehen und beobachtete die beiden. »Tracy, mein Mann hat eben angerufen. Sie sollen sofort zu ihm ins Büro kommen.«

Tracy hatte plötzlich Angst. Sollte sie in den Zellentrakt zurückverlegt werden? Hatte Big Bertha ihren Einfluss geltend gemacht? Oder war Mrs. Brannigan zu dem Schluss gekommen, dass das Verhältnis zwischen Amy und Tracy zu innig wurde?

»Ja, Mrs. Brannigan.«

Als Tracy ins Büro des Gefängnisdirektors geführt wurde, stand George Brannigan schon in der Tür. »Setzen Sie sich lieber«, sagte er.

Tracy versuchte, ihr künftiges Schicksal aus dem Ton seiner Stimme herauszuhören.

»Ich habe Neuigkeiten für Sie.« Er legte eine kleine Pause ein, war von irgendwelchen Gefühlen übermannt, die Tracy nicht begriff. »Ich habe eben eine Weisung des Gouverneurs von Louisiana erhalten.« Wieder eine Pause. »Sie sind mit sofortiger Wirkung begnadigt.«

Heiliger Gott, habe ich richtig gehört? Tracy scheute sich, auch nur ein Wort zu sagen.

»Sie sollen wissen«, fuhr der Direktor fort, »dass diese Begnadigung nicht erfolgt ist, weil es *mein* Kind war, das Sie gerettet haben. Sie haben instinktiv so gehandelt, wie jeder anständige Mensch gehandelt hätte. Ich habe nie glauben können, dass Sie eine Gefahr für die Gesellschaft sind.« Und lächelnd fügte er hinzu: »Amy wird Sie vermissen. Wir auch.«

Tracy war sprachlos. Der Direktor kannte ja die Wahrheit nicht: Wenn Amy nicht in den Teich gefallen wäre, hätten seine Leute Jagd auf Tracy gemacht.

»Sie werden übermorgen auf freien Fuß gesetzt.«

Tracy konnte es immer noch nicht fassen. »Ich … ich weiß nicht, was ich sagen soll«

»Sie brauchen nichts zu sagen. Wir sind hier alle sehr stolz auf Sie. Meine Frau und ich glauben, dass Sie draußen in der Welt noch große Taten vollbringen werden.«

Es stimmte also: Sie war frei. Tracy fühlte sich so schwach, dass sie sich auf den Schreibtisch des Direktors stützen musste. Als sie schließlich sprach, war ihre Stimme fest und ruhig: »Ich habe viel vor, Sir.«

An Tracys letztem Tag im Southern Louisiana Penitentiary for Women kam eine Frau aus ihrem alten Block auf sie zu. »Du bist also bald frei.«

»Ja.«

Die Frau hieß Betty Franciscus, war Anfang vierzig,

immer noch attraktiv und von einem natürlichen Stolz, der sie wie eine Aura umgab.

»Wenn du draußen Hilfe brauchst – da gibt es einen Mann in New York, den du aufsuchen solltest. Er heißt Conrad Morgan.« Sie steckte Tracy einen Zettel zu. »Er hat sich sehr für die Resozialisierung engagiert und unterstützt gern Leute, die im Gefängnis waren.«

»Danke, aber ich glaube nicht, dass ich das je …«

»Man kann nie wissen. Bewahr die Adresse für alle Fälle auf.«

Zwei Stunden später ging Tracy durchs Gefängnistor, an den Fernsehkameras vorbei. Sie wollte nicht mit den Reportern sprechen, doch als sich Amy von ihrer Mutter losriss und in Tracys Arme flog, surrten die Kameras. Und diese Bilder wurden dann in den Abendnachrichten gezeigt.

Freiheit war für Tracy kein abstraktes Wort mehr. Es war etwas Fühlbares, an dem man sich freuen und das man genießen konnte. Freiheit, das hieß: frische Luft atmen, eine Privatsphäre haben, nicht in Schlangen nach Essen anstehen und sich nicht nach schrillen Glocken richten müssen. Es hieß: heiße Bäder und duftende Seifen, weiche Unterwäsche, hübsche Kleider und hochhackige Schuhe. Es bedeutete: einen Namen zu haben, statt eine Nummer zu sein. Es bedeutete: Big Bertha entronnen zu sein und der Angst vor Vergewaltigung und der tödlichen Monotonie des Gefängnisalltags.

Es dauerte eine Weile, bis sich Tracy wieder in die Freiheit eingelebt hatte. Wenn sie die Straße entlangging, achtete sie sorgsam darauf, mit keinem Menschen zusammenzustoßen. Wenn man im Gefängnis jemanden aus

Versehen anrempelte, konnte das der Funke sein, der das Pulverfass zum Explodieren brachte. Am schwierigsten fand es Tracy, sich daran zu gewöhnen, dass nichts und niemand sie bedrohte.

Es stand ihr frei, ihre Pläne in die Tat umzusetzen.

In Philadelphia verfolgte Charles Stanhope Junior auf dem Fernsehschirm mit, wie Tracy das Gefängnis verließ. *Sie ist immer noch schön,* dachte er. Wenn er's sich recht überlegte, so schien es ein Ding der Unmöglichkeit, dass sie die Verbrechen begangen hatte, für die sie verurteilt worden war. Er warf einen flüchtigen Blick auf seine musterhafte Frau, die friedlich strickend am anderen Ende des Raumes saß. *Ich frage mich, ob ich einen Fehler gemacht habe.*

Daniel Cooper beobachtete Tracy im TV in seiner New Yorker Wohnung. Ihre Begnadigung war ihm völlig egal. Er stellte den Fernseher ab und wandte sich wieder der Akte zu, die er gerade bearbeitete.

Als Joe Romano die Abendnachrichten sah, lachte er schallend. Die Whitney hatte mehr Glück als Verstand. *Das Gefängnis war sicher nicht das Schlechteste für sie. Inzwischen muss sie affengeil sein. Vielleicht treffen wir uns ja mal wieder.*

Romano war recht zufrieden mit sich. Er hatte den Renoir schon längst an einen Hehler weitergeleitet, und das Bild war von einem Privatsammler in Zürich gekauft worden. Fünfhundert Riesen von der Versicherung und noch mal zweihundertfünfzig vom Hehler. Natürlich hatte sich Romano das Geld mit Anthony Orsatti geteilt. Romano war da sehr gewissenhaft, denn er hatte des Öfteren miterlebt, was Leuten passierte, die sich bei ihren Geschäften mit Orsatti nicht korrekt verhielten.

Am Montagmittag kehrte Tracy als Laureen Hartford in die First Merchants Bank of New Orleans zurück. Zu dieser Stunde herrschte dort Hochbetrieb. Vor Lester Torrances Schalter hatte sich eine Schlange gebildet. Tracy stellte sich dazu, und als Lester sie sah, nickte er ihr strahlend entgegen. Sie war noch schöner, als er sie in Erinnerung hatte.

Als Tracy schließlich vor ihm stand, verkündete Lester: »Also, einfach war es nicht, aber für Sie hab ich's gern getan, Laureen.«

Ein warmes, anerkennendes Lächeln erhellte Laureens Gesicht. »Ach, Sie sind wirklich wunderbar.«

»Hier …« Lester zog eine Schublade auf, nahm den kleinen Karton voll Schecks heraus, den er in die hinterste Ecke geschoben hatte, und überreichte ihn Laureen. »Bitte. Vierhundert Stück. Ist das genug?«

»Oh, mehr als genug. Es sei denn, Mr. Romano stellt jetzt Tag und Nacht nur noch Schecks aus.« Sie blickte Lester tief in die Augen und seufzte: »Sie haben mir das Leben gerettet.«

Lester empfand ein angenehmes Kribbeln in den Lenden. »Ich finde, die Menschen sollten nett zueinander sein. Finden Sie nicht auch, Laureen?«

»Doch, Lester. Sie haben ja so recht!«

»Wissen Sie was? Sie sollten hier ein Konto eröffnen. Bei mir wären Sie gut aufgehoben. *Echt* gut.«

»Ich weiß«, gurrte Laureen.

»Wollen wir nicht irgendwo zum Essen gehen und mal darüber reden?«

»Mit Wonne.«

»Wo kann ich Sie telefonisch erreichen, Laureen?«

»Oh, ich werde *Sie* anrufen, Lester.« Und damit entfernte sie sich.

»Jetzt warten Sie doch noch eine …« Der nächste Kunde trat vor Lesters Schalter und reichte dem schwer frustrierten Mann einen Sack voll Münzen.

In der Mitte der Bank befanden sich vier Tische mit Behältern für Ein- und Auszahlungsbelege, und an den Tischen drängten sich Leute, die damit beschäftigt waren, Formulare auszufüllen. Tracy entfernte sich aus Lesters Sicht. Ein Bankkunde stand von einem der Tische auf, und Tracy setzte sich an seinen Platz. Der Karton, den Lester ihr gegeben hatte, enthielt acht Päckchen Blankoschecks. Aber Tracy war nicht an den Schecks interessiert, sondern an den beigefügten Einzahlungsbelegen.

Sie trennte die Einzahlungsbelege von den Schecks und hielt in weniger als drei Minuten achtzig Einzahlungsbelege in der Hand.

Sie vergewisserte sich, dass niemand sie beobachtete, und legte zwanzig davon in den Metallbehälter.

Dann ging sie zum nächsten Tisch, wo sie wieder zwanzig Einzahlungsbelege deponierte. Nach kurzer Zeit hatte sie alle auf die vier Tische verteilt. Es handelte sich um Blankoformulare, aber im unteren Feld eines jeden war ein Magnetstreifen mit Joe Romanos persönlichem Code. Egal, wer mit diesen Formularen Geld einzahlte: Der Computer würde den Betrag automatisch als Gutschrift auf Joe Romanos Konto buchen. Dank ihrer Bankerfahrung wusste Tracy, dass die Formulare mit Joe Romanos persönlichem Code in spätestens zwei Tagen aufgebraucht sein würden und dass es mindestens fünf Tage dauern würde, bis die Panne auffiel. Und damit blieb ihr reichlich Zeit für das, was sie plante.

Tracy verließ die Bank und warf die Schecks ein paar Straßen weiter in einen Abfallkorb. Mr. Joe Romano würde sie nicht brauchen.

Tracys nächste Station war die New Orleans Holiday Travel Agency. Die junge Frau hinter dem Tresen fragte: »Kann ich Ihnen helfen?«

»Ja. Ich bin Joseph Romanos Sekretärin. Mr. Romano möchte für Freitag dieser Woche einen Flug nach Rio de Janeiro buchen.«

»*Ein* Ticket?«

»Ja. Erster Klasse. Gangplatz. Raucher, bitte.«

»Hin und zurück?«

»Einfach.«

Die Frau vom Reisebüro zog ihren Tischcomputer zu Rat. Nach ein paar Sekunden sagte sie: »Alles klar. Ein Sitz erster Klasse, Pan American, Flugnummer 728. Die Maschine geht am Freitag um 18 Uhr 35. Kurze Zwischenlandung in Miami.«

»Bestens«, sagte Tracy.

»Macht 1929 Dollar. Wollen Sie bar zahlen? Oder geht das auf Kreditkarte?«

»Zahlung bei Ablieferung. Können Sie das Ticket bitte am Donnerstag in Mr. Romanos Büro zustellen?«

»Wir können es auch morgen zustellen, wenn Sie wollen.«

»Nein. Morgen ist Mr. Romano nicht da. Donnerstag um elf – geht das?«

»Ja, natürlich. Und an welche Adresse?«

»Mr. Joseph Romano, Poydras Street 217, Zimmer 408.«

Die Frau notierte es.

»Gut. Ich werde sehen, dass es am Donnerstagvormittag abgeliefert wird.«

»Um punkt elf«, sagte Tracy. »Danke.«

Fünfzig Meter weiter befand sich der Acme Luggage Store. Tracy betrachtete die Reisetaschen und Koffer im Schaufenster. Dann trat sie ein.

Ein Verkäufer näherte sich ihr. »Guten Tag. Was kann ich für Sie tun?«

»Ich möchte einen Koffer für meinen Mann kaufen. Vielleicht auch zwei.«

»Da sind Sie bei uns gerade richtig. Wir räumen im Moment einen Teil unseres Lagers und haben ein paar hübsche, preiswerte …«

»Nein«, sagte Tracy.

Sie ging zu den Vuitton-Koffern, die an einer der Wände aufgestapelt waren. »Die sind eher das, was ich suche.«

»Oh, einer von denen wird Ihrem Mann sicher gefallen. Wir haben sie in drei Größen. Welche möchten Sie denn?«

»Ich nehme einen von jeder Größe.«

»Na, prima. Bar oder auf Karte?«

»Zahlung bei Ablieferung. Mein Mann heißt Joseph Romano. Könnten Sie die Koffer am Donnerstagvormittag in sein Büro bringen lassen?«

»Aber selbstverständlich, Mrs. Romano.«

»Um 11 Uhr?«

»Ich werde mich persönlich darum kümmern.«

Dann fiel Tracy noch etwas ein. »Oh … würden Sie wohl seine Initialen darauf prägen? In Gold? J.R.«

»Gewiss doch. Mit Vergnügen, Mrs. Romano.«

Tracy lächelte und gab dem Verkäufer die Adresse von Joe Romanos Büro.

Bei der Western Union schickte sie ein Telegramm mit bezahlter Rückantwort an den Rio Othon Palace am Strand von Copacabana in Rio de Janeiro. Es lautete: ERBITTE AB FREITAG DIESER WOCHE FÜR ZWEI MONATE IHRE TEUERSTE SUITE. UMGEHENDE BESTÄTIGUNG AN: JOSEPH ROMANO, POYDRAS STREET 217, ZIMMER 408, NEW ORLEANS, LOUISIANA, USA.

Zwei Tage später rief Tracy bei der First Merchants Bank an und ließ sich mit Lester Torrance verbinden. Als sie seine Stimme hörte, sagte sie sanft: »Wahrscheinlich erinnern Sie sich nicht mehr an mich, Lester, aber hier ist Laureen Hartford, Mr. Romanos Sekretärin, und …«

Na, und ob er sich noch an sie erinnerte! Seine Stimme war voll Eifer. »Aber natürlich erinnere ich mich an Sie, Laureen. Ich …«

»Ja, wirklich? Da bin ich aber sehr geschmeichelt. Sie kommen doch jeden Tag mit so viel Menschen zusammen …«

»Aber mit keinen wie Ihnen«, versicherte Lester. »Sie haben nicht vergessen, dass wir mal zum Essen gehen wollten, nein?«

»Wie könnte ich! Wo ich mich doch schon so darauf freue! Passt es Ihnen am nächsten Dienstag, Lester?«

»Ja, sicher!«

»Also abgemacht. Oh! Bin ich blöd! Ich finde es so aufregend, mit Ihnen zu reden, dass ich's fast vergessen hätte – Mr. Romano hat gesagt, ich soll mich nach seinem

Kontostand erkundigen. Können Sie bitte mal schnell für mich nachschauen?«

»Klar. Kein Problem.«

Normalerweise hätte sich Lester Torrance nach dem Geburtsdatum des Anrufers oder irgendeinem anderen Erkennungszeichen erkundigt, aber in diesem Fall war das gewiss nicht nötig. »Bleiben Sie dran, Laureen«, sagte er.

Lester Torrance ging zum Kontoschrank, nahm sich Joe Romanos Auszug vor und betrachtete ihn verdutzt. In den letzten Tagen waren ungewöhnlich viele Einzahlungen auf Romanos Konto gemacht worden. Lester Torrance fragte sich, was da wohl im Busch war. Offensichtlich eine große Sache. Wenn er mit Laureen Hartford zum Essen ging, würde er sie aushorchen. Ein paar Insiderinformationen konnten nie schaden. Er kehrte ans Telefon zurück.

»Ihr Boss hält uns schwer in Atem«, teilte er Tracy mit. »Er hat jetzt etwas über dreihunderttausend Dollar auf seinem Scheckkonto.«

»Gut. Das entspricht genau der Zahl, die mir hier vorliegt.«

»Sollen wir den Betrag auf ein Geldmarktkonto umbuchen? Auf dem Scheckkonto bringt er keine Zinsen, und ich könnte …«

»Nein, danke. Er will, dass das Geld bleibt, wo es ist«, erwiderte Tracy.

»Okay.«

»Vielen Dank, Lester. Sie sind ein Schatz.«

»Warten Sie noch eine Sekunde! Soll ich Sie im Büro anrufen? Wegen Dienstag, meine ich?«

»Ich rufe *Sie* an, mein Engel«, sagte Tracy.

Und legte auf.

Das moderne Bürohochhaus, das Anthony Orsatti gehörte, lag in der Poydras Street, zwischen dem Hafenviertel und dem gigantischen Louisiana Superdome. Die Büros der Pacific Import-Export Company nahmen den ganzen vierten Stock des Gebäudes ein. Am einen Ende der Etage befanden sich Orsattis Zimmer, am anderen die von Joe Romano. Der Raum dazwischen wurde von vier jungen Empfangsdamen ausgefüllt, die am Abend Anthony Orsattis Freunde und Geschäftspartner zu unterhalten hatten. Vor der Tür zu Orsattis Vorzimmer wachten zwei bullige Männer, die ihr Leben dem Schutz ihres Bosses verschrieben hatten. Sie dienten dem Capo auch als Chauffeure, Masseure und Laufburschen.

An diesem Donnerstagmorgen saß Orsatti in seinem Büro und studierte die Umsätze des Vortags, die mit Lotto, Wettgeschäften, Prostitution und einem Dutzend weiterer lukrativer Aktivitäten erzielt worden waren. All diese Aktivitäten steuerte die Pacific Import-Export Company.

Anthony Orsatti ging auf die siebzig zu. Er war seltsam gebaut: ein großer, fleischiger Oberkörper auf kurzen, dürren Beinen, die für einen wesentlich kleineren Mann gedacht zu sein schienen. Wenn er stand, sah er aus wie ein sitzender Frosch. Sein Gesicht war von einem wüsten Netz aus Narben überzogen – so kreuz und quer und durcheinander, als hätte es eine betrunkene Spinne gewebt. Er hatte keinen Mund, sondern ein Maul und schwarze, aus den Höhlen quellende Augen. In seinem fünfzehnten Lebensjahr hatte er plötzlich Haarausfall bekommen. Seitdem war er völlig kahl, und seitdem trug er eine schwarze Perücke. Sie saß schlecht, aber das hatte ihm in all den

Jahren nie jemand zu sagen gewagt. Orsattis kalte Augen waren die Augen eines Spielers – sie gaben nichts preis, und sein Gesicht war bloß dann nicht ausdruckslos, wenn er mit seinen fünf Töchtern zusammen war, die er innig liebte. Nur an seiner Stimme konnte man seine Gefühle ablesen. Sie war rau, heiser und fast tonlos – Folge einer Drahtschlinge, die ihm an seinem einundzwanzigsten Geburtstag um den Hals gelegt und zugezogen worden war. Wenn Orsatti sich wirklich aufregte, senkte er die Stimme zu einem erstickten, kaum hörbaren Flüstern.

Anthony Orsatti war ein König, der sein Reich mit Schmiergeldern, Waffengewalt und Erpressung regierte. Er herrschte über New Orleans, und es zollte ihm in Form von unermesslichem Reichtum Tribut. Die Capos der anderen Familien im Land achteten ihn und suchten häufig seinen Rat.

Im Moment war Anthony Orsatti leutselig gestimmt. Er hatte mit seiner Geliebten gefrühstückt, die er sich in einem Apartmenthaus hielt, das ihm gehörte. Er besuchte sie dreimal pro Woche, und der Besuch heute Morgen war besonders befriedigend gewesen. Sie veranstaltete mit ihm Dinge im Bett, die anderen Frauen nicht einmal im Traum einfielen, und Orsatti glaubte allen Ernstes, sie mache das aus Liebe. Seine Organisation lief wie eine gut geölte Maschine. Es gab keine Probleme, weil sich Orsatti darauf verstand, Schwierigkeiten aus dem Weg zu räumen, bevor sie sich zu Problemen auswuchsen. Er hatte seine Philosophie einmal Joe Romano erklärt: »Lass aus einem kleinen Problem nie ein großes Problem werden, Joe, sonst ist das wie ein Schneeball, aus dem eine Lawine wird. Wenn du so 'n kleinen Boss von 'nem Bezirk hast, der meint, er müsste größere Anteile kriegen – dann *schmilzt* du ihn, klar? Kein Schneeball mehr. Oder es kommt so 'n junger Schnösel aus Chicago und fragt dich, ob er hier 'n kleines Geschäft aufziehen kann. Du weißt natürlich, dass aus dem kleinen Geschäft bald 'n *großes* Geschäft wird, das dir die Einnahmen versaut. Also sagst du, ja, er kann hier 'n Geschäft aufmachen, und wenn er in New Orleans ist, *schmilzt* du den Drecksack. Kein Schneeball mehr. Verstehst du, was ich meine?«

Joe Romano verstand, was er meinte.

Anthony Orsatti liebte Romano wie einen Sohn. Er hatte ihn als verwahrlosten Knaben aufgelesen, der in dunklen Gassen Betrunkene ausraubte. Er hatte ihn in die Lehre genommen, und nun konnte der Junge seinen Weg machen. Romano war flink, er war schlau, und er war ehrlich. Im Laufe von zehn Jahren hatte er einen steilen Aufstieg erlebt. Und nun war er Orsattis rechte Hand. Er überwachte sämtliche Operationen der Familie und hatte niemanden über sich außer Orsatti.

Lucy, Orsattis Privatsekretärin, klopfte an und trat ein. Sie war vierundzwanzig Jahre alt, hatte das College besucht und besaß ein Gesicht und eine Figur, die bei Misswahlen für preiswürdig befunden worden waren. Orsatti umgab sich gern mit schönen jungen Frauen.

Er blickte auf die Uhr, die auf seinem Schreibtisch stand. Es war 10 Uhr 45. Er hatte Lucy gesagt, dass er vor Mittag nicht gestört zu werden wünschte. Stirnrunzelnd blickte er sie an. »Was ist denn?«

»Tut mir leid, dass ich Sie störe, Mr. Orsatti. Eine Miss Gigi Dupres ist am Apparat. Sie klingt total hysterisch. Und sie sagt mir einfach nicht, was sie will. Sie besteht darauf, mit Ihnen persönlich zu sprechen. Ich habe mir gedacht, dass es vielleicht wichtig sein könnte.«

Orsatti saß reglos da und ließ den Namen durch den Computer in seinem Hirn laufen. *Gigi Dupres*? Eine von den Schnallen, die er letztes Mal in Las Vegas in seine Suite abgeschleppt hatte? *Gigi Dupres?* Nein, er konnte sich nicht erinnern. Und dabei rühmte er sich, ein Gedächtnis zu haben, bei dem nichts durch die Maschen fiel. Aus reiner Neugier griff er zum Telefon und schickte Lucy mit einer lässigen Handbewegung aus dem Büro.

»Hallo?«

»Mr. Anthony Orsatti?« Sie sprach mit französischem Akzent.

»Ja. Was gibt's?«

»Oh, Gott sei Dank, dass ich Sie erwischt habe, Mr. Orsatti!«

Lucy hatte recht. Die Dame klang total hysterisch. Anthony Orsatti war nicht interessiert. Er wollte schon einhängen, aber sie sprach weiter.

»Sie müssen ihn aufhalten! Bitte!«

»Lady, ich weiß nicht, von was Sie reden, und ich bin ein vielbeschäftigter ...«

»Ich rede von Joe, meinem Joe. Joe Romano. Er hat versprochen, mich mitzunehmen, er hat es fest versprochen!«

»Also, wenn Sie Probleme mit Joe haben, dann wenden Sie sich an ihn. Ich bin nämlich nicht sein Kindermädchen.«

»Er hat mich angelogen! Ich habe eben rausgekriegt, dass er ohne mich nach Brasilien fliegen will. Und die Hälfte von den dreihunderttausend Dollar gehört *mir*!«

Anthony Orsatti entdeckte mit einem Mal, dass er doch interessiert war. »Was für dreihunderttausend Dollar?«

»Das Geld, das er auf seinem Scheckkonto versteckt hat. Das Geld, das er beiseitegeschafft hat.«

Anthony Orsatti war jetzt *sehr* interessiert.

»Bitte sagen Sie Joe, er muss mich mit nach Brasilien nehmen. Bitte! Tun Sie das für mich?«

»Ja«, versprach Anthony Orsatti. »Ich kümmere mich um die Sache.«

Joe Romanos Büro war modern eingerichtet – alles in Weiß und Chrom. Gestaltet hatte es einer der gefragtesten Innenarchitekten von New Orleans. Joe Romano brüstete sich mit seinem guten Geschmack. Er hatte sich aus den Slums von New Orleans nach oben gekämpft, und auf dieser Ochsentour hatte er sich autodidaktisch gebildet. Er verstand etwas von Malerei, und er liebte die Musik. Joe Romano hatte allen Grund, stolz zu sein, oh ja. Es traf zu, dass New Orleans die Pfründe von Anthony Orsatti war, aber es traf auch zu, dass Joe Romano sie für ihn verwaltete und in dieser seiner Eigenschaft unentbehrlich war.

Seine Sekretärin trat ins Büro. »Mr. Romano, hier ist ein Bote mit einem Ticket nach Rio de Janeiro. Zahlung bei Ablieferung. Soll ich einen Scheck ausstellen?«

»Rio de Janeiro?« Romano schüttelte den Kopf. »Das muss ein Irrtum sein.«

Der Bote stand in der Tür. »Mir ist gesagt worden, ich soll das unter dieser Adresse bei Mr. Joseph Romano abliefern.«

»Tja, da hat man Ihnen eben was Falsches gesagt. Soll das ein neuer Sales-Promotion-Trick sein oder wie?«

»Nein, Sir. Ich …«

»Lassen Sie mal sehen.« Romano nahm dem Boten das Ticket aus der Hand und warf einen Blick darauf. »Freitag. Was will ich denn am Freitag in Rio?«

»Das ist eine gute Frage«, kommentierte Anthony Orsatti, der hinter dem Boten aufgetaucht war. »Was willst du am Freitag in Rio, Joe?«

»Das ist ein dummes Versehen, Tony.« Romano gab dem Boten das Ticket zurück. »Nehmen Sie's wieder mit und…«

»Nur nicht so eilig.« Anthony Orsatti griff sich das Ticket und betrachtete es gründlich. »Erster Klasse, Gangplatz, Raucher. Nach Rio de Janeiro. Am Freitag. Einfacher Flug.«

Joe Romano lachte. »Da hat irgendjemand Quatsch gemacht.« Er wandte sich seiner Sekretärin zu. »Madge, rufen Sie das Reisebüro an und sagen Sie den Leuten, dass sie Mist gebaut haben.«

Joleen trat ein, die Büroassistentin. »Entschuldigung, Mr. Romano. Die Koffer sind da. Soll ich den Lieferschein unterschreiben?«

Joe Romano starrte sie an. »Was für Koffer? Ich habe keine Koffer bestellt.«

»Lassen Sie sie reinbringen«, befahl Anthony Orsatti.

»Großer Gott!«, sagte Joe Romano. »Sind denn hier alle übergeschnappt?«

Ein Bote mit drei Vuitton-Koffern kam ins Büro.

»Was soll das? Ich habe die Dinger nicht bestellt.«

Der Bote warf einen prüfenden Blick auf seinen Lieferschein. »Hier steht: Mr. Joseph Romano, Poydras Street 217, Zimmer 408.«

Joe Romano riss allmählich die Geduld. »Es ist mir

scheißegal, was da steht. Ich hab die Dinger nicht bestellt. Und jetzt schaffen Sie die mal raus hier.«

Orsatti betrachtete auch die Koffer gründlich. »Da sind deine Initialen drauf, Joe.«

»Was? Oh, Moment! Das ist wahrscheinlich ein Geschenk.«

»Hast du Geburtstag?«

»Nein. Aber du weißt doch, wie die Weiber sind, Tony. Die machen einem immer Geschenke.«

»Hast du irgendwas in Brasilien laufen?«, erkundigte sich Anthony Orsatti.

»In Brasilien?« Joe Romano lachte. »Soll das ein Witz sein, Tony?«

Orsatti lächelte honigsüß. Dann wandte er sich der Sekretärin, der Büroassistentin und den beiden Boten zu. »Raus.«

Als sich die Tür geschlossen hatte, fragte Anthony Orsatti: »Wie viel Geld hast du auf deinem Scheckkonto, Joe?«

Joe Romano blickte ihn verwirrt an. »Weiß ich nicht genau. Fünfzehnhundert, nehme ich an … vielleicht auch zwei Riesen. Warum?«

»Ruf doch spaßeshalber mal bei deiner Bank an und frag nach, ja?«

»Warum? Ich …«

»Frag nach, Joe.«

»Bitte. Wenn's dich glücklich macht …« Er drückte die Sprechtaste für seine Sekretärin. »Verbinden Sie mich mit der Oberbuchhalterin von der First Merchants.«

Eine Minute später war sie in der Leitung.

»Hallo, Schätzchen. Geben Sie mir mal meinen Kontostand durch? Mein Geburtsdatum ist der 14. Oktober.«

Anthony Orsatti hörte über den Nebenanschluss mit. Eine halbe Minute später meldete sich die Oberbuchhalterin wieder.

»Tut mir leid, dass ich Sie habe warten lassen, Mr. Romano. Ihr derzeitiger Kontostand beläuft sich auf dreihundertzehntausendneunhundertfünf Dollar und fünfunddreißig Cent.«

Romano spürte, wie ihm das Blut aus dem Gesicht wich. *»Was?«*

»Dreihundertzehntausendneunhundertfünf …«

»Sie blöde Gans!«, schrie Romano. »Ich habe nicht so viel Geld auf dem Konto. Sie haben da irgendwas verbockt. Geben Sie mir den …«

Der Hörer wurde ihm aus der Hand genommen. Anthony Orsatti legte ihn auf die Gabel. »Wo kommt das Geld her, Joe?«

Joe Romano war leichenblass. »Ich schwöre es bei Gott, Tony, ich weiß nichts von diesem Geld.«

»Nein?«

»He, du musst mir glauben! Weißt du, was da los ist? Jemand will mich aufs Kreuz legen.«

»Der muss dich aber sehr gern mögen. Wo er dir doch 'n Abschiedsgeschenk von dreihundertzehntausend Dollar gemacht hat.« Orsatti nahm schwerfällig in einem der Sessel Platz und schaute Joe Romano lange an. Schließlich sagte er ruhig: »War alles schon arrangiert, wie? Das Ticket nach Rio … einfacher Flug … die Koffer … Als wolltest du 'n neues Leben anfangen.«

»Nein!« Panik klang aus Romanos Stimme. »Herrgott, du kennst mich doch, Tony. Ich hab dich nie beschissen. Du bist für mich wie ein Vater.«

Er schwitzte jetzt. Es klopfte, und Madge steckte den Kopf durch die Tür. Sie hatte ein Kuvert in der Hand.

»Tut mir leid, dass ich störe, Mr. Romano. Hier ist ein Telegramm für Sie, aber da müssen Sie selbst unterschreiben.«

Mit dem Instinkt eines Tieres, das in der Falle sitzt, sagte Joe Romano: »Jetzt nicht. Ich habe zu tun.«

»Ich nehm's«, sagte Anthony Orsatti, und er hatte sich aus dem Sessel erhoben, bevor Madge die Tür schließen konnte. Er las das Telegramm und ließ sich Zeit dabei. Dann richtete er seine kalten Augen auf Joe Romano.

Anthony Orsatti sprach so leise, dass Romano ihn kaum verstand. »Ich lese es dir vor, Joe. ›Bestätigen dankend Ihre Reservierung der Princess-Suite für zwei Monate ab Freitag, dem 1. September.‹ Unterzeichnet ist es mit: ›S. Montalband, Hoteldirektor, Rio Othon Palace, Copacabana Beach, Rio de Janeiro.‹ Es ist deine Reservierung, Joe. Aber du wirst sie nicht brauchen, oder?«

13

André Gillien stand in der Küche und traf Vorbereitungen für Spaghetti alla Carbonara, einen großen italienischen Salat und einen Birnenkuchen, als er ein lautes, unheilverkündendes Knallen hörte. Sekunden später verstummte das behagliche Summen der Klimaanlage.

André stampfte mit dem Fuß auf und sagte: »*Merde!* Nicht heute Abend! Heute Abend wollen die Herren doch spielen!«

Er eilte zum Sicherungskasten, legte die Schalter um, einen nach dem anderen, kippte sie wieder zurück… Nichts passierte.

Oh, Mr. Pope würde wütend sein. Er würde *toben*! André wusste, wie sehr sich sein Arbeitgeber immer auf den allwöchentlichen Pokerabend am Freitag freute. Er war schon eine Tradition, dieser Abend, und es kamen stets dieselben ausgesuchten Gäste. Ohne Klimaanlage war es im Haus nicht auszuhalten. *Die reinste Sauna!* New Orleans im September – das standen nur Barbaren durch. Auch nach Sonnenuntergang gab es keine Erlösung von der Hitze und Schwüle des Tages.

André kehrte in die Küche zurück und schaute auf die Küchenuhr. 16 Uhr. Die Gäste würden um 20 Uhr eintreffen. André spielte mit dem Gedanken, Mr. Pope anzurufen und ihm von dem Malheur zu berichten, aber dann fiel ihm wieder ein, dass sein Arbeitgeber gesagt hatte, er werde den ganzen Tag bei Gericht sein. Der arme Mann war so furchtbar im Geschirr. Er brauchte ein bisschen Entspannung am Abend. Und jetzt das!

André holte ein kleines schwarzes Adressbuch aus einer Küchenschublade, schlug eine Telefonnummer nach und wählte.

Es klingelte dreimal. Dann meldete sich eine metallische Stimme: »Hier ist der automatische Anrufbeantworter der Eskimo Air Conditioning Company. Unsere Monteure sind im Augenblick nicht greifbar. Wenn Sie Ihren Namen und Ihre Telefonnummer hinterlassen, werden wir so bald wie möglich zurückrufen. Bitte sprechen Sie nach dem Signalton.«

Pah! Sich mit einer Maschine unterhalten müssen – das waren die Segnungen der Zivilisation!

Ein schriller, widerlicher Laut beleidigte Andrés Ohr. Er sprach in die Muschel: »Hier bei Monsieur Perry Pope, Charles Street 42. Unsere Klimaanlage funktioniert nicht mehr. Bitte schicken Sie jemand! So schnell wie möglich!«

André knallte den Hörer auf die Gabel. Kein Wunder, dass niemand greifbar war. Vermutlich fielen in dieser entsetzlichen Stadt überall die Klimaanlagen aus. Die Wartungsdienste waren dieser verfluchten Hitze und Schwüle schlichtweg nicht gewachsen. Trotzdem empfahl es sich, dass bald jemand kam. Mr. Pope konnte sehr ungehalten werden. Sogar ausgesprochen jähzornig.

In den drei Jahren, die André Gillien als Koch bei Perry Pope arbeitete, hatte er gemerkt, wie einflussreich sein Dienstherr war. Man musste es als verblüffend bezeichnen. So jung und schon so brillant! Perry Pope kannte Gott und die Welt. Er brauchte bloß mit den Fingern zu schnippen, und schon sprangen die Leute.

André Gillien hatte den Eindruck, dass es im Haus bereits merklich wärmer wurde. *Wenn jetzt nicht bald was passiert, ist die Kacke am Dampfen.*

André ging wieder daran, Salami und Provolone für den Salat in hauchdünne Scheiben zu schneiden, und konnte sich nicht des schrecklichen Gefühls erwehren, dass der Abend ein böses Ende nehmen würde.

Als es dreißig Minuten später an der Hintertür klingelte, waren Andrés Kleider von Schweiß durchweicht, und die Küche glich einem Backofen. Gillien hastete zur Tür und öffnete.

Zwei Monteure in Overalls standen vor ihm, den Werkzeugkasten in der Hand. Der eine war ein baumlanger Schwarzer, der andere ein kurzwüchsiger Weißer mit verschlafenem und gelangweiltem Gesichtsausdruck. Auf dem Fahrweg parkte ihr Kombi.

»Sie haben Probleme mit Ihrer Klimaanlage?«, fragte der Schwarze.

»Allerdings! Gott sei Dank, dass Sie da sind. Sie müssen sie sofort reparieren. Es kommen bald Gäste.«

Der Schwarze ging in die Küche, schnupperte, roch den Kuchen im Rohr und sagte: »Mmm!«

»Bitte!«, drängte Gillien. »Machen Sie was!«

»Schauen wir uns die Anlage mal an«, sagte der kurzwüchsige Mann. »Wo ist sie denn?«

»Hier lang.«

André führte die beiden Monteure im Sturmschritt zu dem Raum, in dem das Klimagerät stand.

»Das ist ’n gutes Gerät, Ralph«, sagte der Schwarze zu seinem Kollegen.

»Ja, Al. So gute machen die heute gar nicht mehr.«

»Aber warum funktioniert das Ding dann nicht, um Himmels willen?«, wollte Gillien wissen.

Die beiden Monteure drehten sich um und starrten ihn an.

»Wir sind hier eben erst reingekommen, Mann«, sagte Ralph vorwurfsvoll. Er kniete nieder und öffnete eine Klappe am unteren Teil des Geräts, zog eine Taschenlampe aus seinem Overall, legte sich auf den Bauch und spähte in die Eingeweide der Maschine. Ein paar Sekunden darauf stellte er sich wieder auf die Beine. »Da fehlt nichts«, sagte er.

»Wo fehlt’s denn?«, fragte André.

»Muss ’n Kurzer sein – irgendwo in ’nem Endverschlusskasten. Der hat die ganze Anlage lahmgelegt. Wie viel Belüftungsschlitze haben Sie denn hier?«

»In jedem Zimmer einen. Moment. Ja ... das sind mindestens neun.«

»Daran liegt’s wahrscheinlich. Der Umwandler ist überlastet. Na, schauen wir’s uns mal an.«

Die drei Männer marschierten wieder in den Flur. Als sie am Wohnzimmer vorbeikamen, sagte Al: »Der hat’s aber schön hier, der Mr. Pope.«

Das Wohnzimmer war exquisit eingerichtet. Lauter antike Möbel, die ein Vermögen wert waren. Auf dem Boden lagen kostbare Orientteppiche. Links vom Wohnzimmer befand sich ein geräumiges Speisezimmer, rechts davon ein Zimmer, in dessen Mitte ein großer, mit grünem Filz bespannter Spieltisch stand. In einer Ecke dieses Zimmers stand ein zweiter, runder Tisch, der bereits zum Abendessen gedeckt war. Die beiden Monteure traten ein, und Al leuchtete mit seiner Taschenlampe den Belüftungsschlitz hoch oben an der Wand an.

»Hmm«, brummte er. Er blickte zur Zimmerdecke über dem Spieltisch auf. »Was ist denn da oben?«

»Der Dachboden.«

»Den schauen wir uns auch mal an.«

Die beiden Monteure folgten André auf den Speicher, einen langen, niedrigen Raum voll Staub und Spinnweben.

Al ging zu einem Schaltkasten an der Wand. Er inspizierte das Drähtegewirr. »Ha!«

»Haben Sie was gefunden?«, erkundigte sich André gespannt.

»Ja. Ist 'n reines Kondensatorproblem. Liegt an der hohen Luftfeuchtigkeit. Wegen so was hatten wir diese Woche sicher schon hundert Anrufe. Der Kondensator ist kaputt. Da brauchen wir 'n neuen.«

»O Gott! Dauert das lang?«

»Nein. Wir haben einen im Auto.«

»Bitte, beeilen Sie sich!«, flehte André. »Mr. Pope kommt bald nach Hause.«

»Immer mit der Ruhe«, sagte Al. »Das haben wir gleich.«

Die drei Männer kehrten in die Küche zurück. »Ich … ich muss mich jetzt um die Salatsoße kümmern«, verkündete André. »Finden Sie den Weg auf den Dachboden auch allein?«

Al hob begütigend die Hand. »Nur keine Aufregung, Meister. Sie machen Ihren Job, und wir machen unsern, okay?«

»Ja. Danke. Vielen Dank.«

André beobachtete, wie die beiden Monteure zu ihrem Kombi gingen und mit zwei großen Leinentaschen zurückkamen. »Wenn Sie was brauchen«, sagte er, »dann rufen Sie mich.«

»In Ordnung.«

Die Monteure stiegen die Treppe hinauf, und André verschwand in seiner Küche.

Auf dem Speicher öffneten Ralph und Al ihre Leinentaschen und förderten einen kleinen Camping-Klappstuhl zutage, dazu einen Drillbohrer, ein Stullenpaket, zwei Dosen Bier, ein Zeiss-Nachtglas und zwei lebende Hamster, denen ein dreiviertel Milligramm Acetylpromazin injiziert worden war.

Die beiden Männer machten sich ans Werk.

»Ernestine wird mächtig stolz auf mich sein«, gluckste Al.

Zunächst war er strikt dagegen gewesen.

»Du bist nicht ganz dicht, Frau. Mit Perry Pope mach ich keinen Scheiß. Der sorgt dafür, dass ich ewig und drei Tage eingebuchtet werde. Nein, also echt nicht.«

»Wegen dem lass dir keine grauen Haare wachsen. Wenn das gelaufen ist, ist er weg vom Fenster, glaub's mir.«

Sie lagen nackt auf dem Wasserbett in Ernestines Wohnung.

»Wieso willst du da voll drauf einsteigen, meine Süße?«, fragte Al.

»Weil er 'n blöder Zipfel ist.«

»He, die Welt ist voll von blöden Zipfeln, aber deswegen kannst du nicht dein Leben lang rumrennen und jedem in die Eier treten.«

»Also gut. Ich mach's für 'ne Freundin.«

»Für Tracy?«

»Richtig.«

Al mochte Tracy. Sie hatten an dem Tag, an dem sie aus dem Gefängnis entlassen worden war, alle gemeinsam zu Abend gegessen.

»Sie ist 'ne Klassefrau«, räumte Al ein. »Aber warum sollen wir den Kopf für sie hinhalten?«

»Weil – wenn wir ihr nicht helfen, dann muss sie jemand nehmen, der nicht halb so gut ist wie du, und wenn sie geschnappt wird, knasten sie sie wieder ein.«

Al setzte sich auf und blickte Ernestine neugierig an. »Ist dir das so wichtig?«

»Ja, Honey.«

Sie würde es ihm nie begreiflich machen können, aber die Wahrheit war einfach die: Ernestine konnte den Gedanken nicht ertragen, dass Tracy wieder im Gefängnis saß und Big Bertha ausgeliefert war. Es ging Ernestine dabei nicht nur um Tracy, sondern auch um sich selbst. Sie hatte sich zu Tracys Beschützerin aufgeschwungen, und wenn Big Bertha Hand an sie legte, war das eine Niederlage für Ernestine.

Also sagte sie lediglich: »Ja. Es ist mir echt wichtig, Honey. Machst du's?«

»Allein schaff ich das ums Verrecken nicht«, murmelte Al.

Und Ernestine wusste, dass sie gewonnen hatte. Sie knabberte sich zärtlich an Als langem, schlanken Körper nach unten, in Richtung Süden. Und sie murmelte: »Ist Ralph nicht vor 'n paar Tagen aus 'm Knast entlassen worden?«

Um 18 Uhr 30 kehrten die beiden Männer verschwitzt und verdreckt in Andrés Küche zurück.

»Ist es jetzt repariert?«, fragte André ängstlich.

»War 'ne verdammt verzinkte Sache«, teilte Al ihm mit. »Also, was Sie hier haben, das ist'n Kondensator mit 'm Allstromsperrpunkt, und der …«

André fiel ihm ungeduldig ins Wort. »Schon gut, schon gut. Aber ist es jetzt repariert?«

»Klar. Alles in Butter. In fünf Minuten läuft's wieder wie geschmiert.«

»Wunderbar! Die Rechnung legen Sie bitte auf den Küchentisch, und …«

Ralph schüttelte den Kopf. »Die kriegen Sie in den nächsten Tagen von der Firma zugeschickt.«

»Tausend Dank. *Au revoir*!«

André beobachtete, wie die beiden Männer durch die Hintertür verschwanden, ihre Leinentaschen in der Hand. Als sie außer Sicht waren, gingen sie ums Haus herum, auf den Hof, und öffneten den Kasten mit dem Außenkondensator der Klimaanlage. Ralph hielt die Taschenlampe, und Al verband die Leitungen wieder miteinander, die er vor knapp drei Stunden unterbrochen hatte. Die Klimaanlage sprang sofort wieder an.

Al schrieb sich die Telefonnummer von dem Firmenschildchen ab, das am Kondensator hing. Als er kurze Zeit später die Nummer anwählte und sich der automatische Anrufbeantworter der Eskimo Air Conditioning Company meldete, sagte Al: »Hier bei Perry Pope, Charles Street 42. Unsere Klimaanlage funktioniert jetzt wieder. Schönen Tag noch.«

Der allwöchentliche Pokerabend am Freitag bei Perry Pope war ein Ereignis, dem die Beteiligten stets freudig entgegenblickten. Es war immer dieselbe kleine Gruppe: Anthony Orsatti, Joe Romano, Richter Henry Lawrence, ein Stadtrat, ein Senator – und natürlich der Gastgeber. Die Einsätze waren hoch, das Essen war köstlich, und die Gesellschaft, die sich an diesen Abenden zu versammeln pflegte, verkörperte geballte Macht.

Perry Pope zog sich in seinem Schlafzimmer um, legte eine weiße Seidenhose und ein dazu passendes Sporthemd an. Er summte vergnügt vor sich hin und dachte an den bevorstehenden Abend. Seit einiger Zeit hatte er eine unglaubliche Glückssträhne beim Pokern. *Man könnte auch sagen, dass mein ganzes Leben eine Glückssträhne ist,* dachte er.

Wenn jemand in New Orleans eine juristische Gefälligkeit brauchte, ging er zu Perry Pope. Seine Macht verdankte er den guten Beziehungen, die er zu Orsatti unterhielt. Man kannte ihn als den »Arrangeur«, und tatsächlich konnte er alles richten – vom Strafzettel über eine Anzeige wegen Drogenhandels bis hin zur Mordanklage. Das Leben war einfach herrlich.

Anthony Orsatti brachte einen neuen Gast mit. »Joe Romano spielt nicht mehr mit«, erklärte er. »Aber Kommissar Newhouse kennt ihr ja auch alle.«

Die Männer schüttelten sich reihum die Hand.

»Die Drinks stehen auf dem Sideboard, meine Herren«, verkündete Perry Pope. »Essen gibt's später. Ja, wollen wir dann mal?«

Die Männer nahmen ihre gewohnten Plätze am grünen Spieltisch ein. Orsatti deutete auf Joe Romanos leeren

Stuhl und sagte zu Kommissar Newhouse: »Da sitzen Sie jetzt, Mel.«

Während einer der Männer die Karten aufdeckte, verteilte Pope die Pokerchips. Er erklärte Kommissar Newhouse: »Die schwarzen Chips sind fünf Dollar wert, die roten zehn, die blauen fünfzig und die weißen hundert. Jeder kauft erst einmal Chips für fünfhundert Dollar. Wir steigern die Einsätze dreimal. Der Kartengeber bestimmt, was gespielt wird.«

»Mir soll's recht sein«, sagte der Kommissar.

Orsatti war übler Laune. »Los, fangen wir an.« Seine Stimme war ein ersticktes Flüstern. Kein gutes Zeichen.

Orsatti brütete schwarze Gedanken: *Ich war zu Joe Romano wie ein Vater. Ich hab ihm vertraut, ich hab ihn zu meiner rechten Hand gemacht. Und das Schwein hat mich austricksen wollen. Wenn mich diese hysterische französische Tante nicht angerufen hätte, hätte er's vielleicht auch geschafft. Na, jetzt schafft er's jedenfalls nicht mehr. Nicht da, wo er ist. Er hat sich ja für so schlau gehalten. Dann soll er mal versuchen, ob er die Fische bescheißen kann.*

»Tony, spielst du *oder* passt du?«

Orsatti konzentrierte sich wieder auf das Spiel. An diesem Tisch waren ungeheure Summe gewonnen und verloren worden. Es regte Anthony Orsatti immer auf, wenn er verlor, und das hatte nichts mit Geld zu tun. Er konnte einfach nicht verlieren. Er hielt sich für den geborenen Gewinner. Nur Leute dieses Schlages brachten es zu einer solchen Position wie er. In den letzten sechs Wochen hatte Perry Pope eine irrwitzige Glückssträhne beim Pokern gehabt, und Anthony Orsatti war fest entschlossen, ihr heute ein Ende zu machen.

Aber wie er's auch anstellte – er verlor. Er erhöhte die Einsätze, spielte äußerst gewagt, versuchte mit allen Mitteln, seine Verluste wieder hereinzuholen. Als sie gegen 24 Uhr aufhörten, um sich mit einem Imbiss zu stärken, hatte Orsatti 50 000 Dollar verloren. Und der strahlende Gewinner hieß Perry Pope.

Das Essen war vorzüglich. Normalerweise ließ sich Orsatti den Imbiss gut schmecken, aber heute war er ungeduldig, wollte möglichst bald weiterspielen.

»Du isst ja gar nichts, Tony«, sagte Perry Pope.

»Ich hab keinen Hunger.« Orsatti griff nach der silbernen Kanne zu seiner Rechten, goss sich Kaffee in eine Porzellantasse und nahm wieder am Spieltisch Platz. Er sah den anderen beim Essen zu und hatte nur den Wunsch, dass sie sich beeilen sollten. Er brannte darauf, sein Geld zurückzugewinnen. Als er seinen Kaffee umrührte, fiel irgendetwas in seine Tasse. Angewidert fischte er es mit dem Löffel heraus und betrachtete es. Schien ein Stück Putz zu sein. Er blickte zur Decke empor, und nun traf ein Brocken seine Stirn. Plötzlich bemerkte er auch ein huschendes Geräusch über sich.

»Was ist denn da oben los, verdammt noch mal?«, fragte Anthony Orsatti.

Perry Pope war gerade dabei, Kommissar Newhouse eine lustige Geschichte zu erzählen. »Verzeihung … was hast du gesagt, Tony?«

Das Geräusch war jetzt deutlicher vernehmbar. Kleine Stücke Putz begannen auf den grünen Filz des Spieltisches zu rieseln.

»Hört sich so an, als hätten Sie Mäuse im Haus«, sagte der Senator.

»In *diesem* Haus gibt es keine Mäuse«, erwiderte Perry Pope empört.

»Aber irgendwas hast du hier, das ist sicher«, knurrte Orsatti.

Ein größeres Stück Putz fiel auf den Spieltisch.

»Ich lasse André mal nachsehen«, sagte Pope. »Wenn wir jetzt alle fertig gegessen haben, könnten wir ja weiterspielen, okay?«

Anthony Orsatti starrte zu dem kleinen Loch in der Decke empor, das sich direkt über seinem Kopf befand.

»Moment. Erst gehen wir nach oben und schauen, was da ist.«

»Warum, Tony? André kann doch …«

Orsatti war bereits aufgestanden und schritt auf die Treppe zu. Die anderen blickten sich an. Dann eilten sie ihm nach.

»Wahrscheinlich hat sich ein Eichhörnchen in den Speicher verirrt«, vermutete Perry Pope. »Um diese Jahreszeit sind die hier überall. Es versteckt wohl seine Nüsse für den Winter.« Er lachte über seinen kleinen Scherz.

Orsatti stieß die Speichertür auf, und Perry Pope knipste das Licht an. Sie sahen flüchtig zwei Hamster, die hektisch durch den Raum sausten.

»Heiliger Gott!«, sagte Perry Pope. »Ich hab Ratten im Haus!«

Anthony Orsatti hörte nicht hin. Er stierte in den Speicher, in dessen Mitte ein Campingstuhl mit einem Stullenpaket und zwei offenen Bierdosen stand. Gleich daneben auf dem Boden lag ein Feldstecher.

Orsatti tat ein paar Schritte in den Raum, griff sich die Gegenstände und betrachtete sie gründlich der Reihe nach. Dann kniete er auf dem staubigen Boden nieder, entfernte den kleinen hölzernen Pfropfen von dem Guckloch, das in die Decke gebohrt worden war, und lugte durch das Guckloch. Direkt unter ihm befand sich der Spieltisch. Er war deutlich zu erkennen.

Perry Pope stand wie vom Donner gerührt in der Mitte des Speichers. »Wer hat denn diesen ganzen Plunder hier raufgebracht, verdammt noch mal? Ich werde André die Hölle heißmachen!«

Orsatti erhob sich langsam und wischte den Staub von seiner Hose.

Perry Pope blickte auf den Boden. »Sieh dir das an!«, rief er. »Die haben ein Loch in die Decke gemacht. Also, diese Handwerker sind wirklich der letzte Dreck.«

Er ging in die Hocke und warf einen Blick durch das Loch. Alle Farbe wich aus seinem Gesicht. Er stand wieder auf und blickte wild in die Runde. Die Männer starrten ihn schweigend an.

»He!«, sagte Perry Pope. »Ihr denkt doch nicht etwa, dass ich …? Also, nun aber, ihr kennt mich doch, Leute. Ich habe nichts damit zu tun. Ich würde euch doch nie im Leben bemogeln. Herrgott, wir sind ja schließlich Freunde!« Er führte ruckartig die rechte Hand zum Mund und begann wie rasend an seinen Fingernägeln zu knabbern.

Orsatti tätschelte ihm den Arm. »Nur ruhig Blut, mein Junge.« Seine Stimme war fast unhörbar.

Perry Pope kaute verzweifelt auf dem bloßen Fleisch seines rechten Daumens herum.

14

»Zwei sind schon k. o., Tracy«, gluckste Ernestine Littlechap. »Wie man hört, arbeitet dein Freund Perry Pope nicht mehr als Rechtsverdreher. Er hatte 'n bösen Unfall.«

Tracy und Ernestine saßen in einem kleinen Straßencafé in der Nähe der Royal Street, tranken Milchkaffee und aßen Croissants.

Ernestine kicherte in den höchsten Tönen. »Du bist echt schlau. Willst du nicht mit mir 'n Geschäft aufmachen?«

»Nein danke, Ernestine. Ich habe andere Pläne.«

Ernestine fragte interessiert: »Wer ist denn der Nächste?«

»Richter Henry Lawrence.«

Henry Lawrence hatte seine Karriere als Kleinstadtanwalt in Leesville/Louisiana begonnen. Er besaß wenig Talent zur Juristerei, aber er hatte zwei wichtige Eigenschaften: Er sah eindrucksvoll aus, und er war moralisch flexibel. Seine Philosophie lautete, dass das Gesetz eine dünne Gerte sei, die den Bedürfnissen seiner Mandanten gemäß zurechtgebogen werden müsse. Und so nahm es nicht wunder, dass Henry Lawrences Kanzlei, als er nach New Orleans übersiedelte, binnen kurzem dank einer ganz speziellen Klientel zu florieren begann. Zunächst befasste er sich nur mit minder schweren Vergehen und mit Verkehrsstrafsachen, ging dann allmählich zu schweren Vergehen und Kapitalverbrechen über, und als er den Sprung in die renommierten Anwaltsverbände geschafft hatte, war er ein Meister in der Beeinflussung von Geschworenen, Verunglimpfung von Zeugen und Bestechung aller Personen, die für »seinen« Fall von Nutzen sein konnten. Kurz, er war der rechte Mann für Anthony Orsatti, und die Wege der beiden *mussten* sich einfach kreuzen. Es war eine Ehe, die im Mafia-Himmel geschlossen wurde. Lawrence entwickelte sich zum Sprachrohr von Orsattis Organisation, und als die Zeit günstig war, sorgte Orsatti dafür, dass er zum Richter ernannt wurde.

»Ich weiß nicht, wie du den Lawrence drankriegen willst«, sagte Ernestine. »Er ist reich und mächtig und unangreifbar.«

»Er ist reich und mächtig, ja, aber nicht unangreifbar«, korrigierte Tracy ihre Freundin.

Sie hatte bereits einen Plan ausgearbeitet, doch als sie im Büro von Richter Lawrence anrief, merkte sie, dass sie ihre Strategie würde ändern müssen.

»Ich möchte bitte mit Richter Lawrence sprechen.«

Eine Sekretärin sagte: »Tut mir leid. Richter Lawrence ist nicht da.«

»Wann kommt er denn zurück?«, fragte Tracy.

»Das kann ich Ihnen nicht sagen.«

»Es ist sehr wichtig. Ist er morgen wieder da?«

»Nein. Er ist verreist.«

»Oh. Kann ich ihn irgendwo erreichen?«

»Leider nicht. Er ist außer Landes.«

Tracy achtete sorgsam darauf, dass man keine Enttäuschung aus ihrer Stimme heraushörte. »Aha. Darf ich fragen, wo er sich aufhält?«

»In Europa. Er besucht ein internationales Symposion.«

»Das ist ja ein Jammer«, sagte Tracy.

»Wer spricht da, bitte?«

Tracy überlegte blitzschnell. »Mein Name ist Elizabeth Dastin. Ich bin die Vorsitzende der Sektion Süd der American Trial Lawyers' Association. Unser Verband veranstaltet am Zwanzigsten des Monats sein jährliches Festbankett in New Orleans. Das ist immer mit einer Ehrung verbunden, und wir haben beschlossen, Richter Henry Lawrence zum Mann des Jahres zu ernennen.«

»Sehr schön«, sagte die Sekretärin, »aber ich fürchte, bis dahin wird er noch nicht zurück sein.«

»Ach, das ist aber schade. Wir haben uns alle schon so sehr auf eine seiner berühmten Reden gefreut. Er ist von unserem Preiskomitee einstimmig gewählt worden.«

»Es wird ihm leidtun, das zu versäumen.«

»Ja, das glaube ich auch. Sie wissen sicher, was für eine große Ehre das ist. Einige der prominentesten Richter dieses Landes sind in der Vergangenheit von uns zum Mann des Jahres ernannt worden … Augenblick mal. Ich habe eine Idee. Meinen Sie, dass Richter Lawrence für uns eine kurze Rede auf Band sprechen könnte … ein paar Dankesworte vielleicht?«

»Das … das kann ich Ihnen wirklich nicht sagen. Er hat massenweise Termine, und …«

»Ich darf noch hinzufügen, dass das Fernsehen und die Presse bundesweit in aller Ausführlichkeit darüber berichten werden.«

Schweigen. Richter Lawrences Sekretärin wusste, wie gern sich ihr Chef von den Medien hätscheln ließ. Soweit sie es überblickte, diente die Reise, auf der er sich zurzeit befand, hauptsächlich diesem Zweck.

Sie sagte: »Vielleicht kommt er doch dazu, ein paar Worte für Sie auf Band zu sprechen. Ich könnte ihn zumindest fragen.«

»Oh, das wäre wunderbar«, antwortete Tracy begeistert. »Damit wäre der Abend gerettet.«

»Soll Richter Lawrence über irgendetwas Bestimmtes sprechen?«

»Ja. Wir stellen uns folgende Thematik vor…« Tracy zögerte. »Das ist leider etwas kompliziert. Es wäre besser, wenn ich es ihm direkt erklären könnte.«

Wieder Schweigen. Die Sekretärin war in der Zwickmühle. Einerseits hatte sie Weisung, die Reiseroute ihres Chefs nicht zu verraten. Andererseits sah es ihm ähnlich, dass er sie mit Beschimpfungen überschütten würde, wenn ihm eine so wichtige Ehrung entging.

Sie sagte: »Eigentlich bin ich nicht befugt, Informationen zu geben. Aber wenn ich in diesem Fall eine Ausnahme mache, ist ihm das sicher recht. Sie können ihn in Moskau erreichen, im Hotel Rossija. Da ist er die nächsten fünf Tage, und danach…«

»Wunderbar. Ich werde sofort Kontakt zu ihm aufnehmen. Vielen herzlichen Dank.«

»*Ich* habe zu danken, Miss Dastin.«

Die Telegramme waren an Richter Henry Lawrence, Hotel Rossija, Moskau, gerichtet. Das erste lautete folgendermaßen:

NÄCHSTES AUSSERORDENTLICHES FORTBILDENDES TREFFEN DER RICHTER NUNMEHR ARRANGIERT. TEILT UNS MIT, WIE VIEL ZIMMER, DA DIESE BESTELLT WERDEN MÜSSEN. BORIS

Das zweite Telegramm traf tags darauf ein:

RAT ERBETEN BETREFFEND REISEPLÄNE. FLUGZEUG DER SCHWESTER SICHER, WENN AUCH VERSPÄTET EINGETROFFEN. PASS VERLOREN UND GELD. SCHWESTER WIRD DEMNÄCHST UNTERGEBRACHT IN SEHR SCHÖNEM SCHWEIZER HOTEL. DURCH DIE BANK ERSTKLASSIGES HAUS. BORIS

Das dritte Telegramm lautete:

PASS FÜR SCHWESTER BESCHAFFT ÜBER AMERIKANISCHE BOTSCHAFT. NEUE VISA NICHT EINGETROFFEN. INFORMATIONEN LEIDER NICHT VERFÜGBAR ÜBER DIE AMERIKANISCHE BOTSCHAFT. RUSSISCHES KONSULAT MÖCHTE SCHWESTER AUSBOOTEN. BORIS

Der KGB wartete ab, ob weitere Telegramme kamen. Dies war nicht der Fall, und Richter Henry Lawrence wurde verhaftet.

Das Verhör dauerte zehn Tage und zehn Nächte.

»An wen haben Sie die Informationen weitergeleitet?«

»Was für Informationen? Ich habe keine Ahnung, wovon Sie reden.«

»Von den Plänen. Wer hat Ihnen die Pläne gegeben?«

»Was für Pläne?«

»Die von unserem Atom-U-Boot.«

»Sie sind nicht recht bei Verstand. Was weiß ich denn von sowjetischen Atom-U-Booten?«

»Das wollen wir ja gerade herausfinden. Mit wem hatten Sie diese geheimen Treffen?«

»Was für geheime Treffen? Ich habe keine Geheimnisse.«

»Na schön. Dann verraten Sie uns vielleicht, wer Boris ist.«

»Boris?«

»Der Mann, der Geld auf Ihr Schweizer Konto eingezahlt hat.«

»Was für ein Schweizer Konto?«

Die Leute vom Geheimdienst waren wütend. »Sie sind ein starrköpfiger Idiot«, sagten sie zu Richter Henry Lawrence. »Wir werden an Ihnen ein Exempel statuieren, um all die anderen amerikanischen Spione abzuschrecken, die die UdSSR unterminieren wollen.«

Als es dem amerikanischen Botschafter gestattet wurde, seinen Landsmann zu besuchen, hatte Richter Henry Lawrence fünfzehn Pfund abgenommen. Er konnte sich nicht mehr erinnern, wann ihn seine Häscher zum letzten Mal hatten schlafen lassen, und er war nur noch ein Wrack.

»Warum machen die das mit mir?«, jammerte der Richter. »Ich bin amerikanischer Staatsbürger. Ich bin Richter. Holen Sie mich hier raus, um Gottes willen!«

»Ich tue, was ich kann«, versicherte der Botschafter. Lawrences Aussehen schockierte ihn. Er hatte Lawrence und die anderen Mitglieder der Juristendelegation begrüßt, als sie vor zwei Wochen in der Sowjetunion eingetroffen waren. Der Mann, dem der Botschafter damals die Hand geschüttelt hatte, besaß keinerlei Ähnlichkeit mit der erbärmlichen, verängstigten Kreatur, die ihm jetzt gegenübersaß.

Verflucht, was führen die Russen diesmal im Schild?, fragte sich der Botschafter. *Der Richter ist ebenso wenig ein Spion wie ich.* Dann dachte er sarkastisch: *Na, da hätte ich mir vielleicht ein besseres Beispiel einfallen lassen sollen.*

Der Botschafter forderte ein Gespräch mit dem Vorsitzenden des Politbüros, und als ihm dies verweigert wurde, beschied er sich mit einem der Minister.

»Ich möchte hiermit in aller Form protestieren«, sagte der Botschafter aufgebracht. »Es ist unverzeihlich, wie Ihr Land Richter Henry Lawrence behandelt. Und es ist lächerlich, einen Mann von seinem Format der Spionage zu bezichtigen.«

»Wenn Sie jetzt fertig sind«, entgegnete der Minister kühl, »dann schauen Sie sich das mal an, bitte.«

Er überreichte dem Botschafter Fotokopien der Telegramme.

Der Botschafter las sie und blickte verwirrt auf. »Na, und? Die sind doch völlig harmlos?!«

»Wirklich? Dann lesen Sie sie bitte noch einmal. *Dechiffriert.*« Der Minister gab dem Botschafter einen weiteren Satz Fotokopien. Jedes vierte Wort war ganz oder teilweise unterstrichen.

NÄCHSTES AUSSERORDENTLICHES FORTBILDENDES
TREFFEN DER RICHTER NUNMEHR ARRANGIERT. TEILT UNS
MIT, WIE VIELE ZIMMER, DA DIESE BESTELLT WERDEN MÜSSEN.
BORIS

RAT ERBETEN BETREFFEND REISEPLÄNE. FLUGZEUG DER SCHWESTER SICHER, WENN AUCH VERSPÄTET EINGETROFFEN. PASS VERLOREN UND GELD. SCHWESTER WIRD DEMNÄCHST UNTERGEBRACHT IN SEHR SCHÖNEM SCHWEIZER HOTEL. DURCH DIE BANK ERSTKLASSIGES HAUS.

BORIS

PASS FÜR SCHWESTER BESCHAFFT ÜBER AMERIKANISCHE BOTSCHAFT. NEUE VISA NICHT EINGETROFFEN. INFORMATIONEN LEIDER NICHT VERFÜGBAR ÜBER DIE AMERIKANISCHE BOTSCHAFT. RUSSISCHES KONSULAT MÖCHTE SCHWESTER AUSBOOTEN.

BORIS

Ich werd verrückt, dachte der Botschafter.

Der Prozess fand unter Ausschluss der Öffentlichkeit statt. Der Gefangene blieb verstockt bis zuletzt und bestritt hartnäckig, dass sein Aufenthalt in der Sowjetunion Spionagezwecken diente. Die Anklage stellte ihm ein mildes Urteil in Aussicht, wenn er offenbarte, wer seine Auftraggeber waren, und Richter Lawrence hätte es nur zu gern offenbart, doch das konnte er leider nicht.

Am Tag nach dem Prozess wurde in der *Prawda* mit ein paar Zeilen gemeldet, dass ein fragwürdiger Gast aus Amerika, Richter Henry Lawrence, der Spionage überführt und zu vierzehn Jahren Zwangsarbeit in Sibirien verurteilt worden sei.

Die amerikanischen Geheimdienste standen, was den Fall Lawrence betraf, vor einem Rätsel. Gerüchte kursierten bei der CIA, dem FBI, dem Secret Service und im Finanzministerium.

»Von uns ist er nicht«, sagte die CIA. »Wahrscheinlich hat er fürs Finanzministerium gearbeitet.«

Das Finanzministerium stellte jede Kenntnis von der Affäre in Abrede. »Nein, nichts da. Das ist nicht unser Bier. Vermutlich wildert das verdammte FBI mal wieder in fremden Revieren.«

»Nie von ihm gehört«, hieß es beim FBI. »Der ist wohl vom Secret Service oder von der Defense Intelligence Agency.«

Die Defense Intelligence Agency, die ebenso im Dunkeln tappte wie die anderen Geheimdienste, ließ schlau verlauten: »Kein Kommentar.« Und alle waren sicher, dass die Konkurrenz Richter Henry Lawrence ins Ausland geschickt hatte.

»Hut ab vor dem Mann«, sagte der Chef der CIA. »Der ist zäh. Er hat nicht gestanden, und er hat keine Namen genannt. Ich wollte, wir hätten mehr Leute wie ihn.«

Es lief alles nicht so, wie es sollte, und Anthony Orsatti wusste nicht, warum. Zum ersten Mal in seinem Leben hatte er Pech. Erst Joe Romanos Verrat, dann die Sache mit Perry Pope, und nun war auch noch der Richter fort, in irgendeine blödsinnige Spionageaffäre verwickelt … Auf diese Männer hatte der Capo gebaut, ohne sie hatte seine Maschine Betriebsstörungen.

Joe Romano war der große Organisator der Familie gewesen, und Orsatti hatte niemanden gefunden, der seine

Nachfolge antreten konnte. Die Geschäfte wurden schludrig geführt, und plötzlich beschwerten sich Leute, die es nie gewagt hatten, den Mund aufzumachen. Man munkelte, Tony Orsatti werde alt, er könne seine Leute nicht mehr disziplinieren, seine Organisation zerfalle.

Den letzten Stoß versetzte ihm ein Anruf aus New Jersey.

»Wir haben gehört, du hast Schwierigkeiten, Tony. Wir würden dir gern helfen.«

»Quatsch, ich hab keine Schwierigkeiten«, erwiderte Orsatti aufgebracht. »Sicher, ich hatte in letzter Zeit 'n paar kleine Probleme, aber jetzt ist alles wieder okay.«

»Wir haben da was anderes gehört. Es heißt, dass deine Stadt außer Rand und Band ist, dass niemand sie unter Kontrolle hat.«

»*Ich* hab sie unter Kontrolle.«

»Aber es könnte ja sein, dass es dir zu viel wird. Vielleicht bist du überarbeitet. Vielleicht brauchst du 'n bisschen Ruhe.«

»Das ist *meine* Stadt. Die lass ich mir nicht wegnehmen.«

»He, Tony, wer hat denn was von Wegnehmen gesagt? Wir wollen dir bloß unter die Arme greifen. Die Familien hier im Osten haben sich zusammengesetzt, und wir haben beschlossen, dass wir dir 'n paar Leute schicken. Die sollen dir eine kleine Hilfe sein. Da ist doch nichts dabei unter alten Freunden, oder?«

Orsatti lief ein eiskalter Schauer über den Rücken. Es war nur eins dabei: Aus der kleinen Hilfe würde eine große Hilfe werden und aus dem Schneeball eine Lawine.

Ernestine hatte zum Abendessen Fischsuppe gemacht, und die Suppe köchelte auf dem Herd, während Tracy und sie auf Al warteten. Die Septemberhitze ging allen Leuten auf die Nerven, und als Al schließlich in die kleine Wohnung trat, schrie Ernestine: »Wo warst du denn, verdammt noch mal? Die Suppe ist fast sauer geworden, und ich bin's schon lang!«

Aber Al war in einer solchen Hochstimmung, dass er sich von Ernestines Schimpferei nicht beeindrucken ließ. »Ich hab mich umgehört, Frau. Und jetzt passt mal auf, was ich rausgekriegt habe.« Er wandte sich Tracy zu. »Die Mafia tritt Orsatti auf die Zehen. Die Familie aus New Jersey kommt hierher und übernimmt die Stadt.« Er verzog das Gesicht zu einem breiten Grinsen. »Du hast ihn erledigt, den alten Drecksack!« Er blickte Tracy in die Augen, und sein Grinsen verschwand. »Bist du da nicht glücklich, Tracy?«

Was für ein seltsames Wort, dachte Tracy. *Glücklich*. Sie hatte vergessen, was es bedeutete. Sie fragte sich, ob sie je wieder glücklich sein, ob sie je wieder normale Gefühle empfinden würde. Seit langer, langer Zeit hatte sie nur an Rache gedacht – Rache für das, was man ihrer Mutter und ihr selbst angetan hatte. Jetzt war das Werk fast abgeschlossen, und Tracy spürte nichts als eine innere Leere.

Am nächsten Morgen ging Tracy in ein Blumengeschäft. »Ich möchte, dass Sie etwas an Anthony Orsatti liefern. Einen Grabkranz mit weißen Nelken. Dazu eine breite Kranzschleife. Auf der Schleife soll *›Ruhe in Frieden‹* stehen.« Tracy schrieb ein Begleitkärtchen: *Von Doris Whitneys Tochter.*

Drittes Buch

15

PHILADELPHIA

Dienstag, 7. Oktober, 16 Uhr

Es wurde Zeit für Charles Stanhope Junior. Die anderen waren Fremde gewesen, Charles dagegen war Tracys ehemaliger Liebhaber und der Vater ihres ungeborenen Kindes; er hatte ihnen beiden den Rücken gekehrt.

Ernestine und Al brachten Tracy zum New Orleans International Airport.

»Du wirst mir fehlen«, sagte Ernestine. »Was du hier in dieser Stadt gemacht hast – also, da setzt man sich glatt auf den Arsch. Man sollte dich zur Volksbürgermeisterin wählen.«

»Was tust du denn in Philly?«, fragte Al.

Tracy erzählte den beiden die halbe Wahrheit. »Ich fange wieder mit meinem alten Job bei der Bank an.«

Ernestine und Al tauschten einen bedeutungsvollen Blick. »Wissen die, dass du … äh … dass du kommst?«

»Nein. Aber der stellvertretende Direktor mag mich. Das dürfte eigentlich keine Probleme geben. Gute EDV-Leute findet man nicht so leicht.«

»Na, dann viel Glück«, sagte Ernestine. »Lass von dir hören, ja? Und lass dich in nichts mehr reinziehen, Baby.«

Dreißig Minuten später war Tracy auf dem Weg nach Philadelphia.

Sie stieg in einem kleinen Hotel ab und »bügelte« ihr einziges schönes Kleid, indem sie es über die Badewanne voll heißem Wasser hängte. Am nächsten Vormittag betrat sie um 11 Uhr die Bank und ging zu Clarence Desmonds Sekretärin, Mae Trenton.

»Hallo, Mae.«

Die junge Frau starrte Tracy an, als wäre sie ein Gespenst. »Tracy!« Sie wusste nicht, wo sie hinschauen sollte. »Ich… wie geht's?«

»Danke, gut. Ist Mr. Desmond da?«

»Ich… keine Ahnung. Ich sehe mal nach. Augenblick.« Mae erhob sich verwirrt von ihrem Stuhl und eilte ins Büro des stellvertretenden Direktors.

Ein paar Momente später kam sie wieder. »Bitte.« Als Tracy auf die Bürotür zuging, wich ihr die Sekretärin aus und verdrückte sich.

Was ist denn mit der los?, fragte sich Tracy.

Clarence Desmond stand hinter seinem Schreibtisch.

»Guten Tag, Mr. Desmond. Ich bin wieder da«, sagte Tracy munter.

»Und… warum das?« Es klang unfreundlich. Eindeutig unfreundlich.

Tracy fiel aus allen Wolken. Aber sie sprach weiter. »Sie haben einmal gesagt, ich sei eine Ihrer besten Mitarbeiterinnen, und ich habe mir gedacht…«

»Sie haben sich gedacht, dass ich Ihnen Ihren alten Job wiedergebe?«

»Ja, Sir. Ich habe nicht verlernt, was ich konnte. Ich…«

»Miss Whitney.« Nicht mehr Tracy. »Es tut mir leid, aber das kommt überhaupt nicht in Frage. Sie haben sicher Verständnis dafür, dass unsere Kunden es nicht mit jemandem zu tun haben wollen, der wegen bewaffneten Raubes und Mordversuches im Gefängnis gesessen hat. Das wäre unvereinbar mit unseren moralischen Grundsätzen. Angesichts Ihrer Vergangenheit halte ich es auch für unwahrscheinlich, dass eine andere Bank Sie anstellen wird. Und darum würde ich Ihnen empfehlen, sich eine Arbeit zu suchen, die Ihren persönlichen Umständen mehr entspricht. Ich hoffe, Sie empfinden das nicht als beleidigend … so war es nicht gemeint.«

Tracy lauschte seinen Worten erst schockiert und dann mit wachsendem Zorn. Es hörte sich an, als wäre sie eine Aussätzige, als zählte sie zum Abschaum der Menschheit. *Wir möchten Sie nicht verlieren. Sie sind eine von unseren wertvollsten Mitarbeiterinnen.*

»Gibt es sonst noch etwas, Miss Whitney?« Es war eine Abfuhr. Tracy hätte gern noch Dutzende von Dingen gesagt. Aber sie wusste, dass es sinnlos war. »Nein. Ich glaube, Sie haben alles gesagt, Mr. Desmond.« Tracy drehte sich um und ging aus dem Büro. Ihre Wangen brannten. Alle Bankangestellten schienen sie anzugaffen. Mae hatte die Nachricht verbreitet: Die Zuchthäuslerin ist wieder da. Tracy schritt mit hoch erhobenem Kopf zum Ausgang, aber innerlich bebte sie. *Das dürfen sie mir nicht antun. Mein Stolz ist alles, was ich noch habe, und den lasse ich mir nicht nehmen.*

Tracy blieb den ganzen Tag in ihrem Hotelzimmer. Ihr war elend. Wie hatte sie nur so naiv sein können zu glauben, dass man sie bei der Bank mit offenen Armen empfangen würde? Sie war jetzt bekannt wie ein bunter Hund. »Du bist die Schlagzeile in der *Philadelphia Daily News.« Soll Philadelphia doch zum Teufel fahren,* dachte Tracy. Sie hatte hier noch etwas zu erledigen, aber wenn das getan war, würde sie gehen. Sie würde nach New York umziehen. Dort war sie anonym. Als sie diese Entscheidung getroffen hatte, fühlte sie sich besser.

Am Abend lud sich Tracy zum Essen ins Café Royal ein, eines der besten Restaurants von Philadelphia. Nach der unerquicklichen Begegnung mit Clarence Desmond am Vormittag brauchte sie die beruhigende Atmosphäre dieses Lokals – gedämpftes Licht, elegante Umgebung und sanfte Musik. Sie bestellte einen Cocktail, und als ihn der Kellner an ihren Tisch brachte, blickte Tracy auf, und ihr Herz machte einen Sprung. Auf der anderen Seite des Raumes saßen Charles und seine Frau. Sie hatten Tracy noch nicht gesehen. Tracys erste Regung war aufzustehen und zu gehen. Sie war noch nicht bereit, Charles gegenüberzutreten, nicht bevor sie die Chance hatte, ihren Plan zu verwirklichen.

»Möchten Sie jetzt etwas zu essen bestellen?«, fragte der Oberkellner.

»Ich … danke, ein bisschen später.« Erst musste sie sich überlegen, ob sie bleiben wollte.

Sie blickte wieder zu Charles hinüber, und da ereignete sich etwas Erstaunliches: Es war, als betrachte sie einen Fremden. Sie sah einen blässlichen, etwas vergrämten Mann in mittleren Jahren mit sich lichtendem Haar, Hängeschultern und einem unsagbar gelangweilten Gesichtsausdruck. Nicht zu fassen, dass sie einmal geglaubt hatte, sie liebe ihn, dass sie mit ihm geschlafen hatte, dass sie den Rest ihres Lebens mit ihm hatte verbringen wollen. Tracy schaute seine Frau an. Sie blickte genauso gelangweilt drein wie Charles. Das Paar machte den Eindruck von zwei Menschen, die auf immer und ewig aneinandergefesselt sind. Sie saßen nur da, nichts weiter, sprachen kein Wort miteinander. Tracy konnte sich die endlosen, öden Jahre vorstellen, die vor den beiden lagen. Keine Liebe. Keine Freude. *Das ist Charles' Strafe,* dachte Tracy und fühlte sich plötzlich erleichtert. Sie war frei von den Ketten, die sie gebunden hatten.

Tracy winkte dem Oberkellner und sagte: »Ich möchte jetzt bestellen.«

Es war vorbei. Die Vergangenheit war endgültig begraben.

Erst als Tracy an diesem Abend in ihr Hotel zurückkehrte, besann sie sich darauf, dass ihr noch Geld aus dem Angestelltenfonds der Bank zustand. Sie rechnete nach. Es waren genau 1735 Dollar und 65 Cent.

Sie schrieb einen Brief an Clarence Desmond. Zwei Tage später erhielt sie Antwort von Mae.

Liebe Miss Whitney,
in Erwiderung Ihres Ersuchens hat mich Mr. Desmond gebeten, Ihnen mitzuteilen, dass Ihr Anteil der moralischen Grundsätze unseres Hauses wegen in den allgemeinen Fonds überführt worden ist. Er möchte Ihnen versichern, dass er persönlich keinen Groll gegen Sie hegt.

Mit freundlichen Grüßen
Mae Trenton
Sekretärin des stellvertretenden Direktors

Tracy konnte es nicht fassen. Diese Leute stahlen ihr Geld und beriefen sich dabei auf die moralischen Grundsätze der Bank! Sie war empört. *Von denen lasse ich mich nicht betrügen*, schwor sie *sich. Mich wird niemand mehr betrügen.*

Zwei Tage später stand Tracy vor dem Eingang der Philadelphia Trust and Fidelity Bank. Sie trug eine lange schwarze Perücke und dickes dunkles Make-up mit einer brandroten Narbe auf der Wange. Wenn etwas verkehrt lief, würde es die Narbe sein, an die sich die Leute erinnerten. Tracy fühlte sich nackt trotz ihrer Verkleidung, denn sie hatte fünf Jahre lang in dieser Bank gearbeitet, und hier saßen Menschen, die sie gut kannten. Sie würde höllisch aufpassen müssen, um sich nicht zu verraten.

Sie zog die Verschlusskappe einer Flasche aus ihrer Handtasche, steckte sie in ihren Schuh und hinkte in die Bank. Die Schalterhalle war voll von Kunden, denn Tracy hatte die Zeit gewählt, zu der hier der größte Andrang herrschte. Sie hinkte zu einem der Kundenberatungstische. Der Mann dahinter beendete gerade ein Telefonat. Dann sagte er: »Ja?«

Es war John Creighton, ein Fanatiker, der Tracy in all den Jahren, die sie bei der Bank gearbeitet hatte, zur Weißglut getrieben hatte. Er hasste Juden, Schwarze und Puertoricaner, wenn auch nicht unbedingt in dieser Reihenfolge. Und nun wies nichts in seinem Gesicht darauf hin, dass er Tracy wiedererkannte.

»*Buenas días, Señor.* Ich möchte hier ein Konto eröffnen«, sagte Tracy. Sie sprach mit mexikanischem Akzent, dem Akzent, den sie monatelang bei ihrer Zellengenossin Paulita gehört hatte.

Creighton blickte sie geringschätzig an. »Name?«

»Rita Gonzales.«

»Und wie viel möchten Sie auf das Konto einzahlen?«

»Zehn Dollar.«

»Scheck oder bar?«, fragte Creighton höhnisch.

»Bar.«

Tracy nahm umständlich einen zerknitterten, halb eingerissenen Zehndollarschein aus ihrer Handtasche und gab ihn Creighton. Er schob ihr ein Formular zu.

»Füllen Sie das mal aus …«

Tracy hatte nicht die Absicht, hier etwas Handschriftliches zu hinterlassen. Sie zog die Stirn kraus. »Tut mir leid, Señor. Ich habe mir die Hand bei einem Unfall verletzt. Füllen Sie's bitte für mich aus?«

Creighton gab ein verächtliches Schnauben von sich. Diese *analphabetischen Mexikaner*! »Rita Gonzales, haben Sie gesagt?«

»Ja.«

»Anschrift?«

Sie gab ihm Adresse und Telefonnummer ihres Hotels.

»Mädchenname Ihrer Mutter?«

»Auch Gonzales. Meine Mutter hat ihren Onkel geheiratet, wissen Sie.«

»Geburtsdatum?«

»20. Dezember 1958.«

»Geburtsort?«

»Ciudad de Mexico.«

»Mexiko City, meinen Sie. Unterschreiben Sie hier.«

»Ich muss die linke Hand nehmen«, sagte Tracy. Sie krakelte einen unlesbaren Namenszug auf das Formular. John Creighton füllte einen Einzahlungsbeleg aus.

»Ich gebe Ihnen ein provisorisches Scheckbuch. Ihre gedruckten Schecks bekommen Sie in drei bis vier Wochen per Post.«

»Bueno. Muchas gracias, Señor.«

»Bitte, bitte.«

Er beobachtete, wie sie aus der Bank hinkte. *Scheißausländer.*

Es gibt zahlreiche Methoden, einen Computer zu knacken, und Tracy war EDV-Spezialistin. Sie hatte mitgeholfen, das Sicherheitssystem der Philadelphia Trust and Fidelity Bank aufzubauen, und nun wollte sie es austricksen.

Ihr erster Schritt bestand darin, einen Computerladen aufzusuchen, wo sie ein Terminal fand, mit dem sie den Computer der Bank anzapfen konnte. Der Laden war ein paar Straßen von der Bank entfernt und fast leer.

Ein beflissener Verkäufer näherte sich Tracy. »Kann ich Ihnen helfen, Miss?«

»Nein danke, Señor. Ich will mich hier bloß umschauen.«

Der Blick des Verkäufers fiel auf einen Teenager, der mit einem Computerspiel beschäftigt war. »Entschuldigung.« Er eilte davon.

Tracy wandte sich dem Tischcomputer zu, der vor ihr stand. Er war an ein Telefon angeschlossen. Ins System einzudringen würde einfach genug sein, aber ohne das richtige Passwort war sie aufgeschmissen, und das Passwort wechselte täglich. Tracy hatte an der Besprechung teilgenommen, bei der man sich auf die Benutzerkennung geeinigt hatte.

»Wir müssen sie regelmäßig abwandeln, damit niemand unbefugt ins System eindringen kann«, hatte Clarence Desmond gesagt, »aber wir müssen sie auch möglichst einfach halten für die Leute, die rechtmäßig Zugang zu unserem Computer haben.«

Die Benutzerkennung war schließlich festgesetzt worden: eine der vier Jahreszeiten und das laufende Datum.

Tracy stellte das Terminal an und tippte die Leitzahl der Philadelphia Trust and Fidelity Bank. Sie hörte ein hohes, wimmerndes Geräusch und verband das Telefon mit dem Modem. Auf dem kleinen Bildschirm erschien eine Schrift: PASSWORT?

Heute war der Zehnte.

HERBST 10, tippte Tracy.

FEHLANZEIGE. Auf dem Bildschirm flimmerte es nur noch.

Hatten sie die Benutzerkennung verändert? Aus den Augenwinkeln sah Tracy, wie der Verkäufer erneut auf sie zukam. Sie ging zu einem anderen Computer, betrachtete ihn flüchtig, schlenderte zwischen den Rechnern dahin. Der Verkäufer hielt inne. *Die will sich wirklich bloß umschauen,* dachte er. Und nun eilte er zur Tür, um ein wohlhabend wirkendes Paar zu begrüßen, das gerade eintrat. Tracy kehrte zum Tischcomputer zurück.

Sie dachte nach. Clarence Desmond war ein Gewohnheitstier. Also hatte er die ursprüngliche Benutzerkennung wohl beibehalten.

Tracy versuchte es noch einmal.

PASSWORT?

WINTER 10.

FEHLANZEIGE. Wieder der leere Bildschirm.

Bleiben nur noch zwei Jahreszeiten, dachte Tracy. *Oder sie haben die Benutzerkennung tatsächlich verändert. Na, versuchen wir's noch mal.*

PASSWORT?

FRÜHLING 10.

Der Bildschirm blieb einen Moment leer. Dann leuchtete eine neue Schrift auf: BITTE WEITER.

Tracy tippte: TRANSAKTION INLAND.

Auf dem Bildschirm erschienen die möglichen Transaktionen:

WOLLEN SIE

a. GELD EINZAHLEN
b. GELD ÜBERWEISEN
c. GELD VOM SPARKONTO ABHEBEN
d. GELD VOM SCHECKKONTO ABHEBEN

BITTE WÄHLEN SIE

Tracy tippte B ein. Eine neue Schrift tauchte auf.

HÖHE DES BETRAGES?

VON WO NACH WO?

Tracy tippte: ALLGEMEINER FONDS AN RITA GONZALES. Bei der Höhe des Betrages zögerte sie einen Moment. *Verlockend,* dachte sie. Da sie jetzt im System war, hätte der Computer ihr keine Grenzen gesetzt. Sie hätte Millionen nehmen können. Aber sie war keine Diebin. Sie wollte nur das haben, was ihr rechtmäßig zustand.

Also tippte sie die 1735 Dollar und 65 Cent ein und fügte Rita Gonzales' Kontonummer hinzu. Der Betrag würde ihr unverzüglich gutgeschrieben werden.

Der Verkäufer näherte sich wieder. Diesmal stirnrunzelnd. Tracy drückte rasch eine Taste, und der Bildschirm war leer.

»Wollen Sie diesen Rechner kaufen, Miss?«

»Nein danke, Señor«, sagte Tracy. »Ich versteh nix von Computern.«

Vom nächsten Drugstore aus rief sie die Bank an und ließ sich mit der Oberbuchhalterin verbinden.

»Hallo. Hier Rita Gonzales. Ich möchte mein Scheckkonto transferieren, und zwar zur Hauptstelle der First Hanover Bank in New York City.«

»Ihre Kontonummer, Miss Gonzales?«

Tracy nannte sie.

Eine Stunde später hatte sie das Hotel verlassen und war auf dem Weg nach New York.

Als die First Hanover Bank am nächsten Morgen um zehn ihre Pforten öffnete, war Rita Gonzales da, um alles Geld von ihrem Konto abzuheben.

»Wie viel ist denn drauf?«, fragte sie.

Der Mann am Schalter sah nach. »Eintausendsiebenhundertfünfunddreißig Dollar und fünfundsechzig Cent.«

»Stimmt.«

»Möchten Sie einen bestätigten Scheck, Miss Gonzales?«

»Nein danke, Señor«, sagte Tracy. »Ich hab kein Vertrauen zu Banken. Ich nehm's in bar.«

Tracy hatte bei ihrer Entlassung aus dem Gefängnis die üblichen zweihundert Dollar bekommen, dazu den kleinen Betrag, den sie sich als Kindermädchen verdient hatte, aber auch mit dem Geld aus dem allgemeinen Fonds der Philadelphia Trust and Fidelity Bank hatte sie keine finanzielle Sicherheit. Sie musste so schnell wie möglich einen Job finden.

Tracy stieg in einem billigen Hotel in der Lexington Avenue ab und begann, Bewerbungen an New Yorker Banken zu schicken, in denen sie sich als EDV-Expertin empfahl. Sie musste entdecken, dass der Computer plötzlich ihr Feind war. Ihr Leben war keine Privatangelegenheit mehr. Die Bankcomputer hatten ihre Biographie gespeichert und verrieten sie jedem, der die richtigen Knöpfe drückte. Sobald ans Licht kam, dass Tracy vorbestraft war, wurde ihre Bewerbung abgelehnt.

Angesichts Ihrer Vergangenheit halte ich es auch für unwahrscheinlich, dass eine andere Bank Sie anstellen wird. Clarence Desmond hatte recht gehabt.

Nun bewarb sich Tracy bei Versicherungen und einem Dutzend weiterer Branchen, die mit EDV arbeiteten. Und stets erhielt sie negativen Bescheid.

Na schön, dachte Tracy. *Ich kann ja auch was anderes machen.* Sie kaufte sich die *New York Times* und las die Stellenangebote.

Eine Exportfirma suchte eine Sekretärin.

Als Tracy in die Tür trat, sagte der Personalchef: »He, ich hab Sie im TV gesehen. Sie haben doch im Gefängnis ein kleines Kind gerettet, nicht?«

Tracy drehte sich um und floh.

Am nächsten Tag wurde sie bei Saks in der Fifth Avenue als Verkäuferin in der Spielzeugabteilung eingestellt. Ihr Gehalt war sehr viel niedriger als bei der Bank, aber immerhin – sie konnte davon leben.

Zwei Tage später erkannte eine hysterische Kundin Tracy und sagte dem Abteilungsleiter, dass sie sich nicht von einer Mörderin bedienen lasse, die ein kleines Kind ertränkt habe. Tracy bekam nicht einmal die Chance, eine Erklärung abzugeben. Sie wurde auf der Stelle gefeuert.

Es schien Tracy, dass die Männer, an denen sie Rache geübt hatte, doch das letzte Wort behielten. Sie hatten sie zur Verbrecherin gestempelt, zur Ausgestoßenen. Es war eine himmelschreiende Ungerechtigkeit. Tracy wusste nicht, wovon sie leben sollte. Sie war verzweifelt. An diesem Abend machte sie Kassensturz und fand in einem Fach ihres Portemonnaies den Zettel, den ihr Betty Franciscus kurz vor ihrer Entlassung aus dem Gefängnis zugesteckt hatte:

CONRAD MORGAN, JUWELIER, FIFTH AVENUE 640,
NEW YORK CITY. Er hat sich sehr für die
Resozialisierung engagiert und unterstützt gern Leute,
die im Gefängnis waren.

Conrad Morgan & Cie. war ein hochelegantes Geschäft. Draußen vor der Tür stand ein livrierter Portier, drinnen hütete ein bewaffneter Wachmann die Juwelen. Der Laden war mit geschmackvollem Understatement eingerichtet, aber der Schmuck war exquisit – und sündhaft teuer.

Tracy sagte zu der Empfangsdame: »Ich möchte bitte Mr. Morgan sprechen.«

»Sind Sie angemeldet?«

»Nein. Eine … eine gemeinsame Freundin hat mir empfohlen, ihn aufzusuchen.«

»Wie heißen Sie?«

»Tracy Whitney.«

»Einen Moment, bitte.«

Die Empfangsdame griff zum Telefon und murmelte etwas in die Muschel, das Tracy nicht verstehen konnte. Dann legte sie auf. »Mr. Morgan hat im Augenblick zu tun. Könnten Sie wohl um 18 Uhr wiederkommen?«

»Ja«, sagte Tracy. »Danke.«

Sie verließ das Geschäft und stand unsicher auf dem Bürgersteig. Es war ein Fehler gewesen, nach New York zu gehen. Conrad Morgan konnte wahrscheinlich nichts für sie tun. Und warum sollte er auch? Sie war schließlich eine Fremde. *Er wird mir eine Moralpredigt halten und mir ein Almosen in die Hand drücken. Ich will weder das eine noch das andere. Weder von ihm noch von jemand anderem. Ich habe das nicht nötig. Irgendwie schaff ich's schon. Zum Teufel mit Conrad Morgan. Ich gehe nicht wieder hin.*

Tracy wanderte ziellos durch die Straßen von New York, an eleganten Geschäften vorbei, an bewachten Wohnhäusern, an kleinen vollen Läden. Sie lief kreuz und quer wie blind, sah nichts, hörte nichts, war nur verbittert und frustriert.

Zu ihrer eigenen Überraschung fand sie sich um 18 Uhr in der Fifth Avenue wieder, und zwar genau vor Conrad Morgan & Cie. Der Portier war fort, die Tür zu. Tracy klopfte wie zum Hohn dagegen und wandte sich ab. Doch dann ging die Tür plötzlich auf.

Ein Mann, der wie ein guter Onkel aussah, stand auf der Schwelle und blickte Tracy an. Er war glatzköpfig bis auf zwei Büschel grauen Haares über den Ohren, hatte ein vergnügtes rosiges Gesicht und blitzblaue Augen. Er erinnerte ein bisschen an einen lustigen kleinen Gnom. »Sind Sie Miss Whitney?«

»Ja.«

»Ich bin Conrad Morgan. Bitte, kommen Sie herein.«

Tracy trat in das leere Geschäft.

»Ich habe schon auf Sie gewartet«, sagte Conrad Morgan. »Gehen wir in mein Büro. Da können wir in aller Ruhe miteinander reden.«

Er führte sie durch das Geschäft zu einer abgeschlossenen Tür, die er mit einem Sicherheitsschlüssel aufsperrte. Sein Büro war elegant eingerichtet. Es wirkte mehr wie eine Wohnung als wie ein Geschäftsraum – kein Schreibtisch, nur Sofas, Sessel und Tische in kunstvoller Anordnung. An den Wänden hingen Bilder von alten Meistern.

»Möchten Sie etwas trinken?«, fragte Conrad Morgan. »Whisky, Cognac … oder vielleicht einen Sherry?«

»Nein, danke.«

Tracy war auf einmal nervös. Sie hatte die Vorstellung, dass der Mann ihr helfen konnte, bereits aufgegeben, und gleichzeitig hoffte sie verzweifelt, er werde es doch tun.

»Betty Franciscus hat mir geraten, Sie aufzusuchen, Mr. Morgan. Sie hat gesagt, dass Sie Menschen helfen, die im … die in Schwierigkeiten waren.« Tracy konnte sich nicht dazu überwinden, das Wort *Gefängnis* auszusprechen.

Conrad Morgan legte die Hände aneinander, und Tracy bemerkte, wie schön manikürt sie waren.

»Die arme Betty. So eine liebe Frau. Aber sie hatte eben Pech.«

»Pech?«

»Ja. Sie ist erwischt worden.«

»Ich … ich verstehe nicht, was Sie meinen.«

»Es ist ganz einfach, Miss Whitney. Betty hat für mich gearbeitet. Es konnte ihr eigentlich nichts passieren. Aber dann hat sich das arme Weib in einen Chauffeur aus New Orleans verliebt und ist auf eigene Faust losgezogen. Je nun, und da ist sie eben erwischt worden.«

Tracy war verwirrt. »Sie hat hier als Verkäuferin für Sie gearbeitet, ja?«

Conrad Morgan lehnte sich zurück und lachte, bis ihm die Tränen kamen. »Nein, mein liebes Kind«, sagte er und wischte sich die Tränen ab. »Offenbar hat Betty Ihnen nicht alles erklärt.« Er faltete die Hände. »Ich habe einen sehr einträglichen kleinen Nebenerwerb, Miss Whitney, und es macht mir große Freude, die Gewinne, die er bringt, mit meinen Kollegen zu teilen. Ich beschäftige mit dem schönsten Erfolg Leute wie Sie, Leute, die, pardon, schon mal gesessen haben.«

Tracy betrachtete sein Gesicht. Ihre Verwirrung nahm zu.

»Ich befinde mich in einer einzigartigen Lage, müssen Sie wissen. Ich habe eine schwerreiche Kundschaft. Meine Kunden werden meine Freunde. Sie vertrauen mir.« Er tippte die Fingerspitzen zart gegeneinander. »Ich weiß, wann meine Kunden verreisen. Die wenigsten nehmen in diesen gefährlichen Zeiten ihren Schmuck mit; sie lassen ihn lieber zu Hause. Und ich berate sie in der Frage, wie sie ihre Preziosen am besten sichern. Ich weiß genau, welche Juwelen sie besitzen, weil sie sie bei mir gekauft haben. Sie …«

Tracy stand abrupt auf. »Danke, Mr. Morgan.«

»Sie wollen doch nicht etwa schon gehen?«

»Wenn Sie damit sagen wollen, was ich glaube …«

»Ja. Das will ich in der Tat damit sagen.«

Tracys Wangen brannten. »Ich bin keine Kriminelle. Ich bin hierhergekommen, weil ich Arbeit suche.«

»Und ich biete Ihnen welche, mein liebes Kind. Nimmt nicht mehr als ein, zwei Stunden von Ihrer Zeit in Anspruch, und ich kann Ihnen fünfundzwanzigtausend Dollar in Aussicht stellen.« Er lächelte spitzbübisch. »Steuerfrei natürlich.«

Tracy musste sich sehr bemühen, ihres Unmuts Herr zu werden. »Ich bin nicht interessiert. Würden Sie mich jetzt bitte nach draußen lassen?«

»Gewiss. Wenn Sie wollen …« Er erhob sich und führte sie zur Tür seines Büros. »Eins noch zu Ihrer Information, Miss Whitney: Wenn auch nur die geringste Gefahr bestünde, dass jemand erwischt wird, hätte ich diesen Nebenerwerb nicht. Ich habe schließlich einen guten Namen. Und den muss ich verteidigen.«

»Ich verspreche Ihnen, dass ich's nicht weitersage«, entgegnete Tracy kühl.

Er grinste. »Das können Sie auch gar nicht, mein liebes Kind. Ich meine – wer würde Ihnen glauben?«

Als sie bei der Ladentür waren, fuhr er fort: »Sie sagen mir Bescheid, wenn Sie es sich doch noch anders überlegen, ja? Man erreicht mich telefonisch am ehesten nach 18 Uhr. Ich warte auf Ihren Anruf.«

»Tun Sie's nicht«, erwiderte Tracy barsch. Und sie ging in die beginnende Dunkelheit hinaus. Als sie in ihr Zimmer kam, zitterte sie immer noch.

Sie ließ sich vom einzigen Pagen des Hotels ein Sandwich und Kaffee bringen. Ihr war nicht danach zumute, jemanden zu sehen. Sie fühlte sich unrein nach der Begegnung mit Conrad Morgan. Er hatte sie mit all den traurigen, konfusen und kaputten Typen in einen Topf geworfen, von denen sie im Southern Louisiana Penitentiary for

Women umgeben gewesen war. Aber sie gehörte nicht zu ihnen. Sie war Tracy Whitney, EDV-Expertin und anständige, gesetzestreue Bürgerin.

Der niemand Arbeit gab.

Tracy lag die ganze Nacht wach und grübelte über ihre Zukunft nach. Sie hatte keine Arbeit und kaum noch Geld. Sie fasste zwei Entschlüsse: Morgen würde sie sich nach einer billigeren Wohngelegenheit umsehen und einen Job suchen. Und jeden annehmen.

Die billigere Wohngelegenheit war ein trostloses Einzimmerapartment an der Lower East Side. Durch die papierdünnen Wände konnte Tracy hören, wie sich ihre Nachbarn in allen möglichen Sprachen anschrien. Die Fenster und Türen der kleinen Läden in dieser Gegend waren verrammelt und verriegelt, und Tracy verstand gut, warum. Es wimmelte hier von Betrunkenen, Prostituierten und Stadtstreicherinnen.

Auf dem Weg zum Einkaufen bekam Tracy drei unsittliche Anträge: zwei von Männern und einen von einer Frau.

Das werde ich schon aushalten. Ich bleibe hier nicht lang, sagte sich Tracy.

Sie suchte ein kleines Stellenvermittlungsbüro auf, das ein paar Straßen von ihrem Apartment entfernt war. Betrieben wurde es von Mrs. Murphy, einer matronenhaften, dicklichen Dame. Sie notierte sich Tracys Lebenslauf und blickte sie fragend an. »Ich weiß nicht, wofür Sie mich brauchen. Es gibt doch sicher Dutzende von Firmen, die sich alle zehn Finger danach lecken würden, Sie zu kriegen.«

Tracy holte tief Luft. »Ich habe ein Problem«, sagte sie. Sie erklärte, was zu erklären war, und Mrs. Murphy hörte ihr schweigend zu. Als Tracy ausgeredet hatte, meinte sie: »Computerjobs … also, das können Sie vergessen.«

»Aber Sie haben doch gesagt …«

»Die Firmen, die mit EDV arbeiten, sind sehr pingelig. Die stellen niemand an, der vorbestraft ist.«

»Aber ich brauche unbedingt einen Job. Ich …«

»Es gibt auch noch andere Jobs. Haben Sie schon mal daran gedacht, als Verkäuferin zu arbeiten?«

Tracy erinnerte sich an die hysterische Frau im Kaufhaus. So etwas noch einmal – nein, das hielt sie nicht aus. »Was anderes haben Sie nicht?«

Mrs. Murphy zögerte. Tracy Whitney war etwas überqualifiziert für den Job, den sie zu bieten hatte. »Ich weiß, das ist nicht so ganz Ihre Richtung«, sagte sie, »aber im Jackson Hole wäre 'ne Stelle frei. Das ist ein Esslokal an der Upper East Side.«

»Was für eine Stelle? Kellnerin?«

»Ja. Wenn Sie sie nehmen, verlange ich keine Provision von Ihnen. Ich hab's nur zufällig gehört.«

Tracy dachte nach. Sie hatte auf dem College in Kneipen gearbeitet. Damals war es bloß Jux gewesen. Jetzt ging es ums Überleben.

»Ich will's versuchen«, sagte sie.

Das Lokal war ein Tollhaus. Laute, ungeduldige Gäste und geplagte, gereizte Köche. Das Essen war gut, die Preise waren vernünftig, und die Kneipe war immer rammelvoll. Die Kellnerinnen mussten sich hetzen von früh bis spät, Ruhepausen gab es nicht, und am Ende des ersten Tages war Tracy dem Zusammenbruch nahe. Aber sie verdiente Geld.

Am Nachmittag des zweiten Tages bediente Tracy einen Tisch, an dem eine Runde von Vertretern saß, und einer der Männer fasste ihr an den Rock und noch ein Stück höher. Tracy kippte ihm einen Teller Chili über den Kopf. Damit hatte sie diesen Job verloren.

Sie ging wieder zu Mrs. Murphy und berichtete ihr, was geschehen war.

»Vielleicht habe ich was für Sie«, sagte Mrs. Murphy. »Das Wellington Arms sucht eine Assistentin für die Wirtschafterin. Da schicke ich Sie mal hin.«

Das Wellington Arms war ein kleines elegantes Hotel in der Park Avenue. Hier stiegen reiche und berühmte Leute ab.

Die Wirtschafterin unterhielt sich mit Tracy, und sie wurde eingestellt. Der Job war nicht schwer, die Kollegen waren nett, und die Arbeitszeit war human.

Eine Woche später wurde Tracy ins Büro der Wirtschafterin zitiert. Der Geschäftsführer war auch da.

»Haben Sie heute schon Suite 827 überprüft?«, fragte die Wirtschafterin. In der Suite wohnte Jennifer Marlowe, eine Hollywood-Schauspielerin. Es gehörte zu Tracys Job, alle Räume zu inspizieren und sich zu vergewissern, dass die Zimmermädchen ihre Arbeit getan hatten.

»Ja, natürlich«, sagte sie.

»Wann?«

»Um 14 Uhr. Warum? Ist was?«

Der Geschäftsführer ergriff das Wort. »Miss Marlowe ist um 15 Uhr zurückgekommen und hat festgestellt, dass ein wertvoller Diamantring verschwunden ist.«

Tracy erstarrte.

»Waren Sie im Schlafzimmer, Tracy?«

»Ja. Ich habe jedes Zimmer überprüft.«

»Und als Sie im Schlafzimmer waren ... haben Sie da irgendwo Schmuck liegen sehen?«

»Ich ... nein, ich glaube nicht.«

Der Geschäftsführer hakte nach. »Sie *glauben* es nicht? Sie sind sich nicht *sicher?*«

»Ich habe nicht nach Schmuck geschaut«, sagte Tracy. »Ich habe nachgesehen, ob die Betten ordentlich gemacht sind und ob genügend Handtücher da sind.«

»Miss Marlowe sagt, als sie gegangen sei, habe ihr Ring auf der Frisierkommode gelegen.«

»Davon weiß ich nichts.«

»Außer Ihnen und den Zimmermädchen kann niemand in diese Suite. Und die Zimmermädchen sind schon viele Jahre bei uns und absolut zuverlässig.«

»Ich habe den Ring nicht an mich genommen.«

Der Geschäftsführer seufzte. »Dann müssen wir eben die Polizei holen.«

»Ich war es nicht!«, schrie Tracy. »Vielleicht hat Miss Marlowe den Ring auch nur verlegt.«

»Sie sind immerhin vorbestraft«, sagte der Geschäftsführer.

Da stand es brutal im Raum. *Sie sind immerhin vorbestraft ...*

»Ich muss Sie bitten, im Büro des Hoteldetektivs zu warten, bis die Polizei kommt.«

Tracy errötete. »Ja, Sir.«

Der Hoteldetektiv führte sie in sein Büro, und Tracy fühlte sich, als wäre sie wieder im Gefängnis. Sie hatte von

Menschen gelesen, die in ein wahres Kesseltreiben gerieten, weil sie vorbestraft waren, aber es war ihr nie eingefallen, dass ihr das auch passieren könnte. Man hatte ihr ein Etikett aufgeklebt, und man erwartete, dass sie sich dementsprechend verhielt.

Eine halbe Stunde später trat der Geschäftsführer lächelnd ins Büro des Hoteldetektivs. »Miss Marlowe hat ihren Ring wiedergefunden«, erklärte er. »Sie hatte ihn tatsächlich verlegt. Es war alles ein Missverständnis.«

»Na, prima«, sagte Tracy.

Sie verließ das Büro und machte sich schnurstracks auf den Weg zu Conrad Morgan & Cie.

»Es ist lächerlich einfach«, sagte Conrad Morgan. »Eine Kundin von mir, Lois Bellamy, ist nach Europa gereist. Sie hat ein Haus in Sea Cliff auf Long Island. Die Dienstboten haben übers Wochenende frei. Es ist also niemand da. Alle vier Stunden schaut ein privater Wachdienst vorbei. Sie sind im Nu im Haus und wieder draußen.«

Sie saßen in Conrad Morgans Büro.

»Ich weiß über die Alarmanlage Bescheid, und ich habe die Kombination des Safes. Sie müssen lediglich ins Haus gehen, mein liebes Kind, die Juwelen an sich nehmen und das Haus wieder verlassen. Sie bringen mir die Juwelen, ich breche sie aus der Fassung, schleife die größeren um und verkaufe sie weiter.«

»Wenn es so lächerlich einfach ist … warum machen Sie es dann nicht selbst?«, wollte Tracy wissen.

Conrad Morgans blaue Augen glitzerten. »Weil ich nicht in New York sein werde. Wenn sich diese kleinen Zwischenfälle ereignen, bin ich immer auf Geschäftsreise.«

»Aha.«

»Falls Sie Bedenken haben, dass der Verlust der Juwelen Mrs. Bellamy wehtun könnte – das brauchen Sie nicht. Mrs. Bellamy ist eine ziemlich entsetzliche Frau. Sie hat Häuser in aller Welt, die bis unters Dach mit Wertsachen vollgestopft sind. Außerdem ist sie versichert, und zwar für das Doppelte des wahren Wertes der Juwelen. Die Schätzungen habe natürlich ich vorgenommen.«

Tracy blickte Conrad Morgan an und dachte: *Ich muss verrückt sein. Hier sitze ich und rede in aller Seelenruhe mit diesem Mann über einen Juwelendiebstahl.*

»Ich will nicht wieder im Gefängnis landen, Mr. Morgan.«

»Die Gefahr besteht nicht. Von meinen Leuten ist nie jemand geschnappt worden. Jedenfalls nicht, solange sie für mich gearbeitet haben. Nun … was sagen Sie?«

Das lag wohl auf der Hand. Nein natürlich. Die ganze Idee war völlig hirnrissig.

»Fünfundzwanzigtausend Dollar, haben Sie gesagt?«

»Bar bei Ablieferung.«

Es war ein Vermögen. Damit würde Tracy versorgt sein, bis sie sich reiflich überlegt hatte, was sie aus ihrem Leben machen sollte. Sie dachte an das trostlose Apartment, in dem sie wohnte, an die schreienden Nachbarn, an die hysterische Frau, die sich nicht von einer Mörderin hatte bedienen lassen wollen, an den Geschäftsführer, der sagte: »Dann müssen wir eben die Polizei holen …«

Aber Tracy konnte sich immer noch nicht zu einem Ja überwinden.

»Ich würde vorschlagen, dass Sie die Sache am Samstagabend über die Bühne bringen«, sagte Conrad Morgan.

»Das Personal geht am Samstag schon um 12 Uhr mittags aus dem Haus. Ich werde einen getürkten Führerschein für Sie besorgen. Und Sie mieten hier in Manhattan einen Wagen und fahren nach Long Island. Dort treffen Sie gegen 23 Uhr ein. Sie nehmen die Juwelen an sich, fahren wieder nach New York und geben den Wagen zurück… Sie können doch Auto fahren, oder?«

»Ja.«

»Hervorragend. Um 7 Uhr 45 fährt ein Zug nach St. Louis. Ich werde ein Abteil für Sie reservieren lassen. Ich hole Sie in St. Louis am Bahnhof ab, Sie geben mir die Juwelen, und ich gebe Ihnen die fünfundzwanzigtausend Dollar.«

Es hörte sich alles so einfach an.

Dies war der rechte Moment, nein zu sagen, aufzustehen und zu gehen. *Aber wohin?*

»Ich werde eine blonde Perücke brauchen«, sagte Tracy.

Als Tracy sich verabschiedet hatte, saß Conrad Morgan in seinem Büro und dachte über sie nach. Eine schöne Frau. Sehr schön sogar. Ja, er wusste schon, es war eine Schande. Vielleicht hätte er ihr sagen sollen, dass er über die Alarmanlage in diesem Haus doch nicht so gut Bescheid wusste.

16

Von den tausend Dollar Vorschuss, die Conrad Morgan ihr gegeben hatte, kaufte sich Tracy zwei Perücken – eine blonde und eine schwarze mit vielen kleinen Zöpfen. Sie erstand außerdem einen dunkelblauen Hosenanzug, einen schwarzen Overall und einen Handkoffer. Wie Morgan angekündigt hatte, erhielt sie ein Kuvert mit einem Führerschein, der auf den Namen Ellen Branch ausgestellt war, einen Plan der Alarmanlage im Hause Bellamy, die Kombination des Safes im Schlafzimmer und eine Amtrak-Fahrkarte nach St. Louis. Tracy packte ihre paar Habseligkeiten und verließ das trostlose Apartment. *In einem solchen Loch werde ich nie mehr wohnen,* schwor sie sich. Sie mietete einen Wagen und machte sich auf den Weg nach Long Island. Sie fuhr einem Einbruchdiebstahl entgegen.

Es schien ihr so unwirklich wie ein Traum. Sie hatte schreckliche Angst. Was war, wenn sie erwischt wurde? War die Sache das Risiko wert?

Es ist lächerlich einfach, hatte Conrad Morgan gesagt.

Er würde die Finger von diesen Dingen lassen, wenn er nicht sicher wäre, dass nichts schiefgehen kann. Er hat einen guten Namen zu verteidigen. Ich habe auch einen Namen, dachte Tracy erbittert, *aber leider nur einen miserablen. Wann immer ein Schmuckstück fehlt, werde ich die Diebin sein, bis meine Unschuld zweifelsfrei bewiesen ist.*

Tracy wusste, was sie tat: Sie versuchte, sich in eine große Wut hineinzusteigern, bis sie fähig war, ein Verbrechen zu begehen. Es funktionierte nicht. Als sie in Sea Cliff anlangte, war sie nur noch ein Nervenbündel. Zweimal kam sie um Haaresbreite mit dem Wagen von der Straße ab. *Vielleicht hält mich die Polizei wegen grob fahrlässigen Fahrens an,* dachte Tracy hoffnungsvoll. *Dann kann ich Mr. Morgan erzählen, dass die Sache schiefgelaufen ist.*

Doch es war nirgendwo ein Streifenwagen in Sicht. *Klar,* dachte Tracy ergrimmt. *Wenn man die Leute braucht, sind sie natürlich nicht da.*

Sie hielt sich an Conrad Morgans Weisungen und fuhr in Richtung Long-Island-Sund. *Das Haus steht direkt am Meer. Es ist eine alte viktorianische Villa. Sie können es nicht verfehlen.*

Oh dass ich es nur verfehlen würde, betete Tracy.

Doch da stand es schon, ragte in der Dunkelheit auf wie die Burg eines menschenfressenden Ungeheuers in einem Alptraum. Es sah verlassen aus. *Wie können die Dienstboten es wagen, übers Wochenende einfach frei zu nehmen,* dachte Tracy empört. *Man sollte sie alle entlassen.*

Sie lenkte den Wagen hinter eine Reihe von riesigen Weiden, wo man ihn nicht sehen konnte, stellte den Motor ab und lauschte dem Gezirpe der Insekten. Sonst war alles still. Das Haus lag ein Stück von der Straße entfernt, und zu dieser späten Stunde war die Straße wie ausgestorben.

Das Anwesen wird von Bäumen abgeschirmt, mein liebes Kind, der nächste Nachbar wohnt ein paar hundert Meter entfernt, also keine Bange: Sie können nicht gesehen werden. Der Wachdienst kommt um 22 Uhr und dann noch einmal um zwei. Aber bis dahin sind Sie schon längst wieder fort.

Tracy blickte auf ihre Uhr. Es war elf. Der Wachdienst hatte bereits seine erste Runde gemacht. Ihr blieben drei Stunden bis zur zweiten. Oder drei Sekunden, um zu wenden, nach New York zurückzufahren und diesen ganzen Blödsinn zu vergessen. Doch was dann? Bilder tauchten vor ihr auf. Der Abteilungsleiter bei Saks: »Es tut mir furchtbar leid, Miss Whitney, aber wir müssen Rücksicht auf unsere Kundschaft nehmen …«

»Computerjobs … also, das können Sie vergessen. Die stellen niemand an, der vorbestraft ist …«

»Fünfundzwanzigtausend Dollar … steuerfrei natürlich. Falls Sie Bedenken haben – Mrs. Bellamy ist eine ziemlich entsetzliche Frau.«

Was mache ich da?, dachte Tracy. *Ich bin doch keine Einbrecherin. Keine richtige, meine ich. Ich bin eine blutige Dilettantin, die kurz vor dem Nervenzusammenbruch steht.*

Wenn ich auch nur einen Funken Verstand hätte, würde ich verduften, solang es noch geht. Bevor mich die Wachleute stellen und das Feuer eröffnen und mein von Kugeln durchsiebter Körper ins Leichenschauhaus geschafft wird. Ich kann die Schlagzeile schon vor mir sehen: GEFÄHRLICHE KRIMINELLE BEI EINBRUCHSVERSUCH GETÖTET.

Wer würde zu ihrer Beerdigung kommen und weinen? Ernestine und Amy. Tracy blickte wieder auf ihre Uhr. »Ach, du meine Güte.« Sie hatte zwanzig Minuten lang träumend im Wagen gesessen. *Wenn ich's wirklich machen will, sollte ich allmählich anfangen.*

Doch sie konnte sich nicht bewegen, war starr vor Furcht. *Ich kann hier nicht ewig sitzen bleiben*, sagte sie sich. *Aber ich könnte mal einen Blick auf das Haus werfen. Kurz und unverbindlich.*

Tracy holte tief Luft und stieg aus dem Wagen. Sie trug den schwarzen Overall. Ihre Knie zitterten. Langsam näherte sie sich dem Haus. Es war stockdunkel.

Tragen Sie unbedingt Handschuhe.

Tracy langte in ihre Tasche, zog die Handschuhe heraus und streifte sie über. O *Gott, ich mach's,* dachte sie. *Ich mache es wirklich.* Ihr Herz klopfte so laut, dass sie sonst nichts mehr hörte.

Die Alarmanlage befindet sich links von der Haustür. Sie hat fünf Knöpfe. Es wird ein rotes Lämpchen brennen. Das bedeutet, dass die Anlage eingeschaltet ist. Der Code zum Abstellen ist drei-zwei-vier-eins-eins. Wenn das rote Lämpchen ausgeht, wissen Sie, dass die Anlage abgeschaltet ist. Hier haben Sie den Schlüssel zur Haustür. Wenn Sie drinnen sind, machen Sie bitte die Tür zu. Hier haben Sie eine Taschenlampe. Knipsen Sie keins von den Lichtern im Haus an – es könnte ja sein, dass zufällig jemand vorbeifährt. Das Schlafzimmer ist im ersten Stock, links. Es hat ein großes Panoramafenster. Sie finden den Safe hinter einem Porträt von Lois Bellamy. Es ist ein sehr simpler Safe. Sie müssen nur diese Kombination einstellen.

Tracy stand reglos da. Sie zitterte. Beim kleinsten Geräusch würde sie fliehen. Doch es war still. Langsam streckte sie die Hand aus, drückte die Knöpfe, betete, dass es nicht funktionieren würde. Das rote Lämpchen ging aus. Nach dem nächsten Schritt gab es kein Zurück mehr.

Tracy steckte den Schlüssel ins Schloss, und die Tür öffnete sich. Tracy wartete eine Minute, bevor sie ins Haus trat. Jeder Nerv ihres Körpers bebte, als sie im Flur stand und lauschte. Sie scheute sich weiterzugehen. Dann zog sie eine Taschenlampe aus dem Overall, knipste sie an und sah die Treppe. Sie lief darauf zu, stieg die ersten Stufen hinauf. Jetzt wollte sie es nur noch so schnell wie möglich hinter sich bringen und wieder verschwinden.

Der Flur im ersten Stock hatte etwas Unheimliches im tanzenden Licht der Taschenlampe. Die Wände schienen zu pulsieren. Tracy blickte in jeden Raum, an dem sie vorbeikam. Alle waren leer.

Das Schlafzimmer befand sich am Ende des Flures und hatte ein großes Panoramafenster. Genau wie Morgan gesagt hatte. Ein schönes Zimmer, in gedämpftem Rosa gehalten: ein Himmelbett, eine mit Rosen bemalte Kommode, zwei kleine Sofas, ein Kamin, davor ein kleiner Tisch. *Fast hätte ich mit Charles und dem Kind in einem Haus wie diesem gelebt,* dachte Tracy.

Sie trat an das Panoramafenster und schaute ins Dunkel hinaus. Undeutlich sah man eine Bucht, in der Boote ankerten. *Gott, sag mir bitte, warum Lois Bellamy in diesem schönen Haus wohnt und warum ich hier bin, um sie zu bestehlen.*

Na, nun werd nicht gleich philosophisch, ermahnte sich Tracy. *Das ist eine einmalige Sache. In ein paar Minuten hast du's hinter dir. Aber nicht, wenn du hier rumstehst und nichts tust.*

Sie wandte sich vom Fenster ab und ging zu dem Porträt, das ihr Morgan beschrieben hatte. Lois Bellamy wirkte hartherzig und arrogant. *Stimmt,* dachte Tracy. *Sie sieht tatsächlich so aus, als wäre sie eine ziemlich entsetzliche Frau.* Das Porträt schwang nach außen, und dahinter kam ein kleiner Safe zum Vorschein. Tracy hatte sich die Kombination genau eingeprägt. *Dreimal nach rechts drehen, bis 42. Zweimal nach links, bis zehn. Einmal nach rechts, bis 30.*

Ihre Hände zitterten so sehr, dass sie die Kombination erst beim zweiten Versuch einstellen konnte. Es klickte, und die Tür ging auf.

Der Safe war voll von dicken Umschlägen und Papieren aller Art, doch die interessierten Tracy nicht. Ganz hinten, auf einem kleinen Bord, lag ein Juwelentäschchen aus Sämischleder. Tracy streckte die Hand danach aus und hob es vom Bord. In diesem Moment ging die Alarmanlage los, und es war das lauteste Geräusch, das Tracy je gehört hatte. Es schien in allen Winkeln und Ecken des Hauses widerzuhallen – eine Warnung, die in die ganze Welt hinausgebrüllt wurde. Tracy stand da wie vom Blitz getroffen.

Was war verkehrt gelaufen? Hatte Conrad Morgan nicht über die Alarmanlage im Safe Bescheid gewusst, die ausgelöst wurde, wenn jemand die Juwelen vom Bord nahm?

Sie musste rasch fort. Tracy steckte das Ledertäschchen in ihren Overall und rannte auf die Treppe zu. Und dann hörte sie über den Lärm der Alarmanlage hinweg ein anderes Geräusch, das Geräusch sich nähernder Sirenen. Tracy stand in Panik am Treppenabsatz, mit rasendem Herz und trockenem Mund. Sie eilte zu einem Fenster, schob den Vorhang ein wenig beiseite und lugte nach draußen. Ein Streifenwagen fuhr vor. Nun sprang ein Polizist heraus und lief zur Gartenseite des Hauses. Der andere spurtete zur Vordertür. Es gab kein Entrinnen. Die Alarmanlage schrillte immer noch, und plötzlich hörte es sich so an wie die grässlichen Klingeln auf den Korridoren des Southern Louisiana Penitentiary for Women. *Nein!*, dachte Tracy. *Da kriegen mich keine zehn Pferde wieder hin.*

Es schellte an der Haustür.

Lieutenant Melvin Durkin war seit zehn Jahren bei der Polizei von Sea Cliff. Ein ruhiger Ort, dieses Sea Cliff – die Aktivitäten der Gesetzeshüter beschränkten sich auf ein paar Fälle von Sachbeschädigung und Autodiebstahl und gelegentliche Schlägereien unter Betrunkenen am Samstagabend. Dass die Alarmanlage im Hause Bellamy losgegangen war, fiel in eine andere Kategorie. Das war die Art Kriminalität, die Lieutenant Durkin bewogen hatte, in den Polizeidienst einzutreten. Er kannte Lois Bellamy und wusste, was für eine wertvolle Gemälde- und Schmucksammlung sie besaß. Wenn sie verreist war, schaute er von Zeit zu Zeit bei ihrem Haus vorbei, denn es stellte ein verlockendes Ziel für Einbrecher dar. *Und jetzt,* dachte Lieutenant Durkin, *sieht es ganz danach aus, als hätte ich einen erwischt.* Er war nur zwei Straßen entfernt gewesen, als ihn der Funkspruch des Sicherheitsdienstes erreicht hatte. *Das wird sich in meiner Personalakte gut machen. Verdammt gut.*

Lieutenant Durkin drückte erneut die Türklingel. Er wollte in seinem Bericht festhalten können, dass er dreimal geläutet und sich erst dann gewaltsam Eintritt verschafft hatte. Sein Partner hatte sich die Rückseite des Hauses vorgenommen. Der Einbrecher hatte also keine Chance. Er konnte nicht entwischen. Wahrscheinlich würde er sich irgendwo im Haus oder auf dem Grundstück versteckt halten. Aber da wartete eine saftige Überraschung auf ihn. Vor Melvin Durkin konnte sich niemand verstecken.

Als der Lieutenant zum dritten Mal die Klingel drücken wollte, ging die Tür plötzlich auf. Der Gesetzeshüter machte tellergroße Augen, denn in der Tür stand eine Frau, die in ein so hauchdünnes Nachthemd gekleidet war, dass der Phantasie fast gar kein Spielraum mehr blieb. Im Gesicht hatte sie eine Fangopackung, auf dem Kopf eine Frisierhaube.

Sie fragte: »Was geht hier vor, um Gottes willen?«

Lieutenant Durkin schluckte. »Ich … wer sind Sie?«

»Ich bin Ellen Branch. Ich bin ein Hausgast von Lois Bellamy. Sie ist in Europa.«

»Ich weiß.« Der Lieutenant war verwirrt. »Sie hat uns nicht gesagt, dass sie einen Hausgast hat.«

Die Frau in der Tür nickte wissend. »Typisch Lois. Entschuldigung, aber ich halte diesen Krach nicht aus.«

Lieutenant Durkin sah zu, wie Lois Bellamys Hausgast die Hand nach den Alarmknöpfen ausstreckte und eine Folge von Ziffern drückte. Der Krach hörte auf.

»So ist's viel, viel besser«, seufzte die Frau. »Ich kann Ihnen gar nicht sagen, wie froh ich bin, Sie zu sehen.« Sie lachte, ein bisschen zitterig. »Ich wollte eben ins Bett, als die Alarmanlage lostobte. Ich war sicher, dass Einbrecher im Haus sind – und ich bin hier mutterseelenallein. Das Personal ist schon am Mittag gegangen.«

»Haben Sie was dagegen, wenn wir uns schnell mal umschauen?«

»Im Gegenteil. Ich bestehe darauf!«

Der Lieutenant und sein Partner brauchten nur ein paar Minuten, um festzustellen, dass sich niemand im Haus oder auf dem Grundstück versteckt hielt.

»Alles klar«, sagte Lieutenant Durkin. »Man kann sich eben doch nicht immer auf die Elektronik verlassen. An Ihrer Stelle würde ich den Sicherheitsdienst anrufen und ihm sagen, dass er das System durchchecken soll.«

»Ja, das werde ich tun.«

»Dann gehn wir mal wieder«, sagte der Lieutenant.

»Tausend Dank, dass Sie vorbeigekommen sind. Ich fühle mich jetzt viel sicherer.«

Mann, hat die 'ne tolle Figur, dachte Lieutenant Durkin. Er fragte sich, wie sie ohne Gesichtspackung und ohne Frisierhaube aussah. »Bleiben Sie noch lange hier, Miss Branch?«

»Ein, zwei Wochen – bis Lois zurückkommt.«

»Wenn ich irgendwas für Sie tun kann, dann lassen Sie es mich wissen.«

»Danke. Ich komme gern darauf zurück.«

Tracy beobachtete, wie der Streifenwagen losfuhr und in der Dunkelheit verschwand. Ihr war schwindlig vor Erleichterung. Sie eilte nach oben, wusch sich die Fangopackung vom Gesicht, die sie im Badezimmer gefunden hatte, entledigte sich der Frisierhaube und des Nachtgewands von Lois Bellamy, zog ihren schwarzen Overall an, verließ das Haus und stellte die Alarmanlage wieder an.

Sie hatte schon den halben Weg nach Manhattan zurückgelegt, als ihr plötzlich aufging, wie dreist sie gewesen war. Tracy kicherte, und aus dem Kichern wurde ein zwerchfellerschütterndes, unkontrollierbares Gelächter. Schließlich musste sie an den Straßenrand fahren und den Wagen anhalten. Sie lachte, bis ihr die Tränen über die Wangen liefen. Das erste Mal seit einem Jahr, dass sie von Herzen lachte. Es war ein wunderbares Gefühl.

17

Erst als der Zug aus dem Bahnhof rollte, begann sich Tracy zu entspannen. Bis dahin hatte sie jeden Moment damit gerechnet, dass sich eine schwere Hand auf ihre Schulter legen und eine Stimme sagen würde: »Sie sind verhaftet.«

Sie hatte die anderen Reisenden beobachtet, als sie in den Zug stiegen, und es war nichts Besorgniserregendes an ihnen gewesen. Sie sagte sich immer wieder, es sei unwahrscheinlich, dass jemand den Diebstahl jetzt schon entdeckt habe – und selbst wenn: Es gab nichts, um sie damit in Verbindung zu bringen. In St. Louis würde Conrad Morgan mit fünfundzwanzigtausend Dollar warten. Fünfundzwanzigtausend Dollar, mit denen sie machen konnte, was sie wollte! Für so viel Geld hätte sie ein Jahr bei der Bank arbeiten müssen. *Ich werde nach Europa reisen,* dachte Tracy. *Nach Paris. Nein. Nicht nach Paris. Dort wollten Charles und ich unsere Flitterwochen verbringen. Ich werde nach London reisen. Da bin ich keine Zuchthäuslerin.* Seltsamerweise fühlte sich Tracy nach der Erfahrung, die sie nun hinter sich hatte, wie ein anderer Mensch. Es war, als sei sie neugeboren.

Sie schloss die Abteiltür zu, zog das Ledertäschchen aus ihrem Koffer und öffnete es. Eine Kaskade von glitzernden Farben fiel ihr in die Hand. Drei große Diamantringe, eine Smaragdbrosche, ein Saphirarmband, drei Paar Ohrringe und zwei Halsketten, die eine mit Rubinen, die andere mit Perlen.

Die Sachen müssen über eine Million Dollar wert sein, dachte Tracy. Während der Zug durchs offene Land fuhr, lehnte sie sich zurück, ließ den Abend noch einmal an sich vorbeiziehen und gestattete sich ein zufriedenes Lächeln. Es hatte ihr Spaß gemacht, die Polizei auszutricksen. Die Gefahr, in der sie geschwebt hatte, nahm plötzlich etwas Erhebendes an. Tracy fühlte sich mutig und schlau und unbesiegbar, fühlte sich einfach großartig.

Es klopfte an die Abteiltür. Tracy ließ das Täschchen mit den Juwelen schnell in ihrem Koffer verschwinden, hielt ihre Fahrkarte bereit und öffnete die Tür. Das konnte ja wohl nur der Schaffner sein.

Zwei Männer in grauen Anzügen standen an dem Seitengang. Der eine war Anfang dreißig, der andere ungefähr zehn Jahre älter. Der jüngere war sehr attraktiv. Sportliche Figur, energisches Kinn, kleiner gepflegter Schnurrbart und kluge blaue Augen. Er trug eine Hornbrille. Der ältere hatte dickes schwarzes Haar und einen ziemlich massigen Körperbau. Seine Augen waren von kaltem Braun.

»Kann ich etwas für Sie tun?«, fragte Tracy.

»Ja, Ma'am«, sagte der ältere Mann. Er zog eine Brieftasche aus dem Anzug und hielt einen Dienstausweis empor:

FEDERAL BUREAU OF INVESTIGATION
UNITED STATES DEPARTMENT OF JUSTICE

»Ich bin Special Agent Dennis Trevor. Das ist Special Agent Thomas Bowers.«

Tracy bekam auf einmal einen trockenen Mund. Sie quälte sich ein Lächeln ab. »Ich … ich verstehe leider nicht ganz. Ist was?«

»Bedauerlicherweise ja, Ma'am«, sagte der jüngere FBI-Mann, der mit einem weichen Südstaatenakzent sprach. »Wir sind in einigen Minuten in New Jersey. Diebesgut über eine Staatsgrenze zu transportieren ist ein Vergehen, das in die Zuständigkeit des FBI fällt.«

Tracy fühlte sich plötzlich einer Ohnmacht nahe. Rote Schleier tanzten ihr vor den Augen und ließen alles verschwimmen.

Der ältere FBI-Mann, Dennis Trevor, sagte: »Würden Sie wohl mal Ihren Koffer aufmachen?« Es war keine Bitte, sondern ein Befehl.

Tracy blieb nur noch die Hoffnung, die beiden zu bluffen. »Ich denke gar nicht daran! Wie können Sie es wagen, einfach in mein Abteil hereinzuplatzen?« Ihre Stimme bebte vor Entrüstung. »Haben Sie nichts Besseres zu tun, als friedliche Bürger zu belästigen? Ich werde den Schaffner rufen.«

»Mit dem haben wir schon geredet«, erwiderte Trevor.

Tracy merkte, dass sich die beiden nicht bluffen ließen. »Haben … haben Sie einen Durchsuchungsbefehl?«

Der jüngere Mann sagte freundlich: »Wir brauchen keinen, Miss Whitney. Wir haben Sie nämlich bei der Verübung eines Verbrechens gefasst.« Die Agenten kannten sogar ihren Namen. Sie saß in der Falle. Und es gab keinen Ausweg. *Keinen.*

Trevor machte sich an ihrem Koffer zu schaffen, klappte

den Deckel auf. Es hatte keinen Sinn, ihn daran zu hindern. Tracy sah zu, wie er das Ledertäschchen aus dem Koffer nahm. Er öffnete es, schaute seinen Partner an und nickte. Tracy ließ sich auf den Sitz sinken. Ihr war auf einmal so schwach, dass sie nicht mehr stehen konnte.

Trevor zog eine Liste aus seinem Anzug, verglich die Posten darauf mit dem Inhalt des Täschchens und schob das Täschchen ein. »Alles da, Tom.«

»Wie … wie haben Sie das rausgekriegt?«, fragte Tracy kläglich.

»Wir sind nicht befugt, Ihnen Auskünfte zu erteilen«, entgegnete Trevor. »Sie sind verhaftet. Sie haben das Recht, die Aussage zu verweigern, und Sie haben das Recht, sich vor einer etwaigen Aussage mit einem Anwalt ins Einvernehmen zu setzen. Alles, was Sie von nun an sagen, kann gegen Sie verwendet werden. Verstanden?«

»Ja«, flüsterte Tracy.

Tom Bowers sagte: »Das tut mir leid. Ich meine – ich kenne Ihre Vorgeschichte, und es tut mir ehrlich leid.«

»Heiliger Gott«, knurrte der ältere Mann, »das ist doch kein Wohlfahrtsbesuch.«

»Ich weiß, aber trotzdem …«

Dennis Trevor zog Handschellen aus der Tasche und hielt sie vor Tracy hin. »Nehmen Sie bitte die Arme ein Stück hoch.«

Tracys Herz krampfte sich zusammen. Sie dachte an ihre Verhaftung auf dem Flugplatz in New Orleans, an den kalten Stahl der Handschellen um ihre Gelenke, an die gaffenden Passanten.

»Bitte! *Muss* das sein?«

»Ja, Ma'am.«

Der jüngere FBI-Agent sagte: »Kann ich eine Minute allein mit dir reden, Dennis?«

Dennis Trevor zuckte die Achseln. »Okay.«

Die beiden Männer traten auf den Seitengang. Tracy saß benommen und verzweifelt im Abteil. Sie hörte Bruchstücke des Gesprächs.

»Um Himmels willen, Dennis, es ist nicht nötig, ihr Handschellen anzulegen. Sie läuft uns schon nicht weg ...«

»Wann wirst du endlich erwachsen, Mensch? Wenn du so lang beim FBI wärst wie ich ...«

»Na, nun gib ihr eine Chance. Es ist ihr sowieso schon peinlich genug, und ...«

»Da kommen noch ganz andere Dinge auf sie zu ...«

Den Rest des Gesprächs konnte Tracy nicht verstehen. Sie wollte ihn auch nicht verstehen.

Die beiden Männer kehrten ins Abteil zurück. Der ältere machte einen verärgerten Eindruck. »Na schön«, sagte er, »wir legen Ihnen keine Handschellen an. Am nächsten Bahnhof steigen wir mit Ihnen aus. Wir bestellen schon mal per Funk einen Wagen. Und Sie bleiben hier im Abteil. Verstanden?«

Tracy nickte. Sie konnte nicht sprechen, so schlimm war ihr zumute.

Der jüngere Mann, Tom Bowers, zuckte mitfühlend die Achseln, wie um zu sagen: »Ich wollte, ich könnte mehr für Sie tun.«

Doch niemand konnte etwas für sie tun. Jetzt nicht mehr. Es war zu spät. Man hatte sie auf frischer Tat ertappt. Irgendwie hatte die Polizei herausgefunden, dass sie es war, und das FBI verständigt.

Die Agenten redeten draußen auf dem Seitengang mit

dem Schaffner. Trevor deutete auf Tracy und sagte etwas, das sie nicht verstand. Der Schaffner nickte. Trevor schloss die Abteiltür. Für Tracy hörte es sich so an, als würde eine Zellentür zugeschlagen.

Die Landschaft zog an den Zugfenstern vorbei, aber Tracy schenkte ihr keinen Blick. Sie saß da wie gelähmt. Angst erfüllte sie. Sie hatte ein Dröhnen in den Ohren, das nichts mit dem Fahrtlärm zu tun hatte. Eine zweite Chance würde sie nicht bekommen. Sie war rückfällig geworden. Sie würde die Höchststrafe kriegen, und diesmal würde keine Amy da sein, die sie retten konnte, diesmal würde es nichts geben als geisttötende, endlose Gefängnisjahre. Und Big Berthas. Wie hatte das FBI sie erwischt? Der einzige Mensch, der über den Diebstahl Bescheid wusste, war Conrad Morgan, und der hatte keinen Grund, sie zu verraten. Denn damit verlor er ja auch die Juwelen. Wahrscheinlich hatte irgendjemand in seinem Geschäft Wind von dem Plan bekommen und der Polizei einen Tipp gegeben. Der Ablauf war letztlich egal. Das FBI hatte sie geschnappt. Am nächsten Bahnhof würde sie aussteigen und bald wieder auf dem Weg ins Gefängnis sein. Dann das Hearing, dann der Prozess, und dann …

Tracy schloss die Augen. Sie wollte nicht mehr darüber nachdenken. Sie spürte, wie ihr heiße Tränen über die Wangen rannen.

Der Zug fuhr jetzt langsamer. Tracy bekam fast keine Luft mehr. Jeden Moment würden die beiden FBI-Agenten sie holen. Ein Bahnhof tauchte auf, und ein paar Sekunden später hielt der Zug. Zeit zu gehen. Tracy klappte ihren Koffer zu, zog ihren Mantel an und setzte sich. Sie starrte die geschlossene Abteiltür an, wartete darauf, dass sie sich öffnete. Minuten vergingen. Die zwei Männer ließen sich nicht blicken. Was machten sie wohl? Tracy dachte an Trevors Worte: »Am nächsten Bahnhof steigen wir mit Ihnen aus. Wir bestellen schon mal per Funk einen Wagen. Und Sie bleiben hier im Abteil.«

Sie hörte den Schaffner rufen: »Alles einsteigen ...«

Tracy geriet in Panik. Vielleicht hatten die beiden FBI-Agenten es so gemeint, dass sie auf dem Bahnsteig auf sie warten würden. Wenn sie im Zug blieb, konnte ihr das als Fluchtversuch ausgelegt werden. Was sie in eine noch heiklere Lage brachte. Tracy griff sich ihren Koffer, öffnete die Abteiltür und eilte auf den Seitengang.

Der Schaffner nahte. »Wollen Sie hier aussteigen, Miss?« fragte er. »Dann müssen Sie sich beeilen. Und lassen Sie sich von mir helfen. Wenn eine Frau in anderen Umständen ist, soll sie keine schweren Sachen tragen.«

Tracy blickte den Schaffner mit großen Augen an. »In anderen Umständen?«

»Na, das braucht Ihnen doch wirklich nicht peinlich zu sein, dass ich das weiß. Ihre Brüder haben's mir gesagt. Sie haben gesagt, dass Sie schwanger sind und dass ich mich ein bisschen um Sie kümmern soll.«

»Meine Brüder?«

»Nette Jungs. Waren wirklich um Sie besorgt.«

Tracy wurde auf einmal schwindlig. Alles ging drunter und drüber.

Der Schaffner trug den Koffer zum Ende des Waggons und half Tracy auf den Bahnsteig. Der Zug setzte sich in Bewegung.

»Wissen Sie, wo meine Brüder geblieben sind?«, rief Tracy.

»Nein, Ma'am. Als der Zug hier gehalten hat, sind sie in ein Taxi gestiegen.«

Mit Juwelen im Wert von einer Million Dollar.

Tracy ließ sich zum Flughafen fahren. Das war der einzige Ort, der ihr einfiel. Wenn die zwei Männer ein Taxi genommen hatten, hieß das, dass sie kein eigenes Auto hatten und erst recht keinen Dienstwagen, und sie würden sicher so schnell wie möglich die Stadt verlassen wollen. Tracy lehnte sich zurück. Sie war wütend über das, was die beiden mit ihr veranstaltet hatten, und sie schämte sich dafür, wie bereitwillig sie ihnen auf den Leim gegangen war. Oh, sie waren gut. Alle beide. Wirklich gut. So überzeugend. Tracy errötete bei dem Gedanken, wie leicht sie auf das uralte Klischee vom lieben und vom bösen Cop hereingefallen war.

Um Himmels willen, Dennis, es ist nicht nötig, ihr Handschellen anzulegen. Sie läuft uns schon nicht weg…

Wann wirst du endlich erwachsen, Mensch? Wenn du so lang beim FBI wärst wie ich…

Vom FBI waren die beiden also nicht. Aber Gauner waren sie sicher. Und Tracy hatte zu viel riskiert bei der ganzen Geschichte, um sich von zwei Erzhalunken austricksen zu lassen. Sie *musste* rechtzeitig am Flughafen sein.

Sie beugte sich vor und sagte zum Taxifahrer: »Könnten Sie bitte ein bisschen Tempo zulegen, ja?«

Die beiden Männer standen in der Schlange vor dem Tor zum Flugsteig, und Tracy erkannte sie nicht gleich. Der jüngere, der sich Thomas Bowers genannt hatte, trug jetzt keine Brille mehr, die Farbe seiner Augen hatte sich verändert – sie waren grau statt blau –, und der Schnurrbart war verschwunden. Der andere, Dennis Trevor, der dickes schwarzes Haar gehabt hatte, hatte jetzt eine Glatze. Aber es *waren* die zwei von vorhin. Sie hatten nicht die Zeit gehabt, sich umzuziehen. Und sie waren fast am Tor, als Tracy bei ihnen ankam.

»Sie haben was vergessen«, sagte Tracy.

Die beiden drehten sich um und blickten Tracy an. Sie waren baff. Der jüngere Mann runzelte die Stirn. »Was machen Sie denn hier? Es sollte Sie doch ein Dienstwagen vom Bahnhof abholen?« Er sprach nicht mehr mit Südstaatenakzent.

»Dann lassen Sie uns zurückfahren und den Wagen suchen«, schlug Tracy vor.

»Geht nicht. Wir bearbeiten jetzt einen anderen Fall«, erklärte Trevor. »Wir müssen diese Maschine unbedingt erreichen.«

»Aber erst geben Sie mir die Juwelen wieder«, forderte Tracy.

»Das können wir leider nicht«, erwiderte Thomas Bowers. »Ist Beweismaterial. Wir schicken Ihnen eine Quittung.«

»Ich will keine Quittung. Ich will die Juwelen.«

»Bedaure«, sagte Trevor. »Wir dürfen sie nicht aus der Hand geben.«

Jetzt waren sie beim Tor zum Flugsteig. Trevor gab dem Angestellten von der Fluggesellschaft seine Bordkarte. Tracy schaute sich verzweifelt um und sah einen Polizisten. »*Officer!*«, rief sie. »*Officer!*«

Die beiden Männer blickten sich verdattert an.

»Sind Sie verrückt geworden?«, zischte Trevor. »Wollen Sie, dass wir alle verhaftet werden?«

Der Polizist kam auf die drei zu. »Ja, Miss? Haben Sie Probleme?«

»Oh, Probleme kann man das nicht nennen«, sagte Tracy fröhlich. »Diese beiden reizenden Herren haben den wertvollen Schmuck wiedergefunden, den ich verloren hatte, und werden ihn mir jetzt gleich zurückgeben. Ich hatte schon befürchtet, ich müsste das FBI verständigen.«

Die zwei Männer blickten sich nervös an.

»Die beiden Herren haben gemeint, Sie könnten mich vielleicht vorsichtshalber zum Taxi begleiten.«

»Klar kann ich das. Mit Vergnügen.«

Tracy wandte sich den zwei Männern zu. »Sie können mir den Schmuck jetzt geben. Jetzt kann nichts mehr passieren. Dieser nette Herr von der Polizei wird sich meiner annehmen.«

»Also, hören Sie«, wandte Tom Bowers ein, »es wäre doch wirklich besser, wenn wir Sie …«

»Nein, auf keinen Fall«, widersprach Tracy. »Ich weiß, wie wichtig es für Sie ist, diese Maschine zu erreichen.«

Die zwei Männer blickten einander hilflos an. Sie konnten nichts machen. Widerwillig zog Tom Bowers das Ledertäschchen aus seinem Anzug.

»Ja, das ist es!«, rief Tracy. Sie nahm Bowers das Täschchen aus der Hand, öffnete es und schaute hinein. »Gott sei Dank. Es ist alles noch da.«

Tom Bowers machte einen letzten verzweifelten Versuch. »Wir könnten es auch für Sie verwahren, bis …«

»Nein, das ist wirklich nicht nötig«, sagte Tracy munter. Sie öffnete ihr Portemonnaie und überreichte den beiden Männern je einen Fünfdollarschein. »Hier – als kleines Dankeschön.«

Die anderen Passagiere waren bereits durchs Tor gegangen. Der Angestellte von der Fluggesellschaft sagte: »Jetzt müssen Sie sich aber beeilen, meine Herren.«

»Nochmals vielen Dank!«, rief Tracy strahlend, als sie davonschritt, den Polizisten zur Seite. »Man findet heutzutage so selten ehrliche Menschen!«

18

Thomas Bowers, der eigentlich Jeff Stevens hieß, saß am Fenster und schaute nach draußen, als die Maschine startete. Er hob ein Taschentuch an seine Augen, und seine Schultern bewegten sich ruckartig auf und ab.

Dennis Trevor, dessen wirklicher Name Brandon Higgins war, saß neben ihm und betrachtete ihn verwundert. »He«, sagte er, »sind doch nur Moneten. Deswegen brauchst du nicht gleich zu heulen.«

Jeff Stevens wandte sich seinem Partner zu. Tränen strömten ihm übers Gesicht, und Higgins merkte, dass Jeff sich bog vor Lachen.

»Was ist denn mit *dir* los?«, wollte Higgins wissen. »Zum *Lachen* ist es auch nicht.«

Jeff sah das anders. Wie Tracy Whitney sie am Flughafen übertölpelt hatte – das war der genialste Trick, den er je erlebt hatte. Conrad Morgan hatte ihnen gesagt, die Frau sei eine Amateurin. *Mein Gott,* dachte Jeff, *was würde sie erst bringen, wenn sie ein Profi wäre?* Tracy Whitney war die schönste Frau, die Jeff Stevens je gesehen hatte. Und raffiniert war sie auch. Jeff brüstete sich damit, der beste Schwindler weit und breit zu sein, und sie hatte ihn reingelegt. *Onkel Willie hätte sie geliebt,* dachte er.

Onkel Willie hatte Jeff erzogen. Jeffs Mutter, eine reiche Erbin, hatte einen Luftikus geheiratet, der die Wie-werde-ich-schnell-reich-Projekte nur so aus dem Ärmel schüttelte – bloß verwirklichen konnte er sie leider nie. Jeffs Vater war ein Charmeur, dunkelhaarig und gutaussehend, zungenfertig und überzeugend, und nach fünf Jahren Ehe hatte er es geschafft, das Vermögen seiner Frau durchzubringen. Jeffs früheste Erinnerungen beschränkten sich auf Geldstreitigkeiten seiner Eltern und außereheliche Affären seines Vaters. Es war eine sehr unglückliche Verbindung, und der kleine Junge hatte sich geschworen: *Ich heirate nie.*

Der Bruder seines Vaters, Onkel Willie, besaß einen reisenden Vergnügungspark, und wenn er in die Nähe von Marion/Ohio kam, wo Jeff und seine Eltern wohnten, besuchte er sie immer. Er war der vergnügteste Mensch, den Jeff kannte, stets optimistisch, stets voll von rosigen Zukunftsträumen.

Er versäumte es nie, aufregende Geschenke für den Jungen mitzubringen, und lehrte ihn wunderbare Zauberkunststücke. Onkel Willie hatte als Zauberer bei einem Vergnügungspark angefangen und ihn aufgekauft, als der bisherige Besitzer pleiteging.

Jeff war vierzehn, als seine Mutter bei einem Verkehrsunfall starb. Zwei Monate später heiratete sein Vater eine neunzehnjährige Kellnerin. »Als Mann kann man nicht allein leben, das ist unnatürlich«, erklärte er Jeff. Doch der Junge grollte ihm und empfand die Gefühllosigkeit seines Vaters als Verrat.

Mr. Stevens hatte damals einen Vertreterposten und war drei Tage pro Woche unterwegs. Eines Abends, als Jeff mit seiner Stiefmutter allein zu Hause war, wurde er dadurch wach, dass die Tür zu seinem Zimmer aufging. Ein paar Momente später spürte er einen warmen nackten Körper neben seinem. Jeff setzte sich erschreckt auf.

»Halt mich ganz, ganz fest, Jeffie«, flüsterte seine Stiefmutter. »Ich fürchte mich so, wenn's donnert.«

»Es … es donnert doch gar nicht«, stotterte Jeff.

»*Könnte* aber. In der Zeitung hat's geheißen, es gibt Regen.« Sie drückte sich an ihn. »Schlaf mit mir, Baby.«

Der Junge geriet in Panik. »Okay. Können wir das in Dads Bett machen?«

»Meinetwegen.« Sie lachte. »Hast wohl 'n Spleen, wie?«

»Geh du schon mal voraus«, sagte Jeff. »Ich komme gleich nach.«

Sie stieg aus dem Bett und ging ins Schlafzimmer. Noch nie in seinem Leben hatte sich Jeff so schnell angezogen. Er hüpfte aus dem Fenster und machte sich auf den Weg nach Cimarron/Kansas, wo Onkel Willies Vergnügungspark gastierte. Über das, was geschehen war, verlor er kein Wort.

Als Onkel Willie ihn fragte, warum er von zu Hause ausgerissen sei, sagte Jeff lediglich: »Ich habe mich mit meiner Stiefmutter nicht vertragen.«

Onkel Willie telefonierte mit Jeffs Vater, und nach einem langen Gespräch wurde beschlossen, dass der Junge beim Vergnügungspark bleiben sollte. »Hier lernt er mehr als in der Schule«, verhieß Onkel Willie.

Der Vergnügungspark war eine eigene Welt. »Wir sind Trickkünstler«, erklärte Onkel Willie, »aber du darfst eines nicht vergessen, Junge: Du kannst die Leute nur dann übers Ohr hauen, wenn sie gierig sind.«

Die Leute vom Vergnügungspark wurden Jeffs Freunde. Die einen hatten Schaustellerkonzessionen, die anderen traten bei irgendwelchen Darbietungen auf – die dickste Frau der Welt zum Beispiel und die von oben bis unten tätowierte Lady –, wieder andere überwachten das Geschehen in den Spielbuden oder arbeiteten als Hilfskräfte. Natürlich gab es hier auch viele hübsche Mädchen, und die fühlten sich alle zu dem Jungen hingezogen. Jeff hatte die Sensibilität seiner Mutter und das gute Aussehen seines Vaters geerbt, und die Damen stritten sich um ihn. Aus diesem Kampf ging als Siegerin ein hübscher Schlangenmensch weiblichen Geschlechts hervor. Sie blieb für Jeff jahrelang das Nonplusultra, an dem er die anderen Frauen maß.

Onkel Willie ließ Jeff in möglichst vielen Vergnügungspark-Jobs arbeiten. »Eines Tages gehört das alles dir«, erklärte er dem Jungen, »und im Griff behalten kannst du's nur, wenn du mehr davon verstehst als die anderen.«

Jeff begann mit einem Wurfspiel: Die Leute von draußen zahlten gutes Geld dafür, dass sie einen Ball gegen sechs Katzen aus Zeltleinwand schleudern durften, die in ein Netz plumpsten, und zu gewinnen war der übliche Schießbudenplunder. Die Katzen hatten einen hölzernen Fuß und standen auf einem verhängten Bord. Der Mann, der die Bude betrieb, zeigte der Kundschaft, wie leicht es war, die Katzen umzuschmeißen. Doch wenn die Kundschaft es versuchte, wurde ein zweiter Mann tätig, der sich hinter dem Bord versteckte: Er drückte einen Stock gegen den hölzernen Fuß der Katzen. Nicht einmal ein Kraftmensch hätte sie ins Netz befördern können.

»He, Sie setzen zu weit unten an«, sagte der Mann, der die Bude betrieb. »Sie müssen ganz locker in die Mitte werfen.«

Ganz locker in die Mitte war das Stichwort für den Partner mit dem Stock. Er nahm ihn vom hölzernen Fuß weg, und der Mann, der die Bude betrieb, schmiss die Katzen vom Bord. Dann sagte er: »Sehen Sie, was ich meine?« Das war das Stichwort für den Partner, den Stock erneut anzulegen. Und es gab immer wieder Leute von draußen, die ihrer kichernden Freundin die Stärke ihres Wurfarms vorführen wollten.

Eines der einträglichsten Spiele war das mit der Maus. Eine lebende Maus wurde in die Mitte eines kreisrunden Tisches unter ein Schälchen gesetzt. Am Rand des Tisches befanden sich zehn nummerierte Löcher, und in jedes dieser Löcher konnte die Maus rennen, wenn sie losgelassen wurde. Die Mitspieler setzten auf eines der Löcher. Wer richtig gewettet hatte, gewann. Nur gewann nie jemand.

»Wie funktioniert das?«, erkundigte sich Jeff bei Onkel Willie. »Nimmt man da dressierte Mäuse?«

Onkel Willie lachte schallend. »Wer hat denn die Zeit, Mäuse zu dressieren? Nein, nein, es ist ganz einfach. Unser Mann stellt fest, auf welche Nummer niemand gesetzt hat, tut ein Tröpfchen Essig auf den Finger und berührt damit den Rand des Loches, in das die Maus rennen soll. Und in das rennt sie dann auch.«

Karen, eine attraktive junge Bauchtänzerin, lehrte Jeff das Schlüsselspiel. Jeff arbeitete damals gerade als Ausrufer in einer der Schaubuden.

»Wenn du am Samstagabend fertig bist«, sagte Karen, »dann nimm ein paar Männer beiseite – natürlich immer nur einen auf einmal – und verkauf ihnen den Schlüssel zu meinem Wohnwagen.«

Der Schlüssel kostete fünf Dollar. Um Mitternacht

tigerten dann zwölf oder mehr Männer um den Wohnwagen herum. Karen befand sich zu dieser Zeit in einem Hotel am Ort und teilte das Bett mit Jeff. Wenn die Männer am nächsten Morgen wiederkamen, um sich zu rächen, war der Vergnügungspark längst weitergezogen.

In den nächsten vier Jahren lernte Jeff eine Menge über die menschliche Natur. Er entdeckte, wie einfach es war, Gier zu wecken, und wie einfältig die Leute oft sein konnten. Sie glaubten die unmöglichsten Geschichten, weil sie sie glauben *wollten*.

Mit achtzehn sah Jeff phantastisch gut aus. Selbst die beiläufigste Beobachterin bemerkte sofort mit Wohlgefallen seine schönen grauen Augen, seinen hohen Wuchs und sein dunkles lockiges Haar. Die Männer wiederum hatten Freude an seinem Witz und an seiner Unbeschwertheit. Kinder schenkten ihm prompt ihr Vertrauen, als sprächen sie auf etwas Kindliches in ihm an. Die Besucherinnen des Vergnügungsparks flirteten heftig mit Jeff, aber Onkel Willie sagte warnend: »Lass dich nie mit den Mädchen von draußen ein, mein Junge. Ihr Vater ist immer der Sheriff.«

Die Frau eines Messerwerfers war der Grund dafür, dass Jeff den Vergnügungspark verließ. Die Show war soeben in Milledgeville/Georgia eingetroffen, und die Buden und Zelte wurden aufgebaut. Der Vergnügungspark hatte eine neue Attraktion: einen sizilianischen Messerwerfer, genannt der Große Zorbini, und dessen schöne blonde Frau. Während der Große Zorbini seine Siebensachen in einem der Zelte auslud, lud seine Frau Jeff in das gemeinsame Hotelzimmer des Paares ein.

»Zorbini ist den ganzen Tag beschäftigt«, sagte sie. »Da könnten wir uns doch ein bisschen amüsieren.«

Das hörte sich gut an.

Die beiden gingen also ins Hotel und setzten sich zunächst in die Badewanne. Das Wasser war angenehm warm, die Zunge der Gattin des Großen Zorbini desgleichen, und als Jeff gerade selig hintenübersank, flog die Tür auf, und der Große Zorbini trat ein. Er warf einen Blick auf Jeff und seine Frau und schrie: *»Tu sei una puttana! Vi ammazzo tutti e due! Dove sono i miei coltelli?«*

Jeff verstand zwar kein einziges Wort, den Ton dagegen erfasste er gleich. Während der Große Zorbini aus dem Bad stürmte, um seine Messer zu holen, hüpfte Jeff aus der Wanne und schnappte sich seine Kleider. Er sprang aus dem Fenster und rannte nackt, wie Gott ihn geschaffen hatte, ein Gässchen entlang. Hinter sich hörte er einen Brüller, und dann zischte ein Messer an seinem Kopf vorbei. Ein zweites folgte. Beim dritten war er außer Wurfweite. Er zog sich in einer stillen Ecke an, schlich auf verstohlenen Wegen zum Bahnhof und nahm den nächsten Bus, der die Stadt verließ.

Sechs Monate später war er in Vietnam.

Jeder Soldat erlebt einen anderen Krieg, und Jeff kehrte mit einer tiefen Verachtung für die Bürokratie und einer dauerhaften Abneigung gegen Autoritäten aus Vietnam zurück. Er war zwei Jahre in einem Krieg gewesen, der nicht gewonnen werden konnte. Die Vergeudung von Geld, Material und Menschenleben entsetzte ihn, und die Täuschungsmanöver und Lügen der Generäle und Politiker widerten ihn an. Es waren verbale Taschenspielertricks.

Niemand außer ihnen will diesen Krieg, dachte Jeff. *Es ist eine Gaunerei. Die größte Gaunerei der Welt.*

Eine Woche vor Jeffs Entlassung erreichte ihn die Nachricht, dass Onkel Willie gestorben war. Den Vergnügungspark gab es nicht mehr. Die Vergangenheit war abgeschlossen. Jeff nahm sich vor, die Zukunft zu genießen.

Die folgenden Jahre waren für Jeff ein einziges Abenteuer. Er betrachtete die ganze Welt als Vergnügungspark und die Menschen als Kundschaft, die sich bereitwillig täuschen ließ. Er ersann seine eigenen Gaunereien. Er setzte Anzeigen in die Zeitung und bot ein Bild des Präsidenten – in Farbe! – für nur einen Dollar an. Wenn er das Geld erhalten hatte, schickte er dem Absender eine Briefmarke mit dem Präsidenten darauf. Er teilte in Kleinanzeigen, die in Illustrierten erschienen, der Öffentlichkeit mit, es blieben nur noch sechs Tage Zeit, fünf Dollar einzusenden. Danach sei es zu spät. Er führte nicht weiter aus, wofür die fünf Dollar gut waren, aber das Geld floss in Strömen. Drei Monate lang verkaufte er bei einer Schwindelfirma falsche Ölaktien per Telefon.

Er liebte Schiffe, und als ihm ein Freund einen Job auf einem Schoner vermittelte, der nach Tahiti fuhr, heuerte Jeff als Matrose an.

Der Schoner war ein prächtiges Holzschiff, fünfzig Meter lang, mit einem Salon für zwölf Gäste und einer Kombüse mit Mikrowellenofen. Die Quartiere der Crew befanden sich im Vorpiek. Außer dem Kapitän, dem Steward und dem Koch waren fünf Matrosen an Bord. Und Passagiere natürlich auch, acht insgesamt.

Die Schiffseignerin war Louise Hollander, eine fünfundzwanzigjährige goldblonde Schönheit, deren Vater halb Mittelamerika gehörte. Die anderen Passagiere waren Bekannte von ihr, männliche und weibliche Mitglieder der Schickeria. Wenn die Crew am Abend in der Koje lag, machte sie diese Leute verächtlich und riss Witze über sie. Aber Jeff musste sich eingestehen, dass er sie um ihren Hintergrund, ihre Erziehung und ihr selbstsicheres Auftreten beneidete. Sie kamen aus reichen Familien und hatten die besten Schulen besucht. *Seine* Schule – das waren Onkel Willie und der Vergnügungspark gewesen.

Am ersten Tag auf See arbeitete Jeff in der heißen Sonne. Er schrubbte gerade das Deck, als eine Frau neben ihn trat.

»Sie sind neu hier.«

Er blickte auf. »Ja.«

»Haben Sie einen Namen?«

»Jeff Stevens.«

»Das ist ein hübscher Name.«

Jeff äußerte sich nicht.

»Wissen Sie, wer ich bin?«

»Nein.«

»Ich bin Louise Hollander. Dieses Schiff gehört mir.«

»Aha. Dann arbeite ich für Sie.«

Sie lächelte ihn an. »Das ist richtig.«

»Also – wenn Sie für Ihr Geld was geboten kriegen wollen, dann lassen Sie mich mal weitermachen«, sagte Jeff und fuhr fort, das Deck zu schrubben.

Die Tage vergingen ereignislos. Jeff bekam dann und wann die Schiffseignerin zu Gesicht, ignorierte sie aber regelmäßig. Einen Abend vor der Ankunft in Tahiti wurde er in Louise Hollanders Kabine gerufen.

Sie trug ein Kleid aus hauchdünner Seide.

»Sie wollten mich sehen, Ma'am?«

»Sagen Sie, Jeff… sind Sie eigentlich schwul?«

»Ich glaube zwar nicht, dass Sie das etwas angeht, Miss Hollander, aber – nein, ich bin nicht schwul. Nur wählerisch.«

Louise Hollander schürzte die Lippen. »Und was für Frauen mögen Sie? Huren, nehme ich an.«

»Manchmal«, erwiderte Jeff verbindlich. »War sonst noch was, Miss Hollander?«

»Ja. Ich gebe morgen Abend eine Party. Wollen Sie auch kommen?«

Jeff betrachtete die junge Frau eine ganze Weile, bevor er antwortete. »Warum nicht?«

Und so fing es an.

Louise Hollander war vor ihrem einundzwanzigsten Geburtstag bereits zweimal verheiratet gewesen, und als sie Jeff kennenlernte, hatte ihr Anwalt gerade eine Übereinkunft mit ihrem dritten Mann ausgehandelt. Am zweiten Abend im Hafen von Tahiti gingen die Crew und die Passagiere an Land, und Jeff wurde erneut in Louise Hollanders Kabine gerufen. Sie trug wieder ein Kleid aus Seide, diesmal mit einem Schlitz bis zum Oberschenkel.

»Ich versuche, dieses Ding vom Leib zu kriegen«, erklärte sie. »Ich habe ein Problem mit dem Reißverschluss.«

Jeff trat zu ihr und begutachtete das Kleid. »Das hat doch gar keinen Reißverschluss.«

Sie drehte sich um, blickte ihn an und lächelte. »Ich weiß. Das ist ja das Problem.«

Sie liebten sich an Deck, und die warme Tropenluft streichelte ihre Körper. Danach lagen sie auf der Seite, einander zugewandt, und schauten sich an. Jeff stützte sich auf den Ellenbogen und blickte auf Louise nieder. »Dein Daddy ist nicht der Sheriff, oder?«

Sie setzte sich verblüfft auf. »Wie bitte?«

»Du warst nie bei einem Vergnügungspark. Du bist ein Mädchen von draußen. Und Onkel Willie hat gesagt, der Daddy der Mädchen von draußen ist immer der Sheriff.«

Von da an waren sie jeden Abend zusammen. Louises Bekannte fanden es zunächst nur komisch. *Ein neues Spielzeug von Louise,* dachten sie. Doch als Louise ihnen mitteilte, dass sie Jeff heiraten wolle, waren sie außer sich.

»Um Gottes willen, Louise, der ist doch nichts für dich. Er hat bei einem Vergnügungspark gearbeitet. Da könntest du ja gleich einen Stallknecht heiraten. Sicher, er sieht gut aus. Und er hat eine phantastische Figur. Aber außer Sex habt ihr nichts gemeinsam.«

»Der passt einfach nicht zu uns, Schätzchen. Oder siehst du das anders?«

Doch nichts von dem, was ihre Bekannten sagten, konnte Louise beirren. Jeff war der faszinierendste Mann, den sie je kennengelernt hatte. Sie hatte die Erfahrung gemacht, dass ungewöhnlich gutaussehende Männer entweder gigantisch dumm oder unerträglich langweilig waren. Jeff dagegen war gutaussehend, gescheit und amüsant, und diese Kombination fand sie unwiderstehlich.

Als Louise zu Jeff von Heirat sprach, war er ebenso überrascht wie ihre Bekannten.

»Warum das? Meinen Körper hast du schon. Und sonst kann ich dir nichts bieten, was du nicht bereits hättest.«

»Es ist ganz einfach, Jeff. Ich liebe dich. Ich möchte mein Leben mit dir teilen.«

Heiraten – das war eine befremdliche Vorstellung gewesen. Doch dann dachte Jeff anders. Unter Louises weltläufiger und etwas blasierter Maske verbarg sich ein verletzliches und einsames kleines Mädchen. *Sie braucht mich*, sagte sich Jeff. Die Idee, ein geordnetes häusliches Leben zu führen und Kinder zu haben, war plötzlich ungeheuer verlockend. Jeff schien es, dass er immer nur durch die Welt gerannt war. Es wurde Zeit zu verweilen.

Drei Tage später heirateten sie in Tahiti.

Als sie nach New York zurückgekehrt waren, wurde Jeff in die Kanzlei von Scott Fogarty gebeten. Fogarty war Louises Anwalt, ein kleiner, sehr förmlicher Mann mit verkniffenem Mund und, wie Jeff vermutete, wohl ebenso verkniffener Weltanschauung.

»Ich habe hier eine Urkunde, die Sie unterschreiben sollen«, sagte der Anwalt.

»Was für eine Urkunde?«

»Eine Verzichturkunde. Es heißt darin, dass Sie im Falle der Auflösung Ihrer Ehe mit Louise Hollander …«

»Louise Stevens.«

»Also gut, Louise Stevens … keine finanziellen Ansprüche gegen sie …«

Jeff spürte, wie sich seine Gesichtsmuskeln verkrampften. »Wo unterschreibe ich den Wisch?«

»Soll ich nicht erst einmal zu Ende lesen?«

»Nein. Ich glaube, Sie haben den entscheidenden Punkt nicht erfasst. Ich habe Louise nicht wegen ihrem Scheißgeld geheiratet – pardon, ihres Scheißgeldes wegen.«

»Mr. Stevens! Ich …«

»Also, soll ich den Wisch nun unterschreiben oder nicht?«

Der Anwalt legte Jeff die Urkunde vor. Jeff unterschrieb und stürmte aus der Kanzlei. Louises Wagen wartete samt Chauffeur auf ihn. Als Jeff einstieg, musste er über sich selbst lachen. *Herrgott, warum bin ich denn so sauer? Ich habe mein Leben lang gemogelt und jetzt, wo ich zum ersten Mal ehrlich bin und jemand auch nur auf die Idee kommt, ich könnte es nicht sein, führe ich mich auf wie 'ne Pastorentochter.*

Louise brachte Jeff zum besten Schneider von Manhattan. »Du wirst phantastisch aussehen in einem Smoking.« So lockte sie ihn. Und er sah phantastisch aus. Er war noch keine zwei Monate verheiratet, da hatten bereits fünf von Louises besten Freundinnen versucht, ihn zu verführen. Aber Jeff ignorierte sie. Er war fest entschlossen, treu zu sein und eine gute Ehe zu führen.

Donald Hollander, Louises Bruder, der auf den Spitznamen Budge hörte, ebnete Jeff den Weg in den exklusiven New York Pilgrim Club, und Jeff wurde aufgenommen. Budge war ein bulliger Mann in mittleren Jahren, ehemals Footballspieler im Harvard-Team. Er besaß eine Reederei, eine Bananenplantage, diverse Rinderfarmen, eine Fleischwarenfabrik und weitere Unternehmen – mehr, als Jeff zählen konnte. Budge Hollander machte kein Hehl aus seiner Verachtung für Jeff Stevens.

»Eigentlich gehörst du ja nicht zu uns, wie, alter Junge? Aber solange du Louise im Bett amüsierst, ist es okay. Ich mag meine Schwester sehr gern.«

Es kostete Jeff seine ganze Willenskraft, nicht zu explodieren. *Ich bin nicht mit diesem Sack verheiratet. Sondern mit Louise.*

Die anderen Mitglieder des Clubs waren ähnlich unangenehm. Sie fanden Jeff furchtbar lustig. Mittags aßen sie immer im Club und forderten ihn auf, er solle Geschichten aus seiner Zeit beim Vergnügungspark erzählen. Jeff kam ihrer Bitte nach und band ihnen immer größere Bären auf.

Jeff und Louise wohnten in einer Zwanzigzimmervilla an der East Side von Manhattan, in der es nur so wimmelte von Dienstboten. Louise hatte weitere Anwesen auf Long Island und den Bahamas, ein Landhaus in Sardinien und eine große Wohnung in Paris. Außer der Yacht besaß sie einen Maserati, einen Rolls Corniche, einen Lamborghini und einen Mercedes.

Es ist phantastisch, dachte Jeff.

Es ist einfach großartig, dachte Jeff.

Es ist stinklangweilig, dachte Jeff. *Und demütigend.*

Eines Morgens erhob er sich aus seinem Rokoko-Himmelbett, hüllte sich in einen seidenen Morgenmantel und machte sich auf die Suche nach Louise. Er fand sie im Esszimmer.

»Ich muss einen Job haben«, sagte er.

»Aber Liebling, warum denn? Wir brauchen das Geld doch nicht.«

»Das hat nichts mit Geld zu tun. Ich kann hier nicht tatenlos rumsitzen und mich aushalten lassen. Ich muss arbeiten.«

Louise dachte einen Moment darüber nach. »Na schön,

mein Engel. Ich rede mit Budge. Er hat auch ein Börsenmaklerbüro. Möchtest du Börsenmakler werden?«

»Ich möchte bloß den Arsch hochkriegen«, erwiderte Jeff.

Budge brachte Jeff in seinem Maklerbüro unter. Jeff hatte noch nie einen Job mit geregelter Arbeitszeit gehabt. *Es wird mir gefallen,* dachte er.

Aber es gefiel ihm gar nicht. Er blieb nur dabei, weil er seiner Frau einen Gehaltsscheck nach Hause bringen wollte.

»Wann kriegen wir Kinder?«, fragte er Louise nach einem faulen Sonntagsfrühstück.

»Bald, Liebling. Ich versuch's.«

»Komm ins Bett. Versuchen wir's noch mal.«

Jeff saß am Mittagstisch, der im Pilgrim Club für seinen Schwager und ein halbes Dutzend anderer Industriekapitäne reserviert war.

Budge verkündete: »Meine Fleischwarenfabrik hat eben ihren Jahresbericht rausgebracht, Leute. Unsere Gewinne liegen jetzt bei vierzig Prozent.«

»Warum auch nicht?«, lachte einer der Männer am Tisch. »Du hast die Inspektoren und Veterinäre nicht umsonst bestochen.« Er wandte sich den anderen zu. »Unser schlauer Budge kauft minderwertiges Fleisch ein, lässt es als erstklassige Ware deklarieren und verscheuert es für ein Vermögen weiter.«

Jeff war schockiert. »Aber davon ernähren sich doch *Menschen!* Sie geben dieses Fleisch ihren Kindern zu essen. Er meint das nicht ernst, Budge, oder?«

Budge grinste und grölte: »Da schaut mal, wer hier in Moral macht!«

In den nächsten drei Monaten lernte Jeff seine Tischgenossen besser kennen, als ihm lieb war. Ed Zeller hatte eine Million Dollar Schmiergelder bezahlt, um eine Fabrik im Ausland bauen zu können. Mike Quincy, der Generaldirektor eines Mischkonzerns, war ein Halsabschneider, der die Konkurrenz mit unlauteren Mitteln kaputtmachte. Alan Thompson, der reichste Mann am Tisch, prahlte mit der »Arbeitnehmerpolitik« seiner Firma. »Früher haben wir unsere Grauköpfchen immer gefeuert – ein Jahr bevor ihre Betriebsrente fällig war. Auf die Art haben wir einen Haufen Geld gespart. Jetzt ist das leider gesetzlich nicht mehr möglich.«

Alle Männer am Tisch hinterzogen systematisch Steuern, übten sich in der Kunst des Versicherungsbetruges, fälschten ihre Unkosten, ernannten ihre augenblicklichen Geliebten zu Sekretärinnen und Assistentinnen und setzten sie als Betriebsausgaben ab.

Heiliger Gott, dachte Jeff. *Die sind wie die Leute vom Vergnügungspark. Bloß feiner angezogen.*

Ihre Frauen waren auch nicht besser. Sie nahmen alles, was sie kriegen konnten, und gingen fremd, wann immer sich die Gelegenheit bot. *Erinnert mich irgendwie ans Schlüsselspiel,* dachte Jeff.

Als er Louise erzählte, was er empfand, lachte sie nur. »Sei nicht so naiv, Jeff. Dein Leben macht dir doch Spaß, oder?«

Nein, es machte ihm keinen Spaß. Er hatte Louise geheiratet, weil er glaubte, sie brauche ihn. Wenn sie erst Kinder hatten, würde sich alles ändern.

»Lass uns Kinder kriegen. Es wird Zeit. Wir sind jetzt schon ein Jahr verheiratet.«

»Nur Geduld, mein Engel. Ich war beim Arzt, und er hat gesagt, bei mir ist alles in Ordnung. Vielleicht solltest du auch mal zum Arzt gehen und überprüfen lassen, ob bei *dir* alles in Ordnung ist.«

Jeff machte einen Termin aus.

»Sie sind hundertprozentig zeugungsfähig«, sagte der Arzt. Und es passierte immer noch nichts.

An einem schwarzen Montag krachte für Jeff die Welt zusammen. Es fing am Morgen an, als er in Louises Hausapotheke Kopfschmerztabletten suchte. Stattdessen fand er ein ganzes Fach voll Antibabypillen. Eine der Packungen war beinah leer. Daneben lagen in aller Unschuld ein Röhrchen mit weißem Pulver und ein kleiner goldener Löffel. Und das war, wie gesagt, erst der Anfang.

Mittags saß Jeff in einem tiefen Sessel im Pilgrim Club und wartete auf Budge. Hinter ihm unterhielten sich zwei Männer. Sie sprachen so laut, dass er wohl oder übel zuhören musste.

»Also, sie schwört Stein und Bein, dass ihr Italiener einen Fünfundzwanzigzentimeterschwanz hat – mindestens!«

Ein Wiehern war die Antwort. Und dann: »Tja, je länger, je lieber … das war immer schon Louises Devise.«

Die reden von einer anderen Louise, sagte sich Jeff.

»Deswegen hat sie wohl auch unseren Freund vom Vergnügungspark geheiratet. Aber sie erzählt wirklich lustige Geschichten von ihm. Du wirst es nicht glauben, was er neulich …«

Jeff stand auf und ging.

Noch nie war er so zornig gewesen. Er wollte töten.

Den Italiener. Und Louise. Mit wie viel Männern hatte sie im vorigen Jahr geschlafen? Und in dieser ganzen Zeit hatten die Leute über ihn gelacht. Budge und Ed Zeller und Alan Thompson hatten sich samt ihren Gattinnen ungeheuer amüsiert – auf seine Kosten. Und Louise … er hatte sie beschützen wollen. Jeffs erste Regung war, seine Sachen zu packen und sich aus dem Staub zu machen. Aber das war zu billig. Er hatte nicht die Absicht, dieser verdammten Bagage den letzten Lacher zu gönnen. Als Jeff am Nachmittag nach Hause kam, war Louise nicht da. »Madame ist schon am Vormittag weggegangen«, sagte Pickens, der Butler. »Ich glaube, sie hatte mehrere Verabredungen.«

Nein, nur eine, dachte Jeff. *Sie fickt sich gerade mit diesem Langschwanzitaliener die Seele aus dem Leib. Herrgott!*

Als Louise zu Hause eintrudelte, hatte sich Jeff wieder völlig in der Gewalt. »Na, hast du einen netten Tag verbracht?«, fragte er.

»Ach, die üblichen faden Sachen, Liebling. Termin bei der Kosmetikerin, bisschen eingekauft … Und wie war's bei dir, mein Engel?«

»Hochinteressant«, antwortete Jeff wahrheitsgemäß. »Ich habe einiges mitgekriegt, was ich noch nicht wusste.«

»Budge sagt, du machst deine Sache sehr gut.«

»Ja«, bestätigte Jeff. »Und ich werde sie bald noch viel besser machen.«

Louise streichelte seine Hand. »Mein kluger Mann. Wollen wir früh zu Bett gehen?«

»Heute nicht«, sagte Jeff. »Ich habe Kopfschmerzen.«

Die nächste Woche verbrachte er mit Planungsarbeiten.

Mit der Verwirklichung des Projekts begann er beim Mittagessen im Club. »Weiß jemand von euch über Computervergehen Bescheid?«, fragte er.

»Warum?«, wollte Ed Zeller wissen. »Möchtest du so was auch mal machen?«

Gelächter.

»Nein, es ist mir ernst«, sagte Jeff. »Das ist ein echtes Problem. Leute zapfen Computer an, bringen Banken, Versicherungen und andere Branchen um Milliarden – und es wird immer schlimmer.«

»So was müsste dir doch eigentlich liegen«, bemerkte Budge.

»Ich habe jemanden kennengelernt, der einen Rechner entwickelt hat. Er sagt, sein System könne nicht geknackt werden.«

»Und das möchtest du ändern«, scherzte Mike Quincy.

»Nein. Ich möchte Geld zur Förderung dieses Mannes beschaffen. Und ich habe mir bloß überlegt, ob jemand von euch über Computer Bescheid weiß.«

»Nein«, erwiderte Budge grinsend. »Aber über die finanzielle Förderung von Erfindern wissen wir Bescheid, was, Leute?«

Abermals Gelächter.

Zwei Tage später lief Jeff im Club an seinem gewohnten Tisch vorbei und erklärte Budge: »Tut mir leid, dass ich heute nicht mit euch zusammensitzen kann. Ich habe einen Gast.«

Jeff ging zu einem anderen Tisch, und Alan Thompson sagte höhnisch lächelnd: »Wahrscheinlich speist er heute mit der bärtigen Lady aus dem Vergnügungspark.«

Ein etwas gebeugter grauhaariger Mann trat in den Raum und wurde an Jeffs Tisch geführt.

»Oha!«, staunte Mike Quincy. »Ist das nicht Professor Ackerman?«

»Wer?«

»Liest du nie was anderes als Bilanzen, Budge? Vernon Ackerman war vorigen Monat auf der Titelseite der *Time.* Er ist der Vorsitzende des President's National Scientific Board – der brillanteste Naturwissenschaftler unseres Landes.«

»Und was macht der mit meinem hochverehrten Schwager?«

Jeff und der Professor führten beim Essen ein langes, intensives Gespräch. Budge und seine Freunde wurden immer neugieriger. Als der Professor gegangen war, winkte Budge seinen Schwager zu sich.

»He, Jeff! Wer war das?«

Jeff blickte schuldbewusst drein. »Oh … du meinst – Vernon?«

»Ja. Worüber habt ihr geredet?«

»Wir … äh …« Die anderen glaubten fast sehen zu können, wie es in Jeffs Kopf arbeitete bei dem Versuch, der Frage auszuweichen. »… vielleicht schreibe ich ein Buch über ihn. Er ist sehr interessant … als Mensch, meine ich.«

»Du schreibst? Das ist ja das Neueste!«

»Na, anfangen müssen wir alle irgendwann mal.«

Drei Tage später hatte Jeff wieder einen Gast. Diesmal erkannte ihn Budge. »He! Das ist Seymour Jarrett, der Generaldirektor von Jarrett International Computer. Was will der denn mit Jeff?«

Wieder führten Jeff und sein Gast ein langes, intensives Gespräch. Nach dem Essen trat Budge an Jeffs Tisch.

»Junge, läuft was zwischen dir und Seymour Jarrett?«

»Nein«, antwortete Jeff, diesmal wie aus der Pistole geschossen. »Wir haben bloß ein bisschen miteinander geplaudert.« Er wollte gehen. Budge hielt ihn auf.

»Nicht so schnell, alter Freund. Seymour Jarrett ist ein vielbeschäftigter Mann. Der sitzt nicht bloß so rum und plaudert ein bisschen.«

»Also gut«, sagte Jeff ernst. »Du sollst die reine Wahrheit erfahren, Budge. Seymour sammelt Briefmarken, und ich habe ihm von einer erzählt, die ich vielleicht für ihn besorgen kann.«

Die reine Wahrheit – dass ich nicht lache, dachte Budge.

In der Woche darauf speiste Jeff mit Charles Bartlett, dem Eigentümer von Bartlett & Bartlett, einer der größten privaten Kapitalanlagegesellschaften der Welt. Budge, Ed Zeller, Alan Thompson und Mike Quincy beobachteten fasziniert, wie die beiden Männer die Köpfe zusammensteckten.

»Dein Schwager ist in letzter Zeit aber in verdammt hochkarätiger Gesellschaft«, bemerkte Zeller. »Was hat er da wohl auf der Pfanne, Budge?«

Budge sagte unwirsch: »Keine Ahnung. Aber ich krieg's raus, kannst du Gift drauf nehmen. Wenn Jarrett und Bartlett interessiert sind, riecht das nach einem dicken Geschäft.«

Sie sahen zu, wie Bartlett aufstand, Jeff begeistert die Hand schüttelte und ging. Als Jeff an ihrem Tisch vorbeikam, hielt Budge ihn fest.

»Setz dich, Jeff. Wir wollen mit dir reden.«

»Ich muss wieder ins Büro«, wandte Jeff ein. »Ich …«

»Du arbeitest doch für *mich*, oder? Nun setz dich schon.« Jeff setzte sich. »Mit wem hast du eben zu Mittag gegessen?«

Jeff zögerte. »Mit … mit einem alten Freund.«

»Charlie Bartlett ist ein alter Freund von dir?«

»Könnte man sagen.«

»Und worüber hast du mit deinem alten Freund gesprochen, Jeff?«

»Äh … über Autos. Charlie hat eine Schwäche für Oldtimer, und ich habe was von einem Packard-Cabrio gehört, viertürig, Baujahr '37 …«

»Jetzt erzähl uns keinen Scheiß!«, raunzte Budge. »Du sammelst keine Briefmarken und verkloppst keine Autos. Und irgendwelche Kackbücher schreibst du auch nicht. Nun rück mal raus damit, was du wirklich machst.«

»Nichts weiter. Ich …«

»Du suchst Geldgeber, nicht wahr, Jeff?«, fragte Ed Zeller.

»Nein!« Aber das sagte er ein bisschen *zu* prompt.

Budge legte den mächtigen Arm um Jeffs Schulter. »He, Junge, ich bin dein Schwager, vergiss das nicht.« Er zog Jeff an sich. »Es hat was mit diesem Computer zu tun, den man nicht knacken kann, mit diesem hundertprozentigen Rechner, von dem du vorige Woche geredet hast, stimmt's?«

Budge und seine Freunde sahen es Jeff an der Nasenspitze an, dass sie ins Schwarze getroffen hatten.

»Also … ja.«

Es war wirklich eine schwere Geburt, aus dem Kerl was rauszukriegen. »Warum hast du uns nicht gesagt, dass Professor Ackerman an der Sache beteiligt ist?«

»Ich dachte, ihr wärt nicht interessiert.«

»Da hast du falsch gedacht, Junge. Wenn du Kapital brauchst, wendest du dich an deine Freunde – ist doch völlig klar.«

»Der Professor und ich brauchen kein Kapital«, erwiderte Jeff. »Jarrett und Bartlett …«

»Jarrett und Bartlett sind Ganoven! Die leimen dich, dass du nur noch mit den Ohren schlackerst!«, rief Alan Thompson.

Ed Zeller hakte nach. »Jeff, wenn du mit Freunden Geschäfte machst, bist du am besten bedient.«

»Es ist alles bereits verbindlich abgesprochen«, sagte Jeff. »Charlie Bartlett …«

»Hast du irgendwas unterschrieben?«

»Nein, aber ich habe ihm mein Ehrenwort gegeben, dass …«

»Dann ist überhaupt nichts abgesprochen.«

»Eigentlich sollte ich nicht mal mit euch darüber reden«, sagte Jeff. »Professor Ackermans Name darf keinesfalls erwähnt werden. Er ist unter Vertrag bei einer Institution der Regierung …«

»Ja, das wissen wir«, entgegnete Thompson. »Glaubt der Professor denn, dass das gehen wird?«

»Oh, er *weiß*, dass das gehen wird.«

»Wenn es für Ackerman gut genug ist, ist es auch für uns gut genug. Richtig, Leute?«

Es erschallte ein Chor der Zustimmung.

»He, ich bin kein Wissenschaftler!«, gab Jeff zu bedenken. »Ich kann nichts garantieren. Es wäre sogar möglich, dass dieses Ding überhaupt keinen Wert hat.«

»Klar, klar. Wir kapieren schon. Aber sagen wir mal,

es *hat* einen Wert, Jeff. Wie groß könnte der Markt dann sein?«

»Weltweit, Budge. Jeder könnte damit umgehen – vorausgesetzt, er ist nicht schwachsinnig.«

»Und wie viel Kapital brauchst du?«

»Zwei Millionen Dollar. Aber fürs Erste genügen uns zweihundertfünfzigtausend. Bartlett hat versprochen, dass ...«

»Vergiss ihn. Das ist doch Kleingeld, alter Junge. Wir bringen das in eigener Regie auf. So bleibt's in der Familie. Richtig, Leute?«

»Richtig!«

Budge blickte auf und schnippte mit den Fingern. Ein Kellner kam an den Tisch geeilt. »Dominick, bringen Sie Mr. Stevens ein paar Bogen Papier und einen Füller.«

Der Kellner holte das Verlangte in Windeseile.

»Wir können das Geschäft gleich hier abwickeln«, sagte Budge zu Jeff. »Du schreibst einen Vertrag, mit dem du uns die Rechte an dem Computer abtrittst, wir unterzeichnen ihn alle, und morgen früh kriegst du einen bestätigten Scheck über zweihundertfünfzigtausend Dollar. Na, wie hört sich das an?«

Jeff kaute nachdenklich auf seiner Unterlippe. »Budge, ich habe Bartlett versprochen ...«

»Scheiß auf Bartlett«, knurrte Budge. »Bist du mit seiner Schwester verheiratet oder mit meiner? Schreib!«

»Wir haben aber kein Patent darauf, und ...«

»Jetzt *schreib,* verdammt noch mal!« Budge drückte Jeff den Füller in die Hand.

Widerwillig begann Jeff zu schreiben: »Hiermit übertrage ich meine sämtlichen Rechte an dem Rechner

SUKABA für eine Gegenleistung von zwei Millionen Dollar an die Käufer Donald ›Budge‹ Hollander, Ed Zeller, Alan Thompson und Mike Quincy. Bei Vertragsabschluss wird eine Zahlung von zweihundertfünfzigtausend Dollar fällig. SUKABA ist gründlich getestet worden. Er ist preiswert und störungsfrei und verbraucht weniger Energie als jeder andere Rechner, der zurzeit auf dem Markt ist. SUKABA benötigt mindestens zehn Jahre weder Wartung noch Ersatzteile.« Die Runde der Industriekapitäne blickte Jeff über die Schulter, während er schrieb.

»Großer Gott!«, sagte Ed Zeller. »Zehn Jahre! Das kann kein anderer Computer bieten!«

Jeff schrieb weiter: »Die Käufer sind davon unterrichtet worden, dass weder Professor Ackerman noch ich ein Patent auf SUKABA haben.«

»Da kümmern wir uns schon drum«, sagte Alan Thompson ungeduldig. »Ich kenne einen sagenhaft guten Patentanwalt.«

Jeff schrieb weiter: »Ich habe den Käufern ausdrücklich erklärt, dass SUKABA möglicherweise völlig wertlos ist und dass weder Professor Ackerman noch ich über die oben erwähnten Eigenschaften von SUKABA hinaus Rechtsgarantien eingehen.« Jeff unterzeichnete und hielt den Bogen Papier empor. »Zufrieden?«

»Bist du sicher mit den zehn Jahren?«, fragte Budge.

»Absolut. Ich mache jetzt eine Abschrift«, sagte Jeff. Die Männer beobachteten, wie er den Vertrag noch einmal ausfertigte.

Budge riss Jeff die zwei Bogen Papier aus der Hand und unterzeichnete sie. Zeller, Quincy und Thompson taten es ihm nach.

Budge strahlte. »Ein Exemplar für dich und eins für uns. Seymour Jarrett und Charlie Bartlett werden schön dumm aus der Wäsche schauen, was, Jungs? Ich kann's kaum erwarten, dass sie erfahren, wie wir sie aus dem Geschäft rausgedrückt haben.«

Am nächsten Morgen überreichte Budge Jeff einen bestätigten Scheck über zweihundertfünfzigtausend Dollar.

»Wo ist der Computer?«, fragte Budge.

»Der wird heute Mittag im Club angeliefert. Ich dachte mir, wir sollten alle zusammen sein, wenn ihr ihn kriegt.«

Budge klopfte Jeff kameradschaftlich auf die Schulter. »Du bist ein feiner Kerl, Jeff. Also … bis nachher.«

Schlag zwölf erschien im Speisezimmer des Pilgrim Club ein Bote mit einem Karton. Er wurde zu dem Tisch geleitet, an dem Budge mit Zeller, Thompson und Quincy saß.

»Da ist er ja!«, rief Budge. »Mensch! Und tragbar ist er auch noch!«

»Wollen wir auf Jeff warten?«, fragte Thompson.

»Scheiß auf Jeff. Der Computer gehört jetzt uns.« Budge riss das Packpapier vom Karton, der mit Holzwolle ausgepolstert war. Behutsam, ja fast ehrfürchtig hob Budge heraus, was drinnen lag. Die Männer saßen reglos da und starrten es an. Es war ein viereckiger, knapp dreißig Zentimeter breiter Rahmen mit einer Reihe von Stäben und verschiebbaren Kugeln. Ein langes Schweigen trat ein.

»Was ist denn *das?*«, fragte Quincy schließlich.

Alan Thompson sagte: »Ein Abakus, ein Rechengestell. Mit so was haben die Leute im Orient …« Sein Gesichtsausdruck veränderte sich abrupt. »Großer Gott!

SUKABA – das ist *Abakus*, rückwärts buchstabiert!« Er wandte sich Budge zu. »Soll das ein Witz sein?«

Zeller sprudelte heraus: »Gründlich getestet, störungsfrei, verbraucht weniger Energie als jeder andere Rechner, der zurzeit auf dem Markt ist … Wir müssen diesen gottverdammten Scheck sperren lassen!«

Budge stürmte zum Telefon. Die anderen ihm nach.

»Ihr bestätigter Scheck?«, sagte der Hauptbuchhalter. »Alles klar. Mr. Stevens hat ihn heute Vormittag eingelöst.«

Pickens, der Butler, bedauerte sehr, aber Mr. Stevens hatte seine Koffer gepackt und das Haus verlassen. »Er sprach von einer längeren Reise.«

Am Nachmittag schaffte Budge es endlich, Professor Vernon Ackerman zu erreichen.

»Gewiss. Ich erinnere mich. Jeff Stevens. Ein charmanter Mann. Ihr Schwager, sagten Sie?«

»Professor – worüber haben Sie mit Jeff geredet?«

»Oh, das ist kein Geheimnis. Jeff möchte ein Buch über mich schreiben. Er hat mich davon überzeugt, dass die Welt den Menschen hinter dem Wissenschaftler kennenlernen will …«

Seymour Jarrett war misstrauisch. »Warum wollen Sie wissen, worüber Mr. Stevens und ich geredet haben? Sammeln Sie auch Briefmarken?«

»Nein. Ich …«

»Es wäre auch witzlos, wenn Sie mir die Marke abjagen wollten. Es gibt sie nur einmal, und Mr. Stevens hat sich bereit erklärt, sie *mir* zu verkaufen, wenn er sie erwirbt.«

Und damit knallte er den Hörer auf die Gabel.

Budge wusste eigentlich schon, was Charlie Bartlett sagen würde. »Jeff Stevens? O ja. Ich sammle Oldtimer, und Jeff hat etwas von einem Packard-Cabrio gehört, viertürig, Baujahr '37, tadellos erhalten …«

Diesmal knallte Budge den Hörer auf die Gabel.

»Keine Bange«, sagte er zu seinen Partnern. »Wir kriegen unser Geld wieder und sorgen dafür, dass der Scheißkerl für den Rest seines Lebens aus dem Verkehr gezogen wird. Es gibt ja schließlich Gesetze gegen arglistige Täuschung.«

Danach suchte die Gruppe Scott Fogarty in seiner Kanzlei auf.

»Er hat uns zweihundertfünfzigtausend Dollar aus der Tasche gezogen«, sagte Budge zu dem Anwalt. »Ich will, dass er hinter Schloss und Riegel kommt. Erwirken Sie einen Haftbefehl wegen …«

»Haben Sie den Vertrag bei sich, Budge?«

»Ja.« Er gab Fogarty das Papier, das Jeff geschrieben hatte.

Der Anwalt überflog es. Dann las er es noch einmal, Wort für Wort. »Hat er Ihre Unterschriften gefälscht?«

»Nein«, sagte Mike Quincy.

»Haben Sie den Vertrag gelesen, bevor Sie ihn unterschrieben haben?«

»Ja, natürlich«, erwiderte Ed Zeller gereizt. »Meinen Sie, wir sind doof?«

»Das stelle ich ganz Ihrem Urteil anheim, meine Herren. Sie haben einen Vertrag unterzeichnet, in dem festgehalten wird, dass das, was Sie für eine Vorauszahlung von zweihundertfünfzigtausend Dollar erwerben, nicht patentiert und möglicherweise völlig wertlos ist. Wie ein alter Professor von mir zu sagen pflegte: ›Sie sind hochkant beschissen worden.‹«

Jeff hatte sich in Reno scheiden lassen. Und dort war er zufällig Conrad Morgan über den Weg gelaufen. Morgan hatte einmal für Onkel Willie gearbeitet. »Kannst du mir einen Gefallen tun, Jeff?«, hatte Conrad Morgan gefragt. »Demnächst fährt eine junge Dame mit ein paar Juwelen per Bahn von New York nach St. Louis …«

Jeff schaute aus dem Flugzeugfenster und dachte an Tracy und lächelte.

Als Tracy wieder in New York war, ging sie sofort zu Conrad Morgan. Er führte sie in sein Büro und schloss die Tür. Dann sagte er händereibend: »Ich habe mir schon Sorgen gemacht, mein liebes Kind. Ich habe in St. Louis auf Sie gewartet, und …«

»Sie waren nicht in St. Louis.«

»Wie bitte? Was soll das heißen?«

»Dass Sie nicht nach St. Louis gefahren sind. Und dass Sie nie die Absicht hatten, mit mir zusammenzutreffen.«

»Aber natürlich hatte ich die Absicht! Sie sollten mir doch die Juwelen …«

»Sie haben zwei Männer damit beauftragt, mir die Juwelen abzuknöpfen.«

Morgan blickte verwirrt drein. »Ich verstehe nicht, was Sie meinen.«

»Am Anfang dachte ich, es sei irgendwo eine undichte Stelle in Ihrer Organisation. Aber davon kann natürlich keine Rede sein, nicht wahr? *Sie* waren's. Sie haben mir gesagt, dass Sie persönlich eine Fahrkarte für mich besorgen und ein Abteil für mich reservieren lassen. Also waren Sie der Einzige, der die Nummer meines Abteils kannte. Ich bin unter falschem Namen gereist und habe mich auch noch verkleidet, aber Ihre Leute wussten genau, wo sie mich finden.«

Morgan stellte sich überrascht. »Wollen Sie mir etwa sagen, dass irgendwelche Männer Ihnen die Juwelen abgenommen haben?«

Tracy lächelte. »Nein, im Gegenteil. Ich will Ihnen sagen, dass sie es nicht geschafft haben.«

Diesmal war Morgans Überraschung echt. »Sie haben die Juwelen?«

»Ja. Ihre Freunde hatten es so eilig damit, ihre Maschine zu erreichen, dass sie mir die Juwelen dagelassen haben.«

Morgan musterte Tracy ein paar Sekunden lang. Dann sagte er: »Entschuldigen Sie mich bitte einen Moment.«

Er verschwand hinter einer Tür, auf der PRIVAT stand, und Tracy nahm herrlich entspannt auf einem Sofa Platz.

Conrad Morgan blieb fast eine Viertelstunde fort, und als er wiederkam, war er ein wenig bestürzt. »Da hat sich leider ein Irrtum eingeschlichen. Ein *großer* Irrtum. Sie sind eine sehr intelligente junge Dame, Miss Whitney. Sie haben sich Ihre fünfundzwanzigtausend Dollar redlich verdient.« Er lächelte bewundernd. »Geben Sie mir die Juwelen, und …«

»Fünfzigtausend.«

»Pardon?«

»Ich musste sie zweimal stehlen, Mr. Morgan. Macht fünfzigtausend Dollar.«

»Nein«, sagte er. »So viel kann ich Ihnen nicht geben.«

Tracy stand auf. »Okay. Dann werde ich sehen, ob ich in

Las Vegas jemand finde, der meint, dass sie das wert sind.« Sie ging auf die Tür zu.

»Fünfzigtausend, haben Sie gesagt?«, fragte Conrad Morgan.

»Ja. Fünfzigtausend.«

»Wo sind die Juwelen?«

»In einem Schließfach am Bahnhof… Penn Station. Sobald Sie mich ausbezahlt haben – in bar – und mich in ein Taxi setzen, händige ich Ihnen den Schlüssel aus.«

Conrad Morgan gab sich mit einem tiefen Seufzer geschlagen. »In Ordnung.«

»Danke«, sagte Tracy heiter. »Es war mir ein Vergnügen, mit Ihnen Geschäfte zu machen.«

19

Daniel Cooper wusste bereits, worum es an diesem Morgen der Besprechung in J. J. Reynolds Büro gehen würde, denn alle Detektive der Gesellschaft hatten am Vortag ein Memo erhalten. Thema: der Einbruch im Hause Bellamy, der jetzt eine Woche zurücklag. Daniel Cooper hasste Besprechungen. Er war zu ungeduldig, um einfach nur herumzusitzen und sich dummes Geschwätz anzuhören.

Er traf mit einer Dreiviertelstunde Verspätung in J. J. Reynolds Büro ein. Reynolds hielt gerade einen Vortrag zur Lage.

»Nett, dass Sie doch noch vorbeischauen«, sagte J. J. Reynolds ironisch. Keine Reaktion. *Das ist reine Zeitverschwendung,* dachte Reynolds. Cooper hatte keinen Sinn für Ironie – er hatte für gar nichts Sinn, wenn man Reynolds fragte. Nur für die Aufspürung von Kriminellen. Aber da war er bekanntermaßen ein Genie, wie Reynolds widerwillig zugeben musste.

Im Büro saßen drei von den Spitzenkräften der Gesellschaft: David Swift, Robert Schiffer und Jerry Davis.

»Das Memo über den Einbruch bei Lois Bellamy haben Sie ja alle gelesen«, fuhr Reynolds fort. »Aber es kommt noch was Neues dazu. Es hat sich herausgestellt, dass Lois Bellamy eine Cousine des Polizeichefs ist. Und der schlägt einen Krach, sage ich Ihnen … also, da wackeln alle Wände.«

»Und was macht die Polizei von Sea Cliff?«, fragte Davis.

»Die verkriecht sich vor der Presse. Kann man ihr auch nicht verdenken. Ihre Leute haben sich so dämlich verhalten wie Cops in einem albernen Comic. Sie haben wahrhaftig mit der Einbrecherin *geredet,* die sie im Hause Bellamy erwischt haben – um die Lady anschließend auch noch entkommen zu lassen.«

»Dann müssten sie doch eine gute Beschreibung von ihr haben«, meinte Swift.

»Sie haben eine gute Beschreibung von ihrem Nachthemd«, erwiderte Reynolds sarkastisch. »Sie waren so tief beeindruckt von der Figur der Dame, dass ihr Hirn geschmolzen ist wie Butter in der Sonne. Sie wissen nicht mal, welche Haarfarbe sie hat, denn sie trug eine Frisierhaube auf dem Kopf. Und im Gesicht hatte sie eine Fangopackung. Ihrer Beschreibung nach ist die Frau Mitte zwanzig. Sie hat einen Prachtarsch und grandiose Titten. Kein Hinweis, mit dem man was anfangen könnte. Keine Information, die uns weiterbrächte. Nichts.«

Daniel Cooper machte zum ersten Mal den Mund auf. »Das stimmt nicht.«

Die anderen wandten sich ihm zu, um ihn mit mittlerer bis extremer Abneigung anzublicken.

»Wie meinen Sie das?«, erkundigte sich Reynolds.

»Ich weiß, wer sie ist.«

Als Cooper tags zuvor das Memo gelesen hatte, hatte er beschlossen, sich das Haus Bellamy anzusehen – erster logischer Schritt. Für Daniel Cooper war die Logik das Ordnungsprinzip Gottes, die Lösung eines jeden Problems, und wenn man logisch vorging, fing man ganz vorne an. Cooper fuhr nach Long Island, warf einen Blick auf das Haus Bellamy, ohne aus dem Wagen zu steigen, drehte wieder um und fuhr nach Manhattan zurück. Er wusste alles, was er wissen wollte. Das Haus war abgelegen, weit und breit kein öffentliches Verkehrsmittel … und das hieß, dass die Einbrecherin es nur mit dem Auto erreicht haben konnte.

Nun erklärte er seine Gedankengänge den Männern in Reynolds Büro. »Da sie wahrscheinlich nicht mit ihrem eigenen Wagen fahren wollte – schließlich hätte sich jemand zufällig die Nummer merken können –, war das Auto entweder gestohlen oder gemietet. Ich habe es zunächst bei den Verleihfirmen probiert. Ich bin von der Annahme ausgegangen, dass sie den Wagen in Manhattan gemietet hat, denn dort konnte sie ihre Spuren leichter verwischen als anderswo.«

Jerry Davis war nicht beeindruckt. »Sie machen wohl Witze, Cooper. In Manhattan werden doch jeden Tag Tausende von Wagen gemietet.«

Cooper ignorierte die Unterbrechung. »Alle Verleihvorgänge laufen über den Computer. Autos werden relativ selten von Frauen gemietet. Ich habe sie alle herausgerastert. Die fragliche Lady hat am Abend des Einbruchs um 20 Uhr bei Budget Rent a Car in der West Twenty-third Street einen Chevrolet Caprice gemietet und ihn um 2 Uhr morgens zurückgebracht.«

»Woher wollen Sie wissen, dass das der Fluchtwagen war?«, erkundigte sich Reynolds.

Die dämlichen Fragen ödeten Cooper allmählich an. »Ich habe überprüft, wie viel Kilometer es zum Hause

Bellamy sind. Zweiundfünfzig hin und zweiundfünfzig zurück. Das stimmt genau mit dem Stand auf dem Wegstreckenmesser des Leihwagens überein. Er wurde von einer gewissen Ellen Branch gemietet.«

»Falscher Name«, vermutete David Swift.

»Ihr richtiger Name ist Tracy Whitney.«

Alle starrten Cooper an. »Woher wollen Sie das wissen, verdammt noch mal?«, fragte Schiffer.

»Sie hat einen falschen Namen und eine falsche Adresse angegeben, aber sie musste ja einen Vertrag unterzeichnen. Ich habe das Original zur Polizeidirektion mitgenommen und die Fingerabdrücke überprüfen lassen. Sie stimmen genau mit denen von Tracy Whitney überein. Die Frau hat eine Weile im Southern Louisiana Penitentiary for Women gesessen. Sie erinnern sich vielleicht noch, dass ich vor ungefähr einem Jahr mit ihr geredet habe – es ging um einen gestohlenen Renoir.«

»Ja, ich erinnere mich«, bestätigte Reynolds. »Damals haben Sie gesagt, sie sei unschuldig.«

»Damals ja. Aber jetzt nicht. Dieses Ding im Hause Bellamy hat sie gedreht.«

Der Kerl hatte es wieder einmal gebracht! Und er tat so, als wäre es das Einfachste von der Welt. Reynolds bemühte sich, den Neid aus seiner Stimme zu verbannen. »Sie … Sie haben gute Arbeit geleistet, Cooper. Wirklich gute Arbeit. Kriegen wir sie dran, die Lady. Wir verständigen die Polizei, lassen sie verhaften und …«

»Mit welcher Begründung?«, fragte Cooper milde. »Weil sie einen Wagen gemietet hat? Die Polizei kann sie nicht identifizieren, und es gibt nicht den kleinsten Beweis gegen sie.«

»Was sollen wir machen?«, sagte Schiffer. »Sie einfach laufenlassen?«

»Diesmal ja«, antwortete Cooper. »Aber ich weiß jetzt, wer sie ist. Sie wird wieder was versuchen. Und wenn sie das tut, kriege ich sie dran.«

Die Besprechung war endlich vorbei. Cooper sehnte sich nach einer Dusche. Er zog ein kleines schwarzes Notizbuch aus der Tasche und malte TRACY WHITNEY hinein.

20

Es wird Zeit, dass ich ein neues Leben anfange. Aber was für eins? Ich war ein unschuldiges, naives Opfer, und jetzt bin ich… eine Diebin, ja. Tracy dachte an Joe Romano und Anthony Orsatti und Perry Pope und Richter Lawrence. *Nein, eine Rächerin. Und vielleicht auch noch eine Abenteurerin.* Sie hatte die Polizei, zwei Meistergauner und einen hinterlistigen Juwelier ausgetrickst. Sie dachte an Ernestine und Amy, und dies gab ihr einen Stich. Spontan ging sie in ein Spielwarengeschäft, kaufte ein Puppentheater mit einem Dutzend Figuren und schickte es an Amy. Dazu schrieb sie eine Karte:

> *Liebe Amy! Hier sind ein paar neue Freunde für Dich. Du fehlst mir. Alles Liebe. Tracy.*

Dann ging sie zu einem Kürschner in der Madison Avenue, kaufte eine Blaufuchs-Boa für Ernestine und gab sie mitsamt einer Zahlungsanweisung über zweihundert Dollar auf die Post. Auf der Karte stand: *Vielen Dank, Ernie. Tracy.*

Jetzt habe ich meine Schulden beglichen, dachte Tracy. Es war ein schönes Gefühl. Nun konnte sie gehen, wohin sie wollte, und tun, was sie wollte.

Sie feierte ihre Unabhängigkeit, indem sie eine Suite

im Helmsley Palace Hotel bezog. Von ihrem Salon im 47. Stock aus sah sie tief unter sich die St. Patrick's Cathedral und in der Ferne die Washington Bridge. Nur ein paar Kilometer von hier entfernt befand sich das entsetzliche Apartment, in dem sie bis vor kurzem gewohnt hatte. *Nie wieder,* schwor sich Tracy.

Sie entkorkte die Flasche Champagner, die ihr die Direktion aufs Zimmer geschickt hatte, trank sie voller Genuss und betrachtete den Sonnenuntergang über den Wolkenkratzern von Manhattan. Als der Mond aufgegangen war, hatte Tracy ihre Entscheidung getroffen. Sie würde nach London reisen. Sie fieberte den wunderbaren Dingen entgegen, die das Leben zu bieten hatte. *Ich bin meinen Verpflichtungen nachgekommen,* dachte Tracy. *Und jetzt habe ich ein bisschen Glück verdient.*

Später, als sie bereits im Bett lag, stellte sie die Spätnachrichten an. Zwei Männer wurden interviewt. Boris Melnikow war ein kleiner, dicker Russe, der einen schlecht sitzenden braunen Anzug trug. Mihail Negulescu war genau das Gegenteil: hoch aufgeschossen, dünn und elegant gekleidet. Tracy fragte sich, was die beiden Männer wohl gemeinsam hatten.

»Wo findet das Turnier um die Schachweltmeisterschaft denn statt?«, erkundigte sich der Interviewer.

»In Sotschi, am schönen Schwarzen Meer«, antwortete Melnikow.

»Sie haben sich zu wiederholten Malen bei Schachweltmeisterschaften geschlagen, meine Herren. Ihre letzte Partie endete remis, und die ganze Welt blickt dem Turnier in Sotschi mit Spannung entgegen. Mr. Negulescu, gegenwärtig ist Mr. Melnikow Weltmeister. Glauben Sie, dass Sie ihn wieder entthronen können?«

»Aber sicher«, antwortete der Rumäne.

»Er hat keine Chance«, entgegnete der Russe.

Tracy verstand nichts von Schach, aber die beiden Männer waren von einer Arroganz, die sie widerlich fand. Sie stellte den Fernseher ab und drehte sich zur Wand, um zu schlafen.

Am nächsten Morgen ging Tracy in ein Reisebüro und ließ sich eine Suite auf dem Oberdeck der *Queen Elizabeth II* reservieren. Sie war über ihre erste Auslandsreise sehr aufgeregt und verbrachte die nächsten drei Tage damit, Koffer und Kleider zu kaufen.

Am Morgen der Abfahrt ließ sich Tracy von einem Taxi zum Pier chauffieren. Es wimmelte von Fotografen und Fernsehreportern, und Tracy geriet einen Moment lang in Panik. Dann merkte sie, dass die Medienleute die beiden Männer interviewten, die sich am Fuße der Gangway in Positur geworfen hatten – Melnikow und Negulescu, die großen Schach-Koryphäen. Tracy drückte sich an ihnen vorbei, zeigte einem Schiffsoffizier ihren Pass und ging an Bord. Dort warf ein Steward einen Blick auf Tracys Ticket und geleitete sie zu ihrer Suite, die sehr schön war und eine eigene kleine Terrasse hatte. Sie hatte absurd viel gekostet, aber Tracy hatte beschlossen, sich etwas Luxus zu gönnen.

Sie packte ihre Sachen aus und schaute sich dann auf dem Oberdeck um. In fast allen Kabinen fanden Abschiedspartys statt – mit Gelächter und Champagner und Gesprächen. Tracy fühlte sich plötzlich einsam. Niemand hatte sie aufs Schiff begleitet, sie hing an niemandem, und niemand hing an ihr. *Stimmt nicht,* dachte Tracy. *Big Bertha will mich.* Und sie lachte schallend.

Sie stieg zum Bootsdeck hinauf und merkte nicht, wie viele Männer ihr bewundernd nachsahen und wie viele Frauen sie neidisch betrachteten.

Als das Schiff ablegte, war Tracy plötzlich von ungeheurer Erregung erfüllt. Sie fuhr in eine völlig unbekannte Zukunft. Ein Beben durchlief den Ozeanriesen, als die Schlepper begannen, ihn aus dem Hafen zu bugsieren, und Tracy stand zwischen anderen Passagieren auf dem Bootsdeck und beobachtete die immer kleiner werdende Freiheitsstatue. Danach machte sie eine Erkundungstour.

Die *Queen Elizabeth II* war eine schwimmende Stadt, über dreihundert Meter lang und so hoch wie ein Haus mit dreizehn Etagen. Sie hatte vier Restaurants, sechs Bars, zwei Ballsäle, jede Menge Läden, vier Swimmingpools, einen Golfkurs und eine Jogging-Bahn. Tracy staunte. *Hier möchte ich ewig bleiben,* dachte sie.

Sie hatte sich einen Tisch im Princess Grill reservieren lassen, der intimer und eleganter war als der große Speisesaal. Sie saß kaum, da sagte eine vertraute Stimme: »Hallo!«

Tracy blickte auf. Vor ihr stand Tom Bowers, der angebliche FBI-Agent. *Nein, das habe ich nicht verdient,* dachte Tracy.

»Was für eine angenehme Überraschung!«, sagte Tom Bowers. »Stört es Sie sehr, wenn ich mich zu Ihnen setze?«

»Ja.«

Er nahm unbeeindruckt an Tracys Tisch Platz und lächelte sie gewinnend an. »Wir könnten uns ruhig miteinander anfreunden. Schließlich sind wir beide aus demselben Grund hier, oder?«

Tracy hatte keine Ahnung, wovon er sprach. »Hören Sie, Mr. Bowers …«

»Stevens«, sagte er munter. »Jeff Stevens.«

»Meinetwegen.« Tracy schickte sich zum Aufstehen an.

»Warten Sie. Ich möchte Ihnen diese Sache im Zug erklären.«

»Da gibt es nichts zu erklären«, entgegnete Tracy.

»Conrad Morgan hatte mich gebeten, ihm einen Gefallen zu tun.« Jeff Stevens grinste verlegen. »Ich fürchte, er war nicht gerade begeistert von mir.«

Derselbe lockere, jungenhafte Charme, auf den sie vorher reingefallen war … *Um Himmels willen, Dennis, es ist nicht nötig, ihr Handschellen anzulegen. Sie läuft uns schon nicht weg …*

Tracy sagte feindselig: »*Ich* bin auch nicht gerade begeistert von Ihnen. Was suchen Sie überhaupt auf diesem Schiff?«

»Maximilian Pierpont.«

»Wen?«

Er blickte sie verwundert an. »Wollen Sie damit sagen, dass Sie das wirklich nicht wissen?«

»Was?«

»Maximilian Pierpont ist einer der reichsten Männer der Welt. Er hat ein großes Hobby: Konkurrenzfirmen aus dem Geschäft zu drücken. Er liebt edle Pferde und rassige Frauen, und von beiden hat er eine ganze Menge. Er ist das, was man früher einen Lebemann genannt hätte – wohl der letzte große dieses Schlages.«

»Und Sie wollen ihn um einen Teil seines Reichtums bringen?«

»Um einen recht erheblichen sogar.« Jeff blickte Tracy forschend an. »Wissen Sie, was Sie und ich tun sollten?«

»Ganz gewiss, Mr. Stevens. Wir sollten uns voneinander verabschieden.«

Und, buchstäblich sitzengelassen, sah er zu, wie Tracy aufstand und den Grillroom verließ.

Sie aß in ihrer Suite und haderte mit ihrem Schicksal. Warum, zum Teufel, musste sie wieder Jeff Stevens begegnen? Sie wollte die Angst vergessen, die sie im Zug bei dem Gedanken empfunden hatte, sie sei verhaftet. *Nein, ich werde mir meine Reise nicht von ihm vermiesen lassen. In Zukunft ignoriere ich ihn einfach.*

Nach dem Essen stieg Tracy zum Bootsdeck hinauf. Es war eine traumhaft schöne, sternklare und mondhelle Nacht. Sie stand an der Reling, betrachtete die Wogen im silbrigen Licht und hörte dem Nachtwind zu, als Jeff Stevens neben sie trat.

»Sie haben keine Ahnung, welch eine Augenweide Sie sind. Halten Sie was von Romanzen an Bord?«

»Ja. Aber von Ihnen halte ich nichts.« Tracy wollte weggehen.

»Warten Sie. Ich habe eine Neuigkeit. Maximilian Pierpont ist doch nicht auf diesem Schiff. Er hat sich in letzter Minute entschlossen, nicht mitzufahren.«

»So ein Jammer. Dann sind Sie ja ganz umsonst hier.«

»Nicht unbedingt.« Jeff schaute Tracy sinnend an. »Wie würde es Ihnen gefallen, auf dieser Reise ein kleines Vermögen zu machen?«

Der Mann ist eine Landplage. »Ich glaube kaum, dass Sie

hier jemand so ohne weiteres berauben können – es sei denn, Sie haben ein kleines U-Boot oder einen Hubschrauber in der Tasche.«

»Wer sagt denn, dass ich jemand berauben will? Sind Ihnen Boris Melnikow und Mihail Negulescu ein Begriff?«

»Und wenn ja, was dann?«

»Melnikow und Negulescu sind auf dem Weg nach Russland, zu einem Weltmeisterschaftsturnier. Wenn ich es einrichten kann, dass Sie gegen die beiden spielen«, sagte Jeff ernst, »können wir einen Haufen Geld verdienen. Ich habe einen perfekten Plan.«

Tracy blickte ihn ungläubig an. »Wenn Sie es einrichten können, dass *ich* gegen die beiden spiele? *Das* ist Ihr perfekter Plan?«

»Mhm. Wie gefällt er Ihnen?«

»Ausgezeichnet. Er hat nur einen Haken.«

»Und der wäre?«

»Ich kann nicht Schach spielen.«

Jeff lächelte gütig. »Kein Problem. Das bringe ich Ihnen bei.«

»Sie sind verrückt«, sagte Tracy. »Wenn ich Ihnen einen freundlichen Rat geben darf – gehen Sie zu einem tüchtigen Psychiater. Gute Nacht.«

Am nächsten Morgen hatte Tracy einen wortwörtlichen Zusammenstoß mit Boris Melnikow. Er joggte auf dem Bootsdeck, und als Tracy um die Ecke bog, prallte er gegen sie und rannte sie über den Haufen.

»Passen Sie doch auf, Mensch«, knurrte er und joggte ungerührt weiter.

Tracy saß auf den Decksplanken und starrte ihm nach.

»So was von rüde!« Sie stand auf und schüttelte den Staub von ihren Kleidern.

Ein Steward nahte. »Sind Sie verletzt, Miss? Ich habe gesehen, wie er Sie …«

»Nein, ich bin nicht verletzt. Alles in Ordnung, danke.« Sie würde sich ihre Reise von *niemandem* vermiesen lassen.

Als Tracy in ihre Suite zurückkehrte, lagen sechs Zettel auf dem Tisch, alle gleichen Inhalts: Sie möge Mr. Jeff Stevens anrufen. Sie dachte gar nicht daran. Am Nachmittag schwamm und las sie, und als sie am Abend in die Bar ging, um vor dem Essen einen Cocktail zu trinken, fühlte sie sich wunderbar. Ihre Euphorie war nicht von Dauer. Mihail Negulescu, der Rumäne, saß an der Bar. Als er Tracy sah, stand er auf und sagte: »Darf ich Ihnen einen Drink spendieren, schöne Frau?«

Tracy zögerte. Dann lächelte sie. »Ja, danke.«

»Was möchten Sie denn?«

»Einen Wodka Tonic, bitte.«

Negulescu gab die Bestellung an den Barmann weiter und wandte sich wieder Tracy zu. »Ich bin Mihail Negulescu.«

»Ich weiß.«

»Klar. Mich kennen alle. Ich bin der größte Schachspieler der Welt. In meiner Heimat werde ich als Nationalheld verehrt.« Er beugte sich zu Tracy herüber, legte ihr die Hand aufs Knie und sagte: »Ich kann auch sagenhaft gut ficken.«

Tracy glaubte, nicht recht gehört zu haben. »Wie bitte?«

»Ich kann auch sagenhaft gut ficken – Sie werden ja sehen.«

Tracys erste Regung war, ihm den Drink ins Gesicht zu schütten, aber sie beherrschte sich. Sie hatte einen besseren Einfall. »Entschuldigung«, sagte sie, »aber ich muss jetzt zu einem Bekannten von mir.«

Sie machte sich auf die Suche nach Jeff Stevens und fand ihn im Princess Grill. Doch als sie auf seinen Tisch zuging, sah sie, dass er mit einer hübschen Blondine speiste. Die Dame hatte eine aufsehenerregende Figur und trug ein Abendkleid, das so eng war, als sei es ihr direkt auf den Leib gepinselt worden. *Ich hätte es ja eigentlich wissen müssen,* dachte Tracy, drehte sich um und verließ den Grillroom. Einen Augenblick später war Jeff an ihrer Seite.

»Tracy … wollten Sie mit mir reden?«

»Ich möchte Sie nicht vom … vom Essen abhalten.«

»Oh, sie ist nur eine Kleinigkeit zum Nachtisch«, sagte Jeff leichthin. »Was kann ich für Sie tun?«

»War Ihnen das ernst mit Melnikow und Negulescu?«

»Absolut. Warum?«

»Ich glaube, man muss sie Mores lehren.«

»Das glaube ich auch. Und wir werden auch noch Geld dabei verdienen.«

»Gut. Erzählen Sie mir von Ihrem Plan.«

»Sie werden die beiden beim Schach schlagen.«

»Ich meine es ernst.«

»Ich auch.«

»Wie ich Ihnen bereits gesagt habe, kann ich nicht Schach spielen. Ich kann einen Bauern nicht von einem König unterscheiden. Ich …«

»Keine Bange«, sagte Jeff. »Ein paar Lektionen von mir, und Sie erledigen sie beide.«

»Beide?«

»Ach, habe ich Ihnen das noch nicht gesagt? Sie werden simultan gegen die Herren spielen.«

Jeff saß neben Boris Melnikow in der Pianobar.

»Die Frau ist eine ausgezeichnete Schachspielerin«, vertraute er Melnikow an.

Der Russe gab ein verächtliches Grunzen von sich. »Frauen verstehen nichts von Schach. Sie können nicht denken.«

»Die hier kann's. Sie sagt, sie könne Sie ohne weiteres schlagen.«

Boris Melnikow lachte schallend. »Mich schlägt niemand. *Niemand.*«

»Sie wettet mit Ihnen zehntausend Dollar, dass sie simultan gegen Sie und Mihail Negulescu spielen und gegen mindestens einen von Ihnen ein Remis herausholen kann.«

Boris Melnikow verschluckte sich an seinem Drink. »Das – das ist doch *lächerlich*! Sie will *simultan* gegen uns spielen? Diese … diese *Dilettantin*?«

»Ja, sie will simultan gegen Sie spielen. Für zehntausend Dollar pro Nase.«

»Eigentlich sollte ich's machen, um diesem schwachsinnigen Weib einen Denkzettel zu verpassen.«

»Wenn Sie gewinnen, wird das Geld in einem Land Ihrer Wahl hinterlegt.«

Ein gieriger Ausdruck trat in das Gesicht des Russen. »Also, dass sie gegen uns *beide* spielen will … Die Frau muss übergeschnappt sein.«

»Sie hat die zwanzigtausend Dollar bei sich.«

»Woher kommt sie?«

»Sie ist Amerikanerin.«

»Ah – das erklärt die Sache. Alle reichen Amerikanerinnen sind verrückt.«

Jeff machte Anstalten, sich von seinem Barhocker zu erheben. »Tja, dann wird sie wohl gegen Mihail Negulescu allein spielen müssen.«

»*Negulescu* hat sich auf eine Partie mit ihr eingelassen?«

»Gewiss. Habe ich Ihnen das nicht gesagt? Sie wollte eigentlich gegen Sie beide spielen, aber wenn Sie Angst haben …«

»Angst? *Ich*? Angst?«, röhrte Melnikow. »Ich werde sie *vernichten*. Wann soll diese lächerliche Partie stattfinden?«

»Sie dachte, vielleicht am Freitag. Am letzten Abend auf See.«

Boris Melnikow überlegte. »Zehntausend Dollar?«

»Das ist richtig.«

Der Russe seufzte. »So viel Geld habe ich nicht bei mir.«

»Kein Problem«, versicherte ihm Jeff. »Miss Whitney will sich doch bloß in dem Ruhm sonnen, gegen den großen Boris Melnikow gespielt zu haben. Wenn Sie verlieren, geben Sie ihr einfach ein Foto mit Autogramm. Wenn Sie gewinnen, kriegen Sie die zehntausend Dollar.«

»Wer verwahrt die Einsätze?« Ein leiser Argwohn schwang in der Stimme des Russen mit.

»Der Zahlmeister.«

»Na schön«, sagte Melnikow. »Am Freitagabend. Wir fangen um 22 Uhr an.«

»Da wird sie sich aber freuen«, sagte Jeff.

Am nächsten Vormittag sprach Jeff beim Konditionstraining in der Turnhalle mit Mihail Negulescu.

»Amerikanerin ist sie?«, sagte Mihail Negulescu. »Hätte

ich mir ja gleich denken können. Die spinnen, die Amerikaner.«

»Sie ist eine große Schachspielerin.«

Mihail Negulescu machte eine wegwerfende Handbewegung. »Groß ist nicht genug. Der Größte muss man sein – *das* zählt. Und ich bin der Größte.«

»Darum möchte sie auch unbedingt gegen Sie spielen. Wenn Sie verlieren, geben Sie ihr einfach ein Foto mit Autogramm. Wenn Sie gewinnen, kriegen Sie zehntausend Dollar …«

»Negulescu spielt nicht gegen Amateure.«

»… hinterlegt in einem Land Ihrer Wahl.«

»Kommt überhaupt nicht in Frage.«

»Tja, dann wird sie wohl gegen Boris Melnikow allein spielen müssen.«

»Was? Soll das heißen, dass sich Melnikow auf eine Partie mit dieser Frau eingelassen hat?«

»Gewiss. Aber sie wollte eigentlich gegen Sie beide simultan spielen.«

»Das … das … das ist doch *unglaublich*!«, stotterte Negulescu. »So ein Dünkel! Wer ist sie denn, dass sie sich einbildet, sie könnte einen amtierenden und einen ehemaligen Weltmeister schlagen? Die muss aus dem Irrenhaus entsprungen sein.«

»Sie hat einen kleinen Schatten«, gab Jeff zu, »aber ihr Geld ist absolut sauber.«

»Zehntausend Dollar, wenn ich sie schlage, sagten Sie?«

»Das ist richtig.«

»Und Boris Melnikow kriegt auch zehntausend Dollar?«

»*Wenn* er sie schlägt.«

Mihail Negulescu grinste.

»Oh, er wird sie sicher schlagen. Und ich sie auch.«

»Unter uns gesagt: Es würde mich kein bisschen wundern.«

»Wer verwahrt die Einsätze?«

»Der Zahlmeister.«

Warum soll bloß Melnikow das Geld dieser Frau einstreichen?, dachte Mihail Negulescu.

»In Ordnung, mein Freund. Wann und wo?«

»Am Freitagabend um 22 Uhr. Im Queen's Room.«

Mihail Negulescu fletschte die Zähne zu einem höhnischen Lächeln. »Ich werde zur Stelle sein.«

»Sie meinen, die beiden machen mit?«, rief Tracy.

»Ja.«

»O Gott, mir wird speiübel.«

»Ich hole Ihnen einen kalten Umschlag.«

Jeff eilte ins Badezimmer von Tracys Suite, ließ Wasser über ein Handtuch laufen und brachte es ihr. Sie hatte sich auf die Chaiselongue gelegt. Er drückte ihr das Handtuch behutsam gegen die Stirn. »Na, wie fühlt sich das an?«

»Entsetzlich. Ich glaube, ich habe Migräne.«

»Hatten Sie schon mal Migräne?«

»Nein.«

»Dann haben Sie jetzt auch keine. Hören Sie, Tracy – es ist völlig normal, vor einer Geschichte wie dieser Angst zu haben.«

Tracy sprang auf und feuerte das Handtuch in den Raum. »Vor einer Geschichte wie dieser? So etwas hat es noch nie gegeben! Ich spiele gegen einen amtierenden und einen ehemaligen Weltmeister mit *einer* Schachlektion von Ihnen, und …«

»Mit zwei«, berichtigte Jeff. »Außerdem sind Sie ein Naturtalent.«

»Mein Gott, warum habe ich mich von Ihnen dazu breitschlagen lassen?«

»Weil wir einen Haufen Geld machen werden.«

»Ich will aber keinen Haufen Geld machen«, jammerte Tracy. »Ich will, dass dieses Schiff untergeht.«

»Jetzt regen Sie sich nicht auf«, sagte Jeff beruhigend. »Es wird sicher …«

»Es wird sicher eine *Katastrophe*! Alle Leute auf diesem Schiff werden zuschauen!«

»Genau das wollen wir ja, nicht wahr?«, sagte Jeff strahlend.

Jeff hatte alles mit dem Zahlmeister geregelt. Er hatte ihm die Einsätze zur Verwahrung übergeben – zwanzigtausend Dollar in Travellerschecks – und ihn gebeten, am Freitagabend zwei Schachtische aufbauen zu lassen. Die Neuigkeit verbreitete sich wie ein Lauffeuer, und es traten immer wieder Passagiere an Jeff heran, um sich zu erkundigen, ob die Partie tatsächlich stattfinden werde.

»Aber ja«, versicherte Jeff allen Fragern. »Es ist unglaublich. Die arme Miss Whitney glaubt allen Ernstes, dass sie gewinnen kann. Sie wettet sogar darum.«

»Kann ich da mitwetten?«, wollte ein Passagier wissen.

»Selbstverständlich. So viel Geld, wie Sie mögen. Miss Whitney bittet lediglich, dass zehn gegen eins gewettet wird.«

Eine Million gegen eins wäre einleuchtender gewesen. Als der erste Betrag gesetzt war, öffneten sich die Schleusen. Es schien, dass jeder an Bord – die Leute im Maschinenraum und die Schiffsoffiziere eingeschlossen – auf die Partie wetten wollte. Die Einsätze bewegten sich zwischen fünf und fünftausend Dollar. Und gewettet wurde natürlich in allen Fällen auf den Russen und den Rumänen.

Der argwöhnische Zahlmeister erstattete dem Kapitän Bericht. »So etwas habe ich noch nie erlebt, Sir. Ein Ansturm ohnegleichen. Fast alle Passagiere haben mitgemacht. Ich verwahre etwa zweihunderttausend Dollar Wettgelder.«

Der Kapitän betrachtete den Zahlmeister mit nachdenklichem Blick. »Sie sagten, dass Miss Whitney simultan gegen Melnikow und Negulescu spielen will?«

»Ja, Sir.«

»Haben Sie nachgeprüft, ob die beiden Männer wirklich Mihail Negulescu und Boris Melnikow sind?«

»Natürlich, Sir.«

»Es könnte nicht sein, dass sie die Partie mit betrügerischer Absicht verlieren?«

»Ausgeschlossen. Sie sind so aufgeblasen, dass sie lieber sterben würden, als gegen eine Frau zu verlieren.«

Der Kapitän fuhr sich mit den Fingern durchs Haar und zog verwirrt die Stirn kraus. »Wissen Sie etwas von Miss Whitney oder diesem Mr. Stevens?«

»Überhaupt nichts, Sir. Nur dass sie getrennt reisen.«

Der Kapitän traf seine Entscheidung. »Irgendwie riecht das Ganze nach einer Gaunerei, und normalerweise würde ich es unterbinden. Aber ich verstehe zufällig etwas von Schach, und so weiß ich ganz genau, dass man bei diesem Spiel nicht mogeln kann. Also lassen wir die Partie stattfinden.« Er zog seinen Geldbeutel aus der Tasche. »Setzen Sie fünfzig Pfund für mich. Auf die Meister.«

Am Freitag um 21 Uhr war der Queen's Room voll von Passagieren und Schiffsoffizieren und Besatzungsmitgliedern, die keinen Dienst hatten. Auf Jeff Stevens' Ersuchen hin waren zwei Räume für die Partie bereitgestellt worden. Der eine Schachtisch stand im Queen's Room, der andere im Salon nebenan. Vorhänge trennten die beiden Räume.

»Damit die Spieler nicht voneinander abgelenkt werden«, erläuterte Jeff. »Wir würden die Zuschauer auch bitten, bis zum Ende der Partie in dem von ihnen gewählten Raum zu bleiben.«

Seile waren um die beiden Tische gespannt worden, um die Menge zurückzuhalten. Die Zuschauer würden etwas Einmaliges erleben, da waren sie sicher. Sie wussten nichts von der schönen, jungen Amerikanerin. Sie wussten nur, dass es unmöglich war, simultan gegen Negulescu und Melnikow zu spielen und dabei ein Remis gegen einen von ihnen herauszuholen.

Jeff stellte Tracy kurz vor Beginn der Partie den beiden Meistern vor. Tracy erinnerte an eine griechische Statue mit ihrem langen, fließenden lindgrünen Chiffonkleid, das eine Schulter frei ließ.

Mihail Negulescu betrachtete sie gründlich. »Sie haben noch kein einziges nationales Turnier verloren, sagt Mr. Stevens. Stimmt das?«

»Ja«, antwortete Tracy wahrheitsgemäß.

Negulescu zuckte die Achseln. »Nie von Ihnen gehört.«

Boris Melnikow war ähnlich ungehobelt. »Ihr Amerikaner wisst nicht, was ihr mit euren Moneten anfangen sollt«, sagte er. »Ich möchte Ihnen im Voraus danken. Der Gewinn wird meine Familie sehr glücklich machen.«

Tracys Augen waren von tiefem Jadegrün. »Noch haben Sie nicht gewonnen, Mr. Melnikow.«

Melnikows Lachen dröhnte durch den Queen's Room. »Meine liebe Dame, ich weiß nicht, wer *Sie* sind, aber ich weiß, wer *ich* bin. Ich bin der große Boris Melnikow.«

Es war 22 Uhr. Jeff schaute sich in beiden Räumen um und sah, dass sie bis auf den letzten Platz besetzt waren. »Fangen wir an«, sagte er.

Tracy nahm gegenüber von Melnikow Platz und fragte sich zum hundertsten Mal, wie sie eigentlich in diese Sache hineingeraten war.

»Es ist wirklich nichts dabei«, hatte Jeff ihr versichert. »Vertrauen Sie mir.«

Und sie hatte ihm vertraut. *Ich muss nicht ganz zurechnungsfähig gewesen sein*, dachte Tracy. Sie spielte gegen den amtierenden und gegen den ehemaligen Schachweltmeister und hatte keinen Schimmer von diesem Spiel – abgesehen von dem, was Jeff ihr in vier Stunden beigebracht hatte.

Der große Moment war gekommen. Tracy spürte, wie ihr die Knie zitterten. Melnikow wandte sich der erwartungsvollen Menge zu und grinste. Er befahl einen Steward zu sich. »Bringen Sie mir einen doppelten Cognac.«

»Um allen Gerechtigkeit widerfahren zu lassen«, hatte Jeff zu Melnikow und Negulescu gesagt, »würde ich vorschlagen, dass Sie, Mr. Melnikow, Weiß spielen und damit den ersten Zug haben und dass Miss Whitney dann bei der Partie mit Mr. Negulescu Weiß spielt und den ersten Zug hat.«

Beide Meister hatten zugestimmt.

Während die Menge in Schweigen verharrte, streckte

Boris Melnikow die Hand aus und ließ seinen Damenbauern zwei Felder vorrücken. *Ich werde diese Frau nicht nur schlagen. Ich werde sie am Boden zerstören.*

Er blickte Tracy an. Sie betrachtete das Schachbrett, nickte und erhob sich, ohne eine von den Figuren zu berühren. Ein Steward bat die Menge, beiseitezutreten und Tracy den Weg frei zu machen. Sie schritt in den Salon, wo Mihail Negulescu am zweiten Schachtisch saß. Tracy nahm gegenüber von ihm Platz.

»Na, mein Täubchen? Haben Sie Melnikow schon geschlagen?« Mihail Negulescu lachte schallend über seinen eigenen Witz.

»Ich arbeite daran, Mr. Negulescu«, sagte Tracy ruhig. Sie streckte die Hand aus und ließ ihren Damenbauern zwei Felder vorrücken. Negulescu schaute sie an und grinste. Er wollte sich in einer Stunde massieren lassen, aber er hatte die Absicht, schon lange vorher mit dieser Partie fertig zu sein. Er ließ seinen Damenbauern ebenfalls zwei Felder vorrücken. Tracy betrachtete das Schachbrett. Dann stand sie auf. Ein anderer Steward bat die Menge, ihr den Weg frei zu machen.

Tracy kehrte in den Queen's Room zurück, setzte sich an den Tisch und machte ihren Zug: schwarzer Damenbauer zwei Felder vor. Sie sah, wie Jeff im Hintergrund fast unmerklich nickte.

Ohne zu zögern, setzte Boris Melnikow den weißen Bauern vor seinem Damenläufer ein Feld vor.

Drei Minuten später setzte Tracy an Negulescus Schachtisch ihren weißen Bauern vor dem Damenläufer ein Feld vor.

Negulescu zog mit dem Königsbauern.

Tracy erhob sich und kehrte in den Queen's Room zu Melnikow zurück. Sie zog mit dem Königsbauern.

Aha, sie ist also doch kein hoffnungsloser Fall, dachte Melnikow verblüfft. Er brachte seinen Damenspringer heraus.

Tracy beobachtete seinen Zug, nickte, ging zu Negulescu und wiederholte Melnikows Zug.

Negulescu ließ seinen Königsläufer zwei Felder vorrücken. Tracy begab sich zu Melnikow zurück und wiederholte Negulescus Zug.

Im Laufe der Zeit mussten die beiden Meister feststellen, dass sie es mit einer brillanten Gegnerin zu tun hatten. Wie raffiniert ihre Züge auch sein mochten – diese Amateurin war nie um einen klugen Gegenzug verlegen.

Weil sie in zwei verschiedenen Räumen saßen, hatten Boris Melnikow und Mihail Negulescu keine Ahnung, dass sie in Wirklichkeit gegeneinander spielten. Was Melnikow auch tat, wiederholte Tracy bei Negulescu. Und was Negulescu dagegen unternahm, wiederholte sie bei Melnikow.

Als die Meister ins Mittelspiel eintraten, waren sie nicht mehr blasiert. Sie kämpften um ihren guten Ruf. Sie schritten unruhig hin und her, während sie über den nächsten Zug nachdachten, rauchten nervös, stießen wilde Qualmwolken aus. Nur Tracy schien völlig gelassen.

Die Partie dauerte bereits vier Stunden. Aus den beiden Räumen war kein einziger Zuschauer abgewandert. Sie harrten alle aus wie gebannt.

Jeder bedeutende Schachspieler hat in seinem Hirn Hunderte von Partien gespeichert, die andere Große vor ihm gespielt haben. Und als diese Partie nun langsam dem Endspiel entgegenging, erkannten Melnikow und Negulescu wechselseitig die Hand des anderen.

Dieses Mistweib, dachte Melnikow, *die hat bei Negulescu gelernt.*

Und Negulescu dachte: *Melnikow hat sie unter seine Fittiche genommen. Der alte Drecksack hat ihr gezeigt, wie er's macht.*

Je verbissener sie gegen Tracy kämpften, desto deutlicher merkten sie, dass sie diese Frau einfach nicht schlagen konnten.

In der sechsten Stunde der Partie traten die Meister ins Endspiel ein. Auf den beiden Schachbrettern standen nur noch je drei Bauern, ein Turm und der König. Keine Seite konnte gewinnen. Melnikow sann lange, lange über die Lage nach. Dann holte er tief Luft und sagte mit erstickter Stimme: »Ich biete ein Remis an.«

Ein Aufschrei ging durch die Menge, und Tracy erwiderte: »Akzeptiert.«

Sie erhob sich und schritt in den Salon. Als sie Platz nehmen wollte, sagte Negulescu beinah tonlos: »Ich biete ein Remis an.«

Und wieder ein Aufschrei. Die Menge konnte es nicht fassen, was sie hier miterlebt hatte. Eine Frau war aus dem Nichts aufgetaucht, um in einer Simultanpartie die beiden größten Schachspieler der Welt außer Gefecht zu setzen.

Jeff erschien an Tracys Seite. »Kommen Sie«, sagte er grinsend, »wir haben beide einen Drink nötig.«

Als sie gingen, saßen Boris Melnikow und Mihail Negulescu immer noch wie zwei Häufchen Elend auf ihren Stühlen und stierten mit leerem Blick das Schachbrett an. Dann erwachten sie fast gleichzeitig aus der Erstarrung und fegten die Figuren vom Tisch.

Tracy und Jeff saßen in der Bar im Oberdeck in einer Nische für zwei.

»Sie waren großartig«, lachte Jeff. »Haben Sie Melnikows Gesicht gesehen? Ich dachte, der kriegt gleich eine Herzattacke.«

»Ich dachte, *ich* kriege gleich eine Herzattacke«, sagte Tracy. »Wie viel haben wir gewonnen?«

»Etwa zweihunderttausend Dollar. Wir werden das Geld morgen früh beim Zahlmeister abholen, wenn wir in Southampton anlegen. Wollen wir uns im Speisesaal zum Frühstück treffen?«

»Ja.«

»Ich haue mich jetzt hin. Soll ich Sie zu Ihrer Suite bringen?«

»Ich gehe noch nicht ins Bett, Jeff. Ich bin zu aufgeregt. Aber lassen Sie sich nicht von mir abhalten.«

»Sie waren einsame Spitze«, sagte Jeff. Er küsste sie leicht auf die Wange. »Gute Nacht, Tracy.«

»Gute Nacht, Jeff.«

Tracy schaute ihm nach. Schlafen gehen? Jetzt? Unmöglich! Es war eine der phantastischsten Nächte ihres Lebens gewesen. Der Russe und der Rumäne waren so eingebildet gewesen, so überheblich. Jeff hatte gesagt: »Vertrauen Sie mir.« Und sie hatte es getan. Jetzt bereute sie es nicht mehr. Oh, sie gab sich keinen Illusionen über ihn hin. Er war ein Gauner. Intelligent und amüsant und einfallsreich, und es machte Spaß, mit ihm zusammen zu sein. Aber natürlich würde sie sich nie ernsthaft für ihn interessieren.

Auf dem Weg zu seiner Kabine begegnete Jeff einem der Schiffsoffiziere.

»Das war ja eine tolle Sache, Mr. Stevens. Die Nachricht von der Partie ist bereits nach England gefunkt worden. Ich nehme an, dass die Presse Sie und Miss Whitney in Southampton erwarten wird. Sind Sie ihr Manager?«

»Nein, wir haben uns nur zufällig an Bord kennengelernt«, sagte Jeff leichthin, aber seine Gedanken überstürzten sich. Wenn man Tracy und ihn miteinander in Verbindung brachte, würde das Ganze so aussehen wie ein abgekartetes Spiel. Vielleicht begann dann auch noch die Polizei zu ermitteln. Er beschloss, das Geld einzusammeln, bevor irgendjemand Verdacht schöpfte.

Jeff schrieb einen kurzen Brief an Tracy.

Habe das Geld abgeholt und erwarte Sie in London zu einem festlichen Frühstück im Savoy. Sie waren einfach fabelhaft. Jeff.

Er steckte den Brief in ein Kuvert und überreichte es einem Steward. »Bitte, sorgen Sie dafür, dass Miss Whitney dieses Schreiben gleich am Morgen bekommt.«

»Ja, Sir.«

Jeff machte sich auf den Weg zum Büro des Zahlmeisters.

»Tut mir leid, dass ich Sie störe«, entschuldigte sich Jeff, »aber wir legen in ein paar Stunden an, und ich weiß, wie viel Sie dann zu tun haben, also habe ich mich gefragt, ob Sie mich vielleicht jetzt schon auszahlen können?«

»Selbstverständlich«, sagte der Zahlmeister lächelnd. »Die junge Dame ist wirklich ein Genie, nicht wahr?«

»Allerdings.«

»Wenn ich eins noch fragen darf, Mr. Stevens – wo hat sie das gelernt?«

Jeff neigte sich dem Zahlmeister zu und teilte ihm vertraulich mit: »Soviel ich weiß, ist sie eine Schülerin von Bobby Fisher.«

Der Zahlmeister holte zwei große Packpapierumschläge aus dem Safe. »Da werden Sie aber recht viel Bares mit sich herumtragen. Soll ich Ihnen nicht lieber einen Scheck ausstellen?«

»Nein, machen Sie sich nur keine Umstände. Ich nehme es so«, sagte Jeff. »Aber könnten Sie mir bitte einen anderen Gefallen tun? Das Postboot kommt doch noch, bevor das Schiff in den Hafen einläuft, oder?«

»Ja, Sir. Wir erwarten es um Punkt sechs.«

»Es wäre sehr nett von Ihnen, wenn Sie es einrichten würden, dass ich mit dem Postboot mitfahren kann. Meine Mutter ist todkrank, und ich möchte gern zu ihr, bevor …«, hier versagte ihm die Stimme, »… bevor es zu spät ist.«

»Oh, das tut mir schrecklich leid für Sie, Mr. Stevens. Natürlich kann ich das einrichten. Ich werde auch alles Nötige mit dem Zoll regeln.«

Um 6 Uhr 15 kletterte Jeff Stevens, die beiden Packpapierumschläge in seinem Koffer, über eine Außenbordleiter in das Postboot. Er warf einen letzten Blick auf das große Schiff, das hinter ihm aufragte. Die Passagiere lagen alle in tiefem Schlaf. Wenn die *Queen Elizabeth II* in den Hafen einlief, würde Jeff schon längst an Land sein. »Es war eine schöne Reise«, sagte er zu einem der Besatzungsmitglieder, die mit auf das Postboot gekommen waren.

»Ja, nicht?«, bestätigte eine Stimme.

Jeff drehte sich um. Und da saß Tracy auf einer Taurolle. Ihr Haar wehte im Wind.

»Tracy! Was machen Sie denn hier?«

»Na, raten Sie mal.«

Er bemerkte ihren nicht sehr freundlichen Gesichtsausdruck. »Moment, Moment! Sie werden doch nicht etwa denken, dass ich mich verdrücken wollte?«

»Aber nein, warum sollte ich?«, fragte sie gallenbitter.

»Tracy, ich habe einen Brief für Sie hinterlassen. Ich wollte mich im Savoy mit Ihnen treffen und …«

»Gewiss«, entgegnete sie sarkastisch. »Die Katze lässt das Mausen nicht, wie?«

Er blickte sie an. Es gab nichts mehr zu sagen.

In ihrer Suite im Savoy beobachtete Tracy mit Argusaugen, wie Jeff das Geld auf den Tisch zählte. »Ihr Anteil beläuft sich auf einhundertundeintausend Dollar.«

»Danke«, sagte Tracy eisig.

Jeff sagte: »Hören Sie, Tracy, Sie irren sich wirklich. Ich wollte, Sie gäben mir die Chance, alles zu erklären. Essen Sie heute mit mir zu Abend?«

Tracy zögerte. Dann nickte sie. »Okay.«

»Gut. Ich hole Sie um 20 Uhr ab.«

Als Jeff Stevens an diesem Abend im Hotel eintraf und nach Tracy fragte, teilte ihm der Mann an der Rezeption mit: »Tut mir leid, Sir, Miss Whitney ist heute Nachmittag ausgezogen. Sie hat keine Adresse hinterlassen.«

21

Es war eine handschriftliche Einladung – zu diesem Schluss gelangte Tracy später –, die ihr Leben veränderte.

Nachdem sie ihren Anteil von Jeff Stevens eingetrieben hatte, verließ Tracy das Savoy und quartierte sich in einem ruhigen Hotel in der Park Street mit großen, freundlichen Zimmern und exzellentem Service ein.

An ihrem zweiten Tag in London wurde ihr die Einladung, abgefasst in eleganter, wie gestochener Schrift, vom Portier überbracht: »Ein gemeinsamer Freund hat mich darauf hingewiesen, dass es für uns beide von Vorteil sein könnte, miteinander bekannt zu werden. Möchten Sie vielleicht heute Nachmittag um 16 Uhr im Ritz zum Tee mit mir zusammentreffen? Ich werde, wenn Sie mir das Klischee verzeihen, eine rote Nelke im Knopfloch tragen.« Unterzeichnet war die Einladung mit »Gunther Hartog«.

Tracy hatte keine Ahnung, wer das sein konnte. Ihre erste Regung war, so zu tun, als habe sie die Karte nicht erhalten, aber dann gewann ihre Neugier die Oberhand, und um 16 Uhr 15 stand sie im Ritz an der Tür zum Speisesaal. Sie bemerkte ihn sofort. Er war über sechzig, vermutete Tracy, ein interessant aussehender Mann mit schmalem, intellektuellem Gesicht. Seine Haut war glatt und fast durchscheinend. Er trug einen teuren grauen, maßgeschneiderten Anzug und hatte, wie angekündigt, eine rote Nelke im Knopfloch.

Als Tracy auf seinen Tisch zuging, stand er auf und verbeugte sich leicht.

»Vielen Dank, dass Sie meiner Einladung gefolgt sind.«

Er rückte mit einer altmodischen Höflichkeit, die Tracy bezaubernd fand, den Stuhl für sie zurecht. Er schien in eine andere Welt zu gehören. Tracy konnte sich nicht vorstellen, was er von ihr wollte.

»Ich bin gekommen, weil ich neugierig war«, gestand Tracy, »aber sind Sie sicher, dass Sie mich nicht mit einer anderen Tracy Whitney verwechselt haben?«

Gunther Hartog lächelte. »Nach dem, was ich gehört habe, gibt es nur eine Tracy Whitney.«

»Was haben Sie denn gehört?«

»Wollen wir darüber beim Tee reden?«

Der Tee wurde in schönen Porzellantassen serviert; dazu gab es einen kleinen Imbiss.

»Sie haben in Ihrer Einladung von einem gemeinsamen Freund gesprochen«, begann Tracy.

»Ja, Conrad Morgan. Ich mache hin und wieder Geschäfte mit ihm.«

Ich habe einmal mit ihm Geschäfte gemacht, dachte Tracy wütend. *Und er hat versucht, mich übers Ohr zu hauen.*

»Er ist ein großer Bewunderer von Ihnen«, sagte Gunther Hartog.

Tracy betrachtete ihren Gastgeber genauer. Er hatte die vornehme Art eines Aristokraten und sah vermögend aus. *Was will er von mir?*, fragte sich Tracy noch einmal. Sie kam zu dem Schluss, dass er das selbst zur Sprache bringen sollte, aber im Folgenden wurden weder Conrad Morgan noch der gemeinsame Vorteil erwähnt, der für Gunther Hartog und Tracy Whitney aus einer Bekanntschaft erwachsen könnte.

Tracy fand die Begegnung angenehm, ja faszinierend. Gunther erzählte ihr aus seinem Leben. »Ich bin in München geboren. Mein Vater war Bankier. Er war reich, und ich fürchte, dass ich als ziemlich verwöhntes Herrschaftskind aufgewachsen bin, umgeben von schönen Gemälden und Antiquitäten. Meine Mutter war Jüdin, und als Hitler an die Macht kam, wollte mein Vater sie nicht im Stich lassen – also haben ihn die Nazis um alles gebracht, was er besaß. Sie sind beide bei den Bombardements gestorben. Freunde haben mich aus Deutschland herausgeschmuggelt, in die Schweiz, und als der Krieg zu Ende war, beschloss ich, nicht nach Deutschland zurückzukehren. Ich bin nach London übergesiedelt und habe ein kleines Antiquitätengeschäft in der Mount Street eröffnet. Ich hoffe, dass Sie es eines Tages besuchen werden.«

Da liegt also der Hase im Pfeffer, dachte Tracy verwundert. *Er will mir etwas verkaufen.*

Wie sich später herausstellte, irrte sie sich.

Als Gunther Hartog die Rechnung beglich, sagte er beiläufig: »Ich habe ein kleines Landhaus in Hampshire. Übers Wochenende kommen ein paar Bekannte von mir, und es würde mich sehr freuen, wenn Sie sich uns anschließen wollten.«

Tracy zögerte. Der Mann war ihr fremd, und sie wusste immer noch nicht, was er von ihr wollte. Doch dann gelangte sie zu dem Schluss, dass sie sich gewiss nichts vergab, wenn sie am Freitagabend aufs Land fuhr.

Gunther Hartogs »kleines Landhaus« erwies sich als ein schöner Herrensitz aus dem 17. Jahrhundert mit dreißig Morgen Grund. Gunther war Witwer und lebte allein – abgesehen von seinen Dienstboten. Er zeigte Tracy, was sehenswert war, unter anderem auch den Stall mit den Pferden und die Schweinekoben und den Hühnerhof.

»Damit wir nie zu hungern brauchen«, sagte er ernst. »Und jetzt will ich Sie mit meinem eigentlichen Hobby bekannt machen.«

Er führte Tracy zu einem Taubenschlag. »Das sind Brieftauben«, erklärte er stolz. »Schauen Sie sich diese kleinen Prachtstücke an. Sehen Sie die schiefergraue da drüben? Das ist Margo.« Er nahm die Taube in beide Hände. »Du bist eine Schlimme, weißt du das? Sie tyrannisiert die anderen, aber sie ist die intelligenteste von allen.« Gunther strich der Taube behutsam über den Kopf und setzte sie wieder ab.

Die Farben der Vögel waren wunderbar: blauschwarz, blaugrau und silber in allen Schattierungen.

»Aber keine weißen«, bemerkte Tracy.

»Brieftauben sind nie weiß«, erklärte Gunther. »Weiße Federn gehen zu leicht aus, und wenn Brieftauben auf dem Weg nach Hause sind, fliegen sie immerhin mit einer Durchschnittsgeschwindigkeit von 65 km/h.«

Tracy sah zu, wie Gunther den Vögeln Kraftfutter streute, das mit Vitaminen angereichert war.

»Es sind erstaunliche Tiere«, fuhr Gunther fort. »Wussten Sie schon, dass sie noch aus über 800 km Entfernung nach Hause finden?«

»Das ist ja faszinierend«, sagte Tracy.

Die Gäste waren ebenso faszinierend: ein Minister und

seine Frau, ein Earl, ein General mit seiner Freundin und die Maharani von Morvi, eine sehr attraktive, freundliche junge Frau. Sie trug einen dunkelroten, mit Goldfäden durchwirkten Sari und den schönsten Schmuck, den Tracy je gesehen hatte.

»Den größten Teil meiner Juwelen verwahre ich in einem Banksafe«, erklärte sie Tracy. »Es wird so viel gestohlen heutzutage.«

Am Sonntagnachmittag, kurz bevor Tracy nach London zurückfuhr, bat Gunther sie in seine Bibliothek. Sie saßen einander beim Tee gegenüber, und Tracy sagte: »Ich weiß nicht, warum Sie mich eingeladen haben, Gunther, aber wie auch immer – es war wunderschön.«

»Das freut mich, Tracy.« Gunther dachte einen Augenblick nach. Dann fragte er: »Haben Sie Zukunftspläne?«

Tracy zögerte. »Nein, eigentlich nicht. Ich weiß noch nicht, was ich mache.«

»Ich glaube, wir könnten gut zusammenarbeiten.«

»Sie meinen, in Ihrem Antiquitätengeschäft?«

Er lachte. »Nein, da nun gerade nicht. Es wäre eine Schande, Ihre Talente brachliegen zu lassen. Ich weiß über den tollen Streich Bescheid, den Sie Conrad Morgan gespielt haben. Das haben Sie famos gemacht.«

»Gunther … das liegt alles hinter mir.«

»Gewiss. Aber was liegt vor Ihnen? Sie sagten, Sie hätten keine Zukunftspläne. Doch Sie müssen an Ihre Zukunft denken. Was Sie an Geld haben, wird eines Tages zur Neige gehen. Ich schlage Ihnen eine Partnerschaft vor. Ich verkehre in sehr vermögenden Kreisen, bin bei Wohltätigkeitsveranstaltungen und Jagdgesellschaften und

Segeltörns mit von der Partie. Ich weiß, wie und wann die Reichen kommen und gehen.«

»Und was hat das mit mir zu tun?«

»Ich kann Sie in diese Kreise einführen. Ich kann Sie über märchenhafte Juwelen und Gemälde informieren und über die Art und Weise, sie gefahrlos zu beschaffen. Ich kann diese Dinge unter der Hand weiterveräußern. Sie würden nur Leuten ans Leder gehen, die auf Kosten anderer reich geworden sind. Wir würden uns alles fair teilen. Nun – was sagen Sie dazu?«

»Nein.«

Er betrachtete sie sinnend. »Ich verstehe. Aber rufen Sie mich trotzdem an, wenn Sie es sich anders überlegen?«

»Ich werde es mir nicht anders überlegen, Gunther.«

Am späten Nachmittag kehrte Tracy nach London zurück.

Tracy liebte London. Sie aß in den besten Lokalen (begnügte sich freilich dann und wann auch mit einem Hamburger), sie ging ins National Theatre und ins Royal Opera House, sie besuchte Auktionen bei Christie's und bei Sotheby's. Bei Harrods kaufte sie ein, bei Foyles schmökerte sie in Büchern. Sie mietete einen Wagen samt Chauffeur und verbrachte ein denkwürdiges Wochenende im Chewton Glen Hotel in Hampshire, am Rande des New Forest, wo das Ambiente phantastisch und der Service unübertrefflich war.

Doch all das war teuer. *Was Sie an Geld haben, wird eines Tages zur Neige gehen.* Gunther Hartog hatte recht. Ihre Finanzen würden nicht ewig reichen, und Tracy sah klar und deutlich, dass sie sich mit Zukunftsplänen beschäftigen musste.

Sie wurde zu weiteren Wochenenden auf Gunthers Landsitz eingeladen, und sie hatte Freude an jedem Besuch und genoss die Gesellschaft ihres Gastgebers.

Eines Sonntagabends sagte ein Unterhausabgeordneter zu Tracy: »Ich bin noch nie einem echten Texaner begegnet, Miss Whitney. Was sind das für Leute?«

Worauf Tracy eine neureiche Texanerin nachmachte. Die Runde bog sich vor Lachen.

Später, als Tracy und Gunther allein waren, fragte er: »Wie gefiele es Ihnen, mit dieser Imitation ein kleines Vermögen zu verdienen?«

»Ich bin keine Schauspielerin, Gunther.«

»Sie unterschätzen sich. In London gibt es ein Juweliergeschäft – Parker & Parker –, das seine Kunden gern übers Ohr haut. Sie haben mich auf eine Idee gebracht, wie man diesem Laden seine krummen Touren heimzahlen kann.« Er legte Tracy seinen Einfall dar.

»Nein«, sagte sie. Aber je mehr sie darüber nachdachte, desto faszinierter war sie. Sie erinnerte sich an den Nervenkitzel, die Polizei auszutricksen, dann Boris Melnikow und Mihail Negulescu und Jeff Stevens… Es war unbeschreiblich aufregend gewesen. Trotzdem – das gehörte der Vergangenheit an.

»Nein, Gunther«, sagte sie noch einmal. Doch jetzt klang es weit weniger entschlossen.

Für Oktober war es ungewöhnlich warm in London, und Engländer wie Touristen genossen gleichermaßen den hellen Sonnenschein. Der Mittagsverkehr war zähflüssig, mit Staus am Trafalgar Square, in der Charing Cross Road und am Piccadilly Circus. Ein weißer Mercedes bog von der Oxford Street in die New Bond Street, schlängelte sich langsam zwischen den anderen Wagen hindurch, fuhr an Cartier, Geiger und der Royal Bank of Scotland vorbei und hielt ein paar Häuser hinter Hermès vor einem Juweliergeschäft. Auf einem diskreten, auf Hochglanz polierten Schild neben der Tür stand: PARKER & PARKER. Ein Chauffeur in Uniform entstieg der Limousine, eilte um sie herum und riss den hinteren Wagenschlag für seinen Fahrgast auf. Eine junge, auffällig blonde Frau, die viel zu viel Make-up im Gesicht hatte und unter einem Zobelmantel ein enges italienisches Strickkleid trug – völlig unpassend bei diesem Wetter –, hüpfte aus dem Mercedes.

»Wo iss'n die Klitsche, junger Mann?«, fragte sie. Ihre Stimme war laut, mit einem texanischen Akzent, der dem Ohr wehtat und an den Nerven zerrte.

Der Chauffeur deutete auf den Eingang. »Da, Madam.«

»Okay, Süßer. Bleiben Sie in der Nähe. Dauert nicht lange.«

»Ich muss vielleicht ein paarmal um den Block fahren, Madam. Wir stehen hier im Halteverbot.«

Die Frau klopfte ihm auf die Schulter und sagte: »Tun Sie, was Sie nicht lassen können, Sportsfreund.«

Sportsfreund! Der Chauffeur zuckte zusammen. Das war die Strafe dafür, dass er dazu verdonnert war, Mietwagen durch die Gegend zu kutschieren. Er verabscheute alle Amerikaner. Und Texaner ganz besonders. Sie waren so schrecklich unkultiviert, aber leider hatten sie Geld. Er hätte sich sehr gewundert, wenn er gewusst hätte, dass sein Fahrgast noch nie in Texas gewesen war.

Tracy überprüfte ihr Spiegelbild in der Schaufensterscheibe, setzte ein breites Grinsen auf und ging mit dem

Schritt eines Fuhrknechts auf die Tür zu, die von einem Türsteher in Uniform geöffnet wurde.

»Guten Tag, Madam.«

»Tag. Verkauft ihr hier auch noch was anderes als Modeschmuck?« Sie kicherte über ihren Scherz.

Der Türsteher erbleichte. Tracy trampelte in den Laden und zog eine Wolke von schwerem Moschusparfüm hinter sich her.

Arthur Chilton, Verkäufer im Cut, strebte ihr beflissen und doch gemessen entgegen. »Kann ich etwas für Sie tun, Madam?«

»Vielleicht. Vielleicht auch nicht. Mein alter P.J. hat gesagt, ich soll mir 'ne Kleinigkeit zum Geburtstag kaufen. Was haben Sie denn so?«

»Oh, allerlei. Sind Madam an irgendetwas Bestimmtem interessiert?«

»He, Partner, ihr Engländer gebt ja unheimlich genaue Auskünfte, wie?« Sie lachte heiser und klopfte ihm auf die Schulter. Chilton musste sehr an sich halten, um nicht aus der Haut zu fahren. »Smaragde vielleicht.«

»Wenn Sie bitte hier herüberkommen wollten …«

Chilton führte die Frau zu einer Vitrine, in der sich mehrere Auslagekästen mit Smaragden befanden.

Die Blondine schaute sie nur einmal kurz und verächtlich an. »Das sind die Babys. Und wo sind die Mamas und Papas?«

Chilton bemerkte steif: »Diese Steine bewegen sich im Preis bis zu einer Höhe von dreißigtausend Dollar.«

»Mann, das kriegt mein Friseur als Trinkgeld.« Die Frau lachte schrill. »Mein alter P.J. wäre tierisch sauer, wenn ich mit so 'nem Kieselstein ankommen würde.«

Chilton konnte sich ihren alten P.J. lebhaft vorstellen. Wabbelig, mit ungeheurer Wampe und genauso laut und penetrant wie seine Frau Gemahlin. Sie passten sicher exzellent zueinander. *Warum haben immer die Leute das große Geld, die es am allerwenigsten verdienen?*, fragte er sich.

»Was wollen Madam denn ausgeben?«

»Och, so um die hundert Riesen.«

Chilton blickte verständnislos drein. »Hundert … wie bitte?«

»Riesen, Mann. Große, große Scheine. Tausender, wenn Sie's genau wissen wollen.«

Chilton schluckte. »Oh. In diesem Fall wäre es wohl besser, wenn Sie mit unserem Verkaufsleiter sprechen würden.«

Der Verkaufsleiter, Gregory Halston, bestand darauf, alle größeren Transaktionen persönlich abzuwickeln, und da die Angestellten von Parker & Parker nicht am Umsatz beteiligt waren, kümmerte es sie nicht. Chilton war sogar froh, diese widerwärtige Kundin an Halston weiterreichen zu können. Er drückte einen Knopf unter dem Ladentisch, und wenige Sekunden später kam aus einem der Nebenräume ein langer, dürrer, bleicher Mann geeilt. Er warf einen Blick auf die entsetzlich angezogene Blondine und hoffte inständig, dass niemand von der Stammkundschaft erschien, bis dieses Weib verschwunden war.

Chilton sagte: »Mr. Halston, das ist Mrs. – äh …?« Er wandte sich der Frau zu.

»Benecke, Süßer. Mary Lou Benecke. Die Alte vom alten P.J. Benecke. Er macht in Öl. Na, ihr habt ja sicher schon von ihm gehört.«

»Selbstverständlich.« Gregory Halston bemühte sich um die Andeutung eines Lächelns.

»Mrs. Benecke möchte einen Smaragd erwerben, Mr. Halston.«

Gregory Halston deutete auf die Auslagekästen. »Wir haben hier einige sehr schöne Stücke, die …«

»Sie wollte etwas für ungefähr hunderttausend Dollar.«

Diesmal war das Lächeln, das Gregory Halstons Gesicht erhellte, durchaus echt. Nett, wenn der Nachmittag *so* anfing.

»Wissen Sie, ich hab bald Geburtstag, und mein alter P.J. will, dass ich mir was Hübsches kaufe.«

»Das … das ist verständlich«, sagte Halston. »Würden Sie mir bitte folgen?«

»Na, was haben Sie denn mit mir vor, Sie kleiner Wüstling?«, gickste die Blondine.

Halston und Chilton blickten einander gequält an. *Oh, diese Amerikaner!*

Halston führte die Frau zu einer abgeschlossenen Tür, die er aufsperrte. Sie traten in einen kleinen hell erleuchteten Raum, und Halston schloss die Tür wieder zu.

»Hier befindet sich die Ware für unsere besonders geschätzte Kundschaft«, erklärte er.

In der Mitte des Raums stand eine Vitrine mit überwältigend schönen Diamanten, Rubinen und Smaragden.

»Das ist schon eher was«, sagte die Blondine.

»Sehen Madam etwas Ansprechendes?«

»Schauen wir mal.« Sie ging zu dem Auslagekästchen mit den Smaragden. »Die da – die würde ich gern genau unter die Pupille nehmen.«

Halston zog einen kleinen Schlüssel aus seiner Tasche,

sperrte die Vitrine auf, holte das Auslagekästchen heraus und stellte es auf den Tisch. Es war mit Samt ausgeschlagen und enthielt zehn Smaragde. Halston sah zu, wie die Frau den größten Stein auswählte. Er gehörte zu einer erlesenen Nadel und war in Platin gefasst.

»Wie mein alter P.J. sagen würde: ›Das ist genau mein Fall.‹«

»Madam haben einen ausgezeichneten Geschmack. Dies ist ein zehnkarätiger Smaragd aus Kolumbien, grasgrün, lupenrein und …«

»Smaragde sind nie lupenrein, Mann.«

Halston war einen Moment lang baff. »Da haben Madam natürlich recht. Was ich meinte, war …« Zum ersten Mal bemerkte er, dass die Augen der Frau so grün waren wie der Stein, den sie jetzt in der Hand hielt und prüfend betrachtete.

»Wir haben auch noch eine größere Auswahl, wenn Sie …«

»Ach, was soll das Tamtam, Süßer. Den nehm ich.«

Der Verkaufsvorgang hatte keine drei Minuten gedauert.

»Wunderbar«, sagte Halston. Dann fügte er ganz beiläufig hinzu: »In Dollar beläuft sich der Kaufpreis auf einhunderttausend. Wie wollen Madam ihn begleichen?«

»Ganz einfach, Ralston. Ich hab 'n Konto hier bei 'ner Bank in London. Sie kriegen 'n Scheck von mir. Mein alter P.J. kann's mir dann zurückzahlen.«

»Wunderbar. Ich werde den Stein noch für Sie reinigen lassen, und anschließend bekommen Sie ihn direkt ins Hotel geliefert.«

Der Stein brauchte nicht gereinigt zu werden, aber

Halston hatte nicht die Absicht, ihn aus der Hand zu geben, bevor er wusste, dass der Scheck gedeckt war. Zu viele Juweliere, die er kannte, waren schon von gewieften Schwindlern geprellt worden. Halston dagegen konnte sich rühmen, dass ihn noch nie jemand betrogen hatte. Nicht um ein einziges Pfund.

»Wohin sollen wir den Smaragd liefern?«

»In die Oliver-Messel-Suite im Dorch.«

Halston notierte es sich. »Ins Dorchester Hotel also. Gut.«

Er beobachtete, wie die Frau den Scheck ausfüllte. Er bemerkte, dass es ein Scheck von der Barclays Bank war. Hervorragend. Da hatte er einen Freund, der nachprüfen konnte, ob auf dem Konto dieser Mrs. Benecke genügend Geld war.

Er nahm den Scheck entgegen. »Morgen früh bekommen Sie den Smaragd geliefert.«

»Mein alter P.J. findet den sicher echt geil«, sagte die Frau strahlend.

»Oh, das glaube ich auch«, erwiderte Halston höflich.

Er brachte sie zur Ladentür.

»Ralston …«

Er hätte sie um ein Haar berichtigt, aber dann überlegte er es sich anders. Wozu die Mühe? Sie würde ihm, dem Himmel sei Dank, nie wieder unter die Augen treten. »Madam?«

»Sie müssen irgendwann mal am Nachmittag zu uns kommen und ’n Tässchen Tee mit uns trinken. Wetten, dass Sie meinen alten P.J. einfach klasse finden?«

»Da bin ich sicher. Nur muss ich am Nachmittag leider arbeiten.«

»So ’n Pech.«

Er beobachtete, wie seine Kundin das Geschäft verließ und an den Bordstein trat. Ein weißer Mercedes rollte heran, ein Chauffeur entstieg ihm und riss den Schlag für die sogenannte Dame auf. Sie drehte sich um, schaute Halston an und hielt den Daumen hoch, als sie abfuhr.

Halston kehrte in sein Büro zurück, langte sich sofort das Telefon her und rief seinen Freund Peter bei Barclays an. »Peter, mein Guter, ich habe hier einen Scheck über einhunderttausend Dollar, ausgestellt von einer gewissen Mary Lou Benecke. Die hat ein Konto bei euch. Ist der Scheck gedeckt?«

»Bleib dran, alter Junge.«

Halston wartete. Er hoffte sehr, dass der Scheck gedeckt war, denn der Geschäftsgang war in letzter Zeit etwas schleppend gewesen. Die erbärmlichen Gebrüder Parker, denen der Laden gehörte, beklagten sich ständig, als wäre er dafür verantwortlich und nicht die Rezession. Natürlich waren die Gewinne nicht so niedrig, wie sie es hätten sein *können*, denn Parker & Parker besaß eine Abteilung, die auf die Reinigung von Juwelen spezialisiert war, und es geschah nicht eben selten, dass die Schmucksachen, die dem Kunden wieder ausgehändigt wurden, ein wenig minderwertiger waren als die, die er zum Reinigen gebracht hatte. Es waren deswegen auch schon Anzeigen erstattet worden. Doch man hatte Parker & Parker nie etwas nachweisen können.

Nun war Peter wieder am Apparat. »Kein Problem, Gregory. Es ist mehr als genug Geld auf dem Konto. Der Scheck ist auf jeden Fall gedeckt.«

Halston fiel ein Stein vom Herzen. »Danke, Peter.«

»Keine Ursache.«

»Nächste Woche gehen wir essen. Du bist eingeladen.«

Am nächsten Morgen wurde der Scheck eingelöst und der Smaragd von einem Boten an Mrs. Mary Lou Benecke im Dorchester Hotel abgeliefert.

Am späten Nachmittag, kurz vor Ladenschluss, sagte Gregory Halstons Sekretärin: »Eine Mrs. Benecke will Sie sprechen, Mr. Halston.«

Halston verzagte. Sie war wiedergekommen, um die Nadel zurückzugeben, und er konnte das schwerlich verweigern. *Zum Teufel mit den Frauen, vor allem, wenn sie aus Texas sind!* Halston setzte ein süßliches Lächeln auf und verließ sein Büro, um die Kundin zu begrüßen.

»Guten Tag, Mrs. Benecke. Ich nehme an, die Nadel hat Ihrem Gatten nicht gefallen.«

Sie grinste. »Da liegen Sie falsch, Sportsfreund. Mein alter P. J. fand sie einfach spitze.«

Halston fasste wieder Mut. »Ach, ja?«

»Er fand sie so super, dass ich noch so 'ne Nadel besorgen soll. Wir lassen dann Ohrringe draus machen. Geben Sie mir noch so 'ne Nadel, ja?«

Gregory Halston legte die Stirn in Falten. »Da haben wir, fürchte ich, ein kleines Problem, Mrs. Benecke.«

»Was für eins, Süßer?«

»Der Stein, den Sie haben, ist ein Unikat. Will heißen, es gibt ihn nur einmal. Aber ich habe zwei sehr schöne, etwas anders geschliffene Smaragde, die ich Ihnen ...«

»Ich will keine andern. Ich will so einen wie den, den ich gekauft habe.«

»Um ganz ehrlich zu sein, Mrs. Benecke, es gibt nicht

allzu viele zehnkarätige kolumbianische lupenreine …«, er sah ihren rügenden Blick, »… *fast* lupenreine Smaragde.«

»Na, nun machen Sie mal halblang, Sportsfreund. Irgendwo muss es doch noch so 'n Ding geben.«

»Ich habe, in aller Aufrichtigkeit, nur wenig Steine von dieser Qualität gesehen, und ein Duplikat vom selben Schliff und in derselben Farbe zu finden dürfte fast unmöglich sein.«

»Wir in Texas sagen immer: Nichts ist unmöglich, es dauert nur 'n bisschen länger. Ich hab am Samstag Geburtstag. P. J. will, dass ich diese Ohrringe habe, und was P. J. will, das kriegt er auch.«

»Ich glaube wirklich nicht, dass ich …«

»Was hab ich für die Nadel geblecht? Hundert Riesen, nicht? Also, ich weiß, dass mein alter P. J. für 'ne zweite zweihundert- bis dreihunderttausend springen lassen würde.«

Gregory Halston dachte blitzschnell nach. Es *musste* irgendwo ein Duplikat dieses Steins geben, und wenn P. J. Benecke bereit war, noch einmal zweihunderttausend Dollar draufzulegen, würde das ein recht hübscher Profit sein. *Ich kann sogar dafür sorgen,* dachte Halston, *dass es ein recht hübscher Profit für mich allein wird.*

Er sagte: »Ich werde mich umhören, Mrs. Benecke. Ich bin sicher, dass kein anderer Juwelier in London das Duplikat hat, aber es werden ja immer wieder Nachlässe versteigert. Ich werde Anzeigen in die Zeitung setzen und sehen, was dabei herauskommt.«

»Sie haben Zeit bis Samstag«, erwiderte die Blondine. »Und ganz unter uns – mein alter P. J. geht wahrscheinlich sogar bis dreihundertfünfzigtausend.«

Und damit entschwand Mrs. Benecke. Ihr Zobelmantel wogte ihr nach.

Gregory Halston saß in seinem Büro, in Tagträume versunken. Das Schicksal hatte ihm einen Mann zugeführt, der in seine blonde Nutte so vernarrt war, dass er für einen Smaragd im Wert von hunderttausend Dollar gern auch dreihundertfünfzigtausend Dollar zahlte. Machte zweihundertfünfzigtausend Dollar Reingewinn. Gregory Halston hielt es nicht für nötig, die Gebrüder Parker mit den Einzelheiten der Transaktion zu belästigen. Es würde ein Leichtes sein, den Verkauf des zweiten Smaragds mit hunderttausend Dollar zu Buche schlagen zu lassen und den Rest in die eigene Tasche zu stecken. Mit diesen zweihundertfünfzigtausend Dollar war er lebenslang saniert.

Jetzt musste er nur noch ein Duplikat des Smaragds finden, den er Mrs. Benecke verkauft hatte.

Es war schwieriger, als Halston gedacht hatte. Keiner der Juweliere, mit denen er telefonierte, hatte etwas Ähnliches auf Lager. Er ließ Anzeigen in die *Times* und in die *Financial Times* setzen, er rief bei Christie's und Sotheby's und einem Dutzend kleinerer Auktionshäuser an. In den nächsten Tagen wurde er mit einer Flut von minderwertigen Smaragden überschwemmt. Es waren auch ein paar gute und einige wenige erstklassige darunter, aber keiner von ihnen kam dem gleich, den er suchte.

Am Mittwoch rief Mrs. Benecke an. »Mein alter P.J. wird langsam fickerig«, sagte sie. »Haben Sie die Nadel schon?«

»Noch nicht, Mrs. Benecke«, antwortete Halston. »Aber nur keine Aufregung. Bald.«

Am Freitag rief sie wieder an. »Morgen hab ich Geburtstag«, hielt sie Halston vor.

»Ich weiß, Mrs. Benecke. Wenn Sie mir noch ein paar Tage Zeit ließen, würde ich mit Sicherheit…«

»Gilt nicht, Sportsfreund. Wenn Sie den Smaragd nicht bis morgen Vormittag haben, geb ich Ihnen den zurück, den ich bei Ihnen gekauft habe. Mein alter P.J. sagt, ich krieg stattdessen 'n Landhaus. In… in Sussex oder so – gibt's das?«

Halston brach der kalte Schweiß aus. »Mrs. Benecke«, sagte er, »es würde Ihnen *bestimmt* nicht gefallen in Sussex. Sie würden es abscheulich finden, in einem Landhaus zu wohnen. Die meisten sind in einem kläglichen Zustand. Sie haben keine Zentralheizung und…«

Mrs. Benecke fiel ihm ins Wort. »Also, noch mal ganz unter uns, mir wären die Ohrringe lieber. Mein alter P.J. hat gesagt, für noch so 'n Stein würde er sogar vierhunderttausend rausrücken. Sie haben keine Ahnung, wie unheimlich stur der sein kann.«

Vierhunderttausend Dollar! Halston hörte bereits das leise Knistern der Scheine zwischen seinen Fingern. »Ich tue, was ich kann«, versicherte er. »Geben Sie mir bitte nur noch ein bisschen Zeit.«

»Das liegt nicht bei mir, Süßer«, erwiderte sie. »Das liegt bei P.J.«

Und damit war die Leitung tot.

Halston saß da und verwünschte das Schicksal. Wo konnte er bloß einen haargenau identischen zehnkarätigen Smaragd finden? Er war derart mit bitteren Gedanken beschäftigt, dass er die Sprechanlage erst beim dritten Summen hörte. Er drückte die Taste und blaffte: »Was ist denn?«

»Eine Contessa Marissa ist am Telefon, Mr. Halston. Sie ruft wegen der Anzeige an. Wegen des Smaragds.«

Schon wieder jemand! Heute Vormittag hatte er bereits zehn einschlägige Anrufe entgegengenommen, und jeder war reine Zeitverschwendung gewesen. Halston nahm den Hörer von der Gabel und sagte ungnädig: »Ja?«

Eine sanfte Frauenstimme mit italienischem Akzent meldete sich: »Guten Tag, Signore. Ich habe Ihre Anzeige gelesen. Sie sind möglicherweise daran interessiert, einen Smaragd zu erwerben?«

»Wenn er das ist, was ich mir vorstelle, ja.« Halston konnte die Ungeduld nicht aus seiner Stimme verbannen.

»Ich habe einen Smaragd, der seit vielen, vielen Jahren im Besitz meiner Familie ist. Leider sehe ich mich aufgrund meiner derzeitigen Lage genötigt, den Stein zu veräußern.«

Ja, ja, ja. *Die* Geschichte hatte er schon hundertmal gehört. *Ich muss es noch einmal bei Christie's versuchen,* dachte Halston. *Oder bei Sotheby's. Vielleicht ist da in letzter Minute noch etwas zur Auktion gegeben worden, oder …*

»Signore? Sie suchen einen zehnkarätigen Smaragd, nicht wahr?«

»Ja.«

»Ich habe einen. Zehn Karat, grasgrün, kolumbianisch.«

Als Halston zu sprechen begann, stellte er fest, dass seine Stimme belegt war. »Würden … würden Sie das bitte noch einmal sagen?«

»Gern. Ich habe einen zehnkarätigen grasgrünen kolumbianischen Smaragd. Sind Sie an dem Stein interessiert?«

»Eventuell«, sagte Halston vorsichtig. »Könnten Sie

wohl hier vorbeikommen und mich einen Blick darauf werfen lassen?«

»Das geht leider nicht. Ich bin gerade sehr beschäftigt. Wir bereiten in der Botschaft eine Party für meinen Mann vor. Aber vielleicht könnte ich nächste Woche …«

Nein! Nächste Woche war es zu spät. »Darf ich Sie vielleicht aufsuchen?« Halston bemühte sich, seine Stimme nicht allzu eifrig klingen zu lassen. »Ich könnte … doch, ich könnte jetzt gleich kommen.«

»Eigentlich wollte ich gleich zum Einkaufen gehen …«

»Wo sind Sie, Contessa?«

»Im Savoy.«

»Ich kann in fünfzehn Minuten da sein. Nein, in zehn!«, sagte Halston hektisch.

»*Molto bene.* Und Ihr Name war …«

»Halston. Gregory Halston.«

»Suite 26.«

Die Tour mit dem Taxi zog sich endlos hin. Halston fuhr währenddessen von den Höhen des Himmels in die Tiefen der Hölle und wieder zurück. Wenn der Smaragd der Contessa dem anderen wirklich ähnlich war, würde er so reich sein, wie er es sich in seinen kühnsten Träumen nicht vorgestellt hatte. *Vierhunderttausend Dollar zahlt der alte Knacker.* Also dreihunderttausend Dollar Reingewinn. Er würde sich eine Villa an der Côte d'Azur kaufen. Und eine Yacht dazu. Mit Villa und Yacht würde er so viele hübsche, junge, knackige Männer anlocken können, wie er wollte.

Gregory Halston war Atheist, doch als er sich im Savoy der Suite 26 näherte, betete er zu Gott: *Bitte, lass den Smaragd so ähnlich sein, dass P. J. Benecke zufrieden ist.*

Nun stand er vor der Tür der Contessa, holte tief Luft und klopfte an. Es rührte sich nichts.

O *Gott,* dachte Halston. *Sie ist weg. Sie hat nicht auf mich gewartet. Sie ist zum Einkaufen gegangen, und …* Die Tür öffnete sich, und vor Halston stand eine elegante Dame Mitte fünfzig. Sie hatte dunkle Augen, ein faltenreiches Gesicht und schwarzes Haar mit ein paar grauen Strähnen.

»Ja?«, sagte sie.

»Ich bin Gre… Gregory Halston. Sie … Sie haben mich angerufen.« Er stotterte vor Nervosität.

»Stimmt. Ich bin die Contessa Marissa. Treten Sie ein, Signore.«

»Danke.«

Halston trat ein und drückte die Knie aneinander, damit sie nicht zitterten. Fast wäre er gleich mit der Frage herausgeplatzt: »Wo ist der Smaragd?« Doch er wusste, dass er sich beherrschen musste. Er durfte nicht allzu interessiert wirken. Dann würde er, wenn der Stein seinen Erwartungen entsprach, beim Handeln im Vorteil sein. Schließlich war er der Experte. Und sie hatte keine Ahnung.

»Bitte, nehmen Sie Platz«, sagte die Contessa.

Halston setzte sich.

»Möchten Sie etwas trinken? Tee? Kaffee?«

»Nein, danke, Contessa.«

Halston spürte, wie sich sein Magen mehrfach verknotete. War es noch zu früh, das Gespräch auf den Smaragd zu bringen? Wie dem auch sei – er konnte keine Sekunde mehr warten. »Der Smaragd …«

»Ja«, sagte sie. »Der Smaragd ist ein Erbstück von meiner Großmutter. Ich möchte ihn meiner Tochter schenken, wenn sie fünfundzwanzig wird, aber mein Mann macht ein neues Geschäft in Mailand auf, und ich …«

Halston war in Gedanken woanders. Die faden Familiengeschichten dieser Frau interessierten ihn nicht. Er brannte darauf, den Smaragd zu sehen. Seine Nerven waren bis zum Zerreißen gespannt.

»Ich halte es für wichtig, meinem Mann beim Start dieses Geschäfts zu helfen.« Sie lächelte wehmütig. »Vielleicht mache ich da einen Fehler …«

»Nein, nein«, sagte Halston ungeduldig. »Überhaupt nicht, Contessa. Es ist sehr lobenswert, wenn eine Frau ihrem Gatten so zur Seite steht wie Sie. Wo befindet sich der Smaragd zurzeit?«

»Er ist hier«, antwortete die Contessa.

Sie langte in ihre Tasche, zog einen Edelstein hervor, der in Seidenpapier gewickelt war, und hielt ihn ihrem Besucher hin. Halston starrte ihn an, und seiner Seele wuchsen Flügel. Er hatte hier den schönsten zehnkarätigen grasgrünen kolumbianischen Smaragd vor sich, den er je gesehen hatte. Er war dem, den er Mrs. Benecke verkauft hatte, in Größe, Schliff und Farbe so ähnlich, dass der Unterschied kaum zu bemerken war. *Es ist zwar kein hundertprozentiges Duplikat*, sagte sich Halston, *aber das würde nur ein Experte merken.* Seine Hände begannen zu zittern. Er musste sich zwingen, gelassen zu wirken.

Halston drehte den Smaragd zwischen den Fingern und sagte beiläufig: »Ganz nettes Steinchen, doch.«

»Ich habe ihn liebgewonnen in all den Jahren. Ich trenne mich nur äußerst ungern von ihm.«

»Aber Sie tun recht daran«, versicherte Halston der Contessa. »Wenn das Geschäft Ihres Gatten erst einmal floriert, werden Sie sich so viele Smaragde dieser Art kaufen können, wie Sie wollen.«

»Ich sehe das ähnlich. Sie sind ein sehr sympathischer Mensch.«

»Ich tue nur einem Freund einen kleinen Gefallen, Contessa. Wir haben in unserem Laden sehr viel bessere Steine als diesen, aber mein Freund möchte einen haben, der zu dem Smaragd passt, den seine Frau gekauft hat. Ich könnte mir vorstellen, dass er bereit wäre, für diesen Stein sechzigtausend Dollar zu zahlen.«

Die Contessa seufzte. »Meine Großmutter würde sich im Grab umdrehen, wenn ich ihn für sechzigtausend Dollar verkaufen würde.«

Halston schürzte die Lippen. Er konnte es sich leisten, höher zu gehen. Er lächelte. »Ich glaube, mein Freund ließe sich eventuell dazu überreden, hunderttausend zu zahlen. Das ist eine Menge Geld, aber er will den Stein nun einmal haben.«

»Mir scheint, das ist ein faires Angebot«, sagte die Contessa.

Gregory Halston schwoll das Herz in der Brust. »Gut. Ich habe mein Scheckbuch dabei, und ich werde Ihnen unverzüglich einen Scheck ausstellen …«

»Äh … nein. Damit sind meine Probleme doch nicht gelöst«, sagte die Contessa mit trauriger Stimme. »Wie ich Ihnen bereits erklärt habe, macht mein Mann ein neues Geschäft auf, und er braucht dreihundertfünfzigtausend Dollar. Ich kann ihm hunderttausend von meinem Vermögen geben, aber ich brauche noch einmal zweihundertfünfzigtausend. Und ich hatte gehofft, die bekäme ich für diesen Smaragd.«

Halston schüttelte den Kopf. »Verehrte Contessa, kein Smaragd auf Erden ist so viel wert. Glauben Sie mir, hunderttausend Dollar sind wirklich ein faires Angebot.«

»Das glaube ich Ihnen gern, Mr. Halston«, sagte die Contessa, »aber meinem Mann ist damit nicht gedient.« Sie erhob sich. »Ich werde den Stein also doch behalten und meiner Tochter schenken.« Die Contessa streckte Halston ihre schlanke, zierliche Hand entgegen. »*Grazie,* Signore. Es war sehr freundlich von Ihnen, dass Sie vorbeigekommen sind.«

Halston stand in lichterloher Panik da. »Einen Augenblick noch«, sagte er. Seine Gier lag im Widerstreit mit seinem gesunden Menschenverstand, aber er wusste, dass er sich den Smaragd jetzt nicht entgehen lassen durfte. »Bitte, nehmen Sie Platz, Contessa. Ich bin sicher, dass wir uns einigen können. Was ist, wenn ich meinen Freund zur Zahlung von hundertfünfzigtausend Dollar bewegen kann?«

»Zweihundertfünfzigtausend.«

»Sagen wir, zweihunderttausend?«

»Zweihundertfünfzigtausend.«

Es war nicht gegen sie anzukommen. Halston traf seine Entscheidung. Hundertfünfzigtausend Dollar Reingewinn waren besser als gar nichts. Aus der Villa würde ein Häuschen und aus der Yacht ein kleines Boot werden, aber es war immer noch ein Vermögen. Und recht geschah's den Gebrüdern Parker obendrein – sie behandelten ihn ja so schäbig! Er würde noch ein, zwei Tage warten und dann kündigen. Nächste Woche würde er an der Côte d'Azur sein.

»Abgemacht«, sagte Halston.

»Meraviglioso! Sono contenta!«

Zufrieden bist du also, du Miststück, dachte Halston. *Na, das kannst du auch sein.* Doch er hatte ebenfalls keinen Grund zu klagen. Er hatte für den Rest seines Lebens ausgesorgt. Er warf einen letzten Blick auf den Smaragd und schob ihn in seine Tasche. Dann stellte er einen Scheck der Firma Parker & Parker aus und überreichte ihn der Contessa.

»*Grazie,* Signore«, sagte sie.

Halston musste jetzt nur noch dafür sorgen, dass Mrs. Benecke ihm einen Barscheck über die vierhunderttausend Dollar gab. Zweihundertfünfzigtausend würde er aufs Geschäftskonto leiten – mit Peter würde er es so deichseln, dass der Zweihundertfünfzigtausend-Dollar-Scheck für die Contessa nicht auf dem Monatsauszug erschien – und die Differenz würde *er* einstecken. Hundertfünfzigtausend Dollar.

Er spürte bereits die warme Sonne der Côte d'Azur in seinem Gesicht.

Die Taxifahrt zurück zum Geschäft schien nur Sekunden zu dauern. Halston stellte sich Mrs. Beneckes Freude über die gute Nachricht vor. Er hatte nicht nur den Smaragd gefunden, den sie suchte, sondern ihr auch das schauderhafte Leben in einem zugigen, heruntergekommenen Landhaus erspart.

Als Halston ins Geschäft einschwebte, sagte Chilton: »Sir, hier interessiert sich ein Kunde für …«

Halston winkte ihn frohgemut beiseite. »Später.«

Er hatte keine Zeit für Kunden. Jetzt nicht. Nie wieder. Von nun an würde *er* sich bedienen lassen.

Halston flatterte in sein Büro, schloss die Tür, legte den

Smaragd vor sich auf den Schreibtisch und wählte eine Nummer.

»Dorchester Hotel«, sagte eine Telefonistin.

»Bitte verbinden Sie mich mit der Oliver-Messel-Suite.«

»Wen wollen Sie denn sprechen?«

»Mrs. Benecke.«

»Einen Moment, bitte.«

Halston pfiff leise vor sich hin, während er wartete.

Dann meldete sich die Telefonistin wieder. »Tut mir leid, Mrs. Benecke ist abgereist.«

»Aber das ... das ist doch unmöglich! Sie muss noch im Hotel sein!«

»Moment. Ich verbinde Sie mit der Rezeption.«

Eine Männerstimme sagte: »Rezeption. Kann ich etwas für Sie tun?«

»Ja. Ich möchte Mrs. Benecke sprechen.«

»Tut mir leid. Mrs. Benecke ist heute Morgen abgereist.«

Es musste eine Erklärung dafür geben. Ein unvorhergesehenes Ereignis oder dergleichen. Vielleicht hatte der alte P. J. einen Herzinfarkt bekommen ...

»Können Sie mir bitte die Adresse geben, die sie hinterlassen hat? Es ist ...«

»Tut mir leid. Sie hat keine hinterlassen.«

»*Natürlich* hat sie eine hinterlassen!«

»Ich habe Mrs. Benecke persönlich abgefertigt. Sie hat keine Adresse hinterlassen.«

Es war wie ein furchtbarer Schlag in die Magengrube. Halston legte langsam den Hörer auf. Konfus saß er da. Er musste irgendwie in Verbindung zu Mrs. Benecke treten, er musste ihr mitteilen, dass er den gewünschten Smaragd endlich gefunden hatte. Außerdem musste er der Contessa den Zweihundertfünfzigtausend-Dollar-Scheck wieder abluchsen.

In fliegender Hast klingelte er das Savoy an. »Suite 26.«

»Wen wollen Sie sprechen?«

»Die Contessa Marissa.«

»Einen Augenblick, bitte.«

Doch noch ehe die Telefonistin sich wieder meldete, sagte ihm eine entsetzliche Vorahnung, welche Schreckensnachricht er gleich hören würde.

»Tut mir leid. Die Contessa ist abgereist.«

Halston legte auf. Seine Hände zitterten dermaßen, dass er kaum die Nummer der Bank wählen konnte. »Geben Sie mir den Hauptbuchhalter! Schnell! Ich will einen Scheck sperren lassen!«

Doch es war natürlich zu spät. Er hatte einen Smaragd für hunderttausend Dollar verkauft und für zweihundertfünfzigtausend Dollar zurückgekauft. Gregory Halston saß, in sich zusammengesunken, in seinem Sessel und fragte sich, wie er das den Gebrüdern Parker erklären sollte.

22

Für Tracy war es der Anfang eines neuen Lebens. Sie kaufte ein schönes georgianisches Haus am Eaton Square, das hell und freundlich war. Es hatte einen Vorgarten und einen Garten an der rückwärtigen Seite, beide voll herrlicher Blumen. Gunther half Tracy beim Einrichten, und noch bevor sie fertig waren, gehörte das Haus zu den Sehenswürdigkeiten von London.

Gunther führte Tracy als reiche junge Witwe in die Gesellschaft ein, deren Mann in der Import-Export-Branche ein Vermögen gemacht hatte. Sie wurde sofort akzeptiert; sie war schön, intelligent und charmant, und bald konnte sie sich kaum noch retten vor lauter Einladungen.

Hin und wieder unternahm Tracy kurze Reisen nach Frankreich, in die Schweiz, nach Belgien und nach Italien, und jedes Mal hatten Gunther Hartog und sie einen nicht unerheblichen Vorteil davon.

Unter Gunthers Anleitung studierte Tracy den *Gotha* und *Debrett's Peerage und Baronetage,* die maßgeblichen genealogischen Handbücher, die Auskunft über die Adelsgeschlechter und -titel Europas gaben. Tracy entwickelte sich zur chamäleonhaften Verwandlungskünstlerin, zur Masken- und Kostümbildnerin, zur Expertin in Akzenten. Sie legte sich ein halbes Dutzend Pässe zu. Sie trat als britische Herzogin, französische Stewardess und südamerikanische Erbin auf. Binnen eines Jahres hatte sie mehr Geld verdient, als sie je brauchen würde. Sie richtete einen Fonds ein und überwies hohe anonyme Spenden an Organisationen, die ehemaligen Gefängnisinsassinnen halfen, und sie sorgte dafür, dass Otto Schmidt eine stattliche Pension erhielt. Ans Aussteigen dachte sie jetzt nicht mehr. Sie liebte die Herausforderung. Es machte ihr Spaß, gewitzte und erfolgreiche Leute auszutricksen. Der Nervenkitzel wirkte wie eine Droge, und Tracy musste entdecken, dass sie ständig neue, größere Herausforderungen brauchte. Wobei sie sich allerdings immer an einen unverbrüchlichen Grundsatz hielt: Sie achtete darauf, Unschuldigen nicht wehzutun. Die Leute, denen sie ans Leder ging, waren entweder gierig oder unanständig – oder beides. *Ich werde niemand zum Selbstmord treiben.* Das schwor sie sich.

In den Zeitungen begannen Berichte über die verwegenen Eskapaden zu erscheinen, von denen Europa heimgesucht wurde, und weil sich Tracy verschiedener Verkleidungen bediente, glaubte die Polizei, man habe es hier mit einer Frauenbande zu tun, die auf raffinierte Schwindeleien und Einbruchdiebstähle spezialisiert sei. Interpol sollte bald eingeschaltet werden.

In der Hauptgeschäftsstelle der International Insurance Protection Association ließ J. J. Reynolds seinen besten Mann zu sich rufen: Daniel Cooper.

»Wir haben Probleme«, sagte Reynolds. »Bei unseren europäischen Klienten haben sich in letzter Zeit die Schadensfälle gehäuft – offenbar steckt eine Frauenbande dahinter. Jedenfalls schreien sie Zeter und Mordio. Sie wollen, dass diese Bande endlich dingfest gemacht wird. Interpol hat sich bereit erklärt, mit uns zusammenzuarbeiten. Der Auftrag geht an Sie, Dan. Sie fliegen morgen nach Paris.«

Tracy aß mit Gunther bei Scott's in der Mount Street.

»Ist Ihnen Maximilian Pierpont ein Begriff, Tracy?«

Der Name kam ihr bekannt vor. Wo hatte sie ihn schon einmal gehört? Dann fiel es ihr wieder ein. Jeff Stevens hatte auf der *Queen Elizabeth II* von diesem Mann gesprochen.

»Er ist sehr reich, nicht?«

»Und äußerst skrupellos. Er kauft sich mit wahrer Wonne in Firmen ein, um sie auszuplündern.«

Als Joe Romano die Firma übernommen hat, hat er allen gekündigt und seine Leute in den Betrieb gesetzt. Dann hat er die Firma systematisch ausgeplündert … Und sie haben Ihrer Mutter alles genommen – das Geschäft, dieses Haus, sogar ihr Auto …

Gunther blickte Tracy fragend an. »Ist was?«

»Nein. Nichts.« *Manchmal ist das Leben ungerecht*, dachte Tracy, *und es ist an uns, das auszugleichen.* »Erzählen Sie mir mehr von Maximilian Pierpont.«

»Seine dritte Frau hat sich soeben von ihm scheiden lassen, und er ist jetzt allein. Ich glaube, es wäre von Vorteil, wenn Sie mit diesem Herrn Bekanntschaft schließen würden. Er reist am Freitag mit dem Orientexpress von London ab.«

Tracy lächelte. »Ich bin noch nie mit dem Orientexpress gefahren. Ich glaube, das würde mir Spaß machen.«

Gunther erwiderte ihr Lächeln. »Gut. Maximilian Pierpont besitzt – außer der Eremitage in Leningrad – die einzige bedeutende Fabergé-Eiersammlung der Welt. Ihr Wert wird auf etwa zwanzig Millionen Dollar geschätzt.«

»Und wenn ich welche davon für Sie beschaffen könnte, Gunther«, fragte Tracy, »was würden Sie dann machen? Die sind doch sicher zu bekannt, als dass man sie verkaufen könnte?«

»Es gibt für alles Privatsammler, Tracy. Sie bringen mir die Eierchen, und ich finde ein Nest für sie.«

»Ich werde sehen, was ich tun kann.«

»Man kommt nicht leicht an Maximilian Pierpont heran. Es sind aber auch noch zwei andere Gimpel im Orientexpress. Sie wollen zum Filmfestival nach Venedig. Und mir scheint, die sind allmählich fällig. Kennen Sie Silvana Luadi?«

»Die Filmschauspielerin? Ja, natürlich.«

»Sie ist mit Alberto Fornati verheiratet, der diese entsetzlichen Kolossalschinken produziert. Fornati ist berüchtigt dafür, dass er Schauspieler und Regisseure für erbärmlich wenig Geld unter Vertrag nimmt, ihnen ungeheure Gewinnbeteiligungen verspricht und am Ende alle Profite selbst einstreicht. Er verdient damit genug, um seiner Frau horrend teuren Schmuck zu kaufen. Je mehr Seitensprünge er macht, desto mehr Schmuck schenkt er ihr. Inzwischen müsste Silvana bereits ein Juweliergeschäft eröffnen können. Ich bin sicher, dass Sie die Leute alle recht interessant finden werden.«

»Ich freue mich schon auf die Reise«, sagte Tracy.

Der Orientexpress von London nach Venedig fährt jeden Freitag von der Victoria Station ab und hält unter anderem in Paris, Lausanne und Mailand. Seine neuen Besitzer haben versucht, das goldene Zeitalter der Eisenbahn, das späte 19. Jahrhundert, wiederauferstehen zu lassen, und der nachgebaute Zug ist ein Duplikat des Originals mit einem britischen Pullmanwagen, mehreren Speise- und Schlafwagen und einem Bar- und Salonwagen.

Ein Träger in marineblauer Uniform mit goldenen Tressen brachte Tracys zwei Koffer und ihr Kosmetiktäschchen in ihr Schlafwagenabteil, das enttäuschend klein war. Ein Sitz mit Mohairpolster und Blumenmuster, grüner Plüsch auf dem Boden und grüner Plüsch um die Leiter, die zum Bett führte – es war, als sei man in einer altmodischen Hutschachtel. Das Management hatte zur Begrüßung einen Sektkübel mit einer Flasche Champagner ins Abteil gestellt.

Den hebe ich mir auf, bis ich was zu feiern habe, beschloss Tracy. *Maximilian Pierpont.* Jeff Stevens war nicht an ihn herangekommen. Und zu schaffen, was Mr. Stevens nicht geschafft hatte … das wäre doch ein herrliches Gefühl. Tracy musste lächeln bei diesem Gedanken.

Der Orientexpress rollte auf die Minute pünktlich aus dem Bahnhof. Tracy lehnte sich in ihrem Sitz zurück und beobachtete, wie die südlichen Vororte von London vorbeizogen.

Um 13 Uhr 15 traf der Zug in Folkstone ein. Die Reisenden stiegen in eine Sealink-Fähre um, die sie über den Kanal nach Boulougne brachte, wo der »kontinentale« Orientexpress zur Weiterfahrt in den Süden auf sie wartete.

Tracy machte es sich in ihrem Abteil bequem, das dem ersten zum Verwechseln glich. Eine Weile später trat sie an einen der Schaffner heran. »Ich habe gehört, dass Maximilian Pierpont mit diesem Zug reist. Könnten Sie ihn mir bitte zeigen?«

Der Schaffner schüttelte den Kopf. »Nein, leider nicht. Er hat eine Fahrkarte gelöst und ein Schlafwagenabteil für sich reservieren lassen, aber aufgetaucht ist er nicht. Der Herr soll ziemlich unberechenbar sein, hat man mir gesagt.«

Blieben also nur Silvana Luadi und ihr Mann, der Produzent von unerheblichen Kolossalschinken.

Tracy zog sich in ihr Abteil zurück und schmiedete Pläne. Um 20 Uhr machte sie sich fein, denn das Management hatte Abendkleidung empfohlen. Sie wählte ein phantastisch elegantes taubengraues Chiffonkleid. Ihr einziger Schmuck war eine Perlenkette. Bevor sie das Abteil verließ, betrachtete sie sich im Spiegel. Ihre grünen Augen hatten etwas Unschuldiges, und ihr Gesicht sah arglos und verletzlich aus. *Der Spiegel lügt,* dachte Tracy. *Diese Frau bin ich nicht mehr. Mein Leben ist eine einzige Maskerade. Aber eine aufregende.*

Als Tracy ihr Abteil verließ, entglitt ihr die Handtasche. Sie ging in die Knie, um sie aufzuheben, und warf dabei einen raschen Blick auf die Türschlösser. Es waren zwei: ein Yale-Schloss und ein Universal-Schloss. *Kein Problem.* Tracy erhob sich und schritt in Richtung Speisewagen.

Der Orientexpress führte gleich drei mit, alle mit Plüschsitzen, furnierten Wänden und Tischlampen, die sanftes Licht gaben. In den ersten beiden waren noch Plätze frei, aber dort fand Tracy nicht die Leute, die sie suchte. Sie ging weiter zum dritten. Dort waren alle Plätze besetzt, und an einem Tisch in der hintersten Ecke sah sie die Leute, die sie suchte. Der Oberkellner wollte sie zwar abwimmeln, aber Tracy behauptete, sie treffe sich mit Freunden, und lief an ihm vorbei zum Tisch in der Ecke.

»Entschuldigung«, sagte sie höflich. »Hier scheint kein Platz mehr frei zu sein außer bei Ihnen. Darf ich mich an Ihren Tisch setzen?«

Der Mann musterte Tracy von Kopf bis Fuß und rief: »Bitte! Mit Vergnügen! Ich bin Alberto Fornati. Und das ist meine Frau – Silvana Luadi.«

»Ich bin Tracy Whitney.« Tracy reiste zur Abwechslung unter ihrem richtigen Namen.

»Ah! Eine Amerikanerin!«

Alberto Fornati war klein, glatzköpfig und dick. Silvana Luadi hatte ihn vor zwölf Jahren geheiratet, und man rätselte in Rom immer noch darüber, warum sie das wohl getan hatte. Sie war eine klassische Schönheit mit sensationeller Figur und einem unwiderstehlichen angeborenen Talent. Sie hatte einen Oscar und eine Silberne Palme gewonnen und war immer sehr gefragt. Tracy bemerkte gleich, dass sie ein Valentino-Abendkleid trug, das fünftausend Dollar kostete. Und der Schmuck, mit dem sie behängt war, musste fast eine Million Dollar wert sein. Tracy dachte an Gunther Hartogs Worte: *Je mehr Seitensprünge er macht, desto mehr Schmuck schenkt er ihr. Inzwischen müsste Silvana bereits ein Juweliergeschäft eröffnen können.*

Das Menü bestand aus sechs Gängen, und Tracy fiel auf, dass Fornati jeden komplett verdrückte und auch noch aß, was seine Frau auf ihrem Teller liegen ließ. Währenddessen redete er unablässig, mal mit vollen, mal mit leeren Backen – aber meistens mit vollen. Silvana Luadi aß in eisigem Schweigen.

»Sind Sie vielleicht Schauspielerin?«, erkundigte sich Fornati bei Tracy.

Tracy lachte. »Nein. Nur Touristin.«

Er strahlte sie an. »*Bellissima.* Sie sind schön genug, um Schauspielerin zu sein.«

Und nun meldete sich Silvana Luadi zum ersten Mal zu Wort. »Sie ist aber keine«, sagte sie scharf.

Alberto Fornati tat so, als sei seine Frau überhaupt nicht vorhanden. »Ich produziere Filme«, erklärte er Tracy. »Sie haben sicher schon von ihnen gehört: *Im Land der wilden Barbaren, Der Kampf der Titanen …*«

»Ich gehe nicht oft ins Kino«, sagte Tracy entschuldigend. Sie spürte, wie Fornati unter dem Tisch sein dickes Bein gegen ihres drückte.

»Vielleicht kann ich Ihnen ja mal ein paar von meinen Filmen in meinem Privatkino vorführen.«

Silvana wurde blass vor Wut.

»Kommen Sie zufällig auch nach Rom, mein Engel?« Sein Bein bewegte sich nun an dem von Tracy auf und ab.

»Ja. Ich wollte erst Venedig besuchen und dann nach Rom fahren.«

»*Benissimo!* Dann kommen Sie zu uns zum Essen. Du hast doch nichts dagegen, Liebling?« Er blickte Silvana flüchtig an, bevor er weitersprach. »Wir haben eine wunderhübsche Villa in der Nähe der Via Appia. Mit einem Park, soo groß …« Er machte eine ausladende Handbewegung und kippte dabei seiner Frau ein Soßenschälchen auf den Schoß. Tracy wusste nicht genau, ob es Absicht oder ein Versehen war, aber sie tippte auf Absicht.

Silvana Luadi stand auf und betrachtete den größer

werdenden Fleck auf ihrem Kleid. *»Sei un mascalzone!«*, schrie sie. *»Tieni le tue puttane lontano da me!«*

Sie rauschte aus dem Speisewagen. Alle Augen folgten ihr.

»Ach je«, murmelte Tracy. »So ein schönes Kleid.« Sie hätte den Mann dafür ohrfeigen können, dass er seine Frau gedemütigt hatte. Silvana Luadi verdient ihren Schmuck voll und ganz, dachte Tracy. *Fornati soll ihr gefälligst neuen kaufen.*

Er seufzte. »Fornati schenkt ihr ein anderes Kleid. Meine Frau müssen Sie einfach ignorieren. Sie ist furchtbar eifersüchtig.«

»Da hat sie sicher auch allen Grund«, sagte Tracy sarkastisch, überspielte es aber mit einem kleinen Lächeln.

Man konnte fast sehen, wie Fornati ein großes Pfauenrad schlug. »Ja, sicher. Die Frauen fliegen auf mich.«

»Das verstehe ich gut«, sagte Tracy scheinheilig. Am liebsten hätte sie schallend gelacht über diesen aufgeblasenen, kurzwüchsigen Mann.

Er langte über den Tisch und fasste Tracys Hand. »Fornati mag Sie«, sagte er. »Fornati mag Sie sehr. Was machen Sie beruflich?«

»Ich bin Anwaltssekretärin. Ich habe mein ganzes Geld für diese Reise gespart. Vielleicht kriege ich irgendwo in Europa einen interessanten Job.«

Seine Glubschaugen tasteten ihren Körper ab. »Kein Problem, das verspreche ich Ihnen. Fornati ist nett zu Leuten, die nett zu ihm sind.«

»Wie reizend von Ihnen«, sagte Tracy scheu.

Er senkte die Stimme. »Vielleicht könnten wir uns darüber später noch in Ihrem Abteil unterhalten?«

»Ich glaube, das geht nicht.«

»Warum nicht?«

»Weil Sie so berühmt sind. Ich nehme an, dass jeder in diesem Zug weiß, wer Sie sind.«

»Natürlich.«

»Und wenn die Leute sehen, dass Sie in mein Abteil kommen … nun, das könnte zu Missverständnissen Anlass geben. Wenn Ihr Abteil dagegen in der Nähe von meinem ist … in welchem sind Sie denn?«

»E 70.« Er blickte sie hoffnungsvoll an.

Tracy seufzte. »Ich bin in einem anderen Wagen. Treffen wir uns doch in Venedig.«

Fornati strahlte. »Gut! Meine Frau bleibt meistens auf ihrem Zimmer, weil sie die Sonne nicht verträgt. Waren Sie schon mal in Venedig?«

»Nein.«

»Dann zeige ich es Ihnen. Und wir fahren nach Torcello. Das ist eine wunderbare kleine Insel. Es gibt da auch ein wunderbares kleines Restaurant mit einem kleinen Hotel dabei …« Seine Augen glitzerten. *»Molto privato.«*

Tracy lächelte ihn verständnisinnig an. »Das klingt sehr, sehr romantisch.« Nicht mehr der Rede mächtig, schlug sie die Augen nieder.

Fornati beugte sich vor, drückte ihr die Hand und flüsterte mit feuchter Aussprache: »Sie wissen noch gar nicht, was Romantik ist, mein Engel.«

Eine halbe Stunde später war Tracy wieder in ihrem Abteil.

Der Orientexpress raste durch die Nacht, während die Reisenden schliefen. Sie hatten ihre Pässe am Abend den

Schaffnern gegeben, und die würden die Grenzformalitäten erledigen.

Um 3 Uhr 30 verließ Tracy leise ihr Abteil. Die Zeiteinteilung war hier ganz entscheidend. Der Zug würde um 5 Uhr 21 jenseits der schweizerischen Grenze sein und Lausanne erreichen, und um 9 Uhr 15 sollte er in Mailand eintreffen.

In Pyjama und Bademantel, einen Toilettenbeutel in der Hand, lief Tracy den Gang entlang. All ihre Sinne waren angespannt, und der vertraute Nervenkitzel beschleunigte ihren Puls. Wenn jemand dumme Fragen stellte, würde sie natürlich sagen, sie wolle auf die Toilette, doch es begegnete ihr keine Menschenseele. Die Schaffner nutzten die frühe Morgenstunde, um sich ein Schläfchen zu gönnen.

Tracy erreichte das Abteil E 70 ohne Zwischenfälle. Die Tür war abgeschlossen. Tracy öffnete den Toilettenbeutel, entnahm ihm einen Metallgegenstand und eine kleine Spraydose und machte sich an die Arbeit.

Zehn Minuten später war sie wieder in ihrem Abteil, und dreißig Minuten später schlief sie, mit der Andeutung eines Lächelns im frisch gewaschenen Gesicht.

Um 7 Uhr, zwei Stunden vor der Ankunft des Zuges in Mailand, erschallte eine Reihe von spitzen Schreien. Sie drangen aus dem Abteil E 70 und weckten den ganzen Wagen. Reisende steckten den Kopf aus ihren Türen, um zu sehen, was los war. Ein Schaffner kam herbeigeeilt und trat ins Abteil E 70.

Silvana Luadi war dem Zusammenbruch nahe. »Hilfe!«, schrie sie. »Hilfe! Mein ganzer Schmuck ist weg! Dieser Zug ist voll von Dieben!«

»Bitte beruhigen Sie sich, Madame«, flehte der Schaffner. »Die anderen Reisenden …«

»Beruhigen?!« Ihre Stimme kletterte noch eine Oktave höher. »Wie können Sie es wagen, mir zu sagen, dass ich mich beruhigen soll? Jemand hat meinen Schmuck gestohlen! Er war über eine Million Dollar wert!«

»Wie konnte das passieren?«, wollte Alberto Fornati wissen. »Die Tür war abgeschlossen, und ich habe einen leichten Schlaf. Wenn jemand hereingekommen wäre, wäre ich sofort aufgewacht.«

Der Schaffner seufzte. Er wusste nur zu gut, wie das passieren konnte, denn es war schon des Öfteren passiert. In der Nacht hatte sich jemand den Flur entlanggeschlichen und durchs Schlüsselloch Äther ins Abteil gesprüht. Die Schlösser waren ein Kinderspiel für jemanden, der sein Handwerk verstand. Dann hatte der Dieb die Tür zugemacht und sich bedient. Und schließlich war er still in sein Abteil zurückgekehrt, während seine Opfer noch in narkotischem Schlaf lagen. Neu war nur eins an diesem Diebstahl. Sonst wurde so etwas immer erst entdeckt, *nachdem* der Zug seinen Bestimmungsort erreicht hatte – die Diebe hatten also die Chance zu entkommen. Doch in diesem Fall verhielt es sich anders. Seit dem Diebstahl war niemand ausgestiegen. Was bedeutete, dass der Schmuck noch im Orientexpress sein musste.

»Keine Sorge«, versprach der Schaffner den Fornatis. »Sie kriegen Ihre Juwelen wieder. Der Dieb ist noch im Zug.«

Er eilte zum Telefon, um die Polizei in Mailand zu verständigen.

Als der Orientexpress im Hauptbahnhof von Mailand einfuhr, standen zwanzig Polizisten und Kriminalbeamte in Zivil auf dem Bahnsteig. Sie hatten Weisung, keinen Reisenden und kein Gepäck aus dem Zug zu lassen.

Luigi Ricci, der Kommissar, der die Aktion leitete, wurde zum Abteil der Fornatis geführt.

Silvana Luadi hatte sich keineswegs beruhigt. Im Gegenteil. »All meine Juwelen waren in diesem Schmuckkästchen!«, schrie sie. »Und kein einziges Stück war versichert!«

Der Kommissar inspizierte das leere Kästchen. »Sind Sie sicher, dass Sie Ihre Juwelen letzte Nacht da hineingelegt haben, Signora?«

»*Natürlich* bin ich sicher! Ich lege sie jede Nacht da hinein.« Ihre strahlenden Augen, die schon Millionen von anbetungsvollen Fans elektrisiert hatten, schwammen in Tränen, und Kommissar Ricci war bereit, für sie zum Drachentöter zu werden.

Er ging zur Abteiltür, bückte sich und schnupperte am Schlüsselloch. Es roch schwach nach Äther. Ein Raub also, und Kommissar Ricci hatte die Absicht, den fühllosen Banditen seiner gerechten Strafe zuzuführen.

Kommissar Ricci richtete sich auf und sagte: »Keine Bange, Signora. Der Schmuck kann nicht aus diesem Zug geschafft worden sein. Wir werden den Dieb finden, und Sie bekommen Ihre Juwelen zurück.«

Kommissar Ricci hatte allen Grund, zuversichtlich zu sein. Das Netz, das er ausgeworfen hatte, war so fein, dass der Täter nicht zwischen den Maschen hindurchschlüpfen konnte.

Die Kriminalbeamten geleiteten die Reisenden einzeln

in einen mit Seilen abgeteilten Warteraum im Bahnhofsgebäude. Es folgten Leibesvisitationen. Die Reisenden – unter ihnen viel Prominenz – waren empört über diese unwürdige Behandlung.

»Es tut mir leid«, erklärte Kommissar Ricci einem jeden, »aber ein Millionendiebstahl ist eine ernste Sache.«

Während die Reisenden aus dem Zug geführt wurden, stellten die Kriminalbeamten in ihren Abteilen alles auf den Kopf. Jeder Quadratzentimeter wurde abgesucht. Dies war eine denkwürdige Gelegenheit für Kommissar Ricci, und er hatte vor, sie vollauf zu nutzen. Wenn er die gestohlenen Juwelen sicherstellen konnte, bedeutete das eine Beförderung plus Gehaltserhöhung. Seine Phantasie entflammte sich an berauschenden Träumen. Silvana Luadi würde ihm so dankbar sein, dass sie höchstwahrscheinlich mit ihm … Er gab seine Anweisungen mit vermehrter Energie.

Es klopfte an Tracys Abteiltür, und ein Kriminalbeamter trat ein.

»Entschuldigen Sie, Signorina. Hier hat sich ein Raub ereignet. Alle Reisenden müssen sich einer Leibesvisitation unterziehen. Bitte, folgen Sie mir.«

»Ein Raub?«, fragte Tracy schockiert. »In *diesem* Zug?«

»Leider ja, Signorina.«

Als Tracy ihr Abteil verließ, kamen zwei Kriminalbeamte herein, öffneten ihre Koffer und inspizierten sie gründlich.

Nach vierstündiger Suche waren mehrere Päckchen Marihuana zutage gefördert worden, dazu hundertfünfzig Gramm Kokain, ein Messer und eine Pistole, deren Besitzer keinen Waffenschein hatte. Von den Juwelen keine Spur.

Kommissar Ricci konnte es nicht fassen. »Haben Sie sich auch wirklich den ganzen Zug vorgenommen?«, fragte er seinen Stellvertreter.

»Kommissar, wir haben *alles* gefilzt. Jeden Quadratzentimeter. Wir haben die Lok durchsucht, die Speisewagen, die Bar, die Toiletten, die Abteile, die Reisenden, das Zugpersonal und jedes Gepäckstück. Ich kann die Hand dafür ins Feuer legen, dass die Juwelen nicht im Zug sind. Wahrscheinlich hat sich die Signora den Diebstahl nur eingebildet.«

Doch Kommissar Ricci wusste es besser. Er hatte mit den Speisewagenkellnern gesprochen, und die hatten bestätigt, dass Silvana Luadi am Vorabend beim Essen eine wahre Juwelenschau geboten hatte.

Kommissar Ricci musste sich gleichwohl geschlagen geben. Er hatte keinen Grund, den verspäteten Zug noch länger aufzuhalten. Weitere Maßnahmen standen ihm nicht zu Gebote. Ihm fiel nur eine Erklärung ein: Der Dieb musste irgendwann in der Nacht einem an der Strecke wartenden Komplizen die Juwelen zugeworfen haben. Aber war das möglich? Kaum. Der Dieb konnte ja nicht im Voraus wissen, wann niemand auf dem Gang sein würde und zu welcher Zeit und mit welcher Geschwindigkeit der Zug irgendeinen verabredeten Punkt im Gelände passierte. Der Kommissar sah sich einem Rätsel gegenüber, das er nicht zu lösen vermochte.

»Der Zug kann jetzt weiterfahren«, sagte er.

Er stand auf dem Bahnsteig und beobachtete hilflos, wie der Orientexpress aus dem Bahnhof rollte. Mit ihm entschwanden seine Beförderung plus Gehaltserhöhung und seine glückselige Orgie mit Silvana Luadi.

Das einzige Gesprächsthema im Speisewagen war der Juwelenraub.

»Es ist das Aufregendste, was ich seit Jahren erlebt habe«, gestand eine spröde Mädchenschullehrerin. Nervös befingerte sie das Goldkettchen um ihren Hals, an dem ein kleiner Diamantsplitter hing. »Ich kann froh sein, dass sie mir das nicht gestohlen haben.«

»Oh ja«, bestätigte Tracy ernst.

Als Alberto Fornati in den Speisewagen trat, eilte er sofort zu Tracy. »Sie wissen natürlich, was passiert ist«, sagte er. »Aber wissen Sie auch, dass es Fornatis Frau war, die bestohlen wurde?«

»Nein!«

»Doch! Mein Leben war in größter Gefahr. Eine Räuberbande hat sich in mein Abteil geschlichen und mich betäubt. Fornati hätte im Schlaf ermordet werden können!«

»Wie furchtbar.«

»Ja, und außerdem muss ich Silvana den ganzen Schmuck neu kaufen. Eine schöne Bescherung ist das! Es wird mich ein Vermögen kosten.«

»Die Polizei hat den Schmuck nicht gefunden?«

»Nein. Aber ich weiß, wie die Diebe ihn aus dem Zug geschafft haben.«

»Wirklich? Wie?«

Fornati blickte in die Runde und senkte die Stimme. »Die Diebe haben ihn an irgendeinem Bahnhof einem wartenden Komplizen zugeworfen. *Ecco!*«

Tracy sagte bewundernd: »Also, darauf wäre ich nicht gekommen.«

»Tja.« Fornati wölbte bedeutungsvoll die Augenbrauen.

»Sie werden unsere Verabredung in Venedig nicht vergessen?«

»Wie könnte ich?«, erwiderte Tracy lächelnd.

Er quetschte ihren Arm. »Fornati freut sich schon darauf. Und jetzt muss ich Silvana beruhigen. Sie ist total hysterisch.«

Als der Orientexpress in Venedig eintraf, war Tracy unter den ersten Reisenden, die ausstiegen. Sie ließ ihr Gepäck direkt zum Flughafen befördern und flog, Silvana Luadis Juwelen im Koffer, mit der nächsten Maschine in Richtung London.

Gunther Hartog würde zufrieden sein.

23

Die siebengeschossige Zentrale von Interpol liegt in der Rue Armengaud 26, in den Hügeln von St. Cloud, etwa zwölf Kilometer westlich von Paris, diskret hinter einem hohen grünen Zaun und weißen Mauern verborgen. Das Tor zur Straße ist den ganzen Tag geschlossen, und Besucher werden erst eingelassen, nachdem sie eine Reihe von Fernsehkameras passiert haben. Innerhalb des Gebäudes befinden sich auf dem obersten Treppenabsatz eines jeden Stockwerks weiße Eisentore, die bei Nacht zugeschlossen werden, und jede Etage ist mit einem Alarm- und Überwachungssystem versehen.

Diese Sicherheitsmaßnahmen empfehlen sich, denn hier werden die genauesten Dossiers der Welt verwahrt: Akten über zweieinhalb Millionen Kriminelle. Hier ist der Umschlagplatz von Informationen für die Polizei in 78 Ländern. Interpol koordiniert die weltweiten polizeilichen Aktivitäten bei der Fahndung nach Schwindlern, Fälschern, Drogenhändlern, Räubern und Mördern. Interpol verbreitet über Funk, Telegraf und Nachrichtensatelliten aktuelle, auf den neuesten Stand gebrachte Bulletins. In der Zentrale in Paris arbeiten ehemalige Kriminalbeamte der Sûreté Nationale oder der Pariser Préfecture.

Eines Morgens im Mai fand im Büro von Inspektor André Trignant, Abteilungsleiter bei Interpol, eine Besprechung statt. Der Inspektor war ein Mittvierziger, anziehend, natürliche Autorität ausstrahlend, mit intelligentem Gesicht, dunklem Haar, klugen braunen Augen und einer schwarzen Hornbrille. Mit im Büro saßen Kriminalbeamte aus England, Belgien, Frankreich und Italien.

»Meine Herren«, begann Inspektor Trignant, »Ihre Länder haben uns um Informationen über die Straftaten gebeten, die neuerdings wie eine Seuche in Europa grassieren. Ein halbes Dutzend Länder ist von einer Serie einfallsreicher Schwindeleien und Einbruchdiebstählen heimgesucht worden, die mehrere Ähnlichkeiten aufweisen. Die Opfer haben gewöhnlich einen zweifelhaften Ruf, es kommt nie zu Gewalt gegen Personen, und der Täter ist immer eine Frau. Wir sind zu dem Schluss gelangt, dass wir es mit einer internationalen Frauenbande zu tun haben. Wir haben Phantombilder, die sich auf die Aussagen von Opfern und Zufallszeugen gründen. Wie Sie sehen werden, gleicht keine Frau der anderen. Einige sind blond, einige brünett. Nach Angabe der Zeugen handelt es sich um Engländerinnen, Französinnen, Italienerinnen und Amerikanerinnen – das schwankt von Fall zu Fall.«

Inspektor Trignant drückte einen Knopf, und an der Wand begann eine Reihe von Bildern zu erscheinen. »Hier sehen Sie eine Brünette mit kurzem Haar.« Er drückte wieder auf den Knopf. »Hier eine junge Blondine mit Zottelhaaren … eine weitere Blondine mit Locken … eine Brünette mit Pagenkopf … eine ältere Dame mit Dauerwelle … eine junge Frau mit Punkfrisur.« Er stellte den Projektor ab. »Wir haben keine Ahnung, wer die Bandenchefin ist und wo sich das Hauptquartier der Bande befindet. Spuren hinterlassen diese Frauen nicht, sie lösen sich einfach in nichts auf. Früher oder später werden wir eine von ihnen fassen, und wenn uns das gelingt, dann kriegen wir auch die anderen. Doch bis dahin sitzen wir auf dem Trockenen, es sei denn, einer von Ihnen, meine Herren, liefert uns Informationen, die uns weiterhelfen …«

Daniel Cooper wurde in Paris von einem der Assistenten Inspektor Trignants am Flughafen abgeholt und zum Prince de Galles gefahren, das neben einem sehr viel berühmteren Hotel, dem George V, liegt.

»Sie treffen morgen Vormittag mit Inspektor Trignant zusammen«, sagte der Assistent zu Cooper. »Ich hole Sie um 8 Uhr 15 ab.«

Daniel Cooper hatte sich über die Reise nach Europa nicht gerade gefreut. Er wollte seinen Auftrag so schnell wie möglich abschließen und nach Hause zurückkehren. Er war über die Existenz von Lasterhöhlen in Paris unterrichtet, und er hatte nicht die Absicht, sich in irgendwas verstricken zu lassen.

In seinem Zimmer angelangt, begab er sich schnurstracks ins Bad. Zu seiner Überraschung war die Badewanne durchaus zufriedenstellend, sogar größer als seine zu Hause. Er ließ Wasser einlaufen und ging wieder ins Zimmer, um seine Sachen auszupacken. In seinem Koffer lag, wohlverwahrt zwischen seinem Anzug für besondere Fälle und seiner Unterwäsche, ein kleines abgesperrtes Kästchen. Er nahm es aus dem Koffer, hielt es in den Händen, starrte es an, und es schien zu pulsieren, als hätte es ein eigenes Leben. Er trug es ins Bad und stellte es auf den Rand des Waschbeckens. Mit dem kleinsten Schlüssel an seinem Schlüsselbund sperrte er das Kästchen auf und öffnete es, und die Worte schrien ihm von dem vergilbten Zeitungsausschnitt entgegen.

Junge sagt bei Mordprozess aus

Der zwölfjährige Daniel Cooper sagte heute beim Prozess gegen Fred Zimmer aus, der des Mordes an der Mutter des Jungen angeklagt ist. Seiner Aussage zufolge kehrte der Junge von der Schule nach Hause zurück und sah, wie Zimmer, ein Nachbar, das Coopersche Anwesen mit Blut an den Händen und im Gesicht verließ. Als der Junge das Haus betrat, entdeckte er in der Badewanne seine tote Mutter. Sie war brutal erstochen worden. Zimmer gestand, Mrs. Coopers Geliebter gewesen zu sein, bestritt jedoch den Mord. Der Junge ist in die Obhut einer Tante gegeben worden.

Mit zitternden Händen legte Daniel Cooper den Zeitungsausschnitt wieder in das Kästchen und sperrte es ab. Er blickte wild um sich. Wände und Decke des Badezimmers waren mit Blut bespritzt. Er sah den nackten Leichnam seiner Mutter im roten Wasser liegen. Ein heftiges Schwindelgefühl überkam ihn, und er hielt sich am Waschbecken fest. Aus den Schreien in seinem Innern wurde ein kehliges Stöhnen, und er riss sich die Kleider vom Leib und ließ sich in das blutwarme Wasser sinken.

»Ich muss Sie davon in Kenntnis setzen, Mr. Cooper«, sagte Inspektor Trignant, »dass Ihre Position hier äußerst ungewöhnlich ist. Sie sind nicht bei der Polizei, und Sie weilen nicht in offizieller Mission bei uns. Wir sind jedoch von den Polizeibehörden mehrerer europäischer Länder gebeten worden, mit Ihnen zusammenzuarbeiten.«

Daniel Cooper schwieg.

»Wenn ich das richtig verstanden habe, sind Sie Detektiv bei der International Insurance Protection Association?«

»Ja. Einige von unseren europäischen Klienten hatten in letzter Zeit eine Häufung von Schadensfällen zu verzeichnen. Und man hat mir gesagt, dass es keine Anhaltspunkte gibt.«

Inspektor Trignant seufzte. »Das ist leider die Wahrheit. Wir wissen nur, dass wir es mit einer Bande von sehr cleveren Frauen zu tun haben, aber ansonsten …«

»Keine Tipps von Informanten?«

»Nein, nichts.«

»Kommt Ihnen das nicht seltsam vor?«

»Wie meinen Sie das, Monsieur?«

Es schien Cooper so sonnenklar, dass er nicht einmal den Versuch unternahm, die Ungeduld in seiner Stimme zu zügeln. »Wenn eine Bande am Werk ist, gibt es immer jemanden, der zu viel redet, zu viel trinkt, zu viel Geld ausgibt. Es ist unmöglich für eine größere Gruppe, ein Geheimnis für sich zu behalten. Kann ich mal Ihre Unterlagen über diese Bande sehen?«

Der Inspektor hätte das Ansinnen, mehr Befehl als Bitte, gern abgelehnt. Er fand, dass Daniel Cooper einer der körperlich unangenehmsten Männer sei, denen er je begegnet war. Und gewiss der mit weitem Abstand arroganteste. Er würde sich garantiert zur Nervensäge entwickeln, aber der Inspektor war gebeten worden, sich kooperativ zu verhalten.

Widerwillig sagte er: »Ich werde Fotokopien für Sie anfertigen lassen«, und gab über seine Sprechanlage Weisung, die Unterlagen abzulichten. Dann sagte er, um Konversation zu machen: »Mir ist vorhin ein interessanter Bericht auf den Schreibtisch gelegt worden. Im Orientexpress sind wertvolle Juwelen gestohlen worden, während …«

»Ich hab's gelesen. Der Dieb hat die italienische Polizei zum Narren gehalten.«

»Und niemand weiß, wie der Diebstahl durchgeführt wurde.«

»Das liegt doch auf der Hand«, sagte Daniel Cooper rüde. »Da muss man bloß ein bisschen logisch denken.«

Inspektor Trignant blickte über den Rand seiner Brille hinweg. *Mon Dieu,* dachte er, *Manieren hat dieser Mann – als wäre er im Schweinsgalopp durch die Kinderstube geritten.* Mit kühler Stimme sagte er: »Das logische Denken bringt uns in diesem Fall nicht weiter. Der Zug ist gründlich durchsucht worden, jeder Quadratzentimeter, ebenso das Personal, die Reisenden und das gesamte Gepäck.«

»Nein«, widersprach Daniel Cooper.

Der ist nicht ganz dicht, dachte Inspektor Trignant. »Was – nein?«

»Es ist nicht das gesamte Gepäck durchsucht worden.«

»Und ich sage Ihnen, es *ist* durchsucht worden«, entgegnete Inspektor Trignant gereizt. »Ich habe den Polizeibericht doch mit eigenen Augen gesehen!«

»Die Frau, der die Juwelen gestohlen wurden, diese Silvana Luadi …«

»Ja?«

»Sie hatte ihre Juwelen in einem Handkoffer, nicht wahr?«

»Das ist richtig.«

»Hat die Polizei Silvana Luadis ganzes Gepäck durchsucht?«

»Nur ihren Handkoffer. Sie war ja das Opfer. Warum sollte da ihr ganzes Gepäck durchsucht werden?«

»Weil der Dieb logischerweise die Juwelen nur dort verstecken konnte – in irgendeinem ihrer anderen Koffer. Wahrscheinlich hatte er ein Duplikat dieses Koffers, und als das ganze Gepäck in Venedig auf dem Bahnsteig stand, musste er nur die Koffer vertauschen und sich aus dem Staub machen.« Damit erhob sich Daniel Cooper. »Wenn die Fotokopien fertig sind, gehe ich jetzt.«

Dreißig Minuten später telefonierte Inspektor Trignant mit Alberto Fornati in Venedig.

»Monsieur«, sagte der Inspektor, »ich rufe an, um mich zu erkundigen, ob es nach Ihrer Ankunft in Venedig vielleicht Probleme mit dem Gepäck Ihrer Frau gab.«

»Allerdings«, antwortete Fornati aufgebracht. »Dieser Idiot von Schlafwagenschaffner hat ihren Koffer mit dem von jemand anderem verwechselt. Als meine Frau ihn im Hotel geöffnet hat, waren bloß alte Illustrierte drin. Ich habe es bereits ans Management des Orientexpress gemeldet. Ist der Koffer meiner Frau inzwischen gefunden worden?«

»Nein, Monsieur«, sagte der Inspektor und fügte stumm hinzu: *An deiner Stelle würde ich auch nicht damit rechnen.*

Nach dem Telefonat lehnte sich André Trignant in seinem Bürosessel zurück und dachte: *Dieser Daniel Cooper ist einfach enorm.*

24

Gunther Hartog sorgte dafür, dass Tracy an die richtigen Wohlfahrtsinstitute spendete und die richtigen Leute kennenlernte. Sie hatte Verabredungen mit verarmten Prinzen und reichen Grafen und bekam zahlreiche Heiratsanträge. Sie war jung und schön und vermögend, und sie wirkte so verletzlich.

»Alle meinen, Sie seien das Ziel der Ziele«, lachte Gunther. »Jetzt sind Sie wirklich gut versorgt. Sie haben alles, was Sie brauchen.«

Das stimmte. Sie hatte Geld auf Konten in ganz Europa; sie hatte das Haus in London und ein Chalet in St. Moritz. In der Tat: alles, was sie brauchte. Sie hatte nur niemanden, mit dem sie es teilen konnte. Manchmal fehlte ihr Amy. Und manchmal dachte sie an das Leben, das sie fast geführt hätte – mit Mann und Kind. Würde das je wieder für sie möglich sein? Sie konnte nie einem Mann offenbaren, wer sie wirklich war, und sie fühlte sich auch nicht imstande, unaufhörlich zu lügen, indem sie ihre Vergangenheit verschwieg. Sie hatte so viele Rollen gespielt, dass sie nicht mehr genau wusste, wer sie eigentlich war, aber sie wusste, dass sie nie wieder in das Angestelltendasein zurückkehren konnte, das sie einmal für die große Erfüllung gehalten hatte. *Okay*, dachte Tracy trotzig. *Viele Menschen sind einsam. Gunther hat recht. Ich habe alles.*

Eine Weile nach ihrer Rückkehr aus Venedig gab sie eine Cocktailparty in ihrem Haus am Eaton Square.

»Ich freue mich schon darauf«, sagte Gunther. »Ihre Feste sind die rauschendsten von ganz London. Wer kommt denn?«

»Alle«, antwortete Tracy.

Und es kam noch einer mehr. Tracy hatte die Baroness Lithgow eingeladen, eine attraktive junge Erbin, und als die Baroness eintraf, ging Tracy ihr entgegen, um sie zu begrüßen. Und plötzlich fehlten ihr die Worte. Denn die Baroness hatte einen unerwarteten Begleiter: Jeff Stevens.

»Tracy, ich glaube, Sie kennen Mr. Stevens noch nicht. Jeff, das ist Mrs. Tracy Whitney, unsere Gastgeberin.«

Tracy sagte steif: »Guten Abend, Mr. Stevens.«

Jeff nahm Tracys Hand und hielt sie ein wenig länger als nötig in seiner. »Mrs. Tracy Whitney?«, sagte er. »Ja, natürlich! Ich war mit Ihrem Mann befreundet. Wir waren in Indien viel zusammen.«

»Ach, wie aufregend!«, rief die Baroness.

»Merkwürdig … er hat nie von Ihnen gesprochen«, entgegnete Tracy kühl.

»Wirklich nicht? Das wundert mich. Ich habe ihn gern gemocht, den alten Jungen. Schade, dass er so enden musste.«

»Oh! Was ist passiert?«, erkundigte sich die Baroness.

Tracy funkelte Jeff an. »Nichts weiter.«

»Nichts weiter?!«, sagte Jeff rügend. »Wenn ich mich recht erinnere, ist er immerhin in Indien gehängt worden.«

»In Pakistan«, berichtigte Tracy knapp. »Und ich glaube, er hat *doch* von Ihnen gesprochen. Oder vielmehr, von Ihrer bezaubernden Frau. Wie geht es ihr?«

Die Baroness blickte Jeff mit großen Augen an. »Du hast mir nie gesagt, dass du verheiratet bist, Jeff.«

»Cecily und ich leben in Scheidung.«

Tracy lächelte lieblich. »Ich meinte ja auch Rose.«

»Ach, *die.*«

Die Baroness war ein wenig befremdet. »Du warst zweimal verheiratet?«

»Nein, nur einmal«, sagte Jeff leichthin. »Die Ehe zwischen Rose und mir ist annulliert worden. Wir waren beide noch sehr jung.« Er wandte sich zum Gehen.

Tracy fragte: »Aber Sie hatten doch Kinder? Zwillinge, nicht?«

»Zwillinge?!«, rief die Baroness.

»Die leben bei ihrer Mutter«, entgegnete Jeff. Er schaute Tracy an. »Ich kann Ihnen gar nicht sagen, was für ein unbeschreibliches Vergnügen es ist, mit Ihnen zu plaudern, Mrs. Whitney, aber wir dürfen Sie nun Ihren anderen Gästen nicht länger vorenthalten.« Und damit nahm er die Baroness bei der Hand und schritt von dannen.

Am nächsten Morgen begegnete Tracy ihm zufällig bei Harrods in einem vollen Aufzug. Tracy stieg im ersten Stock aus. Als sie den Lift verließ, wandte sie sich Jeff zu und sagte laut und deutlich: »Ach, übrigens, diese Anklage gegen Sie wegen Unzucht mit Minderjährigen – wie haben Sie sich da eigentlich rausgewunden?« Die Aufzugtür schloss sich, und Jeff saß in der Falle, allseits umgeben von sittlich entrüsteten Mitbürgern.

An diesem Abend lag Tracy im Bett, dachte an Jeff und musste lachen. Er war wirklich ein Charmeur. Und ein Gauner. Aber ein sehr netter. Sie fragte sich, welcher Art seine Beziehung zu Baroness Lithgow war. Nein, sie *wusste,* welcher Art seine Beziehung zu Baroness Lithgow war. *Jeff und ich sind vom selben Schrot und Korn,* dachte Tracy. Sie würden beide nie zur Ruhe kommen. Das Leben, das sie führten, war einfach zu aufregend und interessant.

Sie sann über ihren nächsten Auftrag nach. Das Ziel befand sich in Südfrankreich, und das Ganze war eine echte Herausforderung. Gunther hatte ihr gesagt, die Polizei fahnde nach einer Frauenbande. Tracy schlief lächelnd ein.

In seinem Pariser Hotelzimmer las Daniel Cooper die Unterlagen, die Inspektor Trignant ihm zur Verfügung gestellt hatte. Es war 4 Uhr morgens. Cooper hatte seit Stunden über den Papieren gesessen und die einfallsreiche Mischung aus Schwindeleien und Einbruchdiebstählen analysiert. Einige der Tricks kannte Cooper bereits, andere waren ihm neu. Wie Inspektor Trignant erwähnt hatte, genossen alle Opfer einen zweifelhaften Ruf. *Diese Bande hält sich offenbar für eine Nachfolgeorganisation von Robin Hood und seinen Leuten,* dachte Cooper.

Er war fast fertig. Er hatte nur noch drei Berichte zu lesen. Auf dem obersten Aktendeckel stand BRÜSSEL. Cooper klappte ihn auf und überflog den Bericht. Schmuck im Wert von zwei Millionen Dollar war aus dem Wandsafe eines Mr. van Ruysen gestohlen worden, eines belgischen Börsenmaklers.

Die van Ruysens waren im Urlaub gewesen, das Haus stand leer, und … Plötzlich schlug Coopers Herz schneller. Er las den Bericht noch einmal, Wort für Wort. Der Fall unterschied sich von den anderen in einem sehr wichtigen Punkt: Die Einbrecherin hatte die Alarmanlage ausgelöst, und als die Polizei eintraf, wurde sie an der Tür von einer Frau empfangen, die ein hauchdünnes Nachthemd trug. Sie hatte eine Frisierhaube auf dem Kopf und eine dicke Schicht Cold Cream im Gesicht. Sie behauptete, ein Hausgast der van Ruysens zu sein. Die Polizei kaufte ihr die Geschichte ab, und als die van Ruysens aus dem Urlaub zurückkehrten und wegen ihres Hausgasts befragt wurden, war die Frau mitsamt den Juwelen längst über alle Berge.

Cooper legte den Bericht aus der Hand. Er warf einen Blick auf seine Armbanduhr. In New York war es 10 Uhr vormittags. Cooper rief J.J. Reynolds an.

»Sie müssen etwas für mich feststellen«, sagte Cooper. »Fragen Sie die Polizisten auf Long Island, die damals bei dem Einbruch im Hause Bellamy mit der Täterin gesprochen haben, ob sie sicher sind, dass die Frau Amerikanerin war.«

Reynolds rief eine Stunde später zurück. »Ja, sie sind sicher«, sagte er. »Warum wollen Sie das …«

Aber Cooper hatte bereits aufgelegt.

Inspektor Trignant verlor allmählich die Geduld: »Und ich sage Ihnen, es ist unmöglich, dass *eine* Frau all diese Straftaten verübt hat.«

»Das lässt sich ohne weiteres herausfinden«, entgegnete Daniel Cooper.

»Wie?«

»Ich brauche einen Computer-Ausdruck über Datum und Ort der letzten Einbrüche und Informationen über die für diese ›Bande‹ typischen Schwindeleien.«

»Das kann ich natürlich einrichten, aber …«

»Außerdem brauche ich Einblick in die Register der

Grenzpolizei. Sie soll alle amerikanischen Touristinnen auflisten, die sich in der Zeit, zu der die Straftaten verübt wurden, in den jeweiligen Städten aufgehalten haben. Es ist möglich, dass die Frau mit falschen Pässen arbeitet, aber es kann auch sein, dass sie hin und wieder unter ihrem wahren Namen reist.«

Inspektor Trignant dachte nach. »Ich verstehe, worauf Sie hinauswollen, Monsieur.« Er betrachtete den kleinwüchsigen Mann vor sich und musste entdecken, dass er fast hoffte, Cooper möge sich irren. Der Amerikaner war viel zu eingebildet. »Nun denn. Ich werde alle Räder in Bewegung setzen.«

Der erste Einbruch der Serie hatte sich in Stockholm ereignet. In dem Bericht des schwedischen Zweigs von Interpol wurden alle amerikanischen Touristinnen aufgeführt, die in der Tatwoche in Stockholm gewesen waren. Ihre Namen wurden in den Computer der Zentrale von Interpol in Paris eingegeben. Die nächste Stadt war Mailand. Die Namenliste der amerikanischen Touristinnen, die sich zur Zeit des Einbruchs in Mailand aufgehalten hatten, wurde mit der Liste aus Stockholm verglichen. Es ergab sich eine neue Liste mit vierundfünfzig Namen. Dann wurde überprüft, welche amerikanischen Touristinnen in der Woche eines besonders unverschämten Schwindels in Irland gewesen waren, und die Liste verkürzte sich auf fünfzehn Nahmen. Inspektor Trignant überreichte Cooper den Computer-Ausdruck.

»Ich werde nun noch kontrollieren, wer von diesen Frauen mit der Gaunerei in Berlin in Zusammenhang gebracht werden könnte«, sagte Inspektor Trignant, »und dann …«

Daniel Cooper blickte auf. »Das ist nicht mehr nötig.«
Der erste Name auf der Liste war *Tracy Whitney.*

Nun hatte Interpol endlich etwas Handfestes. Rundschreiben mit der Empfehlung, ein Auge auf Tracy Whitney zu haben, gingen an alle Mitgliederstaaten. In welches Land sie auch einreiste, sie würde von nun an unter Beobachtung stehen.

Tags darauf trafen Bilder von Tracy Whitney aus dem Southern Louisiana Penitentiary for Women bei Interpol in Paris ein.

Daniel Cooper rief J. J. Reynolds unter dessen Privatnummer an. Es klingelte zwölfmal, bevor jemand abnahm.

»Hallo …«

»Ich brauche ein paar Informationen.«

»Sind Sie das, Cooper? Himmel, Arsch und Zwirn, hier ist es vier Uhr morgens. Ich habe tief …«

»Schicken Sie mir alles, was Sie über Tracy Whitney auftreiben können. Zeitungsausschnitte, Videobänder – alles.«

»Was tut sich denn bei Ihnen in …«

Cooper hatte eingehängt.

Eines Tages bringe ich den Kerl um, dachte Reynolds.

Zuvor war Daniel Cooper nur beiläufig an Tracy Whitney interessiert gewesen. Aber nun war sie Gegenstand seines Auftrags. Er heftete ihre Fotos mit Klebstreifen an die Wände seines kleinen Pariser Hotelzimmers und las alle Zeitungsartikel über sie. Er mietete ein Videogerät und führte sich wieder und wieder die Kassette mit den Ausschnitten aus den Fernsehnachrichten vor, die Tracy nach ihrer Verurteilung und nach ihrer Entlassung aus dem Gefängnis zeigten. Cooper saß Stunde um Stunde in seinem abgedunkelten Zimmer und betrachtete den Film. Sein erster leiser Verdacht verdichtete sich allmählich zur Gewissheit. »*Sie* sind diese Frauenbande, Miss Whitney«, sagte Daniel Cooper in den Raum hinein. Dann drückte er noch einmal die Rücklauftaste des Videogeräts.

25

Jedes Jahr am ersten Samstag im Juni veranstaltete der Graf de Matigny einen großen Wohltätigkeitsball für ein Kinderkrankenhaus in Paris. Der Eintritt kostete tausend Dollar pro Person, und die High Society flog aus der ganzen Welt ein, um an dem Ereignis teilzunehmen.

Das Château de Matigny, am Cap d'Antibes gelegen, gehörte zu den Sehenswürdigkeiten Frankreichs. Der Schlossgarten war gepflegt und wunderschön, und das Château stammte aus dem 15. Jahrhundert. Am Abend des Festes waren der große und der kleine Ballsaal voll von elegant gewandeten Gästen und livrierten Dienern, die unablässig Champagner anboten. Für die Hungrigen, die sich nicht bis zum Souper gedulden konnten, gab es ein denkwürdiges kaltes Buffet.

Tracy, die hinreißend aussah in ihrem weißen Spitzenkleid und in ihrem hochgesteckten Haar ein Diamantdiadem trug, tanzte mit ihrem Gastgeber, dem Grafen de Matigny – verwitwet, Endsechziger, klein und mager, mit blassen, zarten Gesichtszügen. *Der Wohltätigkeitsball, den der Graf alljährlich für das Kinderkrankenhaus veranstaltet, ist ein abgefeimter Schwindel,* hatte Gunther Hartog zu Tracy gesagt. *Zehn Prozent vom Erlös kriegt das Kinderkrankenhaus, der Rest fließt in die Privatschatulle des noblen Herrn.*

»Sie tanzen hervorragend, Herzogin«, sagte der Graf.

Tracy lächelte. »Das liegt an meinem Tanzpartner.«

»Wie kommt es, dass wir uns nie zuvor begegnet sind?«

»Ich habe die meiste Zeit in Südamerika gelebt«, erklärte Tracy. »Am Ende der Welt – leider.«

»Warum denn das, um Himmels willen?«

»Mein Mann besitzt einige Minen in Brasilien.«

»Aha. Und ist Ihr Mann heute Abend hier?«

»Nein. Er musste in Brasilien bleiben und sich um die Geschäfte kümmern.«

»Pech für ihn, Glück für mich.« Der Graf schloss den Arm fester um Tracys Taille. »Wir werden, hoffe ich, gute Freunde werden. Ich freue mich schon darauf.«

»Ich mich auch«, hauchte Tracy.

Über die Schulter des Grafen hinweg erblickte sie plötzlich Jeff Stevens. Er war so braun, als sei er einer Reklame für Sonnencreme entstiegen, und sah geradezu lächerlich fit aus. Er tanzte mit einer schönen, geschmeidigen Brünetten, die ein karminrotes Taftkleid trug und sich besitzergreifend an ihm festklammerte. Jeff sah Tracy im selben Moment und grinste.

Der Kerl hat allen Grund zum Grinsen, dachte Tracy erbittert. In den vergangenen vierzehn Tagen hatte sie mit aller Sorgfalt zwei Einbrüche durchgeplant. Sie war ins erste Haus eingestiegen und hatte den Safe geöffnet, um ihn gähnend leer zu finden. Jeff Stevens war vor ihr da gewesen. Beim zweiten Mal hatte sie sich über das Grundstück auf das fragliche Anwesen zubewegt und plötzlich das Aufheulen eines Motors gehört. Eine Sekunde darauf hatte sie Jeff erspäht, der mit einem Sportwagen davonbrauste. Er hatte ihr wieder eins ausgewischt. Es war empörend. *Und jetzt ist er in dem Haus, in das ich als Nächstes einbrechen will,* dachte Tracy.

Jeff und seine Partnerin näherten sich, und Jeff sagte lächelnd: »Guten Abend, Graf.«

Der Graf erwiderte das Lächeln. »Ach, Jeff. Guten Abend. Es freut mich sehr, dass Sie kommen konnten.«

»Ihren Ball wollte ich mir doch nicht entgehen lassen!« Jeff deutete mit dem Kopf auf die sinnlich wirkende Frau in seinen Armen. »Das ist Miss Wallace. Der Graf de Matigny.«

Der Graf wandte sich Tracy zu. »Herzogin, darf ich Ihnen Miss Wallace und Mr. Jeff Stevens vorstellen? Die Herzogin de Larosa.«

Jeff hob fragend die Augenbrauen. »Pardon. Ich habe den Namen der Dame nicht verstanden.«

»Larosa«, sagte Tracy gelassen.

»De Larosa ... de Larosa ...«, Jeff betrachtete Tracy eingehend. »Der Name kommt mir irgendwie bekannt vor. Ja, natürlich! Ich kenne Ihren Gatten. Ist er hier?«

»Er ist in Brasilien«, antwortete Tracy zähneknirschend.

Jeff lächelte. »Schade. Wir sind früher immer zusammen auf Pirsch gegangen. Bevor er den Jagdunfall hatte.«

»Den Jagdunfall?«, fragte der Graf.

»Ja«, bestätigte Jeff betrübt. »Seine Flinte ist losgegangen – ein dummes Versehen –, und der Schuss hat ihn an einer sehr, sehr empfindlichen Stelle getroffen.« Er wandte sich Tracy zu. »Darf man hoffen, dass er je wieder gesund wird?«

Tracy sagte tonlos: »Ich bin sicher, dass er bald ähnlich gesund ist wie Sie, Mr. Stevens.«

»Wunderbar. Grüßen Sie ihn bitte herzlich von mir, wenn Sie ihn sehen, Herzogin.«

Die Musik machte eine Pause. Der Graf entschuldigte sich bei Tracy: »Verzeihen Sie, meine Liebe, aber ich habe einige Gastgeberpflichten zu erfüllen.« Er drückte ihr die Hand. »Vergessen Sie nicht, dass Sie an meinem Tisch sitzen.«

Als der Graf davonging, sagte Jeff zu seiner Partnerin: »Mein Engel, du hast doch eine Packung Aspirin in deine Umhängetasche gesteckt, nicht? Könntest du mir wohl eins holen? Ich habe Kopfschmerzen, die fürchterlich zu werden drohen.«

»Ach, mein armer Süßer.« Miss Wallace hatte einen anbetenden Ausdruck in den Augen. »Natürlich hole ich dir eins. Deine Süße ist gleich wieder da.«

Tracy beobachtete, wie die Dame enteilte. Dann fragte sie Jeff: »Haben Sie keine Angst, dass Sie zuckerkrank werden bei dieser Affäre?«

»Oh, das nehme ich billigend in Kauf. Weil Miss Wallace so süß ist. Wie geht's Ihnen, Herzogin?«

Tracy lächelte. Nicht Jeffs, sondern der Umstehenden wegen. »Das kann Ihnen doch egal sein, oder?«

»Nein. Es ist mir so wenig egal, dass ich Ihnen einen guten Rat gebe. Versuchen Sie nicht, in dieses Château einzubrechen.«

»Warum nicht? Wollen Sie mir zuvorkommen?«

Jeff nahm Tracy beim Arm und führte sie zu einer einsamen Ecke in der Nähe des Flügels, an dem ein dunkeläugiger junger Mann seelenvolle Meuchelmorde an amerikanischen Schlagern beging. Nur Tracy konnte Jeffs Stimme über die Musik hinweg hören. »Ich habe etwas geplant, ja«, antwortete er, »aber es ist zu gefährlich.«

»Wirklich?« Tracy hatte allmählich Spaß an dem Gespräch. Es war ihr eine Erleichterung, dass sie sich nicht mehr verstellen musste.

»Hören Sie auf mich, Tracy«, sagte Jeff ernst. »Lassen Sie die Finger davon. Erstens kommen Sie nicht heil durch den Garten. In der Nacht wird immer ein höllisch scharfer Hund losgelassen.«

Tracy lauschte jetzt aufmerksam. Jeff schien tatsächlich etwas zu planen.

»Alle Fenster und Türen sind mit Alarmdrähten versehen. Die Alarmanlage ist direkt mit der Polizeiwache verbunden. Und selbst wenn Sie es schaffen würden, ins Haus zu gelangen – da drin ist ein wahres Spinnennetz von unsichtbaren Infrarotstrahlen.«

»Das weiß ich«, sagte Tracy ein wenig blasiert.

»Dann wissen Sie sicher auch, dass der Alarm nicht ausgelöst wird, wenn Sie *in* den Strahl treten, sondern wenn Sie *aus* dem Strahl treten. Die Infrarotsensoren spüren die Wärmeveränderung. An irgendeinem Punkt geht die Alarmanlage unweigerlich los.«

Das hatte Tracy nicht gewusst. Wie hatte Jeff es erfahren?

»Warum erzählen Sie mir das alles?«

Jeff lächelte, und Tracy dachte, nie habe er attraktiver ausgesehen. »Ich will nicht, dass Sie geschnappt werden, Herzogin. Ich habe Sie gern um mich. Wir könnten wirklich gute Freunde werden, Tracy.«

»Da irren Sie sich«, widersprach Tracy. Sie sah, wie Jeffs Begleiterin nahte. »Hier kommt Ihre Süße. Viel Vergnügen.«

Als Tracy ging, hörte sie Jeffs Partnerin sagen: »Ich hab dir ein Glas Champagner mitgebracht, damit du die Tablette leichter runterkriegst, Süßer.«

Nach dem Souper – das aus mehreren Gängen bestand und äußerst üppig war – nahm der Graf de Matigny Tracy beiseite. »Sie sagten, dass Sie gern einen Blick auf meine Gemälde werfen würden. Wäre es Ihnen jetzt recht, Herzogin?«

»Mit dem größten Vergnügen«, antwortete Tracy.

Die Bildersammlung des Grafen war ein regelrechtes Privatmuseum. Italienische und niederländische Meister, französische Impressionisten und Picassos in Hülle und Fülle. Die lange Galerie war eine Augenweide, ein Fest der Farben und Formen. Monets und Renoirs, Canalettos und Guardis, ein exquisiter Memling, ein Rubens und ein Tizian und fast eine ganze Wand voll Cézannes … Die Sammlung war von unschätzbarem Wert.

Tracy betrachtete die Bilder lange und genoss ihre Schönheit. »Ich hoffe, dass sie gut gesichert sind.«

Der Graf lächelte. »Dreimal haben Diebe versucht, an meine Kunstschätze heranzukommen. Der erste ist von meinem Hund getötet und der zweite zum Krüppel gebissen worden. Der dritte sitzt eine langjährige Gefängnisstrafe ab. Das Château ist eine uneinnehmbare Festung, Herzogin.«

»Freut mich zu hören, Graf.«

Von draußen kam plötzlich helles Licht. »Das Feuerwerk beginnt«, sagte der Graf. »Ich glaube, es wird Ihnen gefallen.« Er nahm Tracys weiche Hand zwischen seine ledrigen, dürren Finger und führte sie aus der Galerie. »Ich fahre morgen früh nach Deauville. Ich habe dort eine Villa, direkt am Meer. Übers nächste Wochenende habe ich ein paar Freunde eingeladen. Wollen Sie auch kommen?«

»Im Prinzip sehr gern«, sagte Tracy bedauernd, »aber

mein Mann wird allmählich nervös. Er besteht darauf, dass ich nach Brasilien zurückkehre.«

Das Feuerwerk dauerte fast eine Stunde, und Tracy nutzte den Umstand, dass die Gäste abgelenkt waren, um das Château auszukundschaften. Was Jeff gesagt hatte, stimmte genau: Die Chancen für einen erfolgreichen Einbruch waren fast gleich null, doch eben das schien Tracy verlockend, ja unwiderstehlich. Sie wusste, dass sich im Schlafzimmer des Grafen Juwelen im Wert von zwei Millionen Dollar und ein halbes Dutzend Meisterwerke der bildenden Kunst befanden, darunter eine Zeichnung von Leonardo da Vinci.

Das Château ist eine Schatzkammer, hatte Gunther Hartog gesagt. *Die Schutzvorkehrungen sind dementsprechend. Unternehmen Sie nichts, bevor Sie einen todsicheren Plan haben.*

Nun, ich habe einen Plan, dachte Tracy. *Ob er todsicher ist oder nicht, wird sich morgen herausstellen.*

Die folgende Nacht war kühl und wolkig, und die hohen Mauern um das Château wirkten bedrohlich. Tracy stand im Schatten. Sie trug einen schwarzen Overall, Schuhe mit Gummisohlen und Glacéhandschuhe. Über der Schulter hatte sie eine Umhängetasche. Sie musste einen Moment lang an die Mauern des Gefängnisses denken, und es lief ihr unwillkürlich ein Schauer über den Rücken.

Tracy hatte den Mietkombi am hinteren Ende des Schlossgartens geparkt. Von der anderen Seite der Mauer kam ein tiefes Knurren, das sich zum wütenden Bellen steigerte, als der Hund in die Luft sprang und anzugreifen versuchte. Tracy stellte sich den muskelstarken, schweren Körper und die tödlichen Zähne des Dobermanns vor.

Leise rief sie jemandem im Kombi zu: »Jetzt!«

Ein schmächtiger Mann in mittleren Jahren, ebenfalls ganz in Schwarz, stieg aus dem Wagen. Er hielt ein Dobermannweibchen am Halsband fest. Die Hündin war läufig, und aus dem Bellen im Garten wurde plötzlich ein erregtes Gewinsel.

Tracy half mit, die Hündin auf das Wagendach zu heben, das annähernd so hoch war wie die Mauer.

»Eins, zwei, drei«, flüsterte Tracy.

Nun warfen die beiden die Hündin über die Mauer. Ein kurzes Blaffen, dann Schnupperlaute. Dann hörte man die Hunde rennen. Und dann war alles still.

Tracy wandte sich ihrem Komplizen zu. »Gehen wir.«

Der Mann, der Jean Louis hieß, nickte. Tracy hatte ihn in Antibes gefunden. Er war ein Dieb und hatte die meiste Zeit seines Lebens im Gefängnis verbracht. Eine Geistesleuchte war er nicht, aber er hatte eine Spezialbegabung für Schlösser, Alarmanlagen und Safes – also der richtige Mann für diesen Job.

Tracy trat vom Wagendach auf die Mauerkrone, rollte eine kleine Feuerleiter aus und hakte sie an der Mauerkante fest. Dann stieg sie mit Jean Louis nach unten. Château und Garten sahen völlig anders aus als am Abend zuvor. Gestern war alles hell erleuchtet und von lachenden Gästen bevölkert gewesen. Jetzt war alles dunkel und düster.

Jean Louis folgte Tracy über den Rasen und hielt dabei ängstlich nach den Hunden Ausschau.

Am Château rankte sich jahrhundertealter Efeu empor, der vom Parterre bis zum Dach reichte. Tracy hatte ihn am Vorabend unauffällig getestet. Und als sie nun einen Ast mit ihrem vollen Körpergewicht belastete, hielt er sie. Sie begann zu klettern und warf einen flüchtigen Blick in den Garten. Von den Hunden keine Spur. Tracy schickte ein Stoßgebet zum Himmel. *Oh dass sie nur lange miteinander beschäftigt blieben!*

Als Tracy das Dach erreicht hatte, winkte sie Jean Louis und wartete, bis er neben ihr war. Sie knipste eine Taschenlampe an, und beide sahen ein Oberlicht, das natürlich von innen verriegelt war. Tracy beobachtete, wie Jean Louis in seinen Rucksack langte und einen Glasschneider herauszog. Er brauchte nicht einmal eine Minute, um die Scheibe säuberlich zu entfernen.

Tracy schaute nach unten und sah, dass der Weg in den Speicher durch ein Geflecht von Alarmdrähten blockiert war. »Schaffst du das, Jean?«, flüsterte sie.

»Kein Problem.« Er langte wieder in seinen Rucksack und zog eine dreißig Zentimeter lange Leitung mit Erdungsschellen an beiden Enden heraus. Er stellte fest, wo der Alarmdraht anfing, isolierte ihn ab und verband eine der Erdungsschellen mit dem Ende des Alarmdrahts. Dann holte er eine Kneifzange aus dem Rucksack und trennte den Draht durch. Tracy erstarrte. Sie rechnete damit, dass die Alarmanlage losging, aber es blieb alles ruhig. Jean Louis blickte auf und grinste. »Fertig.«

Irrtum, dachte Tracy. *Jetzt fängt's erst richtig an.*

Über eine zweite Feuerleiter stiegen sie durch das Oberlicht in den Speicher hinunter. So weit, so gut. Sie waren im Château. Doch als Tracy daran dachte, was noch vor ihnen lag, bekam sie Herzklopfen.

Sie zog zwei Infrarotbrillen aus der Tasche und gab eine davon Jean Louis.

Tracy hatte einen Weg gefunden, den Dobermann abzulenken, aber der Infrarot-Alarm war ein weitaus schwierigeres Problem. Wie Jeff gesagt hatte, befand sich im Haus ein wahres Spinnennetz von unsichtbaren Strahlen. Tracy holte tief Luft. Sie zwang sich, messerscharf zu denken: *Wenn jemand in den Strahl tritt, passiert nichts. Doch in dem Moment, in dem er aus dem Strahl tritt, nehmen die Sensoren den Temperaturunterschied wahr, und der Alarm wird ausgelöst. Er soll losgehen, bevor der Dieb den Safe öffnet.*

Tracy war zu dem Schluss gelangt, dass hier die Schwachstelle des Systems lag. Sie musste sich jetzt nur noch etwas einfallen lassen, um den Alarm am Funktionieren zu hindern, *nachdem* der Safe geöffnet war. Am Morgen um 6 Uhr 30 hatte sie die Lösung gefunden. Der Einbruch war machbar, und Tracy hatte wieder den vertrauten Nervenkitzel gespürt.

Nun setzte sie die Infrarotbrille auf, und alles im Raum erglühte plötzlich in unheimlichem Rot. Vor der Speichertür sah Tracy einen Lichtstrahl, den sie ohne die Brille nicht wahrgenommen hätte.

»Kriech drunter durch«, befahl sie Jean Louis. »Vorsichtig!«

Die beiden robbten unter dem Lichtstrahl hindurch und richteten sich auf. Sie standen in einem dunklen Flur, der zum Schlafzimmer des Grafen führte. Tracy knipste die Taschenlampe an und ging voran. Durch die Infrarotbrille sah sie einen weiteren Lichtstrahl über der Schwelle der Schlafzimmertür. Sie sprang schwungvoll darüber. Jean Louis tat es ihr nach.

Tracy leuchtete die Wände an, und da waren die Kunstwerke – eindrucksvoll, ehrfurchtgebietend.

Versprechen Sie mir, den Leonardo mitzubringen, hatte Gunther gesagt. *Und die Juwelen natürlich auch.*

Tracy hängte die Zeichnung ab, drehte sie um und legte sie auf den Boden. Sie löste das Pergament aus dem Rahmen, rollte es behutsam zusammen und steckte es in ihre Umhängetasche. Blieb nur noch der Safe, der in einer mit Vorhängen abgeteilten Nische am anderen Ende des Schlafzimmers stand.

Tracy zog die Vorhänge auf. Vier Infrarotstrahlen verliefen, einander überkreuzend, durch die ganze Nische. Es war unmöglich, an den Safe heranzukommen, ohne einen der Strahlen zu unterbrechen.

Jean Louis starrte bestürzt das Strahlenkreuz an. »*Merde!* Das schaffen wir nicht. Sie sind zu niedrig, um drunter durchzukriechen, und zu hoch, um drüberzuspringen.«

»Tu genau das, was ich dir sage«, befahl Tracy. Sie trat hinter Jean Louis und legte die Arme um seinen Bauch. »Wir laufen jetzt los. Linkes Bein zuerst.«

Gemeinsam machten sie einen Schritt auf die Strahlen zu, dann noch einen.

Jean Louis flüsterte entsetzt: »Wir gehen da ja mitten rein!«

»Genau.«

Sie bewegten sich auf den Punkt zu, an dem die Strahlen zusammentrafen. Als sie ihn erreicht hatten, blieb Tracy stehen.

»Jetzt hör mir zu, Jean«, sagte sie. »Ich möchte, dass du zum Safe rübergehst.«

»Aber die Strahlen …«

»Keine Sorge. Da passiert schon nichts.« Tracy hoffte inständig, dass sie recht hatte.

Zögernd trat Jean Louis aus den Strahlen. Und es passierte tatsächlich nichts. Er blickte mit furchtsam geweiteten Augen zu Tracy zurück. Sie stand im Zentrum der Strahlen, und ihre Körperwärme hinderte die Sensoren daran, den Alarm auszulösen. Jean Louis eilte zum Safe. Tracy rührte sich nicht. Sie wusste, dass der Alarm in dem Moment losgehen würde, in dem sie sich bewegte.

Aus den Augenwinkeln sah sie, wie Jean Louis sein Werkzeug aus dem Rucksack holte. Tracy atmete langsam und tief. Sie verlor das Zeitgefühl. Jean Louis schien seit Ewigkeiten mit dem Safe beschäftigt. Das rechte Bein tat Tracy weh. Dann bekam sie einen Wadenkrampf. Sie biss die Zähne zusammen und wagte es nicht, sich zu rühren.

»Wie lange bist du jetzt schon zugange?«, flüsterte sie.

»Zehn Minuten. Kann auch eine Viertelstunde sein.«

Es war Tracy, als habe sie ihr ganzes Leben so dagestanden. Nun bekam sie einen Wadenkrampf im linken Bein. Es war so schmerzhaft, dass sie am liebsten geschrien hätte. Aber sie blieb reglos im Zentrum der Strahlen stehen. Dann hörte sie ein Klicken. Der Safe war offen.

»Magnifique!«, rief Jean Louis. »Das ist ja 'ne richtige Bank! Willst du alles haben?«

»Nur die Juwelen. Die Moneten kriegst du.«

»Merci.«

Tracy hörte, wie Jean Louis den Safe ausräumte. Ein paar Sekunden später näherte er sich ihr.

»Toll!«, sagte er. »Aber wie kommen wir hier raus, ohne den Strahl zu unterbrechen?«

»Gar nicht«, antwortete Tracy.

Er starrte sie an. »*Was?*«

»Stell dich vor mich.«

»Aber ...«

»Tu, was ich dir sage.«

Ängstlich trat Jean Louis in den Strahl.

Tracy hielt den Atem an. Die Alarmanlage klingelte immer noch nicht. »Okay. Und jetzt gehen wir ganz langsam bis ans Ende dieser Nische.«

»Und dann?«

»Dann rennen wir, so schnell wir können.«

Zentimeter für Zentimeter gingen sie durch die Strahlen auf die Vorhänge zu, wo die Strahlen anfingen. Als sie bei den Vorhängen waren, holte Tracy tief Luft. »In Ordnung. Wenn ich jetzt sage, laufen wir los.«

Jean Louis schluckte und nickte. Ein Zittern schüttelte seinen schmächtigen Körper.

»*Jetzt!*«

Tracy wirbelte herum und raste auf die Schlafzimmertür zu. In dem Moment, in dem sie aus dem Strahl traten, ging der Alarm los. Der Krach war ohrenbetäubend.

Tracy sauste in den Speicher und hastete die Leiter hinauf. Jean Louis folgte ihr. Sie liefen übers Dach, kletterten die mit Efeu bewachsene Wand hinunter und rannten auf die Mauer zu, wo die zweite Leiter stand. Sekunden später waren sie auf dem Dach des Kombis und wieder drunten. Tracy klemmte sich hinters Steuer, Jean Louis nahm blitzschnell auf dem Beifahrersitz Platz.

Als der Kombi die Straße entlangbrauste, sah Tracy eine dunkle Limousine, die unter Bäumen parkte. Die Scheinwerfer erhellten einen Moment lang das Innere des Wagens. Hinterm Lenkrad saß Jeff Stevens. Ihm zur Seite ein großer Dobermann. Tracy lachte schallend auf und warf Jeff eine Kusshand zu. Der Kombi raste weiter.

Aus der Ferne hörte man das Geräusch sich nähernder Polizeisirenen.

26

Biarritz, im äußersten Südwesten Frankreichs an der Atlantikküste gelegen, hat seinen Jahrhundertwende-Glanz zum größten Teil verloren. Trotzdem strömen nach wie vor in der Hochsaison zwischen Juli und September die Reichen Europas hierher, um wenigstens die Sonne und ihre Erinnerungen an bessere Zeiten zu genießen. Wer kein eigenes Château hat, steigt im luxuriösen Hôtel du Palais in der Avenue Impératrice ab, das früher einmal der Sommersitz Napoleons III. war. Es befindet sich auf einer Landzunge in geradezu spektakulärer Umgebung: Auf der einen Seite ein Leuchtturm und große, zerklüftete Felsen, die aus dem grauen Meer aufsteigen wie vorgeschichtliche Ungeheuer, auf der anderen Seite die hölzerne Strandpromenade.

Eines Nachmittags im späten August betrat die Baroness Marguerite de Chantilly die Halle des Hôtel du Palais. Die Baroness war eine elegante Erscheinung mit kappenartig anliegendem aschblondem Haar. Sie trug ein grünweißes Seidenkleid, das ihre beneidenswerte Figur auf das Vorteilhafteste betonte.

Die Baroness ging zum Concierge. »Meinen Schlüssel, bitte«, sagte sie.

»Gewiss doch, Baroness.« Der Concierge überreichte Tracy den Schlüssel und mehrere Zettel – Mitteilungen von Telefongesprächen.

Als Tracy dem Lift zustrebte, wandte sich ein bebrillter, zerknittert aussehender Mann von der Vitrine ab, in der Hermès-Krawatten und -halstücher ausgestellt waren, und stieß mit ihr zusammen. Ihre Handtasche fiel zu Boden.

»Oje«, sagte der Mann. »Das tut mir furchtbar leid.« Er hob die Handtasche auf. »Entschuldigen Sie bitte.«

Die Baroness Marguerite de Chantilly nahm die Handtasche entgegen, nickte dem Mann huldvoll zu und ging weiter.

Ein Liftboy geleitete sie in den Aufzug und ließ sie im dritten Stock aussteigen. Tracy wohnte in der Suite 312, einer Suite mit weitem Blick auf die Stadt und das Meer.

Als sie die Tür hinter sich abgeschlossen hatte, nahm sie die blonde Perücke ab und massierte ihre Kopfhaut. Die Baroness war eine ihrer schönsten Rollen. Aus *Debrett's Peerage and Baronetage* und aus dem *Gotha* konnte man sich Hunderte von Adelstiteln aussuchen: Herzoginnen und Prinzessinnen und Baronessen und Gräfinnen aus zwei Dutzend Ländern. Diese Bücher waren für Tracy von unschätzbarem Wert, denn sie gaben auch einen Abriss der Familiengeschichte und nannten die Namen der Väter, Mütter und Kinder und die Adressen der Familiensitze. Es war ganz einfach, ein prominentes Adelsgeschlecht auszuwählen und eine Cousine zweiten oder dritten Grades zu werden – vor allem eine *wohlhabende* Cousine. Von Titeln und Geld ließen sich die Leute immer beeindrucken.

Tracy dachte an den Fremden, der sie am Nachmittag in der Hotelhalle angerempelt hatte, und lächelte.

Am selben Abend um 20 Uhr saß die Baroness Marguerite de Chantilly in der Bar des Hôtel du Palais, als der Mann, der vor einigen Stunden mit ihr zusammengestoßen war, an ihren Tisch trat.

»Verzeihen Sie«, sagte er schüchtern, »ich muss mich nochmals für meine Ungeschicklichkeit heute Nachmittag entschuldigen.«

Tracy lächelte ihn nachsichtig an. »Aber bitte. Es war doch nur ein Versehen.«

»Sie sind zu gütig.« Er zögerte. »Mir wäre wohler, wenn Sie mir erlauben würden, Sie zu einem Drink einzuladen.«

»Bitte. Wenn Sie wollen.«

Er ließ sich in den Sessel gegenüber von ihr sinken. »Gestatten Sie, dass ich mich vorstelle: Mein Name ist Adolf Zuckerman.«

»Marguerite de Chantilly.«

Zuckerman winkte dem Oberkellner. »Was möchten Sie trinken?«, fragte er Tracy.

»Champagner. Das heißt, wenn es Ihnen nicht zu …«

Zuckerman hob beschwichtigend die Hand. »Ich kann's mir leisten. Und ich werde mir bald alles leisten können, was das Herz begehrt.«

»Tatsächlich?« Tracy lächelte. »Wie schön für Sie.«

»Ja.«

Zuckerman bestellte Champagner und wandte sich dann wieder Tracy zu. »Etwas höchst Verblüffendes hat sich in meinem Leben ereignet. Ich sollte eigentlich nicht mit einem fremden Menschen darüber sprechen, aber es ist so aufregend, dass ich es einfach nicht für mich behalten kann.« Er beugte sich ein wenig vor und senkte die Stimme. »Ich bin Gymnasialprofessor – oder vielmehr, ich war es bis vor kurzem. Ich habe Geschichte gelehrt. Das ist ganz nett, aber nicht gerade spannend.«

Tracy lauschte mit höflichem Interesse.

»Das heißt, es *war* nicht gerade spannend. Bis vor ein paar Monaten.«

»Darf ich fragen, was vor ein paar Monaten passiert ist, Professor Zuckerman?«

»Ich habe über die spanische Armada geforscht, nach Anschauungsmaterial gesucht, das das Thema für meine Schüler interessanter machen könnte. Und dabei bin ich im Museum meiner Heimatstadt auf ein altes Dokument und einige dazugehörige Papiere gestoßen – weiß Gott, wie sie in das dortige Archiv geraten sind. Das Dokument enthielt jedenfalls ausführliche Angaben über eine Geheimexpedition, die Philipp II. von Spanien im Jahre 1588 auf die Reise schickte. Eines der Schiffe, das ungemünztes Gold geladen hatte, sank angeblich bei einem Sturm und verschwand spurlos.«

Tracy blickte Zuckerman aufmerksam an. »Es sank *angeblich*?«

»Genau. In Wirklichkeit, so heißt es in den Papieren, wurde es vom Kapitän und der Besatzung mit voller Absicht in einer kleinen Bucht versenkt. Sie wollten später wiederkommen und den Schatz heben. Doch das gelang ihnen nicht. Sie wurden von Piraten angegriffen und getötet. Das Dokument blieb nur erhalten, weil keiner der Piraten lesen und schreiben konnte. Sie wussten nicht, was sie da in der Hand hatten.« Zuckermans Stimme zitterte vor Erregung. »Und jetzt …«, er sprach leiser und blickte in die Runde, um sich zu vergewissern, dass niemand lauschte, »… und jetzt besitze *ich* das Dokument mitsamt einer detaillierten Anleitung, wie man an den Schatz herankommt.«

»Wie schön für Sie, Professor.« In Tracys Worten schwang eine gewisse Bewunderung mit.

»Dieses Gold dürfte fünfzig Millionen Dollar wert sein«, sagte Zuckerman. »Ich muss den Schatz nur noch heben.«

»Was hindert Sie daran?«

Er zuckte verlegen die Achseln. »Die Kosten. Ich muss ein Bergungsschiff finanzieren.«

»Ich verstehe. Wie teuer wäre das ungefähr?«

»Hunderttausend Dollar. Ich muss gestehen, dass ich etwas völlig Verrücktes getan habe. Ich habe meine gesamten Ersparnisse – zwanzigtausend Dollar – von der Bank abgehoben und bin nach Biarritz gegangen, um an der Spielbank so viel zu gewinnen, dass …« Die Stimme versagte ihm.

»Und Sie haben alles verloren.«

Zuckerman nickte. Tracy sah Tränen hinter seinen Brillengläsern.

Der Champagner wurde serviert, und der Oberkellner entkorkte ihn und ließ ihn in die Gläser schäumen.

Tracy hob ihr Glas. *»Bonne chance«*, lächelte sie.

»Danke.«

Sie tranken den Champagner in nachdenklichem Schweigen.

»Bitte verzeihen Sie, dass ich Sie mit alledem behellige«, sagte Zuckerman. »Ich sollte einer schönen jungen Dame eigentlich nicht von meinen Problemen erzählen.«

»Aber ich finde Ihre Geschichte faszinierend«, entgegnete Tracy. »Sind Sie sicher, dass das Gold noch auf dem Meeresgrund liegt?«

»Absolut. Ich habe das Original des Frachtbriefs und

eine vom Kapitän gezeichnete Karte. Ich kenne die genaue Lage des Schatzes.«

Tracy betrachtete den Professor mit forschendem Blick. »Aber Sie brauchen hunderttausend Dollar?«

Zuckermann schluckte verlegen. »Ja. Zur Hebung eines Schatzes, der fünfzig Millionen wert ist.«

»Es wäre möglich ...« Tracy hielt inne.

»Was?«

»Haben Sie schon einmal daran gedacht, sich mit einem Partner zusammenzutun?«

Er blickte sie verblüfft an. »Mit einem Partner? Nein. Ich wollte das allein machen. Aber jetzt, wo ich mein ganzes Geld verloren habe ...« Wieder versagte ihm die Stimme.

»Professor Zuckerman ... angenommen, *ich* gebe Ihnen die hunderttausend Dollar?«

Er schüttelte den Kopf. »Nein, Baroness. Vielen Dank, aber das kann ich nicht verantworten. Es wäre möglich, dass Sie Ihr Geld verlieren.«

»Ich dachte, Sie seien sicher, dass der Schatz noch da ist?«

»Das schon. Nur könnten hundert Dinge schiefgehen. Es gibt keine Garantien in diesem Fall.«

»So ist es nun mal im Leben. Ihr Problem interessiert mich sehr. Wenn ich Ihnen helfe, es zu lösen, wäre das eventuell für uns beide recht lukrativ.«

»Nein, Baroness. Ich könnte es mir nie verzeihen, wenn Sie durch irgendeinen dummen Zufall Ihr Geld verlören.«

»Ich kann es mir leisten«, versicherte Tracy beruhigend. »Und ich bekäme ja auch etwas für meine Investition, nicht wahr?«

»Gewiss, gewiss«, bestätigte Zuckerman. Er saß da und

ließ es sich durch den Kopf gehen, allem Anschein nach von Zweifeln hin und her gerissen. Schließlich sagte er: »Wenn es also Ihr Wunsch ist… Nun, dann machen wir fifty-fifty.«

Tracy lächelte zufrieden. »Einverstanden.«

Zuckerman fügte hastig hinzu: »Nach Abzug der Kosten, natürlich.«

»Das versteht sich von selbst. Wann können wir anfangen?«

»Sofort.« Der Professor schien mit einem Mal vor Vitalität aus allen Nähten zu platzen. »Ich habe bereits ein Bergungsschiff gefunden. Es ist hochmodern ausgerüstet und hat vier Mann Besatzung. Natürlich werden wir die Leute ein bisschen am Gewinn beteiligen müssen.«

»Auch das versteht sich von selbst.«

»Dann sollten wir so schnell wie möglich anfangen.«

»Ich kann Ihnen das Geld in fünf Tagen geben.«

»Wunderbar!«, rief Zuckerman. »Dann habe ich genügend Zeit, um alle nötigen Vorbereitungen zu treffen. Was für ein Glück, dass wir uns begegnet sind, finden Sie nicht?«

»Oh doch.«

»Auf unser Abenteuer.« Der Professor hob sein Glas.

Tracy tat es ihm nach und sagte: »Möge es sich als so lukrativ erweisen, wie ich's im Gefühl habe.«

Sie ließen die Gläser klingen. Tracy schaute in den Raum und erstarrte. An einem Tisch in der hintersten Ecke saß Jeff Stevens und beobachtete sie amüsiert. Neben ihm eine attraktive, üppig mit Schmuck behangene Dame.

Jeff nickte Tracy zu, und sie lächelte, weil sie sich daran erinnerte, wie sie ihn zum letzten Mal vor dem Château gesehen hatte, mit dem dummen Hund auf dem Beifahrersitz. *Da habe ich ihm eins ausgewischt,* dachte sie glücklich.

»Wenn Sie mich jetzt bitte entschuldigen würden«, sagte Zuckerman. »Ich habe eine Menge Dinge zu erledigen. Sie hören von mir.« Tracy streckte ihm huldreich die Hand entgegen, und er küsste sie und verschwand.

»Wie ich sehe, hat Ihr Freund Sie verlassen, und ich begreife nicht, warum. Sie sehen als Blondine doch einfach hinreißend aus.«

Tracy blickte auf. Jeff stand an ihrem Tisch. Er nahm in dem Sessel Platz, in dem Adolf Zuckerman gesessen hatte.

»Herzlichen Glückwunsch«, sagte Jeff. »Der Einbruch beim Grafen war genial.«

»Aus Ihrem Mund ist das ein sehr, sehr hohes Lob, Jeff.«

»Sie bringen mich um einen Haufen Geld, Tracy.«

»Oh, Sie werden sich daran gewöhnen.«

Er spielte mit dem Glas vor sich. »Was wollte Professor Zuckerman von Ihnen?«

»Sie kennen ihn?«

»Könnte man sagen, ja.«

»Er … äh … er wollte nur ein Schlückchen Champagner mit mir trinken.«

»Und Ihnen von seinem Schatzschiff erzählen?«

Tracy war plötzlich auf der Hut. »Woher wissen Sie das?«

Jeff blickte sie verwundert an. »Sie werden mir doch nicht etwa sagen wollen, dass Sie ihm die Story abgekauft haben? Das ist der älteste Schwindel der Welt.«

»In diesem Fall nicht.«

»Sie *glauben* ihm also?«

Tracy sagte steif: »Es steht mir zwar nicht frei, darüber zu reden, aber der Professor scheint zuverlässige Informationen zu haben.«

Jeff schüttelte ungläubig den Kopf. »Tracy, der will Sie leimen. Wie viel sollten Sie denn in den versunkenen Schatz investieren?«

»Das kann Ihnen völlig schnuppe sein«, erwiderte Tracy abweisend. »Es ist ganz allein *meine* Sache … und *mein* Geld.«

Jeff zuckte die Achseln. »Richtig. Aber sagen Sie später bloß nicht, ich hätte Sie nicht gewarnt.«

»Es könnte nicht zufällig sein, dass Sie selbst an diesem Schatz interessiert sind?«

Jeff breitete in gespielter Verzweiflung die Arme aus. »Warum begegnen Sie mir immer mit solchem Misstrauen?«

»Ganz einfach«, antwortete Tracy. »Weil ich allen Grund dazu habe. Was war das für eine Frau vorhin?« Sie hatte es kaum gesagt, da wünschte sie sich, die Frage wieder rückgängig machen zu können.

»Suzanne? Eine gute Bekannte.«

»Natürlich reich.«

Jeff schmunzelte. »Um ehrlich zu sein … ich glaube tatsächlich, dass sie ein bisschen Geld hat. Wenn Sie morgen mit uns zu Mittag essen wollen, der Koch auf ihrer Yacht im Hafen bereitet eine exzellente …«

»Nein, danke. Ich käme nicht im Traum darauf, Sie beim Essen zu stören. Was drehen Sie ihr denn an?«

»Das ist streng privat.«

»Glaube ich Ihnen aufs Wort.« Es klang schroffer, als Tracy vorgehabt hatte.

Sie betrachtete Jeff über den Rand ihres Sektglases hinweg. Er war wirklich verdammt attraktiv, hatte ebenmäßige, gutgeschnittene Gesichtszüge, schöne graue Augen mit langen Wimpern und das Herz einer Schlange. Einer sehr klugen Schlange.

»Haben Sie je daran gedacht, einen bürgerlichen Beruf zu ergreifen?«, fragte Tracy. »Sie wären wahrscheinlich sehr erfolgreich.«

Jeff blickte schockiert drein. »Was? Und all das aufgeben? Ich glaube, Sie machen Witze.«

»Waren Sie immer schon ein Gauner?«

»Ein Gauner? Ich bin Unternehmer«, sagte Jeff rügend.

»Und wie sind Sie … äh … Unternehmer geworden?«

»Ich bin mit vierzehn von zu Hause durchgebrannt und zu einem reisenden Vergnügungspark gegangen.«

»Mit vierzehn?« Das war der erste Blick, den Tracy hinter die Fassade des weltläufigen Charmeurs warf.

»Es hat mir gutgetan. Da habe ich erfahren, was freier Wettbewerb ist. Als dann der herrliche Vietnamkrieg ausbrach, bin ich eingezogen worden und habe mich weiterbilden dürfen. Das Wichtigste, was ich dabei gelernt habe, war wohl, dass dieser Krieg die größte Gaunerei der Welt war. Im Vergleich dazu sind Ihre und meine Aktivitäten der reinste Dilettantismus.« Er wechselte unvermittelt das Thema. »Mögen Sie Pelota?«

»Wenn das eine Spezialität von Ihnen ist, die Sie anderen Leuten aufschwatzen wollen – nein, danke.«

»Pelota ist ein Ballspiel, Tracy. Ich habe zwei Karten für morgen Abend. Suzanne kann nicht. Wollen Sie mitkommen?«

Ehe sie sich's versah, hatte Tracy ja gesagt.

Sie aßen in einem kleinen Restaurant, tranken Wein, sprachen über Politik und Bücher und Reisen, und Tracy stellte fest, dass Jeff erstaunlich viel wusste.

»Wenn man mit vierzehn auf sich selbst angewiesen ist«, sagte er, »begreift man ziemlich schnell. Erst merkst du, was dich selbst treibt, und dann, was die anderen treibt. Eine Gaunerei ist so was Ähnliches wie Jiu-Jitsu. Beim Jiu-Jitsu nutzt du die Kraft deines Gegners, um zu gewinnen. Und bei einer Gaunerei nutzt du seine Gier. Den ersten Schritt unternimmst du selbst, und den Rest besorgt er für dich.«

Tracy lächelte. Sie fragte sich, ob Jeff auch nur ahnte, wie ähnlich sie einander waren. Es machte ihr Freude, mit ihm zusammen zu sein. Aber sie war sicher, dass er nicht zögern würde, sie übers Ohr zu hauen, wenn sich die Gelegenheit dazu bot. Vor diesem Mann musste man sich hüten, und sie hatte die Absicht, das auch zu tun.

Der Pelota-Platz lag ein wenig außerhalb von Biarritz. Auf beiden Seiten des Spielfelds befanden sich hohe grüne Betonwände. Als Tracy und Jeff eintrafen, brannte das Flutlicht, und die Zuschauerbänke waren gut besetzt. Das Spiel begann.

Mitglieder beider Mannschaften schmetterten den Ball abwechselnd gegen die Betonwand und fingen ihn, wenn er zurückprallte, mit ihren *Cestas* auf – langen, schmalen, am Arm festgebundenen Körben. Das Spiel war schnell und gefährlich.

Immer mehr Zuschauer kamen, es herrschte ein ziemliches Gedränge auf den Bänken, und Tracy wurde gegen Jeff gedrückt. Falls er es überhaupt wahrnahm, so ließ er sich nichts davon anmerken.

Tempo und Wildheit des Spiels schienen sich von Minute zu Minute zu steigern. Die Zuschauer schrien.

»Ist das so gefährlich, wie es aussieht?«, fragte Tracy.

»Oh ja. Der Ball saust mit 150 km/h durch die Gegend. Wenn er Sie am Kopf trifft, sind Sie tot. Aber es kommt selten vor, dass ein Spieler den Ball verfehlt.«

Die Spieler waren Könner. Sie bewegten sich flink, anmutig und mit perfekter Körperbeherrschung. Doch dann schmetterte plötzlich einer den Ball im falschen Winkel gegen die Wand, und er sauste direkt auf die Bank zu, auf der Tracy und Jeff saßen. Die Zuschauer gingen in Deckung. Jeff zog Tracy hastig zu Boden und warf sich über sie. Sie hörten, wie der Ball Millimeter über ihren Köpfen durch die Luft pfiff und gegen eine Seitenwand knallte. Tracy fühlte Jeffs Körper, und sein Gesicht war ihrem sehr nah.

Er hielt sie einen Moment in den Armen; dann stand er auf und half ihr auf die Beine. Und nun waren sie beide mit einem Mal verlegen.

»Ich … ich glaube, das war genug Spannung für heute«, sagte Tracy. »Ich möchte jetzt bitte ins Hotel zurück.«

Sie verabschiedeten sich in der Hotelhalle voneinander.

»Es war ein schöner Abend«, sagte Tracy zu Jeff. Sie meinte es ernst.

»Tracy, Sie lassen sich doch nicht auf Zuckermans Blödsinn mit diesem Schatzschiff ein, oder?«

»Doch.«

Jeff betrachtete sie eine Weile. »Sie glauben immer noch, dass ich es auf das Gold abgesehen habe, ja?«

Tracy schaute ihm in die Augen. »Und … stimmt's vielleicht nicht?«

Sein Gesichtsausdruck verhärtete sich. »Na, dann viel Glück.«

»Gute Nacht, Jeff.«

Tracy beobachtete, wie er sich umdrehte und aus dem Hotel ging. Wahrscheinlich machte er sich jetzt auf den Weg zu Suzanne. *Die arme Frau.*

Der Concierge sagte: »Guten Abend, Baroness. Hier ist eine Mitteilung für Sie.«

Die Mitteilung stammte von Professor Zuckerman.

Adolf Zuckerman hatte ein Problem. Ein sehr großes Problem. Er saß im Büro von Armand Grangier und hatte so entsetzliche Angst, dass er sich, wie er zu seinem Leidwesen feststellen musste, in die Hose gepinkelt hatte. Grangier war der Besitzer eines illegalen, von reicher Kundschaft besuchten Spielcasinos in einer eleganten Villa in der Rue Frias. Im Gegensatz zu den vom Staat überwachten Spielbanken konnte hier unbegrenzt hoch gesetzt werden, und darum strömten die Roulette- und Kartenspielsüchtigen in die Rue Frias, um ungehemmt ihrer Leidenschaft zu frönen. Zu Grangiers Kundschaft gehörten arabische Prinzen, englische Adlige, fernöstliche Geschäftsleute und afrikanische Staatsoberhäupter. Spärlich bekleidete junge Damen schritten durch die Räume, um Bestellungen für Champagner und Whisky entgegenzunehmen. Die Getränke kosteten nichts, denn Armand Grangier wusste, dass die Reichen es mehr als alle anderen Menschen zu schätzen wussten, wenn sie etwas umsonst bekamen. Grangier konnte es sich auch leisten, spendabel zu sein. Seine Roulettescheiben waren ein bisschen manipuliert und seine Karten ein wenig gezinkt.

Im Casino wimmelte es meistens von schönen jungen Frauen in Begleitung älterer, vermögender Herren, und früher oder später fühlten sich die Frauen zu Grangier hingezogen. Er war ein Winzling von Mann mit vollkommenen Gesichtszügen, sanften braunen Augen und sinnlichem Mund. Er maß einszweiundsechzig, und diese Kombination – gutes Aussehen und zierliche Statur – wirkte auf die Frauen wie ein Magnet. Er zollte allen seine gut geheuchelte Bewunderung.

»Ich finde Sie unwiderstehlich, *chérie*«, pflegte er zu sagen, »aber leider bin ich gerade rasend in jemand anderen verliebt.«

Und das stimmte. Dieser Jemand wechselte zwar von Woche zu Woche, weil es in Biarritz einen endlosen Vorrat an schönen jungen Männern gab, aber Armand Grangier vergönnte jedem seinen kurzzeitigen Platz an der Sonne.

Grangiers Beziehungen zur Unterwelt und zur Polizei waren immerhin so gut, dass er sein Casino ungestört betreiben konnte. Er hatte ganz unten als kleiner Falschspieler angefangen, dann mit Drogen gehandelt, und nun gebot er über seine eigene Pfründe in Biarritz, und wer sich ihm entgegenstellte, fand zu spät heraus, wie gefährlich dieser Mann sein konnte.

Adolf Zuckerman wurde jetzt von Armand Grangier ins Kreuzverhör genommen.

»Erzähl mir mehr von dieser Baroness, die du zu der Sache mit dem Schatzschiff bequatscht hast.«

An der Wut in Grangiers Stimme erkannte Zuckerman, dass etwas verkehrt gelaufen war, ganz furchtbar verkehrt.

Er schluckte und sagte: »Sie ist verwitwet, und ihr Mann hat ihr einen dicken Batzen Geld hinterlassen, und sie hat gesagt, dass sie hunderttausend Dollar investiert. Sobald wir das Geld haben, sagen wir natürlich, mit dem Bergungsschiff ist was passiert und wir brauchen noch mal fünfzigtausend. Dann wieder hunderttausend und so weiter … du weißt schon, wie immer.«

Er sah den verächtlichen Ausdruck in Armand Grangiers Gesicht. »Was … was gibt's denn für Probleme, Chef?«

»Die Probleme«, sagte Grangier hart, »sind folgende: Ich habe eben einen Anruf von einem meiner Jungs in Paris bekommen. Er hat einen Pass für deine Baroness gefälscht. Sie heißt in Wirklichkeit Tracy Whitney und ist Amerikanerin.«

Zuckerman bekam plötzlich einen trockenen Mund. Er leckte sich die Lippen. »Sie … sie war wirklich interessiert, Chef.«

»Ach was! Sie ist eine Superganovin! Du hast versucht, eine Schwindlerin zu beschwindeln!«

»Aber … aber warum hat sie dann ja gesagt? Warum hat sie mir keinen Korb gegeben?«

Armand Grangiers Stimme war eisig. »Ich weiß es nicht, Professor. Aber ich werde es herausfinden. Und wenn ich es herausgefunden habe, schicke ich die Dame zum Schwimmen in die Bucht. Mich hält niemand zum Narren. Jetzt lang dir mal das Telefon her, Professor. Sag ihr, ein Freund von dir hätte angeboten, die Hälfte des Geldes aufzubringen, und dass ich auf dem Weg zu ihr bin. Schaffst du das?«

Zuckerman antwortete beflissen: »Sicher, Chef. Da mach dir nur gar keine Gedanken.«

»Ich mache mir aber Gedanken«, sagte Armand Grangier langsam. »Ich mache mir eine Menge Gedanken über dich, Professor.«

Armand Grangier konnte Rätsel nicht ausstehen. Das Lügenmärchen vom versunkenen Schatz tat seine Wirkung schon seit Hunderten von Jahren, doch darauf fielen nur leichtgläubige Kretins herein. Eine Superganovin schluckte eine solche Geschichte einfach nicht. Und das war das Rätsel, das Grangier zu schaffen machte. Wenn er es gelöst hatte, würde er die Frau an Bruno Vicente weiterreichen. Vicente spielte gern ein bisschen Katz und Maus mit seinen Opfern, bevor er sie erledigte.

Armand Grangier ließ sich von seinem Chauffeur zum Hôtel du Palais fahren, stieg aus seiner Limousine, betrat die Hotelhalle und näherte sich Jules Bergerac, einem weißhaarigen Basken, der hier schon seit seinem fünfzehnten Lebensjahr arbeitete.

»In welcher Suite logiert die Baroness Marguerite de Chantilly?«

Es war eine strikte Regel, dass der Concierge die Zimmernummer von Gästen nicht verriet, aber für Armand Grangier galten Regeln dieser Art nicht.

»Suite 312, Monsieur Grangier.«

»*Merci.*«

»Und Zimmer 311.«

Grangier hatte sich bereits zum Gehen gewandt. Nun blieb er stehen. »Was?«

»Die Baroness hat auch noch das Zimmer neben ihrer Suite.«

»Aha. Und wer ist da drin?«

»Niemand.«

»Niemand? Sind Sie sicher?«

»Ja, Monsieur. Es ist immer abgeschlossen. Nicht einmal die Zimmermädchen dürfen rein.«

Grangier runzelte verwirrt die Stirn. »Haben Sie einen Hauptschlüssel?«

»Natürlich.« Ohne auch nur eine Sekunde zu zögern, langte der Concierge unter den Empfangstisch, griff sich einen Hauptschlüssel und gab ihn Armand Grangier. Jules beobachtete, wie Armand Grangier zum Aufzug schritt. Einem Mann wie Grangier schlug man nichts ab.

Armand Grangier näherte sich der Suite der Baroness. Die Tür war angelehnt. Er stieß sie ganz auf und trat ein. Der Salon war leer. »Hallo! Ist da jemand?«

Eine melodische Frauenstimme drang aus einem anderen Raum: »Ich bin im Bad! Dauert nur noch eine Minute. Bitte, schenken Sie sich einen Drink ein.«

Grangier machte einen kleinen Streifzug durch die Suite und schlenderte ins Schlafzimmer. Wertvoller Schmuck war nachlässig auf einer Frisierkommode ausgebreitet.

»Ich komme sofort!«, rief die Stimme aus dem Bad.

»Lassen Sie sich nur Zeit, Baroness.«

Von wegen Baroness, dachte Grangier erbittert. *Egal, was für ein Spielchen du da treibst, chérie – es wird in die Hose gehen.* Er spazierte zu der Tür, die zum angrenzenden Zimmer führte. Sie war abgesperrt. Grangier zog den Hauptschlüssel aus der Tasche, sperrte sie auf und trat ins Zimmer, das von einem eigenartigen, muffigen Geruch erfüllt war. Der Concierge hatte gesagt, es sei unbewohnt. Warum brauchte die sogenannte Baroness dann dieses Zimmer? Grangiers Blick wurde von etwas gefangengenommen, das hier seltsam fehl am Platz schien. Ein dickes schwarzes Kabel schlängelte sich von einer Steckdose aus über den Boden und verschwand in einem Wandschrank. Die Tür war gerade so weit offen, dass das Kabel nicht eingeklemmt wurde. Neugierig ging Grangier zu dieser Tür und öffnete sie.

An einer Leine hingen an Wäscheklammern Hundertdollar-Noten zum Trocknen. Auf einem Schreibmaschinentisch darunter stand ein Gerät, das mit einem Tuch zugedeckt war. Grangier schlug das Tuch zurück. Eine kleine Druckerpresse mit einer noch druckfeuchten Hundertdollarnote. Neben der Presse einige Stapel Papier – genau das Format der amerikanischen Währung – und ein Papierschneider. Auf dem Boden lagen mehrere nicht ganz regelmäßig zugeschnittene Scheine.

Hinter Grangiers Rücken fragte eine erboste Stimme: »Was haben Sie hier zu suchen?«

Grangier wirbelte herum. Tracy Whitney war ins Zimmer getreten.

Armand Grangier sagte leise: »Sie wollten uns also mit Blüten abspeisen.« Er betrachtete ihr Gesicht, dessen Ausdruck sich in Sekundenschnelle veränderte. Erst Leugnung, dann Empörung und schließlich Trotz.

»Na schön«, räumte Tracy ein. »Das stimmt. Aber es wäre völlig egal gewesen. Niemand kann diese falschen Scheine von den echten unterscheiden.«

»Quatsch!«, fauchte Grangier. Es würde ihm eine Lust sein, die sogenannte Baroness zur Schnecke zu machen.

»Diese Blüten sind erstklassig.«

»Tatsächlich?« Grangiers Stimme troff vor Verachtung. Er nahm eine der feuchten Banknoten von der Leine und schaute sie sich flüchtig an. Dann untersuchte er sie genauer. Exzellent. »Wer hat die Druckplatten gemacht?«

»Das spielt doch keine Rolle. Hören Sie, ich kann die hunderttausend Dollar bis Freitag fertig haben.«

Grangier blickte Tracy verwundert an. Und als er merkte, was sie dachte, musste er schallend lachen. »*Mon Dieu*«, sagte er, »Sie sind wirklich dämlich. Das Schatzschiff gibt es nicht.«

Tracy war baff. »Was soll das heißen? Professor Zuckerman hat mir gesagt…«

»Und Sie haben ihm das abgekauft? Aber, aber, Baroness.« Er betrachtete noch einmal die Banknote in seiner Hand. »Die nehme ich mit.«

Tracy zuckte die Achseln. »Bitte, so viel Sie wollen. Ist ja nur Papier.«

Grangier raffte eine Handvoll der feuchten Hundertdollarnoten zusammen. »Woher wollen Sie wissen, dass hier nicht mal eins von den Zimmermädchen reinschneit?«

»Ich zahle ihnen gutes Geld dafür, dass sie's lassen. Und wenn ich weggehe, sperre ich den Wandschrank ab.«

Sie ist cool, dachte Grangier. *Aber das wird ihr keineswegs das Leben retten.*

»Bleiben Sie im Hotel«, sagte er herrisch. »Ich schicke Ihnen gleich einen Freund von mir vorbei, den Sie kennenlernen sollen.«

Armand Grangier hatte vorgehabt, Bruno Vicente sofort auf die Frau anzusetzen, aber irgendeine Ahnung hielt ihn davon ab. Er untersuchte nochmals eine der Banknoten. Es waren schon viele Blüten durch seine Hände gegangen, aber nie auch nur annähernd so gute wie diese. Der Mensch, der die Druckplatten angefertigt hatte, musste ein Genie sein. Das Papier fühlte sich echt an, und die Linien waren absolut präzise, die Farben klar und sauber. Das Luder hatte recht. Man konnte die Blüte tatsächlich nicht vom Original unterscheiden. Grangier fragte sich, ob es möglich sei, dieses Geld in Umlauf zu bringen. Es war eine verlockende Idee.

Er beschloss, Bruno Vicentes Dienste vorläufig nicht in Anspruch zu nehmen.

Am nächsten Morgen schickte Armand Grangier nach Zuckerman und gab ihm eine der Hundertdollarnoten. »Geh zur Bank und tausch das in Francs um.«

»In Ordnung, Chef.«

Zuckerman eilte aus dem Büro. Grangier blickte ihm nach. Das war Zuckermans Strafe für seine Dummheit. Wenn man ihn verhaftete, würde er nie verraten, woher er die Blüte hatte – jedenfalls nicht, wenn ihm sein Leben lieb war. Aber wenn er den Schein loswurde … *Warten wir's ab,* dachte Grangier.

Fünfzehn Minuten später kehrte Zuckerman ins Büro zurück. Er zählte die umgewechselten Francs auf den Schreibtisch. »Sonst noch was, Chef?«

Grangier starrte die Francs an. »Hattest du Schwierigkeiten?«

»Schwierigkeiten? Nein. Warum?«

»Jetzt gehst du noch mal zur Bank«, befahl Grangier. »Und du sagst Folgendes …«

Adolf Zuckerman trat in die Schalterhalle der Banque de France und näherte sich dem Tisch, an dem der Zweigstellenleiter saß. Diesmal wusste Zuckerman, in welcher Gefahr er schwebte, doch er fand sie weniger bedrohlich als Grangiers Zorn.

»Kann ich etwas für Sie tun?«, fragte der Zweigstellenleiter.

»Ja.« Zuckerman bemühte sich, seine Nervosität zu verbergen. »Ich … ich habe gestern Abend mit ein paar Amerikanern gepokert, die ich in einer Bar kennengelernt habe …« Er hielt inne.

Der Zweigstellenleiter nickte wissend. »Und Sie haben Ihr Geld verloren und möchten einen Kredit aufnehmen, ja?«

»Nein«, erwiderte Zuckerman. »Ich habe Geld gewonnen. Der Haken an der Sache ist nur, dass mir diese Leute nicht ganz ehrlich vorkamen.« Er zog zwei Hundertdollarnoten aus der Tasche. »Die haben sie mir gegeben, und ich fürchte … ich fürchte, sie könnten gefälscht sein.«

Zuckerman hielt den Atem an, als der Zweigstellenleiter die Scheine in seine feisten Hände nahm. Er inspizierte sie gründlich von beiden Seiten. Dann hob er sie gegen das Licht.

Er schaute Zuckerman an und lächelte. »Sie hatten Glück, Monsieur. Die sind echt.«

Zuckerman atmete auf. *Na, Gott sei Dank!* Jetzt würde alles gut ausgehen.

»Kein Problem, Chef. Er hat gesagt, sie sind echt.«

Es war fast zu schön, um wahr zu sein. Armand Grangier dachte nach. Er hatte bereits einen Plan entwickelt.

»Hol die Baroness.«

Armand Grangier und Tracy saßen sich in Grangiers Büro gegenüber.

»Wir werden Partner, Sie und ich«, sagte Grangier.

Tracy machte Anstalten aufzustehen. »Ich will keine Partner, und …«

»Setzen Sie sich.«

Tracy blickte Grangier in die Augen und setzte sich.

»Biarritz ist *meine* Stadt. Wenn Sie versuchen, auch nur eine von diesen Blüten in Umlauf zu bringen, werden Sie so schnell verhaftet, dass Sie bloß noch mit den Ohren schlackern. Kapiert? Und im Gefängnis passieren hübschen Damen oft schlimme Dinge. Ohne mich sind Sie hier verloren.«

Tracy musterte Grangier. »Ich kaufe Ihnen also Protektion ab?«

»Nein. Ihr Leben.«

Tracy glaubte ihm.

»Und jetzt«, sagte Grangier, »jetzt verraten Sie mir, woher Sie die Druckerpresse haben.«

Tracy zögerte, und Grangier genoss es, wie sie sich drehte und wand. Er wurde hier Zeuge einer Kapitulation.

Schließlich sagte Tracy widerwillig: »Ich habe sie von einem Amerikaner, der in der Schweiz lebt. Er war fünfundzwanzig Jahre lang Graveur bei der Münze in Philadelphia, und als er in den Ruhestand versetzt wurde, gab es irgendein technisches Problem mit seiner Rente – jedenfalls hat er sie nie bekommen. Er fühlte sich betrogen und beschloss, sich zu rächen. Also hat er einige Hundertdollarplatten aus der Münze geschmuggelt, die eigentlich vernichtet werden sollten, und seine Beziehungen spielen lassen, um Banknotenpapier zu kriegen, wie es das Finanzministerium verwendet.«

Das klärt alles, dachte Grangier triumphierend. *Darum sehen diese Blüten so echt aus.* Seine Erregung wuchs. »Wie viel Geld spuckt die Presse am Tag aus?«

»Nur einen Schein pro Stunde. Das Papier muss ja beidseitig …«

Grangier fiel Tracy ins Wort. »Gibt es auch noch eine größere Presse?«

»Ja. Er hat eine, die in acht Stunden fünfzig Scheine drucken kann, aber er will eine halbe Million Dollar dafür.«

»Kaufen Sie das Ding«, sagte Grangier.

»Ich habe keine fünfhunderttausend Dollar.«

»Aber ich. Wann können Sie die Presse besorgen?«

Tracy antwortete widerstrebend: »Vermutlich sofort, aber ich …«

Grangier griff zum Telefon. »Louis, ich brauche fünfhunderttausend Dollar in Francs. Nimm alles, was wir im Safe haben, und hol den Rest von der Bank. Bring's in mein Büro. Und beeil dich!«

Tracy erhob sich nervös. »Ich gehe jetzt wohl besser, und …«

»Nein, Sie gehen nicht.«

»Ich sollte wirklich …«

»Bleiben Sie sitzen und seien Sie ruhig. Ich muss nachdenken.«

Er hatte Geschäftsfreunde, die normalerweise erwartet hätten, an dieser Sache beteiligt zu werden. *Aber wenn ich es ihnen nicht auf die Nase binde, kann's ihnen ja egal sein,* dachte Grangier. Er würde die große Presse für seine eigenen Zwecke erwerben und das, was er sich vom Konto des Spielcasinos gepumpt hatte, mit selbstgedrucktem Geld zurückzahlen. Und dann würde er Bruno Vicente sagen, er möge sich um die sogenannte Baroness kümmern. Sie wollte ja keine Partner.

Nun – Armand Grangier auch nicht.

Zwei Stunden später traf das Geld in einem großen Sack ein. Grangier sagte zu Tracy: »Sie ziehen aus dem Hotel aus. Ich habe ein Stück außerhalb der Stadt ein ziemlich abgelegenes Haus. Da bleiben Sie, bis wir die Operation in Gang gebracht haben.« Er stellte das Telefon vor Tracy hin. »Und jetzt rufen Sie Ihren Freund in der Schweiz an und sagen ihm, dass Sie die große Presse kaufen.«

»Ich habe seine Nummer im Hotel. Ich rufe ihn von da aus an. Geben Sie mir die Adresse Ihres Hauses, und ich werde ihm mitteilen, dass er die Presse dorthin liefern soll, und …«

»Nein!«, blaffte Grangier. »Ich will keine Spuren hinterlassen. Ich sorge dafür, dass die Presse am Flughafen abgeholt wird. Heute Abend unterhalten wir uns über alles Weitere. Ich komme um acht zu Ihnen.«

Damit war das Gespräch beendet. Tracy erhob sich.

Grangier deutete mit einer Kopfbewegung auf den Sack. »Passen Sie gut auf das Geld auf. Ich will nicht, dass dem was passiert – oder Ihnen.«

»Es wird nichts passieren«, versicherte Tracy.

Grangier grinste. »Ich weiß. Professor Zuckerman bringt Sie ins Hotel zurück.«

Die beiden fuhren schweigend mit der Limousine dahin, den Geldsack zwischen sich, jeder seinen eigenen Gedanken nachhängend. Zuckerman war nicht ganz sicher, was hier geschah, aber er hatte das Gefühl, dass es für ihn sehr erfreulich enden würde. Die Frau war die Schlüsselfigur. Grangier hatte ihm befohlen, ein wachsames Auge auf sie zu haben, und Zuckerman wollte in dieser Hinsicht nichts zu wünschen übriglassen.

Armand Grangier war an jenem Abend strahlendster Laune. Inzwischen würde die große Druckerpresse geordert sein. Die Whitney hatte gesagt, sie könne fünftausend Dollar in acht Stunden drucken, aber Grangier hatte einen besseren Plan. Er würde die Maschine in Vierundzwanzigstundenschichten arbeiten lassen. Machte fünfzehntausend Dollar pro Tag, über hunderttausend pro Woche und alle zehn Wochen eine Million. Und das war erst der Anfang. Heute Abend würde er aus der Whitney herauskitzeln, wer der Graveur war, und er würde ein Geschäft mit ihm tätigen: noch mehr Druckerpressen. Sie konnten ihm ein grenzenloses Vermögen bringen.

Um Punkt 20 Uhr hielt Grangiers Limousine vor dem Hôtel du Palais. Grangier stieg aus. Als er in die Hotelhalle trat, stellte er mit Genugtuung fest, dass Zuckerman in der Nähe des Eingangs saß und alle Türen beobachtete.

Grangier begab sich zur Rezeption. »Jules, sagen Sie der Baroness de Chantilly, dass ich da bin. Sie soll in die Halle kommen.«

Der Concierge blickte auf und sagte: »Die Baroness ist abgereist, Monsieur Grangier.«

»Da irren Sie sich. Rufen Sie sie nach unten.«

Jules Bergerac war in Bedrängnis. Es war gefährlich, Armand Grangier zu widersprechen. »Ich habe sie selbst abgefertigt.«

Unmöglich. »Wann?«

»Kurz nachdem sie ins Hotel zurückgekommen ist. Sie hat mich gebeten, die Rechnung auf ihre Suite zu bringen, damit sie gleich bar bezahlen kann …«

Armand Grangiers Gedanken überstürzten sich. »Bar? In Francs?«

»Ja, Monsieur.«

Grangier fragte hektisch: »Hat… hat sie irgendwas aus ihrer Suite mitgenommen? Koffer oder Kisten?«

»Nein. Sie hat gesagt, sie würde ihr Gepäck später abholen lassen.«

Also hatte sie sich mit seinem Geld in die Schweiz abgesetzt, um die große Druckerpresse für sich zu kaufen.

»Führen Sie mich in ihre Suite. Schnell!«

»Ja, Monsieur Grangier.«

Jules Bergerac hakte einen Schlüssel vom Schlüsselbrett und raste mit Grangier auf den Lift zu.

Als Grangier an Zuckerman vorbeikam, zischte er: »Was sitzt du hier so dämlich rum, du Kretin? Sie ist weg.«

Zuckerman blickte verständnislos zu ihm auf. »Sie kann nicht weg sein. Sie ist nicht in die Halle gekommen. Ich habe genau aufgepasst.«

»*Genau aufgepasst*«, echote Grangier. »Hast du auch auf eine Krankenschwester aufgepasst oder auf eine grauhaarige alte Tante oder auf ein Zimmermädchen, das durch den Lieferanteneingang verduftet ist?«

Zuckerman war verwirrt. »Nein… warum sollte ich?«

»Geh ins Casino«, knurrte Grangier. »Ich rede später noch ein Wörtchen mit dir.«

Die Suite sah nicht sehr viel anders aus, als Grangier sie beim letzten Mal vorgefunden hatte. Die Tür zum Zimmer nebenan stand offen. Grangier trat ein, eilte zum Wandschrank und riss ihn auf. Gott sei Dank! Die Druckerpresse war noch da! Die Whitney hatte sich in solcher Hast aus dem Staub gemacht, dass sie die Maschine vergessen hatte. Ein böser Schnitzer. *Und das ist nicht der einzige*, dachte Grangier. Diese Frau hatte ihn um fünfhunderttausend Dollar betrogen, und er würde es ihr heimzahlen. Er würde die Polizei einschalten und die Whitney hinter Gitter bringen. Da kamen seine Leute ohne weiteres an sie heran. Sie würden den Namen des Graveurs aus ihr herausprügeln und sie dann für alle Zeiten zum Schweigen bringen.

Armand Grangier wählte die Nummer der Polizeidirektion und ließ sich mit Inspektor Dumont verbinden. Er sprach drei Minuten mit ihm und sagte dann: »Ich warte hier.«

Eine Viertelstunde später traf sein Freund, der Inspektor, ein, begleitet von einem Mann mit Eunuchenfigur und einem der unattraktivsten Gesichter, die Grangier je erblickt hatte. Seine Stirn sah so aus, als würde sie ihm gleich aus dem Gesicht platzen, und seine braunen Augen hinter den dicken Brillengläsern hatten etwas irrwitzig Fanatisches.

»Das ist Monsieur Daniel Cooper«, erklärte Inspektor Dumont. »Monsieur Grangier. Monsieur Cooper interessiert sich ebenfalls für die Frau, derentwegen Sie mich angerufen haben.«

Cooper ergriff das Wort. »Sie haben Inspektor Dumont mitgeteilt, die Frau sei an einer Falschgeldoperation beteiligt.«

»Richtig. Im Moment ist sie auf dem Weg in die Schweiz. Sie können sie an der Grenze verhaften lassen. Was Sie an Beweisen brauchen, habe ich hier.«

Grangier führte die beiden Männer zum Wandschrank. Daniel Cooper und Inspektor Dumont warfen einen Blick hinein.

»Da steht die Presse, mit der sie das Geld gedruckt hat.«

Daniel Cooper inspizierte die Maschine. »Mit der soll sie Geld gedruckt haben?«

»Das habe ich Ihnen doch eben gesagt«, blaffte Grangier. Er zog einen Geldschein aus der Tasche. »Schauen Sie. Das ist eine von den gefälschten Hundertdollarnoten, die sie mir gegeben hat.«

Cooper ging zum Fenster und hielt den Schein gegen das Licht. »Der ist echt.«

»Ja, weil sie gestohlene Druckplatten verwendet hat. Sie hat sie einem Graveur abgekauft, der früher bei der Münze in Philadelphia beschäftigt war. Und mit dieser Presse hat sie die Banknoten gedruckt.«

Cooper sagte rüde: »Das ist eine ganz gewöhnliche Druckerpresse. Sie sind ein Trottel. Mit der können Sie Briefköpfe drucken, sonst nichts.«

»Briefköpfe?« Der Raum begann sich um Armand Grangier zu drehen.

»Haben Sie diesen Unsinn wirklich geglaubt, dass eine Maschine aus Papier echte Hundertdollarnoten machen kann?«

»Ich habe doch mit eigenen Augen gesehen …« Ein paar feuchte, zum Trocknen aufgehängte Hundertdollarnoten, einige Stapel unbedrucktes Papier und einen Papierschneider. Langsam dämmerte ihm die Ungeheuerlichkeit dieses Schwindels. Es gab weder eine Falschgeldoperation noch einen Graveur, der in der Schweiz wartete. Tracy Whitney war keineswegs auf das Märchen vom Schatzschiff hereingefallen. Das Luder hatte seine Lügengeschichte als Aufhänger benutzt, um ihm fünfhunderttausend Dollar aus der Tasche zu ziehen. Wenn das bekannt wurde …

Die beiden Männer betrachteten ihn.

»Möchten Sie Anzeige erstatten, Armand?«, fragte Inspektor Dumont.

Schon – aber wie? Was sollte er sagen? Dass er bei dem Versuch, eine Falschgeldoperation zu finanzieren, übers Ohr gehauen worden war? Und was würden seine Geschäftsfreunde mit ihm machen, wenn sie erfuhren, dass er eine halbe Million Dollar von ihrem Geld geklaut und zum Fenster hinausgeworfen hatte? Er hatte plötzlich furchtbare Angst.

»Nein. Ich … ich will keine Anzeige erstatten.« Panik schwang in seiner Stimme mit.

Afrika, dachte Armand Grangier. *In Afrika finden sie mich nicht.*

Und Daniel Cooper dachte: *Nächstes Mal. Nächstes Mal kriege ich sie dran.*

27

Es war Tracy, die Gunther Hartog ein Treffen auf Mallorca vorschlug. Sie liebte diese Insel. Mallorca gehörte zu den wenigen wirklich malerischen Orten auf Erden. »Außerdem«, sagte Tracy zu Gunther, »außerdem war Mallorca früher ein Piratennest. Wir werden uns dort wie zu Hause fühlen.«

»Es empfiehlt sich wohl, dass wir nicht zusammen gesehen werden«, meinte Gunther.

»Das deichsle ich schon«, sagte Tracy.

Begonnen hatte es mit einem Anruf von Gunther aus London. »Tracy, ich habe etwas ziemlich Ausgefallenes für Sie. Ich glaube, Sie werden es als echte Herausforderung betrachten.«

Am nächsten Morgen flog Tracy nach Palma, der Hauptstadt von Mallorca. Aufgrund des Rundschreibens von Interpol wurden ihre Abreise aus Biarritz und ihre Ankunft auf Mallorca der dortigen Polizei gemeldet. Als Tracy in einer Suite des Son-Vida-Hotels abstieg, wurde ein Team auf sie angesetzt, das sie rund um die Uhr überwachen sollte.

Ernesto Marze, der Polizeichef von Palma de Mallorca, hatte telefonisch mit Inspektor Trignant von Interpol gesprochen.

»Ich bin überzeugt«, sagte Trignant, »dass Tracy Whitney eine Welle von Verbrechen in einer Person ist.«

»Um so schlimmer für sie. Wenn sie hier auf Mallorca eines verübt, wird sie entdecken müssen, wie schnell wir zuschlagen.«

Inspektor Trignant sagte: »Monsieur, auf eines sollte ich Sie vielleicht noch hinweisen.«

»Ja?«

»Sie werden Besuch bekommen. Einen Amerikaner. Sein Name ist Daniel Cooper.«

Es schien den Kriminalbeamten, die Tracys Spuren folgten, dass sie lediglich Sehenswürdigkeiten abhakte, Strände und Stierkämpfe besuchte und sich in diversen Restaurants das Essen schmecken ließ. Und sie war immer allein.

»Nichts, Commandante«, meldeten die Kriminalbeamten Ernesto Marze. »Sie ist bloß als Touristin hier.«

Die Sekretärin des Polizeichefs kam ins Büro. »Ein Amerikaner will Sie sprechen, Commandante. Señor Daniel Cooper.«

Marze hatte viele amerikanische Freunde. Er mochte die Amerikaner, und er hatte das Gefühl, dass er auch diesen Daniel Cooper mögen würde.

Aber da irrte er sich gründlich.

»Ihr seid Schwachköpfe. Alle miteinander«, fauchte Daniel Cooper. »*Natürlich* ist sie nicht bloß als Touristin hier. Sie führt irgendetwas im Schilde.«

Marze musste sich sehr beherrschen, um nicht ausfällig zu werden. »Señor, Sie haben selbst gesagt, dass Señorita Whitneys Ziele immer spektakulär sind und dass sie gern das Unmögliche versucht. Ich habe alles genau überprüft, Señor Cooper. Es gibt nichts auf Mallorca, das für Señorita Whitneys kriminelle Energie einen besonderen Anreiz darstellen könnte.«

»Ist sie hier mit jemand zusammengetroffen? Hat sie mit jemand geredet?«

Oh, der überhebliche Ton dieses Fieslings! »Nein.«

»Dann wird sie's noch tun«, knurrte Daniel Cooper.

Und Marze dachte: *Jetzt weiß ich endlich, was das ist, der hässliche Amerikaner.*

Auf Mallorca gibt es etwa zweihundert Höhlen. Die aufregendste ist die *Cuevas del Drach*, die »Drachenhöhle«, in der Nähe von Porto Cristo, eine Stunde von Palma entfernt. Sie reicht tief in den Fels hinab, bildet ungeheure Gewölbe mit Stalaktiten und Stalagmiten, in denen es totenstill ist bis auf das Rauschen von unterirdischen Flüssen mit grünem, blauem oder weißem Wasser. Die Höhle ist ein Zauberland mit einer Architektur wie aus Elfenbein, eine scheinbar endlose Reihe von Labyrinthen, an einzelnen Punkten von Fackeln erhellt.

Niemand darf die Höhle ohne Führer betreten. Sie wird am Morgen für das Publikum geöffnet und ist von diesem Moment an voll von Touristen.

Tracy wählte einen Samstag für ihren Besuch in der Höhle. Da war der Andrang am größten. Hunderte von Touristen aus aller Herren Länder strömten in die unterirdische Welt. Tracy kaufte eine Eintrittskarte und mischte sich unter die Menge. Daniel Cooper und zwei von Ernesto Marzes Leuten gingen ihr nach. Ein Führer geleitete die Touristen schmale Steinpfade entlang, die schlüpfrig waren vom Tropfwasser der Stalaktiten.

Es gab Nischen am Weg, in die die Höhlenbesucher treten konnten, um die Kalziumgebilde zu betrachten, die an große Vögel und seltsame Tiere und Bäume erinnerten. Teiche von Dunkelheit säumten die schwach erleuchteten Pfade, und in einem von ihnen tauchte Tracy unter.

Daniel Cooper eilte voran, doch sie war nirgendwo zu sehen. Menschenmassen wimmelten die Stufen hinunter, und sie blieb unauffindbar. Daniel Cooper hatte keine Ahnung, ob sie vor ihm oder hinter ihm war. *Irgendwas plant die hier,* dachte er. *Aber wie? Wo? Und was?*

In einer Grotte am tiefsten Punkt der Höhle, dem Großen See gegenüber, befindet sich die Nachbildung eines Amphitheaters. Ein Halbrund von steinernen Bänken steht für das Publikum bereit, das kommt, um die Vorstellung zu sehen, die jede Stunde stattfindet. Die Höhlenbesucher nehmen ihre Plätze in der Dunkelheit ein und warten auf den Beginn der Darbietung.

Tracy stieg zur zehnten Reihe hinauf und ging bis zum zwanzigsten Sitz. Der Mann auf dem einundzwanzigsten Sitz wandte sich ihr zu. »Probleme?«

»Nein, keine, Gunther.« Tracy küsste ihn auf die Wange.

Er sagte etwas, und sie musste sich zu ihm beugen, damit sie ihn verstand in dem Stimmengewirr, das um sie war.

»Ich habe es für das Beste gehalten, dass wir nicht zusammen gesehen werden – könnte ja sein, dass Ihnen jemand folgt.«

Tracy schaute sich in der großen, vollen, dämmrigen Höhle um. »Hier sind wir sicher wie in Abrahams Schoß.« Sie blickte Gunther neugierig an. »Es ist etwas Wichtiges, nehme ich an?«

»Durchaus.« Er tuschelte ihr ins Ohr. »Ein reicher Kunde von mir möchte ein ganz bestimmtes Gemälde haben. Es handelt sich um einen Goya mit dem Titel *Puerto.* Wer es für ihn besorgen kann, dem zahlt er eine halbe Million Dollar in bar.«

Tracy dachte nach. »Wer es für ihn besorgen kann ... Heißt das, dass es auch noch andere versuchen?«

»Offen gestanden: ja. Meiner Meinung nach sind die Erfolgschancen äußerst begrenzt.«

»Wo ist das Bild?«

»Im Prado in Madrid.«

»Im Prado?« Tracy dachte nur eins, und das war: *Unmöglich.*

Gunther tuschelte ihr wieder ins Ohr. »Es wird viel Einfallsreichtum erfordern. Und darum habe ich an Sie gedacht, meine liebe Tracy.«

»Das schmeichelt mir sehr«, sagte Tracy. »Eine halbe Million Dollar?«

»Genau.«

Die Vorstellung begann. Die Zuschauer verstummten plötzlich. Lichter fingen an zu glühen, Musik erfüllte die riesige Grotte. Die »Bühne« war der Große See, und dort tauchte nun hinter Stalagmiten eine Gondel auf, die von verborgenen Scheinwerfern angestrahlt wurde. Im Boot saß ein Organist. Er spielte eine Serenade, die übers Wasser hallte. Das Publikum beobachtete fasziniert, wie die bunten Lichter das Dunkel in einen Regenbogen verwandelten, und das Boot fuhr langsam über den See und verschwand, während die Musik allmählich verklang.

»Phantastisch«, sagte Gunther. »Das allein war die Reise wert.«

»Ich reise sehr, sehr gern«, sagte Tracy. »Und wissen Sie, welche Stadt ich immer schon kennenlernen wollte, Gunther? Madrid.«

Daniel Cooper stand am Eingang zur Höhle und sah, wie Tracy Whitney herauskam.

Sie war allein.

28

Das Ritz an der Plaza de la Lealtad in Madrid gilt als das beste Hotel von Spanien. Es hat gekrönte Häupter aus einem Dutzend europäischer Länder beherbergt; Präsidenten, Diktatoren und Milliardäre haben hier genächtigt. Tracy hatte schon so viel von diesem Hotel gehört, dass die Wirklichkeit eine Enttäuschung war. Die Halle zum Beispiel sah richtig schäbig aus.

Der Geschäftsführer geleitete Tracy zu der Suite, die sie sich hatte reservieren lassen, eine Suite im Südflügel des Hotels, der an der Calle Felipe V. lag.

»Ich bin sicher, dass Sie zufrieden sein werden, Miss Whitney«, sagte der Geschäftsführer.

Tracy trat ans Fenster und blickte nach draußen. Unter ihr, auf der anderen Straßenseite, befand sich der Prado. »Ja, ich bin zufrieden. Danke.«

Die Suite war laut, der ganze Krach der verkehrsreichen Straße drang herein, aber sie bot das, was Tracy wollte: den Prado in der Vogelschau.

Tracy bestellte ein leichtes Abendessen aufs Zimmer und legte sich früh zu Bett. Als sie in das alte Möbel stieg, kam sie zu dem Schluss, dass es eine Tortur sein würde, darin zu schlafen.

Um Mitternacht wurde der Kriminalbeamte in der Hotelhalle von einem Kollegen abgelöst. »Sie hat ihr

Zimmer nicht verlassen. Ich glaube, sie ist zu Bett gegangen.«

Die Polizeidirektion von Madrid liegt an der Puerta del Sol und nimmt einen ganzen Block ein. Es ist ein graues Gebäude mit roten Ziegeln und einem großen Glockenturm. Über dem Haupteingang flattert die spanische Fahne, und an der Tür wacht immer ein Polizist in beiger Uniform, der bis an die Zähne bewaffnet ist. Von diesem Gebäude aus wird der Kontakt mit der Zentrale von Interpol aufrechterhalten.

Am Vortag war aus Paris ein Telegramm für Santiago Ramiro eingetroffen, den Polizeichef von Madrid. Es hatte ihn von Tracy Whitneys bevorstehender Ankunft unterrichtet. Der Polizeichef hatte den Schlusssatz des Telegramms zweimal gelesen und dann Inspektor André Trignant in Paris angerufen.

»Ich verstehe Ihr Schreiben nicht ganz«, hatte Ramiro gesagt. »Sie bitten mich, mit einem Amerikaner zusammenzuarbeiten, der nicht einmal bei der Polizei ist. Warum?«

»Weil ich glaube, dass Monsieur Cooper Ihnen sehr nützlich sein kann. Er weiß über Tracy Whitney Bescheid, er versteht sie.«

»Was gibt's da groß zu verstehen?«, erwiderte Ramiro. »Sie ist eine Kriminelle. Sehr clever vielleicht, aber Spaniens Gefängnisse sind voll von cleveren Kriminellen. Und sie wird uns auch nicht entwischen.«

»Gut. Sie werden mit Monsieur Cooper zusammenarbeiten?«

Ramiro antwortete leise grollend: »Wenn Sie sagen, dass er uns nützlich sein kann, habe ich nichts dagegen.«

»*Merci*, Monsieur.«

»Nichts zu danken, Señor.«

Polizeichef Ramiro hielt nicht viel von den Amerikanern. Er fand sie ungehobelt, materialistisch und naiv. *Der ist vielleicht anders*, dachte Ramiro. *Vielleicht mag ich ihn.*

Er hasste Daniel Cooper auf den ersten Blick.

»Sie hat in einem halben Dutzend europäischer Länder die Polizei ausgetrickst«, sagte Cooper, kaum dass er Ramiros Büro betreten hatte. »Und hier macht sie das wahrscheinlich auch.«

Um nicht zu platzen, konnte der Polizeichef nur entgegnen: »Señor, wir verstehen uns auf unser Geschäft. Die Dame wird überwacht, seit sie heute Morgen auf dem Flughafen angekommen ist. Ich versichere Ihnen, wenn sie auch nur einen Taschendiebstahl begeht, landet sie sofort hinter Gittern. Sie kennt die spanische Polizei noch nicht.«

»Tracy Whitney ist nicht hier, um einen Taschendiebstahl zu begehen.«

»Und warum *ist* sie dann hier, Ihrer Meinung nach?«

»Ich weiß es nicht genau. Ich kann Ihnen nur sagen, dass es sich um etwas Größeres handelt.«

Polizeichef Ramiro erwiderte blasiert: »Je größer, desto besser. Wir werden sie genau im Auge behalten.«

Tracy wachte am nächsten Morgen wie zerschlagen auf. Die Nacht in dem alten Bett war tatsächlich eine Tortur gewesen. Sie bestellte Frühstück aufs Zimmer und trat an das Fenster, von dem aus man den Prado sah. Er war eine imposante Festung aus Stein und roten Ziegeln, von einem Rasen und Bäumen umgeben. Davor standen dorische

Säulen, und auf beiden Seiten führte eine Treppe zum Haupteingang. Auf derselben Höhe wie die Straße befanden sich zwei Nebeneingänge. Schüler und Touristen aus einem Dutzend Ländern warteten vor dem Museum. Um Punkt zehn wurde der Haupteingang von Wärtern aufgeschlossen, und die Besucher begannen durch die Drehtür in der Mitte und durch die beiden Nebeneingänge zu ebener Erde zu strömen.

Das Telefon läutete. Tracy fuhr zusammen. Außer Gunther Hartog wusste niemand, dass sie in Madrid war. Sie hob den Hörer ab. »Hallo?«

»*Buenos días,* Señorita.« Die Stimme klang vertraut. »Ich rufe im Auftrag der Handelskammer von Madrid an. Sie hat mich angewiesen, dass ich alles in meiner Macht Stehende tun soll, um Ihnen den Aufenthalt in unserer Stadt so angenehm wie möglich zu machen.«

»Woher wissen Sie, dass ich in Madrid bin, Jeff?«

»Señorita, die Handelskammer weiß alles. Sind Sie zum ersten Mal hier?«

»Ja.«

»*Bueno!* Dann kann ich Ihnen vielleicht das eine oder andere zeigen. Wie lange wollen Sie hierbleiben, Tracy?«

Das war gewiss eine Fangfrage. »Ich weiß es noch nicht genau«, wich Tracy aus. »Jedenfalls lange genug, um ein bisschen einzukaufen und ein paar Sehenswürdigkeiten anzuschauen. Und was machen *Sie* hier in Madrid?«

»Das Gleiche.« Sein Ton war ebenso nonchalant wie ihrer. »Ein bisschen einkaufen und ein paar Sehenswürdigkeiten anschauen.«

Tracy glaubte nicht an den Zufall. Jeff Stevens war aus demselben Grund hier wie sie: um den *Puerto* zu stehlen.

Er fragte: »Haben Sie heute Abend schon was vor?«

Es war eine Herausforderung. »Nein.«

»Gut. Dann lasse ich im Jockey einen Tisch für uns reservieren.«

Tracy gab sich keinen Illusionen über Jeff hin, doch als sie aus dem Lift trat und ihn in der Hotelhalle stehen sah, freute sie sich auf geradezu widervernünftige Weise.

Jeff nahm ihre Hand in seine. »Sie sehen phantastisch aus.«

Daniel Cooper, der in einem entlegenen Winkel der Hotelhalle an einem kleinen runden Tisch saß, ein Glas Mineralwasser vor sich, beobachtete, wie Tracy ihren Begleiter begrüßte, und empfand ein ungeheures Machtgefühl: *Die Rache ist mein, so spricht der Herr, und ich bin sein Schwert und sein Werkzeug. Mein Leben ist Buße, und du sollst mir helfen, Buße zu tun. Ich werde dich strafen.*

Cooper wusste, dass keine Polizei der Welt schlau genug war, um Tracy Whitney zu fangen. *Aber ich bin's,* dachte Cooper. *Sie gehört mir.*

Inzwischen war Tracy für Daniel Cooper weitaus mehr als nur Gegenstand eines Auftrags: eine fixe Idee, eine Obsession. Er trug ihre Fotos ständig bei sich, und am Abend, bevor er schlafen ging, saß er liebevoll über allen Unterlagen, die Tracy betrafen. In Biarritz hatte er sie nicht erwischt, weil er zu spät gekommen war, und auf Mallorca hatte sie sich ihm entzogen, doch nun hatte Interpol sie wieder aufgespürt, und Daniel Cooper war fest entschlossen, sie nicht aus den Augen zu verlieren.

Er träumte nachts von Tracy. Sie war nackt in einem

Käfig gefangen und flehte ihn an, sie freizulassen. *Ich liebe dich,* sagte Cooper, *aber ich lasse dich niemals frei.*

Das Jockey war ein kleines elegantes Restaurant. »Hier isst man ausgezeichnet«, verkündete Jeff.

Tracy dachte, dass er an diesem Abend besonders gut aussah. Er war ebenso aufgeregt wie sie, und Tracy wusste, warum: Sie wetteiferten miteinander, sie maßen ihre Geisteskräfte bei einem Spiel um hohe Einsätze. *Aber ich werde gewinnen,* dachte Tracy. *Ich werde vor ihm einen Weg finden, das Bild aus dem Prado zu stehlen.*

»Man hört seltsame Gerüchte«, sagte Jeff.

»Was für Gerüchte?«, fragte Tracy.

»Kennen Sie Daniel Cooper? Das ist ein sehr schlauer Detektiv, der für die Versicherungsbranche arbeitet.«

»Nein. Was ist mit dem?«

»Nehmen Sie sich vor ihm in Acht. Ich will nicht, dass Ihnen was passiert.«

»Machen Sie sich nur keine Sorgen.«

»Ich mache mir aber welche, Tracy.«

Sie lachte. »Um mich? Warum?«

Er legte seine Hand auf ihre und sagte: »Weil Sie etwas ganz Besonderes sind. Das Leben ist einfach spannender, wenn man Sie in der Nähe hat.«

Es klingt so verdammt überzeugend, dachte Tracy. *Wenn ich's nicht besser wüsste, würde ich ihm glauben.*

»Bestellen wir«, sagte Tracy. »Ich komme fast um vor Hunger.«

In den nächsten Tagen erkundeten Jeff und Tracy gemeinsam Madrid. Sie waren nie allein. Zwei von Ramiros Leuten folgten ihnen auf allen ihren Wegen, begleitet von dem seltsamen Amerikaner. Ramiro hatte Cooper gestattet, sich dem Überwachungsteam anzuschließen, um den Kerl endlich los zu sein. Der Amerikaner hatte, gelinde gesagt, einen kleinen Dachschaden. Er glaubte im Ernst, dass die Whitney unter den Augen der spanischen Polizei etwas äußerst Wertvolles stehlen werde. *Einfach lächerlich!*

Jeff und Tracy speisten in den berühmten Lokalen von Madrid, aber Jeff kannte auch Restaurants, die noch nicht von Touristen entdeckt waren.

Und da wie dort saß Daniel Cooper in sicherem Abstand und war verwirrt. Jeff Stevens gab ihm Rätsel auf. Wer war das? Tracys nächstes Opfer? Oder heckten die beiden zusammen etwas aus?

Cooper wandte sich an Polizeichef Ramiro. »Was wissen Sie von Jeff Stevens?«, fragte er.

»Nicht viel. Er hat keine Vorstrafen und ist hier nur als Tourist registriert. Ich nehme an, es handelt sich um eine Zufallsbekanntschaft der Dame.«

Coopers Gespür sagte ihm etwas anderes. Doch er hatte es nicht auf Jeff Stevens abgesehen. *Tracy,* dachte er. *Dich will ich, Tracy.*

Tracy und Jeff kehrten am Ende eines langen Abends ins Ritz zurück. Jeff begleitete Tracy zu ihrer Tür. »Genehmigen wir uns noch einen Schlummertrunk bei Ihnen«, schlug er vor.

Tracy war fast in Versuchung. Aber dann überlegte sie es sich anders. Sie küsste Jeff flüchtig auf die Wange und sagte: »Betrachten Sie mich als Ihre Schwester.«

»Wie stehen Sie zum Inzest?«

Doch Tracy hatte ihre Tür schon zugemacht.

Ein paar Minuten später rief er sie von seinem Zimmer aus an. »Wollen Sie morgen mit mir nach Segovia fahren? Das ist eine wunderhübsche alte Stadt in der Nähe von Madrid.«

»Hört sich gut an. Vielen Dank für den schönen Abend«, sagte Tracy. »Und gute Nacht, Jeff.«

Sie lag noch lange wach. Gedanken stürmten auf sie ein, die sie nicht denken wollte. Es war so lange her, dass sie sich für einen Mann interessiert hatte. Charles hatte sie tief verletzt, und sie wollte nicht wieder verletzt werden. Jeff Stevens war ein amüsanter Begleiter, aber weiter durfte sie es nicht kommen lassen. Es wäre ein Leichtes gewesen, sich in ihn zu verlieben. Und unsagbar töricht.

Eine Katastrophe.

Ein Riesenspaß.

Tracy hatte Schwierigkeiten einzuschlafen.

Der Ausflug nach Segovia war rundum gelungen. Jeff hatte ein kleines Auto gemietet, und sie fuhren aus der Stadt hinaus in die herrliche spanische Landschaft, gefolgt von Daniel Cooper und den beiden Kriminalbeamten in einem Dienstwagen.

Tracy und Jeff trafen kurz vor zwölf in Segovia ein und aßen in einem bezaubernden Restaurant an der großen Plaza, im Schatten des zweitausendjährigen Aquädukts, den die Römer gebaut hatten. Danach wanderten sie durch die mittelalterliche Stadt, besuchten die Kathedrale und das Rathaus, und schließlich fuhren sie zum Alcázar hinauf. Die Aussicht war atemberaubend.

»Wenn wir hier lange genug blieben, würden wir sicher Don Quixote und Sancho Pansa durch die Ebene reiten sehen«, sagte Jeff.

Tracy blickte ihn an. »Sie kämpfen gern gegen Windmühlen, nicht?«

»Kommt ganz darauf an, wie die Windmühlen aussehen«, entgegnete er sanft und näherte sich Tracy ein wenig.

Sie trat vom Rand des Abhangs zurück. »Erzählen Sie mir mehr von Segovia.«

Und der Zauber war gebrochen.

Jeff spielte mit Begeisterung den Fremdenführer, und er kannte sich auf vielen Gebieten aus, sei es Geschichte, Archäologie oder Architektur. Tracy musste sich immer wieder daran erinnern, dass er ein Gauner war. Trotzdem hatte sie seit Jahren keinen so angenehmen Tag mehr erlebt.

Einer der spanischen Kriminalbeamten, José Pereira, sagte übellaunig zu Cooper: »Das Einzige, was die stehlen, ist unsere Zeit. Sie sind verliebt, und damit hat sich's. Sehen Sie das denn nicht? Sind Sie wirklich sicher, dass die Frau ein Verbrechen plant?«

»Allerdings«, knurrte Cooper. Seine Reaktionen verblüfften ihn selbst. Er wollte nur eins: Tracy Whitney fangen und strafen, wie sie es verdiente. Sie war nichts weiter als eine Kriminelle und Gegenstand eines Auftrags. Doch jedes Mal, wenn ihr Begleiter sie beim Arm nahm, musste Cooper feststellen, dass er in Wut geriet.

Als Tracy und Jeff wieder in Madrid waren, sagte Jeff: »Wenn Sie nicht zu müde sind, könnten wir gemeinsam zu Abend essen – und danach wüsste ich noch etwas ganz Spezielles.«

»Wunderbar.« Tracy wollte nicht, dass der Tag endete. *Ich werde ihn auskosten bis zuletzt. Heute möchte ich auch einmal wie all die anderen Frauen sein.*

Sie aßen spät zu Abend, wie es üblich ist in Madrid.

Das »ganz Spezielle« erwies sich als wenig einnehmende, verräucherte Bodega, voll von spanischen Arbeitern in Lederjacken, die an der Bar und einem Dutzend Tischen dem Alkohol zusprachen. Am Ende des Raumes befand sich eine kleine Bühne, wo zwei Männer auf Gitarren herumklimperten. Tracy und Jeff nahmen an einem kleinen Tisch in der Nähe der Bühne Platz.

»Na und?«, fragte Tracy ein bisschen enttäuscht.

»Warten Sie noch ein paar Minuten«, sagte Jeff.

Und nun entspann sich ein lebhaftes Gespräch.

An einem Tisch in der Nähe der Küche saß Daniel Cooper und überlegte sich, worüber die beiden so eifrig redeten.

Sie redeten über Flamenco. Denn den gab es hier zu sehen.

Die Bühnenbeleuchtung ging an. Tänzer und Tänzerinnen stiegen aufs Podium, und eine von ihnen trat in die Mitte und begann zu tanzen. Es fing langsam an, aber dann steigerten sich der Rhythmus der Gitarren und das Stampfen der Füße, und aus dem Tanz wurde eine sinnliche Urgewalt. Schneller, immer schneller, und das Publikum schrie Anfeuerungsrufe, ein letztes, mächtiges Crescendo, und der Tanz endete ebenso abrupt wie die Musik. Einen Moment lang stand plötzlich Stille im Raum. Und dann brach der Beifall los.

»Phantastisch!«, rief Tracy.

»Es geht noch weiter«, sagte Jeff.

Eine zweite Frau trat in die Mitte der Bühne, eine dunkle kastilische Schönheit, die über den Dingen zu stehen und das Publikum gar nicht wahrzunehmen schien. Die Gitarren spielten einen Bolero. Ein Tänzer kam dazu. Die Kastagnetten begannen zu klappern, Klatschen von Händen und Klacken von Schuhen, und die Körper der Tänzerin und des Tänzers entfernten sich voneinander und näherten sich wieder in einem Taumel der Sehnsucht, bis sie, ohne sich auch nur ein einziges Mal zu berühren, einen wilden Liebesakt tanzten, der in einem leidenschaftlichen Höhepunkt gipfelte. Das Publikum schrie, und Tracy schrie mit. Betreten stellte sie fest, dass sie sexuell erregt war. Sie hatte Angst, Jeff in die Augen zu sehen. Die Luft zwischen ihnen knisterte vor Spannung. Tracy blickte auf den Tisch nieder, auf Jeffs kräftige braune Hände, und sie fühlte, wie diese Hände ihren Körper liebkosten, und sie legte rasch ihre eigenen Hände in den Schoß, um zu verbergen, dass sie zitterten.

Auf der Fahrt zum Hotel sprachen Tracy und Jeff kaum ein Wort miteinander. An der Tür zu ihrer Suite drehte sich Tracy um und sagte: »Es war ein wunderschöner …«

Jeffs Lippen waren auf ihren, und sie legte die Arme um ihn und zog ihn an sich.

»Tracy?«

Sie hatte das *Ja* schon auf der Zunge, und es kostete sie ihre letzte Willenskraft, stattdessen zu sagen: »Es war ein langer Tag, Jeff. Ich bin hundemüde.«

»Oh.«

»Ich glaube, morgen bleibe ich den ganzen Tag auf meinem Zimmer und ruhe mich aus.«

Er antwortete gelassen: »Gute Idee. Wahrscheinlich mache ich das auch.«

Sie nahmen es sich beide nicht ab.

29

Am nächsten Morgen um zehn stand Tracy in der Schlange vor dem Haupteingang des Prado. Als die Türen geöffnet wurden, kaufte sie eine Eintrittskarte und ließ sich mit der Menge treiben, die in die große Rotunde strömte. Daniel Cooper und Kommissar Pereira folgten ihr in einigem Abstand, und Cooper empfand eine gewisse Erregung. Tracy Whitney war nicht bloß als harmlose Besucherin hier. Was immer sie planen mochte – jetzt ging es los.

Tracy schritt langsam von Saal zu Saal, betrachtete die Gemälde von Rubens, Tizian, Tintoretto, Bosch und El Greco. Die Goyas befanden sich in einer eigenen Galerie im Untergeschoss.

Tracy bemerkte, dass am Eingang zu jedem Raum ein Wärter stand, einen roten Alarmknopf hinter sich. Sie wusste, dass in dem Moment, in dem der Alarm betätigt wurde, alle Ein- und Ausgänge des Museums hermetisch abgeriegelt wurden – an Flucht war dann nicht mehr zu denken.

Sie saß auf der Bank in der Mitte des Saals mit den flämischen Meistern des 18. Jahrhunderts und ließ ihren Blick über den Boden schweifen. Links und rechts vom Eingang sah sie eine Art Röntgenauge. Das waren wohl die Infrarotstrahlen, die bei Nacht eingestellt wurden. In anderen Museen, die Tracy besucht hatte, waren die Wärter müde und gelangweilt gewesen und hatten kaum auf den endlosen Strom schwatzender Touristen geachtet, doch hier schienen sie hellwach zu sein.

In mehreren Sälen hatten Künstler ihre Staffeleien aufgebaut und kopierten emsig die Werke der Meister. Der Prado erlaubte das, aber die Wärter beobachteten selbst die Kopisten mit Argusaugen.

Als Tracy die Räume im Obergeschoss durchwandert hatte, ging sie ins Untergeschoss, zu den Goyas.

Pereira sagte zu Cooper: »Bitte, sie schaut sich doch nur die Bilder an. Sie …«

»Da irren Sie sich.« Cooper eilte im Sturmschritt die Treppe hinunter.

Tracy hatte den Eindruck, dass die Goyas noch schärfer bewacht wurden als die anderen Gemälde, und das war auch vollauf gerechtfertigt. Unglaublich, was hier an zeitloser Schönheit vereinigt war. Tracy lief von Bild zu Bild, fasziniert vom Genie dieses Mannes. Goyas *Selbstporträt,* auf dem er aussah wie der Gott Pan … *Die Familie Karls IV.* mit ihren feinen Valeurs … *Die Bekleidete Maja* und die hochberühmte *Nackte Maja.*

Und da, neben dem *Hexensabbat,* hing der *Puerto.* Tracy blieb stehen und starrte ihn an. Sie bekam Herzklopfen. Im Vordergrund des Bildes stand ein Dutzend festlich gewandeter Männer und Frauen vor einer Mauer; im Hintergrund, durch irisierenden Dunst gesehen, lagen Fischerboote an einer Mole; in der Ferne erkannte man einen Leuchtturm. Und am linken unteren Bildrand befand sich Goyas Signatur.

Dies war das Ziel. *Eine halbe Million Dollar.*

Tracy schaute sich um. Ein Wärter stand am Eingang.

Hinter ihm konnte sie durch den langen Korridor, der zu anderen Räumen führte, weitere Wärter sehen. Sie verharrte lange vor dem *Puerto* und betrachtete ihn gründlich. Als sie sich zum Gehen wandte, kam eine große Gruppe von Touristen die Treppe herunter. Inmitten des Rudels Jeff Stevens. Tracy drehte den Kopf weg und eilte aus dem Nebeneingang, bevor er sie wahrnehmen konnte.

Das wird ein Wettlauf, Mr. Stevens, und ich werde ihn gewinnen.

»Sie will ein Bild aus dem Prado stehlen.«

Polizeichef Ramiro blickte Daniel Cooper ungläubig an. »Ach was. Niemand kann ein Bild aus dem Prado stehlen.«

Cooper sagte dickköpfig: »Sie war den ganzen Vormittag dort.«

»Aus dem Prado ist noch nie ein Bild gestohlen worden, und es wird auch nie eins gestohlen werden. Und wissen Sie, warum nicht? Weil es unmöglich ist.«

»Sie wird es mit keiner der üblichen Methoden versuchen. Sie müssen die Belüftung des Museums überwachen lassen – für den Fall eines Angriffs mit Nervengas. Wenn die Wärter im Dienst Kaffee trinken, müssen Sie feststellen lassen, woher sie ihn haben und ob er mit Drogen versetzt werden kann. Das Trinkwasser müssen Sie ebenfalls kontrollieren …«

Ramiro war mit seiner Geduld am Ende. Er fand es schlimm genug, dass er diesen ungehobelten und unansehnlichen Amerikaner in der vergangenen Woche hatte ertragen müssen und dass er wertvolle Arbeitskräfte vergeudet hatte, indem er Tracy Whitney rund um die Uhr hatte überwachen lassen (die Polizei war ohnehin schon durch Etatkürzungen gehandicapt!). Doch nun, konfrontiert mit dieser traurigen Gestalt, die ihm sagte, wie er's machen sollte, hielt er es wirklich nicht mehr aus.

»Meiner Meinung nach ist die Frau hier nur auf Urlaub. Ich werde die Observierung abblasen.«

Cooper war wie vom Donner gerührt. »Nein! Das dürfen Sie nicht tun! Tracy Whitney ist …«

Ramiro reckte sich zu seiner vollen Körpergröße. »Sie werden gefälligst Abstand davon nehmen, mir vorzuschreiben, was ich tun und lassen soll, Señor. Und wenn nun nichts weiter anliegt … ich bin ein sehr beschäftigter Mann.«

Frustriert stand Cooper da. »Dann werde ich eben allein weitermachen.«

Der Polizeichef lächelte. »Um den Prado vor der furchtbaren Bedrohung zu schützen, die von dieser Frau ausgeht? Großartig, Señor Cooper. Jetzt kann ich nachts wieder ruhig schlafen.«

30

Meiner Meinung nach sind die Erfolgschancen äußerst begrenzt, hatte Gunther Hartog zu Tracy gesagt. *Es wird viel Einfallsreichtum erfordern.*

Das ist die Untertreibung des Jahrhunderts, dachte Tracy.

Sie schaute aus dem Fenster ihrer Suite auf die Oberlichter des Prado und rekapitulierte alles, was sie über das Museum erfahren hatte. Es hatte von 10 bis 18 Uhr geöffnet, und während dieser Zeit war die Alarmanlage abgeschaltet; doch an jedem Eingang und in jedem Saal standen Wärter.

Selbst wenn man es schaffen würde, ein Bild abzuhängen, dachte Tracy, *aus dem Museum schmuggeln könnte man es nie.* Pakete und dergleichen wurden am Eingang kontrolliert.

Sie betrachtete das Dach des Prado und sann über die Möglichkeit eines nächtlichen Einbruchs nach. Da gab es mehrere Hindernisse. Tracy hatte beobachtet, wie am Abend die Scheinwerfer angestellt wurden und das Dach mit gleißendem Licht überfluteten – wenn dort oben jemand herumturnte, war er auf Hunderte von Metern zu erkennen. Und falls man wider Erwarten doch unbemerkt in das Gebäude gelangte, musste man Infrarotstrahlen ausweichen und Nachtwächter überlisten.

Der Prado schien unbezwinglich.

Was führte Jeff im Schild? Tracy war überzeugt, dass

er versuchen würde, an den Goya heranzukommen. *Ich würde viel darum geben, wenn ich wüsste, was ihm so durch den schlauen Kopf geht.* Einer Sache war Tracy sicher: Sie würde es nicht dulden, dass er schneller war als sie. Sie musste ihm zuvorkommen.

Am nächsten Vormittag ging sie wieder in den Prado.

Bis auf die Gesichter der Besucher hatte sich nichts geändert. Tracy hielt Ausschau nach Jeff, doch er tauchte nicht auf.

Sie dachte: *Er hat sich schon etwas einfallen lassen. Der Mistkerl. Sein Charme war nur ein Ablenkungsmanöver. Er wollte mich bloß daran hindern, dass ich das Bild vor ihm kriege.*

Tracy unterdrückte ihren Zorn und bemühte sich, kühl, klar und logisch zu denken.

Sie ging wieder zum *Puerto* und ließ den Blick über die Bilder daneben schweifen, die aufmerksamen Wärter, die Maler vor ihren Staffeleien, die Menge, die durch den Raum strömte … Und plötzlich begann Tracys Herz schneller zu schlagen.

Ich weiß, wie ich's mache!

Sie führte ein Gespräch von einer Telefonzelle in der Gran Via aus, und Daniel Cooper, der im Eingang eines Restaurants stand und sie beobachtete, hätte mit Freuden ein Jahresgehalt geopfert, wenn er dafür erfahren hätte, wen Tracy anrief. Er war sicher, dass es sich um ein Auslandsgespräch handelte. Er bemerkte ein limonengrünes Kleid an ihr, das er noch nicht kannte, und er bemerkte überdies, dass ihre Beine nackt waren. *Damit die Männer sie angaffen können,* dachte er. *Hure.*

Er war wütend.

In der Telefonzelle beendete Tracy gerade ihr Gespräch. »Er muss auf jeden Fall schnell sein, Gunther. Er wird bloß zwei Minuten Zeit haben. Und von denen hängt alles ab.«

AN: J. J. Reynolds Aktenzeichen: Y-72-830-412
VON: Daniel Cooper
BETRIFFT: Tracy Whitney

Meiner Meinung nach hält sich die Betreffende in Madrid auf, um ein Kapitalverbrechen zu begehen. Ihr Ziel ist höchstwahrscheinlich der Prado. Die spanische Polizei ist unkooperativ, aber ich werde die Betreffende persönlich observieren und zu gegebener Zeit ihre Verhaftung in die Wege leiten.

Zwei Tage später saß Tracy um 9 Uhr morgens im Retiro, dem schönen Park in der Stadtmitte von Madrid, und fütterte die Tauben.

Cesar Porretta, ein älterer, grauhaariger, etwas buckliger Mann kam des Weges, und als er bei der Bank war, nahm er neben Tracy Platz, öffnete eine Tüte und warf den Vögeln Brosamen zu. »*Buenos días,* Señorita.«

»*Buenos días.* Sehen Sie irgendwelche Probleme?«

»Nein, Señorita. Ich brauche nur die Zeit und das Datum.«

»Habe ich noch nicht«, sagte Tracy. »Bald.«

Er lächelte. »Die Polizei wird durchdrehen. So etwas hat noch nie jemand versucht.«

»Darum wird es auch klappen«, erwiderte Tracy. »Sie

hören von mir.« Sie schnippte den Tauben einen letzten Krümel zu, stand auf und ging davon. Ihr Seidenkleid bauschte sich aufreizend um ihre Knie.

Während sich Tracy mit Cesar Porretta traf, durchsuchte Daniel Cooper ihre Suite. Er hatte von der Hotelhalle aus beobachtet, wie sie das Ritz verließ und auf den Park zusteuerte. Sie hatte nichts beim Zimmerservice bestellt, und Cooper war zu dem Schluss gelangt, dass sie auswärts frühstücken wollte. Er hatte sich dreißig Minuten Zeit gegeben. In ihre Suite zu kommen, war einfach genug gewesen: Er musste lediglich dem Hotelpersonal ausweichen und ihre Tür mit einem Nachschlüssel aufsperren. Er wusste auch, was er suchte: die Kopie eines Gemäldes. Es war ihm schleierhaft, wie Tracy die Kopie gegen das Original austauschen wollte, aber er war sicher, dass sie eben dies vorhatte.

Er durchsuchte die Suite schnell, leise und gründlich. Er ließ nichts aus. Das Schlafzimmer hob er sich für zuletzt auf. Er schaute in den Kleiderschrank und dann in die Kommode. Er zog eine Schublade auf. Sie war voll von Höschen und BHs und Strumpfhosen. Er griff sich ein rosa Höschen, rieb es an seiner Wange und stellte sich ihr süßes Fleisch vor. Ihr Duft war plötzlich überall. Er legte das Höschen wieder zurück und durchstöberte hastig die anderen Schubladen. Keine Spur von einem Gemälde.

Cooper ging ins Bad. Die Wanne war mit Tropfen beperlt. Sie hatte also gebadet. Wasser, warm wie ein Mutterleib. Cooper konnte es sich gut vorstellen. Tracy lag nackt in der Wanne, und das Wasser umspielte ihre Brüste … Er bekam eine Erektion. Er nahm den feuchten

Waschlappen vom Wannenrand und führte ihn an seine Lippen. Er streichelte sich und starrte dabei in den Spiegel, in seine flammenden Augen.

Ein paar Minuten später ging er so verstohlen, wie er gekommen war, und begab sich auf dem kürzesten Weg zur nächsten Kirche.

Als Tracy am Morgen darauf das Ritz verließ, folgte Daniel Cooper ihr nach. Es bestand nun eine Intimität zwischen ihnen, die es vorher noch nicht gegeben hatte. Er wusste, wie sie roch, er hatte sie im Bad gesehen, er hatte ihren nackten Körper im warmen Wasser beobachtet. Jetzt gehörte sie ihm ganz; sie war ihm zur Vernichtung anheimgegeben. Er schaute zu, wie sie die Gran Via entlangschritt und das Angebot in den Auslagen der Geschäfte prüfte, und er folgte ihr in ein großes Kaufhaus, wobei er sorgfältig darauf achtete, dass er außer Sicht blieb. Sie redete mit einer Verkäuferin und ging anschließend auf die Damentoilette. Cooper stand frustriert in der Nähe der Tür. Das war der einzige Ort, an den er ihr nicht folgen konnte.

Wenn er's gekonnt hätte, hätte er gesehen, wie Tracy mit einer übergewichtigen Frau um die fünfzig sprach.

»Morgen Vormittag«, sagte Tracy, als sie vor dem Spiegel frischen Lippenstift auflegte. »Morgen Vormittag um elf.«

Die Frau schüttelte den Kopf. »Nein, Señorita. Das wird ihm gar nicht passen. Einen schlechteren Tag könnten Sie sich kaum aussuchen. Morgen kommt der Großherzog von Luxemburg zu einem Staatsbesuch, und es steht in der Zeitung, dass er den Prado besichtigt. Es wird im Museum von Sicherheitsbeamten und Polizisten wimmeln.«

»Je mehr, desto besser. Also morgen Vormittag.«

Tracy ging aus der Tür, und die Frau blickte ihr kopfschüttelnd nach.

Der Großherzog sollte um Punkt elf im Prado eintreffen, und die Straßen in der Umgebung des Museums waren von der Guardia Civil abgesperrt worden. Weil sich die Begrüßungszeremonie im Präsidentenpalast länger hinzog als geplant, traf der Konvoi jedoch erst kurz vor Mittag ein. Sirenen jaulten, Polizeimotorräder kamen in Sicht und eskortierten ein halbes Dutzend schwarzer Limousinen zur Freitreppe des Prado.

Am Haupteingang wartete der Direktor des Museums, Miguel Machada, nervös auf die Ankunft des Großherzogs.

Machada hatte am frühen Morgen eine gründliche Inspektion vorgenommen, um sicherzugehen, dass alles in Ordnung war, und die Wärter hatten Weisung erhalten, noch besser aufzupassen als sonst. Der Direktor war stolz auf sein Museum, und er wollte einen guten Eindruck auf den Großherzog machen.

Es kann nie schaden, wenn man hochgestellte Freunde hat, dachte Machada. *Wer weiß, vielleicht werde ich sogar zum Festbankett für den Großherzog im Präsidentenpalast eingeladen.*

Miguel Machadas einziger Kummer war, dass er die Touristenhorden nicht aussperren konnte, die sich durch das Museum wälzten. Aber die Leibwächter des Großherzogs und die Sicherheitskräfte des Prado würden schon dafür sorgen, dass das Staatsoberhaupt von Luxemburg vor allen Fährnissen geschützt war.

Die Besichtigung begann im Obergeschoss. Der Direktor begrüßte den Großherzog überschwänglich und führte ihn, gefolgt von bewaffneten Wärtern, durch die Rotunde in die Säle mit den spanischen Meistern des 16. Jahrhunderts.

Der Großherzog schritt langsam dahin und genoss das Augenfest, das sich vor ihm auftat. Er war ein Förderer der schönen Künste und liebte die unsterblichen Maler. Er selbst hatte kein Talent in dieser Richtung, und so bewunderte er denn selbst die Kopisten, die vor ihren Staffeleien standen und versuchten, eine Spur vom Genie der Meister auf ihre Leinwände zu bannen.

Als die Gesellschaft die oberen Säle durchwandert hatte, sagte Miguel Machada stolz: »Und nun, wenn Eure Hoheit gestatten, werde ich Sie ins Untergeschoss zu unserer Goya-Sammlung führen.«

Tracy hatte einen nervenzerfetzenden Vormittag verbracht. Als der Großherzog nicht, wie geplant, um Punkt elf im Prado eingetroffen war, war sie fast in Panik geraten. Sie hatte alle Vorkehrungen in die Wege geleitet und mit Sekundengenauigkeit aufeinander abgestimmt, doch damit es auch funktionierte, brauchte sie den Großherzog.

Sie ging von Saal zu Saal, mischte sich unter die Menge, bemühte sich, keine Aufmerksamkeit zu erregen. *Er kommt nicht,* dachte sie schließlich. *Ich muss das Ganze abblasen.* Und in diesem Moment hatte sie draußen das Jaulen herannahender Sirenen gehört.

Daniel Cooper, der Tracy von einem Nebenraum aus beobachtete, hörte die Sirenen ebenfalls. Seine Vernunft sagte ihm, dass es unmöglich war, ein Bild aus dem Prado zu stehlen, aber sein Gespür sagte ihm, dass Tracy es trotzdem versuchen würde, und Cooper vertraute auf sein

Gespür. Er bewegte sich näher an Tracy heran, achtete jedoch darauf, dass er inmitten der Besucher verborgen blieb. Er hatte die Absicht, Tracy nicht eine Sekunde aus den Augen zu lassen.

Sie hielt sich in dem Raum auf, der an den angrenzte, in dem der *Puerto* hing. Durch die offene Tür konnte sie den Buckligen, Cesar Porretta, vor seiner Staffelei sitzen sehen. Er kopierte die *Bekleidete Maja,* die sich direkt neben dem *Puerto* befand. Einen guten Meter davon entfernt war ein Wärter postiert. Im selben Raum wie Tracy stand eine Malerin vor ihrer Staffelei und kopierte mit glühendem Eifer einen anderen Goya.

Eine große Gruppe von japanischen Touristen strömte in den Raum und zwitscherte wie ein Schwarm exotischer Vögel. *Jetzt!,* dachte Tracy. Das war der Moment, auf den sie gewartet hatte, und ihr Herz klopfte so laut, dass sie fürchtete, der Wärter könnte es hören. Sie ging der Touristengruppe aus der Bahn und bewegte sich rückwärts auf die Malerin zu. Als ein Japaner sie streifte, stolperte Tracy nach hinten, als habe der Mann sie angerempelt, stieß mit der Künstlerin zusammen und schickte sie samt Leinwand, Staffelei, Palette und Farben zu Boden.

»Oh, das tut mir furchtbar leid!«, rief Tracy. »Warten Sie, ich helfe Ihnen.«

Während sie der verwirrten Künstlerin zur Hand ging, trat Tracy mit den spitzen Absätzen ihrer Schuhe kräftig auf die Farbtuben, die auch prompt aufplatzten. Daniel Cooper, der alles gesehen hatte, eilte näher. Er war sicher, dass Tracy ihren ersten Schritt getan hatte.

Der Wärter rauschte herbei und rief:

»Was ist hier los?!«

Der Zwischenfall hatte die Aufmerksamkeit der Touristen erregt, und sie umwogten die gestürzte Malerin und traten auf die aufgeplatzten Tuben und verschmierten die Farben zu grotesken Mustern. Der Wärter geriet in Panik und schrie: »Sergio! Komm her! Schnell!«

Tracy beobachtete, wie der Wärter aus dem Raum nebenan seinem Kollegen zu Hilfe rannte. Cesar Porretta war mit dem *Puerto* allein.

Tracy stand inmitten des Tumults. Die beiden Wärter versuchten vergeblich, die Touristen von dem farbverschmierten Boden wegzudrängen.

»Hol den Direktor!«, rief Sergio.

Der andere Wärter eilte davon, auf die Treppe zu. *Heiliger Gott*, dachte er, *was für eine Schweinerei!*

Zwei Minuten später erschien Miguel Machada am Katastrophenort. Er warf einen entsetzten Blick auf den Boden und schrie: »Ein paar Putzfrauen! Tempo! Sie sollen Terpentin mitbringen und Lappen und Wasser zum Aufwischen!«

Sein Assistent sauste los, um dem Wunsch des Direktors zu willfahren.

Machada wandte sich Sergio zu. »Und Sie gehen gefälligst wieder auf Ihren Posten«, raunzte er.

»Ja, Señor.«

Tracy beobachtete, wie sich der Wärter mit beiden Ellenbogen seinen Weg durch die Menge bahnte – zurück in den Raum, in dem Cesar Porretta arbeitete.

Cooper hatte Tracy tatsächlich nicht eine Sekunde aus den Augen gelassen. Er hatte auf ihren nächsten Schritt gewartet. Doch der war ausgeblieben. Sie hatte sich weder einem der Gemälde genähert noch Kontakt zu einem

Komplizen aufgenommen. Sie hatte lediglich eine Staffelei mit Farbtuben umgestoßen, aber er war sicher, dass sie es mit Absicht getan hatte. Nur: zu welchem Zweck? Irgendwie hatte Cooper das Gefühl, dass das Geplante – was immer es gewesen sein mochte – bereits geschehen war. Er schaute sich im Raum um. Kein Bild fehlte.

Cooper hastete in den nächsten Raum. Dort war niemand außer dem Wärter und einem älteren, buckligen Mann, der die *Bekleidete Maja* kopierte. Auch hier fehlte kein Bild. Aber irgendetwas stimmte trotzdem nicht. Cooper *wusste* es.

Er eilte zu dem beunruhigten Direktor, mit dem er schon einmal gesprochen hatte, und platzte gleich mit seinem Anliegen heraus: »Ich habe Grund zu der Annahme, dass hier in den letzten Minuten ein Bild gestohlen worden ist.«

Miguel Machada starrte den Amerikaner mit den fanatischen Augen an. »Was reden Sie da? Wenn das der Fall wäre, hätte einer der Wärter schon längst den Alarmknopf gedrückt.«

»Ich glaube, dass irgendwie eine Fälschung gegen ein Original ausgetauscht worden ist.«

Der Direktor lächelte milde. »Ihre Theorie in Ehren, Señor – sie hat nur einen kleinen Fehler. Die breite Öffentlichkeit weiß es zwar nicht, aber hinter jedem Bild sind Sensoren verborgen. Wenn jemand versuchen wollte, eins von der Wand zu nehmen, was ja wohl nötig wäre, um ein anderes hinzuhängen, würde auf der Stelle der Alarm ausgelöst.«

Daniel Cooper gab sich immer noch nicht zufrieden. »Könnte der Alarm nicht lahmgelegt worden sein?«

»Nein. Wenn ihn jemand blockieren würde, ginge ein anderer Alarm los. Señor, es ist ein Ding der Unmöglichkeit, ein Bild aus dem Prado zu stehlen. Unsere Sicherheitsmaßnahmen sind hundertprozentig.«

Cooper stand da und zitterte vor Frustration. Alles, was der Direktor sagte, war überzeugend. Es schien in der Tat ein Ding der Unmöglichkeit. Aber warum hatte Tracy Whitney dann mit Absicht diese Farbtuben über den Boden verstreut?

Cooper ließ nicht locker. »Tun Sie mir einen Gefallen. Sagen Sie Ihren Leuten, sie sollen durchs ganze Museum gehen und sich vergewissern, dass wirklich nichts fehlt. Sie erreichen mich in meinem Hotel.«

Mehr konnte Cooper nicht machen.

Um 19 Uhr rief Miguel Machada den Amerikaner an. »Ich habe alles persönlich überprüft, Señor. Jedes Gemälde hängt an seinem Platz. Nichts fehlt.«

Das war's also. Es hatte sich *scheinbar* nur um einen dummen Zwischenfall gehandelt. Doch Daniel Cooper spürte mit der Witterung des Jägers, dass das verfolgte Wild entkommen war.

Jeff hatte Tracy zum Essen eingeladen. Sie soupierten im Speisesaal des Ritz.

»Sie sehen heute Abend besonders gut aus«, sagte Jeff.

»Danke. Ich fühle mich auch so.«

»Fahren Sie nächste Woche mit mir nach Barcelona, Tracy? Es ist eine faszinierende Stadt. Sie wird Ihnen sicher …«

»Tut mir leid, Jeff. Das geht nicht. Ich reise demnächst aus Spanien ab.«

»Wirklich?« Seine Stimme klang etwas bekümmert. »Wann?«

»In ein paar Tagen.«

»Ach, da bin ich aber schwer enttäuscht.«

Du wirst noch schwerer enttäuscht sein, wenn du erfährst, dass ich den Puerto *geklaut habe,* dachte Tracy. Sie fragte sich, wie er das Bild hatte stehlen wollen. Das zählte jetzt freilich nicht mehr. *Ich habe den schlauen Jeff Stevens ausgetrickst.* Und trotzdem empfand Tracy aus irgendeinem unerklärlichen Grund ein leises Bedauern.

Miguel Machada saß in seinem Büro, stärkte sich mit einer Tasse Kaffee und beglückwünschte sich dazu, was für ein Erfolg der Besuch des Großherzogs gewesen war. Bis auf den dummen Zwischenfall mit den verschmierten Farben war alles genau nach Plan gelaufen. Er war dankbar, dass der Großherzog und seine Begleitung hatten abgelenkt werden können, bis das Chaos beseitigt war. Der Direktor lächelte bei dem Gedanken an den schwachsinnigen amerikanischen Detektiv, der ihm einzureden versucht hatte, jemand habe ein Bild aus dem Prado gestohlen. *Nicht gestern, nicht heute, nicht morgen,* dachte er selbstgefällig.

Seine Sekretärin betrat das Büro. »Entschuldigung, Señor. Da ist ein Herr, der Sie sprechen möchte. Er hat mich gebeten, Ihnen dies zu geben.«

Sie reichte dem Direktor ein Schreiben. Im Briefkopf war ein Genfer Museum genannt.

Sehr verehrter Kollege,
dieses Schreiben soll Monsieur Henri Rendell, den maßgeblichen Kunstexperten unseres Hauses, bei Ihnen einführen. Monsieur Rendell bereist zurzeit die bedeutenden Museen der Welt und möchte insbesondere Ihre unvergleichliche Sammlung sehen. Ich wäre Ihnen zu großem Dank verpflichtet, wenn Sie ihm diese zeigen wollten.

Unterschrieben war der Brief vom Direktor des Genfer Museums.

Früher oder später kommen sie alle zu mir, dachte Machada stolz.

»Bitten Sie ihn herein«, sagte er zu seiner Sekretärin.

Henri Rendell war ein hochgewachsener, distinguiert aussehender Herr mit schütterem Haar. Als sie einander die Hand gaben, bemerkte Machada, dass seinem Besucher der rechte Zeigefinger fehlte.

Henri Rendell sagte: »Ich danke Ihnen. Ich bin zum ersten Mal in Madrid, und ich freue mich schon darauf, Ihre weltberühmte Sammlung zu sehen.«

Miguel Machada antwortete bescheiden: »Ich glaube, dass Sie nicht enttäuscht sein werden, Señor Rendell. Darf ich Sie nun bitten, mir zu folgen. Ich werde Sie persönlich führen.«

Sie gingen langsam durch die Rotunde, sie schritten durch die Säle mit den spanischen Meistern, und Henri Rendell studierte jedes Bild. Dabei fachsimpelten die beiden Männer, sprachen über stilistische Eigenarten der Künstler, ihre Auffassung von der Perspektive und ihren Farbsinn.

»Und nun«, verkündete Machada, »besichtigen wir Spaniens ganzen Stolz.« Er führte seinen Besucher die Treppe hinunter, zur Goya-Sammlung.

»Wie herrlich!«, rief Rendell überwältigt. »Bitte lassen Sie mich einen Moment nur dastehen und schauen.«

Miguel Machada wartete und freute sich über das ehrfürchtige Staunen des Schweizers.

»So etwas Großartiges habe ich noch nie gesehen«, erklärte Rendell. Er ging langsam durch den Raum und betrachtete die Gemälde. *»Der Hexensabbat«*, murmelte Rendell. »Brillant!«

Sie liefen weiter.

»Goyas *Selbstporträt* – phantastisch!«

Miguel Machada strahlte.

Rendell blieb vor dem *Puerto* stehen. »Eine nette Fälschung.« Er wollte weitergehen.

Der Direktor packte ihn beim Arm. »Wie bitte? Was haben Sie da gesagt, Señor?«

»Eine nette Fälschung.«

»Sie irren sich«, sagte Machada entrüstet.

»Das glaube ich kaum.«

»Sie irren sich mit Sicherheit«, entgegnete Machada steif. »Ich kann Ihnen garantieren, dass es echt ist. Die Provenienz dieses Bildes ist mir genau bekannt.«

Henri Rendell trat näher an das Bild heran und musterte es mit scharfem Blick. »Dann ist die Provenienz ebenfalls gefälscht. Dieses Bild stammt von Goyas Schüler Eugenio Lucas y Padilla. Sie wissen ja, dass Lucas Hunderte von ›Goyas‹ gemalt hat.«

»Natürlich weiß ich das«, sagte Machada unfreundlich. »Aber das hier ist keine von seinen Fälschungen.«

Rendell zuckte die Achseln. »Ich beuge mich Ihrem Urteil.« Er wollte wieder weitergehen.

»Ich habe dieses Gemälde persönlich erworben. Wir haben einen Spektrograph-Test durchgeführt, einen Pigment-Test, und es war alles in Ordnung …«

»Daran zweifle ich nicht. Lucas hat ja zur selben Zeit gemalt wie Goya und das gleiche Material verwendet.« Henri Rendell bückte sich, um die Signatur am unteren Bildrand genau zu betrachten. »Sie können sich ganz einfach von der Wahrheit oder Unwahrheit meiner Worte überzeugen – das heißt, wenn Sie wollen. Geben Sie das Bild einem Ihrer Restauratoren und lassen Sie die Signatur überprüfen.« Er lachte leise in sich hinein. »Lucas war so eitel, dass er seine Bilder signiert hat, aber er sah sich aus ökonomischen Gründen gezwungen, über seinen Namen den von Goya zu pinseln, weil das den Preis enorm in die Höhe trieb.« Rendell warf einen Blick auf seine Uhr. »Und jetzt müssen Sie mich bitte entschuldigen. Ich hatte keine Ahnung, dass es schon so spät ist. Ich bin anderweitig verabredet und kann es mir nicht erlauben, da nicht zu erscheinen. Vielen Dank, dass Sie mir Ihre Kunstschätze gezeigt haben.«

»Bitte. Keine Ursache«, sagte Machada kühl. *Der Mann ist ein Ignorant,* dachte er.

»Wenn ich Ihnen zu Diensten sein kann – Sie finden mich in der Villa Magna. Und nochmals vielen Dank, Señor.« Henri Rendell entfernte sich.

Miguel Machada sah ihm nach. Wie konnte sich dieser Idiot nur zu der Behauptung versteigen, dass der kostbare Goya eine Fälschung sei?

Er drehte sich um und schaute sich das Gemälde noch

einmal an. Es war schön. Ein Meisterwerk. Er beugte sich vor, um Goyas Signatur zu überprüfen. Einwandfrei. Aber trotzdem – konnte es vielleicht doch sein? Ein leiser Zweifel blieb und ließ sich nicht verscheuchen. Jedermann wusste, dass Eugenio Lucas y Padilla Hunderte von »Goyas« gemalt und mit den Fälschungen des Meisters Karriere gemacht hatte. Machada hatte für den *Puerto* dreieinhalb Millionen Dollar gezahlt. Und wenn er tatsächlich hinters Licht geführt worden war… welche Schmach! Er durfte gar nicht daran denken.

Henri Rendell hatte immerhin eins gesagt, das Hand und Fuß hatte: Es gab eine einfache Methode zur Feststellung der Echtheit des Bildes. Er würde die Signatur überprüfen lassen und dann mit Rendell telefonieren und ihm in aller Höflichkeit empfehlen, sich einen anderen Beruf zu suchen.

Der Direktor zitierte seinen Assistenten zu sich und ordnete an, dass der *Puerto* in die Restaurierwerkstatt des Prado gebracht wurde.

Ein Meisterwerk auf Echtheit zu untersuchen ist eine heikle Sache, denn wenn es achtlos geschieht, kann Unbezahlbares und Unersetzliches zerstört werden. Die Restauratoren des Prado waren Experten. Sie hatten eine Lehre gemacht und viele Jahre in der Berufspraxis gestanden, bevor sie an die Meisterwerke herandurften – natürlich immer unter Aufsicht von erfahreneren Kollegen.

Juan Delgado, der Chefrestaurator des Prado, legte den *Puerto* auf ein Gestell aus Holz. Miguel Machada sah zu.

»Ich möchte, dass Sie die Signatur überprüfen«, sagte er.

Delgado ließ sich seine Verblüffung nicht anmerken. »Ja, Señor Direktor.«

Er träufelte Isopropylalkohol auf einen Wattebausch und legte ihn auf den Tisch neben dem Gemälde. Dann träufelte er auf einen zweiten Wattebausch Terpentinersatz zum Neutralisieren.

»Ich bin so weit, Señor.«

»Dann fangen Sie an. Aber vorsichtig, bitte!«

Machada musste entdecken, dass ihm das Atmen plötzlich schwerfiel. Er beobachtete, wie Delgado mit dem ersten Wattebausch behutsam das G der Signatur berührte. Anschließend neutralisierte er die Stelle sofort mit dem zweiten Wattebausch, damit der Alkohol nicht zu tief eindringen konnte. Die beiden Männer betrachteten die Leinwand. Das G war ein wenig blasser geworden.

Delgado runzelte die Stirn. »Tut mir leid, ich kann noch nichts Genaues sagen. Ich muss ein stärkeres Lösemittel nehmen.«

»Dann tun Sie das«, befahl der Direktor.

Delgado öffnete eine andere Flasche. Er träufelte Dimethylformamid auf einen neuen Wattebausch, betupfte damit noch einmal den ersten Buchstaben der Signatur und ging sofort wieder mit Terpentinersatz darüber. Die Chemikalien erfüllten den Raum mit einem stechenden Geruch. Miguel Machada starrte das Gemälde an und konnte es nicht fassen, was er sah. Das G war verschwunden, und an seiner Stelle war klar und deutlich ein L zu erkennen.

Delgado wandte sich mit bleichem Gesicht dem Direktor zu. »Soll … soll ich weitermachen?«

»Ja«, sagte Machada heiser. »Machen Sie weiter.«

Buchstabe für Buchstabe verschwand Goyas Signatur, und darunter kam der Namenszug von Lucas zum Vorschein. Es traf Machada wie eine Reihe von Schlägen in die Magengrube. Er, Direktor einer der bedeutendsten Gemäldesammlungen der Welt, war getäuscht worden. Die Museumsbehörde würde es erfahren, der König würde es erfahren, die ganze Welt würde es erfahren. Er war geliefert.

Machada stolperte in sein Büro zurück und rief Henri Rendell an.

Die beiden Männer saßen an Machadas Schreibtisch.

»Sie hatten recht«, sagte Machada bedrückt. »Es ist ein Lucas. Wenn das bekannt wird, lachen mich alle aus.«

»Lucas hat schon viele Experten getäuscht«, tröstete ihn Rendell. »Seine Fälschungen sind zufällig ein Hobby von mir.«

»Ich habe dreieinhalb Millionen Dollar für dieses Bild gezahlt.«

Rendell hob bedauernd die Achseln. »Können Sie Ihr Geld nicht irgendwie zurückkriegen?«

Der Direktor schüttelte verzweifelt den Kopf. »Ich habe das Bild von einer Witwe gekauft, die behauptet hat, es befinde sich seit drei Generationen im Besitz der Familie ihres Mannes. Wenn ich sie verklagen würde, würde sich der Prozess endlos hinziehen, und wir hätten eine äußerst schlechte Presse. Alles in diesem Museum würde dann mit einem Schlag suspekt.«

Henri Rendell dachte angestrengt nach. »Schlechte Presse – nein, das muss wirklich nicht sein. Erklären Sie doch Ihrer vorgesetzten Behörde, was passiert ist, und schaffen Sie sich den Lucas diskret vom Hals. Sie könnten ihn ja bei Sotheby's oder Christie's zur Auktion geben.«

Machada schüttelte den Kopf. »Unmöglich. Dann würde die ganze Geschichte publik.«

Ein Leuchten trat in Rendells Gesicht. »Vielleicht haben wir Glück. Vielleicht weiß ich jemand, der den Lucas kauft. Er sammelt seine Fälschungen und ist ein sehr verschwiegener Mann.«

»Ich wäre das Bild gern los. Ich möchte es nie wiedersehen. Eine *Fälschung* unter meinen herrlichen Kunstschätzen. Am liebsten würde ich es *verschenken«*, sagte Machada verbittert.

»Das wird nicht nötig sein. Der Mann, von dem ich sprach, dürfte durchaus bereit sein, etwas dafür zu zahlen – um die fünfzigtausend Dollar, nehme ich an. Soll ich ihn anrufen?«

»Das wäre sehr freundlich von Ihnen, Señor Rendell.«

Bei einer eilig einberufenen Konferenz der Museumsbehörde fasste man den Beschluss, es sei um jeden Preis zu verhindern, dass eines der Spitzenwerke des Prado als Fälschung entlarvt werde. Man kam überein, dass es das Klügste wäre, das Bild so unauffällig und schnell wie möglich abzustoßen. Die Männer in ihren dunklen Anzügen verließen schweigend den Raum. Keiner sprach auch nur ein Wort mit Machada, der wie ein begossener Pudel dastand.

Am Nachmittag wurde ein Handel abgeschlossen. Henri Rendell ging zur Bank von Spanien und kehrte mit einem bestätigten Scheck über fünfzigtausend Dollar zurück, worauf ihm der in ein Stück Leinwand gewickelte Lucas übergeben wurde.

»Die Museumsbehörde wäre außer sich, wenn dieser Zwischenfall publik würde«, sagte Machada verschämt, »aber ich habe meinen Vorgesetzten versichert, dass Ihr Mann verschwiegen ist.«

»Darauf können Sie sich verlassen«, erwiderte Rendell.

Er ging aus dem Museum, nahm ein Taxi, ließ sich in eine Wohngegend im Norden Madrids fahren, betrat ein Haus, trug die Leinwand eine Treppe hinauf und klopfte an eine Tür im dritten Stock. Sie wurde von Tracy geöffnet. Hinter ihr stand Cesar Porretta. Tracy blickte Rendell fragend an, und Rendell grinste.

»Sie konnten es kaum erwarten, das Bild loszuwerden!«, frohlockte er.

Tracy umarmte ihn. »Kommen Sie rein.«

Porretta nahm das Bild und legte es auf einen Tisch.

»Und jetzt«, verkündete er, »werden Sie gleich ein Wunder erleben – einen wiederauferstandenen Goya.«

Er griff nach einer Flasche Methylalkohol und öffnete sie. Tracy und Rendell beobachteten, wie Porretta einen Wattebausch mit dem Lösemittel tränkte und ihn vorsichtig gegen die Buchstaben von Lucas' Signatur drückte. Der Namenszug verblasste allmählich. Darunter erschien der von Goya.

Rendell blickte die Signatur voll Ehrfurcht an. »Brillant!«

»Es war Miss Whitneys Idee«, sagte der Bucklige bescheiden. »Sie hat mich gefragt, ob es möglich wäre, die Originalsignatur mit einer falschen Signatur zu übermalen und über die wieder den echten Namen zu schreiben.«

»Und er hat den Dreh gefunden«, sagte Tracy lächelnd.

»Es war lächerlich einfach«, wehrte Porretta ab. »Hat

nicht mal zwei Minuten gedauert. Erst habe ich die Originalsignatur mit einer Schicht feinster weißer Möbelpolitur abgedeckt, um sie zu schützen. Darüber habe ich Lucas' Namen mit einer rasch trocknenden Acrylfarbe gemalt, und darüber Goyas Namen mit Ölfarbe und etwas Dammarfirnis. Als die obere Signatur entfernt wurde, tauchte Lucas' Name auf. Wenn sie weitergegangen wären, hätten sie entdeckt, dass darunter Goyas Originalsignatur versteckt war. Aber das haben sie natürlich nicht getan.«

Tracy überreichte den zwei Männern je einen dicken Umschlag und sagte: »Ich möchte Ihnen von Herzen danken.«

Henri Rendell zwinkerte ihr zu. »Wenn Sie mal wieder einen Kunstexperten brauchen – bitte, jederzeit.«

Porretta fragte: »Wie wollen Sie das Bild außer Landes schaffen?«

»Ich lasse es hier von einem Kurier abholen. Warten Sie auf ihn.« Sie schüttelte den beiden Männern die Hand und verließ die Wohnung.

Auf dem Rückweg ins Ritz war Tracy in Jubelstimmung. *Das war alles nur eine Frage der Psychologie,* dachte sie. Sie hatte gleich gemerkt, dass es unmöglich sein würde, das Bild aus dem Prado zu stehlen, also musste sie die Leute an der Nase herumführen und sie in eine Verfassung bringen, in der sie es loswerden *wollten.* Tracy stellte sich das dumme Gesicht vor, das Jeff Stevens machen würde, wenn er erfuhr, dass er den Kürzeren gezogen hatte, und sie musste schallend lachen.

Sie wartete in ihrer Suite auf den Kurier, und als er eintraf, rief sie Cesar Porretta an.

»Der Kurier ist jetzt da«, sagte Tracy. »Ich schicke ihn gleich zu Ihnen, damit er das Bild abholt. Sehen Sie bitte zu, dass er …«

»Was?«, schrie Porretta entgeistert. »Ihr Kurier hat das Bild doch schon vor einer halben Stunde abgeholt!«

31

PARIS

Mittwoch, 9. Juli, 12 Uhr

In einem Privatbüro in der Nähe der Rue Matignon sagte Gunther Hartog: »Ich kann ja verstehen, Tracy, wie Ihnen wegen Madrid zumute ist, aber Jeff Stevens war nun mal vor Ihnen da.«

»Nein«, berichtigte Tracy erbost. »*Ich* war vor ihm da.«

»Aber er hat das Bild abgeliefert. Der *Puerto* ist bereits auf dem Weg zu meinem Kunden.«

All die Planungen, all die Vorkehrungen – und Jeff Stevens hatte sie ausgetrickst. Er hatte die Hände in den Schoß gelegt und sie die Drecksarbeit machen und das ganze Risiko tragen lassen, und im letzten Moment hatte er sich die Beute geschnappt und sich heimlich, still und leise verdrückt. Oh, was musste er über sie gelacht haben! Ununterbrochen! *Sie sind etwas ganz Besonderes, Tracy.* Sie konnte das Gefühl der Demütigung nicht ertragen, das sie überfiel, wenn sie an den Flamenco-Abend in der Bodega dachte. *Mein Gott, um ein Haar wäre ich mit dem Kerl auch noch ins Bett gegangen.*

»Ich habe nie geglaubt, dass ich jemand umbringen kann«, sagte Tracy zu Gunther, »aber Jeff Stevens würde ich mit dem größten Vergnügen abstechen wie ein Schwein.«

Gunther antwortete milde: »Ach, du meine Güte. Hoffentlich nicht in diesem Büro. Er kommt nämlich gleich hierher.«

»*Was?*« Tracy sprang auf.

»Ich habe Ihnen ja schon gesagt, dass ich etwas für Sie habe. Aber Sie werden einen Partner brauchen. Und meiner Meinung nach ist Jeff Stevens der Einzige, der …«

»Lieber *sterbe* ich!«, fauchte Tracy. »Jeff Stevens ist ein hundsgemeiner …«

»Ach, Sie reden von mir?« Jeff stand in der Tür und strahlte. »Tracy, Sie sehen *noch* phantastischer aus als sonst. Gunther, mein teurer Freund, wie geht es Ihnen?«

Die beiden Männer schüttelten sich die Hand. Tracy stand daneben, von kaltem Zorn erfüllt.

Jeff schaute sie an und seufzte. »Sie sind wahrscheinlich etwas sauer auf mich.«

»*Etwas!* Ich …« Ihr fehlten die Worte.

»Tracy – also, wenn ich das mal sagen darf … Ich finde, dass Ihr Plan glänzend war. Ehrlich. Einfach glänzend. Sie haben nur einen kleinen Fehler gemacht. Trauen Sie nie einem Schweizer, dem der rechte Zeigefinger fehlt.«

Tracy holte tief Luft und bemühte sich, nicht zu explodieren. Sie wandte sich Gunther zu. »Ich rede später mit Ihnen, Gunther.«

»Tracy …«

»Nein. Was es auch ist, ich will nichts damit zu tun haben. Nicht, wenn *er* mitmacht.«

Gunther sagte: »Wollen Sie es sich nicht wenigstens anhören?«

»Es hat keinen Sinn. Ich …«

»In drei Tagen schickt De Beers ein Päckchen Diamanten im Wert von vier Millionen Dollar mit einem Transportflugzeug der Air France von Paris nach Amsterdam. Ich habe einen Kunden, der diese Steine unbedingt erwerben möchte.«

»Warum stauben Sie die Dinger dann nicht auf dem Weg zum Flughafen ab? Ihr Freund hier ist Fachmann für so was.« Tracy konnte es nicht verhindern, dass ihre Stimme bitter klang.

Sie ist einfach großartig, wenn sie wütend ist, dachte Jeff.

Gunther sagte: »Weil die Diamanten zu gut bewacht sind. Wir stauben sie während des Flugs ab.«

Tracy blickte ihn verdutzt an. »*Während* des Flugs? In einem Transportflugzeug?«

»Wir brauchen jemand, der klein genug ist, um sich in einem der Container zu verstecken. Wenn die Maschine in der Luft ist, muss dieser Jemand bloß aus seinem Container schlüpfen, den von De Beers öffnen, das Päckchen Diamanten an sich nehmen, ein Duplikat an dessen Stelle legen und wieder in seinen Container zurückkriechen.«

»Und ich bin klein genug für einen solchen Container.«

Gunther sagte: »Es geht nicht nur darum, Tracy. Wir brauchen jemand, der intelligent ist und gute Nerven hat.«

Tracy dachte nach. »Der Plan gefällt mir, Gunther. Was mir nicht gefällt, ist, dass ich mit *ihm* zusammenarbeiten muss. Dieser Mann ist ein Ganove.«

Jeff grinste. »Sind wir das nicht alle, mein Herz? Gunther bietet uns eine Million Dollar, wenn wir das Ding drehen können.«

Tracy schaute Gunther mit großen Augen an. »Eine Million Dollar?«

Gunther nickte. »Eine halbe Million für jeden.«

»Es wird klappen«, erklärte Jeff, »weil ich einen Bekannten in der Lagerhalle des Flughafens habe. Er hilft uns, die Geschichte über die Bühne zu bringen. Man kann ihm voll und ganz vertrauen.«

»Im Gegensatz zu Ihnen«, erwiderte Tracy. »Auf Wiedersehen, Gunther.«

Sie rauschte aus dem Büro.

Gunther sah ihr nach. »Sie ist Ihnen wirklich böse wegen Madrid, Jeff. Ich fürchte, sie spielt nicht mit.«

»Da sind Sie auf dem Holzweg«, sagte Jeff munter. »Ich kenne Tracy. Sie kann der Versuchung bestimmt nicht widerstehen.«

»Vor der Verladung ins Flugzeug werden die Container verplombt«, erläuterte Ramon Vauban, ein junger Franzose mit altem Gesicht und dunklen, toten Augen. Er war bei der Air France für das Verladen der Fracht verantwortlich, und ohne ihn konnte der Plan nicht gelingen.

Vauban, Tracy, Jeff und Gunther saßen an einem Tisch auf einem der Aussichtsboote, die Rundfahrten auf der Seine machen.

»Wenn die Container verplombt sind«, fragte Tracy, »wie komme ich dann rein?«

»Für das, was in letzter Minute angeliefert wird«, antwortete Vauban, »nehmen wir große Holzkisten. Sie sind an einer Seite offen und nur mit einer Segeltuchplane verhängt, die mit Stricken festgezurrt wird. Aus Sicherheitsgründen treffen wertvolle Frachtgüter wie Diamanten immer erst kurz vor dem Start ein, damit sie als Letztes ein- und als Erstes ausgeladen werden.«

Tracy sagte: »Und die Diamanten sind in so einer Kiste?«

»Richtig, Mademoiselle. Ich würde dafür sorgen, dass die Kiste mit Ihnen neben die Kiste mit den Diamanten gestellt wird. Dann müssen Sie nur noch die Stricke durchschneiden, wenn die Maschine in der Luft ist, die Kiste mit den Diamanten öffnen, die Kästchen austauschen, in Ihren Container zurückschlüpfen und ihn wieder dicht machen.«

Gunther fügte hinzu: »Wenn die Maschine in Amsterdam gelandet ist, werden die Wachleute das falsche Kästchen abholen und bei den Diamantschleifern abliefern. Es wird einige Zeit dauern, bis der Schwindel auffliegt. Und dann sitzen Sie schon längst in einer anderen Maschine und sind außer Landes. Glauben Sie mir – es kann nichts schiefgehen.«

Bei diesen Worten lief Tracy ein Schauer über den Rücken. »Wie ist es«, fragte sie, »friere ich mich da oben nicht tot?«

Vauban lächelte. »Mademoiselle, heutzutage sind auch Transportflugzeuge geheizt. Sie haben oft Vieh und Haustiere an Bord. Es ist ganz gemütlich. Ein bisschen eng vielleicht, aber man kann es aushalten.«

Tracy hatte sich schließlich doch noch breitschlagen lassen, sich den Plan wenigstens anzuhören. Eine halbe Million Dollar für ein paar Stunden Unbequemlichkeit. Sie hatte das Projekt unter allen Aspekten betrachtet. *Es kann klappen*, dachte Tracy. *Wenn bloß Jeff Stevens nicht mit von der Partie wäre!*

Ihre Gefühle für ihn waren so widersprüchlich, dass es sie verwirrte und erboste. Er hatte sie in Madrid einfach spaßeshalber reingelegt. Er hatte sie verraten und betrogen, und jetzt kicherte er insgeheim über sie.

Die drei Männer schauten Tracy an und warteten auf ihre Antwort. Das Boot fuhr gerade unter dem Pont Neuf durch. Am Ufer der Seine umarmten sich zwei Verliebte, und Tracy sah den glückseligen Ausdruck im Gesicht der Frau. *Die ist schön dumm,* dachte Tracy. Und nun traf sie ihre Entscheidung. Sie blickte Jeff starr in die Augen und sagte: »Okay. Ich mache mit.« Und sie spürte, wie sich die Spannung am Tisch löste.

»Wir haben nicht viel Zeit«, sagte Vauban. Er wandte sich Tracy zu. »Mein Bruder arbeitet bei einer Spedition. Er wird Sie im Lagerhaus seiner Firma in einen Container schmuggeln. Hoffentlich leiden Sie nicht an Klaustrophobie, Mademoiselle.«

»Machen Sie sich nur keine Sorgen meinetwegen … Wie lang dauert die Reise?«

»Ein paar Minuten auf der Laderampe und eine Stunde Flug nach Amsterdam.«

»Wie groß ist der Container?«

»Groß genug, dass Sie sich hinsetzen können. Es werden noch ein paar andere Sachen mit drin sein, damit Sie gut versteckt sind – für alle Fälle.«

Es kann nichts passieren, hatte Gunther versprochen. *Aber für alle Fälle …*

»Ich habe hier eine Liste der Dinge, die Sie brauchen«, sagte Jeff. »Ist schon alles arrangiert.«

Der Mistkerl. Er war von Anfang an sicher gewesen, dass sie mitmachen würde.

Das Boot legte am Kai an.

»Wir können die letzten Einzelheiten noch morgen früh besprechen«, sagte Ramon Vauban. »Ich muss jetzt wieder zur Arbeit. *Au revoir.*« Und damit ging er.

Jeff fragte: »Wollen wir gemeinsam zu Abend essen und ein bisschen feiern?«

»Tut mir leid«, entschuldigte sich Gunther, »ich habe schon eine Verabredung, die ich einhalten muss.«

Jeff wandte sich Tracy zu. »Würden Sie dann …«

»Nein. Ich bin zu müde«, antwortete sie rasch.

Es war eigentlich als Ausrede gedacht, aber dann merkte Tracy, noch während sie es sagte, dass sie tatsächlich müde war. Das lag wohl an der ständigen Anspannung der letzten Zeit. Ihr war schwindlig. *Wenn ich das hinter mir habe,* dachte sie, *gehe ich wieder nach London und spanne eine Weile aus.* In ihrem Kopf begann es zu pochen. *Ja, das werde ich tun. Das muss ich tun.*

»Ich habe Ihnen ein kleines Geschenk mitgebracht«, sagte Jeff. Er gab Tracy eine bunt verpackte Schachtel. Drinnen lag ein wunderschönes Seidentuch. In eine der Ecken waren ihre Initialen eingestickt: TW.

»Danke.« *Weiß Gott, er kann sich's leisten,* dachte Tracy wütend. *Für ein Seidentuch reicht meine halbe Million Dollar allemal.*

»Sind Sie sicher, dass Sie es sich nicht noch anders überlegen mit dem Essen?«

»Ja. Absolut.«

Tracy logierte im Plaza Athénée in einer hübschen alten Suite mit Blick auf das Gartenrestaurant. Im Hotel selbst befand sich ein zweites, hochelegantes Restaurant, aber Tracy war an diesem Abend zu müde, um sich in Schale zu werfen. Sie ging ins Hotelcafé und bestellte eine Suppe. Sie aß ein paar Löffel. Dann schob sie den Teller weg und zog sich in ihre Suite zurück.

Daniel Cooper, der am anderen Ende des Raumes saß, notierte die Uhrzeit.

Daniel Cooper hatte Probleme. Nach Paris zurückgekehrt, hatte er um ein Gespräch mit Inspektor Trignant ersucht. Der Mann von Interpol war nicht gerade die Freundlichkeit in Person gewesen. Er hatte eben eine Stunde lang am Telefon gehangen und sich Polizeichef Ramiros Klagen über den Amerikaner angehört.

»Der ist plemplem!«, hatte Ramiro gezetert. »Ich habe Arbeitskräfte und Zeit und Geld für die Überwachung dieser Tracy Whitney vergeudet. Er hat steif und fest behauptet, sie wollte was aus dem Prado stehlen, und sie hat sich als harmlose Touristin entpuppt – ich habe es ja von Anfang an gesagt!«

Das Gespräch hatte Inspektor Trignant zu dem Glauben gebracht, dass sich Daniel Cooper in Tracy Whitney getäuscht hatte. Es lag nicht der kleinste Beweis gegen sie vor. Dass sie sich zu der Zeit, zu der bestimmte Straftaten in bestimmten Städten verübt worden waren, in diesen Städten aufgehalten hatte, war kein Beweis.

Und so hatte der Inspektor, als Daniel Cooper ihn aufgesucht und gesagt hatte: »Tracy Whitney ist in Paris und muss rund um die Uhr überwacht werden«, recht kühl erwidert: »Wenn Sie mir keinen Beweis dafür liefern, dass diese Frau ein bestimmtes Verbrechen begehen will, kann ich leider nichts machen.«

Cooper hatte ihn mit seinen flammenden braunen Augen gemustert und gesagt: »Sie sind ein Schwachkopf.« Worauf ihm der Inspektor die Tür gewiesen hatte.

Und nun hatte Cooper wieder begonnen, Tracy auf eigene Faust zu observieren. Er folgte ihr, wohin sie auch ging: in Geschäfte und Restaurants, durch die Straßen von Paris. Er schlief kaum, er aß kaum. Daniel Cooper konnte es nicht dulden, dass Tracy Whitney ihn besiegte. Sein Auftrag war erst beendet, wenn sie hinter Schloss und Riegel saß.

Tracy lag an diesem Abend im Bett und überdachte den Plan für den nächsten Tag. Sie wünschte sich, es wäre ihr besser gegangen. Sie hatte Aspirin genommen, aber ihre Kopfschmerzen wurden dadurch nicht gelindert. Es schien unerträglich heiß im Zimmer. Sie schwitzte. *Morgen ist es vorbei. Die Schweiz. Da gehe ich hin. In die kühlen Berge der Schweiz.*

Sie stellte den Wecker auf 5 Uhr, und als er klingelte, war sie in ihrer Zelle im Southern Louisiana Penitentiary for Women und Old Iron Pants schrie: »Aufstehen!«, und der Korridor hallte vom Schrillen der Glocke wider. Tracy erwachte mit Beklemmungsgefühlen. Das Licht tat ihr in den Augen weh. Sie musste sich zum Aufstehen zwingen, schleppte sich ins Bad, blickte in den Spiegel. Ihr Gesicht war fleckig und etwas gerötet. *Ich darf nicht krank werden*, dachte Tracy. *Heute nicht. Es gibt so viel zu tun.*

Sie versuchte, das Pochen in ihrem Kopf zu ignorieren, und zog sich langsam an: einen schwarzen Overall mit tiefen Taschen, Schuhe mit Gummisohlen und eine Baskenmütze. Ihr Herz schlug unregelmäßig, aber sie wusste nicht, ob das an der Aufregung lag oder an der Krankheit, die sie ausbrütete. Sie fühlte sich elend. Der Hals tat ihr weh. Auf dem Tisch lag das Tuch, das Jeff ihr geschenkt hatte. Sie griff danach und band es sich um.

Der Haupteingang zum Hôtel Plaza Athénée befand sich in der Avenue Montaigne, der Lieferanteneingang – gleich um die Ecke – ging nach der Rue du Boccador. Ein schmaler Korridor mit Mülltonnen führte zur Straße. Daniel Cooper, der in der Nähe des Haupteingangs auf Wacht stand, sah nicht, wie Tracy durch den Lieferanteneingang verschwand, aber er spürte unerklärlicherweise, dass sie fort war, und zwar im Moment, in dem es geschah. Er eilte auf die Avenue hinaus und blickte in alle Richtungen. Tracy war nirgendwo zu sehen.

Der graue Renault, der Tracy am Lieferanteneingang abgeholt hatte, steuerte auf die Place de l'Etoile zu. Es herrschte wenig Verkehr zu dieser Stunde, und der Fahrer, ein pickeliger junger Mann, sauste in eine der zwölf Avenuen, die sternförmig von diesem Platz ausgehen. *Ich wollte, er würde nicht so rasen,* dachte Tracy. Ihr wurde schlecht bei diesem Tempo.

Dreißig Minuten später kam der Wagen mit einer wüsten Vollbremsung vor einem Lagerhaus zum Stehen. Auf dem Schild über der Tür stand BRUCERE & CIE. Tracy erinnerte sich, dass Ramon Vaubans Bruder hier arbeitete.

Der junge Mann machte die Tür des Renault auf und sagte: *»Vite!«*

Als Tracy aus dem Wagen stieg, erschien ein Mann in mittleren Jahren mit dauergewelltem blondem Haar. »Folgen Sie mir, Mademoiselle«, sagte er.

Tracy stolperte ihm ins Lagerhaus nach, an dessen Ende ein halbes Dutzend Container, gefüllt und verplombt, auf den Abtransport zum Flughafen wartete. Daneben eine Kiste mit Segeltuchplane, in der noch etwas Platz war.

»Da rein. Schnell! Wir haben keine Zeit.«

Tracy war weich in den Knien. Sie schaute die Kiste an und dachte: *In die kann ich nicht rein. Da sterbe ich.*

Der Mann blickte sie fragend an. »Ist Ihnen nicht wohl?«

Jetzt war der rechte Moment auszusteigen. »Doch, doch, alles in Ordnung«, murmelte Tracy. Es war bald vorbei. In ein paar Stunden würde sie auf dem Weg in die Schweiz sein.

»Gut. Hier, nehmen Sie das.« Der Mann gab ihr ein Klappmesser, ein zusammengerolltes dickes Seil, eine Taschenlampe und ein kleines blaues, mit rotem Band umwickeltes Kästchen. »Das ist das Duplikat des Diamantenpäckchens«, sagte er.

Tracy holte tief Luft, trat in den Container und setzte sich. Sekunden später fiel die große, schwere Plane über die Öffnung. Tracy hörte, wie sie festgezurrt wurde.

Sie konnte die Stimme des Mannes kaum mehr verstehen. »Von jetzt an kein Wort, keine Bewegung und keine Zigarette.«

»Ich bin Nichtraucherin«, wollte Tracy erwidern, aber sie hatte nicht die Kraft dazu.

»Bonne chance. Ich habe ein paar Löcher in die Wände der Kiste gebohrt, damit Sie atmen können. Vergessen Sie nicht zu atmen.« Der Mann lachte über seinen Scherz. Seine Schritte entfernten sich. Tracy war allein im Dunkeln.

Es war eng in der Kiste, verdammt eng. Eine Garnitur Esszimmerstühle und ein Tisch nahmen fast den ganzen Raum ein. Tracy hatte das Gefühl, in Flammen zu stehen. Ihre Haut glühte, und das Atmen fiel ihr schwer. *Ich habe mir irgendwas geholt,* dachte sie, *aber das muss warten. Ich habe zu arbeiten. Ich muss mich auf andere Dinge konzentrieren.*

Sie konzentrierte sich auf Gunthers Stimme: *Sie brauchen sich überhaupt keine Sorgen zu machen, Tracy. Wenn die Fracht in Amsterdam ausgeladen wird, bringt ein Lastwagen Ihren Container zu einem Lagerhaus in der Nähe des Flughafens. Jeff wird dort auf Sie warten. Geben Sie ihm die Diamanten und kehren Sie zum Flughafen zurück. Am Swissair-Schalter liegt ein Ticket nach Genf für Sie bereit. Verlassen Sie Amsterdam so schnell wie möglich. Wenn die Polizei von dem Raub erfährt, riegelt sie die ganze Stadt ab. Es kann nichts schiefgehen, aber für den Fall eines Falles haben Sie hier die Adresse und den Schlüssel eines sicheren Hauses in Amsterdam. Es ist unbewohnt.*

Tracy musste gedöst haben, denn sie schreckte hoch, als der Container vom Boden gehoben wurde. Eine schwingende Bewegung, und Tracy stützte sich an den Seitenwänden ab. Der Container kam auf etwas Hartem zum Stehen. Eine Tür knallte, ein Motor röhrte, und einen Augenblick später fuhr der Lastwagen los.

Es ging zum Flughafen.

Der Plan war auf die Sekunde genau ausgeklügelt. Der Container mit Tracy sollte ein paar Minuten vor Eintreffen des De-Beers-Containers auf der Laderampe stehen. Der Lastwagenfahrer hatte Weisung, eine Richtgeschwindigkeit von 70 km/h zu halten.

An diesem Morgen schien der Verkehr auf der Straße zum Flughafen dichter als sonst, aber das bereitete dem Fahrer kein Kopfzerbrechen. Der Container würde rechtzeitig an Bord sein, und er bekam dafür fünfzigtausend

Francs, genug für eine schöne Urlaubsreise mit seiner Frau und seinen beiden Kindern.

Er schaute auf die Uhr am Armaturenbrett und lächelte in sich hinein. Kein Problem. Der Flughafen war knapp fünf Kilometer entfernt, und er hatte noch zehn Minuten Zeit.

Genau nach Plan erreichte er die Abzweigung, die zur gewaltigen Lagerhalle des Flughafens führte. Als er auf das eingezäunte Gelände zuhielt, gab es plötzlich einen lauten Knall. Das Lenkrad schlug aus, und ein Zittern durchlief den Lastwagen.

Scheiße!, dachte der Fahrer. *Eine Reifenpanne. Ausgerechnet jetzt.*

Das riesige Transportflugzeug der Air France, eine Boeing 747, stand an der Laderampe. Die Fracht war beinah komplett an Bord. Ramon Vauban schaute zum x-ten Mal auf seine Armbanduhr und fluchte. Der Lastwagen war überfällig. Das Päckchen von De Beers lag schon in seiner Kiste; die Plane war bereits mit Stricken festgezurrt. Vauban hatte auf die Seite der Kiste einen roten Punkt gemalt, damit die Frau sie gleich finden konnte. Und nun sah er zu, wie die Kiste über Ladeschienen und Ladebrücke ins Flugzeug glitt und an ihren Platz gestellt wurde. Daneben war Raum für eine weitere Kiste. Drei Container mussten noch verladen werden. Es wurde allmählich Zeit, dass die Maschine abflog. *Verdammt und zugenäht, wo blieb die Frau?*

Ein Kollege im Flugzeug rief: »Los, Ramon! Was hält uns noch auf?«

»Eine Sekunde«, entgegnete Vauban. Er eilte zum Ende

der Laderampe. Keine Spur von dem verfluchten Lastwagen.

»Vauban! Was ist?« Er drehte sich um. Einer seiner Vorgesetzten näherte sich. »Jetzt machen Sie mal Dampf hinters Verladen! Die Maschine muss an den Start!«

»Ja, Monsieur. Ich habe nur noch darauf gewartet, dass …«

Und in diesem Moment raste der Lastwagen von Brucère & Cie. in die Lagerhalle und hielt mit kreischenden Bremsen vor Vauban.

»Das ist das letzte Stück Fracht«, sagte Vauban.

»Gut, dann sorgen Sie dafür, dass es schleunigst an Bord kommt«, knurrte sein Vorgesetzter.

Vauban tat wie geheißen.

Sekunden später war die Verladung abgeschlossen. Die Triebwerke wurden gezündet, das Flugzeug rollte zur Startbahn, und Vauban dachte: *Jetzt hängt alles von der Frau ab.*

Es tobte ein wilder Sturm. Eine gewaltige Woge hatte das Schiff erfasst, und es sank. *Ich ertrinke,* dachte Tracy. *Ich muss hier raus.*

Sie streckte die Arme aus und stieß gegen etwas. Ein Rettungsboot, das auf den Wellen tanzte. Sie wollte aufstehen und knallte mit dem Kopf gegen ein Tischbein. In einem klaren Moment fiel ihr wieder ein, wo sie war. Ihr Gesicht und ihr Haar waren schweißnass. Sie fühlte sich entsetzlich schwindlig, und ihr Körper wurde von Hitze verzehrt. Wie lang war sie ohnmächtig gewesen? Der Flug dauerte nur eine Stunde. Setzte die Maschine schon zur Landung an? *Nein,* dachte Tracy. *Es ist alles in Ordnung.*

Ich liege in meinem Bett in London. Aber ich muss den Arzt anrufen. Sie konnte kaum atmen. Sie rappelte sich hoch, um nach dem Telefon zu greifen, und sank sofort wieder mit bleischweren Gliedern zurück. Die Maschine geriet in eine Turbulenz, und Tracy wurde gegen eine Seitenwand des Containers geworfen. Sie lag benommen da und versuchte verzweifelt, sich zu konzentrieren. *Wie viel Zeit bleibt mir noch?* Sie schwankte zwischen einem höllischen Alptraum und der qualvollen Wirklichkeit. *Die Diamanten.* Irgendwie musste sie an die Diamanten herankommen. Aber erst … erst musste sie raus aus ihrer Kiste.

Sie zog das Messer aus ihrem Overall und stellte fest, dass es furchtbar mühsam war, den Arm zu heben. *Luft,* dachte Tracy. *Ich brauche Luft.* Sie fasste um den Rand der Plane herum, tastete nach einem der Stricke draußen und schnitt ihn durch. Es schien eine Ewigkeit zu dauern. Die Plane öffnete sich ein Stück. Tracy schnitt einen weiteren Strick durch, und nun konnte sie nach draußen kriechen. Es war kalt im Laderaum der Maschine. Tracy fror. Sie begann am ganzen Leib zu zittern, und die Schüttelbewegung des Flugzeugs vermehrte ihre Übelkeit. *Ich muss am Ball bleiben,* dachte Tracy. Sie besann sich. *Was mache ich hier? Irgendwas Wichtiges … ja, richtig, die Diamanten.*

Alles verschwamm ihr vor Augen. *Ich schaff's nicht.*

Das Flugzeug sackte plötzlich durch, und Tracy fiel hin und schürfte sich die Hände an den scharfen Metallschienen auf dem Boden auf. Sie hielt sich an den Schienen fest. Dann lag die Maschine wieder ruhig in der Luft, und Tracy zwang sich zum Aufstehen. Das Dröhnen der Triebwerke mischte sich mit dem Dröhnen in ihrem Kopf. *Die Diamanten. Ich muss die Diamanten finden.*

Sie stolperte zwischen den Containern dahin, suchte nach dem mit dem roten Punkt. Gott sei Dank! Da war er. Sie stand davor und überlegte. Was hatte sie als Nächstes zu tun? Es war so entsetzlich anstrengend, sich zu konzentrieren. *Wenn ich ein paar Minuten schlafen könnte, wäre alles in Ordnung. Ich brauche nur ein bisschen Schlaf.* Aber sie hatte keine Zeit. Die Maschine konnte jeden Moment in Amsterdam landen. Tracy schloss die Finger um den Messergriff und säbelte an den Stricken des Containers herum.

Sie konnte das Messer kaum halten. *Aber jetzt muss es gehen,* dachte sie. Sie begann wieder zu zittern, und sie zitterte derart, dass ihr das Messer aus der Hand fiel. *Nein, es klappt doch nicht. Sie werden mich schnappen und mich wieder ins Gefängnis stecken.*

Sie zögerte, hielt sich unschlüssig an dem Strick fest, wünschte sich sehnlich in ihre Kiste zurück. Dort konnte sie schlafen, bis alles vorbei war… Trotz des wilden Pochens in ihrem Kopf streckte Tracy langsam die Hand nach dem Messer aus und hob es auf. Wieder säbelte sie an dem Strick herum.

Und jetzt hatte sie ihn endlich durchgeschnitten. Sie zog die Plane beiseite und starrte in den Container. Sie konnte nichts erkennen. Sie holte die Taschenlampe aus ihrem Overall und spürte im selben Moment eine jähe Druckveränderung in den Ohren.

Das Flugzeug ging tiefer, würde bald landen.

Tracy dachte: *Ich muss mich beeilen.* Aber ihr Körper reagierte nicht. Benommen stand sie da. *Tu was,* befahl sie sich.

Sie leuchtete ins Innere des Containers. Er war voll von

Paketen und Umschlägen und Schachteln. Auf einer Lattenkiste standen zwei blaue Kästchen mit rotem Band. *Zwei! Es sollte doch nur eins sein …* Tracy blinzelte, und die beiden Kästchen verschmolzen zu einem.

Sie griff nach dem Kästchen und fingerte das Duplikat aus ihrer Tasche. Sie hielt die beiden Kästchen in der Hand, und es überfiel sie eine plötzliche Übelkeit. Sie kniff die Augen zusammen, kämpfte dagegen an, wollte das Duplikat auf die Lattenkiste stellen und musste entdecken, dass sie nicht mehr genau wusste, welches Kästchen das richtige war. Sie starrte die beiden Kästchen an. War es das in ihrer linken oder das in ihrer rechten Hand?

Die Maschine zog jetzt steil nach unten. Sie würde jeden Moment landen. Tracy musste sich entscheiden. Sie stellte das eine Kästchen auf die Lattenkiste, betete, dass es das richtige sein möge, und trat von dem Container zurück. Sie holte das zusammengerollte Seil aus ihrem Overall. *Irgendwas muss* ich *damit machen.* Das Dröhnen in ihrem Kopf hinderte sie am Denken. Dann fiel es ihr wieder ein: *Wenn Sie den Strick durchgeschnitten haben, schieben Sie ihn in die Tasche und binden das Seil, das Sie dabeihaben, um den Container.*

Es hatte sich so einfach angehört. Und jetzt war es unmöglich. Sie hatte keine Kraft mehr. Der durchgeschnittene Strick würde entdeckt, die Fracht durchsucht und sie gefunden werden. Tief in ihr schrie etwas: *Nein! Nein! Nein!*

Mit übermenschlicher Mühe begann Tracy das Seil um den Container zu schlingen. Sie spürte eine heftige Erschütterung unter den Füßen, als die Maschine aufsetzte, verlor das Gleichgewicht und fiel um. Ihr Kopf schlug gegen Metall, und ihr wurde schwarz vor Augen.

Die Maschine wurde wieder schneller, als sie sich auf einer Rollbahn dem Terminal näherte. Tracy lag zusammengekrümmt auf dem Boden, das Haar übers leichenblasse Gesicht gefächert. Die Triebwerke verstummten, und das riss sie aus ihrer Bewusstlosigkeit. Die Maschine stand still. Tracy stützte sich mit den Händen ab, zwang sich auf die Knie. Taumelnd erhob sie sich und hielt sich am Container fest, damit sie nicht umkippte. Das Seil war da, wo es hingehörte. Tracy drückte das Diamantenkästchen gegen die Brust und ging im Zickzack zu ihrem Container. Sie schlüpfte unter der Plane durch und sank keuchend nieder, in Schweiß gebadet. *Ich hab's geschafft.* Aber sie musste noch etwas machen. Es war wichtig. Was? *Kleben Sie die Stricke an Ihrem Container wieder zusammen.*

Tracy langte in die Tasche ihres Overalls und suchte das Kreppband. Es war fort. Sie atmete flach und rasselnd. Es übertönte alles andere. Tracy glaubte Stimmen zu hören, hielt eine Weile die Luft an und lauschte. Ja. Da waren sie wieder. Jemand lachte. Die Luke würde sich gleich öffnen, und die Männer würden mit dem Entladen beginnen. Sie würden die durchgeschnittenen Stricke sehen, in den Container schauen und Tracy entdecken. Nun musste sie sich etwas einfallen lassen, die Stricke irgendwie zusammenhalten … Sie setzte sich auf, und dabei spürte sie die harte Rolle Kreppband, die ihr während des Flugs aus der Tasche gefallen war. Sie hob die Plane an, tastete nach den beiden Enden des durchgeschnittenen Stricks, brachte sie zusammen, umwickelte die Nahtstelle unbeholfen mit dem Band.

Sie sah nichts. Der Schweiß, der ihr übers Gesicht strömte, machte sie blind. Sie nahm das Tuch von ihrem Hals und wischte sich die Stirn damit. Schon besser. Nun noch der zweite Strick. Und fertig. Tracy ließ die Plane fallen. Jetzt brauchte sie nur noch zu warten. Ihr Gesicht glühte.

Ich muss aus der Sonne, dachte Tracy. *Die Tropensonne kann sehr gefährlich sein.*

Sie machte Urlaub in der Karibik. Jeff war angereist, um ihr Diamanten zu bringen, doch er war ins Meer gesprungen und untergegangen. Sie streckte die Hand aus, um ihm zu helfen. Aber er entglitt ihrem Griff. Das Wasser schlug über ihrem Kopf zusammen. Sie kriegte keine Luft mehr.

Tracy hörte, wie die Arbeiter ins Flugzeug kamen.

»Hilfe!«, schrie sie. »Bitte, helfen Sie mir.«

Doch ihr Schrei war ein Flüstern, und niemand nahm es wahr.

Die riesigen Container begannen aus der Maschine zu rollen.

Tracy war ohnmächtig, als ihre Kiste auf einen Lastwagen von Brucère & Cie. geladen wurde. Auf dem Boden des Transportflugzeugs blieb das Seidentuch zurück, das Jeff ihr geschenkt hatte.

Tracy wurde wach vom grellen Licht, das in den Container drang, als jemand die Plane hob. Langsam schlug sie die Augen auf. Sie war in einem Lagerhaus.

Jeff stand vor ihr und lächelte sie an. »Sie haben's geschafft!«, sagte er. »Sie sind phänomenal. Das Kästchen, bitte.«

Sie schaute benommen zu, wie er sich das Kästchen schnappte.

»Bis bald.« Er wandte sich zum Gehen, dann hielt er an und blickte auf sie nieder. »Sie sehen schlecht aus, Tracy. Geht's Ihnen nicht gut?«

Sie konnte kaum sprechen. »Jeff, ich …«

Aber er war schon fort.

An das weitere Geschehen konnte sich Tracy nur nebelhaft erinnern. In irgendeinem Nebenraum waren frische Kleider für sie, und eine Frau fragte: »Sind Sie krank? Soll ich einen Arzt holen?«

»Nein, bloß nicht«, flüsterte Tracy.

Am Swissair-Schalter liegt ein Ticket nach Genf für Sie bereit. Verlassen Sie Amsterdam so schnell wie möglich. Wenn die Polizei von dem Raub erfährt, riegelt sie die ganze Stadt ab. Es kann nichts schiefgehen, aber für den Fall eines Falles haben Sie hier die Adresse und den Schlüssel eines sicheren Hauses in Amsterdam. Es ist unbewohnt.

Der Flughafen. Sie musste zum Flughafen. »Taxi«, murmelte sie. »Taxi.«

Die Frau zögerte einen Augenblick. Dann zuckte sie die Achseln. »Na schön. Ich rufe eins. Warten Sie hier.«

Tracy schwebte jetzt immer höher, der Sonne entgegen.

»Ihr Taxi ist da«, sagte ein Mann.

Tracy wünschte sich, dass die Leute aufhörten, sie zu belästigen. Sie wollte nur schlafen.

Der Taxifahrer fragte: »Wo soll's hingehen?«

Am Swissair-Schalter liegt ein Ticket nach Genf für Sie bereit …

Tracy fühlte sich zu schwach, um in ein Flugzeug zu steigen. Man würde sie gar nicht in die Maschine lassen. Man würde einen Arzt holen, ihr Fragen stellen. Sie musste jetzt nur ein paar Minuten schlafen, und dann war alles wieder gut.

Der Taxifahrer wurde ungeduldig. »Wohin, bitte?«

Tracy hatte keine andere Wahl. Sie nannte dem Fahrer die Adresse des sicheren Hauses.

Die Polizei verhörte sie wegen der Diamanten, und als sie keine Antwort gab, wurden die Kriminalbeamten wütend und steckten sie in eine Einzelzelle und drehten die Heizung auf, bis es kochend heiß im Raum war. Dann senkten sie die Temperatur, bis die Wände vereisten.

Tracy öffnete die Augen. Sie lag auf einem Bett und hatte Schüttelfrost. Neben ihr eine Decke, aber sie war zu schwach, um sie über sich zu ziehen. Ihr Kleid war von Schweiß durchnässt.

Ich werde hier sterben. Aber wo bin ich überhaupt?

Im sicheren Haus. Ich bin im sicheren Haus. Und diese Worte kamen ihr so komisch vor, dass sie zu lachen begann, und aus dem Gelächter wurde ein Hustenanfall. Alles war schiefgelaufen. Sie hatte die Stadt nicht verlassen. Inzwischen würde die Polizei ganz Amsterdam nach ihr abkämmen: *Die Whitney hatte ein Ticket nach Genf und hat es nicht benutzt? Dann muss sie noch hier sein.*

Tracy fragte sich, wie lang sie schon auf diesem Bett lag. Sie wollte auf ihre Uhr schauen, aber sie konnte nichts erkennen. Sie sah alles doppelt. Zwei Betten standen in dem kleinen Raum, zwei Kommoden und zwei Stühle. Sie hörte auf zu zittern und glühte wieder. Sie musste das Fenster aufreißen, aber sie hatte nicht die Kraft dazu.

Tracy war erneut im Flugzeug, im Container eingeschlossen, und schrie um Hilfe.

Sie haben's geschafft! Sie sind phänomenal. Das Kästchen, bitte.

Jeff hatte die Diamanten an sich genommen und war vermutlich mit ihrem Anteil auf dem Weg nach Brasilien. Er würde sich mit einer seiner Frauen eine schöne Zeit machen und über sie spotten. Er hatte ihr wieder eins ausgewischt. Sie hasste ihn. Nein, sie hasste ihn nicht. Doch, sie hasste ihn aus tiefster Seele.

Mal war sie im Fieberwahn, mal fast klar im Kopf. Der Pelota-Ball sauste auf sie zu, und Jeff riss sie zu Boden und hielt sie in seinen Armen, und seine Lippen waren ihren sehr nah, und dann saßen sie im Jockey in Madrid und aßen zu Abend. *Sie sind etwas ganz Besonderes, Tracy.*

Ich biete ein Remis an, sagte Boris Melnikow.

Wieder überfiel ein Schüttelfrost Tracy, und sie war in einem Schnellzug, der durch einen dunklen Tunnel raste, und sie wusste, dass sie am Ende des Tunnels sterben würde. Alle Reisenden waren ausgestiegen – bis auf Alberto Fornati. Er war wütend. Er beutelte sie und schrie sie an.

»Herrgott noch mal!«, brüllte er. »Machen Sie die Augen auf! Sehen Sie mich an!«

Mit unsagbarer Mühe schlug Tracy die Augen auf. Jeff stand an ihrem Bett. Er war weiß im Gesicht, und seine Stimme bebte. Natürlich träumte sie auch das.

»Wie lang liegen Sie schon hier?«

»Sie sind doch in Brasilien«, murmelte Tracy.

Danach konnte sie sich an nichts mehr erinnern.

Als Inspektor Trignant das Halstuch mit den Initialen TW übergeben wurde, das man auf dem Boden des Air-France-Transportflugzeugs gefunden hatte, starrte er es geraume Zeit an.

Dann sagte er: »Rufen Sie Daniel Cooper.«

32

Alkmaar, im Nordwesten Hollands an der Nordsee gelegen, wird gern von Touristen besucht, aber im Osten des Städtchens gibt es ein Viertel, in das sich nur selten Fremde verirrten. Jeff Stevens hatte hier mehrmals Urlaub mit einer KLM-Stewardess gemacht, die ihn das Niederländische gelehrt hatte. Er erinnerte sich gut an dieses Viertel – die Leute kümmerten sich um ihre eigenen Angelegenheiten und waren nicht übermäßig neugierig. Es war ein perfektes Versteck.

Jeff hätte Tracy am liebsten ins Krankenhaus gebracht, doch das war zu gefährlich. Und es war nicht minder riskant, wenn sie in Amsterdam blieb. Er hatte sie in Decken gewickelt und zum Auto getragen. Sie war auf der ganzen Fahrt nach Alkmaar bewusstlos gewesen. Ihr Puls war unregelmäßig, ihr Atem flach.

In Alkmaar stieg Jeff in einem kleinen Gasthof ab. Der Wirt beobachtete, wie er Tracy nach oben in ihr Zimmer trug.

»Wir sind auf Hochzeitsreise«, erklärte Jeff. »Meine Frau ist krank geworden. Sie braucht Ruhe.«

»Soll ich einen Arzt holen?«

Jeff wusste selbst nicht genau, was er darauf antworten sollte. Dann meinte er: »Ich sage Ihnen Bescheid, wenn wir einen brauchen.«

Zunächst musste er versuchen, Tracys Fieber zu senken. Er legte sie auf das große Doppelbett und kleidete sie aus. Sie fühlte sich heiß an. Jeff ließ kaltes Wasser über ein Handtuch laufen und wusch Tracy behutsam von Kopf bis Fuß. Er deckte sie zu, setzte sich ans Bett und lauschte ihren schweren Atemzügen.

Wenn es ihr morgen nicht besser geht, dachte Jeff, *muss ich einen Arzt rufen.*

Am Morgen war die Bettwäsche schweißnass. Tracy hatte das Bewusstsein immer noch nicht wiedererlangt, doch es schien Jeff, dass sie nun ein wenig freier atmete. Er wollte nicht, dass das Zimmermädchen Tracy sah – es hätte nur zu neugierigen Erkundigungen geführt. Stattdessen bat er die Wirtin um frische Bettwäsche und brachte sie selbst ins Zimmer. Er wusch Tracy wieder mit einem feuchten Handtuch, wechselte die Bettwäsche, ohne die Patientin zu stören, wie er es bei Schwestern im Krankenhaus beobachtet hatte, und deckte Tracy gut zu.

Dann hängte er ein Schild mit der Aufschrift BITTE NICHT STÖREN an die Tür und machte sich auf die Suche nach einer Apotheke. Er kaufte Aspirin, ein Thermometer, einen Schwamm und Franzbranntwein. Als er zurückkehrte, war Tracy immer noch nicht wach. Er maß ihre Temperatur: 40 Grad. Er rieb sie mit dem kühlenden Alkohol ab, und ihr Fieber sank.

Eine Stunde später war es wieder gestiegen. Er würde doch einen Arzt rufen müssen. Das Problem war nur, dass der Arzt darauf bestehen würde, Tracy ins Krankenhaus einzuweisen, was unweigerlich Fragen zur Folge hatte. Jeff hatte keine Ahnung, ob die Polizei nach ihnen fahndete.

Doch wenn sie es tat, würden sie beide verhaftet werden. Er musste etwas machen. Er zerdrückte vier Aspirin, schob sie Tracy zwischen die Lippen und flößte ihr mit einem Löffel Wasser ein, bis sie endlich schluckte. Dann wusch er sie wieder von Kopf bis Fuß. Als er sie abgetrocknet hatte, schien ihm, dass ihre Haut nicht mehr ganz so heiß war. Er fühlte ihr den Puls. Offenbar regelmäßiger. Er legte den Kopf an ihre Brust und horchte. Atmete sie jetzt leichter? Er wusste es nicht genau. Er wusste nur eins, und das wiederholte er wie eine Litanei: »Es geht dir bald wieder gut.« Er küsste sie sacht auf die Stirn.

Jeff hatte achtundvierzig Stunden kein Auge zugetan. Er war total erledigt. *Ich schlafe später,* sagte er sich. *Ich mache jetzt nur einen Moment die Augen zu, um mich ein bisschen zu entspannen.*

Er sank sofort in tiefen Schlaf.

Als Tracy erwachte, hatte sie keine Ahnung, wo sie war. Sie fühlte sich wie gerädert. Alles tat ihr weh, und ihr war, als sei sie von einer langen, erschöpfenden Reise zurückgekehrt. Schlaftrunken schaute sie sich in dem fremden Zimmer um – und das Herz blieb ihr fast stehen. In einem Lehnstuhl am Fenster saß Jeff und schlief. Es war unmöglich. Als sie ihn das letzte Mal gesehen hatte, hatte er sich die Diamanten geschnappt und war verschwunden. Was machte er hier? Und plötzlich sank Tracy der Mut, und sie wusste es: Sie hatte ihm das falsche Kästchen gegeben, und Jeff hatte geglaubt, sie habe ihn betrogen. Er musste sie aus dem sicheren Haus weggeschafft und in dieses Zimmer gebracht haben.

Tracy setzte sich auf. Auch Jeff rührte sich und öffnete

die Augen. Und als er sah, dass sie ihn anblickte, erhellte ein glückliches Lächeln sein Gesicht.

»Willkommen, Tracy.« Es klang so erleichtert, dass Tracy ganz verwirrt war.

»Tut mir leid«, sagte sie. Ihre Stimme war ein heiseres Flüstern. »Ich habe Ihnen das falsche Kästchen gegeben.«

»Wie bitte?«

»Ich habe die Kästchen verwechselt.«

Er kam zu ihr und sagte freundlich: »Nein, Tracy. Sie haben mir das richtige Kästchen gegeben. Die Diamanten sind schon auf dem Weg zu Gunther.«

Sie schaute ihn verdutzt an. »Aber – warum … warum sind Sie dann hier?«

Jeff setzte sich auf die Bettkante. »Als Sie mir die Diamanten gegeben haben, sahen Sie aus wie der Tod auf Raten. Ich habe es für das Schlaueste gehalten, zum Flughafen zu fahren und auf Sie zu warten. Ich wollte mich vergewissern, dass Sie Ihre Maschine auch wirklich erwischen. Aber Sie sind nicht aufgetaucht, und da wusste ich, dass Sie Probleme haben. Ich bin zu dem sicheren Haus gefahren und habe Sie gefunden. Ich konnte Sie dort nicht einfach sterben lassen«, sagte er leichthin. »Dann hätte die Polizei ja vielleicht Lunte gerochen.«

Tracy betrachtete ihn verwundert. »Jetzt verraten Sie mir bitte den wahren Grund dafür, dass Sie zurückgekommen sind.«

»Zeit zum Fiebermessen«, sagte Jeff munter.

»Nicht übel«, meinte er ein paar Minuten später. »Ihre Temperatur ist jetzt nur noch ein bisschen erhöht. Sie sind eine musterhafte Patientin.«

»Jeff …«

»Vertrauen Sie mir«, sagte er. »Haben Sie Hunger?«

Hunger war gar kein Ausdruck. Tracy hätte einen ganzen Wochenmarkt kahlfressen können. »Ja, und wie«, antwortete sie.

»Gut. Dann hole ich was zu essen.«

Jeff kehrte mit einer Einkaufstüte voll Orangensaft, Milch, Obst und *Broodjes* zurück – Brötchen mit Käse, Fleisch und Fisch.

»Das ist die niederländische Variante der Hühnerbrühe. Die Wirkung dürfte die gleiche sein. Und jetzt essen Sie. Aber schön langsam.«

Er half ihr beim Aufsetzen und fütterte sie wie ein Kind. Er war zart und behutsam, und Tracy dachte argwöhnisch: *Sauber ist das nicht. Der hat's auf irgendwas abgesehen.*

Während Tracy aß, sagte Jeff: »Ich habe unterwegs mit Gunther telefoniert. Er hat die Diamanten bekommen und Ihren Anteil am Geld auf Ihr Schweizer Konto eingezahlt.«

»Warum haben Sie sich nicht alles unter den Nagel gerissen?« Es war eine hässliche Frage, aber Tracy konnte leider nicht anders.

Jeff antwortete ernst: »Weil wir mit diesen albernen Spielchen aufhören sollten, Tracy. Okay?«

Das war natürlich nur wieder einer von seinen Tricks, aber sie war zu müde, um sich Gedanken darüber zu machen. »Okay.«

»Wenn Sie mir Ihre Größe sagen«, fuhr Jeff fort, »gehe ich los und kaufe ein paar Kleider für Sie. Die Niederländer sind sehr liberal, aber ich glaube, wenn Sie *so* rumlaufen würden, wären sie doch etwas pikiert.«

Tracy zog die Bettdecke enger um sich, weil ihr plötzlich bewusst wurde, dass sie nackt war. Jeff musste sie ausgezogen und gepflegt haben. Er hatte auf seine eigene Sicherheit gepfiffen. Warum? Sie hatte geglaubt, sie verstünde ihn. *Aber ich verstehe ihn nicht im Geringsten,* dachte Tracy. *Überhaupt nicht.*

Sie schlief wieder ein.

Am Nachmittag schleppte Jeff zwei volle Koffer an: Morgenmäntel und Nachthemden, Unterwäsche, Kleider und Schuhe, Kosmetikartikel, Kamm und Haarbürste und Fön, Zahnbürste und Zahnpasta. Er hatte auch einige Sachen für sich gekauft und die *International Herald Tribune* mitgebracht. Auf der Titelseite stand ein Bericht über den Diamantenraub. Die Polizei hatte herausgefunden, wie er verübt worden war, aber laut Auskunft der Zeitung hatten die Diebe keine Spuren hinterlassen.

»Alles klar!«, sagte Jeff vergnügt. »Jetzt müssen wir Sie nur noch hochpäppeln, und dann können wir uns seelenruhig aus dem Staub machen.«

Die Anregung, der Presse solle die Information vorenthalten werden, dass man ein Seidentuch mit den Initialen TW gefunden hatte, stammte von Daniel Cooper. »Wir wissen, wem es gehört«, hatte er zu Inspektor Trignant gesagt, »aber für eine Anklage reicht das nicht aus. Ihre Anwälte würden scharenweise Frauen mit denselben Initialen aufbieten, und Sie hätten sich unsterblich blamiert.«

Nach Coopers Meinung *hatte* sich die Polizei bereits unsterblich blamiert. Aber das behielt er für sich. *Gott wird sie mir überantworten.*

Er saß im Dunkel einer kleinen Kirche auf einer harten

Bank und betete: *Oh Herr, schenke sie mir. Gib, dass ich sie strafen und mich von meinen Sünden reinwaschen kann. Das Böse soll aus ihrer Seele ausgetrieben werden, und ihr nackter Leib soll gegeißelt werden …* Und er dachte daran, dass Tracys nackter Leib in seiner Macht war, und bekam eine Erektion. In Angst und Schrecken eilte er aus der Kirche, damit Gott es nicht sah und ihn mit weiteren Strafen schlug.

Als Tracy erwachte, war es dunkel. Sie setzte sich auf und knipste die Nachttischlampe an. Sie war allein. Jeff war fort. Panik überfiel sie. Sie hatte sich von ihm abhängig gemacht, und das war ein Fehler gewesen. *Geschieht mir ganz recht,* dachte Tracy verbittert. Jeff hatte gesagt: »Vertrauen Sie mir«, und sie hatte ihm vertraut. Er hatte sie nur gepflegt, um sich selbst zu schützen – das war der einzige Grund. Und sie hatte geglaubt, er empfinde etwas für sie. Sie hatte ihm vertrauen *wollen,* sie hatte das Gefühl haben *wollen,* dass sie ihm etwas bedeutete. Tracy legte sich in die Kissen zurück, schloss die Augen und dachte: *Trotzdem – er wird mir fehlen. Ja, er wird mir fehlen.*

Gott hatte ihr einen seltsamen Streich gespielt. *Warum denn ausgerechnet Jeff?,* fragte sie sich. Aber das war jetzt egal. Sie würde Pläne schmieden und diesen Ort so rasch wie möglich verlassen. Sie brauchte einen stillen Winkel, wo sie sich erholen konnte, wo sie sicher war. *Oh, du Vollidiotin,* dachte sie. *Du …*

Die Tür ging auf, und Jeff rief: »Tracy, sind Sie wach? Ich habe Ihnen ein paar Bücher und Illustrierte mitgebracht. Ich dachte mir, Sie wollten vielleicht …« Er brach mitten im Satz ab, als er ihren Gesichtsausdruck sah. »Ist was?«

»Jetzt ist alles gut«, flüsterte Tracy.

Am nächsten Morgen hatte sie kein Fieber mehr.

»Ich würde gern ein bisschen frische Luft schnappen«, sagte sie. »Machen Sie einen kleinen Spaziergang mit mir, Jeff?«

Drunten im Gasthof wurden sie regelrecht angestaunt. Die Wirtsleute freuten sich über Tracys Genesung. »Ihr Mann war so wunderbar. Er hat darauf bestanden, alles für Sie ohne Hilfe zu tun. Er war so besorgt um Sie. Wie schön, wenn man einen Mann hat, der einen so liebt.«

Tracy schaute Jeff an, und sie hätte schwören können, dass er errötete.

Draußen sagte Tracy: »Die sind aber nett.«

»Ach was«, entgegnete Jeff. »Die sind bloß gefühlsduselig.«

Jeff hatte ein Feldbett ins Zimmer stellen lassen, auf dem er schlief. Es stand neben Tracys Bett. Als Tracy an diesem Abend in den Federn lag, dachte sie wieder daran, wie sich Jeff um sie gekümmert, wie er sie gepflegt hatte. Sie spürte seine Gegenwart sehr stark und fühlte sich geborgen.

Und es machte sie nervös.

Tracy kam allmählich wieder zu Kräften, und nun verbrachten Jeff und sie immer mehr Zeit damit, die malerische kleine Stadt zu erkunden. Sie liefen durch enge, gewundene Gassen mit Kopfsteinpflaster, schauten sich die Tulpenfelder am Rande von Alkmaar an, besuchten den Käsemarkt, die alte Stadtwaage und das Heimatmuseum. Zu Tracys Überraschung sprach Jeff mit den Einheimischen niederländisch.

»Wo haben Sie das gelernt?«, erkundigte sie sich.

»Ich kannte mal eine Holländerin.«

Tracy bereute es, dass sie die Frage gestellt hatte.

Als Jeff fand, Tracy habe sich jetzt recht gut erholt, mietete er Fahrräder, und sie machten kleine Touren über Land. Jeder Tag war wie herrlicher Urlaub, und Tracy wünschte sich, es möge nie enden.

Jeff verblüffte sie immer wieder. Er behandelte sie mit einer Umsicht und Zartheit, die ihre Vorbehalte gegen ihn dahinschmelzen ließ, aber er unternahm keine Annäherungsversuche. Er war Tracy ein Rätsel. Sie dachte an die schönen Frauen, mit denen sie ihn gesehen hatte, und sie war sicher, dass er sie alle haben konnte. Warum blieb er dann bei ihr in diesem Städtchen fern von der großen Welt?

Tracy redete plötzlich von Dingen, über die sie nie gesprochen hatte, die sie keinem Menschen hatte anvertrauen wollen. Sie erzählte Jeff von Joe Romano und Anthony Orsatti, von Ernestine Littlechap und Big Bertha und der kleinen Amy Brannigan. Jeff hörte ihr zu – mal wütend, mal traurig und immer voll Anteilnahme. Er berichtete Tracy von seiner Stiefmutter und Onkel Willie und dem Vergnügungspark und seiner Ehe mit Louise. Noch nie hatte sich Tracy jemandem so nah gefühlt.

Und dann wurde es Zeit, Abschied zu nehmen.

Eines Morgens sagte Jeff: »Die Polizei fahndet nicht nach uns, Tracy. Ich glaube, wir sollten unsere Zelte hier abbrechen.«

Tracy war so enttäuscht, dass es ihr einen Stich gab. »Okay. Wann?«

»Morgen.«

Sie nickte. »Ich packe vor dem Frühstück.«

Am Abend lag sie wach. Sie konnte nicht schlafen. Jeffs Gegenwart schien den Raum zu füllen wie noch nie. Es waren unvergessliche Tage gewesen, und nun gingen sie zu Ende. Sie schaute zum Feldbett hinüber, auf dem Jeff lag.

»Schlafen Sie?«, flüsterte Tracy.

»Nein …«

»An was denken Sie?«

»An morgen. Dass wir dieses Zimmer verlassen und diese Stadt. Das wird mir alles fehlen.«

»Und du wirst *mir* fehlen, Jeff.« Es war ihr einfach so herausgerutscht.

Jeff setzte sich auf und blickte Tracy an. »Sehr?«, fragte er leise.

»Furchtbar.«

Einen Moment darauf stand er neben ihr. »Tracy …«

»Psst. Sag nichts. Nimm mich in die Arme. Halt mich fest.«

Es begann langsam und sacht, zarte Berührung und sanfte Liebkosung, und es steigerte sich zum Bacchanal, zum Fest der Lust. Tracy wurde von einer Woge mitgerissen und emporgehoben, höher und höher, bis ihr ganzer Körper zu zittern begann und sie nur noch schreien konnte. Allmählich verebbte der Sturm. Tracy schloss die Augen. Sie spürte Jeffs Lippen auf ihren, sie zog ihn an sich und fühlte sein Herz gegen ihres schlagen. Und Tracy dachte: *Jetzt weiß ich's. Zum ersten Mal weiß ich's. Aber ich darf nicht vergessen, dass es nur ein schönes Abschiedsgeschenk ist.*

Sie liebten sich die ganze Nacht und sprachen über alles und nichts, und es war, als hätten sich bei ihnen Schleusen geöffnet, die lange verschlossen gewesen waren. Als der Morgen dämmerte und die Kanäle im Frühlicht zu funkeln begannen, sagte Jeff: »Lass uns heiraten, Tracy.«

Sie war sicher, dass sie nicht richtig gehört hatte. Aber er sagte es noch einmal, und Tracy wusste, es war komplett verrückt und restlos unmöglich, und es konnte natürlich nur schiefgehen – und es war berauschend schön, und es würde selbstverständlich gutgehen. Und sie flüsterte: »Ja.«

Später fragte sie: »Wann hast du's gewusst, Jeff?«

»Als ich dich in diesem Haus gefunden habe und dachte, du würdest sterben. Ich bin fast durchgedreht.«

»Und ich dachte, du wärst mit den Diamanten abgehauen«, gestand Tracy.

Jeff nahm sie in die Arme. »Tracy, was ich in Madrid getan habe ... das war nicht des Geldes wegen. Es ging um das Spiel, um die Herausforderung. Deshalb arbeiten wir ja auch in dieser Branche, nicht? Du wirst vor ein Problem gestellt, das eigentlich unlösbar ist, aber dann fragst du dich, ob es nicht doch irgendeine Möglichkeit gibt.«

Tracy nickte. »Genau. Am Anfang habe ich's gemacht, weil ich Geld brauchte. Und später wurde es etwas ganz anderes. Ich finde es einfach aufregend, meine Kräfte mit Leuten zu messen, die erfolgreich und schlau und skrupellos sind. Ich lebe gern gefährlich.«

Nach einem langen Schweigen sagte Jeff: »Tracy, was würdest du davon halten, es aufzugeben?«

Sie blickte ihn verdutzt an. »Warum?«

»Wir waren bisher Einzelgänger. Jetzt sind wir's nicht mehr. Ich könnte es nicht ertragen, wenn dir etwas zustößt. Warum sollen wir noch Kopf und Kragen riskieren? Wir haben so viel Geld, dass wir nie wieder arbeiten müssen. Warum setzen wir uns nicht zur Ruhe?«

»Und was tun wir dann, Jeff?«

Er grinste. »Da lassen wir uns schon was einfallen.«

»Im Ernst, Liebling, was fangen wir dann mit unserem Leben an?«

»Wir tun das, was uns Spaß macht. Wir reisen und legen uns Hobbys zu. Wir schauen uns die ganze Welt an.«

»Das klingt gut.«

»Also?«

Tracy blickte Jeff in die Augen. »Wenn du meinst…«

Er umarmte sie und fing an zu lachen. »Sollen wir der Polizei eine gedruckte Anzeige schicken?«

Tracy lachte mit.

Die Kirchen waren älter als alle, die Daniel Cooper bisher gesehen hatte. Einige schienen aus heidnischer Zeit zu stammen, und manchmal wusste er nicht, ob er zum Teufel betete oder zu Gott. Mit geneigtem Kopf saß er in der Beginenkirche und in der Pieterskerk und in der Nieuwekerk zu Delft, und jedes Mal betete er das Gleiche: *Lass sie so leiden, wie ich leide.*

Der Anruf von Gunther Hartog kam am nächsten Tag, als Jeff gerade nicht da war.

»Wie geht es Ihnen, Tracy?«, fragte Gunther.

»Prächtig«, antwortete Tracy.

Nachdem er erfahren hatte, was ihr passiert war, hatte Gunther jeden Tag angerufen. Tracy beschloss, ihm vorerst nicht zu verraten, dass Jeff und sie heiraten würden.

Sie wollte es noch eine Weile für sich behalten und still genießen.

»Kommen Sie mit Jeff gut aus?«

Tracy lächelte. »Glänzend.«

»Würden Sie noch einmal mit ihm zusammenarbeiten?«

Jetzt musste sie es ihm sagen. »Gunther, wir … wir steigen aus.«

Ein kurzes Schweigen am anderen Ende der Leitung. »Ich verstehe nicht ganz.«

»Jeff und ich … tja, wir werden anständige Menschen, wie man so sagt.«

»Bitte? Aber … aber warum denn?«

»Es war Jeffs Idee, und ich habe mich einverstanden erklärt. Kein Risiko mehr.«

»Und wenn ich Ihnen sagen würde, dass ich etwas für Sie habe, das Ihnen zwei Millionen Dollar bringt und völlig gefahrlos ist?«

»Dann würde ich von Herzen lachen.«

»Es ist mir ernst, meine liebe Tracy. Sie würden nach Amsterdam fahren, das nur eine Stunde von Ihrem jetzigen Aufenthaltsort entfernt ist, und …«

»Sie müssen sich jemand anderen suchen.«

Gunther seufzte. »Ich fürchte, außer Ihnen schafft das niemand. Würden Sie wenigstens mit Jeff darüber reden?«

»Okay, aber das führt garantiert zu nichts.«

»Ich rufe heute Abend noch einmal an.«

Als Jeff zurückkam, berichtete Tracy ihm von dem Gespräch.

»Hast du ihm nicht gesagt, dass wir gesetzestreue Bürger werden?«

»Doch, natürlich, Liebling. Ich habe ihm vorgeschlagen, er soll sich jemand anderen suchen.«

»Aber das will er wohl nicht«, vermutete Jeff.

»Er hat behauptet, nur wir könnten das machen. Und er hat gesagt, es sei völlig gefahrlos und brächte uns zwei Millionen Dollar.«

»Also ist das, was er im Sinn hat, ungefähr so gut bewacht wie Fort Knox.«

»Oder wie der Prado«, erwiderte Tracy schelmisch.

»Das war ein erstklassiger Plan, mein Schatz. Ich glaube, da habe ich angefangen, dich zu lieben.«

»Und ich glaube, als du meinen Goya gestohlen hast, habe ich angefangen, dich zu hassen.«

»Sei ehrlich«, mahnte Jeff. »Damit hast du schon viel früher angefangen.«

»Stimmt. Was sagen wir Gunther?«

»Du hast es ihm schon gesagt. Wir arbeiten nicht mehr auf diesem Gebiet.«

»Sollten wir nicht wenigstens herausfinden, was ihm so vorschwebt?«

»Tracy, wir haben abgemacht, dass …«

»Wir fahren ohnehin nach Amsterdam, nicht?«

»Ja, aber …«

»Und wenn wir schon da sind, können wir uns doch anhören, was er vorzuschlagen hat, oder?«

Jeff betrachtete sie voll Argwohn. »Du willst es machen, wie?«

»Nein, natürlich nicht! Aber *anhören* können wir's uns doch …«

Am nächsten Tag fuhren sie nach Amsterdam und stiegen im Amstel-Hotel ab. Gunther Hartog flog aus London ein, um sich mit ihnen zu treffen.

Sie saßen als harmlose Touristen auf einem Aussichtsboot, das über die Amstel tuckerte.

»Es freut mich sehr, dass Sie heiraten«, sagte Gunther. »Meinen herzlichen Glückwunsch.«

»Danke, Gunther.« Tracy wusste, dass er es ehrlich meinte.

»Ich respektiere selbstverständlich Ihren Entschluss, sich zur Ruhe zu setzen, aber ich bin da auf etwas gestoßen … Es ist so einmalig, dass ich das Gefühl hatte, ich müsste Ihre Aufmerksamkeit darauf lenken. Könnte sozusagen Ihr Schwanengesang sein. Und ein sehr lukrativer obendrein.«

»Wir sind ganz Ohr«, sagte Tracy.

Gunther beugte sich vor und begann mit gedämpfter Stimme zu sprechen. Als er ausgeredet hatte, fügte er hinzu: »Zwei Millionen Dollar, wenn Sie das Ding drehen können.«

»Ausgeschlossen«, erklärte Jeff. »Tracy …«

Aber Tracy hörte nicht zu. Sie war bereits bei der Planung.

Die Polizeidirektion von Amsterdam, an der Ecke Marnixstraat/Elandsgracht gelegen, ist ein hübsches altes fünfgeschossiges Backsteingebäude. In einem der Konferenzzimmer in den oberen Stockwerken fand gerade eine Besprechung statt. Sechs niederländische Kriminalbeamte saßen im Raum. Und ein einsamer Ausländer: Daniel Cooper.

Kommissar Joop van Duren war ein Riese von Mann mit fleischigem Gesicht, gestrüppartigem Schnurrbart und röhrendem Bass. Er richtete das Wort an Toon Willems, den wie aus dem Ei gepellten, etwas steifen und ungemein tüchtigen Polizeichef von Amsterdam.

»Tracy Whitney ist heute Morgen in Amsterdam eingetroffen. Interpol glaubt mit Sicherheit zu wissen, dass sie die De-Beers-Diamanten gestohlen hat. Und Mr. Cooper, unser Gast, meint, dass sie in die Niederlande gekommen ist, um ein weiteres Verbrechen zu begehen.«

Polizeichef Willems wandte sich Cooper zu. »Haben Sie Beweise dafür, Mr. Cooper?«

Daniel Cooper brauchte keine Beweise. Er kannte Tracy Whitney in- und auswendig. *Natürlich* war sie hier, um eine Straftat zu verüben, etwas Unerhörtes, das die bescheidene Vorstellungskraft dieser Leute überstieg. Er musste sich zwingen, gelassen zu bleiben.

»Nein, ich habe keine Beweise. Darum muss sie auf frischer Tat ertappt werden.«

»Und wie?«

»Indem wir sie nicht aus den Augen lassen.«

Dieses *wir* behagte dem Polizeichef nicht. Er hatte mit Inspektor Trignant in Paris über Cooper geredet. *Er ist ein ekelhafter Kerl, aber er weiß, wovon er spricht. Wenn wir auf ihn gehört hätten, hätten wir die Whitney auf frischer Tat ertappt.* Genau die Wendung, die Cooper auch gerade gebraucht hatte.

Toon Willems traf seine Entscheidung. Sie gründete sich teilweise auf die inzwischen von den Medien viel beschriene Unfähigkeit der französischen Polizei, die Diebe der De-Beers-Diamanten zu fassen. Was der französischen Polizei misslungen war, würde der niederländischen gelingen.

»Also gut«, sagte der Polizeichef. »Wenn die Dame in Holland ist, um die Schlagkraft unserer Polizei zu testen, werden wir ihr freundlich entgegenkommen.« Er wandte sich Kommissar van Duren zu. »Ergreifen Sie alle Maßnahmen, die Sie für nötig halten.«

Und das tat der Kommissar. Er ignorierte die Grenzen der sechs Polizeidistrikte von Amsterdam und berief Kriminalbeamte aus der ganzen Stadt in überbezirkliche Observierungsteams. »Ich will, dass die Whitney rund um die Uhr überwacht wird. Lassen Sie sie nicht aus den Augen.«

Kommissar van Duren blickte Daniel Cooper an. »Na, Mr. Cooper … sind Sie zufrieden?«

»Erst wenn wir sie haben.«

»Bald«, sagte der Kommissar beruhigend, »sehr bald. Wir haben nämlich die beste Polizei der Welt, Mr. Cooper.«

Amsterdam ist, wie man weiß, ein Paradies für Touristen. Die alten, krummen Giebelhäuser, die von Bäumen gesäumten Grachten, die Hausboote mit Blumenkästen und fröhlich flatternder Wäsche …

Tracy und Jeff gingen Hand in Hand durch die Stadt. *Es ist so schön, mit ihm zusammen zu sein,* dachte Tracy. *Er ist einfach wunderbar.* Und Jeff dachte: *Ich bin der glücklichste Mann auf Erden.*

Sie besichtigten alles, was Touristen nun mal besichtigen. Sie schlenderten die Albert-Cuyp-Straat entlang, diesen großen bunten Markt unter freiem Himmel mit Antiquitäten, Obst und Gemüse, Blumen und Kleidern;

sie spazierten über den Dam, wo sich junge Leute versammelten, um Straßenmusikanten und Punk-Bands zuzuhören, und sie machten Ausflüge in die Umgebung.

Die Polizei folgte ihnen wie ein treuer Hund, und jeden Abend studierte Daniel Cooper den Bericht, der Kommissar van Duren vorgelegt wurde. Es war nie etwas Ungewöhnliches zu verzeichnen, aber dadurch wurde Coopers Argwohn nicht gemildert. *Sie führt etwas im Schild,* sagte er sich, etwas *Ungeheuerliches. Ob sie weiß, dass sie überwacht wird? Ob sie weiß, dass ich sie vernichten werde?*

Soweit die Kriminalbeamten sehen konnten, waren Tracy Whitney und Jeff Stevens nichts weiter als Touristen.

Kommissar van Duren sagte zu Cooper: »Wäre es nicht möglich, dass Sie sich irren? Vielleicht sind die beiden nur hier, um das Leben zu genießen?«

»Nein«, entgegnete Cooper halsstarrig, »ich irre mich nicht. Bleiben Sie ihr auf den Fersen.« Er hatte das ungute Gefühl, dass die Zeit knapp wurde, dass die Überwachung, wenn Tracy Whitney nicht bald zur Tat schritt, womöglich wieder abgeblasen wurde. Das durfte nicht geschehen. Daniel Cooper schloss sich den Kriminalbeamten an, die Tracy observierten.

Tracy und Jeff hatten im Amstel-Hotel kein Doppelzimmer, sondern zwei Einzelzimmer, die nebeneinanderlagen. »Aus Gründen der Wohlanständigkeit«, hatte Jeff zu Tracy gesagt, »aber ich werde meistens in deiner Nähe sein.«

»Versprichst du's?«

Er versprach es, und jede Nacht blieb er bei ihr, bis der Morgen graute, und jede Nacht liebten sie sich.

Bei Tag durchstreiften sie die Stadt. Ziellos, wie es schien. Sie aßen im Excelsior im Hôtel de l'Europe zu Mittag und im Bowedery zu Abend, sie ließen im Bali keinen der zweiundzwanzig Gänge der indonesischen Reistafel aus. Sie probierten die niederländischen Spezialitäten, sie gingen durchs Bordellviertel, und Tag für Tag endete der Bericht, der Kommissar van Duren vorgelegt wurde, mit denselben Worten: *Keine besonderen Vorkommnisse.*

Geduld, sagte sich Daniel Cooper. *Geduld.*

Auf sein Drängen hin begab sich Kommissar van Duren zu Polizeichef Willems und bat um Erlaubnis, Abhörgeräte in den Hotelzimmern der beiden Verdächtigen installieren zu dürfen. Sie wurde ihm nicht bewilligt.

»Kommen Sie wieder, wenn Sie einen begründeten Verdacht haben«, sagte der Polizeichef. »Aber vorerst kann ich es nicht gestatten, dass Sie einen Lauschangriff auf Leute durchführen, die bis jetzt nur Amsterdam besichtigt haben – und das ist, wie Sie wissen, nicht strafbar.«

Dieses Gespräch hatte am Freitag stattgefunden. Am Montagmorgen besuchten Tracy und Jeff die Niederländische Diamantschleiferei in der Paulus-Potter-Straat. Daniel Cooper begleitete das Überwachungsteam. Am Eingang zur Diamantschleiferei wimmelte es von Touristen. Ein Führer geleitete sie durch den Betrieb und erklärte jeden Schritt der Prozedur, und am Ende der Besichtigung trat er mit der Gruppe in einen großen Ausstellungsraum mit Vitrinen voll Diamanten, die käuflich zu erwerben waren. Natürlich wurden die Touristen hauptsächlich aus diesem Grund durch den Betrieb geführt. In der Mitte des

Raumes stand, geradezu dramatisch, ein hohes schwarzes Podest mit einem Glassturz, und unter diesem Glassturz lag der schönste Diamant, den Tracy je gesehen hatte.

Der Führer verkündete stolz: »Und hier, meine Damen und Herren, ist der berühmte Lukull, von dem Sie sicher alle schon gehört haben. Ursprünglich war er ein Geschenk eines Bühnenschauspielers an seine Frau. Er wird heute auf zehn Millionen Dollar geschätzt. Der Lukull ist ein makelloser Stein, einer der vollkommensten Diamanten der Welt.«

»Dann ist er ja sicher ein begehrtes Objekt für Juwelendiebe«, sagte Jeff laut.

Daniel Cooper trat einen Schritt vor, damit er besser hören konnte.

Der Führer lächelte milde. »Schon möglich. Aber sie kommen nicht ran.« Er deutete mit dem Kopf nach dem Wachmann, der neben dem Glassturz stand. »Dieser Diamant ist noch besser geschützt als die Kronjuwelen im Tower von London. Es kann überhaupt nichts passieren. Wenn jemand den Glassturz berührt, geht eine Alarmanlage los, und alle Fenster und Türen in diesem Raum werden dichtgemacht. Nachts werden Infrarotstrahlen eingeschaltet, und wenn jemand den Raum betritt, geht eine andere Alarmanlage mit Direktverbindung zur Polizei los.«

Jeff schaute Tracy an und sagte: »Ich glaube, diesen Diamanten wird niemand stehlen.«

Cooper wechselte einen bedeutungsvollen Blick mit einem der Kriminalbeamten. Am Nachmittag erhielt Kommissar van Duren einen Bericht über das Gespräch.

Tags darauf besuchten Tracy und Jeff das Reichsmuseum. Am Eingang kaufte Jeff einen Plan. Dann ging er mit Tracy in die Ehrengalerie. Sie betrachteten die Gemälde von Fra Angelico, Murillo, Rubens, van Dyck und Tiepolo. Sie ließen sich Zeit und verweilten vor jedem Bild. Schließlich begaben sie sich in den Raum, in dem die *Nachtwache* hing, Rembrandts berühmtestes Gemälde. Dort blieben sie. Und die attraktive Kriminalbeamtin Fien Hauer, die ihnen folgte, dachte: *Ach, du lieber Gott!*

Vor dem Bild befand sich eine Absperrung aus Seilen, und ein Wärter stand ganz in der Nähe.

»Es ist kaum zu glauben«, sagte Jeff, »aber wegen dieses Gemäldes hat man Rembrandt die Hölle heißgemacht.«

»Warum denn? Es ist doch phantastisch.«

»Schon, aber der Auftraggeber und Hauptmann der Schützenkompanie, die hier dargestellt wird, ein gewisser Frans Banning Cocq, fand es unerhört, dass Rembrandt die anderen Leute mit derselben Aufmerksamkeit bedachte wie ihn.« Jeff wandte sich dem Wärter zu. »Ich hoffe, dass dieses Meisterwerk gut gesichert ist.«

»Oh ja, Mynheer. Wer versuchen wollte, etwas aus diesem Museum zu stehlen, müsste an Infrarotstrahlen und Kameras vorbei – und nachts an Wachmännern mit scharfen Hunden.«

Jeff lächelte. »Ich glaube, dieses Bild wird immer an seinem Platz bleiben.«

Am späten Nachmittag erhielt Kommissar van Duren Meldung von diesem Wortwechsel.

»Die Nachtwache!«, rief er aus. »Nein, also wirklich nicht… das ist doch unmöglich!«

Daniel Cooper sah ihn nur stumm an. Mit flackerndem, fanatischem Blick.

Im Kongresszentrum von Amsterdam fand eine Philatelistentagung statt, und Tracy und Jeff gehörten zu den Ersten, die dort erschienen. Der Ausstellungsraum war scharf bewacht, denn bei vielen Briefmarken, die man hier besichtigen konnte, handelte es sich um unbezahlbare Stücke. Cooper und ein niederländischer Kriminalbeamter beobachteten, wie die beiden durch die Ausstellung wanderten. Tracy und Jeff blieben vor der Britisch Guiana stehen, einer unansehnlichen karminroten Briefmarke.

»So was Hässliches«, bemerkte Tracy.

»Keine bösen Worte, Liebling. Das ist die einzige Marke dieser Art, die es auf der Welt gibt.«

»Und was ist sie wert?«

»Eine Million Dollar.«

Der Wärter nickte. »Richtig, Mynheer.«

Tracy und Jeff gingen zum nächsten Schaukasten und betrachteten eine »Inverted Jenny«. Auf ihr sah man ein Flugzeug, das verkehrt herum abgedruckt war.

»Die ist interessant«, kommentierte Tracy.

Der Wärter, der auf die Marke aufpasste, sagte: »Sie hat einen Wert von …«

»… fünfundsiebzigtausend Dollar«, ergänzte Jeff.

»Genau.«

Sie gingen weiter zu einer 9 Kreuzer Schwarz auf Blaugrün.

»Die ist eine halbe Million Dollar wert«, raunte Jeff Tracy zu.

Cooper folgte den beiden, in der Menge verborgen.

Jeff deutete auf eine andere Marke. »Die ist wirklich selten. Eine 1 Penny Mauritius, Post Office, orange. Statt *Postpaid* hat irgendein Tagträumer von Graveur *Post Office* in die Druckplatte gestichelt. Tja, und heute ist sie einiges mehr wert als einen Penny.«

»Sie kommen einem so klein und schutzlos vor«, sagte Tracy. »Als könnte man sie einfach in die Tasche stecken und weggehen.«

Der Wärter vor dem Schaukasten lächelte. »Ein Dieb käme da nicht sehr weit. An allen Kästen sind Alarmdrähte, und der Ausstellungsraum ist Tag und Nacht bewacht.«

»Wie beruhigend«, sagte Jeff ernst. »Man kann ja gar nicht vorsichtig genug sein heutzutage.«

An diesem Nachmittag sprachen Daniel Cooper und Kommissar Joop van Duren gemeinsam bei Polizeichef Willems vor. Van Duren legte die Observierungsberichte auf den Tisch seines Vorgesetzten und wartete.

»Das ist nichts Definitives«, meinte der Polizeichef schließlich. »Aber ich muss zugeben, dass Ihre Verdächtigen einige sehr wertvolle Objekte auszuspionieren scheinen. In Ordnung, Kommissar. Installieren Sie Abhörgeräte in den Zimmern der beiden.«

Daniel Cooper war in Hochstimmung. Von nun an würde Tracy Whitney kein Privatleben mehr haben. Er würde genau wissen, was sie sagte und tat. Daniel Cooper dachte an Tracy und Jeff im Bett und besann sich darauf, wie sich Tracys Unterwäsche an seiner Wange angefühlt hatte. So weich, so wohlriechend …

Er musste wieder einmal in die Kirche.

Als Tracy und Jeff am Abend das Hotel verließen, um zum Essen zu gehen, brachte ein Technikerteam der Polizei in Tracys und Jeffs Zimmern kleine drahtlose Mikrophone an, versteckte sie hinter Bildern, in Lampen, unter Nachtkästchen.

Kommissar Joop van Duren hatte die Suite unmittelbar darüber requiriert, und dort installierte ein Techniker einen Empfänger mit Antenne und schloss ein Tonbandgerät an.

»Es reagiert auf Stimmen«, erklärte er. »Niemand muss da sein, um es zu überwachen. Wenn jemand spricht, zeichnet es alles automatisch auf.«

Aber Daniel Cooper *wollte* da sein. Er *musste* da sein. Es war Gottes Wille.

33

Am nächsten Morgen saßen Daniel Cooper, Kommissar Joop van Duren und dessen junger Assistent Witkamp in der Suite über Tracys Zimmer und lauschten dem Gespräch, das unten geführt wurde.

»Noch ein Tässchen Kaffee?« Jeffs Stimme.

»Nein, danke, Liebling.« Tracys Stimme. »Probier mal diesen Käse, den uns der Zimmerservice geschickt hat. Na, was sagst du?«

Kurzes Schweigen. »Mmmm. Köstlich. Was würdest du heute gern machen, Tracy? Sollen wir nach Rotterdam fahren?«

»Ach, bleiben wir doch einfach hier und spannen ein bisschen aus.«

»Klingt gut.«

Daniel Cooper wusste, was mit »ausspannen« gemeint war, und bekam strichdünne Lippen.

»Die Königin hat ein neues Waisenhaus gestiftet.«

»Wie nett von ihr. Die Niederländer sind so großzügig und gastfreundlich. Und sie hassen starre Regeln und Vorschriften.«

Gelächter. »Darum mögen wir sie ja auch.«

Normal-banale Morgenplauderei eines Liebespaars. *Sie gehen so frei und ungezwungen miteinander um,* dachte Cooper. *Aber oh, wie würde Tracy es büßen müssen!*

»Apropos großzügig …« – Jeffs Stimme – »… rate mal, wer noch in diesem Hotel wohnt? Der ungreifbare Maximilian Pierpont. Ich habe ihn seinerzeit auf der *Queen Elizabeth II* nicht zu fassen gekriegt.«

»Und mir ist er im Orientexpress durch die Lappen gegangen.«

»Wahrscheinlich ist er hier, um mal wieder eine Firma auszuplündern. Wir sollten jetzt wirklich was machen, Tracy. Ich meine, solange er unter einem Dach mit uns wohnt …«

Gelächter. »Da bin ich ganz deiner Meinung, Liebling.«

»Ich habe gehört, dass unser gemeinsamer Freund die Angewohnheit hat, unbezahlbare Kunstwerke mit sich herumzuschleppen. Wir könnten doch …«

Eine andere Stimme, eine Frauenstimme. »*Goede morgen, Mynheer, goede morgen, Mevrouw.* Haben Sie was dagegen, wenn ich jetzt aufräume?«

Van Duren wandte sich Witkamp zu. »Maximilian Pierpont soll observiert werden. Wenn die Whitney oder ihr Begleiter Kontakt zu ihm aufnehmen, möchte ich sofort informiert werden.«

Kommissar van Duren hatte sich zum Rapport bei Polizeichef Toon Willems eingefunden.

»Sie könnten es auf eine Reihe von Objekten abgesehen haben. Neuerdings interessieren sie sich sehr für einen reichen Amerikaner namens Maximilian Pierpont, der ebenfalls im Amstel-Hotel logiert. Sie haben die Philatelistentagung besucht, in der Niederländischen Diamantschleiferei den Lukull besichtigt, eine geschlagene Stunde vor der *Nachtwache* verbracht …«

»Aber es ist doch ausgeschlossen, dass sie die *Nachtwache* stehlen wollen!« Der Polizeichef lehnte sich in seinem Sessel zurück und fragte sich, ob er nicht bloß leichtfertig Geld, Zeit und Arbeitskräfte verschwendete. Was ihm vorlag, waren zu viele Spekulationen und zu wenig Fakten. »Im Moment wissen Sie also nicht, welches Objekt die beiden im Auge haben.«

»Das ist richtig. Ich bin auch nicht sicher, ob sie es selbst schon wissen. Aber wenn sie sich entscheiden, werden sie es uns ja mitteilen.«

Willems runzelte die Stirn. »Sie werden es uns mitteilen?«

»Die Wanzen«, erklärte van Duren. »Sie haben keine Ahnung, dass sie abgehört werden.«

Der Durchbruch für die Polizei kam am nächsten Morgen um neun. Tracy und Jeff frühstückten in Tracys Zimmer. Auf Horchposten über ihnen befanden sich Daniel Cooper, Kommissar Joop van Duren und der Assistent Witkamp. Sie hörten, wie Kaffee eingegossen wurde.

»Hier steht was Interessantes, Tracy. Unser Freund hatte recht. Sperr die Ohren auf: ›Amro-Bank bereitet Transport von fünf Millionen Dollar in Goldbarren nach Surinam vor.‹«

In der Suite einen Stock höher sagte Witkamp: »Das ist doch …«

»Psst!«

Die drei Herren lauschten weiter.

»Ich überlege mir gerade, wie viel fünf Millionen Dollar in Goldbarren wohl wiegen.« Tracys Stimme.

»Das kann ich dir genau sagen, Liebling. Etwas mehr als

758 Kilo. Sind etwa 67 Goldbarren. Ach ja – das Schöne an Gold ist seine Anonymität. Man schmilzt es ein, und schon könnte es jedem gehören. Natürlich wäre es nicht einfach, diese Barren aus den Niederlanden rauszukriegen.«

»Das ist sicher irgendwie zu schaffen. Aber wie kommen wir an die Goldbarren ran? Sollen wir mir nichts, dir nichts in die Bank marschieren und sie einfach mitnehmen?«

»So ungefähr.«

»Willst du mich verhohnepiepeln?«

»Aber nein, Tracy. Lass uns mal bei der Amro-Bank vorbeischauen. Okay?«

»Was hast du vor?«

»Das erzähle ich dir unterwegs.«

Eine Tür wurde geschlossen. Stille.

Kommissar van Duren zwirbelte verbissen seinen Schnurrbart. »Nein, nein, nein – dieses Gold kriegen sie nicht in die Finger! Ich habe das Sicherheitssystem der Amro-Bank persönlich überprüft und hatte eine gute Meinung davon.«

Daniel Cooper bemerkte trocken: »Wenn das Sicherheitssystem der Amro-Bank auch nur *eine* Schwachstelle hat, dann wird Tracy Whitney sie finden.«

Kommissar van Duren besaß ein leicht reizbares Temperament. Der Amerikaner war eine Heimsuchung. Was ihn so unausstehlich machte, war seine gottverdammte Überheblichkeit. Aber Kommissar van Duren durfte erst in zweiter Linie reizbar sein. In erster Linie war er Polizist, und er hatte Weisung, mit diesem Giftzwerg zusammenzuarbeiten.

Der Kommissar wandte sich Witkamp zu. »Das Überwachungsteam soll verstärkt werden. *Sofort.* Und ich möchte, dass sämtliche Kontaktpersonen fotografiert und befragt werden. Ist das klar?«

»Ja, Kommissar.«

»Und alles sehr diskret, wohlgemerkt. Die beiden dürfen nicht spitzkriegen, dass sie observiert werden.«

»Ja, Kommissar.«

Van Duren schaute Cooper an. »So. Ist Ihnen jetzt wohler?«

Cooper ließ sich zu keiner Antwort herab.

In den nächsten fünf Tagen hielten Tracy und Jeff Kommissar van Durens Leute in Atem, und Daniel Cooper studierte die täglichen Berichte. Am Abend, wenn die anderen den Horchposten verließen, pflegte Daniel Cooper noch eine Weile zu bleiben. Er lauschte auf die Geräusche des Liebesakts, der, wie er wusste, unten vollzogen wurde. Er hörte zwar nichts, aber in seiner Vorstellung stöhnte Tracy: »Oh ja, Liebling, ja, ja. O Gott, ich halt's nicht mehr aus … es ist so schön … Jetzt, oh, jetzt …«

Dann der lange, schaudernde Seufzer und das samtige Schweigen. Und es war alles für ihn, für Daniel Cooper.

Bald gehörst du mir, dachte er. *Dann wird dich kein anderer mehr haben.*

Bei Tag gingen Tracy und Jeff getrennt ihrer Wege, und überall folgte ihnen jemand. Jeff besuchte eine kleine Druckerei in der Nähe des Leidseplein, und zwei Kriminalbeamte beobachteten von der Straße aus, wie er ein ernstes Gespräch mit dem Besitzer führte. Als Jeff die Druckerei verließ, heftete sich der eine der beiden Kriminalbeamten an seine Fersen. Der andere trat in die Druckerei und zeigte dem Besitzer seinen Dienstausweis.

»Was wollte der Mann, der eben hier war?«

»Er hat keine Visitenkarten mehr. Ich soll neue für ihn drucken.«

»Lassen Sie mal sehen.«

Der Drucker zeigte dem Kriminalbeamten einen handgeschriebenen Zettel:

Sicherheitsdienst Amsterdam
Cornelius Wilson, Chefdetektiv

Am nächsten Tag wartete Fien Hauer vor einer Zoohandlung am Leidseplein, in der Tracy verschwunden war. Als sie fünfzehn Minuten später wiederauftauchte, ging Fien Hauer in den Laden und zeigte ihren Dienstausweis vor.

»Was wollte die Dame, die eben hier war?«

»Sie hat ein paar Goldfische samt Glas gekauft, zwei Edelsittiche, einen Kanarienvogel und eine Taube.«

Welch seltsame Kombination. »Eine Taube, sagen Sie? Sie meinen, eine ganz normale Taube?«

»Ja, aber die führen wir nicht. Ich habe der Dame gesagt, dass wir sie erst besorgen müssen.«

»Wo liefern Sie das alles hin?«

»Ins Hotel der Dame, ins Amstel.«

Am anderen Ende der Stadt redete Jeff gerade mit dem Prokuristen der Amro-Bank. Sie sprachen dreißig Minuten lang unter vier Augen, und als Jeff sich verabschiedet hatte, begab sich ein Kriminalbeamter ins Büro des Prokuristen.

»Bitte sagen Sie mir, warum der Mann bei Ihnen war, der eben gegangen ist.«

»Cornelius Wilson? Das ist der Chefdetektiv des Sicherheitsdienstes, mit dem unsere Bank zusammenarbeitet. Seine Firma will das Sicherheitssystem verbessern.«

»Hat er Sie gebeten, mit ihm über das Sicherheitssystem zu sprechen?«

»Äh … ja.«

»Und Sie haben das getan?«

»Gewiss. Aber ich habe natürlich erst überprüft, ob seine Papiere einwandfrei sind.«

»Wie?«

»Ich habe beim Sicherheitsdienst angerufen – die Nummer stand auf seinem Betriebsausweis.«

Um 15 Uhr hielt ein gepanzertes Lastauto vor der Amro-Bank. Von der anderen Straßenseite aus fotografierte Jeff den Wagen, während in einem Hauseingang, ein paar Meter weiter, ein Kriminalbeamter Jeff fotografierte.

In der Polizeidirektion an der Elandsgracht breitete Kommissar van Duren das wie eine Flutwelle anwachsende Beweismaterial auf dem Schreibtisch von Polizeichef Toon Willems aus.

»Was hat das alles zu bedeuten?«, fragte der Polizeichef.

Daniel Cooper ergriff das Wort. »Ich werde es Ihnen sagen. Ich weiß, was die Whitney plant.« Er sprach im Brustton der Überzeugung. »Sie will das Gold rauben, das nach Surinam befördert werden soll.«

Alle starrten ihn an.

Willems sagte: »Und ich nehme an, Sie wissen auch, wie sie dieses Wunder vollbringen will?«

»Ja.« Daniel Cooper hatte diesen Leuten etwas voraus. Tracy Whitney war für ihn wie ein offenes Buch. Er hatte sich in sie hineinversetzt, damit er denken und planen konnte wie sie – und damit er jeden ihrer Schritte vorausahnen konnte. »Sie wird mit einem Lastauto, das als Panzerwagen zurechtgemacht ist, vor dem Wagen des Sicherheitsdienstes bei der Bank aufkreuzen, die Goldbarren einladen und davonfahren.«

»Das klingt aber reichlich weit hergeholt, Mister Cooper.«

Kommissar van Duren schaltete sich ein. »Ich weiß nicht, was die beiden planen, aber irgendetwas planen sie. Wir haben ihre Gespräche mitgeschnitten.«

Daniel Cooper dachte an die anderen Geräusche, die nicht auf den Tonbändern waren, die Geräusche seiner Phantasie: das nächtliche Geflüster, die Lustschreie, das Gestöhn. Oh, wie war sie brünstig … Aber da, wo er sie bald hinsteckte, würde kein Mann sie mehr berühren.

Kommissar van Duren sagte gerade: »Sie haben sich über das Sicherheitssystem der Bank informiert. Sie wissen, wann der gepanzerte Wagen eintrifft und …«

Der Polizeichef überflog den Bericht, der vor ihm lag. »Sittiche, eine Taube, ein paar Goldfische, ein Kanarienvogel – meinen Sie, dass dieser Blödsinn etwas mit dem geplanten Raub zu tun hat?«

»Nein«, sagte van Duren.

»Ja«, sagte Cooper.

Fien Hauer, in einen blauen Hosenanzug gekleidet, folgte Tracy Whitney die Prinsengracht entlang und sah frustriert zu, wie Tracy hinter einer Brücke in eine Telefonzelle trat und ein Gespräch von fünf Minuten Dauer führte. Die Kriminalbeamtin wäre auch nicht viel klüger gewesen, wenn sie das Gespräch hätte mithören können.

Gunther Hartog sagte in London: »Auf Margo ist Verlass, aber sie braucht Zeit – mindestens noch zwei Wochen.« Er lauschte Tracy einen Moment. »Ja, ich verstehe. Wenn alles so weit ist, nehme ich Verbindung zu Ihnen auf. Seien Sie vorsichtig. Und grüßen Sie Jeff herzlich von mir.«

Tracy hängte ein und trat aus der Telefonzelle. Sie nickte freundlich der Frau im blauen Hosenanzug zu, die draußen stand und so geduldig gewartet hatte.

Am nächsten Vormittag um elf meldete sich ein Kriminalbeamter bei Kommissar van Duren: »Ich bin gerade bei der Firma Wolters Autoverleih. Jeff Stevens hat hier soeben einen Lastwagen gemietet.«

»Was für einen?«

»Einen Lieferwagen, Kommissar.«

»Lassen Sie sich die Maße sagen. Ich bleibe solange dran.«

Ein paar Minuten später war der Kriminalbeamte wieder am Apparat. »Ich habe sie. Der Wagen ist …«

»Ein Kastenwagen, sechs Meter lang, zwei Meter zehn breit, einen Meter achtzig hoch, mit Doppelachsen.«

Verblüffte Pause am anderen Ende der Leitung. »Ja, Kommissar. Woher wissen Sie das?«

»Ist doch egal. Welche Farbe?«

»Blau.«

»Wer überwacht Stevens?«

»Jacobs.«

»Gut. Melden Sie sich wieder, wenn's was Neues gibt.«

Joop van Duren legte auf. Er wandte sich Daniel Cooper zu. »Sie hatten recht. Nur dass der Wagen blau ist.«

»Er wird ihn zu einer Autolackiererei bringen.«

Die Werkstatt befand sich am Damrak. Zwei Männer spritzten den Wagen graublau, und Jeff stand daneben. Auf dem Dach der Werkstatt kniete ein Kriminalbeamter und knipste Fotos durchs Oberlicht.

Eine Stunde später lagen die Bilder auf dem Schreibtisch von Kommissar van Duren.

Er schob sie Daniel Cooper zu. »Der Wagen hat jetzt die gleiche Farbe wie der vom Sicherheitsdienst. Eigentlich könnten wir die beiden jetzt schon verhaften.«

»Und mit welcher Begründung? Weil sie Visitenkarten haben drucken und einen Wagen neu lackieren lassen? Wir haben erst dann etwas Handfestes, wenn wir sie bei der Verladung der Goldbarren stellen.«

Dieser Sack tut so, als wäre er hier der Chef. »Was wird er Ihrer Meinung nach als Nächstes machen?«

Cooper betrachtete das Foto. »Das Gold ist zu schwer für diesen Wagen. Er wird die Bodenbretter verstärken lassen.«

Die Werkstatt war klein und lag ein wenig abseits in der Muider-Straat.

»Guten Tag, Mynheer. Was kann ich für Sie tun?«

»Ich will mit diesem Wagen Altmetall transportieren«, erklärte Jeff, »und ich bin nicht ganz sicher, ob der Boden das aushält. Ich hätte die Bretter gern mit Metallstreben verstärkt. Geht das?«

Der Mechaniker sah sich den Boden des Lastwagens an. »Ja. Kein Problem.«

»Wunderbar.«

»Bis Freitag hab ich's fertig.«

»Ich brauche es aber schon morgen.«

»Morgen? Nein, das geht nicht. Ich ...«

»Ich zahle Ihnen das Doppelte.«

»Also – Donnerstag.«

»Morgen. Ich zahle Ihnen das Dreifache.«

Der Mechaniker kratzte sich nachdenklich das Kinn. »Wann morgen?«

»Punkt zwölf.«

»In Ordnung.«

Wenige Sekunden nachdem Jeff die Werkstatt verlassen hatte, befragte ein Kriminalbeamter den Mechaniker.

Am selben Morgen folgte ein Überwachungsteam Tracy zur Oude Schans, wo sie eine halbe Stunde mit dem Besitzer eines Kanalboots sprach. Als Tracy verschwunden war, ging einer der Kriminalbeamten an Bord. Er zeigte dem Schnaps süffelnden Besitzer seinen Dienstausweis. »Was wollte die junge Dame?«

»Sie und ihr Mann möchten durch die Kanäle in der Umgebung schippern. Sie hat mein Boot für eine Woche gemietet.«

»Ab wann?«

»Ab Freitag. So eine Tour ist eine feine Sache, Mynheer. Wenn Sie und Ihre Frau Interesse hätten ...«

Der Kriminalbeamte war schon fort.

Die Taube, die Tracy bei der Zoohandlung bestellt hatte, wurde in einem Käfig ins Hotel geliefert. Daniel Cooper ging in das Geschäft und horchte den Besitzer aus.

»Was für eine Taube haben Sie ihr geschickt?«

»Eine ganz normale.«

»Sind Sie sicher, dass es keine Brieftaube ist?«

»Ja.« Der Mann kicherte. »Ich habe sie gestern Abend eigenhändig im Vondel-Park gefangen.«

Siebenhundertachtundfünfzig Kilo Gold und eine ganz normale Taube ... *Wie reimt sich das zusammen?*, dachte Daniel Cooper.

Fünf Tage vor dem Abtransport der Goldbarren aus der Amro-Bank hatte sich auf Kommissar Joop van Durens Schreibtisch ein hoher Stapel Fotos angesammelt.

Jedes Bild ist ein Glied in der Kette, über die sie straucheln wird, dachte Daniel Cooper. Die Polizei von Amsterdam hatte zwar keine Phantasie, aber sie war gründlich, das musste man ihr lassen. Jeder Schritt der Vorbereitungsphase des Verbrechens war fotografiert und dokumentiert. Tracy Whitney konnte dem Schwert der Gerechtigkeit nicht mehr entgehen.

Ihre Bestrafung wird meine Erlösung sein.

Als Jeff den Wagen mit dem verstärkten Boden von der Werkstatt abgeholt hatte, fuhr er zu einer Garage, die er im ältesten Teil von Amsterdam gemietet hatte. Am selben Tag wurden sechs leere Holzkisten mit der Aufschrift MASCHINENTEILE in die Garage geliefert. Ein Foto von den Kisten lag auf Kommissar van Durens Schreibtisch, als er das neueste Tonband abhörte.

Jeffs Stimme: »Wenn du mit dem Wagen von der Bank zum Boot fährst, dann halte dich bitte an die Geschwindigkeitsbegrenzung. Ich möchte genau wissen, wie lang die Fahrt dauert. Hier hast du eine Stoppuhr.«

»Kommst du nicht mit, Liebling?«

»Nein. Ich habe zu tun.«

»Was ist mit Monty?«

»Der trudelt am Donnerstagabend ein.«

»Wer ist Monty?«, fragte Kommissar van Duren.

»Der Typ, der als zweiter Wachmann fungieren soll«, erklärte Cooper. »Sie werden Uniformen brauchen.«

Der Kostümverleih befand sich in der Pieter Cornelisz Hooft Straat.

»Ich möchte zwei Uniformen für eine Kostümparty«, erklärte Jeff dem Besitzer. »So ähnlich wie die, die Sie im Schaufenster haben.«

Eine Stunde später betrachtete Kommissar van Duren ein Foto von einer Wachmannuniform. »Er hat zwei bestellt und gesagt, er würde sie am Donnerstag abholen.«

Die zweite Uniform war offenbar für einen sehr viel längeren und breiteren Mann als Jeff Stevens gedacht. Der Kommissar bemerkte: »Unser Freund Monty dürfte also ungefähr zwei Meter groß und zwei Zentner schwer sein. Das lassen wir durch den Computer von Interpol laufen«, fuhr er zu Daniel Cooper gewandt fort, »und dann werden wir ja erfahren, um wen es sich handelt.«

In der angemieteten Garage hockte Jeff auf dem Wagendach, und Tracy saß auf dem Fahrersitz.

»Bist du so weit?«, rief Jeff. *»Jetzt!«*

Tracy drückte einen Knopf am Armaturenbrett. Auf beiden Seiten des Wagens rollte eine große Plane herunter, auf der HEINEKEN BIER stand.

»Es funktioniert!«, jubelte Jeff.

Kommissar van Duren ließ den Blick über die Kriminalbeamten schweifen, die sich in seinem Büro versammelt hatten. An die Wand war eine Reihe von vergrößerten Fotos gepinnt.

Daniel Cooper saß schweigend im Hintergrund. Für ihn war diese Besprechung vergeudete Zeit. Er hatte schon längst geahnt, was Tracy Whitney und ihr Beischläfer machen würden. Sie waren in die Falle gegangen, und die Falle würde bald zuschnappen. Während die Kriminalbeamten im Büro vor Aufregung rote Ohren bekamen, empfand Daniel Cooper eine seltsame Leere.

»Die einzelnen Stücke haben sich jetzt zum Ganzen zusammengefügt«, sagte Kommissar van Duren. »Die Verdächtigen wissen, für welche Zeit der Sicherheitsdienst die Ankunft des gepanzerten Wagens bei der Bank geplant hat. Sie wollen etwa eine halbe Stunde früher eintreffen und so tun, als seien sie vom Sicherheitsdienst. Wenn dann der richtige Wagen kommt, werden sie verschwunden sein.« Van Duren deutete auf das Foto eines gepanzerten Wagens. »Sie werden so von der Bank abfahren, aber hundert Meter weiter, in irgendeiner Seitenstraße ...«, er zeigte auf das Foto des Lasters mit der Heineken-Plane, »... wird der Wagen plötzlich *so* aussehen.«

Ein Kriminalbeamter in der Nähe der Tür meldete sich zu Wort. »Wissen Sie, wie sie das Gold außer Landes schaffen wollen, Kommissar?«

Van Duren deutete auf ein Foto von Tracy an Bord des Kanalboots. »Zunächst mit diesem Boot. Es gibt so viele Wasserstraßen in Holland, dass sie sich praktisch unauffindbar machen können.« Er deutete auf ein Luftbild des Lastwagens, der an der Oude Schans entlangfuhr. »Sie haben die Zeit gestoppt, die sie von der Bank bis zu ihrem Boot brauchen. Sie können in aller Ruhe das Gold verladen und ablegen, bevor jemand Verdacht schöpft.« Van Duren ging zum letzten Foto an der Wand, das einen Frachter zeigte. »Vor zwei Tagen hat Jeff Stevens Frachtraum für Stückgut auf der *Oresta* reservieren lassen. Sie läuft nächste Woche von Rotterdam aus – nach Hongkong. Jeff Stevens hat angegeben, bei der Fracht handle es sich um Maschinenteile.«

Kommissar van Duren wandte sich um und blickte über die versammelten Kriminalbeamten hin. »Nun, meine Herren, wir werden die Planung der beiden ein wenig umkrempeln. Wir lassen sie die Goldbarren aus der Bank holen und in den Wagen laden.« Er schaute Daniel Cooper an und lächelte. »Und dann … dann ertappen wir diese schlauen Leute auf frischer Tat.«

Ein Kriminalbeamter folgte Tracy zur Niederlassung von American Express, wo sie ein mittelgroßes Paket in Empfang nahm. Anschließend kehrte sie ins Hotel zurück.

»Es konnte nicht ermittelt werden, was in dem Paket war«, sagte Kommissar van Duren zu Cooper. »Wir haben in Whitneys und Stevens Abwesenheit die Zimmer der beiden durchsucht, aber es war nichts Neues da.«

Der Computer von Interpol konnte mit keinerlei Informationen über den zwei Meter großen und zwei Zentner schweren Monty aufwarten.

Im Amstel saßen am späten Donnerstagabend Daniel Cooper, Kommissar van Duren und der Assistent Witkamp in der Suite über Tracys Zimmer und belauschten das Gespräch einen Stock tiefer.

Jeffs Stimme: »Wenn wir genau dreißig Minuten vor dem Sicherheitsdienst bei der Bank ankommen, bleibt uns reichlich Zeit, das Gold einzuladen und abzuhauen. Wenn der richtige Wagen eintrifft, haben wir die Barren schon auf dem Boot.«

Tracys Stimme: »Ich habe den Wagen noch mal durchchecken und volltanken lassen. Alles klar.«

Witkamp bemerkte: »Man muss sie fast bewundern. Sie überlassen nichts dem Zufall.«

»Früher oder später vertun sie sich alle mal«, entgegnete Kommissar van Duren knapp.

Daniel Cooper schwieg und lauschte.

»Wenn wir das hinter uns haben, Tracy … was hältst du dann von einer kleinen Reise nach Tunesien?«

»Tunesien? Das klingt ja himmlisch, Liebling.«

»Okay. Ich werde alles arrangieren. Von nun an werden wir nur noch ausspannen und das Leben genießen und uns in keiner Weise festlegen lassen.«

Kommissar van Duren murmelte: »Ich würde sagen, dass ihre nächsten zehn bis fünfzehn Jahre ziemlich festgelegt sind.« Er stand auf und rekelte sich. »Ich glaube, wir können jetzt zu Bett gehen. Für morgen früh ist alles vorbereitet, und wir sollten gut ausgeruht sein.«

Daniel Cooper konnte nicht schlafen. Er stellte sich vor, wie Tracy verhaftet wurde, und er sah das Entsetzen in ihrem Gesicht. Es erregte ihn. Er ging ins Bad und ließ sehr, sehr heißes Wasser einlaufen. Er nahm seine Brille ab, zog seinen Schlafanzug aus und stieg in die dampfende Wanne. Nun war's fast vorbei, und sie würde es ihm büßen müssen wie andere Huren vor ihr. Morgen um diese Zeit würde er wohl schon zu Hause sein. *Nein, nicht zu Hause,* berichtigte sich Daniel Cooper. *In meiner Wohnung. Zu Hause* – das war ein Ort der Wärme und der Geborgenheit, wo seine Mutter ihn mehr liebte als alles andere auf der Welt.

»Du bist mein kleiner Mann«, sagte sie. »Ich wüsste nicht, was ich ohne dich täte.«

Daniels Vater machte sich über alle Berge, als Daniel vier Jahre alt war, und anfangs gab er sich die Schuld daran, aber dann erklärte ihm seine Mutter, es sei wegen einer anderen Frau gewesen. Er hasste diese andere Frau, weil sie seine Mutter zu Tränen trieb. Er hatte sie nie gesehen, aber er wusste, dass sie eine Hure war, weil seine Mutter sie so nannte. Später war er froh, dass diese Frau ihm seinen Vater weggenommen hatte, denn jetzt hatte er seine Mutter ganz für sich allein. Die Winter in Minnesota waren kalt, und Daniels Mutter erlaubte es, dass er zu ihr ins Bett kroch und sich in ihre warme Decke kuschelte.

»Wenn ich groß bin, heirate ich dich«, sagte Daniel, und seine Mutter strich ihm übers Haar und lachte.

Daniel war immer der Beste in der Schule. Seine Mutter sollte stolz auf ihn sein.

Sie haben einen hochintelligenten Sohn, Mrs. Cooper.

Ja, ich weiß. Niemand ist so gescheit wie mein kleiner Mann.

Als Daniel sieben Jahre alt war, begann seine Mutter ihren Nachbarn, einen großen, haarigen Mann, zum Essen einzuladen, und Daniel wurde krank. Er musste eine Woche lang mit gefährlich hohem Fieber das Bett hüten, und seine Mutter versprach, so etwas nie wieder zu tun. *Ich brauche niemand auf der Welt – nur dich, Daniel.*

Daniel war überglücklich. Es gab keine Frau, die so schön war wie seine Mutter. Wenn sie nicht zu Hause war, ging Daniel in ihr Schlafzimmer und zog die Schubladen ihrer Kommode auf. Er nahm ihre Unterwäsche heraus und rieb sie an seiner Wange. Sie war flauschig, oh, und sie roch so gut.

Daniel Cooper lag mit geschlossenen Augen in der Badewanne in seinem Hotel in Amsterdam und dachte an den entsetzlichen Tag, an dem seine Mutter ermordet worden war. Es war sein zwölfter Geburtstag. Er war vorzeitig aus der Schule heimgeschickt worden, weil er Ohrenschmerzen hatte. Die hatte er ein bisschen übertrieben, denn er wollte zu Hause sein. Seine Mutter würde ihn trösten und in ihr Bett stecken und ihn umglucken. Daniel trat ins Haus und ging ins Schlafzimmer seiner Mutter, und sie lag nackt im Bett, aber sie war nicht allein. Sie machte scheußliche Sachen mit dem Mann von nebenan. Daniel sah zu, wie sie seine haarige Brust und seinen dicken Bauch küsste, und ihre Lippen wanderten abwärts, auf den großen roten Apparat zwischen den Beinen des Mannes zu. Bevor sie ihn in den Mund nahm, stöhnte sie: »Oh, ich liebe dich!«

Und das war das Allerscheußlichste. Daniel rannte in sein Badezimmer und erbrach sich und beschmutzte sich von oben bis unten. Er zog sich aus und machte sich sauber, denn seine Mutter hatte ihn gelehrt, reinlich zu sein. Nun waren seine Ohrenschmerzen wirklich schlimm. Er hörte Stimmen auf dem Flur und lauschte.

Seine Mutter sagte: »Jetzt gehst du besser, Liebling. Ich

muss baden und mich anziehen. Daniel kommt bald aus der Schule. Ich gebe eine Geburtstagsparty für ihn. Bis morgen, mein Engel.«

Die Haustür klappte zu. Und dann hörte Daniel, wie im Badezimmer seiner Mutter Wasser in die Wanne lief. Nur dass sie nicht mehr seine Mutter war. Sondern eine Hure, die im Bett schweinische Sachen mit Männern machte – Sachen, die sie mit ihm nie gemacht hatte.

Er trat nackt in ihr Bad, und sie lag in der Wanne, mit lächelndem Hurengesicht. Sie wandte den Kopf und sah ihn und sagte: »Daniel, Liebling! Was …«

Er hatte eine große Kleiderschere in der Hand.

»Daniel …« Ihr Mund öffnete sich zu einem rosigen O, aber es drang kein Laut aus ihm, bis Daniel den ersten Stich in die Brust der Fremden in der Badewanne tat. Er schrie eine Begleitung zu ihren Schreien: »Hure! Hure! Hure!«

So sangen sie ein tödliches Duett, bis nur noch seine Stimme zu vernehmen war: »Hure … Hure …«

Er war von Kopf bis Fuß mit ihrem Blut bespritzt. Er ging unter ihre Dusche und schrubbte sich, bis seine Haut fast wundgescheuert war.

Der Mann von nebenan hatte seine Mutter umgebracht, und er würde es ihm büßen müssen.

Danach schien alles mit überirdischer Klarheit zu geschehen, in einer merkwürdigen Art Zeitlupe. Daniel wischte die Fingerabdrücke mit einem Waschlappen von der Schere und warf sie in die Badewanne. Er schlüpfte in seine Kleider und rief die Polizei an. Zwei Streifenwagen trafen ein mit jaulenden Sirenen, gefolgt von einem weiteren Auto voll Kriminalbeamten, und sie stellten Daniel

Fragen, und er erzählte ihnen, er sei vorzeitig aus der Schule heimgeschickt worden und habe ihren Nachbarn, Fred Zimmer, aus der Haustür kommen sehen. Als der Mann vernommen wurde, gab er zu, der Liebhaber von Daniels Mutter gewesen zu sein, aber er bestritt, sie ermordet zu haben. Es war Daniels Aussage vor Gericht, die zu Zimmers Verurteilung führte.

»Als du aus der Schule gekommen bist, hast du euren Nachbarn, Fred Zimmer, aus eurem Haus rennen sehen?«

»Ja, Sir.«

»Konntest du ihn deutlich sehen?«

»Ja, Sir. Er hatte Blut an den Händen und im Gesicht.«

»Was hast du dann gemacht, Daniel?«

»Ich … ich hatte so schreckliche Angst. Ich wusste, meiner Mutter muss etwas Furchtbares passiert sein.«

»Du bist ins Haus gegangen?«

»Ja, Sir.«

»Und dann?«

»Ich habe ›Mutter!‹ gerufen, und sie hat nicht geantwortet. Da bin ich in ihr Bad gegangen und …«

An diesem Punkt brach der Junge in haltloses Schluchzen aus. Man musste ihn aus dem Zeugenstand führen.

Fred Zimmer wurde dreizehn Monate später hingerichtet.

Inzwischen war Daniel in die Obhut seiner Tante Mattie gegeben worden, die in Texas wohnte. Er hatte sie nie zuvor gesehen. Sie war streng und bigott, fanatisch rechtschaffen und von der Überzeugung durchdrungen, dass auf alle Sünder das Feuer der Hölle warte. In ihrem Haus gab es weder Liebe noch Freude noch Mitgefühl, und in dieser Atmosphäre wuchs Daniel auf, entsetzt von dem heimlichen Wissen um seine Schuld und von der Verdammnis, die ihm bevorstand. Kurz nach dem Mord an seiner Mutter bekam er Sehstörungen. Die Ärzte meinten, es sei ein psychosomatisches Problem.

»Er wehrt etwas ab, das er nicht sehen will«, sagten sie.

Daniel brauchte immer stärkere Brillengläser.

Mit siebzehn riss er von Tante Mattie aus. Er fuhr per Anhalter nach New York und bewarb sich vergeblich bei der Polizei. Dann stellte die International Insurance Protection Association ihn als Büroboten ein. Binnen dreier Jahre hatte er es zum Detektiv gebracht. Er wurde der beste, den die IIPA je hatte. Er verlangte nie eine Gehaltserhöhung oder bessere Arbeitsbedingungen. Auf diese Dinge achtete er nicht. Er war Gottes Werkzeug und Gottes Geißel, und er strafte die Sünder.

Daniel Cooper stieg aus der Wanne und machte sich zum Schlafen fertig. *Morgen,* dachte er. *Morgen ist für diese Hure der Tag der Vergeltung gekommen.*

Er wollte, seine Mutter hätte dabei sein und es miterleben können.

34

AMSTERDAM

Freitag, 22. August, 8 Uhr

Daniel Cooper und zwei Kriminalbeamte belauschten Tracy und Jeff beim Frühstück.

»Brötchen, Jeff? Kaffee?«

»Nein, danke.«

Daniel Cooper dachte: *Das ist für alle Zeiten ihr letztes gemeinsames Frühstück.*

»Ich bin schon ganz aufgeregt. Und weißt du auch, warum? Wegen unserer Bootsfahrt.«

»Heute ist der große Tag, und du bist schon ganz aufgeregt wegen unserer *Bootsfahrt?* Wieso denn das?«

»Weil wir da ganz allein sind. Hältst du mich jetzt für eine Spinnerin?«

»Das kann man wohl sagen. Aber du bist *meine* Spinnerin.«

»Küsschen.«

Ein schmatzendes Geräusch.

Sie sollte wirklich nervöser sein, dachte Cooper. *Ich will, dass sie nervös ist.*

»Irgendwie gehe ich ungern von hier weg, Jeff.«

»Trag's mit Fassung, Liebling. Wir werden ja sicher nicht ärmer dadurch.«

Gelächter. »Da hast du allerdings recht.«

Um 9 Uhr plätscherte das Gespräch immer noch munter dahin, und Cooper dachte: *Schön langsam sollten sie sich auf den Weg machen. Und die Planung noch mal durchsprechen. Was ist mit Monty? Wo treffen sie sich mit dem?*

Jeff sagte: »Liebling, bevor wir abreisen… erledigst du da alles Nötige mit dem Concierge oder wie das hier heißt? Ich werde eine Menge zu tun haben.«

»Ja, natürlich. Der Concierge war einfach hinreißend. Warum gibt es so was nicht auch in den Staaten?«

»Weil es eine europäische Spezialität ist, nehme ich an. Weißt du übrigens, woher das Wort *Concierge* kommt?«

»Nein.«

»König Hugo von Frankreich hat irgendwann im Mittelalter ein Gefängnis in Paris errichten lassen und einen Adligen zum Gefängnisvorsteher eingesetzt. Er gab ihm den Titel *Comte de cierges,* ›Graf der Kerzen‹. Daraus ist dann *Concierge* geworden. Später bezeichnete man jeden Gefängnisvorsteher oder Burgvogt als Concierge, und schließlich nannte man auch Pförtner und Hotelportiers so.«

Was reden die da für einen Quatsch?, dachte Cooper. *Es ist 9 Uhr 30. Sie müssen jetzt gehen.*

Tracys Stimme: »Du brauchst mir nicht zu sagen, woher du das weißt… du warst sicher mal mit einer schönen Concierge verbandelt.«

Eine fremde Frauenstimme: *»Goede morgen, Mynheer, goede morgen, Mevrouw.«*

Jeffs Stimme: »Eine schöne Concierge, das ist ein Widerspruch in sich. Es gibt keine.«

Die fremde Frauenstimme, verwirrt: *»Ik begrijp het niet.«*

Tracys Stimme: »Aber wenn es welche gäbe, würdest du sie sicher finden.«

»Was geht da unten vor, verdammt noch mal?«, wollte Cooper wissen.

Die beiden Kriminalbeamten blickten verdutzt drein. »Keine Ahnung«, antwortete der eine. »Das Zimmermädchen hängt gerade am Telefon und spricht mit der Wirtschafterin. Sie wollte saubermachen, und sie sagt, dass sie das nicht begreift – sie hört Stimmen, aber sie sieht niemand.«

»*Was?*« Cooper stand auf, jagte zur Tür, stürmte die Treppe hinunter. Wenige Sekunden später platzten er und die beiden Kriminalbeamten in Tracys Zimmer. Es war leer, abgesehen von dem konfusen Zimmermädchen. Auf dem Couchtisch stand ein Tonbandgerät.

Jeffs Stimme: »Ich glaube, ich überleg's mir anders mit dem Kaffee. Ist er noch warm?«

Tracys Stimme: »Mhm.«

Cooper und die beiden Kriminalbeamten blickten ungläubig drein.

»Ich ... ich begreife das nicht«, stotterte einer der Kriminalbeamten.

Cooper blaffte: »Sagen Sie mir den Notruf der Polizei.«

Der Kriminalbeamte tat es.

Cooper stürzte ans Telefon und wählte.

Jeffs Stimme: »Die machen wirklich viel besseren Kaffee als wir. Ich frage mich bloß, wie.«

Cooper schrie ins Telefon: »Hier Daniel Cooper. Verständigen Sie Kommissar van Duren. Sagen Sie ihm, dass Whitney und Stevens verschwunden sind. Er soll die Garage überprüfen und feststellen lassen, ob der Wagen weg ist oder nicht. Ich fahre jetzt zur Bank!« Er knallte den Hörer auf die Gabel.

Tracys Stimme: »Hast du schon mal Kaffee mit Eierschalen drin gemacht? Das schmeckt…«

Cooper war schon aus der Tür.

Kommissar van Duren sagte: »Alles klar. Der Wagen ist nicht mehr in der Garage. Sie sind auf dem Weg hierher.«

Van Duren, Cooper und zwei Kriminalbeamte standen auf dem Dach eines Hauses gegenüber von der Amro-Bank, das der Polizei als Kommandoposten diente.

Der Kommissar fuhr fort: »Wahrscheinlich haben sie beschlossen, die Sache beschleunigt durchzuziehen, als sie gemerkt haben, dass sie abgehört werden. Aber nur ruhig Blut, mein Freund. Sehen Sie.« Er schob Cooper auf ein Scherenfernrohr zu. Drunten auf der Straße polierte ein Mann in Hausmeisterkleidung das Messingschild der Bank… ein Straßenkehrer fegte den Rinnstein… ein Zeitungsverkäufer stand an der Ecke… drei Monteure waren mit Reparaturarbeiten beschäftigt… Und alle hatten kleine Walkie-Talkies bei sich.

Van Duren sprach in sein Walkie-Talkie. »Punkt A?«

Der Hausmeister sagte: »Ja, ich höre Sie, Kommissar.«

»Punkt B?«

»Der Empfang ist bestens, Kommissar.« Das war der Straßenkehrer.

»Punkt C?«

Der Zeitungsverkäufer blickte auf und nickte.

»Punkt D?«

Die Monteure unterbrachen ihre Arbeit, und einer von

ihnen sprach in sein Walkie-Talkie. »Wir sind einsatzbereit, Kommissar.«

Van Duren wandte sich Cooper zu. »Keine Bange. Das Gold ist noch in der Bank. Whitney und Stevens kommen da nur ran, wenn sie es sich holen. Und in dem Moment, in dem sie die Bank betreten, wird die Straße an beiden Enden abgesperrt. Sie können uns nicht entwischen.« Er warf einen Blick auf seine Armbanduhr. »Der Wagen müsste jeden Moment eintreffen.«

In der Bank wuchs die Spannung von Sekunde zu Sekunde. Die Angestellten waren informiert worden und hatten Weisung erhalten, bei der Verladung des Goldes behilflich zu sein und es auch sonst nicht an Kooperationsbereitschaft mangeln zu lassen.

Die verkleideten Kriminalbeamten vor der Bank taten weiter ihre Arbeit und überwachten dabei die Straße.

Auf dem Dach fragte Kommissar van Duren zum zehnten Mal: »Schon irgendwo eine Spur von diesem verdammten Wagen?«

»Nein.«

Der Assistent Witkamp schaute auf seine Uhr. »Sie haben dreizehn Minuten Verspätung. Wenn sie …«

Es krächzte im Walkie-Talkie. »Kommissar! Eben ist der Wagen in Sicht gekommen! Er fährt gerade über die Rozengracht, in Richtung Bank. Sie müssten ihn in einer knappen Minute vom Dach aus erkennen können.«

Die Luft war plötzlich elektrisch geladen.

Kommissar van Duren sprach schnellfeuerartig in sein Walkie-Talkie: »Achtung, Achtung. Die Fische nähern sich dem Netz. Lassen Sie sie reinschwimmen.«

Ein blaugrauer gepanzerter Wagen fuhr vor der Bank vor und hielt an. Cooper und van Duren verfolgten mit, wie zwei Männer in der Uniform des Sicherheitsdienstes ausstiegen und in die Bank gingen.

»Wo ist sie? Wo ist Tracy Whitney?«, fragte Daniel Cooper.

»Das spielt keine Rolle«, erwiderte Kommissar van Duren. »Aber sie ist sicher nicht weit.«

Und selbst wenn, dachte Daniel Cooper, *spielt auch das keine Rolle. Das Beweismaterial gegen sie ist erdrückend.*

Nervöse Bankangestellte halfen den beiden Uniformierten, die Goldbarren im Tresorraum auf Transportkarren zu laden und zum Wagen zu rollen. Cooper und van Duren beobachteten die fernen Gestalten vom Dach jenseits der Straße aus.

Es dauerte acht Minuten, bis die Goldbarren im Wagen lagen. Als die Tür zum Laderaum abgeschlossen war und die beiden Uniformierten vorn einsteigen wollten, brüllte Kommissar van Duren in sein Walkie-Talkie: »Auf geht's! Alle Einheiten ran! *Ran!*«

Ein wildes Getümmel brach los. Der Hausmeister, der Straßenkehrer, der Zeitungsverkäufer, die drei Monteure und ein Schwarm weiterer Kriminalbeamter spurteten zum Wagen und umstellten ihn mit gezogenen Pistolen. Die Straße wurde in beiden Richtungen abgesperrt.

Kommissar van Duren wandte sich Cooper zu und grinste. »So, jetzt haben wir sie auf frischer Tat ertappt.«

Endlich ist es geschafft, dachte Daniel Cooper.

Sie eilten auf die Straße. Die beiden Uniformierten standen mit dem Gesicht zur Wand, die Hände erhoben, von bewaffneten Kriminalbeamten umringt. Daniel Cooper und Kommissar van Duren gingen zu ihnen.

»Sie können sich jetzt umdrehen«, sagte van Duren. »Sie sind verhaftet.«

Die beiden Uniformierten wandten sich um. Sie waren aschfahl im Gesicht. Daniel Cooper und Kommissar van Duren starrten sie entgeistert an. Es waren zwei wildfremde Männer.

»Wer … wer sind Sie?«, fragte Kommissar van Duren.

»Wir … wir sind die Leute vom Sicherheitsdienst«, stotterte einer der Uniformierten. »Nicht schießen. Bitte nicht schießen.«

Kommissar van Duren wandte sich Cooper zu. »Es ist irgendwas schiefgelaufen mit ihrem Plan.« Seine Stimme klang leicht hysterisch. »Sie haben das Ganze abgeblasen.«

In Daniel Coopers Magen sammelte sich die grüne Galle und stieg langsam, langsam bis zu seinem Schlund empor, so dass er, als er schließlich der Rede mächtig war, mit erstickter Stimme sprach. »Nein. Es ist nichts schiefgelaufen.«

»Was soll das heißen?«

»Sie hatten es gar nicht auf das Gold abgesehen. Die ganzen Vorbereitungen – das waren alles nur Ablenkungsmanöver.«

»Das kann doch nicht sein! Ich meine … der Wagen, das Boot, die Uniformen – wir haben Fotos in Massen …«

»Begreifen Sie denn nicht? Sie haben es *gewusst*! Sie haben von Anfang an gewusst, dass wir hinter ihnen her sind!«

Kommissar van Duren erbleichte. »O Gott! *Wo sind sie?*«

Tracy und Jeff gingen die Paulus-Potter-Straat entlang. Sie näherten sich der Niederländischen Diamantschleiferei. Jeff hatte sich einen Vollbart angeklebt und die Form seiner Wangen und seiner Nase mit Schaumstoff verändert. Er trug sportliche Kleidung und einen Rucksack. Tracy hatte eine schwarze Perücke auf dem Kopf. Sie war mit einem Umstandskleid angetan, gut ausgepolstert, hatte dickes Make-up im Gesicht und eine dunkle Sonnenbrille auf der Nase. In der einen Hand trug sie eine große Aktentasche, in der anderen ein rundes, in Packpapier eingeschlagenes Paket. Die beiden traten in den Empfangsraum des Betriebs und schlossen sich einer Busladung Touristen an, die einem Führer lauschte: »... und wenn Sie mir jetzt folgen wollen, meine Damen und Herren, werden Sie unsere Diamantschleifer bei der Arbeit sehen und außerdem Gelegenheit haben, für wenig Geld schöne Diamanten zu kaufen.«

Der Führer schritt voran, und die Menge strömte ihm nach. Tracy ging mit. Jeff blieb zurück. Als die anderen fort waren, drehte Jeff sich um und eilte die Treppe zum Keller hinunter. Er öffnete seinen Rucksack und entnahm ihm einen ölfleckigen Overall und einen kleinen Werkzeugkasten. Er zog den Overall an und schaute auf seine Uhr. Dann ging er zum Sicherungskasten.

Droben lief Tracy mit der Gruppe von Raum zu Raum. Der Führer zeigte ihnen, wie aus Rohdiamanten funkelnde Kleinode wurden. Gelegentlich warf Tracy einen Blick auf ihre Armbanduhr. Die Betriebsbesichtigung dauerte schon ein paar Minuten zu lang. Tracy wünschte sich, der Führer möge schneller machen. Alles hing davon ab, dass der Zeitplan auf die Sekunde genau eingehalten wurde.

Schließlich endete die Besichtigung im Ausstellungsraum. Der Führer trat vor das mit Seilen abgesperrte Podest.

»Unter diesem Glassturz«, verkündete er stolz, »liegt der Lukull, einer der wertvollsten Diamanten der Welt. Ursprünglich war er ein Geschenk eines Bühnenschauspielers an seine Frau. Er wird heute auf zehn Millionen Dollar geschätzt und ist gesichert durch die modernsten …«

Die Lichter gingen aus. Eine Alarmglocke schrillte, und Stahljalousien rasselten vor sämtlichen Fenstern und Türen herunter. Einige Touristen schrien.

»Bitte!«, überbrüllte der Führer den Lärm. »Es besteht kein Grund zur Aufregung. Das ist nur ein Stromausfall. In wenigen Sekunden wird der Notgenerator …« Die Lichter gingen wieder an.

»Sehen Sie?«, sagte der Führer beruhigend. »Sie brauchen sich wirklich keine Sorgen zu machen.«

Ein Tourist deutete auf die Stahljalousien. »Für was sind die?«

»Das ist eine Sicherheitsmaßnahme«, erklärte der Führer. Er zog einen Schlüssel aus der Tasche, steckte ihn in einen Wandschlitz und drehte ihn nach rechts. Die Stahljalousien vor den Fenstern und Türen schoben sich langsam in die Höhe. Das Telefon auf dem Verkaufstisch klingelte, und der Führer nahm ab.

»Hier Hendrik. Danke, Chef. Nein, alles in Ordnung. Falscher Alarm. Wahrscheinlich ein Kurzschluss. Ich lasse das sofort nachprüfen. Ja, Chef.« Er legte auf und wandte sich der Gruppe zu. »Ich bitte vielmals um Entschuldigung, meine Damen und Herren. Aber bei etwas so Wertvollem wie diesem Stein kann man gar nicht vorsichtig genug sein. Und wenn nun jemand von Ihnen schöne Diamanten kaufen will …«

Die Lichter gingen wieder aus. Die Alarmglocke schrillte, und die Stahljalousien rasselten erneut herunter.

Eine Frau schrie: »Ich will hier raus, Harry!«

»Sei ruhig, Diane«, knurrte ihr Mann.

Drunten im Keller stand Jeff vor dem Sicherungskasten und hörte sich das Gekreisch der Touristen an. Er wartete einen Moment. Dann legte er den Kippschalter wieder um. Oben gingen die Lichter an.

»Meine Damen und Herren!«, brüllte der Führer in den Tumult hinein. »Das ist nur eine kleine Panne, weiter nichts!« Er zog wieder den Schlüssel aus der Tasche und steckte ihn in den Wandschlitz. Die Stahljalousien schoben sich in die Höhe.

Das Telefon klingelte. Der Führer nahm ab. »Hier Hendrik. Nein, Chef. Ja. Wir lassen das so schnell wie möglich richten. Besten Dank.«

Eine Tür öffnete sich, und Jeff trat ein, den Werkzeugkasten in der Hand und eine Schiebermütze auf dem Kopf.

»Was ist los? Man hat mir gesagt, hier gibt's Probleme.«

»Das Licht geht immer wieder aus«, erklärte der Führer. »Ich hoffe, Sie kriegen das ganz schnell hin.« Er wandte sich den Touristen zu und lächelte gequält. »Ja, meine Damen und Herren, und nun kommen Sie doch mit herüber zu diesen Vitrinen, wo sie sich schöne Diamanten zu wirklich günstigen Preisen aussuchen können.«

Die Touristen bewegten sich auf die Vitrinen zu. Jeff, der einen Moment unbeobachtet war, holte einen kleinen zylindrischen Gegenstand aus seinem Overall, betätigte den Abzug und warf das Ding hinter das Podest mit dem Glassturz. Es begann zu qualmen und Funken zu sprühen.

Jeff rief dem Führer zu: »He! Da haben wir's! In der Leitung unterm Boden ist ein Kurzschluss.«

Eine Touristin schrie: »Feuer!«

»Bitte!«, brüllte der Führer. »Geraten Sie nicht in Panik. Das ist völlig unnötig. Bleiben Sie ganz ruhig.« Er wandte sich Jeff zu und zischte: »Dann reparieren Sie es doch, verdammt noch mal!«

»Kein Problem«, sagte Jeff locker. Er lief auf die Absperrung des Podests zu.

»Nein!«, rief der Wachmann, der den Lukull hütete. »Da dürfen Sie nicht ran!«

Jeff zuckte die Achseln. »Na schön. Dann reparieren Sie es eben.« Er wandte sich zum Gehen.

Der Rauch quoll immer dicker. Die Touristen gerieten wieder in Panik.

»Moment!«, bat der Führer. »Eine Sekunde.« Er eilte zum Telefon und wählte eine Nummer. »Chef! Hier Hendrik. Ich muss Sie ersuchen, die Alarmanlage abzuschalten, wir haben hier ein kleines technisches Problem. Ja, Chef.« Er schaute zu Jeff hinüber. »Wie lange brauchen Sie?«

»Fünf Minuten«, sagte Jeff.

»Fünf Minuten«, wiederholte der Führer. »Danke.« Er legte auf. »Die Alarmanlage wird in zehn Sekunden abgeschaltet. Machen Sie Tempo, um Himmels willen! Wir stellen die Alarmanlage sonst *nie* ab!«

»Ich habe auch nur zwei Hände, lieber Herr.« Jeff wartete zehn Sekunden. Dann stieg er über die Seile und näherte sich dem Podest. Hendrik gab dem Wachmann einen Wink. Der Wachmann nickte und heftete den Blick auf Jeff.

Jeff arbeitete hinter dem Podest. Der Führer wandte sich der Gruppe zu. »Und nun, meine Damen und Herren, wie ich bereits sagte … wir haben hier schöne Diamanten in reicher Auswahl und zu äußerst günstigen Preisen. Als Zahlungsmittel akzeptieren wir Kreditkarten, Travellerschecks und …«, er gluckste, »… natürlich auch Bargeld.«

Tracy stand vor dem Tresen. »Kaufen Sie Diamanten?«, fragte sie mit lauter Stimme.

Der Führer starrte sie an. »Was?«

»Mein Mann hat in Südafrika Diamanten geschürft. Er ist eben zurückgekommen, und er will, dass ich die hier verkaufe.«

Während sie sprach, öffnete sie ihre Aktentasche, aber sie hielt sie verkehrt herum, und ein Sturzbach von funkelnden Steinen ergoss sich über den Boden.

»Meine Diamanten!«, rief Tracy. »Helfen Sie mir bitte!«

Eine Sekunde lang herrschte starres Schweigen, und dann brach die Hölle los. Aus der Menge wurde ein wilder Pöbelhaufen. Sie gingen auf alle viere, sie grabschten nach den Steinen, sie boxten sich den Weg frei.

»Ich hab ein paar …«

»Nimm dir 'ne Handvoll, John …«

»Pfoten weg, das sind *meine* …«

Dem Führer und dem Wachmann hatte es die Sprache verschlagen. Sie gingen unter in einem Meer von gierigen, knuffenden Menschen, die ihre Jacken-, Hosen- und Handtaschen mit glitzernden Steinen füllten.

Der Wachmann schrie: »Halt! Aufhören!« und wurde mit einem Tiefschlag zu Boden geschickt.

Eine weitere Busladung Touristen traf ein, und als sie sahen, was passierte, stürzten sie sich schnell ins Gewühl und grabschten mit.

Der Wachmann wollte aufstehen und den Alarm auslösen, aber die brodelnde Menge machte es unmöglich. Er wurde niedergetrampelt. Die Welt war plötzlich verrückt geworden. Es war ein Alptraum ohne Ende.

Als es der benommene Wachmann schließlich doch noch schaffte, sich hochzurappeln, bahnte er sich mit beiden Ellenbogen einen Weg durch dieses Tollhaus, gelangte zu dem Podest und erstarrte zur Salzsäule.

Der Lukull war fort.

Die schwangere Dame und der Elektriker ebenfalls.

Tracy legte ihre Verkleidung in einer öffentlichen Toilette im Oosterpark ab, ein gutes Stück von der Niederländischen Diamantschleiferei entfernt. Sie ging mit dem in Packpapier eingeschlagenen Paket auf eine Parkbank zu. Bis jetzt war alles wunderbar gelaufen. Sie dachte an die Leute, die sich um die wertlosen Zirkone prügelten, und musste schallend lachen. Sie sah Jeff kommen. Er trug einen dunkelgrauen Anzug. Der Bart war ab. Tracy stand auf. Jeff trat vor sie hin und grinste. »Ich liebe dich«, sagte er. Er zog den Lukull aus der Jackentasche und gab ihn Tracy. »Verfüttere ihn an deine Freundin, mein Herz. Bis bald.«

Er spazierte davon, und Tracy schaute ihm nach. Ihre Augen strahlten. Sie würden mit getrennten Maschinen fliegen, sich in Brasilien treffen und danach für den Rest ihres Lebens zusammen sein.

Tracy blickte in die Runde, um sicherzugehen, dass niemand sie beobachtete. Dann wickelte sie ihr Paket aus.

Drinnen war ein kleiner Käfig mit einer schiefergrauen Taube. Als der Vogel vor vier Tagen bei American Express eingetroffen war, hatte Tracy ihn auf ihr Zimmer gebracht, die andere Taube freigelassen und zugesehen, wie sie unbeholfen aus dem Fenster geflattert war. Jetzt nahm Tracy ein kleines Ledersäckchen aus ihrer Handtasche und steckte den Diamanten hinein. Sie holte die Taube aus dem Käfig und hielt sie fest, während sie das Säckchen sorgfältig an das Bein des Vogels band.

»Sei ein liebes Mädchen, Margo. Bring ihn nach Hause.«

Wie aus dem Boden gestampft, tauchte plötzlich ein Polizist auf. »Halt! Was machen Sie da?«

Tracys Herz blieb eine Sekunde stehen. »Was … was ist denn, Herr Wachtmeister?«

Die Augen des Polizisten ruhten auf dem Käfig. Er war äußerst ungehalten. »Sie wissen genau, was ist. Tauben füttern – schön und gut. Aber es ist streng verboten, sie zu fangen und in Käfige zu sperren. Und jetzt lassen Sie die Taube ganz fix fliegen, bevor ich Sie mit aufs Revier nehme.«

Tracy schluckte und holte tief Luft. »Wenn Sie meinen, Herr Wachtmeister …« Sie hob die Arme und warf die Taube in die Luft. Ein bezauberndes Lächeln erhellte ihr Gesicht, als sie beobachtete, wie die Taube höher stieg, immer höher. Sie zog einen Kreis, und dann flog sie in Richtung London, etwa 370 km weiter westlich gelegen. Eine Brieftaube, hatte Gunther gesagt, erreichte eine Durchschnittsgeschwindigkeit von 65 km/h, also würde Margo in sechs Stunden bei ihm sein.

»Tun Sie das ja nie wieder«, mahnte der Polizist.

»Nein, bestimmt nicht«, gelobte Tracy.

Vier Stunden später war sie am Flughafen und schritt auf den Flugsteig zu, an dem die Maschine wartete, die sie nach Brasilien bringen würde. Daniel Cooper stand in einer Ecke und schaute ihr verbittert nach. Tracy Whitney hatte den Lukull gestohlen. Cooper hatte es in dem Moment gewusst, in dem er die Meldung gehört hatte. Es war genau ihr Stil – verwegen und einfallsreich. Und man konnte nichts machen. Kommissar van Duren hatte dem Wachmann und dem Führer Fotos von Tracy und Jeff gezeigt. »Nein. Nie gesehen. Der Dieb hatte einen Vollbart, viel dickere Backen und eine Knollennase, und die Frau mit den Diamanten war dunkelhaarig und schwanger.«

Und der Lukull war spurlos verschwunden. Jeff und Tracy hatten eine Leibesvisitation über sich ergehen lassen müssen, und ihr Gepäck war gründlich durchsucht worden. Nichts.

»Der Diamant ist noch in Amsterdam«, sagte Kommissar van Duren zu Cooper. »Wir werden ihn finden.«

Nein, das werdet ihr nicht, dachte Cooper wütend. Tracy Whitney hatte die Tauben ausgetauscht. Der Lukull war von einer Brieftaube außer Landes gebracht worden.

Cooper sah hilflos zu, wie Tracy durch die Halle ging. Sie war der erste Mensch, der ihn besiegt hatte. Ihretwegen würde er zur Hölle fahren.

Als Tracy am Tor zum Flugsteig war, zögerte sie einen Moment. Dann drehte sie sich um und blickte Cooper in die Augen. Sie hatte gemerkt, dass er ihr wie eine Art Racheengel durch halb Europa gefolgt war. Er hatte etwas Bizarres, etwas Erschreckendes und gleichzeitig Rührendes. Unerklärlicherweise tat er Tracy leid. Sie winkte ihm zum Abschied zu, wandte sich um und ging zu ihrer Maschine.

Daniel Cooper berührte das Rücktrittsgesuch in seiner Tasche.

Es war eine luxuriöse 747 der Pan American, und Tracy saß in der ersten Klasse, Sitz 4 B, am Gang. Sie war aufgeregt. In ein paar Stunden würde sie bei Jeff sein. Sie würden in Brasilien heiraten. *Keine Eskapaden mehr,* dachte Tracy, *aber ich werde sie nicht vermissen. Ich weiß es genau. Die Ehe mit Jeff wird spannend genug.*

»Entschuldigung.«

Tracy blickte auf. Ein aufgeschwemmter, verlebt aussehender Mann in mittleren Jahren stand vor ihr. Er deutete auf den Sitz am Fenster. »Das ist mein Platz, Honey.«

Tracy drehte sich zur Seite, damit er an ihr vorbeikonnte. Ihr Rock rutschte hoch, und er betrachtete anerkennend ihre Beine.

»Schönes Wetter heute, wie?« Seine Stimme hatte einen lüsternen Beiklang.

Tracy nickte und wandte sich ab. Sie hatte keine Lust, mit jemandem zu reden. Es gab zu viel Dinge, über die sie nachdenken musste. *Ein völlig neues Leben. Wir werden uns irgendwo niederlassen und mustergültige Bürger sein. Das stinkseriöse Ehepaar Stevens.*

Ihr Platznachbar stieß sie an. »Da wir auf diesem Flug nebeneinandersitzen, junge Frau, könnten wir uns ja eigentlich miteinander bekannt machen, finden Sie nicht? Mein Name ist Maximilian Pierpont.«